AtV

Alexandre Dumas (1802–1870) wurde in eine Zeit geboren, die seinem Talent geradezu vollkommen entsprach: Als der junge Notariatsschreiber aus Villers-Cotterêts mit hochfliegenden Plänen nach Paris kam – und mit einer Reihe sehr erfolgreicher Dramen zunächst auf dem Theater Karriere zu machen hoffte –, wurde das Theater als traditioneller Ausdruck für dramatische Stoffe gerade abgelöst vom Roman. Alles tendierte zum Roman; Balzac, Stendhal, Victor Hugo sind die neuen Namen. Und im populären Genre begeisterte man sich seit der Romantik vor allem für historische Stoffe. Schließlich entdeckte die Presse just in diesen Jahren den Feuilletonroman. 1929 erschien zum ersten Mal die Zauberformel *»Fortsetzung folgt«* unter einem Zeitungsabdruck und ermöglichte den für *La Presse* oder *Le Globe* schreibenden Autoren unerhörte Auflagenziffern. Dies war der Beginn der Kommerzialisierung der Literatur, und Dumas war wie kein anderer begabt, sich aus der Geschichte Frankreichs jene dramatischen Stoffe herauszusuchen, die er mit genialem Gespür für eine spannungsreiche Handlung, mit sehr viel Phantasie und Humor einem breiten Leserpublikum erzählen konnte. – Nach dem großen Erfolg der in den Jahren 1844 bis 1850 entstandenen Musketier-Romane schrieb er zwischen 1846 und 1855 die Romanfolge »Memoiren eines Arztes«, in deren Mittelpunkt der italienische Abenteurer Graf Cagliostro steht: zu ihr gehören die Bände »Joseph Balsamo«, »Das Halsband der Königin«, »Ange Pitou« und »Die Gräfin von Charny«.

Die Halsbandaffäre des Jahres 1785 war der berühmteste Kriminalfall des 18. Jahrhunderts, und er fügte dem Ansehen der französischen Krone großen Schaden zu. Die eitle junge Marie-Antoinette nimmt von Kardinal de Rohan, der sie verehrt, ein kostbares Diamantenhalsband entgegen, besteht aber darauf, es zu bezahlen. Ihre Vertraute, die Gräfin de la Motte, kompromittiert sie jedoch, indem sie den Juwelier mit Falschgeld bezahlt.

Alexandre Dumas

Das Halsband der Königin

(Memoiren eines Arztes)

Roman

Aus dem Französischen
von Edmund Th. Kauer

Aufbau Taschenbuch Verlag

Titel der Originalausgabe

Mémoires d'un médecin
Le Collier de la reine

ISBN 3-7466-1476-7

1. Auflage 2000

Gekürzte Fassung
(Redaktionelle Bearbeitung Susanne Döbert)
Umschlaggestaltung Preuße & Hülpüsch Grafik Design
unter Verwendung eines Ausschnitts aus dem Gemälde
»Musik und Literatur« von William Harnett, 1878,
Collection Albright-Knox Art Gallery Buffalo, New York
Druck Elsnerdruck GmbH, Berlin
Printed in Germany

www.aufbau-taschenbuch.de

Prolog

Ein alter Edelmann und sein Haushofmeister

In den ersten Apriltagen des Jahres 1784 gegen drei Viertel vier nachmittags rief der alte Marschall de Richelieu, nachdem er sich seine Augenbrauen mit einer parfümierten Tinktur gefärbt und sein Spiegelbild aufmerksam betrachtet hatte, seinen Kammerdiener, den Nachfolger des getreuen Rafté, ein letztes Mal zurück, schüttelte auf die nur ihm eigentümliche Weise den Kopf und sagte:

»Gut, mag es so gehen.«

Dann erhob er sich aus seinem Lehnstuhl, stäubte mit einer noch ganz jugendlichen Geste einige Atome weißen Puders, die von seiner Perücke auf die himmelblauen Samthosen gefallen waren, fort, schritt zwei- oder dreimal durch das Ankleidezimmer und rief endlich:

»Haushofmeister!«

Fünf Minuten später präsentierte sich der Gerufene in Gala. Er nahm eine ernste Miene an, wie die Situation es wohl verlangte.

»Mein Herr«, fragte der Marschall, »ich nehme an, daß wir gut essen werden?«

»Aber gewiß doch, Monseigneur.«

»Sie haben die Liste meiner Gäste erhalten, nicht wahr?«

»Neun Gedecke.«

»Es gibt Gedecke und Gedecke, mein Lieber.«

»Ja, Monseigneur. Aber ...«

Der Marschall fiel dem Haushofmeister mit einer ungeduldigen Gebärde, die jedoch einer gewissen Majestät nicht entbehrte, ins Wort. »›Aber‹ ist keine Antwort, Herr; sooft ich dieses Wort höre, und ich habe es in diesen achtzig Jahren oft genug gehört, leitete es – es tut mir leid, daß ich Ihnen das sagen muß – eine Albernheit ein.«

»Monseigneur!«

»Zunächst einmal, wann speisen wir?«

»Monseigneur, die Bürger speisen um zwei, die Beamten um drei, der Adel um vier.«

»Und ich?«

»Monseigneur werden heute um fünf Uhr essen wie der König.«

»Und warum wie der König?«

»Weil auf der Liste der Gäste, die Monseigneur mir aushändigen ließ, der Name eines Königs steht.«

»Ganz und gar nicht, mein Herr, Sie irren; die Gäste, die ich heute empfange, sind gewöhnliche Adelige.«

»Monseigneur wünschen offenbar mit Ihrem gehorsamen Diener zu scherzen, und ich danke Ihnen, daß Sie mir diese Ehre erweisen. Aber der Herr Graf von Haga, der zu den Gästen Monseigneurs zählt ...«

»Nun, was ist mit dem Grafen Haga?«

»Der Graf von Haga ist ein König.«

»Ich kenne keinen König dieses Namens.«

»Möge Monseigneur mir verzeihen«, sagte der Haushofmeister mit einer Verneigung, »aber ich nahm an ...«

»Ihr Auftrag geht nicht dahin, etwas anzunehmen! Sie haben die Befehle, die ich erteile, zu lesen und nicht zu kommentieren. Wenn ich will, daß man etwas wisse, so sage ich es; wenn ich es nicht sage, so wünsche ich, daß man es nicht weiß.« Wieder verneigte sich der Haushofmeister. »Und da ich nur Edelleute empfange, wünsche ich zur gewohnten Stunde zu speisen, also um vier Uhr.«

Der Haushofmeister erblaßte. Mit dem Mut der Verzweiflung wandte er ein:

»Mag geschehen, was Gott will; aber Monseigneur werden erst um fünf Uhr speisen.«

»Und warum?« fragte der Marschall und richtete sich auf.

»Weil es tatsächlich unmöglich ist, daß Monseigneur früher essen.«

»Mein Herr, ich glaube, Sie sind jetzt zwanzig Jahre in meinem Dienst?«

»Einundzwanzig Jahre, Monseigneur, einen Monat und zwei Wochen.«

»Nun, Sie werden diesen einundzwanzig Jahren und sechs Wochen keinen Tag und keine Stunde mehr hinzufügen. Verstehen Sie mich?« fragte der Greis. »Noch heute abend werden Sie sich einen anderen Herrn suchen. Ich will nicht, daß das Wort ›unmöglich‹ in meinem Haus ausgesprochen wird. Ich bin zu alt, um seine Bedeutung noch zu erlernen. Ich habe keine Zeit mehr zu verlieren.«

Der Haushofmeister verneigte sich zum drittenmal.

»Ich werde heute abend Urlaub von Monseigneur nehmen«, sagte er, »aber bis zum letzten Augenblick wird mein Dienst verrichtet werden, wie es anständig ist.«

»Was nennen Sie ›anständig‹?« rief der Marschall. »Sie sollten wissen, mein Herr, daß hier alles so geschieht, wie es mir anständig scheint. Ich wünsche um vier Uhr zu speisen, also ist es unanständig, wenn Sie mich bis fünf Uhr warten lassen.«

»Herr Marschall«, sagte der Haushofmeister trocken, »ich habe bei dem Herrn Prinzen de Soubise als Kellermeister und bei dem Herrn Prinzen, dem Kardinal Louis de Rohan, als Haushofmeister gedient. Beim ersteren pflegte Seine Majestät, der verstorbene König, einmal jährlich zu speisen, beim letzteren aß Seine Majestät der Kaiser von Österreich monatlich einmal. Ich weiß, wie man Souveräne bewirtet, Monseigneur. Bei Herrn de Soubise nannte sich König Ludwig XV. Baron de Gonesse, darum war er doch der König; und bei Herrn de Rohan erschien Kaiser Josef vorgeblich unter dem Namen eines Grafen von Packenstein, darum war er doch der Kaiser. Der

Herr Marschall empfangen heute einen Gast, der sich Graf von Haga nennt, ohne darum aufzuhören, der König von Schweden zu sein. Ich werde heute abend das Haus des Herrn Marschalls verlassen, oder der Herr Graf von Haga wird wie ein König behandelt werden.«

»Das ist es ja gerade, Sie Dickkopf, was ich Ihnen verbiete! Der Graf von Haga wünscht das strikteste, undurchsichtigste Inkognito. Ach, wie mir eure alberne Eitelkeit auf die Nerven fällt, ihr Herren der Serviette! Es ist nicht die Krone, die ihr ehrt, euch selbst wollt ihr auf unsere Kosten herausstellen.«

»So glauben Monseigneur, daß ich blind bin? Es wird natürlich nicht von einem König *die Rede sein*.«

»Gut, dann wehren Sie sich nicht länger, und lassen Sie um vier Uhr servieren.«

»Es geht nicht, Herr Marschall, weil um vier Uhr ein bestimmter Gegenstand, den ich erwarte, noch nicht eingetroffen sein kann.«

»Weiß Gott, Sie machen mich neugierig.«

»Monseigneur, ich erwarte eine Flasche Wein.«

»Erklären Sie sich näher; die Sache beginnt mich zu interessieren.«

»Es handelt sich um folgendes, Monseigneur: Seine Majestät der König von Schweden, Verzeihung, Exzellenz, der Graf von Haga, trinkt nur Tokaier.«

»Wie, wir haben keinen Tokaier im Keller? Wenn dem so ist, dann jagen Sie den Kellermeister fort.«

»Nein, Monseigneur, wir haben in Wirklichkeit fast sechzig Flaschen.«

»Sie nehmen also an, daß der Graf von Haga zum Diner einundsechzig Flaschen trinkt?«

»Geduld, Monseigneur; als der Herr Graf von Haga zum erstenmal nach Frankreich kam, war er nur Kronprinz; damals speiste er beim verstorbenen König, der eben zwölf Flaschen Tokaier von Seiner Majestät dem Kaiser von Österreich erhalten hatte. Sie wissen, daß der Tokaier vom besten Gewächs für die kaiserlichen Keller reserviert ist und daß selbst die Souveräne davon nur soviel erhalten, als Seine Majestät ihnen zu senden die Güte hat. Nun, Monseigneur, von diesen zwölf Flaschen, von denen der Kronprinz kostete und die er unvergleichlich fand, existieren heute nur mehr zwei. Die eine befindet sich noch in den Kellern König Ludwigs XVI.«

»Und die andere?«

»Das ist es eben, Monseigneur«, antwortete der Haushofmeister mit triumphierendem Lächeln, denn jetzt fühlte er, daß nach langem Kampf der Sieg sich ihm zuneigte; »nun, die andere wurde gestohlen.«

»Von wem?«

»Von einem meiner Freunde, einem Kellermeister des verstorbenen Königs, der mir sehr verpflichtet war.«

»Aha, und der hat sie Ihnen gegeben. Und was haben Sie damit getan?«

»Ich habe sie sorgfältig im Keller meines Herrn aufbewahrt.«

»Wer war damals Ihr Herr?«

»Der Kardinal von Rohan.«

»In Straßburg?«

»In Zabern.«

»Und Sie haben um diese Flasche gesandt?«

»Für Sie, Monseigneur«, erwiderte der Haushofmeister, als ob er sagen wollte: Undankbarer.

Der Herzog griff nach der Hand seines alten Dieners.

»Entschuldigen Sie«, rief er, »Sie sind der König aller Haushofmeister.«

»Und Sie wollten mich fortjagen!«

»Ich bezahle Ihnen diese Flasche mit hundert Pistolen.«

»Und weitere hundert Pistolen wird die Reise kosten. Aber Monseigneur wollen zugeben, daß sie nicht hinausgeworfen waren.«

»Und wann trifft Ihr Hundertpistolenkurier ein?«

»Monseigneur mögen selbst beurteilen, ob ich meine Zeit verloren habe. Das Diner wurde vor drei Tagen in Auftrag gegeben. Ein Kurier, der mit verhängten Zügeln reitet, braucht vierundzwanzig Stunden bis Zabern und vierundzwanzig zurück.«

»So daß Ihnen vierundzwanzig übrigbleiben. König aller Haushofmeister, was haben Sie mit diesen vierundzwanzig Stunden gemacht?«

»Ach, Monseigneur, ich habe sie verloren. Der Gedanke kam mir erst am Tag, nachdem Sie mir die Liste Ihrer Gäste gegeben hatten. Rechnen Sie noch die Zeit ein, die der Handel in Anspruch nimmt, und Sie werden sehen, daß mein Kurier erst um fünf Uhr hier sein kann.«

»Großer Gott, und Ihr Kollege in Zabern ist vielleicht dem Prinzen Rohan ebenso ergeben wie Sie mir? Vielleicht wird er Ihnen die Flasche verweigern, wie Sie sie ihm verweigern würden.«

»Ich, Monseigneur?«

»Gewiß doch! Oder würden Sie eine solche Flasche, wenn ich sie in meinem Keller hätte, herausgeben?«

»Ich bitte Monseigneur um Verzeihung, aber wenn einer meiner Amtsbrüder einen König zu bewirten hat und von mir diese Flasche verlangen würde, gäbe ich sie ihm ohne Wimpernzucken.«

»Holla«, rief der Marschall mit einer Miene des Unbehagens.

»Wer will, daß man ihm helfe, muß selber helfen.«

»Das ist ein gewisser Trost«, meinte der Marschall mit einem Seufzer. »Immerhin laufen wir noch Gefahr. Wenn die Flasche unterwegs bricht ...?«

»Monseigneur, es gibt kein Beispiel in der Weltgeschichte, daß eine Flasche, die zweitausend Livres kostet, unterwegs zerbrochen wäre.«

»Gut, sprechen wir nicht mehr darüber. Sie erwarten also den Kurier um vier Uhr?«

»Präzis.«

»Was hindert uns dann, um vier Uhr zu essen?« fragte der Marschall hartnäckig wie ein kastilisches Maultier.

»Monseigneur, mein Wein braucht eine Stunde, um auszuruhen, und das nur mit Hilfe eines Verfahrens, das ich selbst erfunden habe; sonst würde es drei Tage benötigen.«

Diesmal gab sich der Marschall geschlagen.

»Übrigens«, fuhr der Haushofmeister fort, »wissen Ihre Gäste wohl, daß sie der Ehre teilhaftig werden, mit dem Herrn Grafen von Haga zu speisen, und darum werden sie erst um halb fünf Uhr erscheinen. Die Gäste sind, wenn ich wiederholen darf, der Herr Graf de Launay, die Frau Gräfin Dubarry, Herr de Lapeyrouse, Herr de Favras, Herr de Condorcet, Herr de Cagliostro und Herr de Taverney.«

»Nun?«

»Dann wollen wir sie, wenn Monseigneur erlauben, der Reihe nach vornehmen. Herr de Launay kommt aus der Bastille. Da auf allen Straßen Glatteis ist, braucht er drei Stunden hierher.«

»Ja, aber er wird zu Mittag aufbrechen, sobald die Gefangenen gegessen haben; ich kenne mich dort aus.«

»Verzeihung, Monseigneur, aber seit Sie in der Bastille gesessen haben, hat man die Zeiteinteilung geändert; die Bastille speist um ein Uhr.«

»Man lernt nie aus. Fahren Sie fort!«

»Madame Dubarry kommt aus Luciennes; die Strecke ist beständig uneben.«

»Das wird sie nicht hindern, pünktlich zu sein. Seit sie nur mehr die Geliebte eines Herzogs ist, spielt sie bloß gegen Barone die Königin. Ich wollte beizeiten essen wegen des Herrn de Lapeyrouse, der heute abend abreist und sich nicht verspäten darf.«

»Monseigneur, Herr de Lapeyrouse ist beim König; er unterhält sich mit Seiner Majestät über Kosmographie. Da wird er nicht so bald loskommen.«

»Das ist möglich.«

»Es ist sogar sicher, Monseigneur. Und das gleiche gilt für Herrn de Favras, der beim Herrn Grafen de Provence ist und ohne Zweifel über das neue Stück des Barons de Beaumarchais plaudert.«

»Über ›Figaros Hochzeit‹? Kümmern Sie sich auch um Literatur?«

»In meinen Mußestunden lese ich, Monseigneur.«

»Nun, dann haben wir noch Herrn de Condorcet, der in seiner Eigenschaft als Geometer pünktlich sein wird.«

»Er sitzt gewiß über irgendeiner Berechnung und entdeckt erst, wenn er aufsteht, daß er sich eine halbe Stunde verspätet hat. Und was den Grafen de Cagliostro angeht, so kennt er als Fremder, der erst seit kurzem in Paris weilt, die Sitten von Versailles noch nicht und wird auf sich warten lassen.«

»So, jetzt hätten Sie außer Taverney alle meine Gäste aufgezählt, und zwar in einer Reihenfolge, die eines Homer oder meines armen Rafté würdig wäre.«

Der Haushofmeister verneigte sich. »Von Herrn de Taverney habe ich nicht gesprochen, weil er als alter Freund des Hauses die Sitte kennt. Das wären also die acht Gedecke für heute abend?«

»Ja. Und wo werden wir speisen?«

»Im großen Speisesaal, Monseigneur.«

»Wir werden uns totfrieren.«

»Ich habe seit drei Tagen vorheizen lassen und die Luft auf achtzehn Grad temperiert.«

»Ausgezeichnet. Eben schlägt es halb.«

»Und ich höre jemand in den Hof einreiten; das ist mein Tokaier.«

»Ach, wenn ich noch zwanzig Jahre so bedient werden könnte!« seufzte der alte Marschall und warf einen Blick in den Spiegel, während der Haushofmeister sich zurückzog.

»Zwanzig Jahre!« rief eine heitere Stimme, »nun, ich wünsche sie Ihnen, mein lieber Marschall! Aber ich werde dann sechzig zählen, Herzog, und verflucht alt sein.«

»Sie, Gräfin! Sie kommen als erste! Wie hübsch und frisch Sie immer sind!«

»Sagen Sie lieber erfroren.«

»Kommen Sie, ich bitte, in das Boudoir.«

»Ein Tête-à-tête, Marschall?«

»Zu dritt«, unterbrach eine schneidende Stimme.

»Taverney! Pest über den Störenfried«, flüsterte der Marschall der Gräfin zu.

»Eitler Kerl«, murmelte Madame Dubarry und brach in ein Gelächter aus. Die drei traten in das Nebenzimmer.

2
Lapeyrouse

Im selben Augenblick verkündete ein dumpfes Rollen mehrerer Wagen auf dem schneebedeckten Pflaster des Hofes, daß die letzten Gäste kamen; dank der Pünktlichkeit des Haushofmeisters konnten die neun Teilnehmer des Diners bald an dem ovalen Tisch des Speisesaals Platz nehmen. Schweigsam, wie ein Schatten, und flink, ohne Übereilung, bewegten sich neun Lakaien in dem Saal, schoben sich zwischen die Gäste, ohne auch nur einen Arm zu berühren oder einen Stuhl zu verrücken.

Herr de Richelieu war der erste, der das feierliche Schweigen unterbrach, indem er sich an seinen Nachbarn zur Rechten wandte.

»Der Herr trinkt nicht?«

Der Mann, an den diese Worte gerichtet waren, mochte etwa achtunddreißig Jahre zählen; er hatte blonde Haare und hohe Schultern; seine klaren blauen Augen leuchteten zuweilen lebhaft auf, um dann wieder in eine gewisse Melancholie zurückzufallen. Unmißverständlich war der Adel von seiner offenen und vornehmen Stirn abzulesen.

»Ich trinke nur Wasser, Marschall.«

»Aber doch nicht, wenn Sie bei König Ludwig XV. zu Gast sind? Ich hatte den Vorzug, dort einem Diner beizuwohnen, und damals beliebten Sie Wein zu trinken.«

»Sie rufen mir da etwas Köstliches in Erinnerung, Herr Marschall; ja, 1771 trank ich dort einen Tokaier von kaiserlichem Gewächs.«

»Es war derselbe, den mein Haushofmeister Ihnen eben einschenkt, Herr Graf«, antwortete Richelieu mit einer Verneigung.

Graf von Haga hob das Glas in die Höhe einer Kerze. Der Wein funkelte wie ein flüssiger Rubin.

»Wahrhaftig, Herr Marschall. Vielen Dank!«

Der Graf sprach dieses Wort so edel und anmutig, daß die Gäste wie elektrisiert aufsprangen und riefen: »Es lebe Seine Majestät!«

»Ja, es lebe Seine Majestät der König von Frankreich!« wiederholte Graf von Haga. »Oder sind Sie nicht meiner Meinung, Herr de Lapeyrouse?«

»Herr Graf«, erwiderte der Kapitän, »ich habe den König vor einer Stunde verlassen, und er war so gütig zu mir, daß niemand lauter in diesen Ruf einstimmen kann als ich. Da ich aber in einer Stunde die Post nehme, um an die Küste zu reisen, wo mich die beiden Schiffe erwarten, die der König mir zur Verfügung gestellt hat, bitte ich um die Erlaubnis, noch lauter ein Hoch auf einen andern König ausbringen zu dürfen, dem ich nur zu gern dienen wollte, wenn ich nicht einen so gütigen Herrn hätte.«

Damit erhob Herr de Lapeyrouse ehrfurchtsvoll sein Glas gegen den Grafen von Haga.

»Und wir werden Ihnen alle Bescheid geben«, bemerkte Madame Dubarry. »Doch soll der Doyen unserer Versammlung das Wort führen, als ob wir im Parlament säßen.«

»Das geht gegen dich, Taverney«, meinte der Marschall lachend, »oder gar gegen mich.«

»Ich glaube nicht«, fiel ein Gast ein, der dem Marschall gegenübersaß.

»Was glauben Sie nicht, Herr de Cagliostro«, fragte der Graf von Haga und richtete seinen forschenden Blick auf ihn.

»Ich glaube nicht, Herr Graf, daß Herr de Richelieu der älteste hier im Kreis ist.«

»Wahrhaftig«, rief der Marschall, »das geht auf dich, Taverney.«

»Laß doch, ich bin acht Jahre jünger als du. Ich bin 1704 geboren.«

»Schuft«, schrie der Marschall, »du verrätst meine achtundachtzig Jahre.«

»Wirklich, Sie sind achtundachtzig Jahre alt, Herr Herzog?« fragte Herr de Condorcet.

»Das war leicht nachzurechnen. Man braucht dazu kein so großer Mathematiker zu sein wie Sie. Ich stamme noch aus dem anderen Jahrhundert, dem großen: 1696 bin ich geboren.«

»Unmöglich!« rief de Launay.

»Ach, wenn Ihr Vater hier wäre, der Gouverneur der Bastille, würde er das nicht sagen, er, dessen Pensionär ich 1714 war.«

»Der älteste unter uns«, meinte Herr de Favras, »ist wohl der Wein, den Herr de Haga in diesem Augenblick einschenkt.«

»Ein Tokaier von hundertzwanzig Jahren! Sie haben wohl recht, Herr de Favras.«

»Einen Augenblick, meine Herren«, fiel Cagliostro ein, »ich erhebe Anspruch auf diese Ehre.«

»Sie wollen älter sein als dieser Tokaier?«

»Gewiß«, erwiderte der Graf ruhig, »da ich es doch selbst war, der diese Flasche versiegelt hat, und zwar an dem Tag, an dem Montecuculi den Sieg über die Türken errang, Anno 1664.«

Obwohl Cagliostro mit unbeirrbarer Ruhe gesprochen hatte, wurden seine Worte mit Gelächter aufgenommen.

»Sie sind demnach mindestens hundertdreißig Jahre alt«, meinte Madame Dubarry, »denn ich nehme an, daß Sie damals mindestens zehn Jahre alt waren.«

»Ich war mehr als zehn Jahre, als ich am Tag darauf die Ehre hatte, von Seiner Majestät dem Kaiser von Österreich zu Montecuculi gesandt zu werden, der durch den Sieg von Sankt Gotthard den Tag von Especk in Slawonien gerächt hatte – jenen

Tag, an dem die Ungläubigen meine Freunde und Waffengefährten von 1536, die Kaiserlichen, so übel zugerichtet haben.«

»Ach«, meinte Graf de Haga ebenso gelassen wie Cagliostro, »dann waren Sie doch wenigstens 1536 zehn Jahre alt, als Sie an dieser denkwürdigen Schlacht teilnahmen?«

»Es war eine furchtbare Niederlage, Herr Graf«, erwiderte Cagliostro, sich verneigend.

»Und doch nicht so furchtbar wie jene von Crécy«, meinte Condorcet lächelnd.

»Allerdings«, bestätigte Cagliostro, »Crécy war schrecklich, denn dort wurde nicht nur eine Armee, sondern Frankreich selbst geschlagen. Und doch, wir müssen es offen sagen, jene Niederlage war immerhin kein einwandfreier Sieg der Engländer. König Eduard hatte Kanonen, ein Umstand, den Philippe de Valois nicht kannte ... oder, genauer gesprochen, Philippe de Valois wollte es nicht glauben, obwohl ich ihn darauf aufmerksam gemacht hatte; denn ich hatte die vier Stücke, die Eduard den Venezianern abgekauft hatte, mit eigenen Augen gesehen.«

»Ach, Sie kannten Philippe de Valois?«

»Ich hatte die Ehre, einer der fünf Kavaliere zu sein, die seine Eskorte bildeten, als er das Schlachtfeld verließ. Ich war mit dem armen König von Böhmen nach Frankreich gekommen, der blind war und sich töten ließ, als man ihm sagte, daß alles verloren sei.«

»Offen gesagt«, meinte Lapeyrouse, »es tut mir nur leid, daß sie zwar Crécy, aber nicht Actium mitgemacht haben.«

»Und warum das?«

»Sie könnten mir sonst über einige nautische Probleme Auskunft geben, die dunkel geblieben sind, trotz Plutarchs schöner Schilderung.«

»Welche meinen Sie, mein Herr? Es wäre mir natürlich ein Vergnügen, Ihnen nützlich zu sein.«

»So, waren Sie etwa dabei?«

»Nein, ich befand mich damals in Ägypten. Kleopatra hatte

mich beauftragt, die Bibliothek zu Alexandrien instand zu setzen; ich war dazu besonders befähigt, da ich die besten Autoren des Altertums persönlich gekannt habe.«

»So kannten Sie auch die Königin Kleopatra?« rief die Komtesse Dubarry.

»So wie ich Sie kenne, gnädige Frau.«

»War sie wirklich so hübsch, wie man sagt?«

»Die Schönheit ist eine relative Sache. Man kann in Ägypten eine reizende Königin sein und darum in Paris doch nur eine nette Grisette abgeben.«

»Sprechen Sie nicht schlecht von den Grisetten, Herr Graf!«

»Gott bewahre mich davor! Kleopatra war klein, lebhaft, geistvoll, hatte große mandelförmige Augen, eine griechische Nase, Perlenzähne und Hände wie Sie, Madame; so recht eine Hand, um ein Zepter zu halten. Sehen Sie, diesen Diamanten hier hat sie mir gegeben; sie hatte ihn von ihrem Bruder Ptolemäus und trug ihn am Daumen. Das war Mode in Ägypten. Sie sehen, daß ich ihn auf meinem kleinen Finger trage.«

Damit zog er den Ring vom Finger und reichte ihn Madame Dubarry. Der Diamant war von so edlem Feuer und so köstlichem Schnitt, daß man ihn wohl auf dreißig- oder vierzigtausend Francs schätzen konnte. Er machte die Runde, dann steckte ihn Cagliostro wieder gelassen an seinen Finger.

»Ach«, sagte er, »ich sehe wohl, Sie glauben mir nicht. Mein Leben lang kämpfe ich gegen dieses fatale Mißtrauen. Philippe de Valois wollte mir nicht glauben, als ich ihm empfahl, er möge Eduard einen Rückzug offenhalten; und Kleopatra lächelte, als ich ihr sagte, daß Antonius geschlagen würde. Die Trojaner gar waren vollkommen ungläubig, als ich sie vor dem hölzernen Pferd warnte.«

»Es ist großartig«, lachte Madame Dubarry, »ich habe wirklich nie einen Menschen gesehen, der mit so ernster Miene komische Dinge sagt.«

»Und Sie mögen versichert sein, daß Jonathan noch viel komischere Dinge sagte als ich. Er war wirklich ein amüsanter

Gesellschafter. Als Saul ihn töten ließ, war ich nahe daran, irrsinnig zu werden.«

»Wenn Sie so fortfahren, Graf«, bemerkte der Herzog von Richelieu, »werden Sie den armen Taverney um den Verstand bringen, der so furchtbare Todesangst hat. Sagen Sie es offen, sind Sie unsterblich oder nicht?«

»Ich weiß es nicht. Ich kann nur etwas sagen.«

»Was?« fragte Taverney.

»Daß ich wirklich alles erlebt und alle die Personen gekannt habe, die ich eben erwähnte.«

»Sie haben Montecuculi gekannt? Und Kleopatra?«

»Ja, Frau Gräfin, und ich kann bestätigen, daß sie schwarze Augen hatte wie Sie und einen fast ebenso geschmeidigen Hals ...«

»Aber Graf, Sie haben meinen Hals noch nicht gesehen.«

»Ihr Hals ist ebenso schön wie der Kassandras, und, um die Ähnlichkeit vollzumachen, hatte die Griechin wie Sie ein Muttermal über der sechsten linken Rippe.«

»Sie sind ein Zauberer, Graf.«

»Nein, Marquise«, lächelte der Marschall de Richelieu, »ich habe es ihm gesagt.«

»Und woher wissen Sie es?«

Der Marschall spitzte die Lippen. »Ach, ein Familiengeheimnis.«

»Gut, gut, Marschall, man hat recht, doppelt Rot aufzulegen, wenn man zu Ihnen kommt.« Damit wandte sie sich wieder an Cagliostro. »Haben Sie denn das Geheimnis der Verjüngung zu Gebot, daß Sie bei Ihrem Alter von dreitausend oder viertausend Jahren kaum wie ein Vierziger aussehen?«

»Ja, ich besitze dieses Geheimnis, gnädige Frau.«

»Oh, dann verjüngen Sie mich doch!«

»Das ist unnötig, Madame, denn das Wunder ist schon geschehen. Man ist immer so alt, wie man scheinen will, und Sie zählen höchstens dreißig.«

»Wollen Sie mir das erklären?«

»Das ist ganz einfach. Sie haben mein Verfahren bereits angewandt. Sie kennen das Elixier.«

»Ich?«

»Erinnern Sie sich, Komtesse, eines Hauses in der Rue Saint-Claude? Erinnern Sie sich, daß Sie in einer Angelegenheit, die Herrn de Sartines betraf, in dieses Haus kamen? Daß Sie dort einem meiner Freunde, einem gewissen Joseph Balsamo, einen Dienst erwiesen? Und daß Joseph Balsamo Ihnen als Gegengeschenk ein Fläschchen eines Elixiers gab und empfahl, jeden Morgen drei Tropfen davon zu nehmen? Erinnern Sie sich, daß Sie bis vor einem Jahr dieses Rezept gebraucht haben, genauer gesprochen, bis das Fläschchen leer war? Wenn Sie sich dessen nicht erinnern, Komtesse, so wäre das mehr als Vergeßlichkeit, es wäre nahezu Undankbarkeit.«

»Ach, Herr de Cagliostro, Sie sagen mir da Sachen …«

»Die nur Ihnen selbst bekannt sind, ich weiß. Aber worin bestünde das Verdienst eines Zauberers, wenn nicht darin, daß er die Geheimnisse seines Nächsten kennt?«

»Demnach besaß Joseph Balsamo das Geheimnis dieses bewunderungswürdigen Elixiers so gut wie Sie?«

»Nein, Madame, aber er war einer meiner besten Freunde, und ich gab ihm drei oder vier Fläschchen. Ob er davon noch eines übrig hat, weiß ich nicht; denn seit drei Jahren ist der arme Balsamo verschwunden. Ich sah ihn das letztemal in Amerika, an den Ufern des Ohio; er wollte damals eine Expedition in die Rocky Mountains unternehmen, bei der er dann, wie ich hörte, ums Leben gekommen ist.«

»Genug, Graf«, rief der Marschall, »genug der Galanterie! Jetzt Ihr Geheimrezept!«

»Sprechen Sie im Ernst, mein Herr?« fragte der Graf von Haga.

»Ganz im Ernst, Sire.«

»Ist Madame noch nicht alt genug«, fragte der Marschall, »um verjüngt zu werden?«

»Nein, offen gesagt.«

»Gut, dann will ich Ihnen ein anderes Versuchsobjekt vorschlagen. Hier ist mein Freund Taverney. Sieht er nicht aus, als ob er ein Zeitgenosse des Pontius Pilatus wäre? Ist er vielleicht für Ihre Experimente zu alt?«

Cagliostro streifte den Baron mit einem prüfenden Blick.

»Nein«, erklärte er endlich.

»Nun, Graf«, rief Richelieu, »wenn Sie ihn verjüngen, will ich Sie für einen Schüler Medeas erklären.«

»Wünschen Sie es denn?« fragte Cagliostro den Baron.

»Weiß Gott!«

»Nun, es ist weiter nicht schwer.«

Damit zog er ein achteckiges Fläschchen aus der Tasche, nahm ein Kristallglas und goß einige Tropfen aus dem Flakon hinein. Dann schüttete er etwas eisgekühlten Champagner auf und reichte dem Baron den Trank. Niemand hatte ihn, während er schweigsam den Trank braute, aus den Augen gelassen.

Als der Baron das Glas an die Lippen setzte, zögerte er. Alle Welt begann zu lachen, und Cagliostro wurde ungeduldig.

»Machen Sie rasch, Baron«, sagte er, »oder die Flüssigkeit, von der jeder Tropfen hundert Louis wert ist, verliert ihre Wirkung.«

»Teufel«, meinte Richelieu scherzend, »sie ist ja teurer als mein Tokaier.«

»Muß ich also trinken?« fragte der Baron fast zitternd.

»Trinken oder das Glas einem andern geben, mein Herr, damit das Elixier wenigstens einem zugute kommt.«

»Gib her«, rief Richelieu und streckte die Hand aus.

Der Baron roch an dem Glas, und der balsamische Duft und die rosige Farbe der Flüssigkeit flößten ihm endlich Mut ein; er leerte das Glas.

Im selben Augenblick lief ein Schauer durch seinen Körper und ließ all das Blut, das nur mehr langsam durch die alten Adern rollte, zur Epidermis vordringen. Die faltige Haut des Greises dehnte sich, seine Augen schienen sich zu vergrößern, wurden lebhaft; plötzlich schienen die zitternden Hände nervig zu werden, seine Stimme fest, die Knie elastisch – wie in den schönen Tagen der Jugend.

Ein Schrei der Überraschung und bewundernden Staunens gellte auf. Taverney, der nur noch mit zahnlosen Kiefern kaute, fühlte plötzlich Hunger. Er griff nach Messer und Teller, legte sich etwas von dem Ragout auf und begann die Knochen eines Rebhuhns abzunagen, als ob er die Zähne eines Zwanzigjährigen hätte.

Er aß, lachte, trank und jubelte eine halbe Stunde lang; dann schien er zu erlöschen wie ein Lämpchen, dem das Öl ausgeht. Bald erschienen die alten Runzeln wieder auf seiner Stirn, die Augen verschleierten und verdüsterten sich. Es war, als ob sein Rücken sich von neuem wölbte. Seine Knie begannen zu zittern. »Ach«, seufzte er, »adieu, Jugend!« Zwei Tränen traten aus seinen Augen.

»Meine Herren«, sagte Cagliostro, »ich habe dem Baron nur fünfunddreißig Tropfen des Lebenselixiers gegeben, sie haben ihn nur für fünfunddreißig Minuten verjüngt.«

»Geben Sie mir mehr, Graf«, murmelte der Greis sehnsüchtig.

»Nicht doch, mein Herr. Eine zweite Probe könnte Sie töten.«

Von allen Gästen war Madame Dubarry, die ja die Wirksamkeit des Elixiers kannte, der Szene mit größter Spannung gefolgt. Im Ausmaß, in dem neue Jugend die Adern des alten Taverney zu straffen schien, war sie lebhafter geworden, hatte gelacht und Beifall gespendet. Jetzt war es, als ob sie sich auf Cagliostro stürzen und ihm das Flakon entreißen wollte.

»Ach«, sagte sie endlich traurig, »alles das ist eitel und Schimäre; dieses Wunder hält nur fünfunddreißig Minuten vor.«

»Um zwei Jahre der Jugend zu gewinnen«, meinte Graf de Haga, »müßte man einen ganzen Fluß austrinken.«

»Drei Millionen hundertdreiundfünfzigtausend Tropfen für ein Jahr«, berechnete Condorcet.

»Eine Überschwemmung«, lachte Lapeyrouse.

»Und doch hat bei mir ein einziges kleines Fläschchen genügt, um zehn Jahre lang das Altern aufzuhalten.«

»Ganz recht, gnädige Frau. Und Sie berühren damit das wirkliche Geheimnis. Ein Mann, der bereits gealtert ist, bedarf dieser großen Menge, um eine unmittelbare Wirkung zu erzielen. Eine Dreißigerin – und das waren Sie damals, Madame – oder ein Vierziger (in diesem Alter begann ich das Elixier zu gebrauchen) kommt mit zehn Tropfen täglich aus, wenn er sich eine ewige Jugend und ein Leben voll Reiz und Spannkraft erhalten will.«

»Mein Gott, Herr de Cagliostro«, sagte die Gräfin, »warum haben Sie, wenn es in Ihrer Gewalt lag, Ihr Alter zu wählen, nicht statt vierzig zwanzig gewählt?«

»Weil es mir lieber ist, ein gesunder und vollständiger Mann von vierzig als ein Bürschchen von zwanzig Jahren zu sein. Mit zwanzig Jahren gefällt man den Dreißigerinnen, mit vierzig beherrscht man die Frauen von zwanzig und die Männer von sechzig.«

»Ich gebe nach. Übrigens, wie kann man mit einem lebendigen Beweis diskutieren?«

»Ich bin also verurteilt«, meinte Taverney traurig, »ich bin zu alt.«

»Dann war Herr de Richelieu wohl geschickter als Sie«, meinte Lapeyrouse mit seemännischer Offenherzigkeit, »denn ich habe sagen hören, daß er ein gewisses Rezept besitzt.«

»Das ist ein Gerücht, das die Frauen verbreitet haben«, meinte Graf de Haga lachend.

Der alte Marschall errötete.

»Wollen Sie wissen, meine Herren, worin dieses Rezept besteht?«

»Gewiß wollen wir es wissen.«

»In der Mäßigung. Wahrhaftig, es ist so.«

»Ich würde für mich dieses Rezept ablehnen«, rief die Gräfin, »wenn ich nicht die Wirkung jenes andern erprobt hätte. Aber ich bin noch nicht am Ende meiner Fragen, Herr Zauberer. Sie sagten, daß Sie vierzig Jahre alt waren, als Sie das Elixier zum erstenmal gebrauchten. Seit jener Zeit, also seit der Belagerung von Troja.«

»Es ist noch etwas länger her, gnädige Frau.«

»Sei's drum; Sie waren seither immer vierzig Jahre alt?«

»Das sehen Sie doch.«

»Demnach beweisen Sie mehr«, rief Condorcet, »als Ihr Theorem behauptet. Jetzt handelt es sich nicht nur um die Erhaltung der Jugend, sondern des Lebens schlechthin. Wenn Sie seit dem Trojanischen Krieg bei Ihrem vierzigsten Lebensjahr stehenblieben, sind Sie doch offenbar nie gestorben.«

»Allerdings, Herr Marquis, ich muß es offen zugeben.«

»Und dabei sind Sie doch nicht unverwundbar wie Achilles, der es seinerseits nicht vollends war, da Paris ihm einen Pfeil in die Ferse schoß.«

»Nein, unverwundbar bin ich zu meinem größten Bedauern nicht.«

»Sie konnten also inzwischen eines gewaltsamen Todes sterben?«

»Allerdings.«

»Wie war es Ihnen dann möglich, in dreitausendfünfhundert Jahren allen Unglücksfällen zu entgehen?«

»Was ist die erste Voraussetzung des Lebens?« fragte Cagliostro, »die Gesundheit, nicht wahr? Und was ist die Voraussetzung der Gesundheit?«

»Diät«, meinte Haga.

»Ganz recht, Herr Graf, die Diät. Und warum sollen die Tropfen meines Elixiers eben nicht die beste Diät sein?«

»Und weiter nichts?« fragte Madame Dubarry.

»Auf diese Frage wollen wir gleich eingehen, Madame. Ich habe meine Jugend erhalten, habe den ewigen Traum aller Menschen wirklich werden lassen, indem ich durch diese Diät meine Gesundheit und folglich auch mein Leben erhalten habe.«

»Aber alles verbraucht sich, Graf, auch der beste Körper. Auch der eines Paris.«

»Sie haben doch Paris gewiß gekannt, Herr de Cagliostro?«

»Gewiß, Madame; er war ein recht hübscher Junge, doch verdiente er nicht, was Homer von ihm sagte und die Frauen von ihm denken. Zunächst einmal hatte er eine rote Hautfarbe.«

»Pfui!«

»Helena war leider nicht Ihrer Ansicht, Madame; aber kommen wir zu unserem Elixier zurück. Sie haben behauptet, Herr de Taverney, daß alles sich verbraucht! Und doch wissen Sie ganz gut, daß alles sich erneuert, und das berühmte Messer des heiligen Hubertus, dessen Klinge und Griff so oft ersetzt wurden, mag Ihnen ein Beweis sein; obwohl es vollkommen erneuert worden ist, bleibt es doch Sankt Hubertus' Messer. Der Wein, den die Heidelberger Mönche in ihren Kellern aufbewahren, ist immer der gleiche, obwohl sie alljährlich den Ertrag der neuen Lese in das berühmte Riesenfaß gießen. Darum bleibt er doch immer klar, feurig und süffig, während der Wein, den wir, Opimus und ich, in irdenen Flaschen versiegelten, als ich hundert Jahre später davon kostete, nur mehr ein dicklicher Kot war, den man vielleicht essen, aber gewiß nicht trinken konnte. Nun, ich habe daraus gelernt, ich folge nicht mehr dem Beispiel des Opimus, sondern dem der Heidelberger Mönche. Ich halte meinen Körper jung, indem ich, um die alten Elemente zu regenerieren, ihnen alljährlich neue Prinzipien aufpfropfe. Jeden Morgen erneuert sich in meinem Blut, in meinem Fleisch und in meinen Knochen ein verbrauchtes, kraftlos gewordenes Molekül. Ich habe eine Methode gefunden, die Ruine zu restaurieren, in die unser Körper nur zu leicht fast unmerklich verfällt; ich habe alle die Soldaten mobilisiert, die Gott der Menschennatur zur Verfügung gestellt hat, um sich selbst gegen Zerstörung zu schützen, Soldaten, welche die meisten Menschen aus dem Dienst entlassen, statt sie an beständige Arbeit zu gewöhnen; so sind meine Gedanken, meine Nerven, mein Herz beständig in Funktion geblieben. Ja, es ist mir sogar gelungen, mein Nervensystem zu einer Wachsamkeit zu steigern, die mich alle Gefahren vorausahnen läßt. Sie werden mich nicht dazu bringen, daß ich in ein Haus eintrete, das einstürzen soll. Ach, ich habe zu viele Häuser gesehen, um nicht die guten von den schlechten auf den ersten Blick zu unterscheiden. Ich bin nicht unsterblich, aber ich weiß den Tod zu vermeiden. Um keinen Preis der Welt würde ich auch nur eine Viertelstunde mit Herrn de Launay allein bleiben, der jetzt gerade denkt, daß er mir in einer der Zellen seiner Bastille mit Hilfe des Hungers mein Geheimnis der Unsterblichkeit schon abluchsen wird. Auch mit Herrn de Condorcet möchte ich nicht allein bleiben, denn er überlegt, ob er nicht den Tropfen Gift, den er in seinem Ring am linken Zeigefinger trägt, in mein Glas träufeln soll – natürlich nicht in böser Absicht, sondern aus purem Wissensdrang, ob ich nicht doch sterben kann. Sie brauchen es nicht zu leugnen, Herr de Launay, wir sind kein Gerichtshof, und überdies bestraft man die bloße Absicht nicht. Sagen Sie es nur frei heraus, haben Sie nicht gedacht, was ich da sage? Und Sie, Herr Condorcet, haben Sie nicht das Gift in diesem Ring, das Sie mir im Namen Ihrer Geliebten, der Wissenschaft, einflößen wollten?«

»Weiß Gott«, gestand de Launay lachend und errötend, »Sie haben recht. Übrigens ist mir der Gedanke erst in dem Augenblick gekommen, in dem Sie die Anklage aussprachen.«

»Und ich will nicht weniger offenherzig sein als Herr de Launay«, bestätigte Condorcet. »Ich dachte wirklich, daß ich, wenn Sie von dem Gift in meinem Ring kosten würden, für Ihre Unsterblichkeit keinen Groschen gäbe.«

Ausrufe der Bewunderung wurden hörbar. Das Geständnis de Launays und de Condorcets bewies zum mindesten Cagliostros Scharfblick.

»Sie sehen wohl«, bestätigte der Graf ruhig, »daß ich recht gehabt habe. Da haben Sie eine Probe auf meinen Instinkt, der mich alle Gefahren wittern läßt. Die Gewöhnung an das Leben läßt mich auf den ersten Blick die Vergangenheit der Leute, die ich vor mir habe, überschauen. Ich bin darin so unfehlbar, daß sogar Tiere, ja leblose Gegenstände meinem Scharfblick nicht entgehen. Wenn ich in einen Wagen steige, brauche ich die Pferde nur zu sehen, und ich weiß, ob sie durchgehen werden; ein

Blick auf den Kutscher genügt, und ich errate, ob er umwerfen wird. Gehe ich an Bord, so brauche ich mir nur den Kapitän anzusehen und weiß, ob er ein Esel oder Dickkopf ist. Nun, ich vermeide schlechte Kutscher und schlechte Kapitäne. Den Zufall leugne ich nicht, ich verkürze nur seinen Aktionsradius. Ich lasse ihm nicht, wie alle übrigen Menschen, seine hundert Chancen, sondern raube ihm deren neunundneunzig. So habe ich dreitausend Jahre gelebt.«

»Ach«, meinte Lapeyrouse lachend, »mein lieber Prophet, Sie müßten mit mir auf das Schiff kommen, mit dem ich meine Weltreise machen will. Sie könnten mir einen ausgezeichneten Dienst leisten.«

Cagliostro antwortete nicht.

»Herr Marschall«, fuhr der Seemann lachend fort, »obwohl Herr de Cagliostro sich nicht aus Ihrer angenehmen Gesellschaft entfernen will, was ich nur zu gut begreife, muß ich mich doch von Ihnen beurlauben. Verzeihen Sie, Herr Graf de Haga, und auch Sie, Madame, aber es schlägt sieben Uhr, und ich habe dem König versprochen, um Viertel acht in den Wagen zu steigen. Da aber der Graf de Cagliostro nicht mit mir auf meine Schiffe kommen will, mag er mir doch wenigstens sagen, was zwischen Versailles und Brest geschehen wird. Von Brest bis zum Pol will ich dann für das Weitere sorgen.«

Cagliostro sah Lapeyrouse prüfend an, und sein Blick verriet so viel Sanftmut und Traurigkeit, daß die Gäste seltsam berührt waren. Nur der Seefahrer bemerkte nichts. Er verabschiedete sich endlich von den Gästen, seine Diener halfen ihm in den schweren, wattierten Pelzüberrock, und Madame Dubarry steckte ihm für seine nächtliche Wagenfahrt ein Fläschchen mit einem stärkenden Trank zu – eine jener Erfrischungen, die der Reisende so wohl zu schätzen weiß und doch für sich selbst so selten vorbereitet.

Immer noch lachend, verneigte sich Lapeyrouse ehrfurchtsvoll vor dem Grafen de Haga und bot dem alten Marschall die Hand.

»Adieu, mein lieber Lapeyrouse«, rief der Herzog de Richelieu.

»Nicht doch, Herr Herzog, auf Wiedersehen! Wegen einer Reise, die mich auf vier oder fünf Jahre von Ihnen trennt, brauchen wir uns doch nicht adieu zu sagen.«

»Ach, mein Herr, warum sagen Sie nicht vier oder fünf Jahrhunderte? Sie wissen doch, daß in meinem Alter die Jahre den Jahrhunderten gleichen!«

»Fragen Sie doch den Propheten«, lächelte Lapeyrouse, »gewiß gibt er Ihnen noch zwanzig Jahre. Ist es nicht so, Herr de Cagliostro? Warum haben Sie mir nur von Ihren Wundertropfen gesprochen? Ich ließe es mich etwas kosten, eine Tonne von Ihrem Elixier auf meinem ›Astrolabe‹ mitzunehmen. So heißt mein Schiff, ihr Herren. Madame, noch einen Kuß auf Ihre schöne Hand, gewiß die schönste, die ich bis zu meiner Wiederkehr sehen darf. Auf Wiedersehn!«

Damit ging er. Cagliostro hatte inzwischen sein Schweigen, das allen von schlimmer Vorbedeutung schien, bewahrt. Jetzt hörte man die Schritte des Kapitäns auf der Freitreppe und seine fröhlichen Rufe im Hof.

Alle lauschten.

Als nichts mehr zu hören war, schien eine höhere Kraft alle Blicke auf Cagliostro zu lenken. In seinen Zügen war jetzt etwas wie eine pythische Erleuchtung, die alle Gäste schaudern machte.

Der Graf de Haga unterbrach als erster das Schweigen.

»Warum haben Sie Herrn de Lapeyrouse nicht geantwortet?« fragte er.

»Weil ich ihm entweder eine Lüge oder etwas Grausames sagen mußte. Ich hätte ihm sagen müssen: Herr de Lapeyrouse, der Herzog de Richelieu hat recht, Ihnen adieu zu sagen und nicht: ›Auf Wiedersehen!‹ Beruhigen Sie sich, Herr Marschall, nicht Ihnen gilt diese traurige Vorhersage.«

»Ach«, rief Madame Dubarry, »demnach müßte der arme Lapeyrouse, der mir eben noch die Hand küßte …«

»Er wird sie Ihnen nicht mehr küssen, Madame, denn er wird nie mehr hierher zurückkehren.« Während Cagliostro sprach, blickte er aufmerksam in ein Glas Wasser, das vor ihm stand und in dem die Gegenstände auf dem Tisch sich im Widerspiel des Kerzenlichtes seltsam spiegelten.

Jetzt war die allgemeine Teilnahme auf den Siedepunkt gelangt. Eine ernste, fast feierliche Stimmung beherrschte die Männer, die Cagliostro mit Blicken befragten.

Endlich erhob sich Herr de Favras, näherte sich auf den Fußspitzen der Tür und sah hinaus, ob im Vorzimmer keiner der Diener lauschte. Aber das Haus, wir sagten es schon, war so gut gehalten, daß Favras nur den alten Haushofmeister fand, der, ernst wie eine Schildwache auf verlorenem Posten, die Zugänge des Speisesaales bewachte.

Beruhigt kehrte Favras an seinen Platz zurück.

»So sagen Sie uns«, bat Madame Dubarry, »was dem armen Lapeyrouse bevorsteht!« Cagliostro schüttelte den Kopf.

»Doch, sagen Sie es uns!« verlangten die Herren.

»Nun, Herr de Lapeyrouse bricht auf in der Absicht, eine Weltreise zu machen, das Werk Cooks zu vollenden, des armen Cook, der, wie Sie wissen, auf den Sandwichinseln ermordet wurde. Alles verspricht einen guten Erfolg seines Unternehmens: Es gibt keinen besseren Seemann als Lapeyrouse. König Ludwig XVI., der selbst ein großer Geograph ist, hat seine Reiseroute festgesetzt. Glauben Sie jedoch nicht, daß er sofort seine Reise antreten kann. Zunächst verliert er in Brest Zeit.«

»Das ist schade«, meinte Condorcet, »denn der Augenblick ist für den Antritt einer Weltreise günstig. Es ist sogar schon etwas spät, Februar oder März wären besser gewesen.«

»Man hat ihm doch, hoffe ich, gute Mitarbeiter gegeben?« fragte Richelieu.

»Der Mann, der das zweite Schiff kommandiert, ist ein vorzüglicher Offizier. Ich sehe ihn, er ist noch jung, abenteuerfreudig, leider sogar tapfer.«

»Leider?«

»Ja. Ein Jahr später suche ich diesen Freund und sehe ihn nicht mehr«, bestätigte Cagliostro, der unruhig in sein Glas blickte. »Es ist doch keiner der Herren mit Herrn de Langle verwandt?«

»Nein.«

»Nun, er wird zuerst sterben.«

»Und Lapeyrouse?«

»Ein Jahr, zwei Jahre glücklicher Seefahrt, man erhält Nachrichten von ihm. Dann ...«

»Was dann?«

»Jahre vergehen.«

»Und endlich?«

»Der Ozean ist groß und der Himmel düster. Immer neue unentdeckte Länder tauchen aus den Fluten auf, schreckliche Gestalten wie die Ungeheuer des griechischen Archipels. Sie lauern dem Schiff auf, das zwischen Klippen durch den Nebel zieht, durch Sturm, der noch gastfreundlicher ist als drohende Gestade; weiter ziehen die Helden, unheilvollen Feuern zu. Ach, Lapeyrouse, wenn du mich hören könntest, würde ich dir sagen: wie Kolumbus ziehst du aus, um eine Welt zu entdecken! Hüte dich, Lapeyrouse, vor unbekannten Inseln!«

Ein eisiger Schauer lief durch die Versammlung.

»Warum haben Sie ihn dann nicht gewarnt?« rief Graf de Haga, der wie alle andern dem seltsamen Einfluß dieses Mannes unterlag.

Schon streckte der Marschall die Hand aus, um zu schellen.

Cagliostro fiel ihm in den Arm.

»Ach«, sagte er, »jede Warnung wäre unnütz. Der Mann, der das Schicksal vorausweiß, vermag es nicht abzuändern. Herr de Lapeyrouse würde lachen, wenn er meine Worte hörte, so wie Priamos' Söhne lachten, als Kassandra sprach. Sie selbst, Herr Graf de Haga, haben gelacht, und Ihr Lachen steckt Ihre Freunde an. Ich habe nie einen gläubigen Zuhörer gefunden.«

»Wir glauben«, riefen Madame Dubarry und Richelieu.

»Und auch ich glaube«, bestätigte Graf de Haga liebenswürdig.

»Ja, Sie glauben, weil es sich um Herrn de Lapeyrouse handelt, aber würden Sie auch glauben, wenn es um Sie selbst ginge?«

»Gewiß!«

»Immerhin hätte Herr de Cagliostro Lapeyrouse sagen können: Hüten Sie sich vor unbekannten Inseln. Das wäre eine Chance.«

»Nein, Herr Graf. Er hätte mir nicht geglaubt, und meine Mitteilung wäre um so schrecklicher gewesen, als er, wenn er geglaubt hätte, beim Anblick jener Inseln, die sein Schicksal besiegeln sollen, wie hypnotisiert in die Gefahr hineingetaumelt wäre, statt sie zu fliehen. Statt eines Todes hätte er tausend Tode erlitten. Wenn ich ihm die Hoffnung raubte, so verlor er den letzten Trost, den der Unglückliche noch auf dem Schafott genießt.«

»Das ist wahr«, murmelten einige.

»Allerdings«, meinte Condorcet, »der Schleier, der das Ende unseres Lebens verdeckt, ist das einzig wahre Gut, das Gott den Menschen auf Erden gewährt.«

»Nun, wie dem auch sei«, meinte Haga, »wenn ich von einem Manne wie Ihnen hörte, ich sollte mich vor einem bestimmten Menschen oder einer bestimmten Sache hüten, so würde ich Ihnen danken und mir den Rat nützen lassen.«

Mit einem traurigen Lächeln schüttelte Cagliostro den Kopf.

»Wirklich, Herr de Cagliostro, sagen Sie es mir, und ich werde es Ihnen zu danken wissen.«

»Ich soll Ihnen sagen, Herr Graf, was ich mich Herrn de Lapeyrouse zu sagen weigerte? Niemals!«

»Hüten Sie sich«, meinte der Graf lächelnd, »ich war schon gläubig, Sie machen mich wieder zum Skeptiker.«

»Unglaube ist besser als Angst.«

»Herr de Cagliostro«, rief der Graf, ernst geworden, »Sie vergessen eines, daß es nämlich Menschen gibt, die ihr Schicksal kennen wollen, da das Leben von Millionen von ihrem Schicksal abhängt.«

»Befehlen Sie! Ohne Befehl werde ich nichts sagen. Eure Majestät mögen befehlen.«

»Gut, ich befehle es Ihnen, Herr de Cagliostro!«

In dem Augenblick, in dem Graf de Haga sein Inkognito brach und sich als König behandeln ließ, erhob sich Richelieu und verneigte sich.

»Nicht doch, Herr Marschall, bleiben wir, wie wir sind, und hören wir, was der Graf de Cagliostro mir zu sagen hat.«

»Man sagt dem König nie die Wahrheit, Sire.«

»Ach, ich bin ja nicht in meinem Königreich. Sprechen Sie, Herr de Cagliostro, ich beschwöre Sie.«

Unter Cagliostros Augen schien das Wasser sich im Glas zu bewegen.

»Fragen Sie, Sire. Ich bin bereit zu antworten.«

»Sagen Sie mir, welches Todes ich sterben werde.«

»Sie sterben durch einen Schuß.«

König Gustav strahlte. »Den Soldatentod in der Schlacht! Tausend Dank, Herr de Cagliostro! Gustav Adolf und Karl XII. haben mir gezeigt, wie ein König von Schweden stirbt.«

Wortlos senkte Cagliostro die Stirn.

»Oder soll diese Kugel mich nicht in der Schlacht treffen?«

»Nein, Sire.«

»Bei einer Rebellion also? Wohl möglich.«

»Auch nicht bei einer Rebellion.«

»Wo dann?«

»Im Ballsaal, Sire.«

Der König wurde nachdenklich. Cagliostro ließ den Kopf in seine Hände sinken.

Herr de Condorcet trat näher und suchte dem geheimnisvollen Glas sein Geheimnis abzulauschen. Offenbar fand er keine Lösung des Problems, denn er wandte sich an Cagliostro.

»Nun, auch ich bitte unseren berühmten Propheten, einen Blick in seinen magischen Spiegel zu werfen. Unglücklicherweise bin ich kein mächtiger Herr und darf nicht befehlen; auch gehört mein ruhmloses Leben nicht den Millionen.«

»Mein Herr«, fiel Haga ein, »Sie mögen im Namen der Wissenschaft befehlen, denn Ihr Leben gehört nicht nur einem Volk, sondern der Menschheit.«

»Danke, Herr Graf, aber vielleicht ist Ihre Ansicht nicht die des Herrn de Cagliostro.«

»Doch, Marquis«, bestätigte Cagliostro und hob den Kopf. »Sehen Sie mich an. So wollen wirklich auch Sie ernsthaft, daß ich Ihnen die Zukunft vorhersage?«

»Ganz ernsthaft, auf mein Wort.«

»Nun, Marquis, Sie sterben durch das Gift, das Sie in dem Ring an Ihrem Finger tragen.«

»Wenn ich ihn aber wegwerfe?«

»Werfen Sie ihn weg!«

»Sie geben also zu, daß das leicht ist?«

»Ich kann nur sagen: werfen Sie ihn weg!«

»Wirklich, Marquis«, rief Madame Dubarry, »werfen Sie das dumme Gift fort, tun Sie es, und wäre es nur um diesen Unheilspropheten Lügen zu strafen, der uns mit seinen Prophezeiungen quält. Wenn Sie den Ring wegwerfen, können Sie durch ihn nicht mehr zu Schaden kommen, das gibt Herr de Cagliostro selbst zu.«

»Die Frau Gräfin hat recht«, meinte Haga.

»Es ist unnütz«, erklärte Cagliostro ruhig. »Herr de Condorcet wird den Ring nicht wegwerfen.«

»Nein, ich werde es wirklich nicht tun. Nicht nur, weil ich dem Schicksal nicht in den Arm fallen will. Cabanis hat mir dieses Gift bereitet, es ist ein Unikat, das der Zufall hervorgebracht hat und das wir vielleicht nie wieder herstellen können. Triumphieren Sie, Herr de Cagliostro, wenn Sie wollen.«

»Das Schicksal«, sagte dieser, »findet immer bereitwillige Helfer.«

»Nun, ich sterbe durch Gift. Mag es doch sein. Sie sagen mir da einen köstlichen Tod voraus, Graf. Ein wenig von diesem Gift auf meine Zungenspitze – und es ist aus mit mir. Das ist nicht der Tod, das ist nur das Ende des Lebens.«

»Mir liegt nichts daran, daß Sie leiden, mein Herr«, antwortete Cagliostro kalt. Seine Miene verriet, daß er nicht weiterzusprechen wünsche.

»Mein Herr«, fragte der Marquis de Favras, »wir haben bis jetzt einen Schiffbruch, einen Schuß und eine Vergiftung. Mir läuft das Wasser im Mund zusammen. Wollen Sie mir auch einen kleinen Unfall in der Art versprechen?«

»Ach, Herr Marquis, Sie haben unrecht, diese Herren zu beneiden, auf mein Edelmannswort. Sie sollen etwas Besseres haben.«

»Etwas Besseres?« rief de Favras lachend. »Hüten Sie sich, Graf, das heißt viel versprechen. Etwas Besseres als das Meer, ein Schuß und Gift?«

»Es bleibt uns noch der Strang, Herr Marquis«, antwortete Cagliostro liebenswürdig.

»Der Strang? Was reden Sie da?«

»Ich sage Ihnen, daß Sie gehenkt werden«, antwortete Cagliostro, gleichsam von seiner Ekstase des Prophezeiens fortgerissen.

»Der Herr vergißt, daß ich Edelmann bin«, meinte Favras kühl; »oder er meint einen Selbstmord, aber ich kann versprechen, daß ich mich bis zu meinem letzten Augenblick genug achten werde, um den Strang zu meiden, solange mir ein Degen zur Verfügung steht.«

»Ich spreche nicht von Selbstmord, sondern von Hinrichtung.«

»Sie sind Fremder, darum verzeihe ich Ihnen Ihre Unwissenheit. In Frankreich werden die Edelleute geköpft.«

»Das mögen Sie mit Ihrem Henker abmachen«, antwortete Cagliostro brutal.

Ein Zögern ging durch die Gesellschaft.

»Wissen Sie«, meinte Herr de Launay, »daß ich fast zittere, Sie zu befragen? Meine Vorgänger haben ein so schlechtes Los gezogen, daß ich nicht in dieselbe Urne greifen möchte.«

»Dann sind Sie klüger als sie und wollen Ihre Zukunft nicht kennen. Respektieren wir Gottes Geheimnis.«

»Oh, Herr de Launay«, rief Madame Dubarry, »ich hoffe, daß Sie ebensoviel Mut aufbringen wie diese Herren.«

»Nun, dann stellen Sie, ich bitte, auch mir das Horoskop!«

»Das ist leicht. Der Streich einer Hacke – und alles ist vorbei.«

Ein Aufschrei des Entsetzens antwortete Cagliostro. Richelieu und Taverney baten ihn, nicht weiterzugehen, aber die Neugierde der Frau trug den Sieg davon.

»Wahrhaftig«, sagte Madame Dubarry, »nach Ihnen stirbt ja alle Welt eines gewaltsamen Todes. Wir sind unserer acht, und Sie haben schon fünf zum Tode verurteilt.«

»Sie merken hoffentlich«, warf Favras mit erzwungenem Lächeln ein, »daß es sich um vorgefaßte Absicht handelt.«

»Oh, ich werde nicht durch meine Feigheit diese Gesellschaft entehren. Ach, ich bin nur eine Frau, und ich habe nicht einmal die Ehre, durch einen hohen Rang einem düsteren Ende zugeführt zu werden. Eine Frau? Unsereiner stirbt im Bett. Der Tod einer alten, vergessenen Frau ist der traurigste von allen. Nicht wahr, Herr de Cagliostro?«

Sie zögerte. Es war, als ob sie durch ihre Worte und auch durch ihre Miene dem Propheten eine gewisse Sicherheit geben wollte.

»Wie soll ich Ihnen antworten, da Sie mich nicht fragen?«

Die Gräfin zögerte.

»Nun«, rief Cagliostro unerbittlich, »fragen Sie oder fragen Sie nicht?«

Die Komtesse warf einen Blick um sich, und als sie die Gesellschaft lächeln sah, tat sie sich Gewalt an.

»Gut, ich will es wagen. Wie soll Jeanne de Vaubernier, Gräfin Dubarry, sterben?«

»Auf dem Schafott.«

»Sie scherzen doch, mein Herr«, stammelte die Gräfin mit einem flehenden Blick.

»Warum soll ich scherzen?«

»Um auf das Schafott zu steigen, muß man Mord oder Totschlag begangen, muß man irgendein Verbrechen verschuldet haben, und das werde ich aller Wahrscheinlichkeit nach nicht tun. Sie scherzten doch, nicht wahr?«

»Mein Gott, ja; alle Prophezeiungen waren Scherz.«

Die Gräfin brach in ein Gelächter aus, das zu gellend klang, um für echt zu gelten. »Nun, Herr de Favras«, sagte sie, »dann können wir ja unsere Leichenwagen bestellen.«

»Oh, für Sie wäre das ganz unnötig, Komtesse«, bemerkte Cagliostro, »denn Sie werden in einem Karren zum Schafott gefahren.«

»Pfui! Marschall, wählen Sie nächstes Mal fröhlichere Gesellschaft, oder ich komme nicht mehr zu Ihnen.«

»Verzeihen Sie mir, Madame«, sprach Cagliostro, »aber Sie – wie auch die andern – haben es selbst gewollt.«

»Ich wie auch die andern; aber geben Sie uns wenigstens Zeit, einen Beichtvater zu wählen?«

»Das wäre überflüssige Mühe, Komtesse. Der letzte, der in Begleitung eines Beichtvaters das Schafott besteigen wird, soll der König von Frankreich sein.«

Cagliostro hatte so düster gesprochen, daß das Blut der Gäste zu Eis zu erstarren drohte. Eine längere Pause trat ein. Endlich näherte Cagliostro das Glas, aus dem er seine blutigen Prophezeiungen gelesen hatte, den Lippen, aber kaum hatte er sie benetzt, als er es auch schon mit einer Geste unüberwindlichen Abscheus zurückstellte. Dann richteten seine Augen sich auf Taverney.

»Ach«, rief dieser. »Sagen Sie mir nichts. Ich frage Sie nicht.«

»Gut«, meinte Richelieu. »So frage ich Sie für mich an seiner Stelle.«

»Sie mögen beruhigt sein, Herr Marschall. Sie sind der einzige von uns allen, der in seinem Bett stirbt.«

»Den Kaffee, meine Herren!« rief der alte Marschall entzückt. »Den Kaffee!«

Alle erhoben sich. Bevor man in den Salon hinüberwechselte, trat Graf de Haga zu Cagliostro.

»Ich will meinem Schicksal nicht entgehen. Aber sagen Sie mir, wovor ich mich hüten muß.«

»Vor einem Muff, Sire.«

»Und ich?« fragte Condorcet.

»Vor einem Eierkuchen.«

»Von heute an esse ich keine Eierkuchen.«

»Und was habe ich zu fürchten?« fragte Favras.

»Einen Brief.«

»Und ich?«

»Die Erstürmung der Bastille, Herr de Launay.«

»Oh, dann kann ich beruhigt sein!«

»Und ich, mein Herr?« fragte die Gräfin verängstigt.

»Meiden Sie die Place Louis XV., schöne Gräfin!«

»Ach, dort habe ich mich schon einmal verirrt. Das war schlimm! Ich habe damals den Verstand verloren.«

»Diesmal, Gräfin, werden Sie ihn nicht wiederfinden.«

Mit einem Aufschrei floh Madame Dubarry in den Salon.

Cagliostro wollte ihr folgen, aber Richelieu hielt ihn zurück.

»Einen Augenblick, mein lieber Zauberer, wir bleiben noch übrig, Taverney und ich.«

»Herr de Taverney hat mich gebeten, ihm nichts zu sagen, und Sie haben mich nicht gefragt.«

»Wollen Sie uns nicht, um uns einen Beweis Ihrer Gabe zu erbringen, etwas sagen, was nur wir beide wissen?«

»Was wünschen Sie zu hören?«

»Gut, sagen Sie uns, was der wackere Taverney in Versailles tun wird, statt ruhig auf seinem Landgut Maison Rouge zu leben, das der König ihm vor drei Jahren wiedergekauft hat?«

»Nichts einfacher als das, Herr Marschall. Vor zehn Jahren wollte Herr de Taverney dem König seine Tochter, Mademoiselle Andrée, geben, aber es ist ihm nicht gelungen. Jetzt wünscht er seinen Sohn, Philippe de Taverney, der Königin Marie-Antoinette ans Herz zu legen. Fragen Sie ihn, ob ich lüge.«

»Dieser Mensch ist ein Hexer, weiß der Teufel!«

Taverney wandte sich ab. Schon war Cagliostro verschwunden.

»Komm, Taverney«, sagte der Marschall, »gehen wir in den Salon, sonst wird der Kaffee kalt.«

Sie fanden den Salon verlassen; keiner der Gäste hatte den Mut aufgebracht, dem furchtbaren Propheten noch einmal ins Auge zu sehen. Die Kerzen brannten in ihren Kandelabern, und der Kaffee rauchte in den Tassen; im Kamin knisterte das Feuer.

Alles unnütz.

»Meiner Treu, alter Kamerad. Es scheint, daß wir unsern Kaffee zu zweit nehmen müssen. Zum Teufel, wo bist du denn?«

Vergeblich blickte Richelieu um sich. Auch der Greis war verschwunden wie alle anderen.

»Egal«, murmelte der Marschall mit einem höhnischen Lachen, wie es einem Voltaire angestanden hätte, und die beringten Hände aneinanderreibend. »Ich allein sterbe im Bett. Im Bett! Graf Cagliostro, ich bin nicht ungläubig. Im Bett und möglichst spät! Holla, Kammerdiener, meine Tropfen!«

Der Lakai trat mit dem Fläschchen in der Hand ein und folgte dem Marschall in sein Schlafzimmer.

Ende des Prologs

Erstes Kapitel
Zwei unbekannte Frauen

Wir konnten den Winter des Jahres 1784, dieses Ungeheuer, das ein Sechstel von ganz Frankreich verschlang, im Haus des Marschalls de Richelieu nicht bemerken, denn wenn es auch heulend an den Türen rüttelte, konnte es doch nicht in den sicher verschlossenen, wohlig angewärmten Speisesaal eindringen.

Ein paar Eisblumen an den Fenstern – das ist ein luxuriöses Spiel der Natur, dem menschlichen Luxus als gefällige Zutat beigefügt. Für den Reichen hat der Winter seine Diamanten, seinen Staubzucker und seinen Silberputz; er bleibt eingewickelt in seinen molligen Pelz, kuschelt sich in den Fond seines Wagens oder hüllt sich, wenn er in seinem gutgeheizten Heim sitzt, in den wattierten Hausrock aus Samt. Der Frost ist für ihn nur eine prunkhafte Modekleidung der Natur, er betrachtet sie vergnügt durch die Scheiben seiner Fenster und dankt für das gefällige Schauspiel dem großen, ewigen Regisseur, den er Gott nennt.

Wahrhaftig, wer nicht friert, kann auch den Reiz der kahlen Bäume auskosten und den düsteren Aspekt der in winterliches Weiß gehüllten Landschaft genießen.

Wenn einem der Duft des köstlichen Mahles, das ihn erwartet, in die Nase steigt, mag er wohl vorher durch das halbgeöffnete Fenster einen Schluck kalte Brise und eisigen Odem des Schnees nehmen, um seine Gedanken aufzufrischen.

Und wer endlich nach einem leidlos verlebten Tag – mögen auch Millionen seiner Mitmenschen sich gequält haben – sich in

Daunendecken wickelt, um sich's in einem angewärmten Bett bequem zu machen, der mag wie jener Egoist, von dem Lucretius spricht und den Voltaire verherrlicht, finden, daß er sich auf der besten aller möglichen Welten befindet.

Wer aber friert, merkt nichts von dem blendenden Glanz der winterlichen Natur, der ihr weißer Mantel vielleicht nicht schlechter steht als der grüne.

Wer hungert, hat den Blick auf die Erde gerichtet und meidet den Himmel, denn den Unglücklichen lächelt keine Sonne.

Zu jener Zeit, in der unsere Handlung einsetzt, gab es allein in Paris nicht weniger als dreihunderttausend Elende, die hungerten und froren, in demselben Paris, das wegen seines beispiellosen Reichtums Vorkehrungen gegen den Hungertod seiner Armen für überflüssig hielt.

Seit vier Monaten schon jagte der eisige Wintersturm die Dörfler in die Städte, wie er wohl die Wölfe aus den Wäldern in die Dörfer treibt.

Es fehlte an Holz, es fehlte an Brot.

An Brot für die Darbenden, um sie besser die Kälte ertragen zu lassen, an Holz, um Brot zu backen.

Alle Vorräte hatte Paris in einem Monat aufgezehrt; der Vorsteher der Handelskammer, unfähig und ohne Voraussicht des Kommenden, wußte nicht einmal, wie er die zweihunderttausend Bündel Holz, die im Umkreis von zehn Meilen lagerten, in die seiner Fürsorge überantwortete Stadt schaffen sollte.

Zu seiner Entschuldigung führte er an, daß bei Glatteis Pferde und Wagen nicht weiterkämen; taute es aber, so hatte man zu wenig Wagen und Pferde zur Hand. Ludwig XV., der immer Verständnis für die physischen und nie Verständnis für die sozialen Bedürfnisse seiner Untertanen hatte, warf eine Summe von zweihunderttausend Francs aus, um Karren und Pferde zu besorgen; und als sie nicht reichten, schritt man zur Requisition.

Dennoch eilte der Verbrauch der Anfuhr immer voraus. Man mußte das Brennmaterial rationieren. Niemand durfte zunächst mehr als eine Fuhre, dann eine halbe entnehmen. Bald verlängerten sich vor den Läden der Holzhändler die Reihen der Wartenden, wie sie sich später vor den Pforten der Bäcker verlängern sollten.

So hoffte man die Zeit des Tauwetters zu erreichen.

Aber der Himmel war unerbittlich. Jeden Abend breitete sich ein kupferroter Schleier über dem Firmament aus; kalt und trocken wie Totenfackeln strahlten die Sterne, die Nacht überzog die Straßen mit neuem Eis.

Untertags bemühten sich Tausende von Arbeitern, mit Hacke und Schaufel den Schnee an den Wänden der Häuser aufzuhäufen, so daß die engen Straßen durch den Wall der aufgehäuften Schneemassen noch verengt wurden. Schwere Wagen, von taumelnden Pferden gezogen, zwängten sich durch diese Engpässe. Endlich erklärte das ohnmächtige Paris sich als besiegt und ließ den Winter gewähren. So verstrichen Dezember, Januar, Februar und März; zuweilen verwandelte ein Tauwetter von zwei oder drei Tagen die Stadt, der es an Abflüssen und Gossen fehlte, in einen Ozean.

Seinem Charakter getreu, dichtete Paris auf den Eistod Chansons, wie es früher den Hungertod besungen hatte. In Prozessionen eilte man zu den Hallen, um die Fischweiber zu sehen, die in ungeheuren Lederstiefeln hinter ihren Käufern herliefen, die Hosen in die Stiefel gestopft und die Röcke bis zum Gürtel aufgerafft; alle Welt lachte, gestikulierte und amüsierte sich damit, in den Kot zu stapfen, um die Nächststehenden zu bespritzen.

Die Seine war einige Fuß tief gefroren und zum Rendezvous aller Müßiggänger geworden, die sich mit Schleifen und Schlittschuhlaufen ergötzten, bis sie, von solchen gymnastischen Übungen erwärmt, ermüdet zu einem offenen Feuer liefen, damit der Schweiß ihnen nicht auf ihren Gliedern gefriere.

In dieser verzweifelten Lage berief der König den Großen Rat ein. Es wurde beschlossen, daß man die Bischöfe, Abbes und Mönche, die ganz vergessen zu haben schienen, wo sie hingehörten, in aller Höflichkeit bitten solle, in ihre Amtsbezirke zurückzukehren, und ebenso die Gouverneure und Landräte, die in Paris an Oper und Gesellschaft so viel Gefallen gefunden hatten, daß ihnen ihre liliengeschmückten Amtsstühle aus dem Sinn gekommen waren.

Ende März trat endlich Tauwetter ein, wenn auch unregelmäßiges. Nie war das Elend so groß gewesen, wie in dieser letzten Periode. Ein kurzer Ausblick auf eine noch laue Sonne ließ die bitteren Nächte des Frostes noch schlimmer erscheinen, die Schneemassen waren geschmolzen und flossen jetzt in die Seine ab, die aus den Ufern trat. In wenigen Tagen war Paris mit Verwundeten und Sterbenden überhäuft. Hier gab es bei einem Sturz auf Glatteis ein gebrochenes Bein, dort eine von einem gleitenden Wagen eingedrückte Brust. Erst jetzt traf die Polizei Maßnahmen, daß jene, die dem Hunger, der Kälte und der Überschwemmung entgangen waren, nicht zuletzt den Rädern zum Opfer fielen. Man ließ die Reichen, die Arme niederfuhren, Buße zahlen. In jener Zeit eines aristokratischen Königtums legitimierte sich der Adel sogar in seiner Art, die Pferde zu lenken. Ein Prinz von königlichem Geblüt fuhr mit verhängten Zügeln und ohne »Aufgepaßt!« zu rufen. Ein Herzog oder Pair von Frankreich, ein Edelmann oder eine Opernsängerin fuhren in gestrecktem Galopp, ein Präsident oder Geldmann im Galopp; gewöhnliche Dandys lenkten selbst ihr Kabriolett, als ob sie auf die Jagd führen, und der Jockei, der auf dem Rücktritt stand, schrie »Vorsicht!«, wenn sein Herr jemand niedergefahren hatte.

So standen die Dinge, als acht Tage nach dem Diner, das Herr de Richelieu in Versailles gegeben hatte, an einem schönen, aber kalten Tag vier elegante Schlitten in Paris einfuhren, um über den Cours-la-Reine zu den Champs-Elysees zu gelangen.

In dem ersten der Schlitten saßen zwei Männer, die braune, wattierte Tuchmäntel mit Doppelkragen trugen; der einzige Unterschied, den man an ihren Gewändern merkte, bestand darin, daß die Knöpfe und Tressen des einen von Gold, die des andern aber aus Seide waren.

Zuweilen sahen sich die beiden Männer nach dem zweiten Schlitten um, als ob sie ihn in seiner Fahrt überwachen wollten.

In diesem zweiten Gefährt saßen zwei Frauen, die so dicht in ihr Pelzwerk eingehüllt waren, daß man ihre Gesichter kaum ausnahm. Sie unterhielten sich, ohne der zahlreichen Spaziergänger zu achten, die sich nach ihnen umwandten.

Eine der beiden, die größere, majestätischere, drückte ein fein gesticktes Batisttaschentuch an ihre Lippen. Es hatte eben vom Sainte-Croix-d'Antin fünf Uhr geschlagen, und die Kälte des hereinbrechenden Abends begann sich fühlbar zu machen.

Jetzt erreichten die Gefährte etwa die Porte Saint-Denis.

Die Dame in dem Schlitten, die das Taschentuch an den Mund gepreßt hielt, gab den beiden Männern, die vorausfuhren, ein Zeichen, dann wandte sie sich um nach den zwei folgenden Gefährten, die von unlivrierten Kutschern gefahren wurden; auf ihren Wink verschwanden sie in der Rue Saint-Denis.

Als endlich der zweite Schlitten den Boulevard de Ménilmontant erreichte, blieb er stehen; in dieser Gegend waren Spaziergänger selten, und selbst die wenigen hatte die hereinbrechende Nacht verscheucht. Auch wagten die Bürger kaum, ohne Begleitung und ohne Laterne auszugehen, denn der rauhe Winter hatte die Zähne von drei- oder viertausend verdächtigen Bettlern geschärft, die sich allmählich in Banditen verwandelt hatten. Jetzt berührte die Dame, von der wir dem Leser bereits gesagt haben, daß sie die Befehle erteilte, die Schulter des Kutschers mit der Fingerspitze.

Sofort hielt der Schlitten.

»Weber«, sagte sie, »wie lange brauchen Sie, um das Kabriolett herzubringen?«

»Madame wünschen das Kabriolett?« sagte der Kutscher mit betont deutschem Akzent.

»Ja, ich will durch die Straßen zurückfahren, um die Feuer zu sehen. Die Straßen sind noch kotiger als die Boulevards, der Schlitten würde steckenbleiben. Übrigens ist mir ein wenig kalt geworden. Ihnen doch auch, Kleine, nicht wahr?« wandte sich die Dame an ihre Begleiterin.

»Ja, Madame.«

»Wie lange werden Sie brauchen, Weber?«

»Eine halbe Stunde.«

»Gut. Sehen Sie auf Ihre Uhr, Kleine.«

Die jüngere der beiden Damen zog nicht ohne Mühe eine Uhr hervor.

»Es ist drei Viertel sechs.«

»Spätestens um drei Viertel sieben also, Weber.«

Damit sprang die Dame leichtfüßig aus dem Wagen, reichte ihrer Freundin die Hand und entfernte sich dann, während der Kutscher mit einer verzweifelten Gebärde laut genug, daß seine Herrin ihn hören konnte, murmelte:

»Wie unvernünftig, mein Gott, wie unvernünftig!«

Die beiden Damen lachten, hüllten sich dichter in ihre Pelze und marschierten weiter.

»Sie haben bessere Augen als ich, Andrée«, sagte endlich die ältere, die selbst kaum mehr als dreißig Jahre zu zählen schien, »suchen Sie doch den Namen der Straße zu entziffern.«

»Rue du Pont aux Choux, Madame«, antwortete die jüngere Frau lachend.

»Rue du Pont aux Choux? Mein Gott, wir haben uns verirrt! Man sagte mir, es wäre die zweite Straße rechts. Merken Sie nicht, Andrée, wie es hier nach heißem Brot riecht?«

»Kein Wunder, denn wir stehen vor der Tür eines Bäckers.«

»Gut, dann wollen wir ihn fragen, wo die Rue Saint-Claude ist.«

Damit näherten sie sich der Tür.

»Ach, gehen Sie nicht hinein, Madame!« rief die jüngere lebhaft, »ich will fragen.«

»Nun, ihr kleinen Damen«, fragte eine vergnügte Stimme, »ihr wollt wissen, wo die Rue Saint-Claude ist?«

Die beiden Frauen wandten sich um und sahen einen Burschen, der trotz der eisigen Kälte Brust und Beine entblößt hatte, an der Tür lehnen.

»Ach, der nackte Mensch!« rief die jüngere, »sind wir denn auf eine Insel in der Südsee geraten?«

»Sie suchen die Rue Saint-Claude?« fuhr der Bäckergeselle fort, »sie ist nicht schwer zu finden. Aber ich will Sie führen.«

Der mehlbestäubte Mensch schob seine mageren Füße in mächtige Holzpantinen.

»Nicht doch!« rief die ältere der beiden Damen, die offenbar nicht in solcher Begleitung gesehen werden wollte. »Bemühen Sie sich nicht; es genügt, wenn Sie uns sagen, in welche Richtung wir gehen sollen.«

»Die erste Straße rechts, Madame«, antwortete der Führer und zog sich bescheiden zurück. Die beiden Frauen erstickten ihr Lachen in ihren pelzbesetzten Ärmeln und liefen davon.

Zweites Kapitel
Ein Interieur

Wir dürfen, ohne das Gedächtnis unserer Leser zu überlasten, uns der Hoffnung hingeben, daß sie die Rue Saint-Claude, die im Osten an den Boulevard und im Westen an die Rue Saint-Louis stößt, bereits kennen; in der Tat haben sie schon viele Personen, die in dieser Geschichte bereits eine Rolle gespielt haben oder noch spielen werden, hier gesehen, wo ja auch der große Physiker Joseph Balsamo mit seiner Sibylle Lorenza und seinem Lehrer Althotas gewohnt hat.

Im Jahre 1748 war die Rue Saint-Claude eine anständige, wenn auch nicht gerade helle Straße, nicht besonders reinlich, wenig frequentiert und kaum bekannt. Doch hatte sie ihren heiligen Namen durch ihren Rang als Straße des Marais und umfaßte drei oder vier Häuser, in denen einige Kleinrentner, mittlere Händler und Arme, die nicht auf der Liste des Kirchspiels standen, wohnten.

Außer diesen drei oder vier Häusern gab es an der Ecke des Boulevards ein prunkvolles Gebäude, mit dem die Rue Saint-Claude sich wohl hätte brüsten können, wenn es nicht das düsterste, stummste und unbewohnteste des ganzen Quartiers gewesen wäre. Das große Tor wurde nie geöffnet; die Fenster waren mit Ledervorhängen verdeckt, deren Staubbelag einem Geologen die Gewähr zehnjährigen Alters gegeben hätte.

Nur selten kam ein müßiger Spaziergänger, ein Neugieriger oder jemand aus der Nachbarschaft vorüber, trat an das Gittertor der Einfahrt und betrachtete das Haus.

Er sah dann zwischen den Pflastersteinen Gras schimmern und Moos. Manchmal lief eine gewaltige Ratte, die Beherrscherin dieser verlassenen Domäne, in aller Ruhe über den Hof und zog sich in den Keller zurück, aus Gewöhnung oder überflüssiger Bescheidenheit, denn auch die Salons und Wohnzimmer, in denen keine Katze ihre Ruhe gestört hätte, standen ihr zur Verfügung.

Blieb dieser Mann aus der Nachbarschaft aber länger stehen, so trat wohl noch ein anderer zu ihm, und es entspann sich etwa folgendes Gespräch:

»Nachbar, was sehen Sie denn an dem Haus des Grafen de Balsamo?«

»Nachbar, ich sehe die Ratte.«

»Ach, Sie erlauben doch?«

Damit trat der zweite näher und blickte seinerseits in den Hof. »Sie ist ordentlich fett geworden.«

»Niemand stört sie.«

»Man mag sagen, was man will, sie muß doch noch etwas zu essen in dem Haus finden!«

»Etwas zu fressen? Meinen Sie?«

»Weiß Gott, Herr de Balsamo ist zu rasch verschwunden, um nicht etwas vergessen zu haben.«

»Was soll man vergessen, wenn ein Haushalt abgebrannt ist.«

Dann warfen die Neugierigen wohl noch einen Blick auf die Ratte und trennten sich, etwas verschüchtert, weil man auf einen so heiklen Gegenstand zu sprechen gekommen war.

In der Tat war nach jenem Brand Balsamo verschwunden und nicht mehr wieder aufgetaucht.

Wir aber wollen die düstere Treppe des Nachbarhauses hinaufsteigen bis zur fünften Etage, denn wir haben hier zu tun. Eine einfache, an die Wand gelehnte Leiter führt zum obersten Stockwerk. An der Tür hängt ein Rehfuß. Sobald wir sie geöffnet haben, gelangen wir in ein kahles, dunkles Zimmer. Es ist nur ein Vorraum, durch den man in ein anderes Zimmer gelangt, dessen Möbel unsere Aufmerksamkeit wohl verdienen.

Steinfliesen statt eines Holzfußbodens, grobbemalte Türen, drei mit gelbem Samt überzogene Stühle aus weißem Holz und ein armseliger Diwan, dessen Kissen infolge hohen Alters bereits abgemagert sind, bilden die Einrichtung.

Falten und Schlaffheit der Federn kennzeichnen das Alter eines Lehnstuhls. Setzt man sich darauf, so gibt er nach und kreischt.

Zwei Porträts, die an der Wand hängen, ziehen unsere Blicke auf sich. Eine Kerze und eine Lampe, die auf einem Dreifuß und am Kaminbord stehen, dienen als Beleuchtung.

Ein Barett über dem länglich-fahlen Gesicht, dessen Augen matt sind, ein Spitzbart und eine Halskrause lassen uns das erste der beiden Porträts leicht erkennen; das ist Heinrichs III., König von Frankreich und Polen, heroische Miene.

Unter dem Bild lesen wir mit schwarzen Lettern auf einem schlechtvergoldeten Rahmen:

Henry de Valois.

Das andere Porträt, das jüngst neu vergoldet worden ist und ebenso frisch scheint wie das erstere verstaubt, stellt eine junge Frau mit dunklen Augen, einer feinen, geraden Nase und vorspringenden Backenknochen dar. Ihr Kopf ist geschmückt oder eigentlich überlastet mit einem Gebäude von Haaren und Seidenbändern, mit dem verglichen Heinrichs III. Barett wie ein Maulwurfshügel neben einer Pyramide erscheint.

Unter diesem Porträt steht, gleichfalls in schwarzen Lettern:

Jeanne de Valois.

Will der Leser aber wissen, in welcher Beziehung diese Porträts zu den Bewohnern dieser fünften Etage stehen, so braucht er sich nur nach einem kleinen Eichentisch umzuwenden, an dem eine einfach gekleidete Frau sitzt und die Anschriften einiger versiegelter Briefe liest.

Diese junge Frau ist das Original des Porträts.

Drei Schritte neben ihr steht, halb neugierig, halb respektvoll, eine kleine, alte Dienerin von etwa sechzig Jahren, gekleidet wie eine Duenna des Greuze, und wartet.

Wenn diese Dame wirklich eine Valois ist, wie konnte Heinrich III., dieser genußsüchtige König, auch nur im Bild ein Schauspiel solchen Elends ertragen, da es sich um eine Person nicht nur seines Geschlechts, sondern sogar seines Namens handelte?

Übrigens verleugnete die Dame ihren Ursprung durchaus nicht. Sie hatte weiße, zarte Hände, die sie von Zeit zu Zeit unter den gekreuzten Armen wärmte. Ihr feiner, kleiner, länglicher Fuß steckte in noch immer koketten Pantoffeln. Wenn der kalte Wind durch die Türen und Spalten der Fenster pfiff, schüttelte die Dienerin traurig den Kopf und blickte in den verödeten Kamin.

Inzwischen fuhr die Herrin des Hauses fort, die Anschriften ihrer Briefe zu prüfen. Sooft sie eine gelesen hatte, überlegte sie einen Augenblick.

»Madame de Miséry«, murmelte sie, »erste Hofdame Seiner Majestät. Mehr als sechs Louis darf ich nicht erwarten, denn man hat mir schon früher Geld gegeben.« Sie seufzte. »Madame Patrix, Kammerfrau Seiner Majestät, zwei Louis. Herr d'Ormesson, eine Audienz. Herr de Galonne, einen Rat. Herr de Rohan, einen Besuch. Wir werden uns bemühen, daß er ihn erwidert. So hätten wir für heute in acht Tagen acht Louis sicher.« Sie blickte auf. »Frau Clotilde, schneuzen Sie doch die Kerze.«

Die Alte gehorchte und trat wieder an ihren Platz. Sie betrachtete ihre Herrin so aufmerksam, daß die junge Frau ungeduldig wurde. »Sehen Sie doch nach, meine Liebe, ob wir nicht noch ein Stümpfchen von einer Kerze haben, und geben Sie es mir. Diese Talgkerze ist mir widerwärtig.«

»Wir haben sonst nichts mehr«, antwortete die Alte.

»Sehen Sie immerhin nach. Aber halt, es läutet.«

»Madame täuscht sich«, antwortete die Alte.

»Ich glaubte es zu hören, Frau Clotilde.«

Damit wandte sich die Dame wieder ihren Gedanken zu.

»Acht Louis«, murmelte sie, »von denen ich drei für das Quartier schuldig bin. Drei Louis ... Dann gehen fünf an Herrn de La Motte, um ihm den Aufenthalt in Bar-sur-Aube erträglich zu machen. Armer Teufel, die Ehe hat ihn nicht bereichert. Aber Geduld!«

Sie lächelte noch, als sie in den Spiegel blickte, der zwischen den beiden Porträts hing.

»Dann kommen Fahrten von Versailles nach Paris und von Paris nach Versailles«, fuhr sie fort, »das macht einen Louis. Bleibt ein Louis für acht Tage Haushalt. Toiletten, Fiaker, Trinkgelder für die Schweizer in den Häusern, in denen ich vorspreche: vier Louis. Ist das jetzt alles? Addieren wir.«

Mitten in ihrer Rechnung unterbrach sie sich.

»Es läutet.«

»Nein, Madame, das ist unten im vierten Stock.«

»Vier, sechs, elf, vierzehn Louis; sechs weniger als wir brauchen, und überdies müßte ich dieses alte Vieh endlich bezahlen, um es wegschicken zu können. Ich sage Ihnen doch, daß es läutet«, rief sie plötzlich zornig.

Diesmal hätte selbst ein Schwerhöriger das Zeichen der Glocke nicht überhören können. Während die Alte sich endlich aufraffte und hinausging, sammelte ihre Herrin, gewandt wie ein Eichhörnchen, die auf dem Tisch verstreuten Papiere ein, schob sie in eine Lade und ließ einen raschen Blick durch das Zimmer schweifen, um sich zu überzeugen, ob alles in Ordnung sei; dann nahm sie mit resignierter Miene auf dem Diwan Platz.

Jetzt hörte man die Duenna im Vorzimmer sprechen. Eine frische, liebliche Stimme fragte:

»Wohnt hier die Frau Gräfin de La Motte?«

»Die Frau Gräfin de La Motte Valois?« wiederholte Clotilde näselnd.

»Ja, meine Gute. Ist die Frau Gräfin zu Hause?«

»Allerdings, Madame, sie ist zu leidend, um auszugehen.«

Während dieser Unterredung warf die angebliche Kranke einen Blick in den Spiegel, sah, daß die Dame, die mit Clotilde sprach, offensichtlich der besten Gesellschaft angehörte, erhob sich und setzte sich in den Lehnstuhl, um der Fremden den Ehrenplatz einzuräumen.

Gleich darauf traten die beiden Damen, die wir eben noch nach der Rue du Saint-Claude fragen sahen, in das Vorzimmer.

»Wen darf ich der Frau Gräfin melden?« fragte Clotilde.

»Melden Sie eine Dame vom ›Guten Werk‹«, antwortete die ältere.

»Aus Paris?«

»Nein, aus Versailles.«

Clotilde trat zu ihrer Herrin, und die beiden Damen betraten das erhellte Zimmer in dem Augenblick, in dem Jeanne de Valois sich mühsam von ihrem Lehnstuhl erhob, um ihre Besucherinnen zu begrüßen.

Clotilde ihrerseits schob ihnen zwei Lehnstühle hin und zog sich dann mit planmäßiger Langsamkeit, die wohl erraten ließ, daß sie möglichst viel von der Unterhaltung abbekommen wollte, zurück.

Drittes Kapitel

Jeanne de La Motte de Valois

Die erste Sorge Jeannes, als sie schicklicherweise aufblicken durfte, war die, ihre beiden Besucherinnen prüfend zu betrachten.

Die ältere mochte, wie wir schon gesagt haben, etwa dreißig Jahre zählen. Sie war von beachtlicher Schönheit, obwohl der hochmütige Ausdruck sie eines Teils davon wieder beraubte.

Ihre Gefährtin mochte vier oder fünf Jahre jünger sein und ließ ihre Schönheit ohne Scheu erkennen. Sie hatte große blaue Augen, die ruhig, fast heiter wirkten, einen lieblich gezeichneten, Offenherzigkeit andeutenden Mund, eine Nase, die der einer Venus von Medici an Schönheit nichts nachgab. Ihre Gestalt war zarter und geschmeidiger als die ihrer älteren Begleiterin.

Jetzt fragte Jeanne, welchem Umstand sie den Besuch der beiden Damen zu verdanken habe.

»Madame«, begann die jüngere, »ich sage Madame, denn Sie sind verheiratet, wie ich glaube.«

»Ich bin die Gattin des Grafen de La Motte, eines vortrefflichen Edelmannes.«

»Nun, Frau Gräfin, wir sind die Superiorinnen einer Stiftung des Ordens ›Zum guten Werk‹. Man hat uns über Ihre augenblickliche Lage Dinge gesagt, die unsere Teilnahme erregten, und da wollten wir zu Ihnen kommen, um Einzelheiten zu erfahren.«

Jeanne wartete einen Augenblick, bevor sie antwortete.

»Meine Damen«, sagte sie schließlich, »Sie sehen hier das Porträt Heinrichs III., eines Bruders meines Ahnen; ich bin wirklich, wie man Ihnen wohl gesagt hat, vom Blut der Valois.«

Mit einem gewissen Stolz wartete sie eine neue Frage ihrer Besucherinnen ab.

»Madame«, sagte die ältere von beiden, »ist es wahr, wie man sagt, daß Ihre Frau Mutter Beschließerin eines Hauses namens Fontette bei Bar-sur-Seine war?«

Jeanne errötete.

»Es ist wahr, Madame«, antwortete sie endlich. »Und da Marie Jossel, meine Mutter, von seltener Schönheit war, verliebte mein Vater sich in sie und heiratete sie. Mein Vater war ein Saint-Rèmy de Valois, ein direkter Abkömmling der Valois.«

»Wie konnten Sie dann in solches Elend verfallen?«

»Es ist Ihnen wohl nicht unbekannt, daß zur Zeit der Thronbesteigung Heinrichs IV., als die Krone vom Hause Valois auf die Bourbonen überging, die alte Königsfamilie noch einige Sprößlinge besaß, die allerdings im Dunkel blieben, aber unableugbar von jenen vier Brüdern abstammten, die so verhängnisvoll ums Leben kamen.«

Die beiden Damen gaben ein Zeichen, das als Zustimmung ausgelegt werden konnte.

»In der Besorgnis«, fuhr Jeanne fort, »sie könnten trotz ihrer eigenen Not den Glanz des neuen Königshauses in den Schatten stellen, vertauschten sie ihren Namen de Valois gegen den de Remy, nach einem Landgut, das ihnen gehörte; seit den Tagen Ludwigs XIII. lebten sie unter diesem Namen, bis endlich mein Großvater in Erkenntnis der Tatsache, daß die neue Dynastie gesichert ist und die alte vergessen war, glaubte, sich nicht länger seines erlauchten Namens, der einzigen Apanage, die er besaß, berauben zu können. Er nahm also den Namen Valois wieder an und schleppte ihn in das Dunkel seiner Armut.«

Jetzt unterbrach sich Jeanne.

»Ohne Zweifel können Sie diese Angaben durch Dokumente belegen?« fragte die ältere der beiden Damen sanft.

»Doch, an Dokumenten fehlt es mir nicht. Sie sind das einzige Erbe, das ich nach dem Tod meines Vaters erhalten habe. Aber wozu dienen Dokumente, die eine unnütze Tatsache belegen?«

»Ihr Vater ist also tot?« fragte die jüngste der beiden Damen.

»Ja. Er ist in Paris gestorben.«

»Hier in dieser Wohnung?«

»Nein, Madame, mein Vater, Baron de Valois, Großneffe König Heinrichs III., starb im Elend. Er hatte kein Bett, nicht einmal eine Pritsche! Er starb im Kreise der Elendesten und Ärmsten, im Hôtel-Dieu in Paris.«

Die beiden Frauen stießen einen Schrei der Überraschung aus. Ruhig, mit zu Boden gesenktem Blick, blieb Jeanne sitzen.

Die ältere der beiden Damen maß sie mit einem prüfenden Blick, und da sie in ihrer einfachen und zugleich natürlichen Haltung nichts bemerkte, was auf Scharlatanerie oder Gemeinheit schließen ließ, ergriff sie wieder das Wort.

»Nach allem, was Sie uns da sagen, Madame, haben Sie großes Unglück erduldet, zumal der Tod Ihres Herrn Vaters ...«

»Ach, gnädige Frau, wenn ich Ihnen die Geschichte meines Lebens erzählte, würden Sie finden, daß der Tod meines Vaters nicht zum Schlimmsten gehört, was ich mitgemacht habe.«

»Wie, Sie halten den Verlust des Vaters nicht für ein schlimmes Unglück?« fragte die Dame und runzelte die Stirn.

»Nein, Madame, und ich spreche dabei als pietätvolle Tochter. Mein Vater ist durch seinen Tod von all dem Elend befreit worden, das ihn auf Erden peinigte und seine unglückliche Familie weiterhin bedrückt. Darum empfinde ich, so schmerzlich mir dieser Verlust doch ist, eine gewisse traurige Freude, wenn ich bedenke, daß mein Vater tot ist und daß der Abkömmling von Königen nicht mehr gezwungen ist, sein Brot zu erbetteln.«

»Sein Brot zu erbetteln!«

»Ja, und ich sage es ohne Scham, denn unser Unglück war weder meines Vaters noch meine Schuld.«

»Sondern die Schuld Ihrer Frau Mutter?«

»Ja, mit derselben Offenheit, mit der ich Ihnen eben gesagt habe, daß ich Gott danke, weil er meinen Vater zu sich gerufen hat, beklage ich es, daß Gott meine Mutter am Leben ließ.«

Die beiden Frauen wechselten einen Blick.

»Wäre es indiskret, Madame«, fragte die ältere, »wenn wir Sie bitten wollten, uns Näheres zu sagen?«

»Oh, ich verstehe, daß die Blasphemie, die ich ausgesprochen habe, einer Erklärung bedarf. Ich hatte schon die Ehre, Ihnen zu sagen, gnädige Frau, daß mein Vater eine Mesalliance geschlossen hatte. Nun, statt dankbar zu sein für die Ehre, die ihr erwiesen wurde, begann meine Mutter, Marie Jossel, damit, daß sie meinen Vater ruinierte; das war nicht schwer. Nachdem sie ihn genötigt hatte, seinen ganzen Landbesitz bis auf eine letzte Parzelle zu verkaufen, überredete sie ihn, nach Paris zu übersiedeln und hier die Rechte geltend zu machen, die sein Name ihm sicherte. Mein Vater ließ sich leicht überreden; vielleicht hoffte er auf die Gerechtigkeit des Königs. Darum machte er alles, was er noch besaß, zu Geld und übersiedelte. Mein Vater hatte außer mir noch einen Sohn und eine Tochter. Mein Bruder, nicht weniger unglücklich als ich, führt in der Armee, in der er einen niedrigen Rang bekleidet, ein elendes Leben; meine arme Schwester wurde am Vorabend unserer Übersiedlung vor dem Haus eines Pächters, ihres Paten, ausgesetzt. Die Reise verzehrte die letzten Barmittel, die uns blieben. Mein Vater erschöpfte sich in fruchtlosen Bittgängen. Er brachte das Elend nach Hause und fand es dort in unveränderter Gestalt vor. In seiner Abwesenheit hielt meine Mutter, die ein Opfer brauchte, sich an mich. Zuerst hielt sie mir nur vor, daß ich eine nutzlose Esserin sei. Bald zog ich es vor, nur trockenes Brot oder gar nichts zu essen; aber meine Mutter fand stets neue Vorwände, um mich zu tadeln und zu züchtigen; bei der geringsten Verfehlung, die einer andern Mutter nur ein verzeihendes Lächeln entlockt, schlug sie mich. Nachbarn, die mir Gutes zu tun glaubten, sagten meinem Vater, wie schlecht es mir ging. Er versuchte, mich gegen meine Mutter zu verteidigen und ahnte wohl nicht, daß seine Fürsprache meine Feindin nur erbittern mußte. Ach, ich selbst konnte ihm ja nichts sagen, denn ich war noch zu jung, zu kindisch. Ich selbst fand keine Erklärung, ich litt, ohne die Ursachen meiner Leiden zu erfassen. Endlich wurde mein Vater krank und sah sich gezwungen, das Bett zu hüten. Jetzt wies man mich aus dem Zimmer meines Vaters unter dem Vorwand, meine Anwesenheit müsse ihn belästigen, weil ich meine jugendliche Bewegungslust nicht genug zu unterdrücken verstehe. War ich erst aus dem Zimmer meines Vaters gedrängt, so gehörte ich vollständig meiner Mutter. Mit Schlägen und Püffen brachte sie mir eine Phrase bei, und als ich diese demütigende Phrase, die ich instinktiv nicht behalten wollte, endlich auswendig wußte und meine Augen von Tränen gerötet waren, jagte sie mich auf die Straße und hieß mich den erstbesten Spaziergänger, der gutmütig aussah, anreden, wenn ich nicht bis aufs Blut geschlagen werden wollte.«

»Schrecklich«, murmelte die jüngere der beiden Damen.

»Und wie lautete diese Phrase?« fragte die ältere.

»Mein Herr«, zitierte Jeanne, »haben Sie Mitleid mit einer kleinen Waise, die in gerader Linie von Henry de Valois abstammt.«

»Pfui!« rief die ältere mit einer Geste des Abscheus.

»Welche Wirkung brachte diese Phrase hervor?« fragte die jüngere.

»Manche hatten Mitleid, andere wurden ärgerlich oder drohten. Die Mitleidigsten waren wohl jene, die mich warnten, ich solle derlei nicht laut sagen, denn es würde mir schlimm ergehen, wenn meine Worte ungünstig gestimmten Leuten zu Ohren kämen. Ich aber kannte nur eine Gefahr – meine Mutter.«

»Und was geschah?«

»Mein Gott, die Hoffnungen meiner Mutter gingen in Erfüllung. Ich brachte etwas Geld nach Hause, und das schlimme Ende, das meinen Vater erwartete, konnte um einige Tage hinausgeschoben werden: die Übersiedlung ins Hospital. Obwohl dieser Umstand mir einigen Trost gewährte, bäumte sich in mir doch alles gegen dieses schändliche Gewerbe auf. Eines Tages endlich setzte ich mich auf einen Prellstein und verbrachte dort einige Stunden wie betäubt. Abends kam ich mit leeren Händen nach Hause. Meine Mutter prügelte mich so grausam, daß ich am nächsten Tag krank wurde. Mein Vater, der letzten Hilfsquelle beraubt, wurde ins Hôtel-Dieu gebracht, wo er starb.«

»Eine schreckliche Geschichte!«

»Und was taten Sie nach dem Tod Ihres Vaters?«

»Gott hatte Mitleid mit mir. Einen Monat nach seinem Tod machte meine Mutter sich mit einem Soldaten, ihrem Liebhaber, davon und ließ meinen Bruder und mich zurück.«

»So wurden Sie Waisen.«

»Oh, Madame, im Gegenteil, wir waren nur Waisen, solange wir bei unserer Mutter waren. Jetzt nahm sich die öffentliche Mildtätigkeit unserer an. Aber da es uns zuwider war, zu betteln, beschränkten wir uns auf das Notwendigste. Gott befiehlt seinen Geschöpfen, ihr Leben zu erhalten. Was soll ich Ihnen sagen, gnädige Frau! Eines Tages hatte ich das Glück, einem Wagen zu begegnen, in dem eine schöne, noch junge Dame saß. Vier Lakaien standen auf dem Rücktritt. Ich streckte meine Hände aus, sie ließ anhalten und befragte mich. Zuerst war sie überrascht, dann ungläubig. Ich gab ihr meine Adresse und die nötigen Auskünfte. Schon am nächsten Tag wußte sie, daß ich nicht gelogen hatte. Sie nahm sich unserer an, brachte meinen Bruder in einem Regiment unter und mich in einer Weißnäherei. So waren wir beide vor dem Hunger bewahrt.«

»War diese Dame nicht Madame de Boulainvilliers.«

»Sie selbst.«

»Sie ist tot, wenn ich nicht irre?«

»Ja, und ihr Tod hat uns wieder ins Elend zurückgestoßen.«

»Aber ihr Gatte lebt noch; er ist reich.«

»Ihrem Gatten verdanke ich das Unglück meiner Jugend, wie ich meiner Mutter das Unglück meiner Kindheit verdanke. Ich war herangewachsen, hübsch geworden vielleicht; er merkte es wohl und wollte die Quittung für seine Wohltaten kassieren. Ich versagte mich ihm. Gerade damals starb Madame de Boulainvilliers, und ich, die ich einen tapferen und braven Militär, Herrn de La Motte, geheiratet hatte, sah mich, da ich von meinem Gatten getrennt leben mußte, in dieselbe elende Lage versetzt wie nach dem Tod meines Vaters. Das ist meine Geschichte, gnädige Frau. Ich habe sie verkürzt, denn Leiden haben immer ihre Längen, die man glücklicheren Zuhörern ersparen soll.«

Ein langes Schweigen folgte dem Bericht Jeannes. Die ältere der beiden Damen brach es zuerst.

»Und Ihr Gatte?«

»Er ist in Bar-sur-Aube in Garnison, Madame; er dient bei der Fußtruppe und erwartet seinerseits bessere Zeiten.«

»Haben Sie sich nie mit Bittschriften an den Hof gewendet?«

»Doch!«

»Der Name Valois, durch Dokumente belegt, mußte Ihnen Sympathie einbringen.«

»Ich weiß nicht, gnädige Frau, welche Gefühle dieser Name bei Hof auslöst. Aber ich kann nur sagen, daß alle meine Gesuche unbeantwortet blieben.«

»Aber Sie können doch nicht betteln!«

»Nein, das kann ich nicht mehr, aber ich kann Hungers sterben, wie mein Vater.«

»Verzeihen Sie, daß ich noch einmal auf diesen Gegenstand zurückkomme, aber können Sie Ihre Herkunft mit Dokumenten belegen?«

Jeanne erhob sich und trat an ihren Schreibtisch; aus einer Geheimlade zog sie ein altes, mit dem Wappen der Familie Valois geschmücktes Portefeuille.

Die ältere der beiden Damen nahm es und prüfte die Papiere aufmerksam.

»Sie haben recht«, sagte sie endlich, »die Schriftstücke sind in Ordnung. Ich empfehle Ihnen, sie an geeigneter Stelle vorzulegen.«

»Und was sollte ich dadurch erreichen, Madame?«

»Ohne Zweifel doch eine Pension für Sie und ein Avancement für Herrn de La Motte, wenn dieser Edelmann sich zu empfehlen weiß.«

»Mein Gatte ist ein Muster der Ehrenhaftigkeit, Madame, und hat seine Soldatenpflichten niemals verletzt.«

»Das wird genügen.«

Mit höchster Aufmerksamkeit war Madame de La Motte jeder Bewegung der beiden Frauen gefolgt. Jetzt sah sie, wie die ältere von den beiden in eine Tasche griff, zunächst ein besticktes Taschentuch hervorzog, das ihr eben erst im Schlitten dazu gedient hatte, ihr Gesicht zu verbergen, und dann eine kleine Rolle von etwa drei oder vier Zoll Länge. Jetzt legte sie diese Rolle auf die Kommode und sagte:

»Die Stiftung ›Zum guten Werk‹ autorisiert mich, Ihnen zunächst diese Kleinigkeit anzubieten.«

Ein rascher Blick Madame de La Mottes streifte die Rolle.

Es sind Taler, dachte sie; mindestens fünfzig, wenn nicht hundert. Nun, hundertfünfzig oder sogar dreihundert Francs, die vom Himmel fallen. Für hundert ist sie zu kurz, für fünfzig etwas zu lang.

Während sie diese Beobachtungen anstellte, waren die beiden Damen in das Vorzimmer getreten, in dem Frau Clotilde auf einem Stuhl schlief. Der beißende, widerwärtige Geruch der Talgkerze raubte den Damen beinahe den Atem. Auf Jeannes Ruf bemühte sich Clotilde, ihnen zu leuchten. »Auf Wiedersehen, Frau Komtesse«, riefen sie und eilten zur Treppe.

»Wann werde ich mir die Ehre nehmen dürfen, Ihnen zu danken, meine Damen?«

»Wir werden Ihnen Nachricht geben«, antwortete die ältere und eilte die Treppe hinab.

Madame de Valois kehrte in ihr Zimmer zurück und trat ungeduldig zu der Kommode. Auf halbem Weg stieß ihr Fuß gegen einen Gegenstand, der über die Matte rollte. Sich bücken, den Gegenstand aufnehmen und der Lampe nähern war das Werk eines Augenblicks. Jeanne erkannte ein flaches, goldenes, mit Guillochierlinien verziertes Döschen. Es enthielt einige Schokoladenplätzchen; aber so flach es auch war, ließ es doch auf den ersten Blick erkennen, daß es einen doppelten Boden hatte. Die Gräfin brauchte einige Zeit, um die Geheimfeder zu finden.

Jetzt wurde das Porträt einer Dame sichtbar, die streng und

fast männlich-majestätisch aussah. Eine hohe Frisur nach deutscher Art gab diesem Gesicht etwas Seltsames. Ein Monogramm, das aus einem »M« und einem »T« zusammengesetzt und mit einem Lorbeerkranz gerahmt war, zierte den Deckel der Dose.

Die Ähnlichkeit dieses Porträts mit der älteren von beiden Damen ließ Madame de La Motte glauben, sie habe wohl das Porträt ihrer Mutter oder Ahnin vor sich. Ihre erste Regung war es, zur Treppe zu eilen und die Damen zurückzurufen. Eben fiel das Haustor ins Schloß. Jeanne trat ans Fenster, aber es war zu spät. Ein Kabriolett, das in der Rue Saint-Claude verschwand, war alles, was sie noch sehen konnte.

Sie schloß die Dose ein und nahm sich vor, sie gelegentlich nach Versailles zu schicken. Dann kehrte sie zu der Kommode zurück.

»Ich habe mich nicht getäuscht«, dachte sie, »es sind nur hundert Taler.«

Damit streifte sie das Papier zurück.

»Louis!« rief sie, »fünfzig Doppellouis! Zweitausend Francs!«

Gierige Freude spiegelte sich in ihren Augen, während Frau Clotilde, die noch nie so viel Gold gesehen hatte, mit offenem Mund und gefalteten Händen in der Tür stehenblieb.

»Hundert Louis«, wiederholte Madame de La Motte. »Diese Damen sind also sehr reich? Oh, ich werde sie wiederfinden.«

Viertes Kapitel

Belus

Als die beiden Damen vor dem Haus erschienen, sagte Weber, der sie mit dem Kabriolett erwartete:

»Madame, ich hatte Scipio bestellt, der sehr sanft und leicht zu lenken ist, aber Scipio hat sich gestern abend eine Sehne gezerrt; so blieb uns nur der Belus, der recht schwierig ist.«

»Das macht nichts aus«, antwortete die ältere der beiden Damen. »Ich habe eine feste Hand und bin an das Kutschieren gewöhnt.«

»Ich weiß, daß Madame gut führen, aber die Straßen sind in elendem Zustand. Wohin wollen gnädige Frau?«

»Nach Versailles.«

»Über die Boulevards?«

»Nein, Weber, die Boulevards werden vereist sein. Wir wollen die Straßen vorziehen, in denen der Schnee von den Fußgängern bereits zertreten ist. Vorwärts, Weber!«

Damit stiegen die Damen ein, und Weber trat auf den Rücktritt.

»Nun?« fragte die ältere. »Was halten Sie von dieser Gräfin, Andrée?«

Und zugleich ließ sie die Zügel des Pferdes schießen, das schnell wie der Blitz um eine Ecke der Rue Saint-Louis bog.

»Ich denke, daß Madame de La Motte arm und recht unglücklich ist.«

»Immerhin wohlerzogen, nicht wahr?«

»Doch, es scheint so.«

»Ihr Unglück läßt dich kalt, Andrée.«

»Offen gesagt, sie hat etwas Listiges in den Augen, was mir mißfällt.«

»Sie sind immer mißtrauisch, Andrée, ich weiß; wer Ihnen gefallen soll, muß alle Vorzüge für sich haben. Ich finde diese Gräfin interessant und in ihrem Stolz wie in ihrer Demut einfach.«

»Es ist ein Glück für sie, Madame, daß sie Ihnen gefallen konnte.«

»Vorsicht!« schrie die Dame und riß das Pferd zur Seite, das eben an der Ecke der Rue Saint-Antoine einen Lastträger umzureißen drohte.

Das Kabriolett setzte seinen Weg fort.

Man hörte die Flüche des Mannes, der mit knapper Mühe den Rädern entgangen war, und bald auch das Echo feindseliger Rufe aus der Menge. In wenigen Sekunden hatte Belus die ganze Strecke, die zwischen der Rue Sainte-Chatérine und der Place Baudoyer liegt, zwischen seine Herrin und die Drohenden gebracht. Hier gabelte sich der Weg, aber die geschickte Lenkerin bog kurz entschlossen in die Rue de la Tixéranderie, eine enge, wenig vornehme und sehr belebte Straße.

Trotz ihrer wiederholten Warnrufe und Webers Gebrüll hörte man von allen Seiten wütende Rufe der Passanten:

»Nieder mit dem Kabriolett!«

Wider Erwarten geschah kein Unglück. Das Gefährt führte eine brennende Laterne mit – eine Vorsicht, die damals noch nicht durch eine Polizeivorschrift festgesetzt war – und warnte die Menge.

In unverminderter Geschwindigkeit und mit dem gleichen Glück durchquerte der Wagen die Ruè Saint-Martin und die Rue Aubry-le-Boucher.

Vielleicht werden unsere Leser jetzt glauben, daß das Kabriolett, indem es sich vornehmeren Quartieren näherte, auf geringeren Widerstand stieß.

Das Gegenteil trat ein. Kaum hatte Belus die Rue de la Ferronnerie erreicht, als Weber, der noch immer auf seinem Rücktritt stand, bemerkte, daß Gruppen von Menschen den Weg versperrten. Erbitterte Passanten machten sogar Miene, dem Gefährt nachzulaufen.

Doch wollte der Lakai seine Herrin nicht beunruhigen. Er sah wohl, wie kaltblütig und geschickt sie zwischen allen diesen toten und lebendigen Hindernissen hindurchglitt, die zugleich die Verzweiflung und den Triumph des Pariser Rosselenkers bilden.

Jetzt murrte die Menge nicht mehr, jetzt schrie sie. Die Dame, die die Zügel hielt, bemerkte es wohl, führte die allgemeine Feindseligkeit aber auf irgendeine alltägliche Ursache zurück und beschloß, die Prüfung abzukürzen. Sie schnalzte mit der Zunge, und dieses bloße Zeichen genügte: sofort ging Belus vom gemäßigten zum gestreckten Galopp über.

Die Passanten sprangen zur Seite.

So erreichte das Kabriolett das Palais Royal und kam an die

Rue du Coq Saint-Honoré. Hier stieß Belus zum erstenmal auf ernste Schwierigkeiten. Jetzt konnte er nur mehr im Schritt gehen. Das Gitter des Palais Royal war geöffnet, und im Hofe wärmte sich an Feuerpfannen eine Armee von Bettlern, denen die Lakaien des Herzogs von Orléans in irdenen Töpfen Suppe reichten. Doch waren die Esser weniger zahlreich als die Zuschauer, denn was immer in Paris öffentlich vorgeführt werden mag, Neugierige sind stets zur Stelle. Dieses letzte Hindernis brachte das Kabriolett zum Stehen. Im selben Augenblick wurde verworrenes Geschrei hörbar.

»Sind diese Rufe auf uns gemünzt?« fragte die Dame, die die Zügel hielt.

»Wahrhaftig, Madame, ich fürchte mich«, antwortete die andere.

»Haben wir denn jemand niedergestoßen?«

»Niemand.«

»Nieder mit dem Kabriolett!« schrie die Menge.

»Nieder mit den tollen Fahrern!«

Schon fiel man dem Pferd in die Zügel; Belus, dem die Berührung dieser groben Hände wenig zu gefallen schien, stampfte und schäumte.

»Zum Kommissar! Zum Kommissar!« schrie die Menge.

»Holla! Es sind Frauen!« rief jemand.

»Püppchen Soubises, Dämchen von Hennin.«

»Opernsängerinnen, die glauben, jedermann niederfahren zu dürfen, weil sie zehntausend Livres monatlich haben, um die Spitalskosten zu vergüten!«

Die beiden Frauen empfanden auf ihre Art das Peinliche ihrer Lage. Die eine drängte sich in den Fond des Wagens, während die andere, kurz entschlossen, den Kopf herausstreckte.

»Madame«, rief ihre Begleiterin und zog sie zurück, »was tun Sie?«

»Mut, Andrée!«

»Man wird Sie erkennen!«

»Ist Weber noch auf dem Rücktritt?«

»Ja, aber er erwehrt sich kaum seiner Angreifer. Da kommt er.«

»Weber«, sagte die erstere deutsch, »wir wollen aussteigen.«

Dank der Hiebe, die der Kammerdiener austeilte, gelang es ihm, Platz zu machen und den Wagenschlag zu öffnen.

Leichtfüßig sprangen die beiden Frauen heraus. Inzwischen hatte die Menge sich auf das Kabriolett gestürzt und begann es zu zerschlagen.

»Um Himmels willen«, fragte die ältere der beiden Damen deutsch, »verstehen Sie etwas davon, Weber?«

»Nicht das geringste, gnädige Frau«, antwortete der Diener, der sich in seiner Sprache offensichtlich bequemer fühlte.

»Aber sind denn das Menschen oder wilde Tiere? Was werfen sie mir denn vor?«

Im selben Augenblick antwortete eine Stimme, die seltsam von den Drohungen und Flüchen abstach, im reinsten Deutsch:

»Man wirft Ihnen vor, Madame, daß Sie eine Polizeivorschrift verletzen, die heute morgen herausgekommen ist und bis zum Frühling den Gebrauch von Kabrioletts verbietet, weil sie – schon bei gutem Wetter gefährlich – bei Glatteis zu leicht ins Rutschen kommen.«

Die Dame wandte sich um und bemerkte einen jungen Offizier, der gewiß nicht ohne Mühe näher gekommen war. Sein martialisches Aussehen gefiel ihr, und sie antwortete deutsch:

»Mein Gott, ich hatte keine Ahnung von dieser Vorschrift!«

»So sind Sie Ausländerin, gnädige Frau?«

»Ja, mein Herr; aber was soll ich tun? Man zerschlägt mein Kabriolett.«

»Lassen Sie es zerschlagen und machen Sie sich aus dem Staub. Das Volk von Paris ist erbittert gegen die Reichen, die angesichts ihres Elends ihren Luxus spazierenführen. Man wird sich auf den Erlaß berufen, der heute früh herausgekommen ist, und Sie zum Kommissar schleppen. Wenn Sie das nicht wollen, dann benutzen Sie den Weg, den ich Ihnen bahnen will, und verschwinden Sie!«

Diese Worte wurden so leichthin gesprochen, daß die beiden Ausländerinnen wohl begriffen, daß der Offizier die Bemerkungen des erbitterten Volks über die Mätressen de Soubise und de Hennin gehört hatte. Aber dies war nicht der Augenblick, um zu schmollen.

»Reichen Sie mir Ihren Arm, mein Herr, und führen Sie mich zu einer Droschke«, sagte die ältere der beiden Damen herrisch.

»Weber, bleib hier, während wir uns entfernen.«

»Und wenn die Leute das Kabriolett zerschlagen?«

»Mögen sie es doch! Rette Belus, wenn du kannst, und vor allem dich selbst.«

»Gut, gnädige Frau.«

Gleichzeitig reichte der Offizier ihr den Arm. Im nächsten Augenblick hatte er die beiden Damen abseits geführt, an einen Platz, auf dem Droschken standen: die Kutscher auf ihren Sitzen schlafend, die Pferde mit gesenkten Köpfen die magere Abendration erwartend.

Fünftes Kapitel
Straße nach Versailles

Immerhin mußte man noch befürchten, daß dieselbe Szene, die eben erst stattgefunden hatte, sich erneuern würde, wenn man nicht rasch fortkam. Energisch bemühte sich der Offizier, einen Kutscher wachzurütteln, der allem Anschein nach eher erfroren als eingeschlafen war. Es war so bitter kalt, daß die Kutscher sogar ihre Gewohnheit aufgegeben hatten, in lärmendem Wetteifer einander die Kunden abspenstig zu machen.

»Holla!« schrie der junge Mann dem Kutscher ins Ohr, als dieser endlich ein Lebenszeichen von sich gab.

»Hier, ich bin schon da«, antwortete der Kutscher, der offenbar noch nicht ganz aus seinem Traum erwacht war.

»Wohin wollen Sie fahren, meine Damen?« fragte der Offizier deutsch.

»Nach Versailles!«

»Nach Versailles?« rief der Kutscher. »Viereinhalb Meilen bei solchem Eis? Unmöglich!«

»Sie sollen gut bezahlt werden.«

»Gut? Was ist gut? Herr Offizier, eine Fahrt nach Versailles ist eine fatale Sache. Wenn man erst dort ist, muß man auch zurück.«

»Ein Louis wird doch genügen?« fragte die jüngere der beiden Damen deutsch.

Der Offizier übersetzte das Angebot.

»Aber ich will ihn im voraus haben«, erklärte der Kutscher, »das ist mein Recht.«

»Gut, wir werden vorausbezahlen.«

Die ältere der beiden Damen begann ihre Tasche zu durchsuchen. »Mein Gott«, flüsterte sie ihrer Gefährtin zu, »ich habe meine Börse nicht mit. Haben Sie die Ihre, Andrée?«

Jetzt begann auch die jüngere zu suchen.

»Ich habe meine auch nicht.«

»Suchen Sie in allen Taschen!«

»Nichts«, klagte die junge Frau, die bemerkte, daß der Offizier sie beobachtete und der Kutscher bereits sein Gesicht zu einem spöttischen Grinsen verzog, wobei er sich wohl zu seiner glücklichen Vorsicht gratulierte.

Der Offizier sah wohl, daß sie ungeduldig wurden, bald erröteten und erbleichten. Er zog einen Louis aus seiner Börse und bot ihn dem Kutscher. Dieser wog ihn vorsichtig in der Hand, dann steckte er ihn ein.

»Und jetzt, Kerl«, befahl der junge Mann, »führe diese Damen, und zwar anständig. Ja?«

»Das brauchen Sie mir nicht zu empfehlen, Herr Offizier. Das versteht sich von selbst.«

Inzwischen hatten die beiden Damen beraten.

»Madame«, hatte die jüngere gesagt, »er soll nicht fortgehen!«

»Und warum nicht? Wir wollen ihn um seinen Namen und seine Adresse bitten. Morgen schicken wir ihm den Louis mit einem Wort des Dankes, das Sie schreiben.«

»Nein, wir wollen ihn bei uns behalten; wenn der Kutscher Böses im Sinn hat, wird er unterwegs Schwierigkeiten machen. Die Wege sind schlecht. An wen sollen wir uns wenden, um Hilfe zu suchen?«

»Wir wissen doch seine Nummer!«

»Gewiß, und ich bezweifle gar nicht, daß wir ihn seine Verfehlung bitter büßen lassen können. Das hilft uns aber augenblicklich nicht. Was wird man sagen, wenn wir heute nacht nicht in Versailles sind?«

Die ältere überlegte. In diesem Augenblick trat der Offizier näher und verneigte sich.

»Ein Wort noch, mein Herr«, bat Andrée auf deutsch.

»Ich stehe zur Verfügung«, antwortete der Offizier, offensichtlich verärgert, aber trotz allem mit vollendeter Höflichkeit.

»Wir befürchten, mein Herr, daß dieser Kutscher, der sich schon zu Beginn so unverläßlich gezeigt hat, uns einen Streich spielt.«

»Kein Grund zur Besorgnis. Ich weiß seine Nummer, Z 107. Wenn er sich etwas zuschulden kommen läßt, wenden Sie sich an mich.«

»An Sie?« antwortete Andrée, die sich vergaß, auf französisch. »Wie sollen wir uns an Sie wenden, wenn wir Ihren Namen nicht wissen?«

Der junge Mann trat einen Schritt zurück.

»Sie sprechen Französisch und verdammen mich, Deutsch zu radebrechen? Das ist nicht nett von Ihnen, Madame!«

»Verzeihen Sie, mein Herr«, antwortete die ältere, die ihrer bestürzten Gefährtin tapfer zu Hilfe kam, gleichfalls französisch, »aber Sie sehen wohl, daß man, mag man auch gerade keine Fremde sein, in Paris doch nicht heimisch sein muß und gar in einem Fiaker. Sie sind Weltmann genug, um zu begreifen, daß wir uns in einer abnormalen Situation befinden.«

»Madame«, erwiderte der Offizier, »verfügen Sie über mich!«

»Gut, dann begleiten Sie uns nach Versailles.«

Wortlos stieg der Offizier ein, nahm auf dem Vordersitz Platz und rief dem Kutscher zu: »Vorwärts!«

Tiefe Stille herrschte in dem Gefährt. Ob nun der Kutscher den Vertrag erfüllen wollte oder vor dem Offizier Angst hatte, jedenfalls ließ er seine mageren Pferde wacker ausschreiten. Inzwischen wärmte der Atem der drei Fahrgäste den Fiaker, und ein köstlicher Duft erregte im Gehirn des jungen Mannes Vorstellungen, die für seine Reisegefährtinnen immer günstiger wurden.

Das sind Damen, dachte er, die sich bei einem Rendezvous verspätet haben und jetzt beschämt und verschüchtert nach Versailles zurückkehren. Aber wenn es Damen von Rang sind, warum fahren sie in einem Kabriolett und kutschieren selbst und haben kein Geld bei sich? Vielleicht hatte der Lakai die Börse bei sich? Das Kabriolett, das jetzt gewiß schon in Stücke zerschlagen ist, war von vollkommener Eleganz, und das Pferd – denn auf Pferde verstehe ich mich schließlich –, das Pferd war seine hundertfünfzig Louis wert. Nur reiche Frauen lassen ein solches Kabriolett und ein solches Pferd klaglos stehen. Daß sie kein Bargeld bei sich haben, beweist nichts. Und gar erst diese Manie, eine fremde Sprache zu sprechen, wenn man doch Französin ist! Sie beweist immerhin eine gute Erziehung. Abenteuerinnen sprechen kein so reines Deutsch und kein so vollendetes Pariserisch. Auch war die angeborene Distinktion diesen Frauen ohne weiteres anzumerken. Die jüngere bat rührend, die ältere sprach edel und gebieterisch. Ist es nicht für einen Militär gefährlich, zwei Stunden mit so hübschen Frauen in einem Fiaker allein zu bleiben? Und dabei sind sie nicht nur hübsch, sondern sogar diskret; sie sprechen nicht, sondern warten, bis ich das Gespräch anknüpfe.

Offenbar dachten die beiden Damen an den jungen Offizier, so wie er sich mit ihnen beschäftigte. Denn jetzt sagte die eine zu der andern englisch:

»Wahrhaftig, liebe Freundin, dieser Kutscher fährt unseren Wagen wie einen Trauerkondukt, so werden wir niemals nach Versailles kommen. Ich möchte wetten, daß unser armer Begleiter sich zu Tode langweilt.«

»Unsere Unterhaltung ist auch nicht besonders anregend«, meinte die andere lächelnd.

»Finden Sie nicht, daß er eigentlich aussieht, wie ein Mann *comme il faut*?«

»Doch, Madame.«

»Übrigens trägt er die Marineuniform. Marineoffiziere sind immer von guter Familie. Auch steht ihm die Uniform recht gut.«

Eben wollte die jüngere beipflichtend antworten, als der Offizier eine Geste machte.

»Verzeihen Sie, meine Damen«, sagte er in vollendetstem Englisch, »ich muß Ihnen leider gestehen, daß ich Englisch ganz gut verstehe; ich schlage Ihnen also das Spanische vor, wenn Sie unverstanden bleiben wollen.«

»Mein Herr«,antwortete die Dame lächelnd, »wir haben, wie Sie bemerkten, nichts Schlechtes von Ihnen gesagt; darum wollen wir uns keinen Zwang anlegen und ruhig Französisch sprechen, wenn wir etwas zu sagen haben.«

»Danke, gnädige Frau, aber wenn meine Gegenwart Sie stört …«

»Zu dieser Annahme sind Sie nicht berechtigt, mein Herr, denn wir haben Sie gebeten, uns zu begleiten.«

»Und sogar recht dringend«, bestätigte die jüngere.

»Beschämen Sie mich nicht, Madame, und verzeihen Sie mir, daß ich einen Augenblick unentschlossen war: Sie kennen doch Paris? Diese Stadt ist voll von Fallen!«

»Sie haben uns also für Fallen gehalten? Aber was ist denn los? Der Wagen hält.«

»Ich will gleich nachsehen, meine Damen.«

»Seien Sie vorsichtig, mein Herr, ich fürchte, der Wagen wird gleich umfallen.«

Dabei streckte die jüngere der beiden Damen ihre Hand nach

der Schulter des jungen Mannes aus, der unter dem Druck der Hand leise erzitterte. Aber schon hatte Andrée, die nur einer ersten Regung der Besorgnis nachgegeben hatte, ihre Hand zurückgezogen, und der Offizier stieg aus. Er fand den Kutscher damit beschäftigt, einem der Pferde wieder aufzuhelfen, das sich zwischen der Deichsel und den Strängen verfangen hatte.

Man war unweit der Brücke von Sèvres. Mit Hilfe des Offiziers kam das arme Pferd bald auf die Beine, und der junge Mann bestieg wieder die Kutsche.

Kurz darauf lastete erneut ein Stillschweigen auf dem Trio der Reisenden. Der Offizier, den die Erinnerung an eine warme, zitternde Hand beschäftigte, wollte jetzt wenigstens als Ersatz einen Fuß bekommen. Er streckte also sein Bein aus; aber so vorsichtig er auch zu Werke ging, zu seiner Betrübnis fand er nichts, oder schlimmer noch, er fand, daß der Fuß, dem er begegnet war, zurückgezogen wurde. Ja, die ältere der beiden Damen sagte sogar:

»Verzeihen Sie, Sie sitzen wohl recht unbequem.«

Der junge Mann errötete bis über die Ohren und beglückwünschte sich, daß die finstere Nacht seine Beschämung geheimhielt. Jedenfalls war seinen Unternehmungen ein rasches Ziel gesetzt.

Er hörte nur noch, wie die Damen miteinander flüsterten, fing aber bloß abgerissene Worte auf:

»Die Tore … Vorwand wegzufahren …« Wieder hielt der Fiaker.

Diesmal war kein Pferd gestürzt. Als der junge Mann aus der Kutsche stieg, bemerkte er staunend, daß man am Ziel war. Wie hatte die Zeit nur so rasch verstreichen können?

»Herr«, sagte der Kutscher, »wir sind in Versailles.«

»Wo soll der Wagen halten, meine Damen?« fragte der Offizier.

»Auf der Place d'Armes.«

»Das kostet ein kleines Trinkgeld«, rief der Auvergnat feixend.

»Fahren Sie immerhin.«

Wieder knallte die Peitsche.

Ich muß doch sprechen, dachte der Offizier, wenn ich nicht, nachdem ich erst einen Frechling abgegeben habe, jetzt für einen Dummkopf gelten will.

»Sie sind zu Hause, meine Damen«, begann er zögernd.

»Dank Ihrer liebenswürdigen Hilfe.«

»Wir haben Ihnen sehr viel Mühe gemacht«, bestätigte die jüngere.

»Oh, ich habe es längst vergessen, Madame.«

»Aber wir wollen es nicht vergessen. Wollen Sie uns Ihren Namen nennen, mein Herr?«

»Ach, meinen Namen?«

»Sie wollen uns doch hoffentlich nicht einen Louis schenken?«

»Ach so«, antwortete der Offizier etwas verletzt, »dann gebe ich wohl nach. Ich bin der Graf de Charny und diene in der Marine des Königs.«

Der Fiaker hielt an. Die ältere der beiden Damen öffnete selbst den Schlag und sprang leichtfüßig heraus; dann bot sie ihrer Begleiterin die Hand.

»Meine Damen«, rief der Offizier, »nehmen Sie doch wenigstens meinen Arm! Hier können Sie doch nicht wohnen. Die Place d'Armes ist keine Wohnung.«

»Nein, bleiben Sie bitte im Wagen.«

»Sie können aber doch nicht bei Nacht und bei diesem Wetter allein weitergehen?«

»Bleiben Sie der artige Kavalier, der Sie bis jetzt gewesen sind. Ich danke Ihnen, Herr de Charny. Sie sollen mir sogar ein Ehrenwort geben. Ich will, daß Sie den Schlag jetzt wieder schließen und sofort nach Paris zurückfahren, ohne sich umzuschauen.«

»Sie haben recht, meine Damen. Ich brauche Ihnen also gar nicht mein Wort zu geben. Kutscher, zurück!«

Damit ließ der junge Mann einen zweiten Louis in die Hand

des Auvergnaten gleiten. Rasch setzte sich das Gefährt in Bewegung. Erst als es außer Sicht war, wandten sich die beiden Damen zum Schloß.

Sechstes Kapitel
Der Befehl

Jetzt schlug es von der Kirche des heiligen Ludwig drei Viertel zwölf.

»Mein Gott«, riefen die beiden jungen Frauen, »gewiß ist das Gitter verschlossen!«

»Das bedeutet nichts, liebe Andrée, denn wenn es auch offen wäre, hätte ich nicht den Eingang durch den Ehrenhof gewählt. Rasch, gehen wir zu den Speichern.«

Es gab dort, wie jedermann weiß, einen Zugang zu den Gärten.

»Auch die Pforte ist versperrt, Andrée«, sagte die ältere beunruhigt.

»Wir wollen klopfen.«

»Nein, rufen wir lieber. Laurent erwartet mich, ich habe ihm gesagt, daß es spät werden kann.«

Jetzt näherte sich Andrée der Pforte.

»Wer ist draußen?« fragte eine Stimme.

»Das ist nicht Laurent«, flüsterte die jüngere.

Jetzt trat die ältere näher.

»Laurent«, flüsterte sie.

»Hier ist kein Laurent«, antwortete die unbekannte Stimme.

»Öffnen Sie«, befahl Andrée, »ob Sie nun Laurent sind oder nicht!«

»Ich öffne nicht, ich habe meinen Befehl!«

»Und wer sind Sie?«

»Sagen Sie mir lieber, wer Sie sind!«

Diese Antwort war grob, aber wenn man unterhandeln will, darf man nicht vorzeitig abbrechen.

»Wir sind Damen aus dem Gefolge Ihrer Majestät. Wir wohnen im Schloß und wollen nach Hause.«

»Und ich bin ein Schweizer von der ersten Kompanie ›Salischamade‹ und werde nicht tun wie Laurent, sondern Sie draußen lassen.«

»Freund«, antwortete die ältere der beiden, nachdem sie ihren Zorn überwunden hatte, »ich begreife, daß Sie Ihrem Befehl folgen. Sie handeln als wackerer Soldat. Ich will Sie auch nicht veranlassen, Ihre Pflicht zu verletzen. Tun Sie uns nur, ich bitte, den Gefallen und verständigen Sie Laurent, der nicht weit sein kann.«

»Ich kann meinen Posten nicht verlassen!«

»So schicken Sie jemand!«

»Ich habe niemand. Schlafen Sie doch in der Stadt, Madame. Wenn man mir das Kasernentor vor der Nase zuschlägt, weiß ich, wo ich hingehe.«

»Grenadier«, sagte die ältere der beiden Damen jetzt entschlossen, »Sie sollen zwanzig Louis bekommen, wenn Sie öffnen!«

»Und zehn Jahre Gefängnis. Danke! Achtundvierzig Louis für das Jahr ist zuwenig.«

»Ich lasse Sie zum Sergeanten ernennen.«

»Ja, und der mir den Befehl gegeben hat, läßt mich erschießen. Ich werde also als Sergeant erschossen. Danke!«

»Und wer hat Ihnen den Befehl gegeben?«

»Der König!«

»Wir sind verloren«, flüsterte die ältere. »Aber halt, gibt es kein anderes Tor?«

»Madame, wenn man dieses verschlossen hat, so sind alle zu«, meinte die jüngere verzweifelt.

»Das ist ein furchtbarer Streich, den der König uns spielt!« Sie hatte drohend und fast verächtlich gesprochen.

»Gut, wir können ja die Wahrheit sagen.«

»Wird man uns aber glauben?«

»Sie haben doch Beweise. Und überdies, Madame, dieser Soldat wird nicht die ganze Nacht wachen. Man wird ihn ablösen, und sein Nachfolger ist vielleicht gefälliger. Warten wir!«

»Aber nach Mitternacht kommen die Patrouillen vorbei. Mir steigt das Blut ins Gesicht, wenn ich denke, daß wir aufgegriffen werden. Andrée, es steckt ein Komplott dahinter. Niemals war das Tor geschlossen.«

Im selben Augenblick hörten sie die Schritte und die Stimme eines Mannes, der ein Lied vor sich hin summte.

»Das ist ...«

»Er ist es«, flüsterte Andrée, »er wird uns retten.«

In diesem Augenblick trat ein junger Mann, der in einen weiten Pelzüberrock gehüllt war, näher, klopfte an die Tür und rief: »Laurent!«

Jetzt berührte die ältere der beiden Damen seine Schulter. Er wandte sich um und griff nach seinem Hut.

»Still, Schwager!«

»Guten Abend, Madame, guten Abend, Schwägerin. Sie sind nicht allein?«

»Nein, Mademoiselle Andrée de Taverney ist bei mir.«

»Oh, ausgezeichnet! Guten Abend, Mademoiselle.«

»Monseigneur«, murmelte Andrée und verneigte sich.

»Sie wollen ausgehen?«

»Nein.«

»Also kommen Sie zurück?«

»Wir möchten wohl.«

»Warum rufen Sie nicht Laurent?«

»Rufen Sie ihn doch, Sie werden gleich sehen, was los ist.«

Der Graf d'Artois trat wieder an die Tür und rief: »Laurent!«

»Der Spaß beginnt von neuem«, murrte der Schweizer, »wenn Sie mich noch lange belästigen, rufe ich meinen Offizier.«

»Was soll das?« fragte der junge Mann die Königin verblüfft.

»Man hat Laurent durch einen Schweizer ersetzt.«

»Wer hat das getan?«

»Der König.«

»Verdammt, dann müssen wir kapitulieren. Wir wollen dem Burschen Geld geben.«

»Ich habe es ihm schon angeboten. Er lehnt ab.«

»Aber silberne Tressen wird er annehmen.«

»Das habe ich auch versucht. Aber er will mich nicht hören.«

»Dann gibt es nur ein einziges Mittel. Ich schlage Lärm.«

»Sie werden uns kompromittieren.«

»Ganz und gar nicht. Sie treten beiseite, dann fange ich an, an die Tür zu schlagen wie ein Tauber und zu brüllen wie ein Blinder. Schließlich wird man mir doch öffnen, und Sie gehen hinter mir hinein.«

Sofort begann der junge Prinz mit dem Degengriff gegen die Tür zu trommeln.

»Gut, ich rufe den Offizier!« rief der Schweizer.

»Kerl, das verlange ich seit einer Viertelstunde«, schrie der Prinz.

Einen Augenblick später hörte man Schritte. Der Schweizer erklärte jemand die Ursache des Lärms. »Herr Leutnant«, sagte er, »es sind zwei Damen und ein Mann, der mich ›Kerl‹ geschimpft hat. Sie wollen um jeden Preis herein.«

»Was ist daran Verwunderliches«, fragte der Prinz, »daß wir hineinwollen, da wir doch im Schloß wohnen.«

»Ihr Wunsch ist begreiflich, mein Herr, aber das Verbot ist streng.«

»Der König kann nicht verboten haben, daß ein Offizier außerhalb des Schlosses nächtigt.«

»Mein Herr, ich kann die Absichten des Königs nicht ermessen, ich kann nur gehorchen. Wenn Sie, wie Sie sagen, Offizier sind, müssen Sie doch wissen, was ein Befehl ist.«

»Aber der Befehl gilt doch nicht für einen Prinzen?«

»Königliche Hoheit, Sie setzen mich in Verzweiflung. Der König selbst hat mir den Befehl erteilt.«

»Er hat Ihnen aber nicht befohlen, seinen Bruder wie einen

Bettler oder Dieb fortzujagen. Ich bin der Graf d'Artois. Sie spielen ein gefährliches Spiel, wenn Sie mich hier so frieren lassen.«

»Monseigneur, Gott ist mein Zeuge, daß ich bereitwillig mein Blut für Eure Königliche Hoheit opfern würde, aber Seine Majestät hat mir wörtlich gesagt, daß ich niemand öffnen darf, auch ihm selbst nicht, wenn er sich nach elf Uhr einfinden sollte.«

Damit verneigte sich der Offizier und kehrte an seinen Posten zurück. Der Soldat war mit geschultertem Gewehr stehengeblieben, wagte aber kaum mehr zu atmen.

»Wir sind verloren«, sagte die Königin zu ihrem Schwager.

»Weiß man denn, daß Sie fortgegangen sind?«

»Ach, ich kann es nicht beurteilen.«

»Dann ist es sogar möglich, liebe Schwägerin, daß der König diesen Befehl nur auf mich gemünzt hat. Er weiß, daß ich oft spät nach Hause komme. Die Gräfin d'Artois wird etwas erfahren und sich bei Seiner Majestät beklagt haben.«

»Nein, lieber Schwager, ich danke Ihnen für Ihr Zartgefühl, aber dieser Befehl richtet sich gegen mich. Ich weiß es wohl, ich habe einen Feind, der auf den König Einfluß hat.«

»Warten Sie, ich habe eine Idee. Sie werden Ihren Feind mehr ärgern als einen Esel, den man am Halfter aufhängt.«

»Wen meinen Sie?«

»Den Grafen de Provence. Er ist doch der Feind der Jugend, der Schönheit, kurz aller, die können … was er nicht kann.«

»Lieber Schwager, wußten Sie etwas von diesem Befehl?«

»Vielleicht. Aber wir wollen hier nicht stehenbleiben, es ist hundekalt. Kommen Sie. Unterwegs kann ich Ihnen sagen, was ich von der Sache halte. Nehmen Sie meinen Arm, Schwägerin, und Sie, Mademoiselle de Taverney, nehmen Sie bitte den andern.«

Die drei machten sich auf den Weg.

»Sie sagten, daß Herr de Provence …?«

»Er war heute abend nach dem Souper beim König. Der König hatte untertags viel mit dem Grafen de Haga gesprochen, Sie waren aber nicht erschienen.«

»Ich bin um zwei Uhr nach Paris gefahren.«

»Ich wußte es wohl. Und, verzeihen Sie mir, daß ich es offen sage, der König dachte nicht mehr an Sie als an Harun al Raschid und seinen Großwesir Giaffar. Er sprach über Geographie. Ich hörte recht ungeduldig zu, denn auch ich wollte fort. Verzeihen Sie, wir gingen wohl nicht in derselben Absicht aus, und es ist unrecht von mir ...«

»Sprechen Sie weiter! Wohin führen Sie uns denn?«

»Noch zwanzig Schritte. Vorsicht! Hier ist ein Schneehaufen. Fräulein de Taverney, wenn Sie meinen Arm loslassen, werden Sie fallen, das sage ich Ihnen voraus. Aber um wieder zum König zurückzukommen, will ich sagen, daß er nur an Längen- und Breitengrade dachte. Plötzlich sagte Herr de Provence: ›Ich möchte der Königin meine Aufwartung machen.‹ – ›Sie speist allein‹, antwortete der König. ›Und ich dachte‹, erwiderte mein Bruder, ›sie wäre in Paris. Ich war eben bei ihr, aber man hat mich nicht vorgelassen.‹ Jetzt sah ich, daß der König die Stirn runzelte. Sie wissen, daß Louis manchmal eifersüchtig ist; gewiß ist er zu Ihnen gegangen und hat, als er nicht vorgelassen wurde, etwas geahnt.«

»So wird es sein. Madame de Miséry hatte von mir strengen Befehl.«

»Nun, der König wird sich Gewißheit verschaffen wollen, und darum hat er den Befehl gegeben, der uns jetzt aussperrt.«

»Eine schreckliche Geschichte ...«

»Allerdings. Aber jetzt sind wir am Ziel. Mißfällt Ihnen das Haus? Treten Sie ruhig ein, Schwägerin, niemand wird Sie sehen.«

»Auch nicht der Mann, der uns die Tür öffnet?«

»Versuchen wir es doch!« meinte der Graf d'Artois lachend. Er klopfte. Sofort ging die Tür auf. Die Königin warf Mademoiselle de Taverney einen ängstlichen Blick zu, dann überschritt sie mit einer jener Gesten, die Frauen so gut stehen und die etwa bedeuten: »Gott allein weiß, was jetzt geschieht«, die Schwelle.

Geräuschlos wurde die Tür hinter ihnen geschlossen. Jetzt befanden sie sich in einem Vorhaus mit Stuck- und Marmorverzierung; trotz seiner räumlichen Ausdehnung verriet es vollendeten Geschmack. Die Steinfliesen bildeten ein Mosaik, das Blumenbuketts darstellte, während auf Marmorkonsolen wohl hundert niedrige, buschige Rosenstöcke ihre um diese Jahreszeit seltenen duftenden Blüten aus japanischen Vasen darboten.

Eine sanfte Wärme und ein süßer Duft berauschten die Sinne so sehr, daß die beiden Damen für einen Augenblick alle ihre Befürchtungen und sogar ihre Gewissensbisse vergaßen.

»Gut«, sagte die Königin, »jetzt sind wir unter einem schützenden Dach, und die Höhle, die uns als Unterschlupf dient, ist sogar reichlich bequem. Jetzt wäre es an Ihnen, lieber Schwager, Ihre Diener zu entfernen.«

»Nichts leichter als das.«

Der Prinz ergriff sein Glöckchen, das in einer Höhlung stand, und ließ es erklingen; seltsam vibrierte der Schlag in den Tiefen des Treppenhauses.

Die beiden Frauen stießen einen Schrei der Überraschung aus.

»Man sollte eher meinen, Schwager«, sagte die Königin, »daß Sie Ihre Diener herbeirufen!«

»Wenn ich noch einmal schellen wollte, würde einer kommen; so aber können Sie unbesorgt sein.«

Die Königin lachte.

»Sie sind ein vorsichtiger Mann, der Fall scheint vorgesehen zu sein.«

»Liebe Schwägerin, Sie können nicht im Vestibül schlafen. Nehmen Sie sich die Mühe, in die Etage hinaufzusteigen.«

Der Prinz ging voraus. Keiner seiner Schritte war auf den schweren Teppichen, die auf der Treppe lagen, zu hören.

»Diese Tür hier, liebe Schwägerin, verschließt Ihre Wohnung.«

Die Königin betrat ein mit Rosenholz getäfeltes Vorzimmer, durch das man in ein Boudoir in weißem Kaschmir mit gestickten Blumen gelangte. Die Ausschmückung dieses Raums bestand *au petit point de soie*, die mit aller Kunstfertigkeit gestickt war, die die Meister jener Zeit aufwendeten, um Wandgemälde durch Gobelins zu ersetzen.

Auf das Boudoir folgte ein in Blau gehaltenes Schlafzimmer, dessen Ausschmückung in Spitzen und Seide von Tours bestand; in einem dunklen Alkoven fand die Königin ein prächtiges Bett, in einem Kamin aus weißem Marmor brannte ein Feuer; der Ofenschirm war blau lackiert und zeigte chinesische Ornamente in Gold.

Noch immer zeigte sich kein Lebewesen. Alle Kerzen brannten, und die Räume waren geheizt, ohne daß man die Ursachen dieses glücklichen Zusammentreffens erraten konnte.

An der Schwelle des Schlafzimmers war die Königin stehengeblieben. Der Prinz entschuldigte sich, daß die Umstände ihn nötigten, seine Schwägerin zur vertrauten Mitwisserin eines Geheimnisses zu machen, das ihrer nicht würdig war. Vielsagend lächelte die Königin.

»Schwägerin«, sagte der Graf d'Artois, »dies ist meine Junggesellenwohnung, ich komme immer nur allein hierher.«

»Fast immer.«

»Nein, immer. Sie werden in dem Boudoir ein Sofa und eine Bergère finden, die mir oft ebenso gute Dienste geleistet haben wie mein Bett, wenn bei meinen Jagden die Nacht mich plötzlich überraschte.«

»Ich begreife, daß die Gräfin d'Artois zuweilen unruhig ist. Heute nacht allerdings hat sie keinen Anlaß dazu, aber ...«

»Schwägerin, wer einmal unrecht hat, behält unrecht.«

»Nun, ich bin furchtbar müde; und Sie, meine arme Andrée?«

»Ich bin müde zum Umsinken. Und wenn Eure Majestät mir erlauben ...?«

»Setzen Sie sich doch. Legen Sie sich zu Bett. Der Herr Graf d'Artois tritt uns diese Wohnung ab, nicht wahr, Charles?«

»Als volles Eigentum.«

»Einen Augenblick, Graf. Ein Wort noch! Wenn Sie jetzt gehen, wie können wir Sie zurückrufen?«

»Sie bedürfen meiner nicht mehr, Schwägerin; das Haus steht ganz zu Ihrer Verfügung.«

»So gibt es noch andere Zimmer?«

»Gewiß doch. Vor allem ein Speisezimmer, zu dessen Benutzung ich Sie einlade. Mademoiselle de Taverney, die mir einer Erfrischung sehr zu bedürfen scheint, wird eine heiße Brühe, eine kalte Hühnerkeule und ein Glas Xeres bereit finden, und für Sie, Schwägerin, steht eine Auswahl von eingesottenen Früchten, die Sie so sehr lieben, bereit.«

»Und alles das ohne Dienerschaft?«

»Vollkommen ungestört.«

»Und wenn wir ins Schloß zurückwollen?«

»Jetzt, da dieser Befehl erteilt worden ist, können Sie gar nicht daran denken, bei Nacht dahin zurückzukehren. Bei Tagesanbruch verliert dieser Befehl gewiß seine Gültigkeit. Um sechs Uhr werden die Tore geöffnet. Gehen Sie um drei Viertel sechs von hier fort. Sie werden in den Schränken Mäntel von jeder Farbe vorfinden, um sich zu verkleiden. Kehren Sie ins Schloß zurück, begeben Sie sich zu Bett und kümmern Sie sich nicht darum, was folgt.«

»Und Sie?«

»Ich gehe.«

»Wie, wir verjagen Sie von hier?«

»Es geht doch nicht, daß ich die Nacht mit Ihnen unter einem Dach verbringe?«

»Aber Sie brauchen doch eine Unterkunft, und wir rauben Ihnen die Ihre.«

»Ich habe noch drei ähnliche bereit.«

Die Königin begann zu lachen.

»Und dabei sagt er, daß die Gräfin d'Artois keinen Grund hat, sich zu beunruhigen. Ich werde sie warnen!«

»Dann werde ich dem König alles sagen.«

»Weiß Gott, es ist demütigend, aber wir sind ihm ausgeliefert! Gute Nacht, Schwager!«

»Gute Nacht, Schwägerin!«

Siebentes Kapitel
Der Alkoven der Königin

Am nächsten Tag oder eigentlich am selben Morgen, da unser voriges Kapitel ja um zwei Uhr nachts schloß, präsentierte sich König Ludwig XVI. in seinem veilchenblauen Schlafrock, ungepudert und ohne seine Orden, wie er aus dem Bett kam, im Vorzimmer der Königin.

Eine diensttuende Zofe öffnete ihm.

»Die Königin!« sagte er kurz.

»Ihre Majestät schläft.«

Der König hieß sie durch eine Gebärde zur Seite treten, aber sie rührte sich nicht.

»Die Königin schläft, Sire!« wiederholte die Zofe.

»Sie sollen beiseite treten!«

Jetzt gab die Frau nach. An der Tür des Schlafzimmers begegnete er Madame de Miséry, die in ihrem Horenbuch las.

Als sie den König gewahrte, stand sie auf und verneigte sich tief.

»Sire«, sagte sie leise, »Ihre Majestät hat noch nicht gerufen!«

»Wirklich?« fragte der König spöttisch.

»Sire, es ist erst halb sieben, und die Königin erwacht nie vor sieben.«

»So sind Sie sicher, daß die Königin schläft?«

»Ich will nicht behaupten, daß sie schläft, Sire, aber gewiß liegt sie noch.«

Jetzt trat der König zur Tür und griff hastig nach der Klinke. Der Schlafraum der Königin war noch dunkel, die Läden waren geschlossen, Vorhänge und Stores herabgelassen. Rasch trat der König an das Bett.

»Ach, Madame de Miséry«, rief die Königin, »warum wecken Sie mich? Was soll dieser Lärm?«

Verblüfft blieb der König stehen.

»Es ist nicht Madame de Miséry«, stammelte er.

»Ach, Sie sind es, Sire.« Marie-Antoinette setzte sich im Bett auf.

»Guten Morgen, Madame«, sagte der König sauer-süß.

»Welcher gute Wind führt Sie her, Sire? Madame de Miséry, öffnen Sie doch die Fenster!«

Sofort traten einige Zofen ein und ließen durch die Fenster frische Luft ein.

Der König hatte einen forschenden Blick um sich geworfen.

»Warum haben Sie gestern nicht empfangen, Madame?«

»Wen? Herrn de Provence?« fragte die Königin geistesgegenwärtig.

»Ganz recht, er wollte Sie begrüßen und wurde nicht vorgelassen. Man sagte ihm, Sie wären abwesend.«

»Ach? Madame de Miséry, hat man gestern Herrn de Provence gesagt, ich sei nicht im Schloß?«

Madame de Miséry näherte sich dem Bett und reichte der Königin ein Tablett mit Briefen.

»Antworten Sie doch dem König, Madame de Miséry! Man hat Herrn de Provence gesagt, ich sei abwesend? Ich selbst erinnere mich nicht mehr.«

»Sire, Monseigneur ist hier erschienen, um Ihrer Majestät seine Aufwartung zu machen, und man hat ihm gesagt, daß Ihre Majestät nicht empfange.«

»Nun?« fragte sie und blickte auf, während sie die Briefe entsiegelte.

Mit einem Nicken entließ der König die Erste Kammerjungfrau.

»Verzeihen Sie, Sire«, sagte die Königin, »steht es mir frei, Herrn de Provence zu empfangen oder nicht?«

»Durchaus, Madame, aber …«

»Sein Esprit langweilt mich. Ich kann ihn nicht leiden. Ich war gefaßt darauf, daß er kommen würde, und darum habe ich mich zu Bett begeben. Was haben Sie nur, Sire? Es sieht aus, als ob Sie zweifelten.«

»Ach, ich dachte, Sie seien in Paris gewesen.«

»Wann?«

»Zur selben Zeit, da Sie, wie Sie behaupten, im Bett gelegen haben ...«

»Gewiß war ich in Paris. Aber man kommt doch aus Paris zurück.«

»Es hängt davon ab, wann man zurückkommt.«

»Madame de Miséry, wann bin ich gestern aus Paris zurückgekommen?«

»Ungefähr um acht Uhr, Majestät.«

»Sie täuschen sich, Madame de Miséry«, sagte der König, »fragen Sie noch einmal.«

Die Erste Kammerfrau wandte sich ruhig um.

»Madame Duval, wann ist Ihre Majestät gestern aus Paris zurückgekehrt?«

»Es mag acht Uhr gewesen sein, Madame.«

»Laurent!«

»Wer ist dieser Laurent?« fiel ihr der König ins Wort.

»Der Pförtner. Ihre Majestät ist durch das Tor zurückgekehrt, das er bewacht. Laurent, wann ist Ihre Majestät, die Königin, gestern zurückgekehrt?«

»Um acht Uhr«, rief der Pförtner von der Terrasse herauf.

Wieder blieben die beiden Gatten allein.

Louis war beschämt.

»Nun, Sire«, fragte die Königin, »wünschen Sie noch etwas zu wissen?«

»Verzeihen Sie mir, Madame; ich weiß nicht, was mir da durch den Kopf gegangen ist. Schmollen Sie mir nicht!«

Die Königin zog ihre Hand zurück.

»Sire«, sagte Marie-Antoinette, »eine Königin von Frankreich lügt nicht. Ich will Ihnen offen sagen, daß ich gestern abend nicht um acht Uhr nach Hause gekommen bin.«

Betroffen trat der König einen Schritt zurück.

»Ich will Ihnen sagen«, fuhr die Königin kaltblütig fort, »daß ich erst heute morgen um sechs das Schloß betreten habe. Ohne die Hilfe des Grafen d'Artois, der mir Asyl gewährte, hätte ich wie eine Bettlerin vor der Tür gestanden.«

»So hatte ich also recht?«

»Es ist Ihnen nicht mehr erlaubt, zu zweifeln! Ihre Spione waren getäuscht oder bestochen, und ob nun Ihre Tore geschlossen oder offen waren, ich konnte Ihren Verdacht zerstreuen. Ich sah, daß Sie beschämt waren, gegen eine Frau, die sich im Recht befand, brutal vorgegangen zu sein. Ich könnte mich meines Sieges freuen, aber ich finde Ihr Vorgehen schändlich für einen König und kläglich für einen Edelmann. Darum will ich mir die Befriedigung nicht versagen, Ihnen das mitzuteilen.«

Der König nestelte an seinem Jabot wie einer, dem keine Antwort einfällt.

»Sie werden keine Entschuldigung finden«, sagte die Königin kopfschüttelnd.

»Doch, und zwar sehr leicht. Wußte etwa jemand, daß Sie nicht zurückgekommen waren? Wenn niemand das wußte, konnte auch niemand meinen Befehl auf Sie beziehen. Mag man diese Order auf die Ausschweifungen des Herrn Grafen d'Artois oder sonst jemand zurückführen. Sie aber, Madame, Sie haben unrecht. Ich wollte Ihnen unauffällig eine Lektion erteilen, und wenn Sie daraus Nutzen ziehen, was ich wohl daran erkenne, daß Sie so ärgerlich sind, so kann ich zufrieden sein.«

Die Königin hatte ruhig zugehört; ihrer Ansicht nach war der Streitfall nicht beigelegt, sondern begann erst um sich zu greifen.

»Sehr schön«, sagte sie, »Sie entschuldigen sich also nicht, weil Sie die Tochter Maria Theresias, Ihre Frau, die Mutter Ihrer Kinder, vor der Tür stehenließen? Ihrer Meinung nach ist das also ein Scherz, der eines Königs würdig ist, ein Scherz voll attischen Salzes, dessen Moralität seinen Wert noch verdoppelt. Ihrer Meinung nach ist weiter nichts dabei, daß Sie die Königin von Frankreich gezwungen haben, eine Nacht in einem Pavillon zuzubringen, in dem der Graf d'Artois seine Opernmädchen empfängt? Oh, ein König ist über derlei erhaben, und zumal ein philosophischer König. Beachten Sie aber wohl, daß Herr d'Artois in dieser Sache eine hübsche Rolle gespielt hat. Ich muß dem Himmel danken, daß mein Schwager ein lasterhafter Mensch ist, denn nur die Vorkehrungen, die er zu diesem Zweck getroffen hat, konnten meiner Schmach zum Mantel dienen. Seine Ausschweifungen haben meine Ehre gerettet. Oh«, fuhr sie mit einem bitteren Auflachen fort, »ich weiß, daß Sie ein moralischer König sind, Sire! Haben Sie aber auch bedacht, wohin Ihre Moral uns führt? Wollen Sie behaupten, daß, was Sie geglaubt haben, Herr de Provence glaubt oder Herr d'Artois oder daß meine Zofen es glauben, die auf meinen Befehl gelogen haben, oder Laurent, den der Graf d'Artois bestochen hat? Wollen wir das zur Gewohnheit werden lassen? Sie umstellen mich mit Spionen und Schweizern, ich besteche Ihre Schweizer und Spione! Binnen Monatsfrist wird die Majestät des Thrones und die Würde der Ehe billig sein.«

»Sie wissen«, antwortete der König mit zitternder Stimme, »daß ich stets aufrichtig bin und meine Fehler gern eingestehe. Wollen Sie behaupten, Madame, daß Sie recht hatten, Versailles im Schlitten zu verlassen, von Ihren Kavalieren begleitet? Diese Tollköpfe kompromittieren Sie und vergessen, welch kritische Augenblicke wir jetzt durchmachen! Wollen Sie mir beweisen, daß Sie recht hatten, mit diesen Kavalieren zu verschwinden wie auf einem Maskenball und skandalös spät in der Nacht zurückzukehren? Sie sprachen von der Würde der Ehe und von der Majestät des Thrones. Haben Sie sich wie eine Gattin und Königin betragen?«

»Ich habe Versailles im Schlitten verlassen, um rascher nach Paris zu kommen. In meiner Begleitung befand sich nur Fräulein de Taverney, deren Ruf reiner ist, als der irgendeiner anderen Hofdame. In Paris bin ich nur gewesen, um mich zu überzeugen, daß der König von Frankreich wirklich einen Abkömmling der Könige, die einst Frankreich regiert haben, Hungers sterben läßt. Ich war in einer Art Scheune, habe gesehen, wie die Enkelin eines großen Fürsten ohne Geld, ohne Licht, ohne Feuer im Kamin haust; ich habe diesem Opfer der Gleichgültigkeit und königlichen

lichen Vergeßlichkeit hundert Louis geschenkt. Ich habe nachgedacht über die Nichtigkeit unserer Größe, denn auch ich bin zuweilen Philosophin, und da die Straßen zugefroren waren und die Pferde, zumal die Fiakerpferde, schlecht vorwärts kamen ...«

»Sind Sie denn im Fiaker zurückgekommen?«

»Ja, in Nummer Z 107.«

»Oh«, murmelte der König ungeduldig, »im Fiaker! Madame, Sie haben immer edle Regungen. Vielleicht folgen Sie ihnen etwas zu widerstandslos.«

»Danke, Sire«, antwortete die Königin spöttisch.

»Beachten Sie wohl«, fuhr Louis fort, »daß ich Sie nicht einer Handlung verdächtigt habe, die etwa unehrenhaft wäre. Nur das Abenteuerliche Ihres Betragens hat mir mißfallen. Sie haben Gutes getan wie immer, aber Sie haben es so getan, daß Sie sich selbst Schlimmes zugefügt haben. Das ist es, was ich Ihnen vorwerfe. Doch scheint es, daß ich eine Vergeßlichkeit zu sühnen habe, und ich will es gerne tun. Sagen Sie mir, wer diese Unglücklichen sind, und sie sollen nicht lange auf meine Wohltaten warten.«

»Der Name Valois ist berühmt genug, Sire, denke ich.«

Der König brach in Gelächter aus. »Ach, jetzt weiß ich, was Sie meinen. Diese kleine Valois, eine Gräfin de ...«

»... de La Motte.«

»Richtig. De La Motte. Ihr Gatte ist Soldat, nicht wahr, und sie ist eine Intrigantin. Ärgern Sie sich nicht, aber ich will Ihnen offen sagen, daß sie Himmel und Erde in Bewegung setzt. Meine Minister haben keine anderen Gedanken mehr! Sie quält meine Tanten, überhäuft mich mit Bittschriften und genealogischen Beweisführungen.«

»Das beweist nur, daß sie bisher vergeblich gebeten hat. Ist sie wirklich eine Valois?«

»Ich denke doch.«

»Nun, dann soll sie eine Pension bekommen und ihr Gatte ein Regiment, eine Stellung, die für die Abkömmlinge eines Königshauses angemessen ist.«

»Vorsichtig, Madame, Sie überhasten alles. Die kleine Valois wird mir genug Federn ausreißen, auch ohne Ihre Hilfe. Sie hat einen guten Schnabel.«

»Ich fürchte nicht für Sie, Sire, denn Ihre Federn halten gut.«

»Eine anständige Pension, sagen Sie? Wissen Sie auch, wie schlimm dieser Winter meine Kasse zur Ader gelassen hat? Und dieser kleine Soldat, der so geschickt war, eine Valois zu heiraten, soll ein Regiment bekommen? Mir fehlt es an Regimentern, Madame, um sie denen zu geben, die sie verdienen oder bezahlen. Einen königlichen Haushalt diesen Bettlern, da wir Könige doch selbst nicht besser leben als reiche Bürger? Der Herzog von Orléans hat seine Pferde und Maultiere nach England geschickt, um sie dort verkaufen zu lassen. Ich selbst habe meinen Wolfszwinger aufgelöst. Wir alle müssen uns Entbehrungen auferlegen.«

»Und doch können diese Valois nicht Hungers sterben.«

»Sie haben ihr hundert Louis gegeben. Das ist genug, genug für beide. Keine Pension, nichts Fixes! Diese Leute sind Nager. Wenn ich Lust habe, ihnen etwas zu geben, so werde ich es tun, aber verpflichtet will ich nicht sein. Ich kann Ihnen nicht alles sagen, was ich über diese kleine Valois weiß. Ihr gutes Herz ist in eine Falle gegangen. Ich bitte Ihr gutes Herz um Verzeihung.«

Damit nahm Louis ihre Hand und führte sie an die Lippen.

»Nein«, sagte sie, »Sie sind nicht gut zu mir.«

Der König begann zu lachen.

»Was werden Sie mir geben, wenn ich Ihnen beweise, daß ich nicht einmal wirklich böse war, als ich hierherkam?«

»Erst die Beweise!«

»Nun, ich habe sie in der Tasche.«

Neugierig setzte sich die Königin auf. Lächelnd griff der König in die Tasche, wobei er so langsam vorging, wie einer, der die Ungeduld eines Kindes, dem er ein Spielzeug schenkt, auf die Probe stellen will. Endlich zog er ein goldgepreßtes Maroquinlederetui hervor und legte es auf das Bett. Hastig griff die Königin danach und öffnete es.

»Oh, ist das schön! Mein Gott, wie schön!« rief sie entzückt.

Dann zog sie ein Halsband aus großen, reinen Diamanten von köstlichem Feuer, das sich in ihren Händen wie eine Flut von Phosphor und Flammen zu verwandeln schien, hervor.

»Es ist herrlich«, rief sie.

»So sind Sie zufrieden?« fragte der König.

»Begeistert, Sire. Sie machen mich vollkommen glücklich. Diese Diamanten sind groß wie Haselnüsse und wunderbar zusammengestellt. Wie geschmackvoll sie nach der Größe angeordnet sind! Der Juwelier, aus dessen Werkstatt dieses Halsband stammt, ist ein Künstler. Gewiß sind es die Herren Boehmer & Bossange.«

»Sie haben es erraten. Aber hüten Sie sich, Madame, Sie bezahlen dieses Halsband zu teuer.«

»Oh?« Plötzlich hatte sich ihre Stirn verdüstert.

»Ist es wirklich so teuer?« fragte sie.

»Allerdings«, sagte der König lachend, »eineinhalb Millionen. Aber ich sagte, daß Sie es über den Preis bezahlen. Es wird erst an seinem Platz sein, wenn es Ihren Hals schmückt.«

Damit näherte sich Louis der Königin, griff nach den beiden Enden der Halskette und wollte sie mittels einer Agraffe, die selbst einen großen Diamanten zeigte, befestigen.

»Nein«, sagte die Königin, »keine Kindereien! Niemand soll ein Halsband von diesem Wert an meinem Hals sehen!«

»Sie wollen es nicht tragen, Madame?«

»Ich will nicht eineinhalb Millionen an meinem Hals tragen, wenn die Schatzkammern des Königs leer sind und der König seinen Armen sagen muß: ›In meinen Kassen ist kein Geld, möge Gott euch helfen.‹ Herr de Sartines sagte mir eines Tages, für eineinhalb Millionen könne man ein Linienschiff haben, und der König von Frankreich braucht ein Linienschiff dringender, als die Königin ein Halsband.«

Die Augen des Königs füllten sich mit Tränen.

»Was Sie da tun«, rief er, »ist erhaben. Sie sind eine gute Frau, Antoinette. Frankreich wird Sie segnen, wenn es davon hören wird.«

Die Königin seufzte.

»Noch ist es Zeit«, rief der König lebhaft. »Sie bedauern?«

»Im Gegenteil, Sire, ich atmete auf. Wirklich, ich will dieses Halsband nicht. Aber ich habe eine andere Bitte. Lassen Sie mich noch einmal nach Paris fahren!«

»Das ist leicht und billig …«

»… Zu Herrn Mesmer.«

Der König kratzte sich hinterm Ohr.

»Gut«, sagte er endlich. »Sie haben eine Laune, die eineinhalb Millionen wert war, abgelehnt. Ich muß wohl nachgeben. Gehen Sie also zu Herrn Mesmer, aber unter einer Bedingung.«

»Unter welcher?«

»Lassen Sie sich von einer Prinzessin begleiten!«

Die Königin überlegte.

»Ist Ihnen Madame de Lamballe angenehm?«

»Doch.«

»Nun, abgemacht.«

»Und ich will den Bau des Linienschiffes in Auftrag geben. Es soll *Le Collier de la Reine*, ›Das Halsband der Königin‹ heißen. Und Sie sollen es taufen, Madame. Ich werde es Lapeyrouse nachschicken.« Dann küßte der König seiner Frau die Hand und verließ in bester Laune ihr Appartement.

Achtes Kapitel

Das kleine Lever der Königin

Kaum war der König hinausgegangen, als die Königin aufstand und ans Fenster trat, um die eisige Morgenluft einzuatmen. Alles verkündete den geheimnisvollen Kampf des Frühlings gegen den absterbenden Winter.

»Wenn wir uns das Eis zunutze machen wollen«, sagte die

Königin, »werden wir uns beeilen müssen. Nicht wahr, Madame de Miséry?«

»Majestät hatten schon lange Lust, auf dem Schweizer See Schlittschuh laufen zu gehen.«

»Nun, dann wollen wir es heute tun, denn morgen wäre es vielleicht schon zu spät. Ich werde jetzt frühstücken und dann ausfahren. Lassen Sie nachfragen, ob Fräulein de Taverney bereits aufgestanden ist. Man soll ihr bestellen, daß ich sie sehen möchte.«

»Mademoiselle de Taverney wartet bereits im Boudoir Ihrer Majestät.«

»Schon? Führen Sie sie herein!«

Mademoiselle war bereits vollkommen angezogen. Als sie die Königin lächeln sah, schien sie beruhigter.

»Schicken Sie mir Léonard und meinen Schneider, liebe Miséry«, verlangte die Königin. Dann fuhr sie fort: »Der König war charmant, er hat gelacht und sich besiegt gegeben. Ich konnte nicht lügen, denn die Königin kann nicht lügen. Es scheint übrigens, daß wir unrecht hatten, meine Liebe, Frau de La Motte zu beklagen. Der König ist ihr nicht wohlgesinnt. Ich gestehe indessen, daß sie mir gefallen hat. Aber da ist ja Léonard.«

Die Königin nahm vor ihrem feuervergoldeten Spiegel Platz, und der Friseur machte sich an die Arbeit. Marie-Antoinette war gut gelaunt.

»Ach, was mir da einfällt. Seit gestern ist ja Ihr Bruder hier. Er heißt Philippe, glaube ich.«

»Ja, Madame, Philippe.«

»Und Sie haben ihn noch nicht gesehen? Ach, wie egoistisch von mir, Sie ihm zu entziehen und nach Paris mitzunehmen. Wie alt ist er denn?«

»Zweiunddreißig.«

»Der arme Philippe! Wissen Sie, daß ich ihn seit vierzehn Jahren kenne und seit neun Jahren nicht gesehen habe?«

»Wenn Eure Majestät ihn empfangen wollen, wird er gern die

Gelegenheit wahrnehmen, Ihnen zu beweisen, daß seine Ergebenheit durch diese Entfernung nicht gelitten hat.«

»Kann ich ihn gleich sehen?«

»Er kann in einer Viertelstunde hier sein.«

Sie hatte kaum ausgesprochen, als in dem Spiegel ein spöttisches Gesicht auftauchte.

»Guten Morgen, Majestät«, rief d'Artois, »wie haben Sie die Nacht verbracht?«

»Sehr schlecht, lieber Schwager.«

»Und den Morgen?«

»Ausgezeichnet.«

»Nun, darauf kommt es ja schließlich an. Ich habe es geahnt, denn ich begegnete dem König, der mir freundlich zulächelte. Das nenne ich Vertrauen!«

Die Königin lachte, und d'Artois, der nichts ahnte, lachte gleichfalls.

Jetzt blickte die Königin in den Spiegel. Léonard hatte sein Werk vollendet, und die Königin legte ihr Peignoir aus indischem Musselin ab.

Die Tür ging auf. Andrée trat ein. Sie führte einen schönen, jungen Edelmann, in dessen gebräuntem Antlitz man Adel und Schwermut zugleich lesen konnte, den Typus eines kraftvollen Kriegsmannes von ernster Haltung, jenen schönen Familienbildnissen nicht unähnlich, die ein Coypel oder Gainsborough gemalt hat.

Philippe de Taverney trug einen dunkelgrauen, silberbestickten Rock, aber auf seinem Körper schien das Grau schwarz, das Silber Eisen. Das weiße Halstuch hob sich von der dunklen Weste ab, und das gepuderte Haar unterstrich die männliche Kraft des Gesichtes.

»Majestät«, sagte Andrée und verneigte sich respektvoll, »hier ist mein Bruder.«

Ernst und gelassen verneigte sich Philippe. Als er wieder aufblickte, fand er, daß die Königin noch immer in den Spiegel sah. Allerdings konnte sie ihn im Spiegel gut beobachten.

»Guten Morgen, Herr de Taverney«, sagte sie und wandte sich um.

Als Philippe sie lächeln sah, erblaßte er leicht.

»Es scheint, Herr de Taverney«, fuhr die Königin fort, »daß mir Ihr erster Besuch gilt. Ich danke Ihnen.«

»Majestät geruhen zu vergessen, daß es an mir ist, Ihnen zu danken.«

»Wie viele Jahre sind verstrichen, seit wir uns das letztemal gesehen haben? Ach, das war die schönste Zeit unseres Lebens! Hat es Ihnen in Amerika so gut gefallen, Herr de Taverney, daß Sie dort blieben, als alle anderen zurückkehrten?«

»Madame, als Herr de Lafayette die Neue Welt verließ, wollte er einen Vertrauensmann dort lassen, dem er das Kommando unserer Hilfstruppen überlassen könnte. Herr de Lafayette hat dem General Washington mich vorgeschlagen, und ich wurde angenommen.«

»Es scheint«, sagte die Königin, »daß aus der Neuen Welt nur Helden zurückkommen. Sehen Sie doch, Schwager, wie martialisch Herr de Taverney aussieht!«

Philippe, der den Grafen d'Artois noch nicht kannte, trat einen Schritt vor. Der Graf nickte ihm zu, Philippe verbeugte sich.

»Es ist mir ein Vergnügen, die Bekanntschaft eines so wackeren Edelmannes zu machen«, sagte der Prinz. »Was haben Sie jetzt, nach Frankreich zurückgekehrt, vor?«

Philippe sah seine Schwester an.

»Monseigneur«, antwortete er, »die Interessen meiner Schwester sind wichtiger als die meinen. Ich werde tun, was sie verlangen.«

»Aber Herr de Taverney, Ihr Vater lebt doch noch?«

»Ja, Monseigneur, wir haben das Glück, unseren Vater noch am Leben zu sehen.«

»Immerhin«, unterbrach ihn lebhaft die Königin, »ich sehe Andrée lieber unter dem Schutz ihres Bruders und Ihren Bruder unter dem Ihren, Herr Graf. Sie werden sich doch des Herrn de Taverney annehmen?« Der Graf d'Artois verneigte sich.

»Wissen Sie auch«, fuhr die Königin fort, »daß enge Bande uns verbinden?«

»Ach, das müssen Sie mir erzählen, Schwägerin!«

»Herr Philippe de Taverney war der erste Franzose, dem ich begegnet bin, als ich Frankreich betrat. Und ich hatte mir ernsthaft vorgenommen, das Glück meines ersten Franzosen zu machen.«

Philippe biß sich auf die Lippen. Marie-Antoinette erhaschte einen jener Blicke, die nur Brüder und Schwestern miteinander zu wechseln vermögen, aber sie ahnte wohl nicht, wieviel geheimen Kummer er verbarg. Sie führte seine Verlegenheit auf eine andere Ursache zurück. Warum sollte Herr de Taverney nicht einer der vielen sein, die damals, 1774, für die junge Dauphine, die Tochter Maria Theresias, geschwärmt hatten?

Jetzt trat der Graf d'Artois zu Philippe, während die Königin mit Andrée über ein Jagdkleid sprach. »Ist Herr de Washington wirklich ein so großer General, wie man sagt?«

»Er ist ein großer Mann, Monseigneur.«

»Und wie haben sich die Franzosen da drüben gemacht?«

»Ebenso gut, wie die Engländer schlecht.«

»Bravo! Sie sind wohl ein Anhänger der neuen Ideen, mein lieber Herr de Taverney? Aber haben Sie wohl auch nachgedacht, ist Ihnen aufgefallen, daß wir da drüben nicht gegen die Indianer und auch nicht gegen die Engländer kämpfen?«

»Monseigneur, ich will zugeben, daß dieser Gedankengang mir nicht fremd ist. Dieser Geniestreich, der die Monarchie gerettet hat, kann einen fatalen Rückschlag bekommen.«

»Darum finde ich die Siege des Marquis de Lafayette nicht gar so erfreulich wie manche anderen Leute hier. Gut, das ist Egoismus, aber Sie müssen zugeben: nicht Egoismus in persönlicher Sache. Wissen Sie auch, warum ich Sie nach Kräften fördern werde?«

»Warum es auch geschehen mag, Monseigneur, ich werde Ihrer Königlichen Hoheit Dank wissen.«

»Ich werde es tun, mein lieber Herr de Taverney, weil Sie nicht einer von jenen sind, die man mit Trommeln und Trompeten in allen Gäßchen ausgerufen hat. Sie haben Ihren Dienst wacker getan, aber Sie haben nicht Reklame für sich gemacht. Man kennt Sie in Paris kaum, darum sind Sie mir lieb ... ich bin Egoist, wie Sie sehen.«

Der Prinz küßte der Königin lächelnd die Hand, verneigte sich vor Andrée und ging. Sofort brach die Königin ihr Gespräch mit Andrée ab und wandte sich Philippe zu.

»Haben Sie Ihren Vater schon gesehen?«

»Ich fand ihn hier im Vorzimmer; meine Schwester hatte ihn benachrichtigt.«

»Warum sind Sie nicht zuerst zu ihm gefahren?«

»Ich hatte meinen Kammerdiener mit meinem Gepäck zu ihm vorausgesandt; aber Herr de Taverney ließ mir bestellen, ich möge zuerst beim König und bei Ihrer Majestät vorsprechen. Ich gehorchte gern, und so konnte ich auch meine Schwester umarmen.«

»Herrliches Wetter heute«, rief die Königin. »Madame de Miséry, morgen gibt es Tauwetter. Ich brauche sofort meinen Schlitten. Man soll meine Schokolade hierherbringen. Rasch, rasch, meine liebe Miséry, wir werden uns beeilen müssen, gewiß ist schon alle Welt auf dem Schweizer See versammelt.«

»Wollen Majestät Schlittschuh laufen?« fragte Philippe.

»Oh, Sie machen sich wohl über uns lustig, Herr Amerikaner, der Sie gewaltige Seen überquert haben, auf denen man mehr Meilen zurücklegt als Schritte auf unserem Teich.«

»Madame«, antwortete Philippe, »hier amüsiert man sich mit der Kälte, dort erfriert man.«

»Meine Schokolade! Andrée, nehmen Sie eine Tasse! Sie sehen, Herr de Taverney, ich bin immer dieselbe, die Etikette ist mir ebenso zuwider wie damals. Aber Sie, Herr Philippe, Sie haben sich wohl sehr verändert?« – »Nein, Madame«, antwortete er kurz, »ich habe mich nicht verändert, wenigstens im Herzen nicht.«

»Nun, dann wollen wir Ihnen auf unsere Weise danken. Eine Tasse für Herrn de Taverney, Madame de Miséry.«

Schon hatten die Zofen ihr Hut, Hermelinmantel und Handschuhe gebracht. Auch Andrées Toilette war bald beendet.

»Herr de Taverney«, sagte die Königin, »Sie dürfen mich noch nicht verlassen, ich will mich heute an der Seite eines Amerikaners zeigen, aus politischen Gründen – Sie verstehen!«

Als die Königin die Treppe hinabstieg, die Trommeln wirbelten und die Gardes-du-Corps ins Gewehr traten, war es dem jungen Mann, als ob ihm schwindelte.

Bald richtete sich auf dem Schweizer See, auf dem sich bereits die ganze Hofgesellschaft versammelt hatte, alle Aufmerksamkeit auf die Königin. Jeder suchte sich auf seine Weise der Gruppe anzuschließen, welche die Eskorte der Königin bildete.

D'Artois, der selbst einer der gewandtesten Schlittschuhläufer war, eilte herbei und küßte ihr die Hand.

»Haben Sie nicht bemerkt«, flüsterte er, »wie unser Bruder, Herr de Provence, plötzlich verschwand, als Sie eintrafen?«

»Er fürchtet wohl meine Vorwürfe.«

»Ich glaube, er hat einen andern Grund, Sie zu meiden.«

»Und dieser Grund wäre ...?«

»Er hat erfahren, daß Herr du Suffren, der glorreiche Kommandeur, heute abend hier eintreffen soll, und da die Nachricht wichtig ist, will er sie nicht zu unseren Ohren kommen lassen.«

Die Königin blickte um sich.

»Herr de Taverney«, sagte sie, »wenn Ihr Vater hier ist, mögen Sie ihn begrüßen. Ich beurlaube Sie auf eine Viertelstunde.«

Sofort begriffen die Höflinge. Der Kreis um die Königin und den Prinzen weitete sich.

»Sagen Sie mir doch, Schwager«, fragte Marie-Antoinette, »was sich Herr de Provence davon verspricht, wenn er nichts von Herrn du Suffrens Eintreffen verlauten läßt.«

»Ist's möglich, Schwägerin, daß Sie, eine Frau und Königin, nicht sofort seine listige Absicht durchschauen? Herr du Suffren ist der Held des indischen Meeres, er hat Anspruch darauf, in Versailles großartig empfangen zu werden. Noch niemand weiß, daß er heute abend kommen soll. Darum wird der König ohne Absicht diesen Empfang vernachlässigen, und Sie, Schwägerin, werden dasselbe tun. Herr de Provence aber wird alles tun, um den wackeren Admiral auszuzeichnen, und indem er dem Helden Indiens die Hand bietet, wird er der Held Frankreichs sein.«

»Das ist klar, aber Sie vergessen einen einzigen Punkt, mein lieber Nachrichtenüberbringer. Woher kennen Sie die wackeren Pläne meines lieben Schwagers?«

»Sehr einfach, Herr de Provence läßt es sich einige Mühe kosten, alles zu wissen, was ich tue. Zum Ausgleich habe ich Leute gedungen, die mir alles sagen, was er tut. Das kann mir nützen und auch Ihnen, liebe Schwägerin!«

»Danke für das Bündnis. Und der König?«

»Ist informiert. Ich habe ihm den Marineminister geschickt. Ich selbst konnte es ihm nicht sagen, denn ich bin nur ein Tollkopf und Weiberheld, ich darf mich nicht in ernste Angelegenheiten mischen.«

Herr de Taverney näherte sich.

»Ach, ich würde mich erkälten«, rief die Königin, »wenn ich länger so stehenbliebe. Eine kurze Tour!«

Damit stieg sie in den Schlitten.

Vergeblich erwartete Philippe einen Befehl.

»Meine Heiducken!« befahl die Königin. »Man soll langsam fahren.« Dann schloß sie die Augen und überließ sich träumerisch dem Vergnügen der Fahrt. Jetzt wandte sich Philippe um und bemerkte seinen Vater. Der zusammengeschrumpfte Alte, der einer Figur Hoffmanns nicht unähnlich sah und in Pelze gewickelt war wie ein Samojede, war näher getreten und hatte seinen Sohn, um die Hände nicht aus den Ärmeln strecken zu müssen, mit dem Ellbogen angestoßen.

»Willst du mich nicht begrüßen, mein Sohn?«

»Herzlich gern, Vater.«

Doch war unschwer zu erkennen, daß der Ton, in dem diese Worte gesprochen wurden, nicht mit ihrem Sinn harmonierten.

»So, jetzt geh wieder! Rasch!«

»Wohin soll ich denn gehen!«

»Dahinüber zur Königin natürlich!«

»Nein, Vater. Danke.«

»Bist du verrückt? Du willst dich nicht der Königin anschließen?«

»Unmöglich! Was fällt Ihnen ein, Vater?«

»Wieso ist das unmöglich? Warum kannst du dich nicht der Königin anschließen, da sie dich doch erwartet! Siehst du nicht, wie sie sich nach dir sehnt?«

Taverney sah den Baron hart an.

»Wahrhaftig, Vater«, sagte er kalt, »Sie vergessen sich!«

»Toll ist das! Sag mir doch, Philippe, von wo du eigentlich kommst? Aus der Wildnis?«

»Ich glaube bestimmt, Sie machen sich über mich lustig, oder ... verzeihen Sie, Vater ... oder Sie sind verrückt!«

Der Alte erfaßte mit seiner nervigen Hand den Arm seines Sohnes.

»Philippe«, sagte er, »ich weiß, daß Amerika sehr weit von Frankreich entfernt ist. Es gibt dort weder einen König noch eine Königin.«

»Und auch keine Untertanen.«

»Auch keine Untertanen, Herr Philosoph. Ich leugne das nicht, aber es ist mir höchst egal. Was mir aber nicht egal ist, was mich kränkt und demütigt, ist die Erkenntnis, daß du ein Esel bist, mein Sohn. Sieh doch einmal hinüber! Zum drittenmal wendet sich die Königin um! Dich sucht sie, Schafskopf, Puritaner, Erzamerikaner!«

»Aber woher wissen Sie denn, daß die Königin sich nach mir umwendet?«

»Junge, du hast nicht mein Blut, du bist kein Taverney!«

»Ich habe nicht sein Blut«, murmelte Philippe, »soll ich Gott danken?«

»Laß dir doch etwas erklären«, fuhr der Greis fort, »du magst deine Argumente haben, aber ich habe doch meine Erfahrung. Du wirst gleich von der Höhe deiner Majestät herabsinken, mein lieber Amerikaner. Auch du hast gewiß deine schwache Seite, Koloß, und ich werde mit meinen alten Klauen zuzufassen wissen. Hast du denn nichts bemerkt? Deine Unschuld macht dir wirklich Ehre.«

»Was gibt's denn?«

»Allerdings, du kommst aus Amerika, und du bist von hier abgereist zu einer Zeit, da es nur einen König gab und keine Königin, wenn man die Dubarry nicht für eine Königin halten will. Ich verstehe dich. Jetzt kommst du aus deiner Wildnis hierher, siehst eine Königin vor dir und sagst dir: wir wollen sie respektieren.«

»Gewiß. Und Sie, einer der besten Edelleute Frankreichs, ein Taverney-Maison-Rouge, machen mir Vorwürfe, daß ich das Königtum hochhalte?«

»Ich spreche nicht vom Königtum, ich spreche von der Königin. Was ist das Königtum? Die Krone. Was ist die Königin? Eine Frau. Da wäre es verfehlt, sich fernzuhalten. Da faßt man zu.«

»Man faßt zu?« fragte Philippe errötend und verächtlich zugleich.

»Du glaubst es nicht? So frag doch Herrn de Coigny, Herrn de Lauzun, Herrn de Vaudreuil.«

»Still, Vater«, rief Philippe, »denn da ich Sie nicht als Lästerer dreimal zum Duell fordern kann, müßte ich ...«

Taverney trat zurück.

»Vieh!« murmelte er. »Das Pferd ist nur ein Esel, der Adler eine Gans, der Hahn ein Kapaun. Gute Nacht, du hast mir sehr gefallen, gute Nacht!«

Philippe war düster geworden.

»Es ist also Ihre Meinung, daß die Königin Liebhaber gehabt hat?«

»Große Neuigkeiten.«

»Jene Herren, die Sie nannten?«

»Und weiß Gott, wen noch! Erkundige dich doch in der Stadt und bei Hof. Man muß schon aus Amerika kommen, um das nicht zu wissen.«

»Und wer sagt das? Gemeine Pamphletisten.«

»Du hältst mich doch wohl nicht für einen Zeitungsschreiber?«

»Nein, aber es ist ein Unglück, daß Männer wie Sie solche Schändlichkeiten wiederholen.«

»Ich wiederhole sie, und ich sage dir, daß ich nicht unrecht hatte zu behaupten: Philippe, die Königin sucht dich, sie verlangt nach dir.«

»Schweigen Sie, Vater, oder Sie machen mich verrückt!«

»Wahrhaftig, ich verstehe kein Wort! Ist es denn ein Verbrechen, zu lieben? Man beweist doch nur, daß man Herz hat. Du bist natürlich ein Philosoph, Republikaner, ein Quäker, Amerikaner, du liebst nicht. Mag sie sich umwenden, mag sie dir Blicke zuwerfen, du lehnst ab, Joseph de Taverney.«

Damit kehrte der Greis ihm den Rücken und lief davon.

Philippe blieb wie betäubt stehen.

Als die Königin mit ihrem Schlitten vorbeikam, rief sie ihm zu: »Kommen Sie doch, schließen Sie sich mir an!«

Wie trunken folgte er ihr.

Neuntes Kapitel
Suffren

Gegen alle höfische Gewohnheit hatten Ludwig XVI. und Graf d'Artois das Geheimnis gewahrt. Niemand wußte, daß Herr du Suffren erwartet wurde.

Der König hatte für den Abend ein Spiel angesetzt. Um sieben Uhr hielt er mit den Prinzen und Prinzessinnen seiner Familie Einzug in die Salons. Die Königin führte Madame Royal, die damals sieben Jahre zählte, an der Hand. Die Gesellschaft war zahlreich und glänzend.

Während man seine Plätze einnahm, trat d'Artois zu Marie-Antoinette.

»Bemerken Sie nichts, Schwägerin? Fehlt Ihnen niemand?«

Die Königin blickte um sich. »Wahrhaftig!« rief sie.

D'Artois begann zu lachen.

»Will er sich denn ganz verstecken«, fragte die Königin.

»Nein, aber diese komische Geschichte ist noch nicht aus. Monsieur ist dem Gouverneur du Suffren zum Tor entgegengeeilt.«

»Dann verstehe ich nicht ganz, warum Sie lachen. Wenn Monsieur den Gouverneur am Tor erwartet, war er eben schlauer als wir, denn er wird ihn vor aller Welt begrüßen.«

»Sie haben eben keine Ahnung, Schwägerin, wie diplomatisch wir sind. Monsieur erwartet den Gouverneur an der Barriere de Fontainebleau; wir aber haben es so eingerichtet, daß ihn jemand auf der letzten Relaisstation, in Villejuif, erwartet. Monsieur wird sich also am Tor die Beine klamm frieren, während Herr du Suffren auf Befehl des Königs rings um Paris fährt und direkt nach Versailles kommt.«

»Das ist gut ausgemacht.«

»Ich bin auch nicht wenig stolz. Sie müssen zum Spiel, Schwägerin.«

In diesem Augenblick befanden sich im Spielsaal etwa hundert Personen. Der König bemerkte wohl, daß d'Artois die Königin lachen machte, und, um ein wenig mit von der Partie zu sein, warf er ihnen einen vielsagenden Blick zu.

Niemand ahnte etwas von Suffrens Rückkehr, aber doch hielt eine unbestimmte Ahnung alle Gäste in Spannung.

Der König, der, wie immer, um Doppeltaler spielte, um das Spiel der Prinzen und Höflinge niedrig zu halten, hatte, was er in den Taschen bei sich trug, auf den Tisch gelegt. Auch die Königin spielte ihre Rolle gut und schien lebhaft am Spiel teilzunehmen. Philippe war zum königlichen Spiel zugezogen worden und überwand kaum die Hemmung, eine so betonte Gunst anzunehmen.

Er fragte sich, ob nicht sein Vater, der doch immerhin drei oder vier Generationen von Favoritinnen mitgemacht hatte, die Sitten des Hofes richtiger beurteile als er. Vielleicht war sein Puritanismus, der ihn zu einer fast religiösen Anbetung der Frauen drängte, das Lächerlichste, das er aus der Ferne mitgebracht hatte. War diese Königin, diese schöne Frau, die ihm so schwesterlich begegnete, wirklich nur ein kokettes Weib, das ihren Erinnerungen eine neue Leidenschaft anzufügen wünschte, wie ein Entomologe einen Käfer oder einen Schmetterling mit der Nadel in seinen Sammelkasten heftet? Am anderen Ende des Tisches bemerkte er die Herren de Coigny und de Vaudreuil, die, seltsam genug, friedlich nebeneinander saßen.

Diese Leute konnten, begriff Philippe, nicht geliebt haben und solchermaßen vergessen. Wenn die Königin ihn liebte, würde sein Glück ihn an den Rand des Wahnsinns bringen; vergaß sie ihn aber, so würde er sich in seiner Verzweiflung töten.

Dann wandte er sich Marie-Antoinette zu.

Nein, dachte er, es sind doch nur Verleumdungen! Gerüchte, die im Volk zirkulieren und nur greifbare Form annehmen, weil sie den Interessen und Intrigen des Hofes entgegenkommen.

So weit war Philippe in seinen Betrachtungen gekommen, als die Uhr drei Viertel acht schlug. Im selben Augenblick hörte man im Hof Gewehrkolben gegen die Steinplatten schlagen, Stimmen drangen durch eine halbgeöffnete Tür herein und erregten die Aufmerksamkeit des Königs, der sich zurückbeugte, um besser zu hören, und dann der Königin einen Wink gab.

Sie begriff und hob unverzüglich die Sitzung auf. Die Spieler standen auf und steckten das Geld, das vor ihnen lag, in die Taschen. Die Königin folgte Louis in den Empfangssaal.

Ein Adjutant des Herrn de Castries, des Marineministers, trat näher und flüsterte dem König einige Worte zu.

»Gut«, sagte der König. »Alles in Ordnung«, wandte er sich an die Königin.

Die Höflinge wechselten Blicke und suchten die Bedeutung dieses Wortes zu erraten.

Jetzt trat der Marschall de Castrie ein und fragte mit lauter Stimme:

»Wollen Majestät den Herrn Gouverneur du Suffren, der eben aus Toulon eintrifft, empfangen?«

Jetzt brach ein unbeschreiblicher Tumult aus, während der König bejahte. Die Menge strebte der Tür zu, durch die Herr de Castrie verschwunden war.

Um diese Sympathie begreiflich zu machen, die Frankreich Herrn du Suffren entgegenbrachte und die so weit ging, daß König und Prinzen wetteiferten, ihm zuerst die Hand zu drücken, müssen wir sagen, daß der Kommandeur du Suffren in der letzten Periode des Krieges, die dem Frieden vorangegangen war, sieben Seeschlachten geschlagen hatte, ohne besiegt zu werden. Er hatte Trinquemale und Gondelour erobert, den französischen Besitz gesichert, die englische Blockade gebrochen und den Nabob Hayder-Ali gelehrt, daß Frankreich die Vormacht Europas war. Er hatte sich nicht nur als Seemann, sondern auch als Diplomat und Unterhändler bewährt, indem er die Taktik und Bravour des Soldaten mit der Geschicklichkeit eines Verwaltungsbeamten verband. Er war kühn, unermüdlich und stolz, wenn es galt, das Banner Frankreichs zu verteidigen, hatte die Engländer zu Wasser und zu Lande ermüdet, bis diese stolzen Beherrscher des Meeres nicht mehr wagten, einen fast gewonnenen Sieg auszunützen, oder Suffren auch nur anzugreifen. Während des Krieges hatte er sein eigenes Leben nicht höher veranschlagt als das seines letzten Matrosen, nach Friedensschluß aber hatte man ihn menschlich-großmütig und Regungen des Mitleids zugänglich gefunden. In ihm hatte Frankreich den Typus des wahren Seemanns, der seit Jean Bart und Duguay-Trouin etwas in Vergessenheit geraten war, wiedergefunden.

Suffren war ein Mann von sechsundfünfzig Jahren, beleibt, klein, mit feurigen Augen und lebhaften Gebärden. Er wirkte trotz seines Embonpoints majestätisch und trug seine Frisur, oder eigentlich seine Mähne, stolz. Bekleidet war er mit einem blauen, goldbestickten Rock, einer roten Weste und blauen Hosen. Der Uniformkragen, der sein Kinn rundete, wirkte wie die Ergänzung seines gewaltigen Schädels.

Als er eintrat, wollte er zunächst Herrn de Castrie umarmen, aber der Marineminister drängte ihn sanft zurück und sagte: »Nein, mein Herr, ich will Seine Majestät nicht des Glückes berauben, Sie zuerst zu umarmen.«

Damit führte er ihn zu Ludwig XVI.

»Herr Gouverneur!« rief der König strahlend, »seien Sie willkommen in Versailles. Sie bringen uns den Ruhm, Sie bringen alles, was ein Held seinen Zeitgenossen schenken kann. Von der Zukunft will ich nicht sprechen – sie gehört Ihnen. Umarmen Sie mich, Herr Gouverneur!«

Wenn die Achtung vor dem König den Gästen nicht Stillschweigen auferlegt hätte, wären sie gewiß in Beifallsrufe ausgebrochen.

Der König wandte sich Marie-Antoinette zu.

»Madame«, sagte er, »dies ist Herr du Suffren, der Sieger von Trinquemale und Gondelour, der Schrecken unserer britischen Nachbarn, mein Jean Bart!«

»Mein Herr«, wandte sich die Königin an den Admiral, »ich kann Ihnen kein Lob spenden, aber Sie mögen wissen, daß Sie keinen Kanonenschuß für Frankreichs Ruhm abgegeben haben, ohne daß mein Herz dankbar und voll Bewunderung schlug.«

Jetzt nahm der König Herrn du Suffren beim Arm und wollte ihn in sein Arbeitszimmer ziehen, um eine geographische Unterhaltung anzuknüpfen. Ehrfurchtsvoll leistete Suffren Widerstand. »Sire«, sagte er, »da Eure Majestät mir so viel Güte erweisen, so mögen Sie mir erlauben …«

»Sprechen Sie nur, Herr du Suffren!«

»Sire, einer meiner Offiziere hat sich so schwer gegen die Disziplin vergangen, daß ich glaubte, nur Eure Majestät könnte in dieser Sache Richter sein.«

»Ach, ich hätte gehofft, Ihre erste Bitte beträfe eine Gunst und nicht eine Strafe, aber immerhin, sprechen Sie!«

»Der Offizier, von dem ich spreche, war während der letzten Seeschlacht an Bord des ›Sévère‹.«

»Ach, das Schiff, das die Flagge gestrichen hat«, meinte der König stirnrunzelnd.

»In der Tat, Sire, der Kapitän des ›Sévère‹ hat die Fahne gestrichen, und schon sandte Hugues, der englische Admiral, ein Boot, um die Prise zu besetzen. Der Leutnant des Schiffes, der die Batterie auf Zwischendeck kommandierte, eilte auf Deck und überschaute sofort die Situation. Sein französisches Blut empörte sich in ihm. Er nahm die Flagge, schlug sie mit einem Hammer an den Mast und ließ das Feuer wieder aufnehmen. Nur so ist der ›Sévère‹ Eurer Majestät erhalten geblieben. Immerhin liegt ein Fall von schwerer Disziplinverletzung vor, Sire. Der Kapitän hatte befohlen, also mußte der Leutnant gehorchen. Dennoch bitte ich um die Begnadigung dieses Offiziers, um so mehr, als er mein Neffe ist.«

»Ihr Neffe! Und Sie haben mir nie von ihm gesprochen!«

»Ich habe mich begnügt, dem Herrn Marineminister Bericht zu erstatten, habe ihn aber gebeten, Eurer Majestät nichts zu melden, weil ich mir selbst vorbehalten wollte, die Begnadigung des Schuldigen zu erwirken.«

»Sie ist bewilligt!« rief der König, »und Sie hätten mir diesen Offizier vorstellen sollen, Herr Gouverneur!«

»Er ist hier«, antwortete Suffren. »Treten Sie näher, de Charny.«

Dieser Name weckte im Gedächtnis der Königin Erinnerungen, die noch zu frisch waren, um verblaßt zu sein.

Ein junger Offizier trat aus der Gruppe, die Herrn du Suffren begleitet hatte. Jetzt erblaßte auch Mademoiselle de Taverney und warf der Königin einen scheuen Blick zu. Inzwischen war Herr de Charny vor den König hingetreten und hatte Louis' Hand geküßt. Dann zog er sich bescheiden wieder zurück.

»Vorwärts!« rief der König, »kommen Sie, Herr du Suffren, wir wollen plaudern! Ich halte es nicht länger aus, Ihren Bericht nicht zu hören! Sie sollen alle Landkarten in meinem Arbeitszimmer bereitfinden und sehen, daß ich in allen Phasen Ihrer Expedition im Geist gefolgt, ja sogar vorausgeeilt bin. Übrigens, Madame, ich lasse, wie Sie wohl wissen, ein mit hundert Stücken armiertes Schiff bauen. Doch habe ich mich wegen des Namens, den es tragen soll, anders entschlossen. Ich möchte es ...«

Marie-Antoinette hatte erraten.

»Ja, wir wollen es ›Suffren‹ nennen, und ich will mich mit dem Gouverneur in die Ehre der Patenschaft teilen.«

Zehntes Kapitel
Herr de Charny

Der Gouverneur hatte seinem Neffen einen Wink gegeben, er möge ihn erwarten. Die Königin hatte inzwischen mit Andrée vielsagende Blicke gewechselt, und je mehr sie den jungen Mann ansah, um so klarer begriff sie, daß er ihr Begleiter von der nächtlichen Droschkenfahrt war.

Philippe bemerkte wohl, daß die Königin nachdenklich war, und ahnte eine unbestimmte Ursache. Wer selbst zu lieben versteht, täuscht sich nicht über die Liebesregungen anderer.

Wirklich hatte die Königin hinter ihrem Fächer Zuflucht gesucht, sie, die sonst alle Welt zwang, die Augen vor ihr zu senken. Während der junge Mann sich fragte, was diese Verlegenheit der Königin zu bedeuten habe, und neugierig in den Zügen der Herren de Coigny und de Vaudreuil zu lesen versuchte, trat ein Mann in majestätischer Kardinalsrobe ein, von Prälaten und Offizieren gefolgt.

Die Königin erkannte sofort Louis de Rohan und wandte den Kopf ab, ohne ihre Verstimmung zu verbergen. Ohne jemand anders zu grüßen, ging der Kardinal geradewegs auf sie zu und verneigte sich vor ihr mehr als Weltmann vor einer Dame, denn als Untertan einer Königin. Dann richtete er ein galantes Kompliment an Ihre Majestät, die indessen nur mit einigen kühlen Worten antwortete und dann ein Gespräch fortsetzte, das sie mit Madame de Lamballe und Madame de Polignac angeknüpft hatte.

Louis de Rohan schien den schlechten Empfang, der ihm bereitet wurde, nicht zu bemerken. Ohne Überstürzung beendigte er seine Phrase, wandte sich dann um und begrüßte als vollendeter Hofmann Mesdames, die Tanten des Königs, bei denen ihm, gewissermaßen zur Entschädigung, ein besonders herzlicher Empfang zuteil wurde.

Kardinal Louis de Rohan war ein Mann in der Vollkraft der Jahre, eine imposante Erscheinung von edler Haltung; seine Züge verrieten Geist und Sanftmut. Er hatte einen feinen, bedachtsamen Mund und eine bewunderungswürdige Hand. Die hohe Stirn ließ zugleich den sinnlichen Mann und den Denker erkennen; in der Tat war in dem Prinzen Rohan beides seltsam vereinigt.

Er war bei den Frauen beliebt, und seine diskreten und nicht ermüdenden Galanterien gefielen; seine Freigebigkeit war sprichwörtlich. Er hatte ein Mittel gefunden, trotz seiner anderthalb Millionen Francs Rente als verarmt zu gelten.

Der König liebte ihn, weil er gelehrt war; die Königin aber haßte ihn.

Die Gründe dieses Hasses sind niemals vollkommen aufgeklärt worden, aber es lassen sich zwei Kommentare als die glaubhaftesten unter allen übrigen hervorheben.

Einmal hieß es, Rohan habe als Botschafter in Wien König Ludwig XV. über Maria Theresia Berichte voll beißender Ironie geschrieben, die Marie-Antoinette nicht verzeihen konnte.

Dann – und diese Version ist menschlicher und wahrscheinlicher – soll der Botschafter demselben König, als die Heirat zwischen dem Dauphin und der jungen Erzherzogin in Diskussion war, in einem Brief Einzelheiten über die junge Dame geschrieben haben, die wohl geeignet waren, die Eitelkeit der damals sehr mageren Marie-Antoinette zu verletzen.

Selbstverständlich fehlte es auch nicht an einer politischen Intrige. Die Botschafterstelle in Wien war einem gewissen Herrn de Breteuil zugunsten des Prinzen de Rohan entzogen worden. Herr de Breteuil, zu schwach, um einen offenen Kampf gegen einen so hohen Adeligen zu wagen, hatte sich darum auf jene Mittel beschränkt, die den Diplomaten immer naheliegen. Er hatte sich Abschriften, ja sogar Originale der Briefe des Prälaten verschafft, in denen es nicht an kleinen Bosheiten gegen die österreichische Dynastie fehlte, und hatte in der Dauphine eine Bundesgenossin gefunden, die eines Tages zum Werkzeug seiner Rache werden konnte.

So war die Stellung des Kardinals bei Hofe schwierig, doch schien Louis de Rohan, einer unwiderstehlichen Regung folgend, seiner Feindin zu verzeihen; denn er ließ keine Gelegenheit vorübergehen, sich Marie-Antoinette zu nähern; und es fehlte ihm nicht an Gelegenheiten, denn er war der Großalmosenier des Hofes.

Niemals hatte er sich beklagt, niemals Vertraute gesucht. Nur einige seiner intimsten Freunde, unter anderen ein Baron de Planta, ein deutscher Offizier, mußte ihn zuweilen über die königlichen Zurückweisungen trösten, wenn die Damen des Hofes, die durchaus nicht alle dem Beispiel ihrer Königin folgten, ihrerseits nicht zu diesem glücklichen Ergebnis gelangt waren.

Kaum hatte der Kardinal sich entfernt, als Marie-Antoinette sich wieder aufheiterte und zu der Prinzessin de Lamballe sagte:

»Die Tat dieses jungen Offiziers, des Neffen unseres wackeren Gouverneurs, ist eine der denkwürdigsten dieses Krieges. Wie hieß er nur?«

»Herr de Charny, wenn ich recht verstand.«

»Er soll uns diese Geschichte selbst erzählen«, fuhr die Königin fort, »und zwar ausführlich. Man möge ihn rufen. Ist er noch hier?«

Der Offizier eilte fort, um den Befehl der Königin auszuführen. Jetzt bemerkte Marie-Antoinette Philippe. »Herr de Taverney«, rief sie ungeduldig, »sehen Sie doch nach ihm!«

Philippe errötete; ihm fiel ein, daß er dem Wunsch der Herrscherin zuvorkommen sollte. Darum machte er sich auf die Suche nach dem neuen Günstling.

Er hatte es nicht schwer. Einen Augenblick später erschien Herr de Charny vor der Königin. Jetzt konnte Marie-Antoinette den jungen Mann aufmerksamer betrachten als gestern. Er mochte sieben- oder achtundzwanzig Jahre zählen, war von schlankem Wuchs und hatte breite Schultern. Sein Gesicht, das zugleich fein geschnitten und sanft war, ließ doch Energie erraten, sooft sein Auge sich zu einem tiefen Blick weitete.

Seltsam war, daß dieser Mann, der doch den Krieg in Indien mitgemacht hatte, ebenso hell war wie Philippe braun.

Als er sich jetzt der Gruppe näherte, deren Mittelpunkt die Königin bildete, hatte er noch kein Zeichen gegeben, daß er Mademoiselle Taverney oder die Königin wiedererkannt hätte. Diese Höflichkeit und Zurückhaltung mußte ihn der Königin noch sympathischer machen. In der Tat blickte er erst auf, als die Königin das Wort an ihn richtete.

»Herr de Charny«, sagte sie, »diese Damen wünschen, und ich teile ihren nur zu begreiflichen Wunsch, Sie möchten uns Ihr Abenteuer ausführlich erzählen.«

»Madame«, antwortete der junge Seemann. »Ich bitte Eure Majestät, mich von dieser Pflicht zu entbinden. Denn was ich als Leutnant des ›Sévère‹ getan habe, hätten zehn andere Offiziere ebenso getan wie ich. Mein Verdienst besteht nur darin, daß ich zuerst kam. Der frühere Kommandant des ›Sévère‹ ist ein tapferer Offizier, und an jenem Tag hatte er nur den Kopf verloren. Ach, gnädige Frau, auch die Mutigsten werden es Ihnen bestätigen, man ist nicht alle Tage tapfer. Er brauchte nur zehn Minuten, um sich wieder zu fassen. Unser rascher Entschluß hat ihm diese Frist gewährt, und er hat sie benutzt. Von da an war er wieder der Tapferste von uns allen. Darum beschwöre ich Eure Majestät, mein Verdienst nicht zu überschätzen, denn es geschähe nur zu Lasten jenes armen Offiziers, der lebenslänglich die Schwäche einer Minute büßen muß.«

»Gut«, sagte die Königin, erfreut zu bemerken, daß ein beifälliges Flüstern die edlen Worte des jungen Offiziers beantwortete, »Sie sind ein wackerer Mann, und ich habe Sie als solchen kennengelernt.«

Bei diesen Worten blickte der Offizier auf und errötete jungenhaft; fast erschrocken wechselten seine Blicke von der Königin zu Andrée hinüber.

»Sie sollen alle wissen«, fuhr die Königin unerschrocken fort, »daß dieser junge Offizier, der erst gestern hier angekommen ist, doch wohl schon unsere Bekanntschaft gemacht hat und daß er verdient, den Beifall aller Frauen zu finden.«

Gespannt traten die Damen näher.

»Stellen Sie sich nur vor«, sagte die Königin, »daß Herr de Charny gegen Damen ebenso höflich ist wie unerbittlich gegen die Engländer. Man hat mir von ihm eine Geschichte erzählt, die ihm, das will ich vorausschicken, ein ausgezeichnetes Zeugnis ausstellt. Zwei Damen, die ich sehr wohl kenne, hatten sich in der Stadt verspätet und gerieten dadurch in große Gefahr. Herr de Charny kam zufälligerweise vorbei. Er bahnte sich durch die Menge einen Weg, und obwohl er nicht ahnen konnte, mit wem er es zu tun hatte, nahm er diese beiden Damen in seinen Schutz und begleitete sie wohl zehn Meilen weit.«

»Oh, Majestät übertreiben!« rief Charny lachend, denn die Wendung, die diese Erzählung genommen hatte, war ihm eine große Beruhigung gewesen.

»Sagen wir ruhig fünf Meilen, und lassen wir es dabei bewenden«, unterbrach ihn der Graf d'Artois, der sich plötzlich ins Gespräch mischte.

»Mag sein; das schönste an der Geschichte aber ist, daß Herr de Charny sich nicht einmal bemühte, die Namen der beiden Damen in Erfahrung zu bringen, denen er diesen Dienst erwiesen.«

Jetzt staunten wirklich alle. Wohl zwanzig Damen sprachen ihre Anerkennung aus.

»Ein Ritter der Tafelrunde hätte es nicht besser machen

können«, schloß die Königin. »Herr de Charny, der König ist offenbar mit Herrn du Suffren, Ihrem Onkel, beschäftigt. Darum möchte ich etwas für den Neffen dieses großen Mannes tun.«

Damit reichte sie ihm ihre Hand.

Während Charny sie blaß vor Freude mit seinen Lippen berührte, zog sich Philippe verzweifelt in eine Fensternische zurück. Auch Andrée war erblaßt, obwohl sie nicht erraten konnte, wie grausam ihr Bruder litt.

»Ach, de Provence!« rief jetzt d'Artois, »kommen Sie doch! Sie haben etwas Herrliches versäumt, den Empfang des Herrn du Suffren. Das waren unvergeßliche Augenblicke!«

»Wie konnten Sie es nur versäumen, pünktlich zu sein, Sie, der pünktlichste Mann bei Hofe?«

Herr de Provence biß sich auf die Lippen, verneigte sich zerstreut vor der Königin und antwortete irgend etwas Gleichgültiges.

Elftes Kapitel

Die hundert Louis der Königin

Wir wollen jetzt, nachdem wir unsere Leser mit den Hauptpersonen dieser Geschichte bekannt gemacht haben, in das Haus in der Rue Saint-Claude zurückkehren, das die Königin mit Andrée de Taverney inkognito besucht hatte.

Kaum war sie verschwunden, als Madame de La Motte, wie wir uns noch erinnern, mit Vergnügen die hundert Louis zählte, die auf so wunderbare Weise vom Himmel gefallen waren.

Aber nachdem sie das Vergnügen ausgekostet hatte, ihren Schatz zu sehen, wollte sie sich auch das größere verschaffen, ihn sehen zu lassen. Ihr gewährte nur ein Besitz volle Befriedigung, der zugleich auch Neid erregte.

»Clotilde!« rief sie, »kommen Sie hierher und schauen Sie!«

»Madame«, rief die Alte und faltete die Hände.

»Sie waren wohl wegen Ihres Lohnes besorgt?«

»Madame, es ist mir gar nicht eingefallen, etwas Derartiges zu äußern. Ich habe nur gefragt, wann Frau Gräfin ihn mir auszuzahlen wünschen, und diese Frage war wohl begreiflich, da ich seit drei Monaten nichts erhalten hatte.«

»Glauben Sie, daß dies hier reichen wird, Sie zu bezahlen?«

»Jesus Christus, wenn ich all das besäße, wäre ich reich bis an mein Lebensende.«

Verächtlich zuckte Madame de La Motte die Achseln.

»Es ist nur ein Glück, daß gewisse Leute sich meines Namens erinnern, während andere, denen es zukäme, sich seiner zu erinnern, ihn vergessen.«

»Aber was wollen Sie nur mit all dem Geld anfangen?« fragte Clotilde. – »Alles.«

»Meiner Meinung nach wäre es das wichtigste, meine Küche einzurichten, denn jetzt, da Sie reich sind, werden Sie wohl auch Gäste bei sich sehen!«

»Still!« rief Madame de La Motte, »es klopft!«

»Madame täuschen sich«, versicherte die Alte, die noch immer mit ihren Schritten knauserte. »Ich habe nichts gehört!«

»Ebenso wie erst! Und was wäre geschehen, wenn diese Damen wieder fortgegangen wären?«

Sofort eilte Clotilde zur Tür. Inzwischen beeilte sich Madame de La Motte, ihre fünfzig Dublonen zu sammeln und in eine Lade zu werfen.

»Vielleicht bringt die Vorsehung uns noch hundert Louis«, murmelte sie.

Die Skepsis, mit der diese Worte gesprochen wurden, hätten einen Voltaire lächeln gemacht.

Ein Mann war in den Vorraum getreten. Er wechselte mit Clotilde einige Worte, ohne daß die Gräfin ihren Sinn erkennen konnte. Dann wurde die Tür wieder geschlossen, Schritte verloren sich auf der Treppe, und die Alte trat mit einem Brief ein.

Die Gräfin prüfte aufmerksam Handschrift, Umschlag und Siegel.

»Ein Lakai?« fragte sie.

»Ja, Madame.«

»Welche Livree?«

»Keine.«

»Aber ich kenne dieses Wappen doch«, murmelte Madame de La Motte und warf einen Blick auf das Siegel. »Rot mit neun Goldrauten; wer führt nur neun Goldrauten im roten Feld?«

Einen Augenblick überlegte sie, dann öffnete sie den Umschlag, ohne das Siegel zu verletzen, und las folgende Zeilen:

»Madame, die Person, an die Sie ein Gesuch gerichtet haben, wird morgen abend bei Ihnen vorsprechen, wenn es Ihnen beliebt, sie zu empfangen.«

Wieder dachte die Gräfin angestrengt nach.

Wem habe ich nur geschrieben? Aller Welt! Ist das ein Mann oder eine Frau? Die Schrift besagt nichts, es ist die Handschrift eines Sekretärs. Der Stil ist flach und matt, typisch für einen Wohltäter. »Die Person, an die Sie ein Gesuch gerichtet haben« – das soll demütigend sein. Also war es eine Frau, »wird morgen abend bei Ihnen vorsprechen, wenn es Ihnen beliebt, sie zu empfangen.« Nein, eine Frau hätte gesagt: Wird Sie morgen abend erwarten. Es ist ein Mann. Diese Damen von gestern waren vornehme Frauen, und doch sind sie gekommen. Keine Unterschrift … Wer führt neun Goldrauten im roten Feld? Oh, bin ich denn ganz ohne Verstand? Die Rohan! Natürlich, ich habe an Herrn de Guéménée und an Herrn de Rohan geschrieben. Natürlich ist es einer von den beiden, der hier antwortet. Aber das Wappen ist nicht geändert, der Brief ist also von dem Kardinal. Ach, dieser Weiberknecht und Ehrgeizling! Er will, daß Madame de La Motte ihn empfängt! Mag er unbesorgt sein! Er wird die Tür offen finden. Sie begann nachzudenken. Eine wohltätige Dame, die hundert Louis bietet, kann man noch in einer Mansarde empfangen. Sie kann sich die Füße erkälten und sich auf meinen harten Stühlen wund scheuern wie auf dem Rost des heiligen Lorenz, wobei ihr noch das Feuer erspart bleibt. Aber ein Kirchenfürst, ein Held des Boudoirs? Nein, die Armut, die ein solcher Almosenier besucht, muß komfortabler sein als das Haus manches Reichen. »Clotilde«, rief sie, »vergessen Sie nicht, mich morgen beizeiten zu wekken!«

Um ungestört nachdenken zu können, bedeutete die Gräfin der Alten, sie möge sie verlassen. Frau Clotilde fachte das Feuer wieder an, das man in der Asche erstickt hatte, um das Gemach noch elender erscheinen zu lassen, dann schloß sie die Tür und zog sich in den Verschlag zurück, in dem sie zu schlafen pflegte.

Jeanne de Valois verbrachte eine schlaflose Nacht. Lange Zeit beschäftigte sie sich damit, Notizen in ein Heft einzutragen, und erst gegen drei Uhr morgens verfiel sie in träge Träumerei. Es war acht Uhr, als sie ihre Toilette beendigt hatte, die aus einem guten Seidenkleid und einem geschmackvollen Kopfputz bestand. Nicht einmal die Schönheitspflästerchen auf der linken Wange hatte sie vergessen. Dann ließ sie aus der Rue du Pont aux Choux einen Wagen holen. Sie hätte eine Sänfte vorgezogen, aber in der Nähe war keine aufzutreiben.

Dieser Wagen, eine Art fahrbarer Stuhl, von einem kräftigen Auvergnaten geführt, erhielt den Befehl, die Frau Gräfin zur Place Royal zu führen, wo unter den Arkaden der Südseite im Erdgeschoß eines verlassenen Hauses Meister Fingret, Tapezierer und Dekorateur, wohnte.

Dort angekommen betrat sie den Laden des Dekorateurs, in dem es vom einfachsten Nippes bis zur Kommode, zum Klavier und Spinett alles zu kaufen gab: Weißzeug, Perücken, Bildnisse von Ahnen und ausgestopfte Hunde.

ZWÖLFTES KAPITEL

Kardinal de Rohan

Eine Stunde später hatte sie für hundert Taler monatlich eine Einrichtung geliehen, die ihr prachtvoll schien, und wieder eine Stunde später hatte sie im dritten Stock des Hauses in der Rue Saint-Claude eine Wohnung gemietet, in der ein Salon, ein Schlafzimmer und ein Vorraum eingerichtet wurden.

Nachdem die Fensterscheiben gereinigt und der Kamin angeheizt worden waren, machte sich Jeanne an die Toilette. Zwei Stunden lang kostete sie das Vergnügen aus, auf einem guten Teppich spazierenzugehen, und genoß bezaubert den Duft einiger Levkojen, die in einer japanischen Vase staken.

Meister Fingret hatte weder goldene Armleuchter vergessen noch Spiegel, in denen das Licht der Wachskerzen tausendförmig widergestrahlt wurde.

Alle Sorge wandte sie darauf, daß die Tür zum Schlafzimmer, die koketterweise halb geöffnet bleiben sollte, den Ausblick auf ein hübsches Feuer im Kamin gewährte, aber Jeannes Koketterie beschränkte sich auf diese Einladung nicht.

Sie besorgte ihre Toilette mit einer Sorgfalt, die Herrn de La Motte verstimmt hätte. Jetzt war sie ihrer Wohnung und ihres entliehenen Prunks würdig. Nach der Mahlzeit nahm Jeanne in einem geräumigen Lehnstuhl, den sie in ihrem Schlafzimmer an den Kamin hatte rücken lassen, Platz.

Ein Buch in der Hand, wartete sie. Die Uhr schlug neun, zehn und elf. Elf: das war doch die Stunde der galanten Prälaten, die ihren Wohltätigkeitssinn in Soupers auswirken.

Und von den Filles du Calvaire schlug es düster Mitternacht.

Kein Prälat, kein Wagen. Schon brannten die Kerzen matter, das Feuer sank in Asche. Eine afrikanische Hitze herrschte in den beiden Zimmern.

Die alte Dienerin, die sich für den Empfang herausgeputzt

hatte, beklagte die wertvollen Bändchen, mit denen sie sich geschmückt hatte. Eine halbe Stunde nach Mitternacht stand Jeanne endlich wütend auf, ließ sich entkleiden, lehnte das Abendbrot ab und entließ die Alte, deren Fragen ihr lästig waren.

Dann überlegte sie. Immerhin konnte der Kardinal Entschuldigungen geltend machen. Er war Großalmosenier, hatte tausend wichtige Geschäfte zu erledigen, schließlich kannte er sie, die Gräfin de Valois, kaum. Nach einer ersten Visite wäre ihr der versäumte Besuch unentschuldbar erschienen.

Endlich begab sie sich zu Bett, nachdem sie sich im Licht ihres Nachtlämpchens lange im Spiegel betrachtet hatte. Nach dieser Prüfung lächelte sie, blies das Licht aus und wußte, daß der Kardinal zu entschuldigen war. Er kannte sie noch nicht.

Ohne sich entmutigen zu lassen, erneuerte Jeanne am nächsten Morgen die Vorbereitungen für den Empfang.

Als es sieben Uhr schlug, brannte das Feuer bereits im Kamin. Jeanne hörte einen Wagen vorfahren. Noch hatte sie nicht Zeit gehabt, ans Fenster zu eilen und ungeduldig zu werden.

Jetzt sah sie einen Mann, der in einen weiten Überrock gehüllt war, aussteigen. Nachdem er das Haus betreten hatte, fuhr der Wagen in eine Seitenstraße, offenbar, um dort seinen Herrn zu erwarten.

Gleich darauf läutete es.

Jeanne schämte sich, einer unvernünftigen Erregung nachzugeben, legte eine Stickerei auf den Tisch, eine neue Komposition auf das Klavicembalo und eine Zeitung auf den Kaminbord.

Einige Sekunden später meldete Clotilde:

»Die Person, die vorgestern geschrieben hat.«

»Sie mag eintreten!«

Ein in Samt und Seide gekleideter Herr, der in diesem niedrigen Gemach zehn Fuß zu messen schien, betrat den Salon. Jeanne war peinlich berührt, daß »die Person« ihr Inkognito zu wahren wünschte. Sofort machte sie sich den Vorteil einer Frau, die alles vorausberechnet hat, zunutze in einem Ton, der eher einer Beschützerin als einem Schützling anstand:

»Mit wem habe ich die Ehre zu sprechen?«

Der Prinz wandte sich zur Tür um, durch die Clotilde verschwunden war.

»Ich bin Kardinal de Rohan«, antwortete er.

Madame de La Motte errötete leicht und antwortete mit einer tiefen Verneigung. Dann schob sie dem Gast einen Lehnstuhl hin und nahm, statt sich etikettegemäß auf einen Stuhl zu setzen, selbst in einem andern Lehnstuhl Platz.

Der Kardinal legte seinen Hut auf den Tisch, nachdem er sich überzeugt hatte, daß hier Bequemlichkeit für zwei Personen vorgesehen war.

»So ist es also wahr, Mademoiselle …?« fragte er.

»Madame«, unterbrach ihn Jeanne.

»Verzeihung, ich vergaß. Es ist also wahr, Madame …?«

»Mein Gatte heißt Graf de La Motte, Monseigneur.«

»Ja, er dient bei der Fußtruppe, nicht wahr? Und Sie sind eine geborene Valois?«

»Ganz recht, Valois.«

»Ein großer Name«, sagte der Kardinal und kreuzte die Beine, »ein seltener, ich möchte sagen, ein erloschener.«

Jeanne erriet den Zweifel des Kardinals.

»Erloschen nicht, Monseigneur, denn ich trage ihn und habe einen Bruder, einen Baron de Valois.«

»Anerkannt?«

»Man braucht nicht anerkannt zu werden, Monseigneur; mein Bruder mag arm oder reich sein, darum ist er doch ein Baron de Valois.«

»Erzählen Sie mir bitte ein wenig von dieser Herkunft, gnädige Frau. Sie interessieren mich. Ich hatte ein Faible für Heraldik.«

Einfach und nachlässig erklärte Jeanne die Zusammenhänge, die unseren Lesern bereits bekannt sind.

Der Kardinal gab sich nicht die Mühe, seine Eindrücke zu

verbergen. Wozu auch? Er glaubte weder an Jeannes Stammesechtheit noch an ihr Verdienst. Sie war hübsch und arm, das genügte.

Jeanne, die leicht auffaßte, erriet den Gedanken ihres künftigen Beschützers.

»Sie sind also wirklich unglücklich gewesen?« fragte Rohan leichthin.

»Ich beklage mich nicht, Monseigneur.«

Er blickte sich um. »Man hat mir die Schwierigkeiten Ihrer Lage sehr übertrieben geschildert. Diese Wohnung ist bequem und angenehm möbliert.«

»Für eine Grisette gewiß«, antwortete Jeanne hart.

»Wie? Sie nennen diese Möbel eine Grisetteneinrichtung?«

»Ich glaube nicht, Monseigneur, daß Sie sie als Einrichtung einer Prinzessin erkennen.«

»Und Sie sind eine Prinzessin?« antwortete der Kardinal mit einer fast unmerklichen Ironie, die nur erlesene Geister oder Leute von vornehmem Geschlecht äußern dürfen, ohne unverschämt zu sein.

»Ich bin eine geborene Valois, Monseigneur, wie Sie ein geborener Rohan. Mehr weiß ich nicht.«

Diese Worte wurden so gesprochen, daß der Kardinal betroffen war.

»Madame«, sagte er, »ich vergaß, daß mein erstes Wort eine Entschuldigung sein müßte. Ich hatte Ihnen gestern geschrieben, daß ich kommen wollte, aber ich hatte in Versailles zu tun beim Empfang des Herrn du Suffren. Darum mußte ich mir das Vergnügen versagen, Sie zu sehen.«

»Monseigneur erweist mir noch allzuviel Ehre, heute an mich zu denken, und der Graf de La Motte wird es nur zu sehr bedauern, daß er in der Verbannung, die sein Elend ihm auferlegt, das Vergnügen Ihrer Gesellschaft entbehren muß.«

Der Kardinal wurde aufmerksam. »Sie leben allein, Madame?«

»Ganz allein, Monseigneur.«

»Das will viel sagen bei einer jungen und schönen Frau.«

Der Kardinal schwieg. Er rückte seinen Lehnstuhl näher, als ob er seine Beine am Kamin wärmen wollte.

»Madame«, begann er, »ich möchte gerne wissen, wie ich Ihnen nützlich sein könnte.«

»Gar nicht, Monseigneur. Eminenz überhäufen mich mit Ehre.«

»Sprechen wir offen. Eben haben Sie sich noch beklagt. Nun?«

»Ich sehe, Monseigneur, Sie wollen mir ein Almosen anbieten. Almosen habe ich empfangen, aber ich will keine mehr. Ich bin schon genug gedemütigt.«

»Sie mißbrauchen meine Worte, Madame. Man ist im Unglück nicht entehrt.«

»Auch nicht, wenn man meinen Namen trägt? Würden Sie betteln, Herr de Rohan?«

»Ich spreche nicht von mir«, antwortete der Kardinal stolz und verlegen zugleich.

»Monseigneur, ich kenne nur zwei Arten, Almosen zu erbitten: in der Equipage oder an der Kirchentür, in Gold und Samt oder in Lumpen. Schon bevor ich Sie sah, hatte ich den Entschluß gefaßt, den elenden Mantel abzuwerfen, der mein Elend verschleiert und die Nacktheit meines Namens bedeckt; lieber will ich in Lumpen, wie jede christliche Bettlerin, mein Brot nicht dem Stolz der wenigen, sondern der Güte der Menge verdanken.«

»Aber Sie sind doch nicht am Ende Ihrer Mittel, hoffe ich?«

Jeanne antwortete nicht.

»Gewiß besitzen Sie noch irgendwelche Landgüter«, fuhr er fort, »mögen sie auch mit Hypotheken belastet sein, oder Familienschmuck – dieses Stück zum Beispiel.«

Damit wies er auf die Dose, die Jeanne in der Hand hielt.

»Es ist ein originelles Stück. Gestatten Sie? Ach, ein Porträt!«

Der Kardinal schien überrascht.

»Kennen Sie die Person, die dieses Porträt darstellt?« fragte Jeanne.

»Es ist Maria Theresia, die Kaiserin von Österreich.«

»Wirklich!«

»Woher haben Sie diese Dose?« fragte der Kardinal.

»Von einer Dame, die vorgestern hier war.«

Wieder betrachtete der Kardinal aufmerksam das Schmuckstück.

»Oder eigentlich, Monseigneur«, fuhr die Gräfin fort, »es waren zwei Damen.«

»Und eine dieser Damen hat Ihnen die Dose hiergelassen?« fragte Rohan mißtrauisch.

»Nein, sie hat sie nur vergessen.«

Der Kardinal war so nachdenklich, daß die Gräfin de Valois beschloß, auf der Hut zu sein.

»Und wie hieß diese Dame?« fragte der Kardinal. »Verzeihen Sie mir, daß ich so frage.«

»Wirklich, die Frage ist seltsam. Wenn ich den Namen der Dame wüßte, hätte ich ihr die Dose doch zurückgeschickt. Gewiß vermißt sie das Stück sehr, und es wäre undankbar, sie einen Besuch bei mir mit achtundvierzig Stunden der Unruhe büßen zu lassen.«

»Sie kennen sie also nicht?«

»Nein, ich weiß nur, daß sie die Superiorin einer wohltätigen Stiftung ist.«

»Aus Paris?«

»Nein, aus Versailles. Monseigneur, ich empfange Frauen, denn Frauen demütigen uns nicht, wenn sie uns helfen. Diese Dame hat hundert Louis auf den Kamin gelegt, als sie mich verließ.«

»Hundert Louis! Verzeihung, Madame, ich wundere mich nicht über die Summe, ich staune nur darüber, daß eine Dame einer wohltätigen Stiftung sie aufwendet; solche Damen pflegen geringere Spenden zu verteilen. Könnten Sie mir eine Beschreibung der Dame geben?«

»Das ist nicht leicht, denn sie hatte, weil sie offenbar unerkannt bleiben wollte, ihr Gesicht in einem Baschlik verborgen. Doch glaube ich bemerkt zu haben, daß sie blaue Augen hatte.«

»Und der Mund?«

»Klein, mit etwas dicken Lippen, zumal die Unterlippe schien mir etwas stark.«

»Hochgewachsen?«

»Von mittlerem Wuchs.«

»Sprach sie Akzent?«

»Sie sprach etwas gehemmt. Kennen Sie diese Dame vielleicht?«

»Nein, Madame, ich kenne sie nicht. Ich nehme an, daß es eine deutsche Dame war, eine der vielen deutschen Damen, die wohltätige Stiftungen gründen.«

»In Versailles?«

»Ja doch, Madame, in Versailles.«

Der Kardinal versank in Schweigen.

Offenbar hatte diese Dose sein Mißtrauen neu erweckt. Wie kam dieses Porträt Maria Theresias, diese Dose, die der Kardinal hundertmal in den Händen der Königin gesehen hatte, zu dieser Bettlerin? Sollte die Königin hierher gekommen sein? Und warum sollte Jeanne sie nicht erkannt haben? Warum sollte sie die Ehre, die man ihr erwiesen, verheimlichen? Verstieg sich Marie-Antoinettes Wohltätigkeit zu solchen Summen?

»Und die Dame, die ihre Wohltäterin begleitete?« fragte er endlich, »haben Sie sie genauer gesehen?«

»Doch, sie war groß und hübsch, hatte ein energisches Gesicht, einen herrlichen Teint und üppige Formen.«

»Hat die andere Dame sie angesprochen?«

»Ja, aber nur bei ihrem Taufnamen. Sie hieß Andrée.«

Der Kardinal zuckte zusammen. Seine Bewegung entging der Gräfin nicht.

In der Tat hatte er schon gestern erfahren, daß die Königin mit Mademoiselle de Taverney in Paris gewesen war, Gerüchte von einer verspäteten Rückkehr, verschlossenen Türen und einer ehelichen Szene hatten in Versailles kursiert.

Der Kardinal atmete auf. Er wußte jetzt, daß er in der Rue Saint-Claude nicht in eine Falle gegangen war. Madame de La

Motte war schön und rein wie ein unschuldiger Engel. Immerhin wollte er einen letzten Beweis haben. Der Prinz war ein Diplomat.

»Eines wundert mich, offen gesagt, Komtesse. Warum haben Sie sich als Erbin Ihres Namens und Ihrer Titel nicht an den König gewandt?«

»Monseigneur, ich habe wohl zwanzig Bittschriften an ihn gerichtet.«

»Ohne Erfolg?«

»Ohne Erfolg.«

»Aber wenn der König ungnädig war, so hätten die Prinzen des königlichen Hauses sich Ihren Wünschen doch nicht verschlossen. Der Herzog von Orléans zum Beispiel ist wohltätig und tut gern, was der König nicht tut.«

»Ich habe mich auch an Seine Hoheit gewandt, aber vergeblich. Was wollen Sie, wenn man keine Empfehlungen hat, muß man zusehen, wie alle Eingaben in den Vorzimmern verlorengehen.«

»Seltsam! Aber was mir da einfällt«, rief der Kardinal, »es gibt doch eine Person, an die Sie sich in erster Linie wenden mußten – die Königin.«

»An die Königin habe ich mich nie gewendet«, erwiderte Jeanne einfach.

»Sie haben sich auch nicht um eine Audienz bemüht?«

»Ich habe es versucht, aber ohne Erfolg.«

»Unglaublich!«

»Ich war nur zweimal in Versailles und kenne dort nur zwei Personen, den Doktor Louis, der meinen armen Vater im Hôtel-Dieu behandelt hat, und den Baron de Taverney, dem ich empfohlen worden war.«

»Und was hat Ihnen Herr de Taverney geantwortet? Für ihn war es ein leichtes, Sie zur Königin zu bringen.«

»Er sagte, ich sei sehr ungeschickt, mich beim König auf eine Verwandtschaft zu berufen, die Seiner Majestät mißfallen muß, denn arme Verwandte sind niemals beliebt.«

»Das ist ganz dieser egoistische und brutale Taverney!«

Der Kardinal überlegte. Es war seltsam, daß der Vater die Bittstellerin abgewiesen, die Königin aber die Tochter zu ihr gebracht hatte. Vielleicht bedeutete dieser Widerspruch etwas.

»Nun«, rief er, »ich werde Sie, wenn es nötig ist, selbst nach Versailles bringen und Ihnen alle Türen öffnen.«

»Wie gütig von Ihnen, Monseigneur!« rief die Gräfin entzückt.

Der Kardinal rückte näher. Er nahm ihre Hand und drückte einen langen Kuß darauf.

»Wenn ich wüßte«, meinte Jeanne, »daß ich auch den geringsten Anteil an einem so erhabenen Geist wie dem Ihren nehmen dürfte, würde mich das ein Jahr lang trösten.«

»Ein Jahr? Hoffen wir mehr, Gräfin.«

Der Kardinal stand auf. Er hatte die Arme für einen gewöhnlichen Schwur zu weit geöffnet, darum wich die Gräfin zurück.

»Ach«, fragte sie, »Freundschaft zu dritt?«

»Wieso zu dritt?«

»Vergessen wir diesen armen Soldaten, den Grafen de La Motte?«

»Gräfin, welches beklagenswerte Gedächtnis.«

»Ich muß doch von ihm sprechen, da Sie ihn vergessen. Er wird die Rede auf sich bringen!«

»Nun, und wenn er von sich spricht?«

»Dann wird die Rede auf Sie kommen. Es wird zum Beispiel gesagt werden, daß es ihm mißfällt, den Herrn Kardinal de Rohan drei-, vier- oder fünfmal wöchentlich in der Rue Saint-Claude zu wissen.«

»Fünfmal? Siebenmal, die Schalttage nicht eingerechnet.«

Jeanne begann zu lachen.

»Werden Sie verhindern können, daß man von uns spricht?«

»Doch, wir müssen nur die Frage anders stellen. Wenn zum Beispiel Sie ausgehen?«

»Soll ich etwa in Ihr Haus kommen, Monseigneur?«

»Sie sind wunderbar. Aber es handelt sich gar nicht um mein Haus. Ich habe ein Haus ...«

»Ein kleines Haus, eine *petite maison*, nicht wahr?«
»Nein, ein Haus, das Ihnen gehört.«
»Oh, und ich wußte bis heute nichts davon! Wo ist es?«
»Sie werden morgen um zehn Uhr die Adresse wissen.«
Der Kuß, den der Kardinal jetzt auf ihre Hand drückte, war respektvoll, zärtlich und kühn zugleich. Die beiden verneigten sich mit einem Rest lächelnder Zeremonie, der künftige Vertraulichkeit verspricht.
»Leuchten Sie Monseigneur!« rief die Gräfin.
Die Alte trat ein.

Dreizehntes Kapitel
Der Bottich

Wenn Ludwig XVI. sich auch nicht sonderlich um die Sensationen kümmerte, die seine gute Stadt Paris beschäftigten, so hatte er der Königin doch – wie unsere Leser sich erinnern – erlaubt, einmal zu sehen, was alle Welt bereits gesehen hatte – allerdings unter der Bedingung, daß sie sich von einer Prinzessin begleiten lasse.

Dies geschah zwei Tage nach dem Besuch des Kardinals de Rohan bei Madame de La Motte.

Das Wetter war freundlicher geworden, und es hatte begonnen zu tauen. Eine Armee von Straßenkehrern fegte mit dem Eifer von Soldaten, die einen Schützengraben ausheben, den letzten Schnee und Schmutz fort, der in schwarzen Bächen in den seltenen Gossen abfloß.

Schon erschienen die ersten Sterne auf dem blauen und klaren Himmel, als Madame de La Motte in einem Fiaker, den Frau Clotilde ausgesucht hatte, auf der Place Vendôme vor einem Haus von vornehmem Äußeren, dessen sämtliche Fenster erleuchtet waren, vorfuhr. Das war das Haus des Arztes Mesmer. Außer Madame de

La Mottes Fiaker standen noch viele andere Equipagen und Gefährte vor dem Haus, und überdies drängte sich eine Menge von zweihundert oder dreihundert Neugierigen um die Auffahrt.

Die Kranken, fast ausnahmslos reiche und angesehene Leute, fuhren in wappengeschmückten Equipagen vor, ließen sich von Lakaien herausheben und tragen; und diese in Pelze und dicke Mäntel gehüllten Bündel Elends waren kein geringer Trost für die ausgehungerten und schlechtgekleideten Leute, die hier den Beweis erhalten wollten, daß Gott seine Krankheiten verteilt, ohne die Stammbäume zu prüfen.

Sooft einer dieser bleichen und matten Kranken in dem großen Tor verschwunden war, gab es in der Menge der Neugierigen ein Murmeln, und selten geschah es, daß diese Masse, die sonst an den Toren der Ballsäle und Theater die vergnügungssüchtige Aristokratie beobachtet, jetzt die Kranken nicht erkannte: einen von der Gicht gequälten Herzog, einen Marschall, dem die Füße den Dienst versagten, nicht so sehr wegen der militärischen Strapazen als wegen der allzu häufigen Besuche bei den Damen der Oper und der italienischen Komödie.

Wir brauchen nicht zu sagen, daß die Neugierde der Menge sich durchaus nicht auf die Männer beschränkte.

Auch manche Dame mit hängendem Kopf und glanzlosen Augen, die sich von ihren Heiducken ins Haus tragen ließ, wie die altrömischen Damen sich nach den Mahlzeiten von tessarischen Sklaven fortschleppen ließen, manche Dame, die an Nervenkrisen litt oder durch Ausschweifungen und schlaflose Nächte erschöpft war, erhoffte von Mesmers Bottich, was sie bei andern vergeblich gesucht hatte.

Man bilde sich nur ja nicht ein, daß wir hier zu unserem Vergnügen die Sittenverderbnis jener Zeit übertreiben. Es gab damals, wir können es nicht verhehlen, einen wahren Wettstreit zwischen den Damen des Hofes und den Desmoiselles des Theaters. Raubten letztere den Damen der vornehmen Welt ihre Liebhaber und Gatten, so stahlen erstere den Theaterdämchen ihre Kameraden und improvisierten Vettern.

Manche dieser Damen waren ebenso bekannt wie ihre Männer, und ihre Namen wurden laut in der Menge ausgerufen; und gewiß waren es jene, deren Namen das größte Aufsehen erregt hätte, die an diesem Abend mit einer Maske vor dem Gesicht bei Doktor Mesmer erschienen.

Denn dieser Tag war zugleich der des Opernballs, und jene Damen gedachten von der Place Vendôme geradewegs in das Palais Royal zu eilen.

Mitten durch diese Menge schritt, gleichfalls maskiert, die Gräfin de La Motte, ohne daß über sie etwas anderes geäußert wurde als die Bemerkung: »Ach, diese hier scheint nicht sonderlich krank zu sein.«

Madame de La Motte hatte viel über ihre Unterredung mit dem Kardinal de Rohan und zumal über die seltsame Aufmerksamkeit nachgedacht, die der Prinz der bei ihr vergessenen Dose mit dem Porträt Maria Theresias gewidmet hatte. Vielleicht bedeutete die Entdeckung der Eigentümerin dieser Dose die Erklärung für die plötzliche Sinnesänderung des Kardinals; darum hatte Madame de La Motte zwei Mittel ausfindig gemacht, diesen Namen in Erfahrung zu bringen.

Zunächst war sie nach Versailles gefahren und hatte sich im Haus der Stiftung »Zum guten Werk« nach deutschen Komiteedamen erkundigt. Wie unsere Leser wohl erraten, hatte man ihr dort nichts gesagt. Übrigens gab es in Versailles unzählige deutsche Damen, denn die Königin begünstigte ihre Landsmänninnen offenkundig. Es wurden deren hundertfünfzig bis zweihundert gezählt, die alle sehr wohltätig waren; aber keine von ihnen hatte es sich einfallen lassen, ihr Namensschild am Tor des Stiftungshauses anzubringen.

Vergeblich hatte Jeanne auch zu erfragen gesucht, wer jene Andrée sei; in Versailles war keine deutsche Dame dieses Vornamens bekannt, der ja übrigens in Deutschland auch wenig in Gebrauch ist.

Herrn de Rohan direkt zu befragen, hieß ihn wissen lassen, daß man über ihn nachdachte; des weiteren bedeutete es den

Verzicht auf das Vergnügen, die Entdeckung aus eigenen Mitteln gemacht zu haben.

Und da der Besuch der beiden Damen bei Jeanne und das Staunen Rohans geheimnisvoll genug waren, konnte man offenbar nur auf geheimnisvollem Weg zur Lösung dieses Rätsels gelangen. Übrigens gab es in Jeannes Charakter eine fühlbare Neigung zu diesem Kampf mit dem Unbekannten.

Sie hatte in Paris sagen hören, vor einiger Zeit habe sich ein Erleuchteter, ein Mann, der Wunder vollbrachte, fähig erwiesen, nicht nur Krankheiten zu heilen und Schmerzen auszutreiben, wie einst Christus die Teufel aus den Besessenen ausgetrieben hat; dieser Mensch beschränkte seine Wirksamkeit nicht auf die körperlichen Übel, sondern wußte der Seele das schmerzliche Geheimnis, das ihr Leben untergrub, zu entreißen. Man wußte Fälle und hatte gesehen, daß unter seiner allmächtigen Beschwörung selbst Hartnäckigkeit und Widerspenstigkeit nachgaben und sich in sklavische Gefügigkeit verwandelten.

In dem Schlaf, der dieser schmerzhaften Operation zu folgen pflegte, standen, hieß es, der von der Ruhe und Entspannung bezauberten Seele neue Gebiete vollkommen offen. Mesmer lenkte von nun an alle ihre Regungen, zog gewissermaßen alle Fäden, und jeder Gedanke wurde ihm offenbar, mitgeteilt in einer menschlichen Sprache, die den Vorzug oder Nachteil hatte, daß man in ihr nicht lügen konnte.

So war eine Menge wunderbarer Geheimnisse aufgeklärt worden.

Eine Madame de Duras fand ein Kind wieder, das ihr im Säuglingsalter gestohlen worden war, eine Madame de Chanton einen englischen Zwergpinscher, für den sie alle Kinder der Welt gegeben hätte, ein Herr de Vaudreuil endlich eine Haarlocke, die ihm wichtiger war als die Hälfte seines Vermögens.

Darum also begab sich Madame de La Motte in großer Hast in den Saal, in dem die Kranken sich versammelten.

Dieser Saal bedarf – wir bitten die Leser um Verzeihung – einer ausführlichen Beschreibung.

Das Appartement bestand aus zwei großen Gemächern. Wenn man die Vorzimmer durchschritten und den diensttuenden Lakaien die nötigen Einladungen vorgewiesen hatte, wurde man in einen Saal eingelassen, dessen hermetisch verschlossene Fenster weder das Licht des Tages noch die Geräusche der Außenwelt einließen.

Mitten in diesem Salon stand unter einem Kronleuchter, dessen Kerzen den Raum nur spärlich erleuchteten, ein mit einem Deckel verschlossener, geräumiger Bottich. Seine Form war nichts weniger als elegant, und er zeigte keinerlei Verzierung. Keine Draperie verbarg die Nacktheit seiner metallenen Seiten.

Das war Mesmers berühmter Bottich.

Und was enthielt er? Nichts leichter zu sagen.

Er war fast ganz mit Wasser gefüllt, das mit einer schwefeligen Lösung versetzt war. Dieses Wasser konzentrierte seine Miasmen unter dem Deckel, um gleichzeitig mehrere am Boden des Bottichs in umgekehrter Stellung aufgereihte Flaschen zu speisen.

So fand eine Kreuzung geheimnisvoller Strömungen statt, deren Einfluß dem Kranken die Heilung bringen sollte.

Dem Deckel war ein eiserner Ring aufgelötet, an dem eine lange Schnur befestigt war, deren Bestimmung wir alsogleich kennenlernen werden.

Die Kranken saßen bleich und elend in Lehnstühlen, die rings um diesen Bottich aufgestellt waren. Je nach ihrem Charakter verschieden, erwarteten Männer und Frauen, gleichgültig, ernst oder sogar unruhig, das Ergebnis des Versuches.

Ein Diener nahm das Ende der erwähnten Schnur, die an dem Deckel des Bottichs befestigt war, rollte sie wie einen Ring um die kranken Glieder der Patienten und bildete solchermaßen eine Kette, durch die sich die Wirkung der heilbringenden Elektrizität fortpflanzen sollte. Um die Wirkung der tierischen Fluida nicht zu unterbrechen, sollten die Kranken auf Befehl des Doktors einander mit den Ellenbogen oder Schultern berühren. Gewiß bot diese seltsame Szene einen Anblick, den zu genießen das höchste Ziel der neugierigen Pariser sein mußte.

Sobald die Sitzung eröffnet war, verbreitete sich im Saal eine sanfte, aber durchdringende Wärme. Man sah die Kranken sich dieser wohligen Atmosphäre überlassen, bis plötzlich eine süße, leichte Musik, von unsichtbaren Musikern und Instrumenten hervorgebracht, hörbar wurde. Sie berührte die empfindsamen Nerven der Kranken mit unwiderstehlicher Macht. Man hätte glauben mögen, sie wäre eines jener geheimnisvollen und unbekannten Geräusche, die selbst Tiere zu bezaubern vermögen, eine Klage des Windes, eingefangen in den sonoren Gewinden eines Schneckenhauses.

Bald mischten sich wohlklingende Stimmen in diese Klänge, und auf allen Gesichtern, die zunächst nur das Erstaunen belebt hatte, machte sich jetzt materielle Befriedigung geltend. Die Seelen gaben dem Anreiz nach, verließen die Schlupfwinkel, in die sie sich auf der Flucht vor den feindlichen Leiden des Körpers zurückgezogen hatten, dehnten sich freudig, gewannen Oberhand über das Stoffliche und wandelten sich.

Dies war der Augenblick, in dem jeder der Kranken nach einer Eisenleiste griff, die mit dem Deckel des Bottichs in Verbindung stand, und die Spitze gegen sein Herz oder seinen Kopf, kurz, gegen den Sitz seiner besonderen Krankheit richtete.

Man möge sich die Beglückung vorstellen, die sich in den von Leiden und Ängsten verzerrten Gesichtern der Patienten spiegelte, die Seufzer der Erleichterung, das genußvolle Schweigen, das auf dieser ganzen Versammlung lastete, um sich eine Idee von dieser Szene zu machen.

Und noch einige Worte über die Akteure dieser Handlung. Die Patienten teilten sich in zwei Klassen.

Die einen waren Kranke, die sich wenig um das kümmerten, was man Respekt nennt, um diese Grenze, die von Leuten mittelmäßiger Lebensstellung so streng beachtet, von Hohen und Niedrigen aber leicht übersprungen wird. Diese Leute kamen nur hierher, um geheilt zu werden, und ihr ganzes Streben ging dahin, rasch zu ihrem Ziel zu gelangen.

Die anderen, Skeptiker und gewöhnliche Neugierige, kamen in Mesmers Haus, ohne eigentlich an einer Krankheit zu leiden, wie man in ein Theater geht; sie wollten nur das System des gefeierten Arztes kennenlernen oder die Kranken beobachten.

Unter den ersteren, Leuten also, die sich leidenschaftlich an Mesmers Gedanken klammerten, bemerkte man eine junge Frau von schönem Wuchs, die vielleicht ein wenig ausschweifend gekleidet war und die die heilende Eisenleiste gegen ihren Kopf und ihre Brust lenkte, alsbald ihre Augen zu verdrehen begann und seufzte, während ihre Hände in nervösen Zuckungen zitterten. Wenn sie ihren Kopf auf die Lehne zurückwarf, konnten die Neugierigen ihre blasse Stirn, ihre zuckenden Lippen und den schönen Hals beobachten, der alsbald von der rascheren Zirkulation des Blutes intensiver getönt wurde.

Viele der Zuschauer folgten dieser Szene mit großer Spannung. Madame de La Motte, die ihre Seidenmaske abgenommen hatte und jetzt in der Hand hielt, weil sie nicht mehr befürchten mußte, erkannt zu werden, gehörte zu diesen Neugierigen. Übrigens hatte sie einen so günstigen Platz gewählt, daß sie kaum den Blicken der anderen preisgegeben war. Sie stand nahe der Tür, an einen Pfeiler gelehnt, und konnte, von der Draperie halb verdeckt, unbemerkt ihre Beobachtungen anstellen. Offensichtlich nahm nichts ihre Aufmerksamkeit mehr in Anspruch als das Gesicht dieser jungen Frau, die bereits durch das Mesmersche Fluidum elektrisiert war. Das war – kein Zweifel konnte bestehen – die wohltätige Dame, die neulich bei ihr gewesen war und Herrn de Rohan so große Teilnahme abnötigte.

Jetzt schloß die junge Person krampfhaft die Augen, verzerrte den Mund und schlug schwach um sich. Doch waren diese Hände, das bemerkte Madame de La Motte sofort, nicht dieselben zarten, unendlich feinen Hände, deren wächserne Durchsichtigkeit sie einige Tage vorher bewundert hatte.

Auf die Mehrzahl der Patienten wirkte die Krise der Elektrisierten ansteckend, die Gehirne waren mit angenehmen Geräuschen und Düften gesättigt. Bald begannen Männer und Frauen zu seufzen, schwache Schreie auszustoßen, Arme, Beine und Köpfe zu bewegen und sich fast wehrlos der Krise zu überlassen.

In diesem Augenblick erschien ein Mann, ohne daß man ihn eintreten sehen oder sagen konnte, von wo er kam.

Er trug einen fliederfarbenen Hausrock, und sein kluges, heiteres Gesicht ließ ihn fast wie einen heilenden, Gesundung bringenden Apoll erscheinen. In der Hand hielt er einen langen Stab, mit dem er den berühmten Bottich berührte.

Auf ein Zeichen, das er gab, gingen Türen auf, etwa zwanzig kräftige Diener eilten herein, bemächtigten sich eilfertig der Kranken, die bereits auf ihren Stühlen zu wanken begannen, und trugen sie im Ablauf einer knappen Minute in den Nachbarsaal.

Während dieses Vorgangs hörte Madame de La Motte, die neugierig an die Tür des Nebenzimmers getreten war:

»Aber sie ist es doch! Natürlich ist sie es!«

Schon wollte Madame de La Motte den Mann fragen, von wem er spreche, als zwei Frauen den ersten Saal betraten, denen in einem gewissen Abstand ein Mann folgte, der, wenn er auch bürgerliche Kleidung trug, sofort als vertrauter Diener zu erkennen war. Die Haltung dieser beiden Damen und zumal der einen von beiden verblüffte die Komtesse zu sehr, so daß sie näher trat. Doch lenkte ein wilder Aufschrei, den die Elektrisierte im Nebensaal ausgestoßen hatte, ihre Aufmerksamkeit wieder ab. Madame de La Motte war wieder neben den Mann getreten, der eben erst gesagt hatte: Sie ist es doch!, als er leise und geheimnisvoll sagte:

»Aber, meine Herren, sehen Sie doch, das ist die Königin!«

Jeanne fuhr zusammen.

»Die Königin!« wiederholten einige erschrockene und erstaunte Stimmen. »Die Königin bei Mesmer.«

»Unmöglich!«

»Sehen Sie doch hin! Kennen Sie die Königin?«

»In der Tat, die Ähnlichkeit ist verblüffend!«

Da Madame de La Motte ihre Maske aufgesetzt hatte, als ob sie von Mesmer direkt zum Opernball gehen wollte, konnte sie gefahrlos Erkundigungen einziehen.

»Sie sagen, daß die Königin hier ist?« wandte sie sich an ihren Nachbarn.

»Gewiß, es ist gar nicht daran zu zweifeln.«

»Wo ist sie?«

»Diese Frau da drüben auf den veilchenblauen Kissen, die einer so heftigen Krise erlegen ist, daß sie ihre Erregung nicht mehr zu meistern vermag.«

»Und wie kommen Sie zu der Annahme, mein Herr, daß diese Frau die Königin ist?«

»Nun, sie ist es eben, verlassen Sie sich darauf, Madame!« Damit trat er zu einer anderen Gruppe.

Jetzt wandte sich Jeanne von dem fast empörenden Schauspiel ab, das die Epileptikerin bot. Kaum hatte sie sich wieder der Tür genähert, als sie sich den beiden Damen gegenüberfand, die jetzt mit lebhafter Teilnahme den Bottich, den Deckel und die Leisten betrachteten.

Kaum hatte Jeanne das Gesicht der älteren von beiden Damen aus der Nähe gesehen, als sie leise aufschrie. Dann riß sie lebhaft die Maske ab.

»Was gibt es denn?« hatte die Dame gefragt.

»Erkennen Sie mich?«

Sichtlich unterdrückte die Dame eine Bewegung.

»Nein, Madame«, antwortete sie befangen.

»Aber ich erkenne Sie, und ich will Ihnen einen Beweis dafür geben.«

Jeanne zog die Dose aus der Tasche.

»Sie haben diese Dose bei mir vergessen?«

»Und wenn dem so wäre, Madame, warum sind Sie so erregt?«

»Ich bin erschrocken über die Gefahr, der Eure Majestät sich aussetzen.«

»Erklären Sie sich!«

»Nicht bevor Sie diese Maske umgenommen haben, Madame.«

Damit reichte sie der Königin ihre Samtmaske. Diese schien noch immer zu zögern, offenbar, weil sie sich in ihrem Baschlik genügend geborgen glaubte.

»Um Himmels willen! Es ist kein Augenblick zu verlieren!«

»Tun Sie es, Madame«, flüsterte die Begleiterin der Königin zu.

Die Königin griff mechanisch nach der Maske und setzte sie auf.

»Und jetzt kommen Sie!«

Jeanne zog die beiden Damen so lebhaft fort, daß sie erst vor dem Haustor wieder zu Atem kamen.

»Aber was gibt es denn nur?« fragte die Königin.

»Majestät ist von niemand gesehen worden?«

»Ich glaube nicht.«

»Um so besser.«

»Aber erklären Sie uns doch ...«

»Majestät mögen für den Augenblick Ihrer getreuen Dienerin glauben, wenn sie sich darauf beschränkt, zu sagen, daß Sie hier größter Gefahr ausgesetzt sind!«

»Aber welcher Gefahr denn?«

»Ich werde mir die Ehre nehmen, das Eurer Majestät zu sagen, wenn Sie mir dieser Tage eine einstündige Audienz bewilligen. Es würde jetzt zu lange dauern. Majestät können bemerkt werden.« Da Madame de La Motte sah, daß die Königin ungeduldig wurde, wandte sie sich an die andere Dame: »Unterstützen Sie meine Bitte, damit Majestät einwilligt, sich unverzüglich zu entfernen.«

Die Prinzessin de Lamballe warf der Königin einen flehenden Blick zu.

»Gut, gehen wir, da Sie es wünschen«, sagte die Königin endlich. »Sie haben eine Audienz verlangt?«

»Ich nehme die Ehre in Anspruch, Eurer Majestät mein Vorgehen zu erklären.«

»Gut, dann bringen Sie mir diese Dose und verlangen Sie nach dem Pförtner Laurent; er wird unterrichtet sein.«

Dann wandte sie sich dem Kutscher zu.

»Kommen Sie hierher, Weber!« rief sie deutsch.

Vierzehntes Kapitel
Mademoiselle Oliva

Inzwischen war der Mann, der die Blicke der Neugierigen auf die angebliche Königin gelenkt hatte, zu einem Menschen getreten, der einen schäbigen Anzug trug und gierig um sich blickte.

»Für Sie als Journalist wäre das ein schöner Stoff zu einem Artikel«, meinte er und klopfte dem andern auf die Schulter. »Das müßte ungefähr so heißen: Es ist gefährlich, Untertan eines Landes zu sein, dessen König von der Königin regiert wird und dessen Königin gern in Krisen verfällt.«

Der Journalist lachte.

»Und die Bastille?« fragte er.

»Ach, gibt es denn nicht Anagramme, um die Zensoren des Königs hinters Licht zu führen? Kann ein Zensor Ihnen verbieten, eine Geschichte von dem Fürsten Silou und der Fürstin Etteniotna, der Herrscherin von Narfec, zu erzählen?«

»Wahrhaftig, eine grandiose Idee!«

»Seien Sie überzeugt, daß ein Artikel mit dem Titel ›Die Krisen der Fürstin Etteniotna bei dem Fakir Remsem‹ in allen Salons Aufsehen erregen würde.«

Der Journalist drückte dem Unbekannten die Hand.

»Soll ich Ihnen einige Belegexemplare schicken?« fragte er.

»Gewiß doch. In welcher Auflage drucken Sie solche Sachen?«

»Zweitausend Exemplare.«

»Gut, dann nehmen Sie diese fünfzig Louis und lassen Sie sechstausend drucken.«

»Ach, mein Herr, Sie sind zu gütig. Darf ich den Namen eines so großzügigen Beschützers der Literatur wissen?«

»Sie sollen ihn erfahren, wenn ich in acht Tagen tausend Exemplare, zu zwei Francs das Stück, abholen lasse.«

»Ich werde Tag und Nacht arbeiten.«

»Und es soll lustig sein.«

»Ganz Paris wird Tränen lachen, eine Person ausgenommen.«

»Gut. Datieren Sie den Artikel von London?«

»Wie immer. Es ist so üblich.«

Leicht wie ein Vogel machte sich der Zeitungsschreiber, nachdem er seine fünfzig Louis eingesteckt hatte, davon.

Allein geblieben, trat der Unbekannte wieder in den zweiten Saal; der Ekstase der jungen Frau war jetzt vollständige Lethargie gefolgt, und eine Kammerzofe, die offenbar zu diesem Amt ausgebildet worden war, zog ihr züchtigerweise die etwas indiskret verrutschten Röcke glatt.

Der Unbekannte wandte sich wieder ab. Die Ähnlichkeit ist erstaunlich, dachte er. Gott, der sie geschaffen hat, muß seine Absichten dabei gehabt haben. Offenbar hat er jene andere im voraus verurteilt.

Jetzt erhob sich die junge Frau und machte sich, auf den Arm eines Nachbarn gestützt, mit ihrer in Unordnung geratenen Toilette zu schaffen. Sie errötete leicht, als sie bemerkte, daß man auf sie aufmerksam geworden war; mit koketter Höflichkeit beantwortete sie die zugleich ernsten und liebenswürdigen Fragen Mesmers; dann durchschritt sie die Salons und erntete, ohne einen einzigen zu verlieren, die teils spöttischen, teils begehrlichen und erschrockenen Blicke der Patienten.

Sie erstaunte nicht wenig, als sie an einer Gruppe vorüberkam, die sich flüsternd in einen Winkel des Salons zurückgezogen hatte und von der sie mit steifen, respektvollen Verneigungen begrüßt wurde, die nur ein französischer Höfling seiner Königin widmet.

In der Tat hatte der unermüdliche Unbekannte diese Ansammlung zustande gebracht.

»Gewiß, meine Herren«, sagte er, »es ist die Königin; wir wollen sie begrüßen, wie es sich geziemt.«

So viel Respekt schüchterte die kleine Person, der er bewiesen wurde, ein, und sie trat verlegen in den Hof. Jetzt suchten ihre müden Augen einen Fiaker oder eine Sänfte; sie fand weder das eine noch das andere. Schon wollte sie ärgerlich weitergehen, als ein Lakai zu ihr trat.

»Madame befehlen Ihren Wagen?«

»Ich habe keinen Wagen hier.«

»So ist Madame in einem Fiaker gekommen?«

»Ja.«

»Aus der Rue Dauphine?«

»Ja.«

»Ich werde Madame nach Hause bringen.«

»Gut, tun Sie das«, antwortete die Kleine entschlossen.

Auf ein Zeichen des Lakaien fuhr eine hübsche Equipage vor. Der Lakai hob den Tritt auf und rief dem Kutscher zu:

»Rue Dauphine!«

Als der Wagen den Pont Neuf erreichte, bedauerte die junge Dame, der es in der Equipage sehr wohl gefiel, daß sie nicht am Jardin des Plantes wohnte.

Endlich hielt der Wagen. Der Fußtritt wurde herabgelassen, und der gut abgerichtete Lakai streckte die Hand aus, um den Hausschlüssel der Dame entgegenzunehmen. Sie trat ein, er verneigte sich und schloß hinter ihr ab.

»Ein gefälliges Abenteuer«, murmelte die junge Frau. »Ich finde das reizend von Herrn Mesmer. Ach, wie bin ich müde! Er hat das wohl vorausgesehen; man muß es zugeben, er ist ein großer Arzt.«

So erreichte sie die zweite Etage. Auf ihr Klopfen öffnete eine Alte.

»Guten Abend. Ist das Abendbrot bereit?«

»Ja, ich fürchtete schon, daß es kalt wird.«

»Ist *er* da?«

»Noch nicht. Aber der Herr ist gekommen.«

»Welcher Herr?«

»Der Herr, mit dem Sie heute abend sprechen wollten.«

Diese Unterredung fand im Vorzimmer statt. Durch die Glasscheiben sah man in ein Zimmer, das, von einer Lampe angenehm erleuchtet, einen immerhin erträglichen Anblick bot. Alte, bereits verschossene Vorhänge aus gelber Seide, einige mit grünem Utrechter Samt überzogene Fauteuils, eine Kommode mit zwölf Laden, ein verschossenes altes Sofa – das war die Pracht dieses Zimmers.

Die junge Dame erkannte den Mann nicht, der sie erwartete, aber unseren Lesern ist er nicht mehr unbekannt. Es war derselbe, der die Neugierigen auf die angebliche Königin aufmerksam gemacht und fünfzig Louis für ein Pamphlet ausgegeben hatte.

Hastig öffnete die junge Frau die Glastür, trat zu dem Sofa und sah sich einem freundlich lächelnden, ziemlich feisten Herrn gegenüber, der mit seinem köstlichen Spitzenjabot spielte. Mit einer leichten Verneigung begrüßte sie der Unbekannte.

»Ich weiß, was Sie mich fragen wollen, aber ich werde Ihnen besser mit einer Gegenfrage antworten. Sie sind doch Mademoiselle Oliva?«

»Allerdings, mein Herr.«

»Eine reizende, sehr nervöse und für Herrn Mesmer eingenommene junge Dame.«

»Ich komme gerade von ihm.«

»Ausgezeichnet, aber das erklärt Ihnen noch nicht, warum Sie mich hier auf Ihrem Sofa sitzen sehen, und das möchten Sie doch gerade wissen.«

»Richtig geraten, mein Herr.«

»Mein Fräulein, ich habe Sie eben bei Herrn Mesmer beobachtet, und ich fand Sie, wie ich Sie zu finden wünschte. Erschrecken Sie nicht, Mademoiselle, ich werde nicht sagen, daß ich Sie reizend fand; Sie würden das für eine Liebeserklärung halten, und das ist nicht meine Absicht.«

»Was wollen Sie dann?« fragte Oliva naiv.

»Wenn niemand außer uns hier ist, wie ich hoffe, können wir offen sprechen. Was würden Sie zu einem kleinen, gemeinsamen Geschäft sagen?«

»Ein Geschäft?«

»Sie verstehen mich noch immer nicht. Ich meine keine Liaison, ich meine wirklich ein Geschäft. Hier ist nicht von Liebe, sondern von Geld die Rede.«

Oliva konnte eine gewisse Neugierde nicht unterdrücken.

»Was tun Sie zumeist untertags?« fragte der Unbekannte. »Scheuen Sie sich nicht. Es fällt mir nicht ein, Sie zu tadeln.«

»Ich tue nichts oder nur so wenig wie möglich.«

»Sie sind faul.«

»Oh!«

»Natürlich sind Sie faul. Das ist sehr gut. Übrigens, was geht das mich an, ob Sie faul sind oder nicht? Gehen Sie gern spazieren?«

»Sehr gern.«

»Und ins Theater gehen Sie auch?«

»Noch lieber.«

»Sie leben überhaupt gern gut.«

»Natürlich.«

»Wenn ich Ihnen fünfzig Louis monatlich gäbe, würden Sie ablehnen?«

»Aber was soll ich denn tun, um diese fünfzig Louis zu verdienen?«

»Sie werden mich hier empfangen, werden mir freundliche Augen machen, ich werde Ihren Arm nehmen, wenn ich es wünsche, und Sie werden mich erwarten, wo ich Sie bitte, mich zu erwarten.«

»Aber ich habe einen Liebhaber, mein Herr.«

»Dann werfen Sie ihn hinaus.«

»Beausire wirft man nicht so ohne weiteres hinaus.«

»Soll ich Ihnen behilflich sein?«

»Nein, ich liebe ihn.«

»Oh.«

»Ein wenig.«

»Gut, dann mag dieser Beausire mit in den Kauf gehen.«

»Sie sind wenigstens nicht unbequem, mein Herr.«

»Unter dem Vorbehalt, daß er es auch nicht ist. Sind Ihnen die Bedingungen angenehm?«

»Ja, wenn Sie mir alles gesagt haben.«

»Alles, meine Liebe, was ich Ihnen augenblicklich sagen kann. Sie müssen natürlich begreifen ... Nötigenfalls müssen Sie wirklich meine Geliebte werden.«

»Sehen Sie! Nein, das ist nie nötig!«

»Dann müssen Sie wenigstens als meine Geliebte auftreten.«

»Gut, das geht schon eher.«

»Topp! Und hier ist die erste Monatsrate.«

Damit reichte er ihr eine Rolle von fünfzig Louis, ohne auch nur ihre Fingerspitzen zu berühren.

Kaum war das Geld in ihre Tasche geglitten, als zweimal an die Tür geklopft wurde.

»Großer Gott!« rief Oliva, »fliehen Sie! Er ist es!«

»Wer?«

»Beausire! Rühren Sie sich doch, Herr! Er wird Sie in tausend Stücke reißen! Hören Sie nur, wie er klopft! Er wird die Tür sprengen.«

»Lassen Sie ihm doch öffnen! Warum hat dieser Mensch keinen Schlüssel?«

Damit streckte sich der Unbekannte auf dem Sofa aus.

Schon wurden von draußen Flüche hörbar.

»Öffnen Sie!« rief Oliva, außer sich, der Alten zu. »Um so schlimmer für Sie, mein Herr, wenn Sie dabei schlecht wegkommen.« Der Unbekannte rührte sich nicht auf seinem Sofa.

FÜNFZEHNTES KAPITEL
Beausire

Bleich und fluchend stürzte ein Mann herein, dem sich Oliva entgegenwarf.

»Beausire!« rief sie mit einer Stimme, die nicht erschrocken genug klang, um uns an dem Mut dieser Frau zweifeln zu lassen.

»Laß mich los!« schrie der Unbekannte und stieß Oliva zurück. »So, weil ein Mann hier ist, hat man mir nicht geöffnet?!«

Der Unbekannte lag so ruhig auf seinem Sofa, daß Beausire annehmen mußte, diese Haltung sei auf Unentschlossenheit oder Schrecken zurückzuführen.

»Was tun Sie hier? Und vor allem, wer sind Sie?« schrie er.

»Ich bin ein sehr ruhiger Mann, der gar nicht verdient, daß Sie ihn so wütend ansehen. Ich plaudere mit Madame in allen Ehren.«

»Natürlich«, bestätigte Oliva, »in allen Ehren.«

»Schweig doch, du!« brüllte Beausire.

»Holla«, meinte der Unbekannte, »behandeln Sie Madame nicht so unfreundlich, sie ist vollkommen unschuldig; wenn Sie übler Laune sind ...«

»Das bin ich allerdings!«

»Er wird im Spiel verloren haben«, flüsterte Oliva.

»Gerupft bin ich worden, hol mich der Teufel!« schimpfte Beausire.

»Und da wäre es Ihnen nicht so unlieb, jetzt einen anderen zu rupfen«, lächelte der Unbekannte. »Sehr verständlich, lieber Herr Beausire.«

»Genug der schlechten Späße! Stehen Sie auf und scheren Sie sich fort, oder ich zerschlage das Sofa und alles, was darauf liegt.«

»Sie haben mir ja gar nicht gesagt, Mademoiselle, daß Herr Beausire so komische Launen hat. Großer Gott! Welche unnütze Heftigkeit!«

Beausire antwortete mit einer Geste, wie man sie sonst nur

auf dem Theater zu sehen bekommt, und beschrieb mit dem Arm einen Kreis von mindestens zehn Fuß Umfang, als ob er seinen Degen ziehen wollte.

»Noch einmal«, schrie er, »stehen Sie auf oder ich nagle Sie an die Lehne!«

»Wahrhaftig, das wäre höchst unangenehm«, antwortete der Unbekannte sanft und zog mit der Linken den kleinen Stoßdegen, der auf dem Sofa lag, aus der Scheide.

Oliva schrie auf.

Eine seltsame Szene spielte sich jetzt ab. Der besoffene und wutschäumende Beausire führte, ohne recht zu zielen, Stöße gegen einen unverletzbaren Gegner. Dieser saß noch immer auf dem Sofa, hatte die eine Hand auf dem Knie liegen und parierte, ohne selbst zuzustoßen, lächelnd die Coups seines Gegners. Beausires Degen konnte, von den Paraden seines Gegners ständig abgedrängt, niemals die Angriffslinie halten. Bald wurde der Betrunkene müde und begann zu schnaufen; seine Wut war einer unbestimmten Furcht gewichen. Er ahnte wohl, was geschehen mußte, wenn dieser in der Abwehr so geschickt geführte Degen gegen ihn ausgestreckt würde. Eine Unsicherheit bemächtigte sich seiner, während sein Gegner mit einer kräftigen Terz Beausire die Waffe aus der Hand schlug.

Der Degen flog durch das Zimmer, zerschlug das Fenster und fiel auf die Straße.

Jetzt wußte Beausire nicht mehr, was er tun sollte.

»Herr Beausire«, sagte der Unbekannte ruhig, »wenn Ihr Degen mit der Spitze abwärts gefallen ist und zufällig gerade jemand vorbeikommt, sind Sie des Todes!«

Beausire eilte zur Tür und sprang in großen Sätzen die Treppe hinab. Oliva ergriff die Hand des Siegers.

»Sie sind sehr tapfer, mein Herr«, sagte sie. »Beausire aber ist ein Schuft. Er wird mich gewiß prügeln, wenn Sie fortgegangen sind.«

»Gut, ich bleibe.«

»Nein, um Gottes willen! Wenn er mich schlägt, schlage ich

auch, und ich bin immer die Stärkere. Gehen Sie, ich bitte Sie darum.«

»Achten Sie auf einen Umstand, meine Schöne! Wenn ich jetzt gehe, lauert er mir gewiß auf der Treppe auf. Wir werden uns noch einmal schlagen. Auf einer Treppe pariert man nicht so gut wie auf einem Diwan. Entweder ich töte Meister Beausire, oder er tötet mich.«

»Weiß Gott, das ist wahr. Das gäbe einen schönen Skandal im Haus.«

»Wir wollen es vermeiden. Ich bleibe.«

»Um Himmels willen, gehen Sie! Sie können einen Stock höher hinaufsteigen, bis er zurück ist. Er glaubt, Sie hier zu finden, und wird Sie nicht auf der Treppe suchen. Sobald er wieder die Wohnung betreten hat, schließe ich die Tür ab. Dann ist er mein Gefangener. Sie können sich fortmachen, während ich mich mit ihm prügle, um ihn zu beschäftigen.«

»Sie sind ein reizendes Mädchen. Auf Wiedersehen!«

»Auf Wiedersehen! Und wann?«

»Heute nacht, wenn es Ihnen recht ist.«

»Heute nacht? Sind Sie verrückt?«

»Heute ist doch Opernball. Hier sind zehn Louis für die Kostüme!«

»Adieu also, und danke schön!«

Damit drängte sie ihn zur Tür hinaus.

Der Unbekannte stieg in den Oberstock hinauf. Die Treppe war dunkel.

»Hierher, Tollkopf!« rief Oliva Beausire zu, der erst zurückkehrte, nachdem er ernsthafte Betrachtungen über die moralische und physische Überlegenheit dieses Eindringlings angestellt hatte, der sich unverschämt in der Wohnung fremder Leute einnistete. Oliva drängte ihn in das Vorzimmer und schloß die Tür hinter ihm doppelt ab.

Während der Unbekannte sich zurückzog, konnte er den Beginn der Prügelei, Klatschen von Hieben, Schreie und Flüche hören. Beausires und Olivas Stimmen überschrien einander.

»Wer hätte nur gedacht«, murmelte der Unbekannte, »daß diese Frau, die eben noch so ängstlich vor ihrem Liebhaber zitterte, sich jetzt so handfest zu wehren vermag? Es geht heiß zu, der Höhepunkt kann nicht mehr fern sein.«

Dann bog er in die kleine Rue d'Anjou-Dauphine ein, in der sein Wagen wartete.

Sechzehntes Kapitel
Das kleine Haus

Wir haben Madame de La Motte an der Tür des Mesmerschen Hauses verlassen, wie sie dem rasch verschwindenden Wagen der Königin nachblickte.

Nachdem er außer Sicht gekommen war, trat Jeanne zu ihrer Droschke, stieg ein und ließ sich nach Hause fahren, um einen Domino und eine andere Maske zu nehmen.

Madame de La Motte hatte sich vorgenommen, als die starke Frau, die sie war, so recht den Mann zu spielen und heute nacht alle Freuden des Unvorhergesehenen auszukosten.

Aber schon beim ersten Schritt stieß sie auf Schwierigkeiten. Ein Lakai erwartete sie bei den Pforten ihres Hauses. Er brachte ein Billett Seiner Eminenz, das folgendermaßen lautete:

»Frau Gräfin, Sie haben wohl nicht vergessen, daß wir noch Geschäfte zu ordnen haben. Ich vergesse nie, wenn mein Kontrahent mir gefallen hat.

Ich habe die Ehre, Sie dort zu erwarten, wohin Sie der Überbringer dieses Schreibens führen wird.«

Dieses Schreiben trug das Siegel des Kardinals.

Madame de La Motte, zunächst ärgerlich über dieses Hindernis, überlegte einen Augenblick und kam mit der Raschheit, die sie charakterisierte, zu einem Entschluß.

»Setzen Sie sich neben meinen Kutscher«, befahl sie, »und geben Sie ihm die Adresse!«

Zehn Minuten später fuhr Jeanne im Faubourg Saint-Antoine vor einem jener hübschen unter Ludwig XV. erbauten Häuser vor, die den Geschmack des sechzehnten mit dem unvergleichlichen Komfort des achtzehnten Jahrhunderts verbinden.

»Ach«, murmelte sie, »das wäre also eine *petite maison*; sehr begreiflich von einem vornehmen Herrn, daß er hier empfängt – für eine Valois aber demütigend genug, hier empfangen zu werden; nun immerhin!«

Sie hatte die Schwelle des Hauses kaum überschritten, als sie bereits zu einem Entschluß gelangt war. Man führte sie von Zimmer zu Zimmer oder eigentlich von Überraschung zu Überraschung, bis sie in einen kleinen, überaus geschmackvoll eingerichteten Speisesaal gelangte. Hier erwartete sie der Kardinal. Er blätterte in Broschüren, die jenen Pamphleten verdächtig ähnlich waren, die damals zu Tausenden vom Himmel fielen, wenn der Wind gerade von England oder Holland kam. Als er Jeanne erkannte, erhob er sich.

»Ach, da sind Sie ja, Frau Gräfin, ich danke Ihnen, daß Sie gekommen sind.«

Er trat näher, um ihre Hand zu küssen.

Mit einer verächtlichen Miene wich die Gräfin zurück.

»Aber was haben Sie denn, Madame?« fragte der Kardinal.

»Sie sind wohl eine solche Miene nicht von den Frauen gewöhnt, Monseigneur, denen Sie die Ehre erweisen, sie hierher zu bestellen? Dies hier ist wohl Ihr kleines Haus, von dem Sie sprachen. Nicht wahr?«

»Madame …«

»Ich hoffte, Monseigneur, daß Eure Eminenz geruhen würden, sich zu erinnern, welchen Blutes ich bin. Monseigneur hätten nicht vergessen sollen, daß Gott mich zwar arm werden ließ, mir aber den Stolz meines Standes beließ.«

»Komtesse, ich habe Sie für eine Frau von Geist gehalten.«

»Es scheint, Monseigneur, daß Sie unter einer Frau von Geist eine gleichgültige Person verstehen, die über alles, selbst über ihre eigene Schande, lacht. Nun, Eminenz, verzeihen Sie, ich gebe solchen Frauen einen andern Namen.«

»Sie täuschen sich, Komtesse. Eine Frau von Geist nenne ich jede Frau, die hört, wenn man zu ihr spricht und nicht spricht, bevor sie gehört hat.«

»Gut, ich höre.«

»Ich habe mit Ihnen über ernste Dinge zu sprechen.«

»Und zu diesem Zweck haben Sie mich in diesen Speisesaal bestellt.«

»Ganz richtig.«

»Ich habe keinen Hunger.«

»Wie, Sie wollen nicht mein Gast sein? Hören Sie, Gräfin, wenn Sie weniger ärgerlich wären, würde ich Ihnen sagen, daß Sie tun können, was Sie wollen, denn Sie hören doch nicht auf, reizend zu sein; so aber halte ich mich zurück, denn bei jedem Kompliment muß ich befürchten, den Abschied zu bekommen. Schon neulich haben Sie mich mit großem Unbehagen empfangen; Sie fanden, daß Sie wenigstens für eine Person Ihres Ranges und Namens recht übel wohnen. Diese Verstimmung nötigte mich, meinen Besuch abzukürzen, und die Folge davon wieder war, daß Sie verstimmt wurden. Ich dachte daher, daß ich, indem ich Sie in Ihr angemessenes Milieu zurückversetzte, dem Vogel wieder Luft geben würde.«

»Und was weiter?« fragte die Gräfin, die zu verstehen begann.

»Nun, schöne Gräfin, damit Sie mich ruhig empfangen und damit ich Sie besuchen kann, ohne Sie zu kompromittieren ...«

Der Kardinal sah die Gräfin fest an.

»Nun?«

»Nun, ich hoffte, Sie würden so gütig sein, dieses bescheidene Haus von mir anzunehmen.«

»Anzunehmen? Sie wollen mir dieses Haus schenken, Monseigneur?«

»Es ist gewiß ein kleines Geschenk, ein allzu bescheidenes, aber wenn ich Ihnen mehr geboten hätte, mußte ich doch befürchten, Sie würden ablehnen.«

»Aber das ist ja unmöglich, daß ich ein solches Geschenk annehme.«

»Gebrauchen Sie dieses Wort nicht, Gräfin! Ich will nicht glauben, daß für Sie etwas unmöglich ist. Madame, dieses Haus gehört Ihnen, Sie finden die Schlüssel auf diesem Tablett. Sehen Sie darin eine Demütigung?«

»Nein, aber ...«

»Wie, Madame, Sie schreiben an Minister, um eine Pension zu erbitten, Sie empfangen aus den Händen unbekannter Damen hundert Louis ...«

»Das ist doch etwas ganz anderes, Monseigneur. Wer nimmt ...«

»Wer nimmt, verpflichtet sich. Gewiß, Gräfin. Darum habe ich Sie im Speisezimmer erwartet. Ich habe weder das Boudoir noch die Salons gesehen; ich setze nur voraus, daß alle diese Räume vorhanden sind.«

»Verzeihen Sie, Monseigneur. Sie zwingen mich zu dem Geständnis, daß es keinen feinsinnigeren Mann gibt als Sie.«

Jetzt errötete die Gräfin, die sich so lange beherrscht hatte, bei dem Gedanken, sagen zu können: mein Haus.

Sofort aber bemerkte sie, daß sie sich zu weit hatte fortreißen lassen, und sagte:

»Monseigneur, ich bitte um ein Souper.«

Der Kardinal zog für die Gräfin einen Stuhl heran und trat seinen Dienst als Haushofmeister an. Im nächsten Augenblick war das Souper serviert. Während die Lakaien das Vorzimmer durchschritten, hatte Jeanne ihre Maske wieder vorgenommen.

»Eigentlich müßte ich mich maskieren«, sagte der Kardinal, »denn Sie sind ja hier zu Hause.«

Jeanne lachte, behielt aber die Maske vor. Obwohl sie vor

Freude und Überraschung fast von Sinnen war, tat sie dem Souper alle Ehre an.

»Nun«, sagte der Kardinal, indem er der Gräfin ein Glas Wein in einen Kristallbecher goß, »da wir ja unsern Vertrag abgeschlossen haben, dürfen Sie mir auch nicht mehr schmollen, Gräfin!«

»Wie sollte ich Ihnen schmollen!«

»Sie werden mich auch ohne allzu großen Widerstand zuweilen hier empfangen?«

»Ich werde nie so undankbar sein, zu vergessen, daß Sie hier zu Hause sind, Monseigneur.«

»Hüten Sie sich, mich zu beleidigen!«

»Was hätte ich zu befürchten?«

»Ich würde vor der Versöhnung härtere Bedingungen stellen.«

»Jetzt kann ich Ihnen nur sagen: Hüten Sie sich!«

»Wovor?«

»Ich bin hier zu Hause, und wenn ich Ihre Bedingungen unvernünftig finde, rufe ich einfach meine Leute!«

Der Kardinal begann zu lachen.

»Sie lachen! Das heißt, Sie wissen, daß die Leute, wenn ich sie rufen wollte, nicht kämen!«

»Doch! Der Teufel soll mich holen!«

»Pfui, Sie fluchen, Monseigneur.«

»Hier bin ich nicht Kardinal, Gräfin; hier bin ich bei Ihnen, das heißt im Glück. Übrigens, wie weit werden meine Vollmachten gehen, Gräfin? Was werden Sie mir gestatten?«

»Alles, was sich mit dem guten Geschmack und mit meinen Pflichten vereinbaren läßt.«

»Oh, Sie begeben sich da auf ein recht unsicheres Terrain.«

»Und Sie hatten unrecht, mich zu unterbrechen, Monseigneur, denn ich wollte noch eine dritte Einschränkung hinzufügen.«

»Großer Gott, was denn noch?«

»Meine Launen.«

»Dann bin ich verloren!«

»Sie weichen zurück?«

Der Kardinal unterlag in diesem Augenblick vollends dem Charme der Zauberin.

»Nein, ich werde nicht zurückweichen. Nichts soll mich schrecken.«

»Können Sie das beweisen?«

»Verlangen Sie den Preis.«

»Gut, ich will heute abend auf den Opernball gehen.«

»Das ist Ihre Sache, Gräfin, Sie sind frei, niemand könnte Sie daran hindern.«

»Einen Augenblick! Sie kennen meinen Wunsch erst zur Hälfte. Sie sollen mitkommen.«

»Ich in die Oper? Gräfin!«

»Also so suchen Sie mir zu gefallen?«

»Ein Kardinal geht nicht auf den Opernball; ebensogut könnte ich Ihnen vorschlagen, in eine gemeine Kaschemme zu gehen.«

»Ein Kardinal tanzt auch nicht?«

»Nein.«

»Ich habe aber gelesen, daß Kardinal de Richelieu eine Sarabande getanzt hat.«

»Vor Königin Anna, allerdings.«

»Ja, vor einer Königin. Für eine Königin würden Sie es wohl auch tun?«

Der Prinz errötete.

Ob nun das boshafte Geschöpf sich seiner Verlegenheit erbarmte oder diese peinliche Szene nicht allzulange ausdehnen wollte, jedenfalls beeilte es sich hinzuzufügen:

»Wie soll ich mich verletzt fühlen, da Sie doch so überschwengliche Dinge sagen, mich aber gleich darauf fühlen lassen, um wieviel Sie mich geringer einschätzen als eine Königin, und dabei handelt es sich doch nur darum, in einen Domino zu schlüpfen und eine Maske vorzunehmen.«

Glücklich, so billig wegzukommen, nahm der Kardinal die Hand der Gräfin und drückte sie innig.

»Für Sie«, versicherte er, »würde ich auch das Unmögliche tun.«

»Danke, Monseigneur, ein Mann, der eines solchen Opfers für mich fähig ist, muß ein kostbarer Freund sein. Ich entbinde Sie von Ihrer grausamen Pflicht, nachdem Sie sich bereit erklärt haben, sie anzunehmen.«

»Nein, seinen Lohn kann nur fordern, wer die Aufgabe erfüllt hat. Ich folge Ihnen, Gräfin, aber im Domino.«

»Dann wollen wir in die Rue Saint-Denis fahren, ich werde maskiert in einen Laden treten und Domino und Maske kaufen; Sie können sich im Wagen umziehen.«

Vor dem Haustor wartete eine Equipage ohne Wappen, die alsbald in scharfem Trab den Weg zu den Boulevards einschlug.

Siebzehntes Kapitel
Der Opernball

Der Ball hatte bereits seinen Höhepunkt erreicht, als Kardinal Louis de Rohan und Madame de La Motte sich verstohlen in der Menge der Masken verloren.

Inzwischen hatten sich zwei Dominos, ein schwarzer und ein weißer, emsig bemüht, im Gedränge nicht voneinander getrennt zu werden, einen Weg durch die wogenden Massen gebahnt. Plötzlich näherte sich ein blauer, ziemlich dicker Domino, flüsterte dem schwarzen einige Worte zu und nahm, nachdem dieser sich zurückgezogen hatte, den Arm seiner Begleiterin.

»So«, sagte sie, »jetzt wären wir allein. Ich ließ Sie nach Belieben den armen Beausire quälen, aber ich muß Ihnen aufrichtig sagen, daß Sie es mit mir, die ich Sie kenne, schwerer haben werden. Finden Sie mir etwas Hübsches, um mich zu unterhalten, widrigenfalls ...«

»Ich kenne nichts Hübscheres, liebe Nicole, als Ihre eigene

Geschichte«, flüsterte der blaue Domino und drückte vertraulich ihren Arm; bei dem Namen Nicole hatte sie leise aufgeschrien. Gleich darauf aber erholte sie sich.

»Was nennen Sie da für einen Namen? Nicole? Soll ich das sein? Wenn Sie mich meinen, kann ich Ihnen nur sagen, daß Sie den Hafen nur verlassen haben, um zu scheitern, denn ich heiße nicht Nicole.«

»Jetzt nicht, ich weiß; jetzt heißen Sie Oliva. Nicole roch zu sehr nach Provinz. Es sind zwei Frauen in Ihnen, das weiß ich wohl: Oliva und Nicole. Haben Sie denn die Zeit vergessen, da Sie auf jenen Namen hörten? Ich glaube kaum. Der Name, liebes Kind, den man als junges Mädchen geführt hat, bleibt innerlich immer der richtige. Mag man auch einen anderen angenommen haben, um den ersteren vergessen zu machen. Arme Oliva! Glückliche Nicole!«

Eine Woge von Masken brandete in diesem Augenblick gegen die Flaneure, und Oliva war wider Willen genötigt, sich an ihren Gefährten zu schmiegen.

»Sehen Sie doch diese bunte Menge«, sagte er. »Alle diese Leute, die sich im Schutz ihrer Masken aneinanderpressen, um die Worte der Liebe oder Galanterie zu verschlingen, die sie miteinander austauschen, alle diese Leute haben vielleicht ebensoviel Namen wie Sie, und manche sind darunter, die sehr verwundert wären, wenn ich ihnen ihre Namen nennen wollte, die sie bereits vergessen glaubten.«

»Sie haben gesagt: ›Arme Oliva!‹«

»Ja.«

»Sie glauben also, daß ich nicht glücklich bin?«

»Es wäre schwer für eine Frau wie Sie, mit einem Mann wie Beausire glücklich zu sein.«

Oliva stieß einen Seufzer aus.

»Ich bin es auch nicht.«

»Dann geben Sie ihm doch den Laufpaß!«

»Ich würde ihn vermissen.«

»Wie könnten Sie einen Säufer, einen Spieler, einen Mann, der sie schlägt, einen Schuft, der eines Tages auf dem Grèveplatz gerädert werden wird, vermissen?«

»Sie werden vielleicht nicht begreifen, was ich Ihnen sage. Ich würde den Lärm vermissen, den er macht.«

»Das hätte ich erraten sollen, so geht's, wenn man seine Jugend mit schweigsamen Leuten verbracht hat.«

»So kennen Sie meine Jugend?«

»Genau.«

»Oh, mein Herr«, sagte Oliva lachend und schüttelte den Kopf.

»Sie zweifeln?«

»Ich zweifle nicht, ich bin meiner Sache sicher.«

»Gut, dann wollen wir von Ihrer Jugend plaudern, Fräulein Nicole.«

»Tun Sie es, aber ich sage Ihnen im voraus, daß ich nicht antworten werde.«

»Das ist auch nicht nötig. Ich will übrigens nicht mit ihrer Kindheit anfangen, mit einer Zeit, die im Leben nicht zählt, sondern beginnen mit der Reife, mit dem Augenblick, in dem Sie bemerkten, daß Gott Ihnen ein Herz gegeben hat, um zu lieben.«

»Wen zu lieben?«

»Gilbert.«

Bei diesem Wort schauderte die junge Frau; der blaue Domino fühlte das Zittern ihres Arms.

»Mein Gott!« rief sie, »woher wissen Sie das?«

Mit unaussprechlicher Angst suchte sie die Maske des blauen Dominos zu durchdringen.

»Ach, mein Herr«, fuhr sie fort, »Sie haben da einen Namen ausgesprochen, der für mich überreich ist an Erinnerungen. Kannten Sie Gilbert? Er war schön, oder nein, ich fand ihn schön. Auch war er sehr geistvoll. Er war meinesgleichen von Geburt. Nein, diesmal täusche ich mich. Nein, solange Gilbert es will, wird keine Frau seinesgleichen sein.«

»Auch Mademoiselle de Ta ...?«

»Oh, ich weiß, was Sie sagen wollen. Sie sind gut informiert, mein Herr, ich sehe es wohl; seine Liebe strebte hoch hinaus über die arme Nicole.«

»Ich sage nichts weiter.«

»Sie wissen furchtbare Geheimnisse! Indessen... was ist aus ihm geworden?«

»Ich dachte, Sie wüßten es besser als sonst jemand.«

»Wieso ich, großer Gott!«

»Weil Sie ihm, wie er Ihnen von Taverney nach Paris gefolgt ist, von Paris nach Trianon gefolgt sind.«

»Das ist wahr, aber seither sind fast zehn Jahre verstrichen. Aber davon spreche ich nicht. Ich spreche von den zehn Jahren, die verstrichen sind, seit ich geflohen bin und er verschwunden ist. In zehn Jahren kann so viel geschehen!«

Der blaue Domino schwieg.

»Ich bitte Sie«, fuhr Nicole fast flehentlich fort. »Sagen Sie mir, was mit Gilbert geschehen ist. Sie schweigen, Sie wenden den Kopf ab. Ist diese Erinnerung so traurig?«

In der Tat hatte der blaue Domino den Kopf zwar nicht abgewandt, aber geneigt, als ob die Schwere der Erinnerungen auf ihm laste.

»Als Gilbert Mademoiselle de Taverney liebte ...«, begann sie.

»Sprechen Sie die Namen leiser«, flüsterte der blaue Domino.

»Er war so verliebt«, fuhr Oliva mit einem Aufseufzen fort, »daß jeder Baum von Trianon Zeuge dieser Liebe war.«

»Nun, und Sie lieben ihn nicht mehr?«

»Mehr als je; diese Liebe hat mich zugrunde gerichtet. Ich bin schön, stolz, und wenn ich will, sogar trotzig. Lieber würde ich meinen Kopf auf den Block legen als zugeben, daß ich ihn gebeugt habe.«

»Ja«, bemerkte der blaue Domino, und das Zittern der Maske verriet, daß er lächelte, »von Ihnen, von Gilbert und einer dritten Person, armes Kind, weiß ich alles, was Sie selbst wissen mögen.«

»Dann sagen Sie mir, warum Gilbert aus Trianon geflohen ist; wenn Sie mir das sagen ...«

»Dann werden Sie überzeugt sein? Nun, ich will es Ihnen nicht sagen, und Sie sollen noch besser überzeugt werden. Wenn Sie mich fragen, warum Gilbert Trianon verlassen hat, so wollen Sie nicht aus meiner Antwort erkennen, ob ich eine Ihnen bekannte Wahrheit weiß, sondern wollen etwas erfahren, was Sie selbst nicht wissen.«

»Das ist allerdings wahr.«

Plötzlich begann sie heftig zu zittern und griff nach seiner Hand.

»Großer Gott, sagen Sie mir aufrichtig, was aus Gilbert geworden ist!«

»Haben Sie nie sagen hören, daß er tot ist?«

»Doch, aber ...«

»Nun, er ist tot.«

Nicole zweifelte offenbar. »Nehmen Sie Ihre Maske ab.«

»Hier? Das ist unmöglich.«

»Oh, nicht die Furcht, von andern gesehen zu werden, hindert Sie! Dort im Schatten jener Galerie, hinter der Säule, werde nur ich Sie sehen. Sie kommen nicht mit, weil Sie Angst haben, daß ich Sie erkenne. Daß ich rufe: Sie sind es, Sie sind Gilbert!«

»Närrin!«

»Gut, dann nehmen Sie die Maske ab!«

»Unter einer Bedingung.«

»Sie ist im voraus bewilligt.«

»Wenn ich es verlange, werden auch Sie die Maske abnehmen.«

»Wenn ich es nicht tue, können Sie sie mir vom Gesicht fortreißen.«

Der blaue Domino ließ sich nicht länger bitten. Er trat hinter die Säule, die Oliva ihm bezeichnet hatte, nahm seine Maske ab und näherte sich Oliva.

»Ach«, seufzte sie, aufstampfend, »das ist nicht Gilbert.«

»Ich habe Ihnen doch gesagt, liebes Kind, daß Gilbert tot ist, und vielleicht ist es besser so.«

»Warum sollte es besser sein?«

»Weil Sie heute, meine liebe Oliva – Sie sehen, ich nenne Sie schon nicht mehr Nicole –, weil Sie heute Aussichten auf eine glänzende Zukunft haben.«

»Gauben Sie?« – »Ja, wenn Sie entschlossen sind, alles zu tun, um zu diesem Ziel zu gelangen.«

»Seien Sie unbesorgt.«

»Gut, aber sagen Sie mir, warum Sie mit Beausire geflohen sind!«

»Weil ich Trianon verlassen wollte und nicht allein fliehen konnte. Es war mir unmöglich, für Gilbert ein verächtlicher Rest, ein kläglicher Abklang einer besseren Sache zu sein.«

»Zehn Jahre der Treue aus purem Stolz!« rief der blaue Domino, »Sie haben diese Eitelkeit teuer bezahlt.«

Oliva lachte.

»Oh, ich weiß, warum Sie lachen!« rief der Unbekannte aus. »Sie lachen über den Mann, der vorgibt, alles zu wissen, und Sie verdächtigt, zehn Jahre lang treu gewesen zu sein. Sie sind überzeugt, sich keiner solchen Lächerlichkeit schuldig gemacht zu haben. Mein Gott, wenn von einer materiellen Treue die Rede ist, dann weiß ich wohl, was ich davon zu halten habe. Ich weiß, daß Sie mit Beausire in Portugal waren, daß Sie dort zwei Jahre blieben, daß Sie dann ohne Beausire mit einem Fregattenkapitän nach Indien gingen, der Sie in seiner Kajüte verbarg und später in Tschandernagor auf dem Festland verließ, als er nach Europa zurück sollte. Ich weiß, daß Sie zwei Millionen Rupien im Haus eines Nabobs verpraßten, der Sie hinter drei Gittern einschloß. Ich weiß auch, daß Sie endlich flohen, indem Sie über diese Gitter auf die Schulter eines Sklaven sprangen. Sie waren damals reich, denn Sie haben zwei Perlenbracelets, zwei Diamanten und drei große Rubine mitgenommen. In Brest hatten Sie das Unglück, Beausire in den Weg zu laufen, der beinahe ohnmächtig wurde, als er sie wiedersah, sonnenverbrannt und abgemagert, wie Sie nach Frankreich zurückkamen, arme Verbannte.«

»Wer sind Sie nur, großer Gott! Woher wissen Sie alle diese Dinge?«

»Ich weiß, daß Beausire Sie an sich riß, Ihnen bewies, daß er Sie liebte, Ihre Edelsteine verkaufte und Sie dem Elend überantwortete. Sie liebten ihn oder behaupteten es wenigstens, und da die Liebe die Quelle alles Wohles ist, müssen Sie die Glücklichste aller Frauen sein!«

Oliva senkte den Kopf, stützte die Stirn in ihre Hand, zwischen ihren Fingern liefen zwei Tränen herab, flüssige Perlen, die kostbarer waren als jene indischen und die doch niemand Beausire abgekauft hätte.

»Und diese stolze, glückliche Frau«, sagte sie, »haben Sie heute abend für fünfzig Louis gekauft.«

»Oh, das ist allzuwenig, Madame, ich weiß es wohl«, antwortete der Unbekannte.

»Im Gegenteil, es ist zuviel, mein Herr; ich war verwundert, das gestehe ich Ihnen offen, daß Sie mich so hoch veranschlagten.«

»Nun, ich werde Ihnen ja beweisen, daß Sie mehr wert sind. Antworten Sie nicht, denn Sie verstehen mich nicht. Übrigens«, fuhr er fort und neigte sich an ihr Ohr. »Übrigens brauche ich in diesem Augenblick meine ganze Aufmerksamkeit.«

»Soll ich schweigen?«

»Im Gegenteil, sprechen Sie! Reden Sie, was Sie wollen, sagen Sie mir die belanglosesten Sachen. Man muß nur merken, daß wir beschäftigt sind.«

»Gern; Sie sind ein seltsamer Mensch.«

»Reichen Sie mir Ihren Arm und gehen wir.«

Erst nach einer Minute wagte Oliva eine Frage.

»Sprechen Sie nur«, sagte der Unbekannte, »aber zwingen Sie mich nicht, Ihnen zu antworten. Verstellen Sie Ihre Stimme, halten Sie den Kopf hoch und streichen Sie mit dem Fächer Ihren Hals.«

Sie gehorchte. In diesem Augenblick kamen die beiden Flaneure an einer Gruppe vorbei, in deren Mitte ein Mann von eleganter Haltung und geschmeidiger Figur zu drei Leuten sprach, die ehrfurchtsvoll zuzuhören schienen.

»Wer ist dieser junge Mann?« fragte Oliva. »Der reizende perlgraue Domino.«

»Der Graf d'Artois«, antwortete der Unbekannte, »aber sprechen Sie nicht weiter, um Gottes willen!«

Achtzehntes Kapitel
Der Opernball (Fortsetzung)

In dem Augenblick, in dem Oliva, erstaunt über den großen Namen, den der blaue Domino ausgesprochen hatte, zur Seite trat, um besser zu sehen, flüchteten zwei andere Dominos an einen entlegenen Platz des Ballsaales.

»Lehnen Sie sich an diesen Pfeiler, Gräfin!« flüsterte eine Stimme, die auf den blauen Domino sichtlich großen Eindruck machte.

Ein orangefarbener Domino, dessen entschlossene und abgezirkelte Gangart eher den dienstbaren Mann als den Höfling erraten ließ, durchbrach die Menge und flüsterte dem blauen Domino zu: »Er ist es.«

»Gut.« Mit einer Geste verabschiedete er den Gelben.

»Hören Sie«, flüsterte er Oliva zu, »wir wollen uns jetzt ein wenig belustigen.«

»Gern, denn Sie haben mich zweimal traurig gestimmt, einmal, indem Sie mir Beausire nahmen, der mich immer lachen macht, und ein zweites Mal, indem Sie mir von Gilbert sprachen, um den ich immer weine.«

»Ich werde Ihnen Gilbert und Beausire zugleich sein. Ich verlange nicht, daß Sie mich lieben, verstehen Sie mich wohl, ich verlange nur, daß Sie dieses Leben annehmen, das ich Ihnen zuweise, allen Ihren Launen folgen und nur zuweilen sich den meinen fügen. Jetzt, zum Beispiel, habe ich eine.«

»Und welche?«

»Der schwarze Domino da ist einer von meinen Freunden, ein Deutscher. Der Schuft hat sich geweigert, auf den Ball zu kommen, unter dem Vorwand, er leide an Migräne.«

»Sie haben doch gewiß auch gesagt, daß Sie nicht kommen würden.«

»Natürlich.«

»Hat er eine Frau bei sich?«

»Ja, eine Frau, die ich nicht kenne. Wir wollen uns an die beiden heranmachen. Wir wollen so tun, als ob Sie eine Deutsche wären; Sie dürfen nicht den Mund auftun, denn man würde Ihren Pariser Akzent erkennen.«

»Ausgezeichnet. Werden Sie ihm gehörig zusetzen?«

»Allerdings. Dafür bürge ich Ihnen. Deuten Sie bitte mit dem Fächer auf ihn! Flüstern Sie mir etwas zu.«

Oliva gehorchte und stellte sich dabei so geschickt an, daß ihr Begleiter entzückt war. Der schwarze Domino stand so, daß er dem Saal den Rücken zuwandte. Er plauderte mit seiner Dame. Sie bemerkte Olivas Geste.

»Monseigneur«, flüsterte sie, »die beiden Masken dort beschäftigen sich mit uns.«

»Fürchten Sie nichts, Komtesse, es ist unmöglich, daß man uns erkennt. Wir sind auf dem Weg der Verderbnis, niemand soll uns hemmen. Erlauben Sie mir, Ihnen zu sagen ...«

»Still, Sie stürzen sich ins Unglück, und, was schlimmer ist, unsere Spione werden es hören.«

»Unsere Spione?«

»Ja, jetzt kommen sie näher.«

»Sprechen Sie mit verstellter Stimme, Gräfin, wenn man Sie zu sprechen nötigt!«

»Ich empfehle Ihnen dasselbe, Monseigneur.«

In der Tat trat der blaue Domino auf den Kardinal zu.

»Maske«, redete er ihn an.

Dann wandte er sich zu Oliva, die nickte.

»Was willst du?« fragte der Kardinal mit verstellter Stimme.

»Diese Dame in meiner Begleitung bittet mich, einige Fragen an dich zu richten.«

»Mach rasch!«

Wieder flüsterte er Oliva etwas zu. Dann richtete er an den Kardinal in unverfälschtem Deutsch folgende Frage:

»Monseigneur, sind Sie verliebt in die Frau, die Sie begleitet?«

Der Kardinal fuhr zusammen.

»Sie täuschen sich, ich bin nicht der Mann, für den Sie mich halten.«

»Doch, Herr Kardinal! Leugnen Sie nicht, es wäre unnütz, denn selbst wenn ich Sie nicht erkennen würde, müßte ich doch der Dame folgen, deren Kavalier ich bin und die mich beauftragt, Ihnen zu sagen, daß sie Sie erkennt.«

»Und wer ist diese Dame?«

»Ich dachte, Monseigneur, Sie hätten sie bereits erkannt. Allerdings, die Eifersucht ...«

»Was gibt's denn?« fragte Madame de La Motte, die nicht Deutsch verstand und der dieses Gespräch unangenehm war.

»Nichts, Madame.«

Ungeduldig stampfte sie mit dem Fuß auf.

»Ein Wort von Ihnen, Madame«, wandte sich der Kardinal an Oliva »und ich werde Sie erkennen.«

Da Herr de Rohan Deutsch gesprochen hatte, verstand Oliva nichts und schwieg.

Dieses geheimnisvolle Verhalten reizte die Neugierde des Kardinals.

»Ein einziges deutsches Wort nur, das kann Madame doch nicht kompromittieren!«

Der blaue Domino tat, als ob er Olivas Befehle entgegengenommen hätte, und erklärte:

»Herr Kardinal, gestatten Sie, daß ich Ihnen Madames Worte übermittle: ›Der Mann, dessen Geist nicht beständig wacht und dessen Phantasie nicht immer die Gegenwart des Geliebten ersetzt, liebt nicht; er täte unrecht, es zu behaupten.‹«

Der Sinn dieser Worte verblüffte den Kardinal. Seine ganze

Haltung verriet höchstes Staunen, Respekt und Entzücken. Dann ließ er die Arme sinken.

»Es ist nicht möglich«, murmelte er französisch.

»Monseigneur«, bemerkte Madame de La Motte, »ich glaube wahrhaftig, Sie lassen mich hier eine traurige Rolle spielen.«

Er schien es kaum zu bemerken.

»Madame«, wandte er sich wieder an die deutsche Dame, »die Worte, die Ihr Begleiter mir in Ihrem Namen sagt, geben den Sinn eines deutschen Gedichts wieder, das ich einst in einem Haus las, welches auch Ihnen nicht unbekannt sein dürfte.«

Der Unbekannte drückte Olivas Arm. Sie neigte leicht den Kopf.

»Und dieses Haus heißt Schönbrunn?« fragte er zögernd.

Oliva nickte.

»Sie waren von einer erhabenen Hand mit einem goldenen Stichel auf einen Kirschholztisch geschrieben.«

Der Kardinal zögerte. Endlich schien er einen Entschluß zu fassen. Er taumelte und streckte die Hand aus, um sich zu stützen. Madame de La Motte folgte dieser seltsamen Szene aus einem Abstand von zwei Schritten.

»Und ich kann Ihnen«, fuhr der Kardinal fort, »sagen, wie die Fortsetzung lautete: Wer überall die Geliebte sieht, sie im Duft einer Blume erahnt, unter undurchdringlichen Schleiern errät, vermag zu schweigen, seine Stimme ist in seinem Herzen verschlossen, und zu seinem Glück genügt, daß der andere ihn versteht.«

»Holla, hier wird Deutsch gesprochen!« rief jetzt eine frische Stimme, und eine unbekannte Person trat näher. »Verstehen Sie denn Deutsch, Marschall?«

»Nein, Monseigneur!«

»Ach, Sie sind es, Charny?«

»Allerdings, Hoheit.«

Der Graf d'Artois musterte Oliva und drückte den Arm des Blauen; die vier Masken hatten sich um sie geschart.

In diesem Augenblick gellten schallende Fanfaren auf, eine

Wolke von Staub und Puder erhob sich, und die Masken drohten, den Blauen beiseite zu drängen.

»Nehmen Sie sich in acht, meine Herren!« rief er herrisch.

»Sie sehen doch, Herr«, erwiderte der Prinz, »daß wir nur stoßen, weil man uns stößt.«

»Gehen wir weg von hier, Herr Kardinal«, flüsterte Madame de La Motte.

Plötzlich fühlte Oliva, wie ihre Kapuze von einer unsichtbaren Hand zurückgezogen wurde, und ihre Maske, deren Band man entknotet hatte, glitt ab; eine Sekunde lang konnte man ihre Züge erkennen. Der blaue Domino stieß einen Schrei erheuchelter Unruhe aus, Oliva einen Schrei ehrlichen Schreckens.

Drei oder vier Schreie der Überraschung antworteten. Der Kardinal drohte in Ohnmacht zu fallen. Nur Madame de La Motte hielt ihn aufrecht. Die Strömung der Menge hatte den Grafen d'Artois vom Kardinal und Madame de La Motte getrennt. Blitzschnell hatte der blaue Domino Olivas Kapuze wieder hochgezogen und ihre Maske wieder festgebunden. Jetzt trat er zu dem Kardinal und drückte seine Hand.

»Mein Herr«, sagte er, »es ist ein furchtbares Unglück, das sich nicht wiedergutmachen läßt. Die Ehre dieser Dame ist Ihrem guten Willen anheimgegeben.«

»Mein Herr«, murmelte der Kardinal und verneigte sich. Mit zitternder Hand führte er das Taschentuch an seine schweißbenetzte Stirn.

»Gehen wir«, flüsterte der blaue Domino Oliva zu.

Die beiden verschwanden.

»Sollen wir nicht auch gehen, Gräfin?« wandte sich Rohan mit schwacher Stimme an Jeanne.

»Wie Sie wollen, Monseigneur.«

Mühsam bahnten sie sich einen Weg durch die Menge. Der Kardinal blickte um sich, sah blaue, rote, gelbe, grüne und graue Dominos durcheinanderwirbeln in allen Farben des Prismas, aber sooft er sich einem blauen neugierig näherte, stellte sich heraus, daß er sich versehen hatte.

So erreichte er seinen Wagen.

Er fuhr wohl fünf Minuten, ohne das Wort an Jeanne zu richten. Endlich entriß Madame de La Motte ihn seiner Träumerei.

»Wohin fährt der Wagen?« fragte sie.

»Der Wagen bringt Sie nach Hause.«

Damit nahm der Prinz Jeannes Hand und drückte einen Kuß darauf.

Einen Augenblick später hielt die Equipage vor dem kleinen Haus. Leichtfüßig sprang Jeanne aus dem Wagen. Der Kardinal wollte ihr folgen.

»Bemühen Sie sich nicht, Monseigneur«, flüsterte sie.

»Wie, Gräfin? Ich darf nicht noch einige Stunden mit Ihnen verbringen?«

»Wollen Sie etwa hier schlafen, Monseigneur?«

»Ich hoffe, es gibt bei Ihnen mehrere Schlafzimmer, Gräfin.«

»Für mich, mag sein, aber nicht für Sie. Noch nicht«, fügte sie mit einer herausfordernden Miene hinzu, die ihrer Ablehnung den Wert einer Zusage gab.

»Adieu also, Gräfin.«

»Auf Wiedersehen, Monseigneur!«

Neunzehntes Kapitel
Die Akademie des Herrn de Beausire

Der blaue Domino hatte Beausire, den unsere Leser gewiß erkannt haben, den Rat gegeben, sich zu seiner Akademie zu begeben; er hatte ihm angedeutet, daß ein großes Geschäft – es sollte sich um zwei Millionen handeln – in seiner Abwesenheit abgeschlossen würde.

Allein der Gedanke berührte Olivas würdigen Freund peinlich, daß seine Freunde sich versammelt hatten, ohne ihm von diesen vielversprechenden Plänen Nachricht zu geben. Er wußte, daß Akademiker gemeinhin nicht viel Gewissensbisse haben, und das war für ihn ein Grund mehr, sich zu beeilen. Abwesende haben immer unrecht, ob sie nun aus Zufall oder gar infolge einer Intrige abwesend sind.

Unter den Mitgliedern dieser Akademie genoß Beausire den Ruf eines wilden Mannes. Daran war weder etwas Erstaunliches, noch war es schwer gewesen, zu diesem Ziel zu gelangen. Beausire war Gefreiter gewesen und hatte die Uniform getragen. Er verstand es, auf eine gewisse Art die eine Hand an die Hüfte und die andere an das Stichblatt seines Degens zu legen. Auch hatte er die Gewohnheit, bei dem geringsten Wort, das ihn verletzte, den Hut in die Stirn zu rücken – eine Geste, die bei Leuten von geringer Tapferkeit Eindruck zu machen pflegt, zumal wenn sie Grund haben, den Lärm eines Duells oder die Neugierde der Justiz zu meiden.

Beausire gedachte daher, sich für die Verachtung, die man ihm bewiesen hatte, zu rächen und seine Freunde in der Spielhölle in der Rue du Pot de fer ein wenig einzuschüchtern. Es ist ziemlich weit von der Porte Saint-Martin bis zur Kirche Saint-Sulpice, aber Beausire war reich, denn er hatte sich an Olivas unerwarteten Einnahmen beteiligt. Darum nahm er eine Droschke und versprach dem Kutscher fünfzig Sous.

Die Pferde erwiesen sich als tüchtig. Schon unterwegs setzte Beausire ein wütendes Gesicht auf, und da er weder einen Hut noch einen Degen bei sich hatte, also das Requisit seiner Drohungen entbehren mußte, nahm er eine Miene an, die verspätete Heimkehrer in Angst versetzen konnte.

Sein Eintritt in den Spielsaal erregte Aufsehen. Schon im ersten Salon, einem hübschen, grau tapezierten Raum mit einem Kronleuchter und vielen Spieltischen, saßen etwa zwanzig Spieler, tranken Bier und Sirup und lächelten sieben oder acht furchtbar geschminkten Frauenzimmern zu, die ihrerseits die Karten nicht aus den Augen ließen. Die Einsätze waren dürftig, die Stimmung demgemäß nicht sehr lebhaft.

Einer der Spieler, der wie ein Winkelmakler aussah, sprach Beausire zuerst an.

»Chevalier! Sie kommen ja recht verstimmt vom Ball.«

»Wirklich, es sieht so aus«, bestätigten die Damen.

»Der Herr Chevalier de Beausire«, fuhr der erstere fort, »ist uns untreu geworden. Er war auf dem Opernball und hat in der Nähe der Oper einen verlockenden Einsatz gefunden. Offenbar hat er verloren.«

Die Gesellschaft lachte und äußerte Mitleid.

»Es ist nicht wahr, daß ich meinen Freunden untreu bin«, sagte Beausire. »Ich bin jeglicher Untreue unfähig. Gewisse Leute meiner Bekanntschaft allerdings wissen nicht, was sie ihren Freunden schulden.«

Um dieser Bemerkung Gewicht zu verleihen, nahm er Zuflucht zu seiner gewöhnlichen Geste und wollte den Hut in die Stirn rücken. Unglücklicherweise gelang es ihm nur, seine Dominozipfelmütze einzudrücken, und die beabsichtigte Wirkung verkehrte sich in ihr Gegenteil. Man lachte.

»Aber was wollen Sie nur, lieber Chevalier«, fragten zwei oder drei von den Mitgliedern der Akademie.

»Ich weiß, was ich sagen will.«

Ein ziemlich verständnisloser Blick traf Beausire. Er begriff, daß er danebengehauen hatte. Allerdings fällt es den falschen Helden schwerer als den echten, rechtzeitig einzuhalten.

»Ich dachte, ich hätte hier Freunde«, sagte er.

»Aber gewiß doch!« – »Nein, ich habe mich getäuscht.«

»Wieso?«

»Hier geschieht viel ohne mich. Ich weiß das, und die falschen Freunde werden bestraft werden.«

Er wollte nach dem Degen greifen, fand aber nur seine Hosentasche, in der Olivas Louis klapperten.

»Holla«, rief der Bankhalter, »spielen Sie doch!«

»Setz doch einen Louis!« schlug eine Dame vor und streichelte Beausires Schulter.

»Ich spiele nur um Millionen!« schrie Beausire erbittert, »um

Millionen handelt es sich, ihr Herren, und da mutet ihr mir zu, mich mit gemeinen Louisdors zu plagen.«

Beausire schien von der Vorstellung gewaltiger Summen hypnotisiert. Eine Trunkenheit, schlimmer als jene, die der Wein hervorbringt, hatte ihn ergriffen.

Plötzlich erhielt er von hinten einen Tritt gegen das Schienbein. Er wandte sich um und blickte in ein olivenfarbenes, verzerrtes und pockennarbiges Gesicht und zwei glühende Augen. Die seltsame Erscheinung, die Beausire gegenüberstand, beantwortete seine zornige Gebärde mit einer zeremoniösen Verneigung und einem langen Blick.

»Der Portugiese«, murmelte Beausire, verblüfft über diesen Gruß, der so seltsam auf eine rohe Herausforderung folgte.

Die Damen wandten sich sofort von Beausire ab und umschwärmten den Fremden. In der Tat war der Portugiese der Liebling dieser Frauen, denen er unter dem Vorwand, daß er nicht Französisch spreche, Süßigkeiten schenkte, die er zuweilen in Fünfzig-Franc-Scheine wickelte.

Beausire wußte, daß dieser Portugiese ein Mitglied der Akademie war. Er verlor immer an die Stammgäste des Spielsaals und setzte seinen Verlust im voraus auf etwa hundert Louis wöchentlich fest. So war er der Lockvogel der Gesellschaft. Er ließ sich rupfen, während die anderen Mitglieder die zufälligen Gäste plünderten.

Wortlos setzte sich Beausire. Der Portugiese nahm am Spieltisch Platz, legte zwanzig Louis auf und verlor sie binnen einer Viertelstunde an sechs gierige Spieler. Es schlug drei Uhr morgens. Beausire hatte ein Glas Bier bestellt.

Jetzt traten zwei Diener ein, und der Bankhalter ließ sein Geld in den doppelten Boden des Tisches fallen, denn die Statuten der Akademie waren nicht auf das gegenseitige Vertrauen der Mitglieder gegründet; niemals wollte man die Verwaltung der Gelder einer bestimmten Person überlassen. So fiel das Geld nach Beendigung einer Sitzung in eine Art automatische Kasse; dem Bankhalter aber war es durch einen Zusatzartikel der Verfassung ausdrücklich verboten, lange Ärmel zu tragen. Auch stand es den Mitgliedern zu, ihn nach Ausübung seines Amtes zu durchsuchen.

Die Lakaien brachten Mäntel, Kragen und Degen herein. Einige der Spieler reichten ihren Damen den Arm. Auch Beausire hüllte sich dichter in seinen Domino, als ob er fortgehen wollte. Er stieg aber nur in die erste Etage hinauf, dann eilte er in großen Sprüngen wieder in den Salon zurück. Bald waren zwölf der Akademiker um einen Tisch versammelt. Beausire murrte noch immer, aber niemand achtete auf ihn. Während der Portugiese den Platz des Bankhalters einnahm, überzeugte man sich, daß Fensterläden und Türen geschlossen und die Vorhänge zugezogen waren.

»Ich habe euch eine Mitteilung zu machen«, sagte der Portugiese, »glücklicherweise bin ich rechtzeitig gekommen, denn Herr de Beausire scheint heute abend seine Zunge schlecht zu beherrschen. Still, Beausire! Verlieren wir keine Worte. Sie haben Kenntnis von meinem Plan, gut. Sie sind ein kluger Mensch und mögen etwas geahnt haben. Niemals darf alberne Eigenliebe die Interessen hintansetzen.«

»Ich verstehe kein Wort!«

»Wir verstehen auch nichts«, versicherte die ehrenwerte Versammlung.

»Nun, Herr de Beausire wollte beweisen, daß er zuerst von dem Geschäft Wind bekommen hat.«

»Was ist das für ein Geschäft?«

»Ein Zweimillionengeschäft!« schrie Beausire begeistert.

»Sie übertreiben«, sagte der Portugiese. »Sie überschätzen die Summe. Ich werde es Ihnen gleich beweisen.«

Der Portugiese goß sich ein Glas Sirup ein und trank es mit eisiger Ruhe aus.

»Sie müssen also wissen«, begann er, »daß das Halsband nur eineinhalb Millionen wert ist.«

»Ach, es handelt sich um ein Halsband?«

»So meinten Sie etwas anderes, Herr Beausire? Aber wir wollen zur Sache kommen. Sie müssen also zunächst wissen, daß der Gesandte spätestens in acht Tagen hier eintrifft.«

»Eine verwickelte Geschichte!« meinte jemand. »Ein Halsband, eineinhalb Millionen, ein Gesandter ...«

»Um alles kurz zusammenzufassen, steht die Sache so: Die Herren Boehmer & Bossange haben der Königin ein Diamantenhalsband anbieten lassen, das eineinhalb Millionen wert ist. Die Königin hat abgelehnt. Jetzt wissen die Juweliere nicht, was sie mit dem Schmuck anfangen sollen, und verbergen ihn. Sie sind in Verlegenheit, denn ein derartiges Halsband kann natürlich nur ein Mann mit einem königlichen Vermögen kaufen. Nun, ich habe diesen Mann gefunden, der das Halsband kaufen und aus dem Kassenschrank der Herren Boehmer & Bossange herausholen wird.«

»Nun, und wer ist diese Person?«

»Meine gnädige Gebieterin, die Königin von Portugal.«

»Jetzt sind wir genauso gescheit wie zuvor!«

»Gleich«, antwortete Manoel und trank wieder ein Glas Sirup, »sollen Sie alles verstehen!«

»Bis jetzt wissen wir nur, daß es ein Halsband gibt, das eineinhalb Millionen wert ist. Das ist allerdings schon etwas.«

»Und dieses Halsband befindet sich im Kassenschrank der Herren Boehmer & Bossange. Das ist auch wertvoll zu wissen.«

»Indessen behauptet Dom Manoel, daß die Königin von Portugal es kaufen will. Dieser Umstand verwirrt mich.«

»Und doch ist alles klar«, versicherte der Portugiese. »Ihr müßt nur aufpassen. Die Gesandtschaft ist augenblicklich unbesetzt. Der neue Gesandte, Herr do Suza, kommt frühestens in acht Tagen. - Gut! Nun, wer kann verhindern, daß dieser Gesandte, den alles drängt, Paris zu sehen, vorzeitig eintrifft?«

Die Gesellschaft wechselte erstaunte Blicke.

»Begreifen Sie doch!« rief Beausire, »Dom Manoel will sagen, daß schließlich auch ein falscher Gesandter eintreffen kann.«

»Sehr richtig. Und wenn der Gesandte Lust haben sollte, das

Kollier im Namen seiner Königin vorzeitig zu besichtigen? Er kann doch mit den Herren Boehmer & Bossange verhandeln?«

»Allerdings muß man, wenn man verhandelt hat, auch bezahlen.«

»Natürlich!«

»Die Herren Boehmer & Bossange werden das Halsband auch einem Gesandten nicht herausrücken und wäre es selbst der echte Suza, wenn sie keine guten Garantien bekommen.«

»Nun, für Garantien ist gesorgt«, bemerkte der künftige Gesandte.

»Wie das?«

»Die Gesandtschaft ist augenblicklich, wie gesagt, unbesetzt. Es ist nur der Bürovorsteher da, ein braver Franzose, der recht schlecht Portugiesisch spricht und froh ist, wenn ein Portugiese mit ihm Französisch redet. Nun, wir werden uns diesem braven Mann vorstellen, als ob wir wirklich der richtige Gesandte wären.«

»Die gute Haltung macht viel aus, aber ganz ohne Papiere wird es nicht abgehen ...«

»Papiere werden zur Verfügung stehen«, antwortete Manoel lakonisch. »Sobald gute Haltung und Papiere den Bürovorsteher überzeugt haben, beziehen wir das Gesandtschaftspalais.«

»Holla, das ist stark!«

»Wenn aber dieser Bürovorsteher zufälligerweise zweifeln sollte?«

»Wir werden dieser Regung zuvorkommen und ihn zehn Minuten vorher entlassen. Ein Gesandter kann doch einen Bürovorsteher fortschicken?« – »Natürlich.«

»Sobald wir also die Gesandtschaft in der Hand haben, setzen wir uns mit Boehmer & Bossange in Verbindung.«

»Vorsicht!« rief Beausire, »Sie scheinen einen wichtigen Punkt zu übersehen. Ein Gesandter führt ein so bedeutendes Geschäft niemals durch, bevor er in feierlicher Audienz empfangen worden ist. Hier liegt die Gefahr! Der berühmte Riza Bey, der bei Ludwig XIV. als Gesandter des Schahs von Persien auftrat und die Frechheit besaß, Seiner Allerchristlichsten Majestät für dreißig Francs Türkise anzubieten, verstand ausgezeichnet Persisch, und es gab in ganz Frankreich keinen Gelehrten, der ihm beweisen konnte, daß er nicht aus Isphahan kam. Wir aber würden sofort entlarvt werden, denn man würde uns beweisen, daß wir das Portugiesische mit sehr französischem Akzent sprechen, und wir würden in aller Eile in die Bastille wandern.«

»Ihre Phantasie reißt Sie fort, lieber Kollege«, sagte der Portugiese. »Wir werden uns allen diesen Gefahren nicht aussetzen, wir bleiben einfach so lange im Gesandtschaftspalais.«

»Dann wird uns Herr Boehmer eben nicht glauben, daß wir wirklich die Vertreter der Königin von Portugal sind.«

»Herr Boehmer wird einsehen, daß wir mit dem einfachen Auftrag nach Frankreich gekommen sind, das Halsband zu kaufen. Der Botschafter selbst ist zurückberufen worden, während wir unterwegs waren. Uns hat man nur Befehl erteilt, ihn zu vertreten. Diesen Befehl können wir nötigenfalls sowohl Herrn Bossange wie auch dem Bürovorsteher der Gesandtschaft zeigen. Die königlichen Minister aber wollen wir meiden, denn sie sind ebenso neugierig wie mißtrauisch und würden uns mit tausend Formalitäten belästigen.«

»Gut, mit dem Ministerium wird nicht verhandelt!«

»Wenn aber die Herren Boehmer & Bossange eine Anzahlung verlangen?«

»Dadurch würde die Sachlage allerdings komplizierter.«

»Schließlich ist es doch üblich«, versicherte Beausire, »daß ein Gesandter Geld oder wenigstens Kreditbriefe bei sich hat.«

»Ihr seid alle nur imstande, Hindernisse herauszufinden. Wie man es dazu bringen soll, daß das Geschäft gelingt, das allerdings wißt ihr nicht.«

»Eben weil ich wünsche, daß es gelingen soll, erörtere ich alle Schwierigkeiten«, versicherte Beausire. »Übrigens, mir fällt da etwas ein! In jedem Büro gibt es eine Kasse.«

»Eine Kasse und Kredite.«

»Sprechen wir nicht von den Krediten. Wenn man sie in Anspruch nehmen will, braucht man Pferde, Equipagen, Diener, kurz, einen sehr komplizierten Apparat, der eben die Voraussetzung jeglichen Kredits ist. Interessieren wir uns lieber für die Kasse. Was haltet ihr von der unserer Gesandtschaft?«

»Ich habe meine allergnädigste Herrin, Ihre Allergläubigste Majestät, immer für eine herrliche Königin gehalten. Gewiß wird sie die Kasse nicht leer gelassen haben.«

»Nun, wir werden ja sehen; nehmen wir an, daß sie doch leer ist.«

»Das macht nichts, denn als Gesandte werden wir die Herren Boehmer & Bossange einfach fragen, wer ihr Korrespondent in Lissabon ist; dann stellen wir ihnen in aller Form Wechsel auf diesen Korrespondenten aus.«

»Ausgezeichnet!« rief der Winkelmakler und leckte sich die Lippen.

»Jetzt wollen wir die Rollen verteilen«, schlug Beausire vor. »Dom Manoel ist natürlich der Gesandte.«

»Gewiß«, wurde einstimmig beschlossen.

»Und Herr de Beausire mein Sekretär und Dolmetscher«, antwortete Dom Manoel.

»Wieso Dolmetscher«, fragte Beausire beunruhigt.

»Ich kann nämlich kein Wort Französisch. Ich bin doch Herr do Suza, von dem ich sehr gut weiß, daß er selten und dann Portugiesisch spricht. Sie dagegen, Herr de Beausire, sind viel gereist, Sie kennen die Art, wie man in Paris Transaktionen durchführt, Sie sprechen geläufig Portugiesisch ...«

»Schlecht genug.«

»Man wird Sie immerhin nicht für einen Pariser halten. Natürlich erhält der Sekretär, der am meisten zum Gelingen der Sache beiträgt, auch den schönsten Anteil.«

»Angenommen! Ich bin Sekretär und Dolmetscher.«

»Weiter, wie teilen wir?« fragte der Makler.

»Ganz einfach. Wir sind zwölf.«

»Ganz richtig, zwölf!«

»Wir teilen also in zwölf Teile«, sagte Dom Manoel, »mit dem Vorbehalt, daß einige von uns eineinhalb Teile bekommen, ich zum Beispiel als Gesandter und Herr de Beausire als Sekretär. Dann auch noch der Mann, der die Diamanten verkauft.«

»Nein!« riefen alle einstimmig. »Der braucht nicht mehr!«

»Mir schien gerade«, sagte Dom Manoel, »daß er viel riskiert.«

»Ja, aber er bekommt ja doch den Rabatt, die Prämien und allerlei Vergütungen, die eine gute Summe ausmachen.«

Alle lachten. Diese Ehrenmänner verstanden einander.

»Dann brauchen wir eine Equipage mit dem Wappen des Herrn do Suza.«

»Eine langwierige Sache, dieses Wappen malen zu lassen. Besonders das Trocknen wird Zeit in Anspruch nehmen.«

»Es gibt eine Ausrede: der Wagen des Herrn Gesandten ist unterwegs zu Schaden gekommen, und er begnügt sich mit dem seines Sekretärs ...«

»Haben Sie denn einen Wagen?«

»Den ersten besten.«

»Und ein Wappen?«

»Ein wenig Staub und Kot von der Reise wird den Bürovorsteher überzeugen.«

»Und die andern Mitglieder der Gesandtschaft?«

»Wir kommen am Abend an, das ist immer günstig, und Sie folgen am nächsten Morgen. Dann haben wir inzwischen alles vorbereitet.«

»Dann braucht der Gesandte auch einen Kammerdiener.«

»Herr Kommandeur«, wandte sich der Makler an einen der Kollegen, »diese Rolle können Sie übernehmen.«

Der Kommandeur verneigte sich.

»Und Bargeld für einige kleine Einkäufe?« fragte Manoel.

»Ich habe etwas Geld«, erklärte Beausire, »aber das gehört meiner Geliebten.«

»Was ist denn in der Kasse?« wurde gefragt. Jeder zog einen kleinen Schlüssel aus der Tasche, dann wurden die zwölf Schlösser des Spieltisches mit dem doppelten Boden geöffnet.

»Hundertneunzig Louis und der Reservefonds!« verkündete der Bankhalter.

»Händigen Sie das Geld Herrn Beausire und mir aus«, schlug Manoel vor.

»Wir wollen dem Gesandten ein Drittel überlassen«, meinte Beausire mit einer Großzügigkeit, durch die er immer alle Stimmen gewann.

So empfingen Dom Manoel und Beausire hundertzweiunddreißig Louis, sechsundsechzig blieben den übrigen.

Man trennte sich, und setzte ein Stelldichein für den nächsten Tag fest. Beausire aber eilte in die Rue Dauphine, wo er Mademoiselle Oliva im Vollbesitz ihrer alten Tugenden und ihrer neuen Louisdors zu finden hoffte.

Zwanzigstes Kapitel
Der Gesandte

Am nächsten Tag, als es bereits dunkelte, fuhr ein bestaubter und kotbespritzter Reisewagen, dessen Wappen nicht genau zu erkennen war, durch die Barrière d'Enfers in Paris ein.

Er hielt vor einem recht ansehnlichen Gebäude in der Rue de la Jussienne.

Am Tor warteten zwei Männer, deren einer ein ziemlich auffälliges Galakostüm, der andere aber eine übliche Livree trug.

Der Wagen fuhr in den Hof ein, dessen vergittertes Tor sofort wieder verschlossen wurde. Der Mann in Gala näherte sich ehrfurchtsvoll dem Wagenschlag und begann mit meckernder Stimme Portugiesisch zu sprechen.

»Wer sind Sie denn?« wurde aus dem Wagen gefragt.

»Der Bürovorsteher der Gesandtschaft, Exzellenz.«

»Schön. Wie schlecht sprechen Sie doch unsere Sprache! Wo soll ich aussteigen?«

»Hier, Monseigneur!«

»Das ist ja ein ziemlich trauriger Empfang«, antwortete Dom Manoel, der sich umständlich von seinem Sekretär und seinem Kammerdiener aus dem Wagen helfen ließ.

»Exzellenz werden so gütig sein, zu verzeihen«, stotterte der Bürovorsteher, »aber erst vor zwei Stunden ist der Kurier eingetroffen, der uns die Ankunft Eurer Exzellenz meldete. Ich selbst war in Geschäften abwesend. Als ich zurückkam, fand ich Monseigneurs Brief, und da hatte ich nur noch Zeit, in aller Eile die Zimmer aufschließen zu lassen.«

»Gut.«

»Es ist mir eine große Freude, unseren neuen Herrn Gesandten begrüßen zu dürfen.«

»Still! Ich wünsche gar nicht, daß man sich öffentlich mit mir beschäftigt; wir wollen einstweilen Order aus Lissabon abwarten. Führen Sie mich nur in mein Schlafzimmer, denn ich bin todmüde. Sie können sich dann mit meinem Sekretär verständigen, der Ihnen meine Wünsche bekanntgeben wird.«

Der Kanzleivorsteher verneigte sich respektvoll vor Beausire, der den Gruß leutselig erwiderte und mit ironischer Höflichkeit sagte: »Sprechen Sie ruhig Französisch, guter Herr, das wird Ihnen leichter fallen!«

»Allerdings, denn ich will offen gestehen, Herr Sekretär, meine portugiesische Aussprache ...«

»Ich habe schon bemerkt«, sagte Beausire mit Aplomb.

»Dann will ich die Gelegenheit wahrnehmen, Sie zu fragen, Herr Sekretär, ob Sie glauben, daß Herr do Suza mir meine üble Aussprache verargen wird?«

»Durchaus nicht! Wenn Sie einigermaßen anständig Französisch sprechen ...«

»Ich?« fragte der Kanzleivorsteher erfreut, »ein Pariser aus der Rue Saint-Honoré!«

»Nun, das trifft sich ja gut. Sie heißen Ducorneau, wenn ich nicht irre?«

»Ganz recht, Herr Sekretär, Ducorneau. Immerhin noch ein glücklicher Name, man kann die Endung für spanisch halten. Der Herr Sekretär kannte meinen Namen; das ist sehr schmeichelhaft für mich.«

»Ja, Sie sind in Lissabon gut angeschrieben; so gut angeschrieben, daß wir darauf verzichtet haben, uns einen eigenen Bürovorsteher mitzubringen.«

»Ach, welch ein Glück für mich, daß Herr do Suza zum Gesandten ernannt wurde. Der Herr Gesandte schellt, glaube ich.«

»Laufen wir!«

Der Herr Gesandte hatte sich mit Hilfe seines Kammerdieners bereits entkleidet und trug einen prächtigen Schlafrock. Ein Barbier, den man in aller Eile herbeigerufen hatte, beschäftigte sich mit ihm. Einige Koffer und Reisenecessaires, die ziemlich luxuriös aussahen, standen auf Tischen und Konsolen. Im Kamin brannte ein prächtiges Feuer.

»Treten Sie nur ein, Herr Bürovorsteher!« rief der Gesandte, der sich in einem ungeheuren Lehnstuhl zwischen Polstern vergraben hatte.

»Wird der Herr Gesandte nicht böse sein, wenn ich Französisch spreche?« fragte der Bürovorsteher Beausire leise.

»Gewiß nicht.«

Ducorneau machte sein Kompliment französisch.

»Das trifft sich gut«, antwortete der Gesandte, »Sie sprechen ja vorzüglich Französisch, Herr du Corno.«

»Er hält mich für einen Portugiesen«, dachte der Bürovorsteher bezaubert.

»Nun, wie steht es mit dem Souper?«

»Exzellenz, das Palais Royal ist zwei Schritte von hier entfernt, und ich kenne dort einen Wirt, dessen Koch ein köstliches Souper für Exzellenz liefern wird. Ich selbst werde mir erlauben, einige Flaschen Landwein beizusteuern, wie Exzellenz in Porto keinen besseren finden können.«

»Unser Bürovorsteher hat wohl einen guten Weinkeller?« fragte Beausire spöttisch.

»Das ist mein einziger Luxus.«

»Gut, Herr du Corno, dann bringen Sie uns Ihren Wein und soupieren Sie mit uns.«

»Eine solche Ehre ...«

»Ganz ohne Etikette, selbstverständlich. Heute bin ich noch Reisender, erst morgen werde ich Gesandter sein. Dann können wir von den Geschäften sprechen.«

»Monseigneur gestatten doch wenigstens, daß ich einen letzten Blick auf meine Toilette werfe?«

»Bleiben Sie, wie Sie sind, Herr Bürovorsteher, und verwenden Sie die Zeit, die Sie benötigen würden, um sich umzukleiden, für unser Souper.«

Entzückt verließ Ducorneau den Gesandten.

Inzwischen schlossen sich die drei Gauner in das Schlafzimmer ein, betrachteten das Mobiliar und nahmen ihren neuen Wirkungsbereich in Augenschein.

»Schläft dieser Bürovorsteher hier?« fragte Dom Manoel.

»Nein, der Schlingel hat einen guten Weinkeller und gewiß auch eine hübsche Frau oder Geliebte. Er ist ein alter Junggeselle.«

»Und der Schweizer?«

»Den werden wir uns vom Hals schaffen müssen.«

»Das nehme ich auf mich.«

»Aber die übrigen Diener?«

»Es sind ja nur Lohndiener. Schon morgen werden wir sie durch unsere Kollegen ersetzen.«

»Und die Küche? Die Speisekammer?«

»Alles leer! Der frühere Gesandte hatte ein Haus in der Stadt und kam selten hierher.«

»Aber die Kasse?«

»Das ist die heikle Sache. Man muß den Bürovorsteher zum Sprechen bringen.«

»Ich nehme es auf mich«, erklärte Beausire. »Wir sind bereits befreundet.«

»Still!«

Atemlos kam Ducorneau zurück. Er hatte den Wirt in der Rue des Bons-Enfants benachrichtigt, aus seinem Arbeitszimmer sechs Flaschen von ehrwürdigem Äußeren herbeigeholt, und sein Gesicht strahlte.

»Hier ist der Wein.«

»Setzen Sie sich, Herr Kanzleivorsteher, mein Diener mag inzwischen decken!« Ducorneau gehorchte. »Wann sind die letzten Depeschen eingelaufen?«

»Am Abend der Abreise des Vorgängers Eurer Exzellenz.«

»Ist alles in guter Ordnung?«

»Gewiß, Monseigneur.«

»Auch die Kasse? Keine Schulden? Wenn es welche gäbe, wäre es am besten, wir bezahlten sie sofort. Mein Vorgänger ist ein zu vollendeter Edelmann, als daß ich mich nicht solidarisch erklären müßte.«

»Gott sei Dank, Monseigneur werden es nicht nötig haben; die Kredite sind vor drei Wochen geregelt worden, und am Tag nach der Abreise des früheren Herrn Gesandten sind hunderttausend Francs eingetroffen.«

»Hunderttausend Francs?«

»In Gold.«

»Die Kasse enthält also ...«, stammelte Beausire entzückt.

»Hunderttausenddreihundertachtzig Livres, Herr Sekretär.«

»Das ist ziemlich wenig«, meinte Dom Manoel kalt. »Glücklicherweise hat Ihre Majestät mir Fonds zur Verfügung gestellt. Sie erinnern sich doch«, wandte er sich an Beausire, »ich sagte Ihnen, daß es uns in Paris an nichts fehlen würde.«

Die Stimmung des Herrn Gesandten war augenscheinlich sehr gut. Ein Souper, das aus einem Salm, Krebsen und Käse bestand, steigerte die gute Laune der portugiesischen Herren nicht wenig. Ducorneau aß wie zehn Granden von Spanien und zeigte seinem Vorgesetzten, wie ein Pariser aus der Rue Saint-Honore Porto, Xeres, Brie und Tonnere behandelt. Er segnete den Himmel, der ihm einen solchen Gesandten geschickt hatte, der die französische Sprache der portugiesischen, die portugiesischen Weine aber den französischen vorzog. Als der vermeintliche Herr do Suza ihn ermahnte, zu Bett zu gehen, schwamm er bereits in Glückseligkeit. Nicht ohne Mühe lavierte er zwischen den Möbeln des Schlafzimmers hindurch und erreichte glücklich das Haustor.

Einundzwanzigstes Kapitel
Boehmer & Bossange

Am frühen Morgen des nächsten Tages fuhren in zwei Mietsdroschken die neun Schufte vor, die von nun an das Personal der Königlich Portugiesischen Gesandtschaft bilden sollten.

Sie wurden von Beausire in aller Eile in ihre Ämter eingesetzt. Einer erhielt die Verwaltung der Kasse, der andere das Archiv, ein dritter ersetzte den Schweizer, dem Ducorneau selbst seine Entlassung mitteilte, da er nicht genug Portugiesisch verstehe. Und so war denn das Gesandtschaftspalais mit jener Garnison besetzt, die es zunächst gegen die zudringliche Neugierde von Laien verteidigen sollte.

Und für Leute, die politische oder andere Geheimnisse zu wahren haben, zählen auch die Polizisten zu den Laien.

Gegen Mittag bestieg Dom Manoel, genannt Suza, eine prächtige Equipage, die Beausire für fünfhundert Francs monatlich gemietet hatte.

Er fuhr zu den Herren Boehmer & Bossange, von seinem Sekretär und seinem Kammerdiener begleitet. Der Kanzleivorsteher sollte inzwischen in Abwesenheit des Gesandten alle Geschäfte erledigen, Pässe ausstellen, Entschädigungen und Unterstützungen auszahlen, dabei aber größere Aufwendungen ohne Einwilligung des Herrn Sekretärs nicht riskieren. Die

Herren wollten die hunderttausend Francs unberührt lassen, die ja die Basis des Unternehmens bilden sollten.

Die Juweliere der Krone, vor deren Haus der Gesandte gegen ein Uhr vorfuhr, wohnten am Quai de l'Ecole. Der Kammerdiener klopfte bescheiden an ihre Tür, die fast wie das Tor eines Gefängnisses mit Schlössern und Querleisten versichert war.

Endlich wurde ein Riegel zurückgezogen, ein Guckfenster öffnete sich, und eine Stimme fragte den Kammerdiener, was er wünsche.

»Der Herr Gesandte von Portugal will die Herren Boehmer & Bossange sprechen.«

Im nächsten Augenblick hörte man rasche Schritte auf der Treppe, und die Tür wurde geöffnet.

Mit vornehmer Langsamkeit stieg Dom Manoel aus dem Wagen.

Es war Herr Boehmer selbst, der den beiden Portugiesen entgegenkam, um Exzellenz nicht warten zu lassen. Der Juwelier erschöpfte sich in Entschuldigungen, während Dom Manoel die Treppe hinaufstieg. Es entging Beausire nicht, daß eine kräftig gebaute alte Dienerin hinter ihnen die Tür sorgsam wieder verschloß.

»Verzeihen Sie«, sagte Boehmer, »wir sind in unserem Beruf allerlei Zwischenfällen ausgesetzt, darum sind die Vorsichtsmaßregeln bei uns zur Gewohnheit geworden.«

Dom Manoel war gleichgültig geblieben; Boehmer erneuerte seine Entschuldigung, die Beausire mit einem angenehmen Lächeln entgegengenommen hatte.

»Exzellenz spricht nicht Französisch«, erklärte der Sekretär, »aber ich will ihr Ihre Entschuldigungen zur Kenntnis bringen, wofern Sie nicht selbst Portugiesisch sprechen.«

»Nein, nein, leider nicht.«

»Beausire richtete einige Worte in portugiesischer Sprache an Dom Manoel, der ebenso antwortete.

»Seine Exzellenz, der Herr Graf do Suza, der Gesandte Ihrer

Allergnädigsten Majestät, beauftragt mich, Sie zu fragen, ob Sie noch im Besitz jenes berühmten Diamantenhalsbandes sind.«

Boehmer blickte auf und sah Beausire forschend an.

»Es ist ein sehr schönes Halsband«, sagte er gedehnt.

»Er meint jenes, das Sie Ihrer Majestät der Königin von Frankreich angeboten haben; Ihre Allergläubigste Majestät hat davon sprechen hören.«

»So sind Sie ein Beamter der Gesandtschaft, mein Herr?«

»Ich bin der Privatsekretär des Herrn Gesandten.«

Dom Manoel hatte als vornehmer Herr sofort Platz genommen; aufmerksam betrachtete er die Wandgemälde des Empfangssalons. Dann blickte er gelangweilt durchs Fenster.

»Mein Herr«, sagte Beausire, »ich fürchte, Exzellenz wird ungeduldig ...«

»Verzeihung«, stotterte Boehmer errötend. »Ich kann das Halsband nur in Gegenwart meines Kompagnons, des Herrn Bossange, vorzeigen.«

»Gut, dann lassen Sie Ihren Kompagnon kommen.«

Jetzt trat Dom Manoel näher und begann mit eisiger Miene, die einer gewissen Majestät nicht entbehrte, in portugiesischer Sprache zu reden. Dann kehrte er ihnen wieder den Rücken und versank in die Betrachtung des Seineufers.

»Exzellenz sagt mir«, erklärte Beausire, »daß sie schon zehn Minuten wartet.«

Boehmer verneigte sich, griff nach einer Glockenschnur und schellte.

In der nächsten Minute betrat Herr Bossange, der Kompagnon, den Salon. Mit zwei Worten setzte ihm Boehmer den Sachverhalt auseinander. Bossange streifte die beiden Portugiesen mit einem Seitenblick und verlangte dann von Boehmer den Schlüssel zum Kassenschrank.

Es scheint, dachte Beausire, daß diese wackeren Leute gegeneinander nicht weniger vorsichtig sind als gegen Einbrecher.

Zwei Minuten später kehrte Bossange zurück. In der Linken hielt er ein Etui, während die Rechte unter dem Rock verborgen war. Beausire bemerkte, daß sich die Formen zweier Pistolen unter dem Tuch abhoben.

»Wir müssen gute Miene zum bösen Spiel machen«, meinte Dom Manoel portugiesisch. »Aber diese Krämer behandeln uns eher wie Spitzbuben als wie Gesandte.«

Dabei beobachtete er die Juweliere scharf, um festzustellen, ob sie nicht doch Portugiesisch verstünden.

Indessen kam das Diamantenhalsband zum Vorschein, das von blendender Schönheit war. Vertrauensvoll wurde das Etui Dom Manoel überlassen, der ärgerlich sagte:

»Sagen Sie diesen Schuften doch, daß sie das Maß der Dummheit, das für einen Kaufmann angängig ist, überschreiten. Ich will Diamanten sehen, und sie zeigen mir Straß. Sagen Sie ihnen, daß ich im Ministerium darüber ein Wort verlieren werde, denn der Gesandte Ihrer Majestät der Allergläubigsten Königin wünscht nicht mystifiziert zu werden.«

Verächtlich warf er das Etui auf den Ladentisch.

Beausire brauchte die Worte des Gesandten nicht zu übersetzen, denn seine Geste war überzeugend genug gewesen, Boehmer & Bossange erschöpften sich in Entschuldigungen und erklärten, daß es in Frankreich üblich sei, nur Modelle zu zeigen. Inzwischen war Herr do Suza hinausgegangen, und auch Beausire folgte seinem Gebieter mit stolzer Miene.

Die Alte öffnete die Tür.

»Ins Gesandtschaftspalais, Rue de la Jussienne!« rief Beausire dem Kammerdiener zu.

Boehmer hatte hinter dem Guckfenster gelauscht.

»Ein verfehltes Geschäft!« murmelte der Kammerdiener.

»Im Gegenteil, ein gelungenes Geschäft; in einer Stunde werden diese Tölpel bei uns sein.«

Wie von acht Pferden gezogen, sauste die Equipage davon.

Zweiundzwanzigstes Kapitel

Im Gesandtschaftspalais

Bei der Rückkehr ins Gesandtschaftspalais fanden sie Ducorneau dabei, in aller Gemächlichkeit in seinem Büro zu speisen.

Beausire bat ihn, sich zu dem Gesandten zu begeben, richtete aber vorher folgende erläuternde Worte an ihn: »Exzellenz wünscht in Paris unter den reicheren Leuten von Geschmack eine hervorragende Stellung einzunehmen; der dauernde Aufenthalt in diesem schäbigen Haus in der Rue de la Jussienne wird ihr unerträglich sein. Es wird sich also darum handeln, ein geeignetes Privathaus für Herrn do Suza ausfindig zu machen.«

»Der Dienst wird darunter leiden«, meinte der Bürovorsteher, »denn wir werden wegen der Unterschriften viele Laufereien haben.«

»Exzellenz wird ohne Zweifel einen Dienstwagen bewilligen.« Dieser Bescheid berührte Ducorneau sehr angenehm.

»Es ist ärgerlich«, fuhr Beausire fort, »daß Herrn do Suzas Vorgänger diese Maßregel noch nicht getroffen hat. Der Bürovorsteher einer anständigen Gesandtschaft hat seinen Wagen zu besitzen. Wir wollen zu geeigneterer Zeit darüber sprechen. Für den Moment wird es genügen, wenn Sie dem Herrn Gesandten über den Stand der auswärtigen Angelegenheiten Bericht erstatten. Wo ist die Kasse?«

»Oben, in den Gemächern des Herrn Gesandten selbst.«

»So weit von Ihnen entfernt?«

»Es ist eine Sicherheitsmaßnahme. Diebe kommen leichter in das Erdgeschoß als in die erste Etage.«

»Dann wollen wir rasch eine Kassenrevision vornehmen. Ich muß mich an die Arbeit machen.«

Es ergab sich, daß hunderttausend Francs in klingender Münze, zur Hälfte Gold, zur Hälfte Silber in der Kasse waren. Ducorneau händigte Beausire den Schlüssel aus.

Dom Manoel fand man bei seiner Schokolade. Er beschäftigte sich mit dem Studium eines Schriftstückes, das über und über mit Ziffern besät war.

»Ah, setzen Sie sich, Herr Ducorneau. Sie sollen mir eine Auskunft geben. Sie verstehen, Herr Ducorneau: Staatsangelegenheiten.«

Der wackere Bürovorsteher rückte seinen Stuhl näher.

»Sie sollen mich informieren; kennen Sie hier in Paris einigermaßen anständige Juweliere?«

»Doch, die Herren Boehmer & Bossange, die Juweliere der Krone.«

»Nun, mit diesen will ich nichts zu tun haben. Ich war eben bei ihnen, aber ich will sie nie wieder zu sehen bekommen.«

»So hatten sie das Unglück, Eure Exzellenz nicht zufriedenzustellen? Dürfte ich fragen, inwiefern diese Herren, die in ihrem Beruf ein gewisses Ansehen ...«

»Es sind richtige Juden, Herr Ducorneau, und ihr übles Benehmen hat zur Folge, daß sie ein oder zwei Millionen verlieren werden.«

»Oh!« rief Ducorneau gierig.

»Ich hatte den Auftrag, für Ihre Allergläubigste Majestät ein Diamantenkollier zu kaufen.«

»Ach, das berühmte Kollier wohl, das der verstorbene König für Madame Dubarry anfertigen ließ? Ich kenne die Geschichte.«

»Sie sind unbezahlbar, Sie wissen alles! Nun, ich wollte dieses Halsband kaufen, aber wie die Dinge jetzt stehen, werde ich wohl darauf verzichten.«

»Soll ich einen Schritt unternehmen? Ganz diplomatisch natürlich, Monseigneur!«

»Nur wenn Sie diese Leute kennen!«

»Bossange ist sozusagen ein entfernter Vetter von mir.«

Dom Manoel und Beausire wechselten einen Blick.

In diesem Augenblick öffnete einer der Kammerdiener die Tür und meldete:

»Die Herren Boehmer & Bossange.«

Dom Manoel stand auf und sagte ärgerlich:

»Schicken Sie diese Leute fort, oder nein, jagen Sie sie hinaus, Herr Sekretär.«

»Um Himmels willen«, bat Ducorneau flehend, »lassen Sie mich den Befehl vollziehen; ich werde ihn wenigstens mildern, da ich ihn nicht außer Kraft setzen kann.«

»Gut, tun Sie, wie Sie wollen!«

Beausire trat zu ihm, während Ducorneau hinauseilte.

»Soll diese Sache wirklich mißlingen?« fragte er Dom Manoel.

»Im Gegenteil, Ducorneau wird alles wieder einrenken.«

»Er wird alles verderben!«

»Oh, wir haben bei den Juwelieren nur Portugiesisch gesprochen. Sie haben gesagt, daß ich kein Wort Französisch verstehe. Ducorneau wird alles durcheinanderbringen.«

»Gut, ich eile ihm nach.«

Beausire lief hinaus.

Ducorneau hatte Boehmer & Bossange im Erdgeschoß getroffen; seit sie das Gesandtschaftshotel betreten hatten, war bei ihnen an Stelle des Mißtrauens äußerste Höflichkeit und absolutes Vertrauen getreten.

Als Bossange Herrn Ducorneau erblickte, schrie er erfreut auf. »Sie hier?« Und er eilte auf ihn zu.

»Wie liebenswürdig von Ihnen«, antwortete Ducorneau, »daß Sie mich erkennen, reicher Vetter. Wohl, weil ich im Dienst des Gesandten bin?«

»Ach, verzeihen Sie, wenn wir durch die Umstände ein wenig getrennt worden sind. Sie könnten mir einen großen Dienst leisten.«

»Zu diesem Zweck bin ich hierhergekommen.«

»Vielen Dank! Sie stehen also im Dienst der Gesandtschaft?«

»Ich bin der Vorsteher des Büros.«

»Ausgezeichnet! Wir wollen mit dem Herrn Gesandten sprechen.«

»Ich komme von ihm.«

»Ach? Um uns zu sagen, daß …«

»Daß er Sie bittet, sein Haus möglichst rasch zu verlassen.«

Bestürzt wechselten die beiden Juweliere einen Blick.

»Sie sind, wie es scheint, recht ungeschickt gewesen«, fuhr Ducorneau mit gewichtiger Miene fort.

»Aber hören Sie doch ...«

»Sie bemühen sich unnütz«, fiel ihnen Beausire, der auf der Schwelle erschien, ins Wort. »Herr Ducorneau, Exzellenz hat Ihnen aufgetragen, diese Herren fortzuschicken. Tun Sie es!«

Der Bürovorsteher drängte die beiden sanft hinaus.

»Dieses Geschäft ist Ihnen entgangen«, sagte er.

»Wie empfindlich diese Ausländer sind«, murmelte Boehmer, der ein Deutscher war.

»Wenn man Suza heißt und neunhunderttausend Francs Rente zu verzehren hat, kann man sein, wie man will«, versicherte der Bürovorsteher.

»Habe ich es Ihnen nicht gesagt, Boehmer«, seufzte Bossange, »daß Sie zu steif sind?«

»Wenn er sein Geld nicht herausrückt, bekommt er unser Halsband nicht«, erwiderte der starrköpfige Deutsche.

Ducorneau begann zu lachen.

»Wissen Sie denn auch«, sagte er verächtlich, »was ein Portugiese ist? Wissen Sie, Kleinbürger, die Sie sind, was ein Gesandter ist? Nun, ich will es Ihnen sagen! Ein anderer Gesandter einer Königin, ein gewisser Potemkin, kaufte alljährlich am 1. Januar für seine Herrin einen Korb Kirschen, der hunderttausend Taler kostete, tausend Francs für die Kirsche! Herr do Suza wird alle Minen Brasiliens aufkaufen und einen Diamanten finden, der so groß ist wie alle Ihre Steine zusammen. Mag es ihn auch zwanzig Jahre seiner Rente, zwanzig Millionen kosten – was liegt ihm daran? Er hat ja keine Kinder.«

Er war eben dabei, die Tür zu schließen, als Bossange ihm zuflüsterte: »Bringen Sie diese Sache wieder in Ordnung, und Sie bekommen ...«

»Wir sind hier unbestechlich«, antwortete Ducorneau und schlug die Tür zu.

Am selben Abend aber empfing der Gesandte folgendes Schreiben:

»Monseigneur, ein Mann, der Ihre Befehle erwartet und Ihnen die ehrfurchtsvollen Entschuldigungen Ihrer ergebensten Diener zu überbringen wünscht, wartet an der Tür Ihres Palais' auf ein Zeichen Eurer Exzellenz wird er das Halsband, das Ihre Aufmerksamkeit erregt hat, einem Ihrer Leute ausliefern.

Empfangen Sie, Monseigneur, die Versicherung unseres ergebensten Respektes

Boehmer & Bossange«

»Nun«, rief Dom Manoel, »wir haben das Halsband.«

»Noch nicht, noch nicht«, antwortete Beausire, »wir müssen es erst kaufen.«

»Wieso?«

»Exzellenz versteht nicht Französisch, das ist abgemacht. Zunächst wollen wir den Herrn Bürovorsteher fortschaffen. Ich werde ihm einen wichtigen diplomatischen Auftrag erteilen.«

»Sie haben unrecht, er ist unsere Kaution.«

»Er wird verraten, daß Sie Französisch sprechen wie Herr Bossange und ich.«

»Er wird nichts sagen, wenn ich ihn darum bitte.«

»Gut, mag er bleiben. Lassen Sie den Mann mit den Diamanten eintreten.«

Es war Herr Boehmer in Person; er erschöpfte sich in Höflichkeiten und Entschuldigungen. Dann zeigte er seine Diamanten und machte Miene, sie zur Prüfung zurückzulassen.

Dom Manoel hielt ihn zurück.

»Sie sind wirklich ein mißtrauischer Mensch«, meinte Beausire. »Setzen Sie sich, wir wollen plaudern.«

»Uff«, murmelte Boehmer, »welch eine Plage, solch ein Stück loszuwerden.«

Welch eine Plage, solch ein Stück in die Hände zu bekommen, dachte Beausire.

Dreiundzwanzigstes Kapitel
Der Handel

Jetzt erst begann der Herr Gesandte das Halsband genau zu besichtigen. Bereitwillig zeigte Herr Boehmer die einzelnen Steine und rühmte ihre Schönheit.

»Alles in allem«, versicherte Beausire, der mit Manoel einige portugiesische Worte gewechselt hatte, »ist der Herr Gesandte ziemlich zufrieden. Die Steine sind ja nicht besonders, Exzellenz hat zehn fleckige Stücke gezählt. Exzellenz versteht mehr von Diamanten als Sie, denn drüben, in Brasilien, spielen die adeligen Portugiesen mit Edelsteinen wie hier die Kinder mit Glas.«

In der Tat deutete Dom Manoel auf einzelne Steine, deren fast unmerkliche Fehler seinem Kennerblick nicht entgangen waren. »Nichtsdestoweniger«, versicherte Boehmer, »ist das Halsband die schönste Verbindung von Diamanten, die augenblicklich in ganz Europa aufzutreiben ist.«

»Allerdings, Herr Boehmer«, bekräftigte Beausire auf ein bestätigendes Zeichen Dom Manoels. »Die Sache verhält sich folgendermaßen: Ihre Majestät, die Königin von Portugal, hat von dem Halsband sprechen hören. Sie hat Exzellenz beauftragt, die Diamanten zu besichtigen und dann den Handel zu tätigen. Die Steine gefallen Exzellenz. Wie teuer wollen Sie das Halsband verkaufen?«

»Eine Million sechshunderttausend Livres.«

Beausire übersetzte dem Gesandten die Ziffer.

»Hunderttausend Francs zu teuer«, antwortete Dom Manoel.

»Monseigneur, der Gewinn bei einem Gegenstand von solchem Wert läßt sich nicht so einfach überschlagen; um ein so vollendetes Schmuckstück zusammenzubringen, sind Nachforschungen und Reisen nötig, deren Kosten unabsehbar sind.«

»Immerhin hunderttausend Francs zu teuer«, wiederholte der hartnäckige Portugiese.

»Wenn Monseigneur das sagt«, erklärte Beausire, »so muß er davon überzeugt sein, denn Exzellenz handelt nicht.«

Boehmer war offensichtlich ein wenig eingeschüchtert. Ein Käufer, der handelt, gewinnt sofort das Vertrauen eines argwöhnischen Kaufmanns.

»Ich kann eine solche Herabsetzung des Preises nicht annehmen«, sagte Boehmer nach einem kurzen Zögern, »ohne meinen Kompagnon zu befragen. Wenn es Exzellenz recht ist, werde ich mit Herrn Bossange sprechen. Willigt Exzellenz ein? Exzellenz hält also den Preis von einer Million fünfhunderttausend Francs?«

»Exzellenz bleibt immer bei dem Wort, das sie zuerst geäussert hat«, erwiderte Beausire mit einer wahrhaft portugiesischen Gebärde. »Wohl aber empfindet es Exzellenz immer lästig, zu handeln oder mit sich handeln zu lassen.«

»Nun, wenn mein Kompagnon einverstanden ist, steht dem Abschluß nichts mehr im Wege. Denn ich nehme im voraus an. Dann wäre also außer der Bestätigung des Herrn Bossange nur noch die Zahlungsweise festzustellen.«

»Ich sehe hierin keine Schwierigkeiten. Wie wollen Sie bezahlt sein?«

»Wenn möglich bar«, meinte Boehmer lachend.

»Was nennen Sie bar?«

»Oh, ich weiß wohl, daß niemand einundeinhalb Millionen in bar zur Hand hat«, meinte Boehmer seufzend, »dennoch könnte ich unter anderen Bedingungen niemals in den Kauf einwilligen.«

Beausire wandte sich an Dom Manoel:

»Wieviel wollen Exzellenz bar zahlen?«

»Hunderttausend Francs.«

»Hunderttausend Francs bei Vertragsabschluß«, übersetzte Beausire.

»Und das übrige?«

»In der Frist, die eine Tratte benötigt, von Paris nach Lissabon zu gehen, wofern Sie nicht selbst lieber das Eintreffen der

Kreditbriefe abwarten wollen, die von Lissabon hierher unterwegs sind.«

»Oh«, rief Boehmer, »wir haben einen Korrespondenten in Lissabon. Wenn wir ihm schreiben ...«

»Gut«, sagte Beausire lächelnd, »schreiben Sie ihm. Fragen Sie ihn, ob Herr do Suza solvent und ob Ihre Majestät für eine Million vierhunderttausend Francs gut ist.«

»Diese Bedingungen scheinen mir annehmbar. Soll die Zahlung in Raten erfolgen?«

»Drei Raten, Herr Boehmer, zu je fünfhunderttausend Francs. Sie kommen dabei zu einer interessanten Reise.«

»Nach Lissabon?«

»Warum nicht? In drei Monaten eineinhalb Millionen abzuholen, lohnt das nicht der kleinen Mühe?«

»Gewiß, aber ...«

»Übrigens, Sie werden auf Kosten der Gesandtschaft reisen, und ich oder der Herr Bürovorsteher, einer von uns, wird Sie begleiten.«

»Soll ich die Diamanten überbringen?«

»Wenn Sie nicht vorziehen, die Tratten hinzuschicken und die Diamanten allein reisen zu lassen.«

»Ich weiß nicht ... aber ich glaube, diese Reise wäre ganz nützlich, und da ...«

»Das ist auch meine Meinung. Der Vertrag wird hier unterzeichnet, Sie erhalten hunderttausend Francs Anzahlung und überbringen die Diamanten Ihrer Majestät. Wer ist Ihr Korrespondent?«

»Das Bankhaus Gebrüder Nunez Balboa.«

Dom Manoel blickte auf.

»Das ist mein Bankier«, bemerkte er lächelnd.

Boehmer schien entzückt. Schon wollte er sich erheben und Abschied nehmen, als ihn ein Gedanke zurückhielt.

»Was gibt's?« fragte Beausire unruhig.

»Die Sache ist doch abgemacht?« fragte Boehmer.

»Abgemacht!«

»So daß ich nur noch eine Bedingung zu stellen hätte: die Ehre des portugiesischen Namens ist gewiß für Seine Exzellenz ein so tief im Gefühl verankerter Wert, daß sie meine Gedanken begreifen wird.«

»Mein Gott, wieviel Umschweife! Zur Sache!«

»Das Halsband war Ihrer Majestät der Königin von Frankreich angeboten.«

»Die es abgelehnt hat. Weiter?«

»Wir können es nicht für Frankreich verlorengehen lassen, ohne wenigstens die Königin zu benachrichtigen. Der Respekt und die Loyalität zwingen uns dazu.«

»Das ist nur recht«, meinte Dom Manoel, nachdem Beausire ihm den Wunsch Boehmers übersetzt hatte, »ich wollte, daß alle portugiesischen Kaufleute ebenso dächten.«

»Ich benötige dazu drei Tage.«

Dom Manoel entließ den Juwelier mit einer vornehmen Gebärde. Dann blieben die beiden Komplizen allein.

»Wollen Sie mir erklären«, fragte Dom Manoel Beausire ärgerlich, »welcher Teufel Sie veranlaßt hat, abzulehnen, daß die Diamanten hierher geliefert werden? Eine Reise nach Portugal? Sind Sie verrückt? Konnte man nicht den Juwelieren das Geld geben und die Diamanten empfangen?«

»Sie nehmen Ihre Gesandtenrolle zu wörtlich«, erwiderte Beausire. »Noch immer sind Sie nicht für Herrn Boehmer der Graf do Suza.«

»Wie hätte er denn mit uns verhandelt, wenn er noch argwöhnisch wäre?«

»Wer einen Wert von eineinhalb Millionen gegen einige Papierstücke eintauscht, will wissen, was diese Papiere gelten.«

»Und Sie wollen nach Portugal reisen? Sie, der Sie kaum Portugiesisch verstehen? Verrückt!«

»Nein, Sie selbst werden reisen.«

»Gott bewahre, ich habe Gründe genug, nicht hinzufahren!«

»Und ich erkläre Ihnen, daß Boehmer die Diamanten nie gegen die Papiere ausgeliefert hätte.«

»Dann sagen Sie doch lieber gleich, daß das Geschäft nicht zustande kommt.«

»Es fällt mir gar nicht ein, so etwas zu behaupten. Kommandeur, kommen Sie hierher! Sie wissen doch, worum es sich handelt?«

»Ja.«

»Sie haben gelauscht?«

»Natürlich.«

»So sind Sie der Ansicht, daß ich eine Dummheit begangen habe?«

»Sie haben im Gegenteil vollkommen recht gehabt. Herr Boehmer hat das Gesandtschaftshotel die ganze Zeit über bewachen lassen.«

»Und?« fragte Dom Manoel.

»Nun, mit seinem Geld in der Hand wird Herr Boehmer ohne Argwohn nach Portugal abreisen.«

»Wir brauchen ja nicht so weit zu gehen, Herr Gesandter«, meinte der Kammerdiener; »das war doch auch Ihr Gedanke, Chevalier de Beausire?«

»Der Junge hat Witz!« rief Olivas Liebhaber begeistert. »Fünfzig Meilen hinter Paris nimmt dieser witzige Bursche eine Maske vor, setzt dem Postillion ein paar Pistolen auf die Brust, raubt unsere Tratten und Diamanten, prügelt Herrn Boehmer ein wenig durch, und alles ist abgemacht.«

»Ich hatte es mir anders vorgestellt«, gestand der Kammerdiener. »Ich sah im Geist Herrn Boehmer sich schon in Bayonne nach Portugal einschiffen. Herr Boehmer liebt, wie alle Deutschen, das Meer. Er geht natürlich auf Deck spazieren. Er beugt sich über die Reling, um das Spiel der Wogen zu betrachten. Er fällt! Das Etui ist natürlich mit ihm ins Wasser gefallen. Warum soll das Meer, das die indischen Galionen verschlang, ein kleines Etui wieder ausspeien?«

»Ich verstehe«, sagte der Portugiese.

»Das ist ein Glück«, brummte Beausire.

»Allerdings«, wandte Dom Manoel ein, »kommt man, weil

man Herrn Boehmers Diamanten entwendet hat, in die Bastille; wenn man ihn aber vorsätzlich auf das Spiel der Wogen aufmerksam macht, wird man gehenkt.«

»Als Dieb wird man verhaftet«, erklärte der Kommandeur, »wenn jener Mensch aber ins Wasser fällt, kann sich doch gar kein Verdacht gegen uns richten?«

»Man wird ja sehen«, meinte Beausire. »Und jetzt zu unseren Rollen! Wir wollen die Geschäfte der Gesandtschaft als rechte Portugiesen führen, damit man dereinst sage: sie waren zwar keine Gesandten, aber sie taten wenigstens so. Das ist immerhin schon schmeichelhaft.«

Vierundzwanzigstes Kapitel
Das Haus des Zeitungsschreibers

Es war am Tag nach dem Geschäftsabschluß zwischen dem Portugiesen und Boehmer, drei Tage nach dem Opernball, an dem wir einige Hauptfiguren unseres Romans teilnehmen sahen.

In der Rue Montorgueil, im Hintergrund eines durch ein Gitter verschlossenen Hofes, erhob sich ein kleines schmales Haus, das durch provinzlerische Fensterläden gegen das Geräusch der Straße geschützt war.

Das Erdgeschoß, zu dem man nur durch Überschreitung einiger stinkender Pfützen gelangen konnte, stellte einen halboffenen Wagen dar.

Dies war das Haus eines ziemlich bekannten Journalisten oder, wie man damals sagte, Zeitungsschreibers. Der Redakteur bewohnte die erste Etage, während das Erdgeschoß als Magazin für die Bündel aufgehäufter Nummern diente. Die zwei anderen Etagen gehörten ruhigen Leuten, die wohlfeil mieteten, denn sie mußten des öfteren lärmenden Szenen zwischen dem

Zeitungsschreiber, Polizeiagenten, beleidigten Privatleuten und gekränkten Komödianten beiwohnen.

An diesem Tag schlossen die Mieter des »vergitterten Hauses«, wie es im ganzen Quartier hieß, ihre Fenster nicht, denn sie wollten offenbar das Gezänk ihres Hausherrn mit anhören, der, wenn er verfolgt wurde, gewöhnlich durch einen Hinterausgang in die Rue des Vieux-Augustins floh.

Es ging ganz einfach: eine Geheimtür wurde geöffnet und wieder geschlossen, der Bedrohte war verschwunden, und die Angreifer standen dann meist Soldaten der Garde gegenüber, die von der alten Magd in aller Eile von einem Posten an der Markthalle herbeigeholt worden waren.

Zuweilen geschah es wohl, daß die Belagerer, die kein Opfer fanden, an dem sie ihre Wut auslassen konnten, sich an den feuchten Blättern im Erdgeschoß schadlos hielten, alles zerrissen, zerstampften und verbrannten. Aber was kann ein Fetzen Zeitungspapier uns für ein Ersatz sein, wenn wir es auf den Buckel des Verfassers abgesehen haben?

Von solchen Szenen abgesehen, war die Ruhe des vergitterten Hauses sprichwörtlich. Herr Reteau ging frühmorgens aus, machte seinen Spaziergang über die Quais, Plätze und Boulevards. Wo immer er der Lächerlichkeit und dem Laster begegnete, blieb er stehen und trug Notizen in sein Buch ein, um sie in der nächsten Nummer zu verwerten.

Sein Blatt war nämlich eine Wochenschrift.

Vier Tage lang befand sich Herr Reteau auf der Jagd nach Artikeln, zwei Tage dienten dem Druck; den siebenten Tag aber, den der Veröffentlichung, feierte Herr Reteau.

Das Blatt war an dem Tag, von dem wir sprechen, genau zweiundsiebzig Stunden nach dem Opernball erschienen.

Herr Reteau erhob sich um acht Uhr, empfing aus den Händen seiner alten Magd den ersten Abzug der neuen Nummer und begann mit dem Eifer eines Vaters zu lesen, der die Tugenden und Fehler seines Lieblingskindes Revue passieren läßt.

»Aldegonde«, sagte er schließlich, »das ist eine hübsche Nummer. Hast du sie gelesen?«

»Noch nicht, ich muß erst die Suppe kochen.«

»Ich bin sehr zufrieden mit dieser Nummer«, sagte der Zeitungsschreiber und streckte seine mageren Arme aus dem dürftigen Bett.

»Mag sein«, meinte Aldegonde, »aber wissen Sie, was man in der Druckerei gesagt hat? Sie werden diesmal bestimmt nicht der Bastille entgehen.«

Reteau setzte sich im Bett auf.

»Mach mir eine gute Suppe, Aldegonde, und misch dich nicht in die Probleme der Literatur. Von dieser Nummer kaufe ich dir ein Paar Ohrringe. Sind schon viele Exemplare abgesetzt?«

»Nicht sonderlich; wenn das so weitergeht, werden meine Ohrringe nicht besonders glänzend sein. Erinnern Sie sich nur an die Nummer gegen Herrn de Broglie: um zehn Uhr waren schon hundert Nummern verkauft.«

»Dafür werde ich diesmal meine Suppe in Ruhe essen können. Weißt du, warum, Aldegonde?«

»Nein.«

»Weil ich diesmal nicht einen Mann, sondern ein Frauenzimmer angreife. Nicht einen Soldaten, sondern eine Königin.«

»Gott sei gelobt, die Königin! Dann haben Sie nichts zu fürchten. Ich glaube, ich werde meine Ohrringe bekommen.«

»Es läutet!«

Die Alte eilte hinaus und kam im nächsten Augenblick entzückt zurück.

»Tausend Exemplare!« rief sie. »Das nenne ich einen Auftrag!«

»In welchem Namen?«

»Ich weiß es nicht.«

»Gut, dann frage!« Die baufällige Treppe ächzte unter den Schritten Aldegondes. Der Bote erklärte ihr, daß er die Nummern in die Rue Neuve-Saint-Gilles bringen solle, zum Grafen de Cagliostro.

Der Zeitungsschreiber tat einen Freudensprung, bei dem sein Bett beinahe umgestürzt wäre. Er eilte selbst in den Laden, um die Auslieferung der tausend Exemplare zu überwachen. Sie wurden auf den Karren eines Auvergnaten geladen, und dieser verschwand endlich durch das Gitter.

Herr Reteau war eben dabei, für die nächste Nummer eine Notiz über den großmütigen Förderer der Literatur aufzusetzen, der allein tausend Nummern eines angeblich politischen Pamphlets gekauft hatte, als es zum zweitenmal schellte.

»Schon wieder tausend Exemplare!« rief Aldegonde. »Es ist prachtvoll. Wenn es gegen die Österreicherin geht, steht alle Welt kopf.«

»Still, Aldegonde! Nicht so laut! Wenn du von der Österreicherin sprichst, käme ich noch in die Bastille, die du mir prophezeit hast.«

»Hören Sie«, rief die Magd streng, »geht diese Nummer gegen die Österreicherin, ja oder nein?«

»Du gebrauchst da ein Wort, das wir Journalisten nicht in Umlauf bringen.«

Wieder schellte es.

»Aldegonde, sieh nach, ich glaube, diesmal ist es einer, der nicht kaufen will.«

»Was bringt Sie auf diesen Gedanken?«

»Ich weiß nicht, aber der Mensch, der da am Gitter steht, sieht mir unheildrohend aus.«

Aldegonde öffnete einem einfach gekleideten Mann, der sich erkundigte, ob der Redakteur zu Hause sei.

»Was wollen Sie denn von ihm?« fragte Aldegonde mißtrauisch.

Sie öffnete die Tür kaum und zeigte sich bereit, sie beim Anschein der geringsten Gefahr wieder zuzuschließen. Der Mann ließ einige Taler in der Tasche klimpern, und dieser metallische Ton berührte das Herz der Alten angenehm.

»Ich möchte die tausend Exemplare bezahlen, die im Auftrag des Herrn Grafen de Cagliostro abgeholt worden sind.«

»Ach, wenn dem so ist, dann kommen Sie herein!«

Er hatte die Tür noch nicht geschlossen, als ein anderer Besucher, ein junger, hochgewachsener Mann, ihm die Klinke aus der Hand nahm.

»Verzeihen Sie, mein Herr.«

Und ohne weiter um Erlaubnis zu bitten, folgte er dem Mann, der die Rechnung des Grafen de Cagliostro begleichen wollte.

Aldegonde war noch ganz von dem Zauber des Geldes beherrscht, als sie ihrem Herrn entgegentrat.

»Alles in Ordnung«, meldete sie, »man bringt die fünfhundert Francs für die ersten tausend Exemplare.«

Der Beauftragte des Grafen de Cagliostro legte einen Sack mit Doppeltalern auf den Tisch und zählte hundert Stück auf. Reteau folgte aufmerksam und prüfte die einzelnen Münzen, ob sie nicht am Rand beschnitten waren. Dann dankte er, schrieb eine Quittung aus und verabschiedete den Zahler mit einem liebenswürdigen Lächeln.

»Bestellen Sie dem Herrn Grafen«, sagte er, »daß ich seine Befehle erwarte, und fügen Sie hinzu, daß er unbesorgt sein möge: ich weiß ein Geheimnis zu wahren.«

»Gut«, hörte man eine Stimme von der Tür her, »wir werden schon dafür sorgen, daß man auch auf Kosten des Herrn de Cagliostro lacht.«

Mit Mißbehagen sah Herr Reteau jene Person auftauchen, die ihm viel unheildrohender schien als ihr Vorgänger. Der Fremde hatte in der Tat die eine Hand am Griff seines Degens, die andere an der Krücke seines Stocks.

»Womit kann ich Ihnen dienen?« fragte Reteau beunruhigt.

»Sie sind Herr Reteau?« fragte der Unbekannte.

»Allerdings.«

»Genannt de Villette.«

»Derselbe.«

»Zeitungsschreiber.«

»Stimmt.«

»Und somit der Verfasser dieses Artikels?« fragte der Unbekannte, und zog eine frische Nummer aus der Tasche.

»Wenn auch nicht der Verfasser, so doch der Herausgeber.«

»Das kommt auf das gleiche heraus. Wenn Sie auch nicht den Mut besaßen, diesen Artikel zu schreiben, so waren Sie doch feige genug, ihn zu veröffentlichen. Ich sage feige, denn ich bin ein Edelmann und will selbst in dieser Spelunke hier meine Ausdrücke mäßigen. Doch sollen Sie meine Worte nicht wörtlich nehmen, sie drücken meine Meinung nicht zur Gänze aus. Sollten sie das, so müßte ich sagen: der Schreiber dieses Artikels ist ein Schuft, der Herausgeber ein Schurke.«

»Mein Herr!« rief Reteau, der sehr blaß geworden war.

»Hören Sie, Herr Schmierant, Ihre Taler haben Sie bekommen, jetzt sollen Sie die Prügel haben.«

»Ach, das wird man wohl sehen!« rief Reteau, der sich ja nur umzuwenden brauchte, um durch die Geheimtür zu verschwinden und in die Rue des Vieux-Augustins zu entkommen.

Aber dieser Tag war kein glücklicher für den armen Journalisten; schon stand er an dem Ausgang zur Rue des Vieux Augustins, als er einen anderen Mann gewahrte, einen wahren Herkules, der ihn drohend zu erwarten schien. Reteau wäre gern umgekehrt, aber der junge Mann mit dem Stock hatte inzwischen mit einem Fußtritt die Tür eingestoßen und war ihm nachgekommen. Reteau sah sich also zwischen zwei Feuern oder, wörtlich gesprochen, zwischen zwei Stöcken.

»Mein Herr, lassen Sie mich durch, bitte!« wandte sich Reteau an den Mann, der vor der Tür wartete.

»Herr!« rief der Verfolger, »halten Sie diesen Schuft auf, bitte!«

»Unbesorgt, Herr de Charny«, erwiderte der andere, »er wird hier nicht durchkommen!«

»Ach, Sie sind es, Herr de Taverney!« rief Charny.

In der Tat hatten die beiden heute morgen, nachdem sie die Gazette gelesen, den gleichen Gedanken gehabt und waren, ohne sich erst zu verständigen, an seine Ausführung geschritten.

Allerdings empfand jeder von den beiden, als er den anderen

gewahrte, etwas wie Ärger; beide ahnten, daß nur ein Nebenbuhler ihre Empfindung in so hohem Ausmaß teilen könnte.

Darum hatte Herr de Charny etwas verdrießlich: »Ach, Sie sind es, Herr de Taverney!« gerufen.

»Ich bin's!« erwiderte Philippe verstimmt. »Aber es scheint, ich bin zu spät gekommen. Gut, ich werde mich begnügen müssen, dem Fest beizuwohnen, wofern Sie mir nicht gütigerweise die Tür öffnen wollen.«

»Dem Fest?« fragte der Journalist erschrocken. »Ein Fest nennen Sie das? Wollen Sie mich denn erwürgen?«

»Nein, das Wort ist zu stark. Erwürgen werden wir Sie nicht. Wir wollen nur einige Fragen an Sie richten, und dann wird man ja sehen. Sie gestatten doch, Herr de Taverney, daß ich mit diesem Mann nach meinem Gutdünken verfahre?«

»Natürlich, Sie haben den Vortritt!«

»Dann lehnen Sie sich bitte an die Wand und rühren Sie sich nicht. Sie gestehen also, daß Sie gegen die Königin diese kurzweilige Geschichte, wie Sie sie nennen, geschrieben haben, die heute morgen in Ihrem Blatt erschienen ist.«

»Mein Herr, diese Geschichte richtet sich gar nicht gegen die Königin.«

»Ach, das fehlte noch!«

»Sie sind sehr geduldig, mein Herr!« rief Philippe durch die Tür.

»Seien Sie unbesorgt, der Schuft gewinnt nichts, indem er die Sache hinausschiebt.«

»Etteniotna«, sagte de Charny, »ist nur die Umkehrung von Antoinette! Lügen Sie nicht, Herr! Antworten Sie, und zwar sofort! Sind Sie der Verfasser dieses Pamphlets?«

»Ich bin kein Angeber«, antwortete Reteau.

»Sehr gut, Sie haben also keinen Komplizen. Der Graf de Cagliostro, der Ihnen tausend Exemplare dieser Schmähschrift abkaufen ließ, soll seine Schurkerei bezahlen, nachdem Sie die Ihre bezahlt haben.« Damit hob er den Stock.

»Wenn ich einen Degen hätte«, seufzte der Zeitungsschreiber. Sofort ließ Charny den Stock sinken.

»Herr de Taverney«, sagte er, »leihen Sie doch diesem Schuft Ihren Degen!«

»Wie kann ich dem Schurken meinen ehrlichen Degen leihen? Hier haben Sie meinen Stock, wenn der Ihre nicht genügt!«

»Wissen Sie nicht«, klagte der verzweifelte Reteau, »daß ich ein Edelmann bin?«

»Gut, Philippe. Dann leihen Sie mir Ihren Degen«, sagte Charny und warf den seinen dem Zeitungsschreiber vor die Füße; »diesen da kann ich nicht mehr berühren.«

Philippe zog seinen Degen aus der Scheide und reichte ihn Charny durch das Gitter.

Reteau bückte sich nicht. Er schien den Degen noch mehr zu scheuen als den Stock.

»Verdammt!« schrie Philippe, »beeilen Sie sich doch!«

»Ich wollte diesem Mann nur alle Chancen geben«, versicherte Charny, »denn ich finde, daß Prügel mir fast ebensoviel Mühe machen wie ihm; aber da der Herr Stockschläge Degenstichen vorzieht, mag er nach Wunsch bedient werden.«

Diese Worte waren kaum gesprochen, als ein Schrei Reteaus erraten ließ, daß Charny mit der Ausführung seiner Absicht begonnen hatte. Fünf oder sechs kräftig geführte Hiebe, deren jeder von einem Schrei beantwortet wurde, folgten. Auf dieses Geschrei eilte Aldegonde herbei; aber Charny kümmerte sich um ihre Klagerufe nicht mehr als um die ihres Herrn.

Endlich war Charny des Prügelns müde, und Reteau warf sich zu Boden.

»Sind Sie soweit fertig?« fragte Philippe.

»Allerdings.«

»Gut, dann geben Sie mir meinen Degen zurück und öffnen Sie!«

»Mein Herr«, jammerte Reteau, der jetzt in dem Mann, der bereits das Seine getan hatte, fast etwas wie einen Beschützer ahnte.

»Sie werden doch verstehen«, antwortete Charny, »daß ich den Herrn nicht draußen stehenlassen kann.«

»Das ist Mord!«

»Beruhigen Sie sich, ich glaube, der Herr wird Sie nicht einmal anrühren!«

»Sie haben recht«, bestätigte Philippe verächtlich. »Es heißt ja: *non bis in idem*. Wir müssen uns noch um die Auflage kümmern. Sie muß vernichtet werden.«

»Sehen Sie«, rief Charny, »zu zweit ist man immer besser dran. Ich allein hätte es bestimmt vergessen. Wieso sind Sie übrigens hier, Herr de Taverney?«

»Ich habe mich vorher hier in der Gegend nach den Gewohnheiten dieses Schuftes erkundigt, und da hat man mir gesagt, daß er immer davonläuft. Darum bin ich hierhergegangen und habe mir gedacht, es wird schon einer kommen und mir den Fuchs zutreiben.«

»Ein großes Glück! Kommen Sie, Herr de Taverney, der Schlingel soll uns zu seiner Druckpresse führen.«

»Die Presse ist nicht im Haus.«

»Du lügst!« schrie Charny drohend.

»Nicht doch«, bestätigte Philippe, »er hat recht. Aber die Auflage ist da. Bis auf die tausend Exemplare, die Herr de Cagliostro gekauft hat, werden wir alles vorfinden.«

»Wir können sie verbrennen.«

Die beiden schoben Reteau in seinen Laden.

Fünfundzwanzigstes Kapitel

Wie zwei Freunde Feinde wurden

Aldegonde war in aller Eile zur Scharwache gelaufen. Noch bevor sie zurückkam, hatten Philippe und Charny Zeit gehabt, die Auflage der Gazette zu verbrennen. Als sie den Schritt der Patrouille hörten, erinnerten sie sich des Weges, den Reteau ihnen unglücklicherweise selbst gezeigt hatte, bedienten sich des Geheimgangs und entkamen in die Rue des Vieux-Augustins. Als die Soldaten sahen, daß die beiden jungen Leute sich davongemacht hatten und das Feuer im Begriff war zu verlöschen, fanden sie es unnötig, ihre Nachforschungen fortzusetzen. Sie empfahlen Reteau, sich den Rücken mit Kampferspiritus einzureiben, und kehrten in ihre Wachstube zurück. Die Menge allerdings, die ja stets neugieriger ist als die Polizei, umlagerte bis Mittag das Haus des Herrn Reteau und wollte die Hoffnung nicht aufgeben, daß die Szene sich erneuern könnte.

In ihrer Verzweiflung fluchte Aldegonde der Königin, nannte sie »Österreicherin«, segnete Herrn de Cagliostro und rühmte ihn als Beschützer der Literatur.

Als Taverney und Charny sich in der Rue des Vieux-Augustins in Sicherheit fanden, sagte Charny: »Die Exekution ist beendigt. Kann ich Ihnen noch von Nutzen sein?«

»Tausend Dank! Ich wollte eben dieselbe Frage an Sie richten.«

»Danke, ich war in Privatsachen nach Paris gekommen, die mich wahrscheinlich einen Tag lang hier zurückhalten werden.«

»Und mir geht es ebenso, mein Herr.«

»Dann gestatten Sie, daß ich mich verabschiede und mich nur noch beglückwünsche, Sie getroffen zu haben.«

»Und ich darf wohl dasselbe Kompliment erwidern und hinzufügen, daß ich nur wünsche, die Geschäfte, die Sie nach Paris geführt haben, mögen einen glücklichen Ausgang nehmen.«

Die beiden verneigten sich mit einem Lächeln und einer Höflichkeit, die nur zu leicht erraten ließ, daß ihre Lippen nicht ihrem Herzen gefolgt waren.

Philippe wandte sich den Boulevards zu, während Charny das Seineufer hinabschritt. Beide wandten sich zwei- oder dreimal um, bis sie einander aus den Augen verloren. Jetzt bog Charny in die Rue Beaurepaire ein und eilte geradewegs zur Rue Neuve-Saint-Gilles. Er hatte diese Straße bereits betreten, als er einen jungen Mann erblickte, den er zu erkennen glaubte. Zweifelnd blieb er stehen.

Es war Philippe.

Diesmal bemühten sich die beiden jungen Männer nicht, ihre Gedanken zu verbergen. Auch wäre es unmöglich gewesen, sie länger zu verheimlichen.

»Herr de Charny«, sagte Philippe, »ich habe Ihnen den Verkäufer überlassen, lassen Sie mir den Käufer. Sie haben Arbeit mit dem Stock bekommen, ich suche etwas für meinen Degen.«

»Nun, mein Herr«, erwiderte Charny, »Sie waren, wenn ich mich recht erinnere, so gütig, zurückzutreten, weil ich zuerst gekommen war, und aus keinem andern Grund.«

»Jetzt aber kommen wir gleichzeitig«, sagte Taverney, »und diesmal werde ich nicht zurücktreten.«

»Wer sagt Ihnen, daß ich das verlange? Ich werde nur mein Recht verteidigen.«

»Und was verstehen Sie unter Ihrem Recht, Herr de Charny?«

»Herrn Cagliostro die tausend Exemplare verbrennen zu lassen, die er von diesem Schuft gekauft hat.«

»Sie werden sich aber erinnern, mein Herr, daß ich es war, der zuerst in der Rue Montorgueil auf den Gedanken kam, die Auflage zu verbrennen.«

»Gut, behalten Sie die Rue Montorgueil, ich nehme die Rue Neuve-Saint-Gilles.«

»Ich bin verzweifelt, mein Herr, Ihnen in allem Ernst sagen zu müssen, daß ich als erster mit dem Grafen de Cagliostro sprechen muß.«

»Alles, was ich für Sie tun kann, besteht darin, daß ich Ihnen das Los vorschlage. Ich werfe einen Louis in die Luft, und wer Kopf gewinnt, behält den Vortritt.«

»Danke, aber ich habe wenig Glück im Spiel, und es wäre mir zu unlieb, wenn ich verlieren sollte.«

Philippe trat einen Schritt vor.

»Gut, wie wäre es, wenn wir einen kleinen Umweg über das Bois de Boulogne machten? Vielleicht bleibt einer von uns beiden unterwegs zurück, und der andere brauchte ja niemand darüber Rechenschaft zu geben.«

»Das ist wirklich eine Lösung. Wo treffen wir uns?«

»Nun, wenn meine Gesellschaft Ihnen nicht unangenehm ist ...?«

»Was denn?«

»Wir brauchen uns ja nicht zu trennen. Ich habe meinem Wagen Auftrag gegeben, an der Place Royal zu warten.«

»Gut, wenn Sie mir einen Platz einräumen wollen ...«

»Mit größtem Vergnügen!«

Mit raschen Schritten näherten sich die beiden Kavaliere der Equipage. Charny lud Philippe ein, Platz zu nehmen, und der Wagen entfernte sich in Richtung Champs-Elysees. Bald hatte er das Bois de Boulogne erreicht. An einem geeigneten Platz ließ Charny den Kutscher halten.

Das Wetter war herrlich, die Luft ein wenig kühl, aber die Sonne sog bereits mit erster Kraft den Duft der Veilchen ein.

»Herrliches Wetter für einen Spaziergang, nicht wahr, Herr de Taverney?«

»Es wird mir ein Vergnügen sein.«

Die beiden stiegen aus. Binnen fünf Minuten hatten sie einen geeigneten trockenen Platz gefunden.

»Wenn Sie meiner Meinung sind, Herr de Charny, so können wir hier bleiben.«

»Gern.«

Die beiden warfen ihre Röcke ab, legten ihre Hüte auf die Erde und zogen ihre Degen.

»Mein Herr«, sagte Charny, »jedem andern würde ich sagen: Chevalier, ein Wort, wenn nicht der Entschuldigung, so doch der Besinnung, und wir sind wieder Freunde. Ihnen aber, einem Helden, der eben aus Amerika kommt, aus einem Land, in dem man sich so gut schlägt, kann ich nicht zumuten ...«

»Und ich würde Ihnen sagen: Vielleicht mag es aussehen, als ob ich unrecht hätte, aber den tapferen Seemann, der erst unlängst den ganzen Hof zur Bewunderung hinriß, kann ich nur bitten, mir Bescheid zu geben.«

Die Degen kreuzten sich.

Schon bei dem ersten Ausfall bemerkte Philippe, daß er seinem Gegner bedeutend überlegen war. Dieses Bewußtsein kühlte ihn ab. Er focht ruhig wie auf dem Fechtboden und hatte ein Gefühl, als ob er nicht den Degen, sondern das Florett führe. Er begnügte sich, zu parieren, und eine Minute lang führte er keinen einzigen Coup.

»Sie schonen mich, mein Herr«, rief Charny, »darf ich Sie fragen, warum Sie das tun?«

Gleichzeitig fiel er, eine rasche Finte maskierend, gegen Philippe aus, der aber den Degen seines Gegners mit einer noch rascheren Contre parierte. Obwohl Taverney Charnys Degen aus der Linie gebracht hatte, versuchte Philippe keinen Gegenstoß.

Charny war der jüngere, leidenschaftlichere von beiden; er schämte sich seiner Erregung und wollte seinen Gegner aus der Ruhe bringen. »Wirklich«, rief er, »wir haben die wahre Ursache des Duells nicht erwähnt.«

Philippe antwortete nicht.

»Ich will sie Ihnen sagen«, fuhr Charny fort. »Sie haben Streit gesucht aus Eifersucht.«

Philippe blieb stumm.

»Spielen Sie mit mir?« fragte Charny wütend. »Wollen Sie mich ermüden? Das wäre Ihrer unwürdig. Töten Sie mich, wenn Sie können, aber tun Sie es, solange ich kampffähig bin.«

Philippe schüttelte den Kopf.

»Der Vorwurf, den Sie mir machen«, sagte er, »ist berechtigt; ich suchte Zank, und das war unrecht von mir.«

»Darum handelt es sich jetzt nicht; Sie haben den Degen in der Hand, Sie bedienen sich seiner nur, um zu parieren. Sie greifen nicht an und verteidigen sich nur.«

»Ich kann nur wiederholen, daß ich unrecht hatte und daß ich es bereue.«

Charny war zu wütend, um die Großmut seines Gegners zu begreifen. Er hielt sie für eine Beleidigung.

»Ach«, rief er, »ich verstehe, Sie wollen großmütig sein?

Heute abend oder morgen wollen Sie einigen schönen Frauen erzählen, daß Sie mir das Leben geschenkt haben.«

»Herr Graf«, antwortete Philippe, »ich befürchte in der Tat, daß Sie verrückt werden.«

»Sie wollten doch Herrn de Cagliostro töten, um der Königin gefällig zu sein? Und in einer ähnlichen Absicht wollen Sie mich jetzt der Lächerlichkeit preisgeben?«

»Das ist zuviel!« rief Philippe und runzelte die Stirn. »Ihr Wort beweist, daß Sie nicht so edel sind, wie ich dachte.«

»Nun, dann stoßen Sie doch zu«, antwortete Charny und gab, während Philippe ausfiel, seine Brust frei. Der Degen glitt an den Rippen hin und öffnete unter dem feinen Leinenhemd eine blutige Wunde.

»Nun«, rief Charny erfreut, »jetzt bin ich verwundet! Wenn ich Sie jetzt töte, werde ich wenigstens eine schöne Rolle spielen.«

»Wirklich, Sie sind verrückt. Sie werden mich nicht töten und eine recht gewöhnliche Rolle spielen, denn man wird von Ihnen nur sagen können, daß Sie sich nutzlos verwunden ließen, und daß niemand begreift, warum wir uns geschlagen haben.«

Charny führte einen wilden Stoß gegen seinen Gegner, der mit knapper Mühe zurechtkam, um zu parieren, den Degen seines Gegners band und mit kräftigem Hieb wohl zehn Schritt weit schleuderte.

»Herr de Charny«, sagte er, »Sie brauchten mir nicht zu beweisen, daß Sie tapfer sind. Was soll diese Wut, mit der Sie gegen mich kämpfen?«

Charny antwortete nicht. Er war totenblaß geworden.

»Nun, Herr Graf«, fuhr Philippe fort. »Das Los ist gezogen, wir bleiben Feinde.«

Charny taumelte. Philippe wollte ihn stützen, aber der Graf stieß seine Hand zurück.

»Danke, ich komme noch bis zu meinem Wagen.«

»So nehmen Sie wenigstens dieses Taschentuch, um das Blut zu stillen.«

»Gern. Der Degen hat übrigens nur eine Fleischwunde gezogen.«

»Um so besser.«

»Ich hoffe, bald geheilt zu sein.«

»Auch das wird mich freuen, mein Herr. Aber wenn Sie Ihre Heilung nur beschleunigen, um diesen Kampf zu erneuern, so will ich Ihnen im voraus sagen, daß Sie mich nicht finden werden.«

Charny wollte antworten, aber die Worte erstarrten auf seinen Lippen; er taumelte und Philippe kam gerade zurecht, ihn in seinen Armen aufzufangen. Wie ein Kind trug er den fast Ohnmächtigen in seinen Wagen. Charny dankte mit einem Kopfnicken.

»Fahren Sie im Schritt, Kutscher!« befahl Philippe.

»Und Sie, mein Herr?« murmelte der Verwundete.

»Beunruhigen Sie sich nicht!«

Mit einer Verneigung schloß er die Wagentür. Dann sah Philippe der Equipage nach, die sich langsam entfernte; als sie an einer Wegbiegung endlich verschwand, schlug er seinerseits den Weg nach Paris ein. Nachdenklich murmelte er:

»Sie wird ihn bedauern.«

Sechsundzwanzigstes Kapitel

Das Haus in der Rue Neuve-Saint-Gilles

An den Champs-Elysées fand Philippe eine Mietdroschke. »Rue Neuve-Saint-Gilles«, befahl er dem Kutscher. »Fahren Sie rasch!«

Ein Mann in bürgerlicher Tracht, dem man auf zehn Schritte den Militär ansieht, das genügte, um einen ehrlichen Kutscher anzutreiben.

Einige Minuten später setzte er Philippe beim Haus des Grafen Cagliostro ab.

Es war ein Gebäude von größter Einfachheit und majestätischer Linienführung, wie sie die meisten Bauwerke aus der Zeit Ludwigs XVI. auszeichnete. Eine Equipage, die mit zwei prächtigen Pferden bespannt war, stand im Vorhof. Auf dem Kutschbock döste ein Kutscher, der in einen Mantel mit einem Fuchspelzkragen gehüllt war; zwei Lakaien, deren einer ein Jagdmesser trug, standen auf der Freitreppe.

Philippe hatte seinen Kutscher beauftragt, in den Hof einzufahren. Er sprang heraus, eilte die Freitreppe hinauf und wandte sich an die beiden Diener.

»Der Herr Graf de Cagliostro ist zu Hause?«

»Er ist im Begriff auszufahren.«

»Ich muß noch vorher mit ihm sprechen. Melden Sie ihm den Chevalier Philippe de Taverney!«

Er folgte dem Lakaien auf dem Fuß.

»Herr Philippe de Taverney?« fragte im Salon eine männliche und zugleich sanfte Stimme. »Gut, lassen Sie ihn eintreten.«

Als Philippe den Salon betrat, stand er noch unter dem Eindruck dieser seltsam ruhigen Stimme.

»Verzeihen Sie, mein Herr«, sagte der Chevalier und wandte sich an einen Mann von mächtiger Figur, in dem wir den Unbekannten aus dem Hause Mesmer, den Besucher Olivas und ihren Begleiter auf dem Opernball erkennen.

»Was soll ich verzeihen?«

»Daß ich Sie hindere auszufahren.«

»Sie hätten sich entschuldigen müssen, wenn Sie zu spät gekommen wären.«

»Wie das?« – »Weil ich Sie erwartet habe.«

Philippe runzelte die Stirn.

»Sie haben mich erwartet?«

»Ja, man hat mir Ihren Besuch angekündigt, schon vor zwei Stunden. Sie wollten doch schon vor einer Stunde hier sein, nicht wahr? Ein Ereignis, das Sie nicht vorgesehen hatten, hat Sie von Ihrer Absicht entfernt?«

Philippe ballte die Faust. Er fühlte, daß dieser seltsame Mensch Einfluß auf ihn gewann.

»Setzen Sie sich doch, Herr de Taverney.«

Damit schob er Philippe einen Lehnstuhl hin, der vor dem Kamin stand.

»Ich habe einen Lehnstuhl für Sie bereitstellen lassen.«

»Genug der Scherze, Herr Graf«, erwiderte Philippe mit erzwungen ruhiger Stimme. »Wenn Sie ein Wahrsager sind, so werde ich Ihre Gabe auf die Probe stellen; Sie wissen wohl schon, was ich Ihnen sagen will, und haben demnach bereits Ihre Vorbereitungen getroffen.«

»Allerdings«, lächelte der Graf, »Sie wollen wegen der Königin mit mir Streit suchen. Sprechen Sie, bitte.«

»Sie haben recht, mein Herr. Nun, es ist da ein Pamphlet erschienen ...«

»Es gibt viele Pamphlete ...«

»Geschrieben von einem gewissen Zeitungsschreiber ...«

»Es gibt viele Zeitungsschreiber.«

»Einen Augenblick! Wir kommen später auf ihn zurück! Dieses Pamphlet also ist gegen die Königin gerichtet. Kennen Sie es?«

»Gewiß, mein Herr.«

»Und Sie haben tausend Exemplare davon gekauft!«

»Ich leugne es nicht.«

»Diese tausend Exemplare sind glücklicherweise nicht in Ihre Hände gelangt!«

»Warum glauben Sie das?«

»Weil ich Ihren Boten getroffen und zu mir nach Hause geschickt habe, wo mein Diener ihn wahrscheinlich empfangen hat.«

»Warum erledigen Sie Ihre Angelegenheiten nicht selbst? Es wäre besser.«

»Ich konnte leider nicht, denn während mein Diener beschäftigt war, diese tausend Exemplare Ihrer seltsamen Sammelwut vorzuenthalten, mußte ich den Rest der Auflage vernichten.«

»Sie wissen also bestimmt, daß die tausend Exemplare, die mir gehörten, nicht in meine Hände gelangt sind?«

»Allerdings.«

»Sie täuschen sich, mein Herr. Sie sind hier.«

Philippe antwortete mit einer drohenden Geste.

»Sie glauben«, fuhr der Graf phlegmatisch fort, »daß ich, der Wahrsager, wie Sie mich nennen, mit mir spielen lasse? Sie hielten das wohl für einen witzigen Gedanken, meinen Boten zu bestechen. Nun, ich habe einen Haushofmeister, der mindestens ebensogute Ideen hat. Dafür bezahle ich ihn. Er hat alles erraten, und das ist von dem Haushofmeister eines Wahrsagers nur natürlich; er hat erraten, daß Sie zu dem Zeitungsschreiber gehen, meinen Boten abfangen und ihn bestechen würden. Er ist ihm daher nachgegangen und hat ihm gedroht, er werde ihn zur Herausgabe des Geldes zwingen, das Sie ihm gegeben haben, wenn er nicht gehorchte. Der Mann wurde ängstlich und ist, statt zu Ihnen zu fahren, meinem Haushofmeister gefolgt. Bezweifeln Sie das?«

»Allerdings, ich glaube es nicht.«

»Wie sagte Jesus zu dem heiligen Thomas? Vide pedes, vide manus! Nun, ich will ebenso zu Ihnen sprechen, Herr de Taverney! Blicken Sie in diesen Schrank, befühlen Sie diese Broschüren.«

Damit öffnete er einen prächtig geschnitzten Eichenschrank, in dessen Hauptfach der erbleichende Chevalier tausend noch feuchte Exemplare des Pamphlets bemerkte.

Philippe trat auf den Grafen zu, der sich, so drohend die Haltung des Chevaliers auch war, nicht rührte.

»Mein Herr«, sagte Philippe, »Sie scheinen mir tapfer; ich lade Sie ein, mir mit dem Degen in der Hand Genugtuung zu geben.«

»Genugtuung wofür?«

»Für die Beleidigung, die der Königin zugefügt worden ist und deren Sie sich mitschuldig machen, solange auch nur ein Exemplar von diesem Blatt in Ihrem Haus ist.«

»Mein Herr«, antwortete Cagliostro, ohne seine Stellung zu ändern, »Sie befinden sich in einem traurigen Irrtum. Ich bin ein Mensch, der Neuigkeiten liebt, skandalöse Gerüchte, ich sammle derlei, um mich später an manches zu erinnern, was ich sonst vergessen würde. Wieso habe ich, indem ich diese Zeitungen kaufte, die Person, gegen die sich der Artikel richtet, beleidigt?«

»Mich haben Sie beleidigt! Verstehen Sie das?«

»Nein, auf Ehre, das verstehe ich nicht.«

»Ein Mann von Ehre, mein Herr, sammelt nicht Schändlichkeiten.«

»Sie werden mich entschuldigen, mein Herr, aber ich bin in der Beurteilung dieser Broschüre nicht Ihrer Ansicht. Mag sie auch ein Pamphlet sein, eine Schändlichkeit ist sie nicht.«

»Aber Sie geben doch zu, daß sie nur Lügen enthält?«

»Wieder ein Irrtum! Ihre Majestät die Königin ist bei Mesmer gewesen.«

»Das ist nicht wahr!«

»Darauf kann ich nur antworten: ich habe sie selbst gesehen.«

Philippe sah seinem Gegner ins Gesicht, er wollte einen Augenblick den leuchtenden Blick Cagliostros ertragen, dann fühlte er, wie er ermüdete, wandte sich ab und sagte: »Gut, ich beharre bei meiner Behauptung, daß Sie lügen.«

Cagliostro zuckte die Achseln.

»Verstehen Sie mich nicht?« fragte Philippe dumpf.

»Im Gegenteil, ich verstehe jedes Wort, das Sie gesagt haben.«

»Und wissen Sie nicht, was mein Vorwurf bedeutet?«

»Doch, mein Herr; in Frankreich gibt es sogar ein Sprichwort: wer mich Lügen straft, dem gehört eine Ohrfeige.«

»Dann wundert es mich nur, daß Sie, ein Edelmann, der das französische Sprichwort kennt, nicht Ihre Hand gegen mich erheben!«

»Bevor Gott mich zum Edelmann gemacht und das französische Sprichwort kennengelehrt hat, machte er mich zum Menschen und lehrte mich, meinen Nächsten zu lieben.«

»Sie wollen mir also nicht mit dem Degen Genugtuung geben?«

»Ich bezahle nur, wenn ich etwas schuldig bin.«

»Ich werde Sie nicht schlechter behandeln, als ein Edelmann seinesgleichen; ich bestehe nur darauf, daß Sie in meiner Gegenwart alle Exemplare dieser Schmähschrift, die Sie in Ihrem Schrank haben, verbrennen.«

»Gut, und ich lehne ab.«

»Dann zwingen Sie mich, Ihnen nicht anders zu begegnen als diesem Zeitungsschreiber.«

»Oh, Stockprügel«, lachte Cagliostro, der noch immer regungslos stand wie eine Statue.

»Nicht mehr und nicht weniger! Und Sie werden Ihre Leute nicht rufen.«

»Wozu auch? Das geht sie gar nichts an. Ich mache meine Sache allein. Ich bin doch stärker als Sie! Zweifeln Sie? Überlegen Sie es sich. Wenn Sie Ihren Stock heben, nehme ich Sie am Kragen und werfe Sie zehn Schritte weit – und das, wohlverstanden, so oft, wie Sie versuchen, näher zu kommen.«

»Ein Sport für englische Lords oder Lastträger! Gut, Herr Herkules, ich nehme an.«

Wütend warf sich Philippe auf Cagliostro, dessen Arme sich plötzlich wie stählerne Klammern um ihn legten; der Graf faßte den Chevalier um Gürtel und Hals und schleuderte ihn auf ein Sofa in der Ecke des Salons. Nach dieser Probe unerhörter Kraft trat er wieder an den Kamin, als ob nichts geschehen wäre.

Philippe erhob sich bleich, kam aber sofort zu Verstand. Er zog seinen Rock und seine Manschetten zurecht und sagte düster:

»Sie sind in der Tat stärker als vier Männer. Ihre Logik ist allerdings weniger robust als Ihre Faust. Sie haben vergessen, daß ich, gedemütigt und besiegt, mehr als je das Recht habe, Ihnen zu sagen: Greifen Sie nach dem Degen, sonst töte ich Sie!«

Cagliostro rührte sich nicht.

»Ziehen Sie den Degen, oder Sie sind des Todes!« rief Philippe.

»Sie sind noch nicht nahe genug, mein Herr, daß ich Sie so behandle wie eben erst«, erwiderte der Graf. »Jedenfalls werde ich mich nicht der Gefahr aussetzen, verwundet zu werden, getötet sogar wie der arme Gilbert.«

»Gilbert? Welchen Namen nennen Sie da?«

»Glücklicherweise haben Sie diesmal kein Gewehr zur Hand.«

»Mein Herr«, schrie Philippe, »Sie haben da einen Namen genannt ...«

»Einen Namen, der in Ihren Erinnerungen ein furchtbares Echo geweckt hat, nicht wahr? Einen Namen, den Sie nie mehr zu hören hofften, denn Sie waren doch allein mit diesem armen Jungen, als Sie ihn in jener Grotte auf den Azoren ermordeten.«

»Ziehen Sie den Degen! Verteidigen Sie sich!«

»Wenn Sie wüßten«, meinte Cagliostro und sah Philippe ruhig an, »wie leicht es mir wäre, den Degen aus Ihren Händen fallen zu machen! Aber ich habe das nicht nötig, ich besitze ein sichereres Mittel.«

»Zum letztenmal rufe ich Ihnen zu: Ziehen Sie den Degen!« schrie Philippe und näherte sich dem Grafen.

Philippes Degenspitze war kaum mehr zwei Zoll von der Brust Cagliostros entfernt, als dieser ein Fläschchen aus der Tasche zog, entkorkte und Philippe den Inhalt ins Gesicht spritzte. Kaum hatte die Flüssigkeit den Chevalier berührt, als dieser taumelte, den Degen fallen ließ und in die Knie ging. Einige Sekunden lang war Philippe wie betäubt. Cagliostro hob ihn auf, stieß seinen Degen in die Scheide, reichte ihn Philippe und führte ihn zu einem Lehnstuhl. Dann wartete er, bis sein Gegner wieder zu vollem Bewußtsein gekommen war.

»In Ihrem Alter, Chevalier, macht man keine Dummheit mehr«, sagte er; »benehmen Sie sich nicht wie ein Kind, hören Sie mich ruhig an.«

Philippe schüttelte sich, überwand sein Grauen und murmelte: »Ach, mein Herr, das also nennen Sie die Waffen eines Edelmannes?« Cagliostro zuckte die Achseln.

»Sie wiederholen immer wieder dieselbe Phrase«, sagte er, »wenn wir Adeligen gesagt haben: Adel, dann ist eben alles gesagt. Was nennen Sie die Waffen eines Edelmannes? Ihren Degen, der Ihnen so schlecht gegen mich gedient hat? Das Gewehr, mit dem Sie auf Gilbert schossen? Was macht denn unsere Überlegenheit aus, Chevalier? Etwa das Wort Edelmann? Nein, unser Verstand, unsere Kraft, unser besseres Wissen. Alle diese Mittel habe ich gegen Sie angewandt. Mit den Waffen meines Verstandes habe ich Ihre Beleidigungen pariert, mit meiner Kraft habe ich die Ihre überwunden, mein Wissen hat mich instand gesetzt, Ihren moralischen Widerstand zu brechen. Jetzt brauche ich Ihnen nur noch zu beweisen, daß Sie, indem Sie mit Drohungen hierherkamen, einen doppelten Fehler begingen. Wollen Sie so gütig sein, mich anzuhören?«

»Sie haben mich ganz betäubt«, sagte Philippe, »ich kann mich kaum rühren. Warum fragen Sie mich, ob ich Ihnen zuhören werde? Was kann ich denn sonst?«

Cagliostro nahm ein kleines goldenes Fläschchen aus den Händen eines Äskulaps aus Bronze, der auf dem Kamin stand. »Riechen Sie an diesem Fläschchen, Chevalier.«

Philippe gehorchte; es war ihm, als ob der Nebel sich teile und als ob er plötzlich wieder die Herrschaft über seine Gedanken gewinne.

»Ich fühle mich wie wiedergeboren«, sagte er.

»Demnach darf ich annehmen, daß Sie als Mann von Herz und Verstand jetzt begreifen, daß ich in dieser Sache, die eben vorgefallen ist, die bessere Rolle spiele.«

»Nicht doch, denn ich verteidigte ein geheiligtes Prinzip, die Monarchie.«

»Ah, Sie verteidigten die Monarchie? Sie, der Mann, der nach Amerika gegangen ist, um für die Republik zu kämpfen? Großer Gott, seien Sie doch aufrichtig und gestehen Sie, daß Sie drüben ebensowenig für die Republik wie hier für die Monarchie gestritten haben.«

Philippe blickte zu Boden.

»Lieben Sie nur«, fuhr Cagliostro fort, »lieben Sie nur jene, die Sie verachten! Lieben Sie jene, die Ihrer vergessen und die Sie täuschen. Es ist ja das Schicksal großer Seelen, in den Regungen ihrer Herzen betrogen zu werden. Christus hat uns ja befohlen, das Böse mit Gutem zu vergelten. Sie sind doch Christ, Herr de Taverney?«

»Mein Herr!« rief Philippe erschrocken, »wenn ich nicht das Königtum verteidigt habe, so doch wenigstens die Königin, eine ehrwürdige und unschuldige Frau, eine Frau, die selbst dann noch respektiert werden muß, wenn sie es nicht mehr verdiente, denn das göttliche Gesetz verpflichtet uns, die Schwachen zu verteidigen.«

»Die Schwachen? Sie nennen eine Königin, vor der achtundzwanzig Millionen Menschen, lebendige, denkende Wesen, Kopf und Knie beugen, ein schwaches Wesen?«

»Sie handeln wie der Geist des Bösen!«

»Wer sagt Ihnen das?« rief Cagliostro, dessen Augen aufleuchteten. »Woher kommt diese Vermessenheit, entscheiden zu wollen, daß Sie im Recht sind und ich im Unrecht? Woher die Kühnheit, Ihr Prinzip dem meinen vorzuziehen? Sie verteidigen das Königtum, aber wie wäre es, wenn ich die Menschheit verteidigte? Sie Republikaner aus Amerika, Ritter des Cincinnatusordens, ich erinnere Sie an die Liebe zur Menschheit, an die Liebe zur Gleichheit aller Menschen! Sie schreiten hinweg über die Völker, um einer Königin die Hand zu küssen, ich bin bereit, eine Königin mit Füßen zu treten, um Völker zu erhöhen! Ich störe Sie nicht in Ihrer Verzückung, stören Sie mich nicht in meiner Arbeit. Sie haben zu mir gesagt: Stirb, denn du hast den Gegenstand meiner Verehrung beleidigt! Nun, ich sage Ihnen: Lebe, obwohl du mein Ideal bekämpfst! Ich sage das, weil ich mich in meinem Prinzip stark fühle, weil ich weiß, daß weder Sie noch einer der Ihren, sosehr Sie sich auch plagen mögen, meinen Gang auch nur einen Schritt lang aufhalten werden.«

»Mein Herr, Sie erschrecken mich«, antwortete Philippe, »Sie öffnen mir die Augen, den Abgrund zu sehen, dem das Königtum entgegeneilt.«

»Wenn Sie ihn ermessen können, so seien Sie vorsichtig.«

»Sie sagen mir das«, antwortete Philippe, »und doch fehlt es Ihnen an Großmut, denn Sie wissen nur zu gut, daß ich mich selbst in diesen Abgrund werfen werde, bevor ich jene hinabstürzen sehe, die ich verteidige.«

»Nun, Herr de Taverney, ich habe Sie gewarnt, jetzt aber will ich meine Hände in Unschuld waschen wie der Präfekt des Tiberius.«

»Ach, ich bin nur schwach, bin Ihnen wohl unterlegen, aber ich werde die Waffen der Schwäche gegen Sie benutzen, werde Sie mit zitternder Stimme und gefalteten Händen anflehen, Sie mögen mir nur diesmal Gnade gewähren für jene, die Sie verfolgen. Ich werde Sie bitten für mich, der ich, ohne zu wissen, warum, in Ihnen keinen Feind erkennen kann, ich werde von Ihnen erwirken, daß Sie mich nicht zwingen, das Unglück dieser geliebten Königin mit anzusehen und sie nicht zu warnen. Ich werde Sie dazu bringen, mein Herr, daß Sie selbst jenes Pamphlet verbrennen, das eine Frau bis zu Tränen kränken wird; ich werde es von Ihnen erreichen, oder, bei meiner Ehre, bei dieser unseligen Liebe, von der Sie ja wissen, ich werde den ohnmächtigen Degen gegen mich selbst kehren.«

»Ach«, murmelte Cagliostro und betrachtete Philippe, »warum sind nicht alle wie Sie? Ich wäre von Eurer Partei und Ihr wäret nicht verloren!«

»Ich bitte Sie, mein Herr, antworten Sie!«

»Zählen Sie selbst nach«, sagte Cagliostro endlich, »es sind noch alle tausend Exemplare hier. Verbrennen Sie sie bis zum letzten.«

Philippe fühlte, wie seine Lippen zuckten; dann trat er zu dem Schrank, zog die Broschüren heraus und warf sie in das Feuer des Kamins.

»Leben Sie wohl«, rief er, »und haben Sie tausend Dank für alles, was Sie für mich getan haben!«

Achselzuckend blieb Cagliostro allein.

»Meine Pferde!« befahl er dann.

Siebenundzwanzigstes Kapitel

Das Oberhaupt der Familie Taverney

Während sich dies in der Rue Neuve-Saint-Gilles abspielte, ließ sich Herr de Taverney, Philippes Vater, von zwei Lakaien, die seinen Lehnstuhl schoben, durch den Garten seines Hauses in Versailles fahren.

Es gab damals in Versailles und gibt vielleicht heute noch jene alten Häuser mit französischen Gärten, die in knechtischer Nachahmung die Formen des Schlosses wiedergeben, die Le Nôtre und de Mansard in Versailles gebaut haben. Mehrere Leute des Hofes, die wohl dem Beispiel des Herrn de la Feuillade gefolgt waren, hatten sich Kopien der Orangerie und Teiche nach dem Modell des Schweizer und des Apollobades anlegen lassen. Es gab Haupthöfe und Seitenflügel im Stil von Trianon, alles natürlich auf ein Hundertstel der ursprünglichen Ausmaße reduziert. Die großen Bassins wurden durch klägliche Wasserzuber dargestellt.

Herr de Taverney war diesem Beispiel gefolgt. Seit Ludwig XVI. sich eine Schlosserwerkstätte und eine Drechslerbank eingerichtet hatte, gab es in Herrn de Taverneys Haus eine Schmiede. Seit Marie-Antoinette englische Gärten mit künstlichen Flüssen angelegt hatte, glaubte Herr de Taverney nur mehr glücklich zu sein, wenn auch er in seinem Garten ein kleines Trianon für Puppen und Bächlein für Enten hatte.

Vergnügt genoß er jetzt den warmen Sonnenschein, als der Pförtner herbeieilte:

»Der Herr Chevalier!« meldete der Portier.

»Komm nur, Philippe«, antwortete der Baron, »du kommst gerade zurecht. Mein Kopf sprüht von Einfällen! Uff, welch ein Gesicht! Du schmollst mir wohl?«

»Ganz und gar nicht, Vater.«

»Du weißt also schon, was dabei herausgekommen ist?«

»Wobei denn?«

Der Greis wandte sich um, ob jemand lauschte.

»Sie können ruhig sprechen, Vater, niemand hört uns.«

»Nun, ich meine den Ball.«

»Ich verstehe noch immer nicht.«

»Den Opernball!«

Philippe errötete.

»Du Unvorsichtiger! Setz dich, ich will dir ein wenig Moral predigen. Ich verstehe mich darauf!«

»Vater, ich ...«

»Du treibst Mißbrauch mit deinem Glück! Früher warst du zu schüchtern und zu zurückhaltend, jetzt kompromittierst du sie.«

Philippe stand sofort wieder auf.

»Wen meinen Sie, Vater?«

»Großer Gott, sie natürlich! Du glaubst wohl, ich habe nichts von deinem Streich erfahren, von eurem Abenteuer auf dem Opernball. Nun, das ist recht hübsch.«

»Ich kann nur sagen ...«

»Ärgere dich nicht, mein Junge! Was ich dir sage, dient nur deinem Wohl. Du bist unvorsichtig, man wird dich erwischen! Diesmal hat man dich mit ihr auf dem Ball ertappt, nächstes Mal wird man euch anderswo erkennen.«

»Man hat mich ertappt?«

»Nun, hattest du einen blauen Domino? Ja oder nein?«

Taverney wollte beschwören, daß er keinen blauen Domino habe, daß man sich täusche und daß er auf keinem Ball gewesen sei. Aber in einer Regung, die edlen Herzen nicht fremd ist, widerstrebte es ihm, sich zu verteidigen; solche Männer verteidigen sich nur, wenn sie wissen, daß sie geliebt werden und daß sie, indem sie sich rechtfertigen, dem Freund, der sie beschuldigt, einen Dienst erweisen.

Wie ein Schuldiger, der gesteht, blickte er zu Boden.

»Du siehst wohl«, sagte der Greis triumphierend, »daß man dich erkannt hat. Herr Richelieu, der dich gut leiden kann und der trotz seiner achtundachtzig Jahre auf dem Ball war, hat genau nachgesehen, wer der blaue Domino sein konnte, dem die Königin den Arm reichte, und er hat dich erkannt.«

»Daß er mich erkannt zu haben glaubt, scheint mir noch verständlich. Aber wie er die Königin erkannt hat, ist unbegreiflich.«

»Kunststück, sie zu erkennen, wenn sie selbst die Maske abnahm! Das geht allerdings, das mußt du zugeben, über die Hutschnur! Eine unglaubliche Kühnheit! Diese Frau muß ganz vernarrt sein!«

Philippe errötete.

»Wenn das nicht Kühnheit ist«, fuhr Taverney fort, »dann kann es nur ein sehr peinlicher Zufall sein! Hüte dich, Chevalier, es gibt Eifersüchtige, die zu fürchten sind! Günstling der Königin, das ist ein beneideter Posten, wenn die Königin der wahre König ist!«

Vater Taverney nahm eine Prise.

»Du wirst mir doch verzeihen, daß ich dir Moral predige, nicht wahr? Ich weiß dir zu danken, und gerade darum möchte ich verhindern, daß der blöde Zufall das Gebäude zerstört, das du so geschickt zu errichten unternimmst.«

Philippe hatte die Fäuste geballt. Er wollte forteilen, aber ein Gefühl schmerzhafter Neugierde, eine fast wütende Begierde, das Schlimmste zu erfahren, hielt ihn zurück.

»Nun, ich sagte dir schon, daß man uns beneidet«, fuhr der Greis fort. »Wir haben den Gipfel noch nicht erreicht, den du ersteigen willst. Dir verdanken wir den Ruhm, du erhöhst den Namen Taverney, der einen so bescheidenen Anfang genommen hat. Sei vorsichtig, sonst kommen wir nicht ans Ziel, und deine Pläne scheitern auf halbem Weg. Es wäre zu schade. In einiger Zeit natürlich mußt du einen anständigen Posten für dich verlangen. Du darfst dich nicht mit einem Leutnantspatent irgendwo in der Provinz abspeisen lassen, Taverney-Maison-Rouge muß eine Pairschaft werden. Bei der nächsten Ordenspromotion muß ich auf der Liste stehen. Unter einer Generalsstelle und einem

Herzogstitel darfst du dich nicht zufriedengeben. In zwei Jahren lebe ich gewiß noch, dann verschaffst du mir ...«

»Genug! Genug!«

»Du magst schon zufrieden sein, ich bin es nicht. Du hast das Leben noch vor dir, aber ich muß meine Monate ausnützen. Sie sollen mir eine traurige und mittelmäßige Vergangenheit ersetzen. Übrigens brauche ich mich nicht zu beklagen, denn Gott hat mir zwei Kinder geschenkt. Für einen Mann ohne Vermögen ist das viel. Meine Tochter nützt meinem Hause nichts. Aber du sollst der Architekt dieses Tempels sein. Du sollst der große Taverney sein, und du flößt mir jetzt schon Respekt ein. Wirklich, deine Führung bei Hof ist ausgezeichnet. Nie habe ich größere Geschicklichkeit gesehen. Du zeigst keine Eifersucht, du läßt scheinbar jedermann freies Feld und behauptest dadurch die Situation. Das will viel sagen!«

»Aber ich verstehe kein Wort!«

»Keine falsche Bescheidenheit. Was du da tust, ist Wort für Wort die Taktik des Herrn Potemkin, der die Welt durch sein Glück auf den Kopf gestellt hat. Er hat begriffen, daß Katharina auch in ihren Liebschaften eitel war. Wenn man ihr die Freiheit gab, ihr anheimstellte, von Blume zu Blume zu flattern, und dann zur üppigsten, schönsten zurückzukehren, mußte man die Herrschaft behalten. Er war es, der sich der Kaiserin unentbehrlich machte, indem er ihr selbst ihre Günstlinge zuführte, statt sie seiner selbst überdrüssig werden zu lassen. Er hat das Reich jener Günstlinge, die man ironisch die zwölf Cäsaren nannte, gegründet und ist doch der wahre Herr geblieben.«

»Aber das sind ja unbegreifliche Schändlichkeiten«, murmelte der arme Philippe. Er glaubte jetzt, sein Vater spreche im Fieber, und zuckte nur verächtlich die Achseln.

»Ach«, fragte der Greis, »du glaubst wohl, ich durchschaue dich nicht! Willst du etwa behaupten, daß du deinen Nachfolger nicht selbst herangeholt hast?«

»Meinen Nachfolger?« fragte Philippe erblassend.

»Du willst also behaupten, daß du nicht weißt, welchem Ziel

die verliebten Ideen der Königin zustreben, und daß du in Voraussicht künftigen Wechsels bereits deine Vorkehrungen getroffen hast?«

»Sie sprechen für mich Hebräisch, Herr Baron.«

»Du willst mich also ernsthaft glauben machen, daß du nicht aus reiner Taktik Charny geschont hast!«

»Charny?«

»Ja, deinen künftigen Nachfolger. Den Mann, der dich in Verbannung schicken kann, wenn er an der Reihe ist, so wie du jetzt die Coigny und Vaudreuil in Verbannung schicken könntest.«

Das Blut stieg Philippe zu Kopf.

»Genug!« rief er. »Genug! Ich schäme mich, Ihnen so lange zugehört zu haben. Wer sagt, daß die Königin von Frankreich eine Messalina ist, der ist ein verbrecherischer Verleumder.«

»Ausgezeichnet!« rief der Greis. »Du hast recht, du spielst deine Rolle gut! Aber du kannst versichert sein, niemand hört uns. Und was Charny betrifft, so siehst du wohl, daß ich dich durchschaut habe. Dein Plan mag noch so fein ersonnen sein, das Erraten liegt den Taverneys im Blut. Fahre nur so fort, Philippe, schon gut! Schmeichle Charny, besänftige ihn, tröste ihn! Er ist ein Edelmann und wird, wenn er dereinst in Gunst steht, tausendfältig vergelten, was du für ihn getan hast.«

»Ihre Logik ist bewunderungswürdig!«

»Du bist wohl zornig, weil ich dich durchschaut habe? Du solltest es mir nicht übelnehmen, daß ich mich um dich kümmere. Übrigens habe ich Charny gern, es freut mich, daß du ihn so behandelst.«

»Ihr Herr de Charny ist so sehr mein Günstling, mein Liebling, mein Herzblatt, daß ich ihm eben vor einer Stunde diese Klinge durch die Rippen gestoßen habe.«

Damit zeigte Philippe seinem Vater seinen Degen.

»Wie? Du hast dich mit Charny geschlagen?«

»Ja, und ich habe ihn gehörig zerstochen.«

»Großer Gott!«

»Das ist so meine Art, meine Nachfolger zu hätscheln und sanft zu stimmen«, fügte Philippe hinzu; »und da Sie jetzt meine Praxis kennen, mögen Sie sie mit Ihrer Theorie in Einklang bringen.«

Er wollte sich zurückziehen, aber der Greis klammerte sich an seinen Arm.

»Philippe«, rief er, »sag, daß das nicht wahr ist, daß das nur ein Scherz ist.«

»Sie mögen es einen Scherz nennen, jedenfalls ist es wahr.«

Der Greis gab den Arm seines Sohnes frei und eilte ins Haus.

»Schnell«, rief er, »einen Berittenen! Man möge Herrn de Charny, der verwundet ist, aufsuchen und sich nach seinem Befinden erkundigen! Nicht vergessen zu sagen, daß ich mich erkundigen lasse! Philippe«, fuhr er fort, »dieses Kuckucksei! Der wahre Bruder seiner Schwester. Und ich dachte, er wäre endlich zu Verstand gekommen! Ich bin in meiner Familie der einzige Kopf.«

Achtundzwanzigstes Kapitel

Der Vierzeiler des Herrn de Provence

Während in Paris und Versailles dies alles vor sich ging, war der König ruhig und, da seine Flotten siegreich blieben, bester Laune; er hatte sich ganz in sein Arbeitszimmer zurückgezogen, in dem er sich inmitten von Landkarten und Globen Reiserouten für Herrn de Lapeyrouse ausdachte.

Ein Klopfen an der Tür störte ihn aus seinen Träumen auf.

»Darf ich eintreten, Bruder?« hörte er fragen.

»Der Unwillkommene«, brummte der König und schob das astronomische Werk, in dem er gerade gelesen hatte, beiseite. »Treten Sie ein.«

Ein kleiner, feister und rotbackiger Mensch mit lebhaften

Augen betrat das Arbeitszimmer; seine Haltung war zu respektvoll für einen Bruder, zu vertraulich für einen Untertan.

»Störe ich Sie?«

»Nein, wenn Sie mir etwas Interessantes mitzuteilen haben.«

»Ein so komisches, so groteskes Gerücht ...«

»Ach, eine Verleumdung?«

»Allerdings, Bruder.«

»Eine Verleumdung, an der Sie Gefallen gefunden haben?«

»Eine Sache, die mich interessiert hat, weil sie so seltsam ist.«

»Also irgendeine Bosheit gegen mich?«

»Dann würde ich wohl nicht wagen zu lachen.«

»Gegen die Königin demnach?«

»Sire, stellen Sie sich vor, daß man mir im Ernst gesagt hat ... nein, Sie erraten es nicht!«

»Bruder, seit mein Lehrer mich anwies, diese rednerische Formel bei Madame de Sevigné zu bewundern, finde ich sie schal. Wahrhaftig!«

»Bruder«, sagte der Graf de Provence, etwas abgekühlt durch diese brutale Aufnahme, »es heißt, die Königin habe unlängst außer Haus geschlafen.«

Er lachte gezwungen.

»Wenn das wahr wäre«, antwortete der König ernst, »so wäre es sehr traurig.«

»Es ist demnach nicht wahr?«

»Nein.«

»Und es ist auch nicht wahr, daß man die Königin an der Pforte bei den Speichern warten sah?«

»Nein.«

»An dem Tag, Sie wissen, an dem Sie befahlen, die Tore um elf zu schließen?«

»Ich weiß gar nichts.«

»Stellen Sie sich vor, Bruder, das Gerücht will auch wissen ...«

»Was ist das, das Gerücht? Wo ist es, wer ist es?«

»Eine tiefe Frage, Bruder, eine sehr tiefe Frage! Was ist das Gerücht? Irgend etwas Unfaßbares, Unangreifbares, eben das

Gerücht! Und es behauptet, daß die Königin am Arm des Grafen d'Artois um halb eins nachts gesehen wurde, eben an jenem Tag.«

»Und wo?«

»Auf dem Weg zu einem Haus, das Herr d'Artois hinter den Stallungen besitzt. Majestät haben also noch nicht von dieser Ungeheuerlichkeit sprechen hören?«

»Doch, Bruder, ich muß doch davon gehört haben. Haben Sie nicht etwas unternommen, damit ich davon höre?«

»Ich?«

»Gewiß, Sie.«

»Und was habe ich getan?«

»Sie haben einen Vierzeiler geschrieben, der im ›Mercure‹ abgedruckt wurde.«

Der Graf de Provence errötete.

»Leugnen Sie nicht, ich habe die Originalhandschrift hier. Das ist Ihre Hand! Ich verstehe nichts von Poesie, aber für Handschriften bin ich Experte.«

»Sire, eine Torheit zieht die andere nach sich.«

»Herr de Provence, Sie können versichert sein, daß hier nur von Ihrer Torheit die Rede ist, und ich wundere mich, daß ein Philosoph wie Sie sie begehen konnte; wir wollen Ihren Vierzeiler vorläufig eine Torheit nennen.«

»Sire sind sehr hart ...«

»Sie hätten, statt Verse zu schreiben, sich lieber erkundigen sollen! Ich habe das getan. Sie hätten dann statt dieses Gedichtes gegen die Königin – das sich letzten Endes doch gegen mich richtet – ein Madrigal auf Ihre Schwägerin schreiben müssen. Sie werden sagen, daß Sie nichts für Madrigale übrig haben; aber mir ist eine schlechte Epistel lieber, als eine gute Satire. Horaz, Ihr Lieblingsdichter, war derselben Ansicht.«

»Sire, Sie machen mich bestürzt.«

»Wenn Sie von der Unschuld der Königin nicht überzeugt waren, wie ich es bin«, fuhr der König mit fester Stimme fort, »so hätten Sie wohlgetan, Ihren Horaz zu lesen. Wie heißt es doch bei dem Dichter? Entschuldigen Sie, aber mein Latein ist etwas holperig:

Rectius hoc est:
Hoc faciens vivam melius, si dulcis amicis ocurram.

Besser ist's, und ich werde edler verfahren, wenn ich den Freunden sanft begegne. Sie würden das natürlich geschmeidiger übersetzen, Bruder; aber ich glaube, das ist ungefähr der Sinn.«

Der Graf sann einen Augenblick nach, was er antworten sollte, aber er tat das nicht so sehr wie ein Mensch, der in Verlegenheit ist, eher wie ein Redner, der eine geschmeidige Replik sucht. »Sire«, sagte er endlich, »ich habe ein Mittel, Ihre Verzeihung zu erwerben. Sie beschuldigen mich doch nur des Irrtums, nicht böser Absicht.«

»Gut, nehmen wir das an.«

»Nun, wer weiß nicht, daß irren menschlich ist? Immerhin war ich nicht leichtfertig. Wie soll ich nicht irren, da ich doch alles anhören muß? Wir Prinzen leben in einer Atmosphäre der Verleumdung, die Luft, die wir atmen, ist mit Verleumdungen geschwängert. Ich will nicht sagen, daß ich geglaubt habe, ich behaupte nur, daß man mir etwas hinterbracht hat. Was wollen Sie, die Dichter sind seltsame Menschen! Ist es nicht besser, durch sanfte Kritik auf die Menschen einwirken zu wollen, als durch drohende Stirnfalten? Selbst rauhe Wahrheiten beleidigen nicht, wenn sie in zierliche Verse gesetzt sind. Bei den Pamphleten allerdings, gegen die man mit Recht strenge Maßregeln fordert, steht es anders. Zum Beispiel bei dem Pamphlet, das ich Ihnen eben zeigen wollte.«

»Was ist das für ein Pamphlet?«

»Eines, das wahrhaftig einen Haftbefehl gegen den schurkischen Autor rechtfertigt.«

»Geben Sie her!«

Der Graf de Provence zog ein Exemplar der »Geschichte von der Prinzessin Etteniotna« hervor, eine Kopie, die unglücklicherweise dem Stock Charnys, dem Degen Philippes und dem Kamin Cagliostros entgangen war. Der König warf als Mann, der gewöhnt ist, die interessantesten Stellen sofort herauszufinden, einen Blick auf das Blatt.

»Eine Infamie«, sagte er.

»Sie sehen, Sire, daß man behauptet, meine Schwägerin habe Mesmer besucht.«

»Natürlich, das hat sie auch getan. Ich habe es ihr erlaubt.«

»Sire!«

»Ich kann ihr wegen dieses Besuches bei Mesmer keinen Verstoß gegen die gute Sitte vorwerfen, denn ich selbst habe ihr erlaubt, zur Place Vendôme zu fahren.«

»Majestät haben der Königin doch wohl nicht erlaubt, den Bottich selbst zu probieren?«

Zornig stampfte der König mit dem Fuß auf. In demselben Augenblick hatte er in dem Pamphlet die Stelle gefunden, die von der angeblichen Nervenkrise, von den Gliederverrenkungen, der indezenten Entblößung, kurz, von allem handelte, was Mademoiselle Oliva bei Mesmer erlebt hatte.

»Unmöglich!« sagte der König, der sehr blaß geworden war. »Die Polizei müßte davon wissen.« Er schellte. »Herr de Crosne möge eintreten!«

»Gestatten Sie mir, Bruder«, sagte der Graf de Provence mit heuchlerischer Miene, »daß ich mich zurückziehe.«

»Bleiben Sie! Wenn die Königin schuldig ist, dann haben Sie als Mitglied der Familie ein Recht darauf, es zu wissen. Ist sie unschuldig, dann sollen Sie, der Sie sie verdächtigt haben, es erfahren.«

Herr de Crosne trat ein. Als der Beamte Herrn de Provence beim König fand, verneigte er sich zuerst vor den beiden höchsten Personen des Reiches, dann wandte er sich an den König: »Der Bericht ist fertig, Sire.«

»Sagen Sie uns zuerst«, begann Ludwig XVI., »wie es möglich ist, daß in Paris ein so schändliches Pamphlet gegen die Königin gedruckt werden konnte.«

»Etteniotna?«

»Ja.«

»Sire, der Verfasser ist ein gewisser Reteau.«

»Sie kennen also seinen Namen und haben weder die Veröffentlichung verhindert noch den Schuldigen verhaftet?«

»Sire, ihn zu verhaften, wäre eine Kleinigkeit, aber ich wollte Majestät vorher um Befehle bitten.«

»Was wollen Sie?«

»Vielleicht wäre es doch besser, Sire, diesem Zeitungsschreiber einen Sack Geld zu geben, damit er in ein anderes Land geht und sich dort aufknüpfen läßt.«

»Warum?«

»Wenn Schurken dieser Art lügen, sieht das Volk, dem man die nötigen Beweise gebracht hat, mit Vergnügen, wie er ausgepeitscht, ja, wie er gehenkt wird. Wenn sie unglücklicherweise aber die Wahrheit sagen ...«

»Die Wahrheit?«

Herr de Crosne verneigte sich.

»Ich weiß«, sagte der König, »die Königin ist bei Mesmer gewesen. Es ist ein Unglück, aber ich habe ihr die Erlaubnis erteilt. Ich nehme doch an, daß sie darum noch nicht ganz verloren ist?«

»Nein, Sire, aber kompromittiert.«

»Was meldet Ihnen Ihre Polizei, Herr de Crosne?«

»Sire, bei aller Verehrung, die ich Ihrer Majestät entgegen bringe, muß ich bekennen, daß der Bericht sich mit gewissen Angaben des Pamphlets deckt. Eine Königin von Frankreich, die sich in bürgerlicher Tracht, allein, in jene zweideutige Gesellschaft begibt, die sich von Mesmers magnetischen Scharlatanerien anlocken läßt ...«

»Allein? Sie irren, Herr de Crosne.«

»Ich glaube nicht, Sire.«

»Man hat Ihnen schlecht Bericht erstattet.«

»Der Bericht ist so genau, daß ich Eurer Majestät alle Einzelheiten schildern könnte, die Toiletten, die Gebärden, die Schreie ...«

»Schreie?«

Der König erblaßte. Er zerknitterte das Pamphlet.

»Sogar die Seufzer wurden von meinem Agenten notiert«, bestätigte Herr de Crosne schüchtern.

»Seufzer? Sollte die Königin sich so weit vergessen haben? Sollte sie ihre Ehre als Königin und Frau aufs Spiel gesetzt haben?«

»Das ist unmöglich«, rief Herr de Provence, »das wäre ja ein furchtbarer Skandal, und Ihre Majestät ist einer solchen Handlung unfähig.«

Der König fühlte, daß diese Worte eher eine neue Anklage als eine Entschuldigung waren.

»Ich bin Ihnen, mein Bruder«, sagte er, »einen Beweis schuldig. Die Ehre der Königin ist die meines Hauses. Ich setze sie nie aufs Spiel. Ich habe der Königin erlaubt, Mesmers Haus zu besuchen; aber ich habe ihr befohlen, eine verläßliche, untadelige, ja fast heilige Person mitzunehmen.«

»Ja«, meinte der Graf de Provence, »wenn eine Dame, wie etwa die Herzogin de Lamballe ...«

»Gerade von ihr spreche ich.«

»Unglücklicherweise ist Madame de Lamballe nicht dabeigewesen, Sire.«

»Wenn der Ungehorsam der Königin wirklich so weit gegangen ist, muß ich sie bestrafen, und ich werde es tun. Nur zweifle ich noch immer.«

Er schellte; der diensttuende Offizier erschien.

»Sehen Sie nach«, befahl der König, »ob die Frau Prinzessin de Lamballe bei der Königin oder in ihren Gemächern ist.«

»Madame de Lamballe ist mit Ihrer Majestät und einer anderen Dame im Garten, Sire.«

»Dann bitten Sie die Frau Prinzessin, sofort hierherzukommen!«

Der Offizier ging.

Gegen seine Gewohnheit hatte Ludwig XVI. seine Stirn in Falten gelegt und betrachtete die beiden Zeugen seines Schmerzes mit fast drohender Miene.

Herr de Crosne war wirklich traurig, während der Graf de Provence eine klägliche Miene aufgesetzt hatte.

Das Rauschen von Seide ließ den König bemerken, daß die Prinzessin de Lamballe eingetreten war.

Neunundzwanzigstes Kapitel
Die Prinzessin de Lamballe

Die Prinzessin de Lamballe atmete jenen Duft von Tugend, Anmut und Unberührtheit aus, der Madame de Lavallière ausgezeichnet hatte, bevor sie der königlichen Gunst verfiel.

»Setzen Sie sich, Frau Prinzessin«, sagte der König, der fühlte, wie sein Schmerz sich beim Anblick dieser lächelnden Bescheidenheit verdoppelte.

»Was wünschen Majestät von mir?«

»Eine Auskunft, Madame; eine sehr genaue Auskunft, Cousine! An welchem Tag waren Sie in Begleitung der Königin in Paris? Überlegen Sie, bevor Sie antworten!«

Herr de Crosne und der Graf de Provence wechselten überraschte Blicke.

»Mittwoch, Sire.«

»Verzeihen Sie«, fuhr Ludwig XVI. fort, »aber ich muß unbedingt die Wahrheit wissen.«

»Wenn Sie mich fragen, können Sie nur die Wahrheit hören.«

»Und was haben Sie in Paris getan?«

»Wir waren bei Herrn Mesmer, Sire.«

»Sie und –?«

»Ich und Ihre Majestät. Eure Majestät haben der Königin die Erlaubnis erteilt, wie Ihre Majestät mir sagte.«

»Sie hatte recht, Ihnen das zu sagen, Cousine. Nun, meine Herren, ich atme auf. Madame de Lamballe lügt nie.«

»Gewiß«, bestätigte Herr de Crosne. »Gestatten Sie, Sire ...«

»Ja, Herr Crosne, ich erlaube es. Fragen Sie! Ich setze die Prinzessin auf die Anklagebank, ich liefere sie Ihnen aus.«

Madame de Lamballe lächelte.

»Madame«, fragte der Polizeipräfekt, »sagen Sie gütigst Seiner Majestät, was Sie bei Herrn Mesmer getan haben und wie Ihre Majestät gekleidet war?«

»Ihre Majestät trug ein Kleid aus perlgrauem Taffet, einen gestickten Musselinmantel, einen Hermelinmuff, einen Hut von rosa Samt mit schwarzen Bändern.«

Diese Beschreibung widersprach vollkommen der Darstellung, die man für Mademoiselle Oliva gegeben hatte. Der Graf de Provence biß sich auf die Lippen.

»Was tat die Königin, als sie eingetreten war?« sagte der König.

»Sire, wir sind kaum eingetreten. Wir hatten den ersten Salon betreten, in dem uns gewiß niemand bemerken konnte, denn die allgemeine Aufmerksamkeit war auf das Heilverfahren gerichtet, als eine Dame sich Ihrer Majestät näherte, ihr eine Maske anbot und sie anflehte, nicht weiterzugehen.«

»Und Sie gingen nicht weiter?« fragte der Graf de Provence.

»Nein, mein Herr.«

»Sie haben den zweiten Salon nicht betreten?«

»Nein.«

»Und Sie sind nicht von der Seite der Königin gewichen?« fragte der König mit einem Rest von Besorgnis.

»Keine Sekunde lang; der Arm Ihrer Majestät war auf meinen gestützt.«

»Nun«, rief der König, »was denken Sie davon, Herr de Crosne? Und Sie, mein Bruder, was sagen Sie dazu?«

»Es ist außerordentlich!«

»Meine Agenten müssen sich getäuscht haben«, bestätigte Herr de Crosne. »Ich lasse den Zeitungsschreiber sofort verhaften.«

»Einen Augenblick«, rief der König, »wir können ihn immer noch aufknüpfen lassen. Alles zu seiner Zeit! Cousine, Sie haben von einer Frau gesprochen, die der Königin entgegengetreten ist. Sagen Sie uns, wer diese Frau war.«

»Ihre Majestät schien sie zu kennen, Sire; ich bin sogar überzeugt, daß sie sie kannte.«

»Ich muß unbedingt mit dieser Frau sprechen. Von ihr werden wir die Wahrheit erfahren. Hier ist der Schlüssel zu diesem Geheimnis.«

»Das ist auch meine Meinung«, bestätigte Herr de Crosne, nachdem sich der König umgewandt hatte.

»Cousine«, fragte der Graf de Provence, »hat die Königin Ihnen gestanden, daß sie diese Frau kannte?«

»Ihre Majestät hat es mir nicht gestanden, Monseigneur, sie hat es mir erzählt.«

»Ach ja, Verzeihung!«

»Mein Bruder wollte sagen«, unterbrach der König, »daß Sie, wenn die Königin diese Frau kannte, Ihren Namen wissen müssen.«

»Es ist Madame de La Motte-Valois.«

»Diese Intrigantin!« rief der König ärgerlich.

»Teufel, das wird schwer sein, diese Bettlerin zu befragen«, meinte der Graf. »Sie ist gerissen.«

»Nein«, fuhr Ludwig entmutigt fort, »ich bin müde, die Königin in solch schlechter Gesellschaft zu sehen. Sie ist gütig, und unter dem Vorwand, Unterstützungen zu beanspruchen, machen sich alle zweideutigen Leute aus dem niedrigen Adel an sie heran.«

»Madame de La Motte ist wirklich eine Valois«, sagte die Prinzessin de Lamballe.

»Mag sie sein, was sie will, sie soll nicht hierherkommen. Lieber will ich darauf verzichten, meine letzten Zweifel zu zerstreuen. Ich will dieser Kreatur nicht ins Gesicht schauen.«

»Und doch werden Sie es tun!« rief die Königin, die, blaß vor Zorn, auf der Schwelle erschien. »Hier handelt es sich nicht darum, ob Sie diese Kreatur sehen wollen oder nicht. Sie ist meine Zeugin, die meine Ankläger ...«

Marie-Antoinette richtete den Blick auf ihren Schwager. »Nun«, fuhr sie fort, »mag ihr Gewissen auch entartet sein, man wird ihm einen Schrei der Wahrheit abzwingen können. Ich, die Angeklagte, verlange, daß diese Frau gehört werde.«

»Madame«, antwortete der König, »Sie hören, daß ich nicht nach Frau de La Motte schicken kann, um hier für oder gegen Sie auszusagen. Ich lege nicht Ihre Ehre mit der Wahrhaftigkeit dieser Frau in die Waagschale.«

»Man braucht nicht nach Madame de La Motte zu schicken, Sire, denn sie ist hier. Sie wissen selbst, daß ich diese unglückliche Frau, die einen erlauchten Namen trägt, besucht habe. An dem Tag, an dem, wie Sie wissen, so viele Gerüchte ihren Anfang genommen haben ...«

Wieder richtete die Königin ihren Blick ruhig auf den Grafen de Provence, der in diesem Augenblick gern in die Erde versunken wäre, sein Gesicht aber zu einer geschmeidigen Grimasse verzog.

»Nun?« fragte der König.

»Sire, ich vergaß damals bei Madame de La Motte eine Dose mit einem Porträt. Sie bringt sie mir eben zurück.«

»Nein, ich bin bereits überzeugt, ich will sie nicht sehen.«

»Aber ich verlange Genugtuung. Ich will sie einführen. Was soll übrigens dieser Widerwillen? Was hat Frau de La Motte getan? Wer ist sie denn? Wenn ich es nicht weiß, so sagen Sie es mir doch. Herr de Crosne, Sie wissen doch alles. Sagen Sie mir ...«

»Ich kann nichts Ungünstiges über diese Dame aussagen«, antwortete der Präfekt. »Sie ist arm und vielleicht etwas zu ehrgeizig.«

»Der Ehrgeiz mag ihr im Blut liegen. Wenn Sie sonst nichts gegen sie zu sagen haben, wird der König sie wohl als Zeugin zulassen.«

»Ich weiß nicht«, antwortete Ludwig XVI., »aber ich habe eine instinktive Abneigung gegen diese Frau. Ich fühle, daß sie mir Unglück bringt. Mehr kann ich nicht sagen.«

»Das ist ja Aberglaube, Sire! Hol sie«, wandte sich die Königin an die Prinzessin de Lamballe.

Zwei Minuten später trat Jeanne bescheiden und fast schüchtern, aber vornehm in Haltung und Kleidung, in das Arbeitszimmer des Königs.

Ludwig XVI., der seine Antipathie nicht zu meistern wußte, hatte der Tür den Rücken gekehrt. Den Kopf in die Hände gestützt, saß er an seinem Schreibtisch und schien inmitten der Anwesenden ein Fremder.

»Madame«, begann die Königin, und führte die Gräfin vor den König, »ich bitte Sie, zu erzählen, was Sie am Tag meines Besuches bei Herrn Mesmer gesehen haben; wiederholen Sie alles Punkt für Punkt.«

Jeanne schwieg.

»Sprechen Sie ohne Scheu, sagen Sie die Wahrheit, so gut Sie sich erinnern.«

Die Königin lag in einem Lehnstuhlplatz, um nicht durch ihren Blick die Zeugin zu beeinflussen.

Welch eine Rolle für Jeanne! Für sie, die bereits scharfsinnig erraten hatte, daß die Königin jetzt ihrer bedurfte, daß Marie-Antoinette in falschem Verdacht stand und daß man sie, ohne zu lügen, rechtfertigen könnte.

»Sire«, sagte Jeanne, »ich bin aus Neugierde zu Herrn Mesmer gegangen, wie ja ganz Paris nur aus Neugierde dorthin geht. Ich fand das Schauspiel ein wenig plump. Als ich mich abwandte, bemerkte ich an der Schwelle Ihre Majestät, die ich zwei Tage vorher, ohne sie zu kennen, bei mir gesehen hatte; nur Ihre Freigebigkeit hatte mich den Rang Ihrer Majestät erraten lassen. Ich hatte den Eindruck, Ihre Majestät sei in diesem Haus, in dem lächerliche Leiden und Heilungen zur Schau gestellt werden, nicht am Platz. Ich bitte Eure Majestät demütig um Verzeihung, daß ich gewagt hatte, so frei zu denken, aber ich folgte einem weiblichen Instinkt.«

Sie stockte und senkte den Kopf; Tränen schienen sie am Weitersprechen zu hindern.

Selbst Herr de Crosne war ergriffen, und Madame de Lamballe fühlte sich zu dieser Frau, die zugleich zartfühlend und klug schien, hingezogen.

Die Königin dankte Madame de La Motte mit einem Blick.

»Haben Sie gehört, Sire?« fragte sie.

Der König rührte sich nicht.

»Ich bedurfte des Zeugnisses von Madame nicht«, sagte er endlich.

»Man hat mir befohlen zu sprechen«, bemerkte Jeanne schüchtern.

»Genug«, rief Ludwig XVI. brüsk, »wenn die Königin etwas sagt, braucht sie keine Zeugen. Wenn die Königin meine Billigung besitzt, so bedarf sie der Billigung anderer Leute nicht, und sie besitzt meine Billigung.«

Er stand auf, wandte seinem Bruder den Rücken und küßte Marie-Antoinette die Hand. Dann verabschiedete er die Prinzessin de Lamballe mit der Bitte, sie möge ihm verzeihen, daß er sie »um nichts und wieder nichts« bemüht habe. Frau de La Motte gönnte er weder ein Wort noch einen Blick. Da er aber an ihr vorbeigehen mußte und die Königin nicht beleidigen wollte, zwang er sich zu einem kurzen Gruß, den Jeanne ohne Übereilung mit einer tiefen Verneigung beantwortete.

Madame de Lamballe verließ als erste das Arbeitszimmer des Königs, dann folgte, von der Königin sanft hinausgedrängt, Frau de La Motte; Marie-Antoinette wechselte im Hinausgehen einen fast zärtlichen Blick mit dem König.

»Bruder«, wandte Ludwig XVI. sich jetzt an den Grafen de Provence, »ich halte Sie nicht länger zurück. Der Herr Polizeipräfekt hat mir Bericht zu erstatten. Ich danke Ihnen für die Aufmerksamkeit, mit der Sie sich um die Rechtfertigung Ihrer Schwägerin bemüht haben. Ich sehe wohl, daß Sie meine Freude teilen. So, Herr de Crosne, setzen Sie sich bitte. Und jetzt den Bericht!«

Dreissigstes Kapitel
Bei der Königin

Marie-Antoinette hatte Madame de La Motte, die sich zurückziehen wollte, mit einem liebenswürdigen Lächeln eingeladen zu bleiben. In Gesellschaft der Gräfin und Andrée de Taverneys war sie in ihre Gemächer zurückgekehrt.

Einige Minuten später wurde der Graf d'Artois gemeldet.

»Dies ist die Frau Gräfin de La Motte«, sagte die Königin und stellte Jeanne dem jüngsten Bruder des Königs vor.

»Ach, ich hoffe, ich vertreibe Sie nicht, Madame!«

Auf einen Wink der Königin hielt Andrée Jeanne, die sich bereits erhoben hatte, zurück. Die Miene des Grafen schien zu sagen: Ich hätte Madame de La Motte etwas schenken müssen und habe es versäumt.

»Sind Sie also von der Wolfsjagd zurück?« fragte die Königin und reichte ihrem Schwager nach jener englischen Mode, die damals bereits auf dem Kontinent Fuß faßte, die Hand.

»Ja, Schwägerin, und ich bin sehr zufrieden, denn ich habe sieben Wölfe geschossen, und das ist eine erstaunliche Menge.«

»Selbst geschossen?«

»Ganz bestimmt möchte ich es ja nicht behaupten«, antwortete d'Artois lachend, »aber man hat es mir wenigstens gesagt. Wissen Sie übrigens, daß ich siebenhundert Francs verdient habe?«

»Nicht möglich!«

»Man zahlt hundert Francs für jeden Wolfskopf. Das ist eine Menge, aber ich würde gern zweihundert für den Kopf jedes Journalisten geben. Was halten Sie davon, Schwägerin?«

»Sie wissen also –?«

»Herr de Provence hat es mir erzählt.«

»Er ist ein unermüdlicher, unerschrockener Erzähler. Sagen Sie doch, wie er die Sache dargestellt hat.«

»Sie sind jedenfalls weißer als Hermelin daraus hervorgegangen. Und das ist ein Glück, denn es wäre doch möglich, daß Frau de Lamballe zufällig nicht bei Ihnen gewesen wäre.«

»Sie glauben also, daß ich mich allein zu Mesmer gewagt hätte?«

»Nicht zu vergessen, daß Madame de La Motte ja nur zufällig im geeigneten Augenblick erschien, um Sie am Eintritt zu hindern.«

»Auch das wissen Sie?«

»Schwägerin, wenn der Graf von Provence etwas erzählt, dann erzählt er alles. Schließlich war es doch auch ein Zufall, daß Madame de La Motte gerade in Versailles war, um als Zeugin gehört zu werden. Sie werden mir wohl antworten, daß Tugend und Unschuld wie das Veilchen sind, das man ja auch nicht sehen muß, um es zu erkennen. Aber die Moral von der Geschichte ist: aus den Veilchen, die man sieht, macht man Sträuße, und wenn man an ihnen gerochen hat, wirft man sie weg.«

»Eine schöne Moral!«

»Ich nehme die Moral immer, wie ich sie finde, und ich wollte Ihnen nur beweisen, daß Sie Glück gehabt haben.«

»Das ist Ihnen schlecht gelungen.«

»Abgesehen davon, daß Sie sich nach Ihrem Droschkenausflug und der Fahrt zu Mesmer gut aus der Affäre ziehen konnten, ist Ihnen also auf dem Ball auch nichts passiert?« flüsterte d'Artois.

»Auf welchem Ball?«

»Auf dem Opernball.«

»Wie beliebt?«

Er begann zu lachen.

»Wie albern von mir, Ihre Geheimnisse aufzurühren!«

»Geheimnisse? Sie sprechen vom Opernball, lieber Schwager, was soll das?« – Jeanne war aufmerksam geworden.

»Still!«

»Ganz und gar nicht! Erklären Sie uns, was Sie meinen! Was gab's auf dem Opernball?«

»Erbarmen Sie sich meiner, liebe Schwägerin.«
»Nein, ich muß es wissen.«
»Und ich bestehe darauf, zu schweigen.«
»Wollen Sie mich ärgern?«
»Sie wollen also, daß ich spreche?«
»Ja, und zwar sofort!«
»Aber doch nicht hier!«
»Hier! Hier! Für eine Erklärung können nicht genug Leute anwesend sein.«
»Vorsicht, Schwägerin!«
»Ich nehme das Risiko auf mich.«
»Sie waren also nicht auf dem Opernball?«
»Ich auf dem Opernball!?«
»Gewiß waren Sie dort.«
»Sie haben mich wohl gesehen?« fragte die Königin ironisch.
»Natürlich habe ich Sie dort gesehen.«
»Aber das ist doch stark!«
»Ich fand das, offen gesagt, auch.«
»Warum behaupten Sie nicht gleich, daß Sie auch mit mir gesprochen haben? Das wäre noch lustiger.«
»Meiner Treu, ich wollte Sie gerade anreden, als wir durch das Gedränge getrennt wurden.«
»Sind Sie verrückt!«
»Auf diesen Vorwurf war ich gefaßt. Ich hätte ihn nicht riskieren sollen. Es ist meine eigene Schuld.«
Die Königin war aufgesprungen und ging erregt auf und ab. Erstaunt beobachtete sie der Graf.
»Freund«, sagte sie endlich, »scherzen wir nicht; ich habe keinen guten Charakter, ich verliere leicht die Geduld! Geben Sie offen zu, daß Sie sich auf meine Kosten unterhalten wollen! Ich werde nicht böse sein.«
»Ich gebe alles zu, was Sie verlangen.«
»Sprechen Sie ernst, Charles.«
»Ernst wie ein Fisch, Schwägerin.«
»Sie haben diese Geschichte erfunden, nicht wahr?«

Blinzelnd beobachtete der Graf die Dame. Dann sagte er:

»Ja, ich habe sie erfunden, entschuldigen Sie.«

»Sie haben mich nicht verstanden, Schwager. Erklären Sie vor diesen Damen, ob Sie zurücknehmen, was Sie gesagt haben. Lügen Sie nicht! Schonen Sie mich nicht!«

Andrée und Jeanne, die aufgestanden waren, traten beiseite.

»Schwägerin«, flüsterte der Prinz, »warum haben Sie mich nicht rechtzeitig gewarnt?«

»Sie haben mich also wirklich auf dem Opernball gesehen?«

»So wie ich Sie jetzt sehe, und auch Sie haben mich gesehen.«

Die Königin stieß einen Schrei aus.

»Meine Damen«, rief sie, »der Herr Graf d'Artois versichert, daß er mich auf dem Opernball gesehen hat. Schwager, jetzt ist es zu spät, sich zurückzuziehen. Beweisen Sie ...«

»Gern. Ich war dort mit dem Marschall de Richelieu, mit Herrn de Calonne, mit ... mein Gott, mit aller Welt! Sie haben sogar die Maske abgenommen.«

»Die Maske?«

»Ich sagte es bereits. Es war sehr kühn von Ihnen, Schwägerin. Dann sind Sie am Arm des Kavaliers, der Sie begleitete, fortgegangen.«

»Des Kavaliers?! Ich glaube, ich werde wahnsinnig.«

»Es war ein blauer Domino. Regen Sie sich doch nicht so auf! Man hat sich damit nicht beschäftigt. Einen Augenblick lang glaubte ich sogar, Sie wären in Gesellschaft des Königs; Ihr Kavalier aber sprach Deutsch, der König kann nur Englisch.«

»Ein Deutscher also? Nun, ich will Ihnen beweisen, daß ich am Sonnabend um elf Uhr zu Bett ging.«

Der Graf lächelte.

»Madame de Miséry«, rief die Königin.

Der Graf lachte laut.

»Wollen Sie nicht auch Laurent rufen? Er wird gewiß Zeugenschaft für Sie ablegen. Ich habe Ihnen diese Kanone verschafft, schießen Sie nicht auf mich!«

»Oh, Sie glauben mir nicht!«

»Ich würde Ihnen glauben, wenn Sie nicht so zornig wären. Wenn ich auch ja sage, andere werden doch nein denken.«

»Welche anderen denn?«

»Alle, die Sie gesehen haben wie ich.«

»Das ist doch sehr merkwürdig. Es gibt also noch andere Leute, die mich gesehen haben. Nennen Sie mir sie doch!«

»Gern. Da ist zunächst Philippe de Taverney. Wollen wir ihn befragen, Schwägerin?«

»Sofort.«

»Mein Bruder als Zeuge?« fragte Andrée.

»Doch, ich will es.«

Sofort wurde nach Philippe geschickt. Er eilte herbei.

Marie-Antoinette trat ihm entgegen.

»Sind Sie fähig, die Wahrheit zu sagen, mein Herr?«

»Ja, Madame, und unfähig zu lügen.«

»Gut, dann sagen Sie aufrichtig, ob Sie mich in den letzten acht Tagen an einem öffentlichen Ort gesehen haben.«

»Ja, Madame.«

Es war, als ob man die Herzen der Teilnehmer dieser Szene schlagen hörte.

»Und wo haben Sie mich gesehen?«

Philippe schwieg.

»Keine Schonung! Mein Schwager hier behauptet, daß er mich auf dem Opernball gesehen habe. Wo haben Sie mich gesehen?«

»Ebendort, auf dem Opernball, Madame.«

Wie vom Blitz getroffen, sank die Königin auf das Sofa. Plötzlich sprang sie wieder auf.

»Aber das ist doch unmöglich, denn ich war gar nicht dort! Hüten Sie sich, Herr de Taverney, spielen Sie hier nicht den Puritaner! In Amerika mag das hingehen, bei Herrn de Lafayette. Aber hier in Versailles sind wir Franzosen, höflich und einfach.«

»Majestät beleidigen Herrn de Taverney«, rief Andrée blaß vor Zorn. »Wenn er sagt, daß er etwas gesehen hat, so hat er es gesehen!«

»Sie auch? Auch Sie? Jetzt fehlt nur noch, daß Sie mich auch gesehen haben. Bei Gott, ich habe Freunde, die mich verteidigen, aber ich habe auch Feinde, die mich ermorden wollen.«

»Mir fällt da eben ein«, bemerkte der Graf d'Artois, »daß ich in dem Augenblick, in dem ich erkannte, daß der blaue Domino nicht der König war, zunächst meinte, es wäre der Neffe des Herrn du Suffren. Wie heißt er denn nur, dieser tapfere Offizier, der die niedergeholte Flagge wieder gehißt hat? Sie haben ihn unlängst sehr gut aufgenommen, und ich nahm an, daß Sie ihn als Kavalier für den Abend gewählt hätten.«

Während die Königin errötete, war Andrée totenblaß geworden; schaudernd wechselten die beiden einen Blick.

»Herr de Charny?« fragte Philippe erschrocken.

»Charny, der ist es«, fuhr d'Artois fort. »Sagen Sie doch, Herr Philippe, glich dieser blaue Domino nicht dem Herrn de Charny?«

»Mir war diese Ähnlichkeit nicht aufgefallen.«

»Nun«, fuhr d'Artois fort, »ich bemerkte bald, daß ich mich getäuscht hatte, denn Herr de Charny befand sich im Gefolge des Herrn de Richelieu, als Sie die Maske abnahmen.«

»Und er hat mich auch gesehen!« rief die Königin unvorsichtig.

»Gewiß, wenn er nicht blind ist.«

Wieder schellte die Königin.

»Was wollen Sie?« fragte der Prinz.

»Ich will auch Herrn de Charny fragen und den bitteren Kelch bis zur Neige leeren.«

»Ich glaube kaum, daß Herr de Charny in Versailles ist«, murmelte Philippe.

»Warum?«

»Ich glaube gehört zu haben, daß er ... indisponiert ist.«

»Die Sache ist ernst genug. Er muß kommen. Ich bin auch indisponiert, und doch würde ich mit bloßen Füßen bis ans Ende der Welt laufen, um zu beweisen ...«

Verzweifelt war Philippe zu Andrée getreten, die aus dem Fenster starrte.

»Was gibt's?« fragte die Königin.

»Nichts. Es hieß gerade, Herr de Charny sei krank, aber ich sehe ihn da unten im Garten.«

Selbstvergessen riß die Königin das Fenster auf und rief: »Herr de Charny!«

Erstaunt wandte sich der junge Offizier um und eilte ins Schloß.

Einunddreißigstes Kapitel
Ein Alibi

Herr de Charny trat bleich, aber aufrecht ein. Sofort nahm er die achtungsvolle und steife Haltung des Weltmannes und Soldaten an.

»Seien Sie vorsichtig«, flüsterte d'Artois, »mir scheint, Sie fragen zu viele Leute.«

»Ich werde die ganze Welt fragen, Schwager, bis ich den finde, der Ihnen beweist, daß Sie sich getäuscht haben.«

Charny hatte Philippe erkannt und sich höflich verneigt.

»Das ist ja Selbstmord, in Ihrem Zustand auszugehen«, flüsterte Philippe, »wollen Sie denn um jeden Preis sterben?«

»Man stirbt nicht, wenn man sich im Bois du Boulogne an einem Dorn geritzt hat«, antwortete Charny, erfreut, seinem Gegner einen moralischen Stich versetzen zu können.

Jetzt trat die Königin näher.

»Herr de Charny«, sagte sie, »Sie waren, wie ich höre, auf dem Opernball?«

»Ja, Majestät«, antwortete Charny mit einer Verneigung.

»Sagen Sie uns, was und wen Sie dort gesehen haben.«

»Muß ich sprechen, Madame?«

Die Königin war blaß geworden. »Sprechen Sie!«

»Um also nach dem Gesetz der Ehrfurcht zu beginnen …«

»Machen Sie's kurz! Haben Sie mich gesehen?«

»Ja, Majestät, in dem Augenblick, in dem unglücklicherweise die Maske abglitt.«

Marie-Antoinette zerknitterte mit ihren nervösen Händen die Spitzen des Busentuches.

»Mein Herr«, sagte sie mit einer Stimme, in der ein scharfer Beobachter unterdrücktes Schluchzen geahnt hätte, »sehen Sie mich genau an! Sind Sie sicher?«

»Madame, die Züge Eurer Majestät sind tief in die Herzen aller Ihrer Untertanen eingegraben. Wer Ihre Majestät einmal gesehen hat, wird Ihr Bild immer vor sich haben.«

Philippe und Andrée wechselten einen Blick schmerzlichen Einverständnisses.

»Mein Herr, ich versichere Ihnen, daß ich nicht auf dem Opernball war!«

Der junge Mann verneigte sich tief.

»Ist es denn nicht Ihr Recht, Majestät, dahin zu gehen, wohin zu gehen es Ihnen beliebt? Und wäre es auch bis in die Hölle? Wohin immer Eure Majestät Ihren Fuß setzen, überall wird die Reinheit sein.«

»Ich wünsche nicht, daß Sie meinen Schritt entschuldigen, ich bitte Sie, mir zu glauben, daß ich ihn nicht getan habe.«

»Ich werde alles glauben, was Majestät mir zu glauben befehlen.«

»Schwägerin«, flüsterte d'Artois, »das ist zuviel.«

Alle Anwesenden waren zu Eis erstarrt.

»Man glaubt es, man glaubt es«, rief die Königin erschöpft und ließ sich entmutigt in einen Lehnstuhl fallen.

»Verzeihen Sie mir, Schwägerin«, sagte d'Artois zärtlich. »Sie sind im Kreise ergebener Freunde; wir allein kennen das Geheimnis, das Sie so sehr erschrecken macht. Es wird in unseren Herzen verschlossen sein, und man wird es uns nicht entreißen.«

»Das Geheimnis! Das Geheimnis! Ich will kein Geheimnis! Beweise!«

»Madame«, flüsterte Andrée, »man kommt.«

»Es ist der König«, murmelte Philippe.

»Um so besser! Der König ist mein einziger Freund, er würde mich nicht für schuldig halten, selbst wenn er glauben würde, mich gesehen zu haben! Er ist mir willkommen!«

Jetzt trat der König ein. Seine Miene stach seltsam von den verstörten Gesichtern der Höflinge ab.

»Sire!« rief die Königin. »Sie kommen zurecht! Schon wieder Verleumdungen! Schon wieder Beschimpfungen!«

»Was gibt es denn?«

»Helfen Sie mir, Sire, denn diesmal sind es nicht Feinde, die mich beschuldigen, sondern meine Freunde.«

»Ihre Freunde?«

»Diese Herren hier, der Graf d'Artois, Herr de Taverney und Herr de Charny versichern, daß sie mich auf dem Opernball gesehen hätten.«

Der König runzelte die Stirn.

Ein furchtbares Schweigen lastete auf der Versammlung. Madame de La Motte bemerkte die düstere Unruhe des Königs, die Totenblässe der Königin – sie, die mit einem einzigen Wort die Königin für alle Hinkunft von dem Verdacht befreien konnte; aber ihr Herz war frei von solcher Versuchung. Ihre Interessen kannten ein anderes Ziel. Sie begriff, daß sie, da sie schon einmal gelogen, ihr Wort jetzt nicht zurückziehen konnte, ohne ihren Einfluß als Günstling der Königin preiszugeben.

»Auf dem Opernball?« fragte der König endlich. »Wer sagt das?«

Die drei Kavaliere verneigten sich.

»Oh! man lasse alle meine Leute kommen, und man befrage sie! Wann war dieser Ball? Am Sonnabend, nicht wahr?«

»Ja, Schwägerin.«

»Was habe ich nur am Sonnabend getan? Man soll es mir sagen, denn ich weiß es selbst nicht mehr. Ich werde verrückt, wenn das so weitergeht, und zuletzt werde ich glauben, daß ich wirklich auf diesem Ball war! Als ob ich es nicht sagen würde, wenn ich dort gewesen wäre!«

Die Miene des Königs hatte sich aufgeheitert.

»Sonnabend sagten Sie, meine Damen?«

»Allerdings, Sire.«

»Nun, dann braucht man ja nur Ihre Kammerfrau Marie zu fragen, sie wird sich vielleicht erinnern, um welche Stunde ich bei Ihnen gewesen bin. Wenn ich nicht irre, war es gegen elf Uhr.«

»Ja, ich erinnere mich, Sire«, rief die Königin erfreut.

Sie machte eine Bewegung, sich in seine Arme zu werfen, trat aber wieder zurück; der König beugte sich über sie und küßte ihr Haar.

»Weiß Gott!« rief d'Artois erstaunt und sichtlich erfreut. »Ich werde mir Brillen kaufen müssen. Ich möchte diese Szene, die ich da miterleben durfte, nicht für eine Million hergeben!«

Philippe war totenblaß, Charny trocknete mit dem Taschentuch seine schweißbedeckte Stirn.

»Es ist also unmöglich, meine Herren«, wiederholte der König freudig bewegt, »daß die Königin an demselben Abend auf dem Opernball war. Sie mögen es glauben, wenn Sie wollen, Ihrer Majestät wird es, davon bin ich überzeugt, genügen, wenn ich ihr glaube.«

D'Artois und der König entfernten sich.

Philippe hatte sich nicht gerührt.

»Herr de Taverney«, fragte die Königin streng, »gedenken Sie nicht, den Herrn d'Artois zu begleiten?«

Das Blut rötete Philippes Stirn. Er war nahe daran, in Ohnmacht zu fallen. Nur mit Mühe konnte er sich verneigen, Andrée einen Blick zuwerfen und Charny mit furchtbarer Miene messen.

Dann ging er hinaus.

Die Königin hatte Andrée und Herrn de Charny bei sich behalten.

Wir konnten, ohne den Gang der Handlung zu verzögern, die Empfindungen Andrées nicht schildern, die sich plötzlich zwischen ihren Bruder und ihre Königin, zwischen Freundschaft und Eifersucht gestellt sah. Und doch verdienen die Leiden dieses jungen Mädchens unsere höchste Aufmerksamkeit. Sie begriff, daß Philippe sein Leben gegeben hätte, um dieses Tête-à-tête zwischen der Königin und Charny zu verhindern, und sie gestand sich selbst, daß sie ein furchtbares Opfer bringen mußte, wenn sie ihrem Bruder folgen, ihn trösten und Charny mit der Königin und Madame de La Motte allein lassen sollte.

Was ging in ihr vor?

Liebte sie? Oh, Liebe keimt und wächst nicht so rasch in der kalten Atmosphäre des Hofes. Diese seltene Blume entfaltet sich nur in großen, reinen und unberührten Herzen zu voller Blüte. Sie schlägt nicht Wurzeln in Herzen, die durch Erinnerungen entweiht sind. Nein, das war nicht Liebe, was Mademoiselle de Taverney für Herrn de Charny empfand. Mit Abscheu wies sie einen solchen Gedanken zurück, denn sie hatte geschworen, nie zu lieben.

Warum aber hatte sie so grausam gelitten, als Charny einige Worte der Ehrfurcht und Ergebenheit an die Königin richtete? Das war doch Eifersucht!

Andrée gestand sich, daß sie eifersüchtig war, nicht auf die Liebe eines Mannes, sondern auf die Frau, die eine solche Liebe einzuflößen vermochte.

Nur mit Schwermut beobachtete sie alle die Liebhaber, die den Hof bevölkerten, diese tapferen und leidenschaftlichen Männer, die sie nicht begriffen und sich stets zurückzogen, nachdem sie ihr eine förmliche Huldigung dargebracht hatten. Denn die Männer, ob sie nun das Vergnügen suchen oder von Liebe träumen, mißtrauen der Kälte einer Frau von fünfundzwanzig Jahren, die schön und reich ist, die Gunst einer Königin genießt und dabei einsam und kalt abseits bleibt, wenn alles dem Glück zustrebt.

Ein lebendiges Rätsel zu sein, ist keine Verlockung; Andrée hatte es begriffen. Sie hatte gesehen, wie alle Augen sich allmählich von ihrer Schönheit abwandten, wie man ihrem Geist zu mißtrauen, ihn zu leugnen begann. Diese Vernachlässigung war bald bei den Älteren Gewohnheit, bei den Neulingen Instinkt geworden. Es war ebensowenig üblich, Mademoiselle de Taverney ins Gespräch zu ziehen, wie etwa die Latona oder Diana im Park von Versailles anzusprechen. Wer sich vor ihr verneigt und einige formelle Worte der Begrüßung geäußert hatte, wußte, daß er seine Pflicht erfüllt hatte.

Alles das war den scharfen Augen des jungen Mädchens nicht entgangen. Sie, deren Herz alle Leiden ausgekostet hatte, ohne ein einziges Vergnügen zu kennen, sie rief in der Stille den Gott, der straft, lieber an, als jenen, der verzeiht. Und oft seufzte sie in tödlicher Bitterkeit, wenn sie die glücklichen Verliebten von Versailles Revue passieren ließ: »Und ich? Und ich?«

Als sie dann an dem letzten Tag der großen Kälte Charny fand, als die Blicke des jungen Mannes neugierig auf ihr geruht hatten, begriff sie, daß sie für diesen Mann eine Frau war. Er hatte eine neue Jugend in ihr geweckt und den Tod galvanisiert. Er hatte den Marmor erröten gemacht.

Rasch hatte Mademoiselle de Taverney sich an den Erneuerer ihres Lebens, an den Mann, der ihr neue Kraft eingeflößt hatte, angeschlossen. Sie genoß das Glück, diesen jungen Mann zu betrachten, für den sie nicht nur ein Problem war. Nur mit Angst gedachte sie der Möglichkeit, eine andere Frau könnte die Flügel ihrer Phantasie beschneiden und ihren jungen Traum ermatten lassen.

Man wird begreifen, daß Andrée Philippe nicht folgte, als er das Zimmer der Königin verließ, obgleich sie unter der Beleidigung, die ihrem Bruder zugefügt worden war, gelitten hatte, und obwohl sie ihren Bruder mit einer Leidenschaft, die fast eine Religion war, liebte.

Mademoiselle de Taverney wollte nicht, daß die Königin mit Charny allein blieb, obwohl sie fest entschlossen war, nach der Kränkung ihres Bruders nicht mehr am Gespräch teilzunehmen. Sie setzte sich in einen Kaminwinkel, kehrte der Gruppe, die aus der Königin, Charny und Madame de La Motte bestand, fast den Rücken.

Einige Minuten blieb die Königin schweigsam; offenbar fiel es ihr schwer, nach der heiklen Erörterung, die eben stattgefunden hatte, einen neuen Gesprächsstoff zu finden. Charny selbst schien leidend.

Endlich brach Marie-Antoinette das Schweigen und fragte, einen eigenen Gedanken zu Ende denkend:

»Wahrhaftig, es fehlt uns nicht an Feinden. Soll man's glauben, daß am französischen Hof solche Erbärmlichkeiten möglich sind? Ist das auszudenken?«

Charny antwortete nicht.

»Welch ein Glück muß es doch sein«, fuhr die Königin fort, »an Bord zu leben, unter freiem Himmel, auf offener See! Uns Landbewohnern erzählt man wohl von der Tücke und vom Zorn des Meeres. Ach, mein Herr, blicken Sie doch um sich! Haben die wütendsten Wogen des Ozeans jemals den Schaum ihres Zornes auf Sie ausgespieen? Blicken Sie doch um sich! Sie sind gesund, sind jung und geehrt!«

»Madame!«

»Haben die Engländer Sie nicht ihren Zorn fühlen lassen, das Feuer der Kanonen und der Kugelspritzen? Nun, was liegt Ihnen daran? Sie sind heil geblieben und stark! Die Wut der Feinde hat nur bewirkt, daß Sie, der Sieger, von Ihrem König beglückwünscht, von Ihrem Volk geehrt und geliebt werden. Gesegnet seien die Feinde, die uns mit Eisen und Feuer bekämpfen, gesegnet die Feinde, die nur mit dem Tod drohen!«

»Mein Gott«, antwortete Charny, »Majestät haben keine Feinde! Der Adler erkennt die Schlange nicht. Was am Boden kriecht, kann den nicht kümmern, der über den Wolken schwebt.«

»Ach, wenn Sie nur ahnten, was das heißt, gehaßt zu werden!«

Andrée erwartete angstvoll die Antwort des jungen Mannes; sie fürchtete, er werde ihr jenen Trost bieten, den die Königin zu erflehen schien. Charny suchte indessen nach einer Stütze und erbleichte immer mehr.

»Ist es nicht sehr heiß hier?« fragte die Königin.

Sofort öffnete Madame de La Motte das Fenster.

»Herr de Charny ist an den Seewind gewöhnt, und ich fürchte, er erstickt in den Boudoirs von Versailles.«

»Das ist es nicht, Madame«, antwortete Charny, »aber ich habe um zwei Uhr Dienst zu leisten, und wenn Eure Majestät mir nicht befehlen zu bleiben …«

»Nicht doch, nicht doch, mein Herr! Auch wir wissen, was Befehl ist, nicht wahr, Andrée? Sie sind frei, mein Herr!«

Mit einer Geste leiser Enttäuschung entließ sie den jungen Offizier. Charny verneigte sich und eilte hinaus. Einige Sekunden später hörte man aus dem Vorzimmer einen leichten Aufschrei und den Lärm eiliger Schritte. Die Königin öffnete die Tür, stieß einen Schrei aus und wollte hinausstürzen. Plötzlich sah sie Andrée, deren scharf beobachtenden Augen nichts entgangen war, vor sich.

»Madame!« rief das Mädchen.

Die Königin sah Andrée starr an, aber Mademoiselle de Taverney ertrug diesen Blick mit Festigkeit. Madame de La Motte beugte sich vor, um in den Vorraum hinauszuschauen.

Die Königin gewahrte diese Bewegung der Gräfin und schloß lebhaft die Tür. Schon war es zu spät, Madame de La Motte hatte alles gesehen.

Nachdenklich und mit gerunzelter Stirn nahm Marie-Antoinette wieder Platz. Auch Andrée schien geistesabwesend.

»Wie seltsam«, sagte die Königin plötzlich laut, »Herr de Charny schien noch immer zu zweifeln …«

Andrée biß sich auf die Lippen.

»Mein Bruder schien nicht so ungläubig wie Herr de Charny«, sagte sie endlich.

»Es wäre sehr schade«, fuhr die Königin fort, als ob sie Andrées Worte nicht gehört hätte, »dann wäre das Herz dieses jungen Mannes nicht so rein, wie ich gedacht hatte.«

Zornig schlug sie in ihre Hände.

»Warum soll er aber auch glauben«, rief sie, »wenn er gesehen hat? Auch der Graf d'Artois hat mich gesehen und auch Philippe! Alle Welt hat mich gesehen, und es bedurfte des Wortes des Königs, damit alle diese Männer glaubten oder taten, als ob sie glaubten. Oh, hinter allen diesen Dingen steckt etwas, und ich muß diesen Zusammenhang aufklären, da sich ja kein anderer darum kümmert. Nicht wahr, Andrée, ich selbst muß den Sinn, der sich in diesem Unsinn verbirgt, finden?«

»Eure Majestät hat recht«, antwortete Andrée, »und ich bin überzeugt, daß auch Madame de La Motte meiner Ansicht ist.«

Jeanne, die nicht erwartet hatte, so unvermutet ins Gespräch gezogen zu werden, fuhr zusammen und brachte kein Wort über die Lippen.

»Schließlich hat man mich doch auch bei Mesmer angeblich gesehen!« fuhr die Königin fort.

»Eure Majestät sind ja dort gewesen«, beeilte sich Frau de La Motte lächelnd zu bemerken.

»Gewiß, aber ich habe nicht getan, was man mir in jenem Pamphlet vorwirft. Und in der Oper bin ich überhaupt nicht gewesen.« Sie überlegte: »Oh! jetzt hab' ich's!«

»Was?«

»Man lasse Herrn de Crosne kommen!« rief die Königin Madame de Miséry zu.

Zweiunddreißigstes Kapitel
Herr de Crosne

Herr de Crosne, der ein sehr höflicher Mann war, befand sich seit der Erklärung des Königs und der Königin in großer Verlegenheit. Nichts ist in der Tat schwieriger als die Erforschung aller Geheimnisse einer Frau, wenn diese Frau die Königin ist und wenn man den Auftrag erhalten hat, die Interessen der Krone zu wahren.

Herr de Crosne war sich bewußt, daß der Zorn dieser Frau,

die Mißbilligung einer Königin, schwer auf ihm lasten werde; doch hatte er sich mutig hinter seiner Pflicht verschanzt, und seine höfischen Manieren mußten ihm als Panzer dienen, um die Wucht der Streiche aufzufangen, die ihn trafen.

Mit einem Lächeln auf den Lippen trat er ein.

Die Königin allerdings lächelte nicht.

»Jetzt ist die Reihe an uns, Herr de Crosne, Erklärungen abzugeben«, sagte sie.

»Ich stehe Eurer Majestät zu Befehl!«

»Sie müssen die Ursache aller dieser Vorfälle, deren Opfer ich bin, kennen, Herr de Crosne.«

Etwas unsicher blickte der Polizeipräfekt um sich.

»Beunruhigen Sie sich nicht«, fuhr die Königin fort, »Sie kennen diese beiden Damen, denn Sie kennen ja die ganze Welt.«

»Beinahe, denn ich kenne wohl die Personen und ihr Wirken, aber die Ursachen der Vorgänge, auf die Eure Majestät anspielt, kenne ich nicht.«

»Ich bedaure, daß ich Sie Ihnen bekanntgeben muß«, antwortete die Königin, ärgerlich über die Ruhe des Präfekten. »Es ist klar, daß ich Ihnen mein Geheimnis leise offenbaren könnte, wie das so üblich ist, aber ich ziehe das Tageslicht und die laute Stille vor. Nun, ich führe die Wirkungen, wie Sie es nennen, auf das üble Verhalten einer Person zurück, die mir ähnlich ist und die sich überall, wo man mich zu sehen glaubte, öffentlich zur Schau gestellt hat.«

»Sie denken an eine Ähnlichkeit?« rief Herr de Crosne, den die Vorwürfe der Königin so sehr in Anspruch nahmen, daß er Jeannes Verwirrung nicht beachtete.

»Halten Sie diese Annahme für überspitzt, Herr Polizeipräfekt? Ziehen Sie vor zu glauben, daß ich mich täusche oder Sie irreführe?«

»Das habe ich nicht gesagt, Madame, aber so groß die Ähnlichkeit zwischen Eurer Majestät und einer beliebigen Frau auch sein mag, das geübte Auge würde die Verschiedenheit doch sofort erkannt haben.«

»Offenbar kann man sich täuschen. Der Beweis ist ja erbracht worden.«

»Ich könnte Eurer Majestät ein Beispiel liefern«, warf Andrée ein. »Als wir in Taverney-Maison-Rouge wohnten, hatte mein Vater eine junge Dienstmagd, die seltsamerweise …«

»Die mir glich?«

»Sie war Ihnen täuschend ähnlich, Majestät.«

»Und was ist aus diesem Mädchen geworden?«

»Wir kannten damals das große Herz und die überlegene Denkungsart Eurer Majestät noch nicht. Mein Vater fürchtete, diese Ähnlichkeit könne der Königin mißfallen, und als wir nach Trianon kamen, verbargen wir dieses Mädchen vor den Augen des Hofes.«

»Sehen Sie, Herr de Crosne, das sollte Sie interessieren!«

»Sehr, Madame.«

»Sprechen Sie weiter, liebe Andrée.«

»Nun, dieses Mädchen besaß einen unruhigen und ehrgeizigen Geist. Es langweilte sich in seiner Abgeschlossenheit. Wahrscheinlich machte es eine schlechte Bekanntschaft, denn eines Abends war es verschwunden.«

»Hat sie euch wohl bestohlen?«

»Nein, ich besaß ja nichts.«

Jeanne war diesem Gespräch mit begreiflicher Aufmerksamkeit gefolgt.

»Und Sie wußten nichts davon, Herr de Crosne?« fragte die Königin.

»Nein, Madame.«

»Wie, es gibt ein Mädchen, dessen Ähnlichkeit mit mir auffällt, und Sie wissen es nicht? Derlei geschieht im Königreich, veranlaßt ernste Unordnung und Sie, Herr de Crosne, der erste, der davon wissen müßte, bleiben ahnungslos? Geben Sie doch offen zu, daß unsere Polizei nichts taugt!«

»Madame, als Eure Majestät eine Nacht außerhalb des Schlosses verbrachten, habe ich es erfahren. Meine Polizei war also tüchtig, nicht wahr? Am Tag vorher waren Majestät bei dieser

Dame, Rue Saint-Claude, im Marais. Das geht mich nichts an. Als Eure Majestät mit Madame de Lamballe bei Mesmer waren, hat meine Polizei gut funktioniert, denn meine Agenten haben Sie gesehen. Als Sie beim Opernball waren ...«

Lebhaft hob die Königin den Kopf.

»Lassen Sie mich aussprechen, Madame! Ich sah Sie, wie der Graf d'Artois Sie gesehen hat. Wenn der Schwager sich in den Zügen seiner Schwägerin täuschen durfte, dann stand es auch meinem Agenten frei, sich zu irren, einem armen Kerl, der dreißig Taler monatlich zu verzehren hat. Gewiß hat mein Agent geglaubt, Sie zu erkennen. Auch an diesem Tag hat meine Polizei gut funktioniert. Oder wollen Sie behaupten, Madame, daß meine Agenten in der Sache des Zeitungsschreibers Reteau versagt haben, den Herr de Charny so grausam geprügelt hat?«

»Herr de Charny?« riefen Andrée und die Königin zusammen.

»Das Ereignis ist noch jung, Madame, und die Stockschläge mögen noch warm sein auf den Schultern des Zeitungsschreibers.«

»Herr de Charny hat sich mit diesem Schuft eingelassen?«

»Ich höre es wenigstens von meiner so geschmähten Polizei, Madame, und Sie werden zugeben, daß meine Agenten es nicht leicht hatten, das Duell zu entdecken, das dieser Affäre folgte.«

»Ein Duell? Herr de Charny hat sich geschlagen?«

»Etwa mit dem Zeitungsschreiber?« fragte Andrée hastig.

»Nein, meine Damen, der verprügelte Zeitungsschreiber hätte Herrn de Charny nicht den Degenstich beigebracht, der seinerseits bewirkte, daß Herr de Charny in Ihrem Vorzimmer ohnmächtig wurde.«

»Er ist verwundet? Sie irren, Herr de Crosne!«

»Eure Majestät finden mich oft schlecht unterrichtet, darum werden Sie mir diesmal zugeben, daß ich es nicht bin.«

»Er war eben hier!«

»Ich habe nur zu gut bemerkt«, warf Andrée ein, »daß er litt.«

Fräulein de Taverney hatte in einem Ton gesprochen, der die

Königin aufmerksam machte; rasch wandte sie sich um. Mutig ertrug Andrée ihren Blick.

»Wie«, fragte Marie-Antoinette, »Sie haben bemerkt, daß Herr de Charny litt, und haben nichts gesagt?«

Andrée antwortete nicht. Jeanne wollte der Dame, die bei Hof so hoch in Gunst stand, zu Hilfe kommen, um sich eine Freundin zu sichern.

»Auch mir schien«, sagte sie, »daß Herr de Charny sich nur mühsam aufrecht hielt, während Eure Majestät geruhten, das Wort an ihn zu richten.«

Die stolze Andrée dankte der Gräfin mit keinem Blick.

Herr de Crosne hatte inzwischen Gelegenheit, nach Lust die drei Frauen zu beobachten, die, Jeanne ausgenommen, vergessen hatten, daß sie einem Polizisten gegenübersaßen.

»Mein Herr«, fragte die Königin endlich, »mit wem hat sich Herr de Charny geschlagen und warum?«

»Aber, Madame, weiß Gott, das ist augenblicklich recht gleichgültig. Die beiden Gegner leben in gutem Einverständnis, denn eben noch plauderten sie vor Eurer Majestät in aller Freundschaft miteinander.«

»Vor mir? Hier?«

»Gewiß doch. Der Sieger ist eben erst fortgegangen, vor kaum zwanzig Minuten.«

»Herr de Taverney!« rief die Königin mit zornig aufflammenden Augen.

»Mein Bruder«, stammelte Andrée, die es sich vorwarf, in ihrer Selbstsucht nicht alles begriffen zu haben.

Heftig schlug die Königin die Hände zusammen.

»Aber das ist ja unerhört! Man will die amerikanischen Sitten nach Versailles bringen! Nein, ich werde das nicht zulassen.«

Andrée und Herr de Crosne blickten zu Boden.

»Ich werde nicht erlauben«, fuhr die Königin zornig fort, »daß man, weil man auf seiten des Herrn Lafayette und des Herrn Washington« – sie sprach den Namen betont französisch aus – »gekämpft hat, meinen Hof in einen Turnierplatz des sechzehnten Jahrhunderts verwandelt. Andrée, Sie müßten wissen, daß Ihr Bruder sich geschlagen hat.«

»Ich höre es eben, Madame.«

»Aber warum hat er sich nur geschlagen?«

»Wir hätten Herrn de Charny fragen sollen, warum er sich mit ihm geschlagen hat«, antwortete Andrée bleich und mit leuchtenden Augen.

»Ich frage nicht, was Herr de Charny«, rief die Königin, »sondern was Herr de Taverney getan hat.«

»Wenn mein Bruder sich geschlagen hat«, antwortete das junge Mädchen langsam und betont, »so geschah es gewiß nicht in Verletzung der Pflichten, die ihm der Dienst Eurer Majestät auferlegt.«

Marie-Antoinette bedurfte ihrer ganzen Kraft, um ihre Ruhe zu bewahren. Sie stand auf, durchschritt das Zimmer, blickte in den Spiegel, nahm ein Buch aus einem Wandschrank und las einige Zeilen.

»Ich danke, Herr de Crosne«, sagte sie endlich, »Sie haben mich überzeugt. Alle diese widersprechenden Gerüchte und Vermutungen haben mich verwirrt. Gewiß, unsere Polizei ist tüchtig. Behalten Sie indessen diese Ähnlichkeit, von der ich spreche, im Auge. Adieu, mein Herr.«

Mit einer anmutigen Gebärde reichte sie dem Präfekten die Hand, der sich entfernte, beglückt und um einige wertvolle Mitteilungen bereichert.

Andrée fühlte wohl die Bedeutung dieses Wortes: adieu; sie verneigte sich tief und feierlich. Nachlässig, wenn auch ohne sichtlichen Groll dankte die Königin. Auch Jeanne wollte Abschied nehmen, als Madame de Miséry eintrat.

»Madame«, sagte die Kammerfrau, »hat Eure Majestät den Herren Boehmer & Bossange eine Audienz bewilligt?«

»Ach, allerdings, meine liebe Miséry. Sie mögen eintreten. Bleiben Sie noch, Madame de La Motte. Ich wünsche, daß der König mit Ihnen vollständig Frieden schließt.«

Während die Königin dies sagte, beobachtete sie im Spiegel

die Miene Andrées, die langsam der Tür zuschritt. Sie hatte bei dieser sichtlichen Begünstigung eines Neulings nicht mit den Wimpern gezuckt.

»Sie sind wohl von Stahl, diese Taverneys«, murmelte die Königin mit einem Seufzer, »aber doch auch von Gold. Guten Morgen, meine Herren Juweliere. Was bringen Sie mir Neues? Sie wissen doch, daß ich kein Geld habe.«

Dreiunddreißigstes Kapitel
Die Versuchungen

Madame de La Motte hatte ihren Platz wieder eingenommen. Aufmerksam wie eine Frau, der man erlaubt hat, zu bleiben und zuzuhören, folgte sie allen Vorgängen.

Die Herren Boehmer & Bossange hatten Gala angelegt. Mit wiederholten Verneigungen drangen sie schließlich bis zu Marie-Antoinettes Lehnstuhl vor.

»Juweliere kommen doch gewiß nur zu mir«, sagte die Königin, »um von Juwelen zu sprechen. Der Augenblick ist ungünstig gewählt, meine Herren.«

Herr Boehmer nahm das Wort. Offenbar war er der Wortführer der Firma.

»Madame«, sagte er, »wir sind nicht gekommen, um Eurer Majestät Waren anzubieten, wir müßten sonst befürchten, unbescheiden zu sein. Wir erfüllen nur eine Pflicht, und dieses Bewußtsein hat uns ermutigt.«

»Eine Pflicht?« fragte die Königin verwundert.

»Es handelt sich um das schöne Diamantenhalsband, das Eure Majestät nicht zu nehmen geruhten.«

»Ach, da wären wir wieder!« rief Marie-Antoinette lachend. »Dieses Halsband war wirklich sehr schön, Herr Boehmer.«

»So schön, Madame«, warf Bossange schüchtern ein, »daß Eure Majestät allein würdig waren, es zu tragen.«

»Was mich tröstet«, bemerkte Marie-Antoinette mit einem leichten Seufzer, der Madame de La Motte nicht entging, »ist der Umstand, daß es anderthalb Millionen kostet. In dieser Zeit, in der die Herzen der Völker kühl sind wie die Sonne Gottes, gibt es keinen König mehr, der eineinhalb Millionen Francs für ein Halsband ausgeben kann. Somit wird niemand besitzen, was ich mir versagen mußte. Sie werden sagen, daß auch die einzelnen Stücke gut sind. Wohl wahr, aber um zwei oder drei Diamanten beneide ich niemand; nur die Sammlung hätte mich gereizt.«

Die Königin rieb sich die Hände mit einer gewissen Befriedigung, an der wohl auch das Verlangen teilhatte, die Herren Boehmer & Bossange zu ärgern.

»Hierin irrt Eure Majestät«, bemerkte Boehmer, »und darauf bezieht sich auch die Pflicht, die wir erfüllen, indem wir herkommen. Das Halsband ist verkauft.«

»Verkauft? Und an wen?«

»Ach, Madame, das ist ein Staatsgeheimnis.«

»Staatsgeheimnis? Sie sind lustig, Herr Boehmer. Nicht wahr, man verschweigt oft, was man nicht weiß? Staatsgeheimnis? Oh, darauf verstehen wir uns! Hüten Sie sich, Herr Boehmer! Wenn Sie mir Ihr Staatsgeheimnis nicht anvertrauen, werde ich es Ihnen durch die Beamten des Herrn de Crosne entreißen lassen.«

»Man verfährt mit Eurer Majestät nicht wie mit einem gewöhnlichen Kunden«, versicherte Boehmer ruhig; »wir sind hierher gekommen, um Eurer Majestät zu melden, daß das Halsband verkauft ist, weil es eben wirklich verkauft ist; den Namen des Käufers aber müssen wir verschweigen, weil der Kauf unter dem Siegel der Verschwiegenheit von einem inkognito hierhergesandten Botschafter getätigt wurde.«

Wieder begann die Königin zu lachen.

»Was ich an diesem Boehmer bewundere«, sagte sie zu Madame de La Motte, »ist seine Fähigkeit, selber zu glauben, was er mir da vorerzählt. Sagen Sie mir doch wenigstens das Land, Boehmer, aus dem dieser Gesandte kommt! Nein, auch das ist zu viel, der erste Buchstabe seines Namens genügt!«

»Es ist der Gesandte von Portugal«, antwortete Boehmer leise, als ob er das Geheimnis wenigstens vor Madame de La Motte schützen wollte.

»Der portugiesische Gesandte? Es gibt augenblicklich gar keinen, Boehmer.«

»Er ist ausschließlich zu diesem Zweck hierhergekommen, Madame.«

»Und wie heißt er?«

»Herr do Suza.«

Die Königin antwortete nicht. Sie wiegte einen Augenblick lang den Kopf, dann rief sie, als ob sie einen raschen Entschluß gefaßt hätte:

»Nun, Ihre Majestät die Königin von Portugal hat Glück! Diese Diamanten sind schön. Wir wollen nicht mehr davon sprechen.«

»Im Gegenteil, Madame, Sie werden geruhen, uns zu erlauben ...«

»Kennen Sie diese Diamanten, Komtesse«, fragte die Königin Jeanne.

»Nein, Madame.«

»Es sind herrliche Steine! Schade, daß die Herren sie nicht mitgebracht haben.«

»Hier sind sie«, rief Bossange eifrig.

Er zog aus dem Futter seines Hutes, den er unter dem Arm trug, das flache Etui, das den Schmuck enthielt.

»Sehen Sie es sich an, Gräfin«, sagte die Königin, »Sie sind eine Frau, es wird Sie interessieren.«

Jeanne stieß einen Schrei der Bewunderung aus.

In der Tat läßt sich nichts Schöneres denken als dieses Halsband; es war ein Gefunkel von grünem und rotem Feuer. Boehmer bewegte das Etui leicht, um die Wunder dieses Prachtstücks wie einen Wasserfall sprühen zu lassen.

»Herrlich! Herrlich!« rief Jeanne hingerissen.

»Das also sind anderthalb Millionen, die ich in meiner hohlen Hand halten könnte«, bemerkte die Königin mit einem erheuchelten Phlegma, wie es kaum Herr Rousseau in Genf unter ähnlichen Umständen gezeigt hätte.

Jeanne durchschaute diese Regung.

»Der Herr Juwelier hat recht«, sagte sie, »es gibt auf der ganzen Welt nur eine Königin, die würdig ist, dieses Halsband zu tragen: Eure Majestät.«

»Und doch wird meine Majestät es nicht tragen.«

»Wir durften es indessen nicht aus Frankreich fortlassen«, bemerkte der Juwelier, »ohne Eurer Majestät wenigstens unser Bedauern zu Füßen zu legen. Dieses Halsband ist ein Schmuckstück, das bereits in ganz Europa bekannt ist und Gegenstand vieler Erörterungen wurde. Unser nationaler Stolz erlaubt nur, daß eine andere Fürstin sich damit schmücke, nachdem Sie, Madame, noch einmal und endgültig Ihre Weigerung ausgesprochen haben.«

»Ich habe diese Weigerung bereits ausgesprochen, und man hat mich in aller Öffentlichkeit zu sehr gelobt, als daß ich es bereuen könnte.«

»Majestät, das Volk hat es edel gefunden, daß Sie ein Kriegsschiff einem Halsband vorzogen; der Adel, der doch auch französisch ist, wird nichts Erstaunliches daran finden, daß die Königin von Frankreich ein Halsband kauft, nachdem sie das Kriegsschiff gekauft hat.«

»Sprechen wir nicht mehr davon«, sagte Antoinette und warf einen letzten Blick auf das Etui. Jeanne seufzte.

»Sie seufzen, Gräfin; aber wenn Sie an meiner Stelle wären, würden Sie handeln wie ich.«

»Ich weiß nicht«, murmelte Jeanne.

»Lassen Sie diese Neugierige die Steine bewundern, meine Herren. Sie verlieren dadurch nichts von ihrem Wert. Sie sind leider immer noch eineinhalb Millionen wert.«

Dieses Wort schien der Gräfin eine günstige Gelegenheit einzugreifen.

»Eineinhalb Millionen Francs, Madame«, bemerkte sie, »die, wenn Sie sie an Ihrem Hals trügen, die Eifersucht aller Frauen der Welt, die Eifersucht einer Kleopatra und Venus erregen müßten ...«

Damit nahm sie das Halsband aus dem Etui und befestigte es geschickt auf dem Samthals Marie-Antoinettes, die sich plötzlich von einem phosphoreszierenden Gefunkel überströmt sah.

Die Königin trat vor den Spiegel und blieb geblendet stehen.

Dieser geschmeidige, köstliche Hals, der dem Stengel einer Lilie glich und doch, gleich Virgils Blumen, bestimmt war, dem Eisen zu verfallen, erhob sich anmutig aus der leuchtenden Flut. Jeanne hatte gewagt, die Schultern der Königin zu entblößen, so daß die letzte Reihe des Halsbandes auf ihren Busen herabfiel. In diesem Augenblick war Marie-Antoinette so erhaben, daß Liebende und Untertanen vor ihr in die Knie gesunken wären.

Einen Augenblick vergaß sich Marie-Antoinette so weit, sich selbst zu bewundern, dann aber wollte sie das Halsband von ihren Schultern reißen.

»Genug, genug!« rief die Königin mit fester Stimme. »Ich habe ein wenig mit den Diamanten gespielt, aber es wäre ein Fehler, dieses Spiel fortzusetzen.«

Boehmer & Bossange ließen sich Zeit, ihre Diamanten wieder in das Etui zu packen, aber die Königin rührte sich nicht. An ihrem betonten Stillschweigen war zu erkennen, daß sie mit sich rang. Wie immer, wenn sie verstimmt war, griff sie nach einem Buch und blätterte darin, ohne zu lesen.

Die Juweliere verabschiedeten sich.

»Eure Majestät hat also endgültig abgelehnt?«

»Ja doch«, sagte die Königin und seufzte diesmal für ganz Frankreich.

Vierunddreissigstes Kapitel

Ehrgeiz und Liebe

Kaum war Jeanne in ihr kleines Versailles, in das Haus im Faubourg Saint-Antoine zurückgekehrt, in dem sie zu befehlen hatte, als ihr der Kardinal gemeldet wurde. Ein leichtes Lächeln umschwebte die Lippen der Gräfin, die zwei Sekunden zögerte, bevor sie sagte: »Lassen Sie ihn eintreten.«

Wollte sie den Kirchenfürsten in ihrem Vorzimmer warten lassen, oder benötigte sie diese zwei Sekunden, um einen Plan zu Ende zu denken?

Die Laune der Königin hatte sie einen tiefen Blick in die verborgenen Regungen einer Seele tun lassen, die zu stolz war, um sich vorsichtig gegen die Neugierde zu schützen.

Jeanne war berauscht von dieser Zahl, die auf dem weißen Seidenetui der Herren Boehmer & Bossange funkelte: eineinhalb Millionen. War das nicht ein fürstliches Vermögen für eine arme Bettlerin, die noch vor einem Monat ihre Hand nach Almosen ausgestreckt hatte?

Gewiß, von der Jeanne de Valois, die in der Rue Saint-Gilles gewohnt hatte, bis zu jener, die im Faubourg Saint-Antoine ein Haus besaß, war es ein weiter Weg – weiter noch als jener, den die Jeanne aus dem Faubourg Saint-Antoine zurückzulegen hatte, um in den Besitz dieses Halsbandes zu gelangen.

Schon hatte sie mehr als die Hälfte des Weges zurückgelegt, der zum Reichtum führt.

Und dieses Vermögen, nach dem Jeanne trachtete, war keine Illusion. Nein, dieses Halsband war ein verläßlicherer Besitz als Verträge und Landgüter, es stellte ein sichtbares Vermögen dar. Da eine Königin sich danach sehnte, durfte auch Jeanne de Valois davon träumen. Und da eine Königin es entbehren mußte, konnte Madame de La Motte ihren Ehrgeiz darauf beschränken.

Der Kardinal, der diese Träume verwirklichen sollte, unterbrach sie, indem er unerwartet und doch erwünscht bei Madame de La Motte erschien. Auch er hatte seine Träume, seinen Ehrgeiz, den er unter der Maske einer Leidenschaft, die fast der Liebe glich, verbarg.

»Ach, liebe Jeanne, da sind Sie«, begrüßte er sie. »Wahrhaftig, Sie sind mir so unentbehrlich geworden, daß mein ganzer Tag durch den Gedanken bedrückt wurde, Sie seien fern von mir. Sie sind doch wenigstens glücklich von Versailles zurückgekommen?«

»Wie Sie sehen, Monseigneur.«

»Die Königin hat Sie also empfangen?«

»Ich wurde sofort vorgelassen.«

»Das nenne ich Glück! Ich möchte wetten, daß die Königin mit Ihnen gesprochen hat.«

»Ich brachte drei Stunden in ihrer Gesellschaft zu.«

Der Kardinal zitterte; wenig hätte gefehlt, und er hätte aufgeschrien; aber er beherrschte sich.

»Sie sind wirklich eine Zauberin«, sagte er, »niemand könnte Ihnen widerstehen.«

»Und Sie mögen überzeugt sein, Monseigneur, daß ich meine Zeit nicht verloren habe.«

»Gewiß haben Sie während dieser drei Stunden nicht eine Minute an mich gedacht.«

»Ich habe mehr getan, ich habe von Ihnen gesprochen.«

»Mit wem?« fragte der Prälat, dessen Herz zu klopfen begann.

»Mit wem anders, als mit der Königin?«

Jeanne war so geschickt, dem Prinzen nicht ins Gesicht zu schauen. Es war, als ob sie die Wirkung, die ihre Worte hervorbringen mußten, nicht sehen wollte.

Herr de Rohan zitterte.

Jetzt trat ein Kammerdiener ein und meldete, daß das Souper serviert sei. Mit einem Blick lud Jeanne den Kardinal ein, der mit einer Verneigung annahm.

Er reichte der Herrin des Hauses den Arm und geleitete sie in den Speisesaal.

Langsam begriff der Kardinal, daß er in Zukunft mit dieser Frau werde rechnen müssen, die es verstand, die Herzen aller Mächtigen in ihren Händen zu balancieren. Mit Verwunderung bemerkte er, daß die Frau, statt sich zur Geltung zu bringen wie eine andere, die man aufsucht und deren man bedarf, seinen Wünschen mit einem Verständnis entgegenkam, das nur zu sehr von dem wilden Stolz abstach, dem er bei dem letzten Souper in diesem Haus begegnet war.

Schon machte Jeanne in ihrem Haus die Honneurs nicht nur wie eine vollendete Gebieterin desselben, sondern auch als Beherrscherin der Menschen. Keine Verlegenheit war in ihrem Blick, keine Zurückhaltung in ihrer Stimme. Nicht vergeblich hatte Jeanne, um die Hohe Schule aristokratischer Haltung durchzumachen, einen ganzen Tag im Kreise der höchsten Adeligen verbracht. Hatte nicht eine Königin ohnegleichen sie »liebe Gräfin« angesprochen?

Als Mann von Überlegenheit versuchte der Kardinal, diesem Reiz nicht zu widerstehen.

»Gräfin«, sagte er und nahm ihre Hand, »in Ihnen sind zwei Frauen: die von gestern und die von heute.«

»Und welche ziehen Eure Eminenz vor?«

»Ich kann es nicht sagen, aber die von heute abend ist eine Armida, eine Circe, etwas Unwiderstehliches.«

»Dem Sie auch nicht zu widerstehen versuchen werden, wie ich hoffe, sosehr Sie auch Prinz sind.«

Der Kardinal drückte einen langen, glühenden Kuß auf diese schöne und zugleich widerspenstige Hand. Dann befragte er mit den Augen den Blick und das Lächeln der Gräfin und stand auf. Im Vorzimmer flüsterte er seinem Diener einige Worte zu. Zwei Minuten später hörte man, wie seine Equipage sich entfernte. – Die Gräfin blickte auf.

»Meiner Treu, Komtesse«, sagte der Kardinal, »ich habe meine Schiffe verbrannt.«

»Das ist kein sonderliches Verdienst«, antwortete sie, »da Sie ja im Hafen sind.«

Fünfunddreißigstes Kapitel

In welchem sich die Gesichter zu demaskieren beginnen

Lange Gespräche sind das Vorrecht der Leute, die einander nichts mehr zu sagen haben.

Zwei Stunden nachdem der Wagen fortgefahren war, befanden sich der Kardinal und die Gräfin auf jenem Punkt, auf dem man schweigt oder ohne Phrasen seine Meinung sagt. Die Gräfin hatte keinen Widerstand geleistet, der Kardinal hatte gesiegt und war Sklave geworden; die Besiegte triumphierte.

Zwei Männer betrügen einander, indem sie einen Händedruck wechseln; Mann und Frau betrügen einander mit einem Kuß.

Hier hatten beide ihren Zweck im Auge. Für beide war die Vertraulichkeit nur nötiges Mittel, ihn zu erreichen.

Der Kardinal gab sich auch keine große Mühe, seine Ungeduld zu verbergen. Er begnügte sich mit diesem kleinen Umweg und brachte dann die Rede wieder auf Versailles.

»Sie ist so großherzig«, sagte er von der Königin, »nichts ist ihr zu teuer, wenn sie Leute beschenken will, die sie liebt. Sie besitzt die seltene Fähigkeit, vielen etwas und wenigen viel zu geben.«

»Nun, sie ist weniger reich, als sie glauben, die arme Königin. Oder ist man etwa reich, wenn man sich Entbehrungen auferlegen muß?«

»Entbehrungen? Sagen Sie mir, was Sie meinen, liebe Jeanne.«

»Ich sage nicht mehr, als ich gesehen habe. Binnen kurzer Frist hat die unglückliche Königin zweimal schreckliche Qualen ausgestanden.«

»Schreckliche Qualen?«

»Wissen Sie denn, Prinz, was das ist, die Begierde einer Frau?«

»Nein, aber ich wollte, Sie lehrten es mich wissen.«

»Nun, die Königin hat eine Begierde, die sie nicht zu befriedigen vermag.«

»Nach wem?«

»Nicht nach einem Menschen. Nach einer Sache.«

»Wonach also?«

»Nach einem Diamantenhalsband.«

»Oh, das kenne ich! Sie meinen die Diamanten von Boehmer & Bossange? Das ist eine alte Geschichte, Gräfin.«

»Alt und neu zugleich. Ist es nicht für eine Königin eine schlimme Demütigung, etwas nicht besitzen zu dürfen, was eine gewöhnliche Favoritin beinahe besessen hätte? Ludwig XV. hätte nur vierzehn Tage länger leben müssen, und Jeanne Vaubernier hätte erlangt, was Marie-Antoinette sich jetzt versagen muß.«

»Ach, teure Gräfin, jetzt irren Sie. Die Königin konnte diese Diamanten fünf- oder sechsmal haben, aber sie hat sie ausgeschlagen. Der König hat sie ihr angeboten, aber sie hat sie zurückgewiesen.«

Der Kardinal erzählte ihr die Geschichte von dem Schiff.

»Und was beweist das?« fragte Jeanne.

»Daß sie das Halsband nicht wollte, nehme ich an.«

Jeanne zuckte die Achseln.

»Sie kennen die Frauen, Sie kennen den Hof, und doch kann eine solche Antwort Sie irreführen?«

»Nun, ich stelle nur fest, daß sie es abgelehnt hat, obwohl der König ihr die Diamanten anbot.«

Jeanne machte eine jähe Bewegung.

»Sprechen wir nicht weiter davon. Was kümmert Sie das Halsband, da wir es doch nicht besitzen können.«

»Nun, wenn ich der König wäre und Sie meine Königin wären, wollte ich Sie wohl zwingen, es anzunehmen.«

»Zwingen Sie doch die Königin dazu, es anzunehmen, und Sie werden sehen, daß sie nicht so ärgerlich ist, wie Sie glauben.«

Der Blick des Kardinals ruhte aufmerksam auf Jeanne.

»Sind Sie wirklich überzeugt, nicht zu irren? Die Königin verlangt nach diesem Halsband?«

»Sie verzehrt sich danach in Sehnsucht. Sagen Sie übrigens, lieber Prinz, ich habe einmal bemerken hören, daß Sie nicht ungern Minister wären?«

»Wohl möglich, daß ich derlei gesagt habe, Gräfin.«

»Wollen wir wetten, daß die Königin den Mann, der ihr binnen acht Tagen zu diesem Halsband verhilft, zum Minister macht?«

»Gräfin!«

»Ich spreche laut. Ziehen Sie vor, daß ich schweigend denke?«

»Nicht doch!«

»Übrigens betrifft Sie das nicht, was ich sage. Es ist ja klar genug, daß Sie nicht eineinhalb Millionen für die Laune der Königin ausgeben können. Das hieße ein Portefeuille zu teuer erkaufen, das man Ihnen früher oder später doch zugestehen muß. Nehmen Sie an, ich hätte nur geschwätzt. Ach, Monseigneur, welche harte Prüfung ist doch ein Tag im strahlenden Licht des Hofes für eine Provinzlerin wie mich. Sie allerdings, gleich einem Adler, vermögen wohl, in diese Sonne zu schauen.«

Der Kardinal versank in Träumerei.

»Ach«, sagte Jeanne, »jetzt finden Sie mich so gewöhnlich und elend, daß Sie nicht einmal das Wort an mich richten. Ich habe die Königin eben nach mir beurteilt. Was wollen Sie? Ich habe wohl geglaubt, daß sie sich nach den Diamanten sehnt, weil ich seufzte, als ich sie sah. Entschuldigen Sie meine Schwäche.«

»Sie sind eine anbetungswürdige Frau; durch eine seltsame Verbindung besitzen Sie gleichzeitig Schwäche des Herzens und Kraft des Verstandes. In gewissen Augenblicken sind Sie so wenig Weib, daß ich erschrecke. Und doch sind Sie es wieder auf so anbetungswürdige Weise, daß ich den Himmel, der Sie geschaffen hat, segne. Wir wollen nicht mehr von diesem Halsband sprechen.«

Sofort wurde der Kardinal diesem Entschluß untreu.

»Sie glauben also«, fuhr er fort, »daß Boehmer seine Bemühungen fortsetzt?«

»Mit Bossange zusammen, gewiß doch«, erwiderte Madame de La Motte unschuldig.

»Wo haben diese Leute ihren Laden?«

»Irgendwo auf dem Quai de la Ferraille oder auf dem Quai de l'Ecole, ich weiß es nicht genau. Jedenfalls irgendwo in der Nähe des Pont Neuf.«

»Ja, ich erinnere mich. Ich habe diesen Namen im Vorbeifahren einmal dort gelesen.«

Jeanne begriff, daß die Angel, die sie ausgeworfen hatte, bereits tief in das Fleisch der Beute eingedrungen war.

Am nächsten Morgen fuhr der Kardinal geradewegs in den Faubourg Saint-Antoine zu Boehmer & Bossange.

Er wollte sein Inkognito wahren, aber die Juweliere des Hofes sprachen ihn sofort »Monseigneur« an.

»Gut, Monseigneur«, rief der Kardinal, »aber da Sie mich schon erkennen, bemühen Sie sich doch wenigstens, daß kein anderer mich erkennt.«

»Monseigneur kann beruhigt sein, wir erwarten Ihre Befehle.«

»Ich komme, um das Halsband zu kaufen, das Sie der Königin angeboten haben!«

»Ach, das ist uns höchst unlieb, aber Monseigneur kommen zu spät. Es ist bereits verkauft.«

»Unmöglich! Sie haben es doch gestern erst Ihrer Majestät angeboten?«

»Die es neuerlich ausgeschlagen hat. Darum bleibt der alte Vertrag gültig.«

»Mit wem haben Sie diesen Vertrag geschlossen?«

»Das ist ein Geheimnis.«

»Zuviel der Geheimnisse, Herr Boehmer! Ich dachte, daß die Juweliere der Krone froh sein müßten, ihre Juwelen in Frankreich zu plazieren. Sie ziehen Portugal vor! Ganz wie Sie wünschen, Herr Boehmer.«

»Monseigneur weiß alles!« rief der Juwelier. »Offenbar hat die Königin es Ihnen gesagt.«

»Und wenn dem so wäre?« fragte Herr de Rohan, der eine

Unterstellung, die seiner Eigenliebe schmeichelte, nicht zurückweisen wollte.

»Ach, in diesem Fall würde sich die Lage verändern, Monseigneur.«

»Erklären Sie sich, ich verstehe nicht.«

»Monseigneur gestatten, daß ich offen spreche? Nun, die Königin sehnt sich sehr nach diesem Halsband.«

»Warum hat sie es dann nicht gekauft?«

»Weil sie es einmal abgelehnt hat und weil sie sich nicht launisch zeigen will, nachdem ihr erster Entschluß ihr so großes Lob eingetragen hat.«

»Und was schließt Herr Boehmer daraus?«

»Daß Ihre Majestät das Halsband wohl besitzen, aber den Schein vermeiden möchte, sie habe es gekauft.«

»Nun, Sie täuschen sich, mein Herr. Es steht nicht so.«

»Schade, Monseigneur, denn das wäre das einzige Argument gewesen, um das Wort zu brechen, das wir dem Herrn Gesandten von Portugal gegeben haben.«

Der Kardinal überlegte.

So stark die Diplomatie der Diplomaten auch sein mag, die der Kaufleute ist ihr überlegen, denn der Diplomat arbeitet mit Werten, die nicht ihm gehören, während der Kaufmann über Gegenstände verhandelt, die er in seiner festen Klaue hält.

Herr de Rohan begriff, daß er in der Gewalt dieses Mannes war.

»Gut«, sagte er, »nehmen Sie an, daß die Königin sich für Ihr Halsband interessiert.«

»Das verändert allerdings die Sachlage. Wenn es gilt, der Königin den Vorzug zu geben, können wir alle Verträge brechen.«

»Wie hoch verkaufen Sie dieses Halsband?«

»Für eineinhalb Millionen.«

»Und wie wünschten Sie die Bezahlung?«

»Portugal wollte bar zahlen; ich sollte das Halsband persönlich in Lissabon überreichen und nach Sicht ausbezahlt werden.«

»Diese Zahlungsweise ist bei uns nicht durchführbar, Herr Boehmer. Eine Anzahlung ließe sich allerdings leisten, wenn Sie vernünftig sein wollten.«

»Hunderttausend Francs.«

»Sie ließen sich auftreiben. Und das übrige?«

»Wünschen Eure Eminenz eine Frist? Mit Ihrer Garantie ist alles möglich. Allerdings bedeutet die Verzögerung für uns einen Verlust. Bei einer solchen Sache wachsen die Zahlen von selbst. Die Interessen von eineinhalb Millionen, zu fünf Prozent veranschlagt, machen fünfundsiebzigtausend Francs, und fünf Prozent sind für den Kaufmann der Ruin. Zehn Prozent wären der niedrigste annehmbare Zinsfuß.«

»Das wären hundertfünfzigtausend Francs?«

»Monseigneur, wir verlieren bei diesem Handel. Die Diamanten gehören überdies nicht uns. Wir haben sie verschiedenen Gläubigern abgekauft. Juwelenhändlern in Hamburg, Neapel, in Buenos Aires und Moskau. Alle diese Gläubiger warten auf den Verkauf des Halsbandes, denn sie wollen bezahlt sein. Der Gewinn, den wir erzielen, ist kläglich, Monseigneur, denn dieses unglückliche Halsband steht seit zwei Jahren zum Verkauf, und wir haben bereits zweihunderttausend Francs Interessen verloren.«

Herr de Rohan unterbrach Boehmer.

»Ich habe es noch gar nicht gesehen, dieses Halsband.«

»Wahrhaftig, Monseigneur.«

Und Boehmer reichte dem Kardinal das Etui.

»Köstlich!« rief der Kardinal und berührte liebevoll die Verschlüsse, die am Hals der Königin geruht hatten.

Nachdem er seine Finger zur Genüge dem sympathischen Einfluß ausgesetzt hatte, der von diesen Steinen ausging, fragte er:

»Sind wir handelseins?«

»Ja, Monseigneur; ich gehe sofort in die Gesandtschaft, um abzusagen.«

»Ich wußte gar nicht, daß zur Zeit ein portugiesischer Gesandter in Paris ist.«

»In der Tat, Monseigneur, Herr do Suza ist eben eingetroffen, inkognito allerdings.«

»Um diesen Handel abzuschließen«, rief der Kardinal lachend. »Der arme Suza! Ich kenne ihn recht gut.«

Herr Boehmer glaubte in das Gelächter seines Kunden einstimmen zu müssen. So lachte man einige Zeit auf Kosten Portugals.

Endlich ging Herr de Rohan, beglückt wie jeder Mann, der sich in einem Paroxismus der Leidenschaft selbst ruiniert.

Am nächsten Morgen raffte sich Herr Boehmer auf und begab sich in die portugiesische Gesandtschaft.

In dem Augenblick, in dem er im Begriff war, anzuklopfen, ließ sich Herr Beausire, der Privatsekretär des Gesandten, von Herrn Ducorneau, dem Kanzleivorsteher, Rechenschaft ablegen, während Dom Manoel, der Gesandte, seinem Komplizen, dem Kammerdiener, den Feldzugsplan auseinandersetzte.

Seit dem letzten Besuch Herrn Boehmers in der Rue de La Jussienne hatte das Gesandtschaftspalais mancherlei Veränderungen erfahren. Das neue Personal hatte sich wohnlich eingerichtet, und man mußte sagen, daß die Verbündeten Manoels sich ihrer Aufgabe mit Geschick entledigten; Herr Ducorneau wenigstens war von der Verständigkeit dieser Leute bezaubert, und vor allem bewunderte er den Mangel an nationalen Vorurteilen bei dem Gesandten, der eine durchaus französische Haushaltung organisiert hatte. Über dieses Thema sprach er auch gerade mit Herrn de Beausire.

»Begreifen Sie wohl«, erklärte der Sekretär, »daß die Suza nicht eingefleischte Portugiesen sind, die sich an die Lebensgewohnheiten des vierzehnten Jahrhunderts klammern, wie man sie bei uns in der Provinz noch häufig findet. Nein, die Suza sind Edelleute, die bereist sind, millionenschwer, und wenn sie wollten, könnten sie längst irgendwo Könige sein.«

»Aber sie wollen nicht«, bemerkte scharfsinnig Herr Ducorneau.

»Wozu auch? Wenn man Millionen besitzt und einen Fürstennamen führt, braucht man da König zu sein?«

»Wann aber, Herr Sekretär, findet die Präsentation des Herrn Gesandten statt? Dieses Problem beschäftigt schon das ganze Quartier, es ist die Ursache unerschöpflicher Kommentare, ja sogar einer gewissen Unruhe. Leute streichen rings um das Gesandtschaftspalais herum, denen man ansieht, daß sie nur wünschten, unsere Türen wären aus Glas.«

»Leute aus dem Stadtviertel?«

»Und andere auch. Natürlich, die Mission des Herrn Gesandten ist geheim, und die Polizei ist nicht wenig neugierig, ihre Motive kennenzulernen.«

»Das habe ich erwartet«, versicherte Beausire beunruhigt.

»Sehen Sie, Herr Sekretär«, damit führte Ducorneau Beausire ans Fenster und deutete hinaus. »Sehen Sie dort drüben diesen Menschen in dem schmutzigen braunen Überrock? Sehen Sie, wie er glotzt?«

»In der Tat! Was glauben Sie, wer er ist?«

»Ein Spion des Herrn de Crosne.«

»Wohl möglich.«

Es schellte. »Der Herr Gesandte verlangt nach mir!« rief Beausire, den die Unterhaltung zu beunruhigen begann.

Als er die Tür aufstieß, sah er sich unerwartet zwei Verbündeten gegenüber, die, einer die Feder hinter dem Ohr, der andere den Besen in der Hand, das Gespräch des Sekretärs mit dem Bürovorsteher so lang gefunden hatten, daß sie etwas davon aufschnappen wollten.

Beausire begriff, daß man ihm mißtraute, und beschloß, seine Wachsamkeit zu verdoppeln.

Darum begab er sich nicht zu dem Gesandten, ohne den beiden Freunden herzlich die Hand gedrückt zu haben.

Sechsunddreißigstes Kapitel

Herr Ducorneau begreift absolut nicht, was vorgeht

Dom Manoel war weniger gelb als sonst, dafür um so röter. Er hatte soeben mit seinem Kammerdiener eine peinliche Auseinandersetzung gehabt.

Diese Auseinandersetzung war noch nicht beendet.

Als Beausire eintrat, fand er die beiden Hähne dabei, einander die letzten Federn auszurupfen.

»Herr de Beausire«, schlug der Kommandeur vor, »vermitteln Sie doch die Verständigung.«

»Worum handelt es sich?« fragte der Sekretär und setzte die Schiedsrichtermiene auf, nachdem er mit dem Gesandten, seinem natürlichen Verbündeten, einen Blick des Einverständnisses gewechselt hatte.

»Sie wissen«, sagte der Kammerdiener, »daß Herr Boehmer die Sache mit dem Halsband in Ordnung bringen soll.«

»Das weiß ich.«

»Und man wird ihm die hunderttausend Francs auszahlen.«

»Ganz richtig.«

»Diese hunderttausend Francs sind Eigentum unserer Gesellschaft.«

»Niemand zweifelt daran.«

»Ach, Herr de Beausire gibt mir recht«, rief der Kommandeur und wandte sich nach Dom Manoel um.

»Geduld! Geduld!« rief der Portugiese.

»Natürlich gebe ich Ihnen nur in dem Punkt recht«, fuhr Beausire fort, »daß die hunderttausend Francs der Gesellschaft gehören.«

»Mehr verlange ich auch nicht. Ich wünsche aber, daß die Kasse, die eine solche Summe enthält, nicht in dem Büro bleibt, das an das Zimmer des Herrn Gesandten stößt.«

»Warum nicht?«

»Mindestens muß der Herr Gesandte jedem von uns einen Schlüssel zu dieser Kasse aushändigen.«

»Unmöglich! Man mißtraut mir, mir, der ich euch nie mißtraut habe. Man will mich des Diebstahls an unserer Gesellschaft verdächtigen. Das ist unmöglich. Wir sind einander wert. Alle!«

»Übrigens bin ich es nicht allein, der diese Einwendungen macht«, versicherte der Kommandeur etwas beschämt. »Die Kameraden denken alle wie ich.«

»Und sie haben unrecht!«

Der Kommandeur blickte auf.

»Es war nicht klug von mir«, erklärte er ärgerlich, »Herrn de Beausire zum Schiedsrichter zu wählen. Der Herr Sekretär hat sich wohl mit dem Gesandten verständigt?«

»Herr Kommandeur«, erwiderte Beausire mit erstaunlicher Ruhe, »Sie sind ein Schuft, und ich würde Ihnen die Ohren abschneiden, wenn Sie noch welche hätten; aber ich vermute, man hat sie Ihnen schon oft abgeschnitten.«

»Zu Hilfe!« schrie der Kammerdiener, den Olivas Liebhaber bereits gefaßt hatte. Aber in dem Augenblick, in dem die beiden Vertreter Portugals sich auf solche Weise Recht zu verschaffen versuchten, schellte es, zum Zeichen, daß ein Besuch erschienen sei.

»Lassen wir ihn los«, sagte Dom Manoel, »und er soll seinen Dienst tun!«

»Ich werde das den Kameraden sagen«, versicherte der Kommandeur und zog seinen Rock zurecht.

»Sagen Sie ihnen, was Sie wollen! Wir werden ihnen zu antworten wissen.«

»Herr Boehmer!« meldete der Schweizer.

»Ach, das macht allem ein Ende, lieber Kommandeur«, rief Beausire, indem er seinem Gegner einen leichten Schlag in den Nacken versetzte. »Wir werden wegen dieser hunderttausend Francs nicht mehr in Konflikt kommen, denn Herr Boehmer wird sie sogleich mitnehmen. Machen Sie eine freundliche Miene, Herr Kammerdiener!«

Der Kommandeur ging brummend hinaus und nahm eine demütige Miene an, um den Juwelier der Krone geziemend einzuführen.

Während Boehmer, von Bossange gefolgt, eintrat, wechselten Beausire und der Portugiese einen vielsagenden Blick. Die beiden Juweliere sahen so betreten und verlegen aus, daß feine Beobachter sich nicht täuschen konnten.

Während sie die Sitze einnahmen, die Beausire ihnen anwies, setzte dieser seine Beobachtungen fort. Manoel bewahrte seine würdige, offizielle Miene.

Boehmer, der Mann der Initiative, ergriff in dieser schwierigen Lage das Wort. Er legte dar, daß politische Gründe die Weiterführung der Unterhandlungen unmöglich machten.

Manoel schrie auf.

Jetzt war Herr Boehmer vollkommen außer Fassung, Dom Manoel machte ihn darauf aufmerksam, daß der Handel abgeschlossen und das Geld bereit sei. Vertragsbrüchig zu werden, bedeute eine Beleidigung Ihrer Majestät der Königin von Portugal.

Herr Boehmer versicherte, daß er alles dies wohl bedacht habe, aber daß es ihm vollkommen unmöglich sei, von seinem Vorsatz abzuweichen.

Jetzt warf Beausire ein, daß es nur Sache schlechter Kaufleute sei, das gegebene Wort zu brechen.

»Sie haben wohl einen Mann gefunden, der mehr bot?«

Die Juweliere, die keine großen Politiker waren und sich von der Diplomatie im allgemeinen und von portugiesischen Diplomaten insbesondere eine zu hohe Vorstellung machten, erröteten wie Knaben, die sich durchschaut glauben.

»Meine Herren«, erklärte der Gesandte, »man hat Ihnen einen größeren Nutzen geboten. Das beweist schließlich nur, daß Ihre Steine wertvoll sind. Gewiß wünscht Ihre Allergläubigste Majestät nicht einen Handel abzuschließen, der ehrenwerten Kaufleuten einen Schaden zufügt. Soll ich Ihnen fünfzigtausend Francs mehr bieten?«

Boehmer schüttelte den Kopf.

»Hunderttausend, hundertfünfzigtausend.«

Dom Manoel war entschlossen, bis zu einer Million zu steigern, aber die Juweliere, die im ersten Augenblick geblendet gewesen waren, erklärten endlich:

»Der Handel ist abgeschlossen, ein Wille, der mächtiger ist als der unsere, zwingt uns, das Halsband im Land zu verkaufen. Nicht wir sind es, die Ihr Anerbieten ablehnen. Das werden Sie wohl begreifen und darum auch entschuldigen. Der Eingriff rührt von einem her, der mächtiger ist als wir und auch als Sie.«

Manoel und Beausire wußten nichts zu erwidern. Sie verneigten sich leicht und suchten gleichgültig zu scheinen. Immerhin war ihre Aufmerksamkeit so stark in Anspruch genommen, daß sie den Kommandeur nicht bemerkten, der an der Glastür lauschte.

Endlich wurde Beausire aufmerksam und eilte zur Tür.

»Herr Sekretär«, stammelte der Kommandeur verlegen, »ich bringe die Depeschen von heute morgen.«

»Gut. Gehen Sie.«

Bei dem Wort Depeschen erhoben sich die Juweliere erleichtert. Man ließ sie unbehindert gehen, und der Kammerdiener erhielt den Auftrag, sie bis zum Tor zu begleiten. Kaum war er hinausgegangen, als Dom Manoel und Beausire aufeinander zueilten.

»Mißlungen!« rief Dom Manoel.

»Das ist klar.«

»Es bleiben uns die hunderttausend Francs, die, auf zwölf aufgeteilt, für jeden achttausend ergeben. Ein mäßiger Diebstahl.«

»Der nicht der Mühe lohnt ...«

»In der Kasse sind hunderttausend Francs«, fuhr Manoel fort. »Das wären vierundfünfzigtausend für jeden von uns beiden.«

»Gut. Teilen wir.«

»Sei es, aber der Kommandeur wird uns nicht mehr aus den Augen lassen. Er weiß, daß die Sache mißlungen ist.«

»Man muß einen Ausweg suchen«, meinte Manoel mit einer seltsamen Miene.

»Ich habe schon einen. Der Kommandeur kommt doch hierher zurück? Gewiß wird er seinen Anteil verlangen! Dann haben wir das ganze Haus auf dem Buckel. Rufen wir den Kommandeur, als ob wir ihm das Geheimnis erzählen wollten, und dann lassen Sie mich machen.«

»Ich glaube zu verstehen ...«

Beausire trat ans Fenster und rief den Kommandeur, der eben im Begriff war, ein Gespräch mit dem Schweizer anzuknüpfen.

Sofort eilte der Kommandeur herbei. Freundlich kam ihm Beausire entgegen.

»Wetten«, sagte er, »daß ich weiß, was Sie dem Schweizer gesagt haben? Sie haben ihm erzählt, daß aus der Sache mit Boehmer nichts geworden ist.«

»Gott bewahre!«

»Sie lügen!«

»Ich schwöre, daß ich die Wahrheit sage!«

»Das ist ein großes Glück. Denn wenn Sie gesprochen hätten, wäre das eine furchtbare Dummheit gewesen.«

»Wieso?«

»Sie begreifen doch, daß nur wir drei das Geheimnis kennen. Uns gehören die hundertachttausend Francs, denn die andern glauben, daß Boehmer & Bossange das Geld mitgenommen haben.«

»Holla«, rief der Kommandeur entzückt, »das ist wahr!«

»Dreiunddreißigtausenddreihundertdreiunddreißig Francs und sechs Sous für jeden von uns«, erklärte Manoel.

»Mehr!« rief der Kommandeur, »es bleibt doch noch ein Rest von achttausend!«

»Allerdings. Sie nehmen doch an?«

»Ob ich annehme«, rief der Kammerdiener und rieb sich die Hände. »Ich denke wohl! Das nenne ich sprechen.«

»Jawohl«, schrie Beausire. »Das nenne ich sprechen wie ein Schuft! Sagte ich's nicht, daß Sie ein Schurke sind? Vorwärts, Dom Manoel, wir wollen diesen Kerl den Kameraden vorstellen als das, was er ist!«

»Gnade«, rief der Unselige, »ich hielt alles für einen Scherz.«

»Vorwärts«, rief Beausire, »in die Dunkelkammer mit ihm! Bis wir die Kameraden zusammengerufen haben.«

»Wenn Ihr mich nicht loslaßt«, rief der Kommandeur, »so gehe ich zur Polizei und zeige euch alle an.«

»Und ich erdroßle dich«, erklärte Dom Manoel und stieß den Kammerdiener in eine angrenzende Kammer. »Schicken Sie Ducorneau fort«, flüsterte er Beausire zu.

Dieser ließ sich den Befehl nicht wiederholen. Er eilte in das Büro. Dom Manoel hatte einen einzigen Gedanken. Er fühlte sich allein und wußte die Kasse nahe. Sie zu öffnen, ihr die hunderttausend Francs zu entnehmen, dann durchs Fenster zu springen und zu fliehen, war für einen gewandten Gauner eine Sache von zwei Minuten. Gewiß würde Beausire, um Ducorneau wegzuschicken und zurückzukehren, fünf Minuten brauchen.

Er eilte an die Tür des Kassenraumes. Man hatte sie mit einem Riegel verschlossen.

»Beausire mißtraut mir, weil ich den Schlüssel habe. Das ist nicht weiter verwunderlich.«

Sofort sprengte er mit dem Degen den Riegel.

Er trat zu der Kasse und stieß einen furchtbaren Schrei aus. Das geräumige Möbel war aufgebrochen, seine Fächer waren leer!

Beausire, der sich einen Nachschlüssel verschafft hatte, war mit dem Geld geflohen.

Wie von Sinnen eilte Manoel zur Loge des Schweizers, den er gemütlich trällernd vorfand.

Beausire hatte einen Vorsprung von drei Minuten.

Als der Portugiese durch sein Wehgeheul das ganze Haus von dem schrecklichen Ausgang des Abenteuers unterrichtete, fand er nur Ungläubige und Wütende. Man beschuldigte ihn, er habe dieses Komplott mit Beausire ausgeheckt, der mit der Beute entlaufen sei und ihn irgendwo mit der Hälfte der Beute erwartete.

Keine Masken, keine Geheimnisse mehr! Der ehrenwerte Herr Ducorneau begriff nicht, was hier vorging. Er war nahe daran, in Ohnmacht zu fallen, als er sah, wie diese Diplomaten sich auf Dom Manoel stürzten, um ihn im Schuppen zu henken.

»Herrn do Suza henken?« schrie Ducorneau außer sich. »Das ist ja fast Majestätsbeleidigung.«

Man wollte ihn in den Keller sperren, denn er schrie zu laut.

In diesem Augenblick wurde dreimal feierlich an die Tür geklopft.

Sofort schwiegen alle.

Die drei Schläge wiederholten sich. Dann rief eine scharfe, kreischende Stimme portugiesisch:

»Man öffne dem Herrn Gesandten von Portugal!«

Im nächsten Augenblick hatten sich die Verbrecher auf das ganze Haus verteilt, und eine Minute später gab es eine große Flucht durch die Gärten und über die Mauern der Nachbarschaft. Der wirkliche Gesandte, der in der Tat eben eingetroffen war, konnte sich nur mit Hilfe der Polizei Eintritt verschaffen, die das Haupttor in Gegenwart einer ungeheuren Menge herbeigeeilter Neugieriger sprengte.

Man verhaftete Herrn Ducorneau, der ins Châtelet gebracht wurde.

Siebenunddreißigstes Kapitel
Illusion und Wirklichkeit

Hätte der Schweizer der Gesandtschaft Beausire nachlaufen können, wie Dom Manoel es verlangt hatte, so würde er, das müssen wir offen gestehen, viel zu tun gehabt haben.

Kaum hatte Beausire die Vorhalle durchquert, als er auch

schon in kurzem Galopp die Rue Coquillière und, rascher werdend, die Rue Saint-Honoré erreichte.

Da er noch immer besorgt war, man könnte ihn verfolgen, verwischte er seine Spuren, indem er jetzt planlos in wirre Gassen rings um die Getreidehallen herum einbog; schon nach wenigen Minuten war er gewiß, daß niemand auf seinen Fersen war, zugleich aber auch, daß er über keine Kräfte mehr verfüge und daß ein gutes Jagdpferd nicht mehr leisten könne als er.

Er setzte sich daher auf einen Getreidesack in der Rue de Viarnes, die im Kreis um die Halle herumläuft, und tat, als ob er aufmerksam die Säule der Medicis betrachte, die Bachaumont gekauft hatte, um sie dem Hammer der Zerstörungswütigen zu entreißen und dem Stadthaus als Geschenk darzubringen.

Tatsache ist, daß Herr de Beausire sich weder für Philibert de Lormes Säule noch für die Sonnenuhr, mit der Herr de Pingré sie geschmückt hatte, sonderlich interessierte. Er pumpte nur seine Lungen mit neuer Luft voll, die er, heiser atmend, wie der Blasebalg einer Schmiede einsog.

Endlich war er einigermaßen erholt und tat einen tiefen Seufzer, den gewiß alle Bewohner der Rue de Viarnes gehört hätten, wären sie nicht vollauf mit dem Verkauf und mit dem Abwägen ihres Getreides beschäftigt gewesen.

Ach, dachte er jetzt, mein Traum ist verwirklicht, ich besitze ein Vermögen. (Noch einmal atmete er tief auf.) Ich kann also jetzt als ehrlicher Mensch weiterleben, mir scheint, ich setze schon Fett an. Jetzt kann ich auch aus Oliva eine ebenso ehrbare Frau machen, wie ich ihr ein anständiger Gatte sein werde. Sie ist hübsch und naiv in ihren Neigungen. Ein zurückgezogenes Leben in der Provinz wird ihr behagen, in einer Meierei, etwa in der Nähe einer Kleinstadt, in der man uns fast für vornehm halten wird. Nicole ist gut, sie hat nur zwei Fehler, ihre Faulheit und ihre Hoffart. Nur zwei Fehler! Armer Beausire! Faulheit und Hoffart sind zwei Todsünden!

Er ging weiter, nachdem er sich überzeugt hatte, daß die hunderttausend Francs in seiner Tasche steckten. Wenn man ihn auch nicht in der Rue de Viarnes suchen würde, so war es doch gewiß, daß man ihn suchen würde. Die Herren von der Gesandtschaft waren nicht Leute, die so ohne weiteres eine Beute fahren ließen. Aller Wahrscheinlichkeit nach würden sie sich in einige Banden teilen und zunächst einmal die Behausung des Diebes umstellen. Das erwies sich als ernste Schwierigkeit. In demselben Haus wohnte auch Oliva, man würde mit ihr davon sprechen, ja man würde sie sogar mißhandeln, wer weiß, man würde die Grausamkeit sogar so weit treiben, sie als Geisel mitzunehmen.

Gewiß wußten diese Schufte, daß Oliva Herrn de Beausires Leidenschaft war. Warum sollten sie nicht auf diese Leidenschaft spekulieren?

Allen Ernstes, Beausire war in Gefahr, in diesem Dilemma den Verstand zu verlieren. Schließlich erwies sich die Liebe als der stärkste aller Impulse. Niemand sollte den Gegenstand seiner Leidenschaft berühren. Ohne auszuruhen lief er bis zu dem Haus in der Rue Dauphine.

Übrigens hatte er großes Zutrauen zu seinen Beinen; so rasch seine Feinde auch sein mochten, gewiß waren sie ihm noch nicht zuvorgekommen.

Er sprang also in eine Droschke, zeigte dem Kutscher einen Doppeltaler und rief:

»Zum Pont Neuf!«

Die Pferde liefen nicht, sie flogen. Es dunkelte bereits.

Beausire ließ sich bis zur Plattform hinter der Statue Heinrichs IV. fahren. Dort sollte der Wagen warten. Für ein Stelldichein war dieser Ort reichlich trivial, aber er wurde doch gerne benutzt.

Zunächst streckte er den Kopf aus dem Wagenschlag und ließ seine Blicke in die Rue Dauphine tauchen. Er kannte die Gewohnheiten der Polizei, die seit zehn Jahren sein vornehmlichstes Studium gebildet hatten. Darum bemerkte er sofort in der Rue Dauphine zwei Leute, die in einiger Entfernung voneinander standen und ihre Hälse ausstreckten, um irgend etwas zu beobachten.

Das waren, Beausire verstand sich darauf, Spitzel. Nun konnten Spitzel in der Gegend des Pont Neuf nicht als Rarität gelten, denn ein Sprichwort jener Zeit sagte, wer einen Prälaten, ein Freudenmädchen oder ein weißes Pferd sehen wolle, brauche nur über den Pont Neuf zu gehen; und weiße Pferde, Soutanen und Freudenmädchen sind seit jeher ein Gegenstand besonderer Aufmerksamkeit der Polizisten.

Beausire war darum noch lange nicht verzweifelt, höchstens etwas betreten. Er machte sich bucklig, durchschritt hinkend die Menge und schritt in die Rue Dauphine hinein. Schon war er an dem Haus, an dessen Fenstern sich die schöne Oliva, der Stern seiner Träume, so oft zeigte.

Diese Fenster waren geschlossen. Offenbar lag das Mädchen auf dem Sofa, las irgendein albernes Buch oder ergötzte sich mit einer Leckerei.

Plötzlich glaubte Beausire die Uniform eines Soldaten der Scharwache im Hausflur zu erkennen. Sofort brach ihm der Schweiß aus, kalter Schweiß, der nicht mit Unrecht für ungesund gilt. Aber ein Zurück gab es nicht mehr. Man mußte vorübergehen.

Beausire faßte sich ein Herz. Er ging vorüber und warf einen Blick in das Haus.

Welch ein Anblick bot sich ihm dar!

Der ganze Hausflur war vollgestopft mit Gardisten, unter denen er ohne weiteres einen schwarzgekleideten Kommissar vom Châtelet erkannte.

So flüchtig der Blick auch war, den Beausire in das Haus warf, entging ihm doch nicht, daß diese Leute verblüfft, verärgert und enttäuscht aussahen. Diese Fähigkeit, in den Gesichtern der Polizisten zu lesen – man hat sie eben, oder man hat sie nicht; hatte man sie, wie Beausire sie hatte, so mußte man nicht zweimal schauen, um zu erraten, daß diese Herren ihr Opfer nicht gefunden hatten.

Beausire begriff, daß Herr de Crosne, von irgend jemand gewarnt, seine Hand nach Beausire ausgestreckt und nur Oliva gefangen hatte. *Inde illa ira!*

Wenn Beausire nicht hunderttausend Francs in der Tasche gehabt hätte, wäre er gewiß eingetreten, hätte eine Auseinandersetzung mit diesen Alguazils nicht gemieden und gerufen wie Nisus: Hier bin ich! Hier habt ihr mich! Ich bin's, der alles dies getan hat!

Der Gedanke aber, diese Leute könnten ihre schmutzigen Hände nach seinem Geld ausstrecken und sich ihr Leben lang auf seine Kosten besaufen, dieser Gedanke, sein kühner Handstreich würde nur den Agenten des Polizeipräfekten nützen, erstickte in ihm sogar den Liebeskummer.

Das ist logisch, dachte er: wenn ich mich ergreifen lasse und zusehe, wie man mir die hunderttausend Francs abnimmt, nütze ich Oliva gar nichts. Ich ruiniere mich nur. Ich beweise ihr nur, daß ich sie liebe wie ein Wahnsinniger, sie müßte mir geradezu sagen: Du bist ein Idiot. Du hättest mich weniger lieben und lieber retten sollen.

Besser, ich mache lange Beine und bringe das Geld in Sicherheit, das ja die Quelle aller Freuden ist, der Freiheit, des Glückes und der Philosophie.

Beausire legte seine Hand auf das Herz oder eigentlich auf die Brusttasche, in der die Kassenbilletts steckten, und wandte sich zum Luxembourg. Seit einer guten Stunde folgte er nur mehr seinem Instinkt, und da er wohl hundertmal Oliva im Garten des Luxembourg gesucht hatte, ließ er sich jetzt von seinen Beinen dorthin tragen.

Für einen Mann, der auf strenge Logik versessen ist, mag dieses Räsonnement dürftig sein, denn die Polizisten, die ja schließlich die Gewohnheiten der Diebe so gut kennen, wie Beausire die Gewohnheiten der Polizisten kannte, mußten naturgemäß ihre Fahndungen auf das Luxembourg ausdehnen. Der Himmel oder Teufel aber hatte beschlossen, daß Herr de Crosne diesmal überhaupt nicht an Beausire dachte. Kaum wandte sich Nicoles Liebhaber in die Rue Saint-Germain des Prés, als er einer schönen, von zwei Pferden gezogenen Karosse begegnete, die ihn beinahe niederstieß. Dank seiner pariserischen Leichtfüßigkeit entging er der drohenden Deichsel mit knapper Mühe und bekam nur einen Fluch und einen Peitschenhieb ab; und daran stieß sich der Besitzer von hunderttausend Francs fürs nächste nicht. Er hatte in dem Wagen Oliva gesehen, die mit einem sehr hübschen Mann eifrig sprach. Gern wäre er dem Wagen gefolgt, aber dieser Wagen fuhr in die Rue Dauphine, die einzige Straße von Paris, die Beausire in diesem Augenblick aufs peinlichste vermeiden mußte.

Und dann, wie sah nur Oliva in dieser Karosse aus? Plagten ihn Visionen? Gewiß konnte Oliva, die er da leibhaftig vor sich gesehen hatte, nicht in der Karosse sitzen, da sie doch unzweifelhaft eben erst von den Polizisten verhaftet worden war!

Der arme Beausire war moralisch und physisch am Ende seiner Kräfte; er floh in die Rue des Fossés-Monsieur-le-Prince, erreichte wieder das Luxembourg, durchquerte das bereits verödete Quartier und zog sich außerhalb der Barriere in ein kleines Kabinett zurück, dessen Vermieterin ihn mit aller erdenklichen Liebenswürdigkeit behandelte.

Er quartierte sich hier ein, verbarg seine Banknoten unter einer Steinfliese des Zimmers, stellte den Fuß seines Bettes darauf und legte sich schweißtriefend und fluchend schlafen.

Achtunddreißigstes Kapitel

In dem Mademoiselle Oliva sich zu fragen beginnt, was man von ihr will

Wenn Beausire seinen vortrefflichen Augen getraut hätte, statt sich auf seinen Verstand zu verlassen, so wäre ihm mancher Kummer und manche Enttäuschung erspart geblieben.

Es war in der Tat Mademoiselle Oliva, die er in dem Wagen gesehen hatte, und gewiß hätte er, wenn er besser nachgesehen hätte, sie auch richtig erkannt. Sie war an diesem Morgen, wie so oft, im Garten des Luxembourg spazierengegangen, und als sie gegen zwei Uhr zum Mittagessen nach Hause gehen wollte, war sie von diesem seltsamen Freund, den sie am Tag des Opernballes kennengelernt hatte, angesprochen worden.

In der Tat, in dem Augenblick, in dem sie sich anschickte, ihren Sessel zu bezahlen und dem Cafétier freundlich zulächelte, dessen treue Kundin sie war, hatte Cagliostro sich ihr genähert und ihren Arm genommen. Sie hatte schwach aufgeschrien.

»Wohin gehen Sie?«

»In die Rue Dauphine, nach Hause.«

»Das heißt, den Leuten entgegenkommen, die dort auf Sie warten!«

»Leuten, die auf mich warten? Niemand erwartet mich.«

»Doch, ein gutes Dutzend Besucher ist versammelt.«

Oliva lachte.

»Warum nicht gleich ein Regiment?«

»Weiß Gott, wenn es möglich gewesen wäre, ein Regiment in die Rue Dauphine zu zwängen, so hätte man es gewiß getan.«

»Sie setzen mich in Erstaunen!«

»Und Sie würden noch mehr erstaunen, wenn Sie in die Rue Dauphine gingen, denn Sie würden dort verhaftet werden.«

»Verhaftet? Ich?«

»Gewiß doch, denn diese zwölf Herren, die Sie erwarten, sind Polizisten, Sendlinge des Herrn de Crosne.«

Oliva schauderte. Manche Gewissen sind nie ganz rein.

»Ich habe doch nichts getan«, sagte sie, »warum sollte man mich verhaften?«

»Warum verhaftet man eine Frau? Wegen irgendwelcher Intrigen, um Nichtigkeiten!«

»Ich habe nicht intrigiert.«

»Auch früher nicht?«

»Nun, das will ich nicht behaupten.«

»Kurz, man hat unrecht, Sie zu verhaften, aber man will es nichtsdestoweniger tun.«

Bleich und zitternd blieb Oliva stehen.

»Aber welches Interesse haben Sie denn, mich zu beschützen? Warum beschäftigen Sie sich mit mir, das ist doch ganz unnatürlich, daß ein Mann wie Sie ...«

»Sprechen Sie nicht weiter, Sie werden sonst Unsinn reden; überdies ist die Zeit kostbar, denn wenn Herrn de Crosnes Agenten Sie zu Hause nicht finden, sind sie fähig, Sie hier zu suchen.«

»So weiß man, daß ich hier bin?«

»Es wäre keine große Sache, es herauszubringen! Beweis: ich habe es herausgebracht. Da ich mich für Sie interessiere und Ihnen wohlwill, brauchen Sie sich nicht darum zu kümmern, wie ich es erfahren habe. Rasch, kommen Sie in die Rue d'Enfers, mein Wagen erwartet Sie. Zweifeln Sie noch?«

»Ja.«

»Gut, dann wollen wir etwas Unvorsichtiges tun, um Ihnen volle Klarheit zu verschaffen. Wir fahren in meiner Karosse an Ihrem Haus vorbei, und wenn Sie die Herren Polizisten gesehen haben, aus der Ferne, damit man Sie nicht verhaftet, und doch genug aus der Nähe, um sich von ihren Absichten zu überzeugen, dann werden Sie ermessen, wie nützlich Ihnen meine guten Absichten sind.«

Damit führte er Oliva zur Rue d'Enfers. Der Wagen nahm das Paar auf und führte Cagliostro und Oliva in die Rue Dauphine.

Gewiß hätte Beausire, als er die beiden erblickte, aufgeschrien, und ebenso gewiß wäre Oliva bereit gewesen, ihn zu retten oder mit ihm zu entfliehen. Aber Cagliostro bemerkte den Unseligen rechtzeitig und lenkte Olivas Aufmerksamkeit ab, indem er ihr die Menge zeigte, die sich bereits neugierig um die Scharwache sammelte.

In dem Augenblick, in dem Oliva die Polizisten erkannte, warf sie sich in Cagliostros Arme mit einer Verzweiflung, die jedes andere, minder eiserne Herz gerührt hätte. Dieser allerdings begnügte sich, die Hand der jungen Frau zu drücken und die Vorhänge herabzuziehen.

»Retten Sie mich!« stammelte das junge Mädchen immer wieder.

»Ich verspreche es Ihnen.«

»Aber Sie sagen doch, daß diese Polizisten alles wissen. Sie werden mich immer und überall finden.«

»Nicht überall. An dem Ort, an den ich Sie bringe, wird niemand Sie entdecken; man sucht Sie bei Ihnen zu verhaften, bei mir wird man das aber nicht wagen.«

»Oh, bei Ihnen?! Wir fahren also zu Ihnen?«

»Sie sind verrückt! Man könnte meinen, Sie hätten alles vergessen, was wir verabredet haben. Ich bin nicht Ihr Liebhaber, meine Schöne, und wünsche es nicht zu sein.«

»Nun, Sie mögen selbst entscheiden«, sagte sie verschüchtert, »tun Sie, was Sie wollen.«

Er brachte sie in die Rue Neuve-Saint-Gilles, in das Haus, in dem wir ihn Philippe de Taverney empfangen sahen. Nachdem er sie in einem kleinen Appartement im zweiten Stock, weitab von allen Bedienten, untergebracht hatte, sagte er:

»Sie müssen hier glücklich sein!«

»Glücklich? Wie soll ich glücklich sein?« fragte sie bekümmert. »Glücklich ohne Freiheit, ohne spazierengehen zu dürfen? Es ist traurig hier. Nicht einmal einen Garten gibt es. Ich werde sterben.«

Und sie warf einen verzweifelten Blick um sich.

»Und doch ist es mein Wille, daß es Ihnen an nichts fehlen soll. Nun, Sie haben recht, es wird Ihnen hier schlecht ergehen, und zuletzt würden Sie meine Diener doch bemerken und stören.«

»Oder verkaufen«, fügte sie hinzu.

»Diesbezüglich können Sie unbesorgt sein, meine Leute verkaufen nur, was ich Ihnen abkaufe, liebes Kind. Damit Sie aber alle wünschenswerte Ruhe haben, will ich bedacht sein, Ihnen ein anderes Quartier zu besorgen.«

Oliva ließ sich durch diese Versprechungen ein wenig trösten. Übrigens fand sie an ihrer neuen Wohnung Gefallen. Es war behaglich hier, und an unterhaltsamen Büchern war kein Mangel.

Neununddreißigstes Kapitel

Das verlassene Haus

Der Graf war träumerisch die Treppe hinabgestiegen.

Es ist fast eine Tempelschändung, dachte er, daß ich sie in die Rue Saint-Claude bringe. Aber niemand darf sie sehen, und dort wird niemand sie sehen. Das heißt, eine bestimmte Person soll sie sehen, und daß dies in der Rue Saint-Claude geschieht, dafür wollen wir sorgen. Bringen wir also dieses letzte Opfer, löschen wir den letzten Funken dieser Fackel, die einst so hell loderte!

Der Graf suchte in seinem Sekretär einige Schlüssel, betrachtete sie mit gerührter Miene und begab sich dann zu Fuß in die Rue Saint-Louis im Marais. Gewiß erinnern sich die Leser unseres »Balsamo« dieses Hauses noch.

Es war Nacht, als Cagliostro das Tor erreichte, und er sah nur noch einige wenige Passanten auf dem Boulevard.

Es war drei Viertel neun.

Der Graf zog einen schweren Schlüssel aus der Tasche und mußte, um ihn in das Schloß zu zwängen, eine Menge knirschenden Staubes beiseite schieben.

Die Zeit hatte ihr Werk getan.

Das Holz des Tores war in den Fugen geschwollen, der Rost hatte sich in die Angeln eingefressen. In den Ritzen des Pflasters wucherte Gras, und selbst die untere Hälfte des Tores war mit grünem Moos bewachsen. Eine Art Kitt, wie ihn die Schwalben zum Bau ihrer Nester gebrauchen, füllte alle Zwischenräume.

Cagliostro fühlte Widerstand, und die Tür gab mit mißlaunigem Ächzen erst nach, als er mit der Schulter nachdrängte.

Jetzt sah er den Hof verödet vor sich liegen.

Er schloß das Tor wieder hinter sich ab; seine Schritte drückten das dürre, widerspenstige Gras nieder.

Niemand hatte ihn eintreten sehen. Er konnte stillstehen und langsam zurückgleiten in sein altes Leben wie in sein altes Haus.

Das eine war trostlos und leer, das andere verödet und verfallen.

Die Freitreppe, die einst zwölf Stufen gezählt hatte, besaß deren nur mehr drei. Vom Regenwasser unterspült, vom wuchernden Mauerkraut und Mohn gelockert, hatten die übrigen ihren Halt verloren, waren zersprungen und zerbröckelt. Das Gras hatte die Trümmer überwuchert und seine Halme wie Standarten der Verwüstung über ihnen aufgepflanzt.

Cagliostro stieg die unter seinen Füßen schwankende Freitreppe hinauf und gelangte mit Hilfe eines zweiten Schlüssels in den Vorraum.

Jetzt zündete er eine Laterne an, mit der er sich vorsichtigerweise versehen hatte. So behutsam er auch Feuer angemacht hatte, der kalte, unheimliche Hauch des Hauses ließ es sofort wieder erlöschen. Der Atem des Todes ist dem Leben feindlich, die Dunkelheit haßt das Licht tödlich.

Cagliostro zündete seine Laterne noch einmal an und ging weiter. Im Speisesaal hatten die verschimmelten Büfetts, deren Ecken abgebrochen waren, ihre Form verloren; die klebrigen Steinplatten hafteten kaum mehr an den Fliesen. Alle Innentüren waren offen und ließen die Gedanken frei in ihre düstere Tiefe eindringen, die der Tod bereits durchmessen hatte.

Der Graf fühlte, wie ein Schauer sein Fleisch erzittern ließ, denn am Ende des Salons, dort, wo einst die Treppe begonnen hatte, ließ sich ein Geräusch vernehmen.

Einst hätte dieses Geräusch das Kommen einer teuren Person verkündet; damals brachte es dem Herrn dieses Hauses Leben, Hoffnung und Glück. Jetzt erinnerte es ihn an diese Vergangenheit.

Mit gefalteter Stirn und angehaltenem Atem wandte sich Cagliostro der Statue des Harpokrates zu, hinter der jene Feder angebracht war, die einst eine Verbindungstür bewegte, eine geheimnisvolle, unauffindbare Tür, die gewissermaßen das allen zugängliche Haus mit dem Geheimtrakt verband.

Die Feder funktionierte noch, obwohl die Holztafeln ringsum, bereits wurmstichig geworden, leise zitterten. Kaum aber hatte der Graf die Geheimtreppe betreten, als das Geräusch sich neuerlich hören ließ. Cagliostro streckte die Hand, in der er die Laterne hielt, aus, um die Ursache zu erkennen, aber er bekam nur eine große Natter zu sehen, die langsam die Treppe hinabglitt und mit ihrem Schwanz die Stufen peitschte.

Ruhig richtete das Reptil seinen schwarzen Blick auf Cagliostro, dann schlüpfte es in ein Loch der Täfelung und verschwand. Offenbar war es der Genius dieser Einsamkeit.

Träumerisch schritt der Graf weiter und gelangte zu diesem Kamin, der einst als Durchgang von Balsamos Waffenzimmer zu Lorenza Felicianis Zufluchtsort gedient hatte. Die Mauern waren kahl, die Gemächer leer. In dem gähnenden Kaminloch lag noch ein Haufen Asche, in dem einige kleine Barren Gold und Silber blinkten.

Diese zarte, fast weiße Asche – das war das Mobiliar Lorenzas, das Balsamo bis auf das letzte Stück verbrannt hatte. Das waren die Schildpattschränkchen, das Klavicembalo und das Rosenholzkörbchen, das schöne bunte Bett mit den Porzellannippes aus Sèvres, deren Scherben er, gleißend wie zu Staub zerriebener Marmor, wiederfand; das waren die in hermetischem Feuer verbrannten Goldgesimse und metallischen Ornamente, die Vorhänge und Gobelins aus Seidenbrokat, die Schachteln aus Aloe- und Sandelholz, deren Duft damals, als sie verbrannt wurden, überall ringsum bemerkt wurde, so daß zwei Tage lang die Spaziergänger den Kopf hoben und das seltsame Aroma aufsogen, das sich so unerwartet in unsere Pariser Luft mischte.

Und von diesem Wohlgeruch war in dem verlassenen, kalten Zimmer immer noch etwas zu spüren. Cagliostro bückte sich, nahm ein wenig von der Asche auf und roch mit einer wilden, ungezähmten Leidenschaft daran.

»Könnte ich doch«, murmelte er, »einen Rest dieser Seele in mich einsaugen, die damals diesen Staub belebte.«

Dann gewahrte er die Eisengitter wieder, den traurigen Hof

und die Risse, die der Brand in die Außenmauer des Hauses gezogen hatte.

Traurig und herrlich zugleich – das Zimmer Althotas' war verschwunden. Die Mauer zeigte nur noch sieben oder acht zinnenartige Stümpfe, an denen das Feuer mit seiner verzehrenden und schwärzenden Zunge geleckt hatte.

Wer die unglückselige Geschichte Balsamos und Lorenzas kannte, mußte diese Ruine beweinen. Alles in diesem Haus atmete versunkene Größe, erloschenen Glanz und entschwundenes Glück.

Cagliostro sog diese Träume in sich ein. Er stieg von der Höhe seiner Philosophie herab, um sich mit zarter Menschlichkeit zu beleben, mit jenen Gefühlen des Herzens, denen alle Überlegung fremd ist.

Nachdem er die bezaubernden Phantome dieser Einsamkeit heraufbeschworen hatte, glaubte er endlich mit aller menschlichen Schwäche fertig zu sein, als seine Augen auf einen Gegenstand fielen, der inmitten all dieser Zerstörung und all dieses Elends noch immer glänzte. Er bückte sich und sah, halb mit Staub bedeckt, in einer Fuge des Parketts einen kleinen Silberpfeil, der eben erst aus den Haaren einer Frau gezogen zu sein schien. Es war eine jener italienischen Nadeln, wie die Damen einer vergangenen Zeit sie liebten, um ihre hohen, puderschweren Frisuren zu halten.

Der Philosoph, der Gelehrte, der Prophet und Menschenverächter, er, der den Himmel herausgefordert hatte, sich ihm zu stellen, dieser Mann, der so viel Schmerz in sich unterdrückt und aus den Herzen so vieler anderer Menschen Blut gezapft hatte, Cagliostro, der Atheist, der Scharlatan und höhnische Skeptiker, hob diese Nadel auf, berührte sie mit den Lippen und ließ eine Träne in seine Augen treten.

»Lorenza!« murmelte er.

Und das war alles. Etwas Dämonisches lebte in diesem Menschen. Er suchte den Kampf und nährte ihn zu seinem eigenen Glück in sich selbst. Nachdem er die geheiligte Reliquie inbrünstig geküßt hatte, öffnete er das Fenster und schleuderte das Stück Silber in den Garten des benachbarten Klosters. So bestrafte er sich, weil er ein einziges Mal sein Herz hatte sprechen lassen.

»Adieu!« rief er dem unempfindlichen Gegenstand, den er für immer verloren hatte, nach, »adieu, Erinnerung, die in mir erstanden ist, um mich weich zu stimmen und zu schwächen. Von nun an will ich nur noch an die Erde denken. Ja, dieses Haus wird entweiht werden, mehr noch, es ist es schon! Ich habe diese Türen wieder geöffnet, habe das Innere dieses Grabes gesehen und die Asche des Todes durchwühlt. Es ist schon entweiht, mag es also vollends geschändet werden, da es zu einem vernünftigen Zweck geschieht. Wieder soll eine Frau sich in diesem Hof ergehen, wieder soll sie ihre Füße auf diese Treppe setzen, soll in diesen Gewölben singen, in denen vielleicht noch Lorenzas letzter Seufzer vibriert. Alle diese Entheiligungen dienen einem Zweck, sie geschehen in meinem Dienst. Wenn Gott hier sein Spiel verliert, soll Satan einen Trumpf gewinnen.«

Er stellte die Laterne auf die Treppe.

»Diese ganze Treppe muß fallen«, murmelte er. »Der ganze Innenteil des Hauses mag zerstört werden. Das Geheimnis soll sich in nichts auflösen, das Haus mag Schlupfwinkel bleiben und aufhören, ein Sanktuarium zu sein.«

Eilig schrieb er auf ein Blatt seines Notizbuches folgende Zeilen.

»An Herrn Lenoir, meinen Architekten:

Hof und Vestibül säubern, Remisen und Ställe erneuern, den Innenpavillon abtragen, das Haus auf zwei Stock reduzieren; acht Tage Frist.«

»So«, murmelte er, »und jetzt wollen wir sehen, ob man von hier Aussicht auf das Fenster der kleinen Gräfin hat.«

Er trat an das Fenster. Man übersah von hier aus die ganze gegenüberliegende Fassade der Rue Saint-Claude. Etwa sechzig Schritte entfernt sah man die Wohnung der Jeanne de La Motte.

Es kann nicht ausbleiben, daß die beiden Frauen einander sehen, konstatierte Cagliostro. Gut so! Er nahm die Laterne wieder auf und stieg die Treppe hinab.

Eine Stunde später war er zu Hause und sandte dem Architekten die Order. Am nächsten Morgen bereits hielten etwa fünfzig Arbeiter ihren Einzug in das alte Haus, in dem es von den Schlägen des Hammers, vom Geräusch der Sägen und Spitzhacken widerhallte. Aufmerksame Spaziergänger, die am Abend vorüberkamen, konnten eine große Ratte im Hof aufgehängt sehen, um die Handwerker und Maurer im Kreis standen, den Graubart und den feisten, ehrwürdigen Bauch des Tieres verspottend.

Der schweigsame Bewohner des Hauses war durch den Sturz eines Steinblocks in sein Loch eingemauert worden. Das Tier war halbtot, als der Kran den Stein wieder aufhob; es wurde am Schwanz herausgezogen und dem Spott der jungen Auvergnaten überlassen, die Gips anrührten; aus Scham oder Schwäche starb das Tier. Der Vorübergehende murmelte düster:

»Dies Tier ist zehn Jahre lang glücklich gewesen. *Sic transit gloria mundi!*«

Binnen acht Tagen war das Haus, wie Cagliostro befohlen hatte, in bewohnbaren Zustand gebracht.

VIERZIGSTES KAPITEL
Jeanne als Beschützerin

Zwei Tage nach seinem Besuch bei Boehmer erhielt Herr de Rohan folgendes Schreiben: »Seine Eminenz, der Herr Kardinal de Rohan, weiß ohne Zweifel, wo er heute abend speist.«

»Das kommt von der kleinen Gräfin«, murmelte er und beroch das Billett. »Gut, sie soll ihren Willen haben.«

Unsere Leser aber mögen im voraus wissen, warum Madame

de La Motte diese Zusammenkunft mit dem Kardinal wünschte. Von den fünf Lakaien, die Seine Eminenz ihr zur Verfügung gestellt hatte, war Madame de La Motte sofort auf einen aufmerksam geworden, einen Burschen mit schwarzen Haaren, braunen Augen und der blühenden Gesichtsfarbe der Sanguiniker, in die ein Schuß Gelb gemengt war, wie es die Gallenkranken zeigen. Für eine scharfe Beobachterin war dies das Unterpfand eines tatkräftigen, klugen und entschlossenen Charakters.

Sie ließ diesen Mann kommen und erreichte in einer Viertelstunde von seiner Gelehrigkeit und seinem Scharfsinn, was sie zu erzielen wünschte. Dieser Mann folgte dem Kardinal überallhin, wohin Seine Eminenz seine Schritte lenkte, und darum entging es ihm auch nicht, daß Herr de Rohan in zwei Tagen zweimal bei den Herren Boehmer & Bossange vorgesprochen hatte. Jetzt wußte Jeanne genug. Ein Herr wie Herr de Rohan handelte nicht. Geschickte Kaufleute wie Boehmer ließen einen solchen Käufer nicht aus den Klauen. Das Halsband mußte verkauft sein. Gekauft von Rohan, der seiner Geliebten, seiner Vertrauten, kein Wort gesagt hatte.

Das gab zu denken.

Jeanne faltete die Stirn, kniff ihre zarten Lippen und schrieb dem Kardinal das Billett, das unsere Leser bereits kennen.

Am Abend kam Herr de Rohan. Er hatte einen Korb mit Tokaier und einigen Seltenheiten vorausgeschickt, als ob er bei der Guimarde oder bei Mademoiselle Dangeville speisen wollte.

Die Nuance entging Jeanne nicht; absichtlich ließ sie nichts von den Sachen, die der Kardinal geschickt hatte, auftragen; nach dem Souper, als man ungestört war, eröffnete sie das Gespräch mit einer gewissen Vertraulichkeit.

»Wahrhaftig, Monseigneur«, sagte sie, »ein Umstand bedrückt mich. Es ist mir unlieb, sehen zu müssen, daß Sie mich nicht mehr lieben oder nie geliebt haben.«

»Ach, Gräfin, was sagen Sie da!«

»Keine Ausflüchte, keine Entschuldigungen! Übrigens, seien

Sie darum nicht untröstlich, Monseigneur, es läßt mich vollkommen kalt.«

»Es läßt Sie kalt, ob ich Sie liebe oder nicht?«

»Gewiß doch, weil ich Sie auch nicht liebe.«

»Wissen Sie auch, Gräfin, daß diese Mitteilung nicht sehr verbindlich ist?«

»Wahrhaftig, wir sagen uns keine Schmeicheleien. Das ist ein Tatbestand, wir wollen uns darauf beschränken, ihn zur Kenntnis zu nehmen.«

»Was für ein Tatbestand?«

»Daß ich Sie nie geliebt habe, Monseigneur, so wie auch Sie mich nie geliebt haben.«

»Oh, von mir dürfen Sie das nicht behaupten«, rief der Prinz in einem Ton, in dem etwas wie Aufrichtigkeit mitschwang. »Ich empfand zumindest eine große Zuneigung zu Ihnen, Gräfin. Beurteilen Sie mich nicht nach Ihnen.«

»Hören Sie, Monseigneur, wir wollen einander so hoch einschätzen, daß wir immer die Wahrheit sprechen.«

»Und was besagt diese Wahrheit?«

»Daß es zwischen uns ein anderes Band gibt, ein stärkeres als die Liebe.«

»Welches?«

»Das Interesse.«

»Pfui, Gräfin!«

»Monseigneur, ich könnte Ihnen antworten wie der normannische Bauer, der seinen Sohn zum Galgen führte und sagte: ›Wenn dir davor graut, so richte es so ein, daß den anderen nicht vor dir graut.‹ Pfui über das Interesse, Monseigneur! Wie hübsch Sie das sagen!«

»Gut, Gräfin, nehmen wir an, wir wären beide interessiert. Wie kann ich Ihren Interessen dienen, und was könnten Sie wohl für die meinen tun?«

»Wollen Sie etwa leugnen, daß Sie mit aller Geschicklichkeit Einzelheiten von mir erfragt haben, die Ihnen mitzuteilen mir ein besonderes Vergnügen war?«

»Einzelheiten worüber?«

»Über den Geschmack einer gewissen hohen Dame an einem bestimmten Gegenstand. Sie haben es unternommen, diesem Geschmack zu dienen, ohne mir davon etwas zu sagen.«

»Gräfin, Sie sind eine Sphinx. Ich hatte wohl den Kopf und den Hals der Frau gesehen, aber die Löwenkrallen waren mir bis jetzt entgangen. Sie wollen sie mir wohl zeigen?«

»Gar nichts werde ich Ihnen zeigen, Monseigneur, denn Sie sind ja doch blind und wollen nichts sehen. Da Sie aber von Rätseln sprechen, will ich Ihnen den Schlüssel liefern: die Einzelheiten betrafen gewisse Vorgänge in Versailles, die Dame, von deren Geschmack die Rede ist, ist die Königin, und Sie haben diesem Geschmack gedient, indem Sie gestern bei Boehmer & Bossange das berühmte Halsband kauften.«

»Gräfin«, murmelte der Kardinal, der blaß geworden war. Jeanne richtete ihren klaren Blick auf ihn.

»Sagen Sie doch, warum Sie mich so verblüfft ansehen? Haben Sie etwa nicht gestern bei den Juwelieren auf dem Quai de l'Ecole einen Handel abgeschlossen?«

Ein Rohan lügt nicht, selbst vor einer Frau. Der Kardinal schwieg. Und da er errötete – das verzeiht ein Mann einer Frau nie –, beeilte Jeanne sich, seine Hand zu ergreifen.

»Verzeihung, mein Prinz«, sagte sie. »Ich beeile mich, Ihnen zu sagen, worin Sie sich täuschen. Sie hielten mich wohl für dumm und schlecht?«

»Gräfin!«

»Schließlich ...«

»Kein Wort mehr! Lassen Sie mich jetzt sprechen. Vielleicht werde ich Sie überzeugen, und von heute an weiß ich, mit wem ich es zu tun habe. Ich hoffte in Ihnen eine hübsche Frau von Geist, eine reizende Geliebte zu finden. Aber Sie sind etwas Besseres.«

Jeanne ließ ihre Hand in der des Kardinals.

»Sie wollten meine Geliebte sein, ohne mich zu lieben. Sie haben es mir ja selbst gesagt.«

»Und ich wiederhole es Ihnen.«

»Sie verfolgten also ein Ziel?«

»Muß ich es Ihnen erklären?«

»Nein, ich verstehe. Sie wollten mein Glück. Es war doch klar, daß ich, wenn mein Glück gesichert war, mich um das Ihre gekümmert hätte. Habe ich Sie recht verstanden?«

»Gewiß doch. Nur – glauben Sie mir ohne Umschweife – der Weg war mir angenehm, ich bin ihn ohne Widerstreben und Antipathie gegangen.«

»Sie sind eine liebenswürdige Frau, Gräfin, und es ist wirklich ein Vergnügen, mit Ihnen über Geschäfte zu sprechen. Sie sollen also wissen, daß Sie recht geraten haben. Es ist Ihnen bekannt, daß ich eine ehrfurchtsvolle Zuneigung ...«

»Ich habe alles auf dem Opernball gesehen.«

»Aber diese Zuneigung wird niemals erwidert werden. Gott behüte mich, es zu glauben!«

»Ach, eine Frau ist nicht immer Königin, und Sie sind, wie ich weiß, einen Kardinal Mazarin wohl wert.«

»Der war ja allerdings ein sehr schöner Mann«, bemerkte Herr de Rohan lachend.

»Ein ausgezeichneter Premierminister«, antwortete Jeanne ruhig.

»Gräfin, bei Ihnen ist es verlorene Mühe zu denken, geschweige denn zu sprechen. Sie denken und sprechen für Ihre Freunde. Ja, auch ich möchte Premierminister werden. Alles berechtigt mich dazu, Geburt, Gewandtheit in politischen Geschäften, ein gewisses Wohlwollen, das ich an fremden Höfen genieße, und manche Sympathien, die mir das französische Volk entgegenbringt.«

»Kurz alles, eins ausgenommen.«

»Eine Antipathie ausgenommen, wollen Sie sagen?«

»Ja, die der Königin. Sie ist das wahre Hindernis. Wen sie liebt, den muß der König zu guter Letzt auch lieben; wen sie aber haßt, den verabscheut er im voraus.«

»Und mich haßt sie?«

»Oh!«

»Sprechen wir offen. Ich glaube nicht, daß wir halbenwegs stehenbleiben dürfen.«

»Nun ja, Monseigneur, die Königin liebt Sie nicht.«

»Dann bin ich verloren. Das Halsband kommt nicht mehr in Betracht.«

»In diesem Punkt könnten Sie sich täuschen, Prinz.«

»Das Halsband ist gekauft!«

»Die Königin wird wenigstens begreifen, daß sie, wenn sie auch nicht liebt, doch geliebt wird. Sie wissen, Monseigneur, daß wir übereingekommen sind, die Dinge bei ihren Namen zu nennen.«

»Es sei! Sie glauben also, daß Sie mich doch noch eines Tages als Premierminister sehen werden?«

»Ich bin davon überzeugt.«

»Ich fände es undankbar, wenn ich Sie nicht fragte, welches Ihre Wünsche sind.«

»Das werde ich Ihnen sagen, Prinz, wenn Sie imstande sein werden, sie zu befriedigen.«

»Das nenne ich offen sprechen! Ich werde Sie an diesem Tag erwarten.«

Der Kardinal nahm Jeannes Hand und drückte sie, wie Jeanne einige Tage vorher gewünscht hatte, daß er sie gedrückt hätte. Aber das war vorüber. Sie zog ihre Hand zurück.

»Wir wollen uns jetzt trennen«, sagte sie.

»Das nennen Sie ein Bündnis? Sie geben mir den Abschied?«

»Um wirklich einander zu dienen, wollen wir unsere eigenen Interessen wahren.«

»Sie haben recht, Gräfin. Verzeihen Sie, daß ich mich noch einmal getäuscht habe. Es soll das letztemal gewesen sein.«

Er küßte ihre Hand so respektvoll, daß er das höhnische Lächeln der Gräfin nicht gewahrte, mit dem sie seine Worte quittierte: es soll das letztemal gewesen sein.

Jeanne stand auf und begleitete den Prinzen bis ins Vorzimmer. Dort blieb er stehen und fragte leise:

»Was weiter, Gräfin?«

»Nichts. Warten Sie, bis ich Ihnen einen Wink gebe. Ich gehe nach Versailles.«

»Wann?«

»Morgen.«

»Und ich bekomme Antwort?«

»Sofort.«

»Nun denn, meine Beschützerin, ich überlasse mich Ihnen.«

Einundvierzigstes Kapitel
Jeanne als Beschützte

Als Besitzerin eines solchen Geheimnisses, von zwei gewaltigen Mächten unterstützt, fühlte sich Jeanne stark genug, die Welt aus den Angeln zu heben.

Sie gab sich vierzehn Tage Frist.

Bei Hofe nicht mehr als Bittstellerin, nicht mehr als die arme Bettlerin zu erscheinen, die Madame de Boulainvilliers aus dem Rinnstein aufgelesen hatte, sondern als Abkomme der Valois, im Besitz einer Rente von hunderttausend Francs, mit einem Gatten, der Herzog war und Pair, die Gunst der Königin zu genießen und in diesen Zeiten der Intrige den Staat zu lenken, indem sie den König durch Marie-Antoinette beeinflußte, das war das Ziel, das der unerschöpflichen Phantasie der Gräfin de La Motte vorschwebte.

Am nächsten Morgen eilte sie in fieberhafter Hast nach Versailles. Sie hatte keinen Audienzbrief, aber ihr Selbstvertrauen war so groß, daß sie nicht bezweifelte, die Etikette werde sich ihren Wünschen beugen. Und sie behielt recht. Die Höflinge, die es stets so eilig haben, den Geschmack ihres Gebieters zu erraten, hatten nicht umsonst bemerkt, wieviel Vergnügen Marie-Antoinette an der Gesellschaft der hübschen Gräfin fand.

Es genügte, daß ein kluger Lakai, der sich einzuschmeicheln wünschte, dem Kammerherrn in Hörweite der Königin, die eben aus der Kapelle kam, meldete:

»Mein Herr, was soll ich mit der Gräfin de La Motte-Valois anfangen? Sie hat keinen Audienzbrief.«

Die Königin plauderte gerade mit Madame de Lamballe. Sie hatte Jeannes Namen gehört.

»Wurde da nicht eben gesagt«, fragte sie, »daß Madame de La Motte-Valois hier sei?«

Der Lakai verneigte sich bescheiden.

»Ich werde Madame empfangen«, entschied die Königin und ging weiter. An der Tür aber wandte sie sich um und sagte:

»Führen Sie die Gräfin ins Badehaus.«

Jeanne, der jener dienstfertige Lakai nicht vorenthielt, was er für sie getan hatte, wollte nach ihrer Börse greifen, aber er hielt sie lächelnd zurück.

»Frau Gräfin«, sagte er, »lassen Sie diese Schuld anwachsen; vielleicht trägt sie mir so bessere Zinsen.«

Jeanne schob die Börse wieder in die Tasche.

»Sie haben recht«, sagte sie, »danke.«

Warum, dachte sie, soll ich nicht einen Lakaien protegieren, der mich protegiert hat? Ich werde es mit ihm nicht anders halten als mit einem Kardinal.

Bald stand Jeanne vor der Königin. Marie-Antoinette war ernst, vielleicht sogar verstimmt, weil sie die Gräfin durch diesen unerwarteten Empfang zu sehr begünstigt hatte. Vielleicht bildet sie sich ein, dachte Herrn de Rohans Freundin, daß ich sie anbetteln will. Die nächsten zwanzig Worte werden alles entscheiden. Entweder wird ihre Stirn sich glätten, oder ich werde hinausgeworfen.

»Madame«, sagte die Königin, »ich hatte noch keine Gelegenheit, mit dem König zu sprechen.«

»Ach, Eure Majestät ist zu gütig zu mir gewesen, ich erwarte nichts mehr. Ich kam ...«

»Ja, warum kamen Sie?« fragte die Königin, die die Übergänge geschickt auszunützen verstand. »Sie haben keine Audienz verlangt. Vielleicht war es etwas Wichtiges … für Sie?«

»Wichtig … allerdings, Madame; aber nicht für mich.«

»Für mich also! Gut, Gräfin, sprechen Sie.«

Die Königin führte Jeanne in die Badestube, in der die Kammerfrauen bereits warteten. Als die Gräfin die Königin im Kreise ihrer Dienerinnen sah, schwieg sie.

Marie-Antoinette stieg in das Bad, dann schickte sie die Frauen fort.

»Eure Majestät sehen mich in großer Verlegenheit. Madame wissen, und ich glaube das bereits gesagt zu haben, daß der Herr Kardinal de Rohan mich sehr verpflichtet hat.«

Die Königin runzelte die Stirn.

»Ich erinnere mich nicht«, sagte sie, »immerhin, sprechen Sie.«

»Nun, Madame, Eminenz erwies mir vorgestern die Ehre eines Besuches.«

»Ach?«

»Es war in Sachen einer wohltätigen Stiftung, deren Präsidentin ich bin.«

»Ausgezeichnet, Gräfin. Ich werde auch beisteuern zu Ihrer Stiftung.«

»Eure Majestät irren. Ich nehme mir die Ehre zu bemerken, daß ich nichts verlangt habe. Der Herr Kardinal sprach mir, wie früher schon so oft, von der Güte und unerschöpflichen Gnade der Königin.«

»Und er verlangt, daß ich seine Schützlinge in meine Obhut nehme?«

»Dies zunächst, Majestät.«

»Ich werde es tun, nicht wegen des Kardinals, sondern wegen dieser Unglücklichen, die ich immer gut aufnehme, von wo sie mir auch kommen mögen. Bemerken Sie indessen Seiner Eminenz, daß ich sehr beengt bin.«

»Ach, Madame, das ist es ja gerade, was ich ihm sagte, und daher rührt auch die Verlegenheit, in der ich mich Eurer Majestät gegenüber befinde.«

»Wahrhaftig?«

»Monseigneur, sagte ich, Ihre Majestät ist die Sklavin ihrer Güte. Sie opfert sich für die Armen. Das Gute, das sie andern tut, gereicht ihr zum Nachteil. Und ich klage mich an, von Eurer Majestät so gesprochen zu haben.«

»Wie das, Gräfin?«

»Ich sagte dem Kardinal, daß Eure Majestät mir noch vor kurzem ein großes Geschenk gemacht haben; derlei sei gewiß in den letzten Jahren tausend- oder zweitausendmal geschehen, und wenn Eure Majestät weniger mitfühlend, weniger großherzig wären, so besäßen Sie gewiß die zwei Millionen, die Ihnen jetzt fehlen, um das herrliche Halsband zu kaufen, das Sie so edel, so mutig und doch, verzeihen Sie mir, so unbilligerweise zurückgewiesen haben.«

Die Königin errötete und sah Jeanne an. Offenbar lag das Gewicht auf der letzten Bemerkung. War das eine Falle, ein Hinterhalt? Gewiß, die Frage war so gestellt, daß man eine Gefahr aus ihr herauslesen konnte. Indessen las die Königin in Jeannes Gesicht so viel Sanftmut, unschuldiges Wohlwollen, daß sie nicht an Untreue oder verräterische Schmeichelei glauben konnte.

»Ja, das Halsband ist schön«, sagte sie, »besser gesagt, es war schön. Es freut mich, daß eine Frau von Geschmack mich lobt, weil ich es abgelehnt habe.«

»Wenn Sie wüßten, Madame«, rief Jeanne, »wie man zuletzt die Gefühle der Leute erst kennenlernt, sobald man an jenen Anteil nimmt, denen die Liebe unserer Freunde gehört.«

»Was meinen Sie damit?«

»Ich will damit sagen, Madame, daß der Kardinal erbleichte, als er von Ihrem heroischen Opfer hörte.«

»Sie sahen ihn erbleichen?«

»Ja, und seine Augen füllten sich mit Tränen.«

Die Königin hielt einen Augenblick inne.

»Gut, Gräfin«, sagte sie. »Wenn Herr de Rohan Ihnen so liebenswürdig erschien, so kann ich Ihnen nur empfehlen, ihn das nicht merken zu lassen. Er ist ein Prälat mit einem irdischen

Sinn, ein Hirt, der das Lamm ebenso gern für sich wie für den Herrn nimmt.«

»Madame!«

»Verleumde ich ihn etwa? Ist nicht alle Welt dieser Ansicht? Macht er sich nicht selbst eine Art Ruhm daraus? Haben Sie noch nicht gesehen, wie er beim Hochamt seine schönen Hände – er hat wirklich schöne Hände – in die Höhe hebt, damit sie noch bleicher werden und damit die Blicke der Gläubigen sich, nicht minder glänzend, auf den glänzenden Diamanten seines Hirtenringes richten.«

Jeanne verneigte sich.

»Die Trophäen des Kardinals sind zahlreich«, fuhr die Königin fort. »Einige haben öffentliches Ärgernis erregt. Dieser Prälat ist ein Liebhaber wie die Herren von der Fronde. Lobe ihn, wer da mag, ich will nicht einstimmen.«

Die Königin schüttelte den Kopf und lachte gezwungen.

Es scheint, dachte Jeanne, daß die Dinge besser gehen, als wir dachten! Sollte diese Abneigung unser Verbündeter werden? Weiß Gott, allzu leicht wird es uns gemacht.

Die Königin hatte wieder ihre gleichgültige Miene angenommen.

»Fahren Sie fort«, sagte sie.

»Eure Majestät schüchtern mich ein; diese Bescheidenheit, die sogar ein Lob zurückweist …«

»Das Lob des Kardinals? Allerdings.«

»Aber warum, Madame?«

»Weil es mir verdächtig ist, Gräfin.«

»Es kommt mir nicht zu«, sagte Jeanne ehrfurchtsvoll, »jene zu verteidigen, die das Unglück gehabt haben, Eurer Majestät zu mißfallen; ich will nicht einen Augenblick bezweifeln, daß er große Schuld auf sich geladen haben muß, um sich Ihre Ungnade zuzuziehen.«

»Herr de Rohan hat mir nicht mißfallen, er hat mich beleidigt. Doch ich bin Königin und Christin, darum fühle ich mich geneigt, Beleidigungen zu vergessen.«

Jeanne schwieg.

»Sagten Sie etwas?« fragte die Königin.

»Auch ich müßte mir das Mißtrauen Eurer Majestät zuziehen, ich liefe Gefahr, mich Ihrer Ungnade, ja Ihrem Tadel auszusetzen, wenn ich eine andere Ansicht äußern wollte.«

»Sie sind also über den Kardinal anderer Ansicht?«

»Der entgegengesetzten sogar, Madame.«

»Sie würden nicht mehr so sprechen, wenn Sie wüßten, was Prinz Louis gegen mich getan hat.«

»Ich weiß nur, was er im Dienst Eurer Majestät getan hat.«

»Galanterien?«

Jeanne verneigte sich.

»Höflichkeiten, Komplimente?«

Jeanne schwieg.

»Sie sind eine warme Freundin des Herrn de Rohan, Gräfin; ich werde ihn in Ihrer Gegenwart nicht mehr angreifen.«

Und die Königin begann zu lachen.

»Madame«, antwortete Jeanne, »Ihr Zorn wäre mir lieber als Ihr Spott. Das Gefühl, das der Herr Kardinal für Eure Majestät hegt, ist so respektvoll, das weiß ich, daß er zu Tode beschämt wäre, wenn er die Königin so lachen sähe.«

»Ach, dann ist er wohl sehr verändert?«

Jeanne konnte nichts mehr sagen; sie schien den Kampf aufgegeben zu haben. Aber Marie-Antoinette täuschte sich. Für Frauen, die zugleich das Herz eines Tigers und einer Schlange haben, ist der Rückzug immer nur die Einleitung eines neuen Angriffs.

»Sie erwähnten jene Diamanten«, sagte die Königin unvorsichtig. »Gestehen Sie doch, daß Sie an sie gedacht haben.«

»Tag und Nacht, Madame«, erklärte Jeanne mit der Freude eines Generals, der auf dem Schlachtfeld seinen Feind einen entscheidenden Fehler machen sieht. »Sie sind so schön, sie werden Eurer Majestät herrlich stehen.«

»Sie sind aber doch verkauft? Dem portugiesischen Gesandten verkauft?«

Jeanne schüttelte sanft den Kopf.

»Nein?« fragte die Königin erfreut.

»Nein, Madame.«

»Wem denn?«

»Herr de Rohan hat sie gekauft.«

Die Königin fuhr auf, wurde aber sofort wieder kalt.

»Hören Sie, Madame«, fuhr Jeanne fort, »was Herr de Rohan getan hat, ist herrlich; nur ein edles und ein großes Herz ist einer solchen Regung fähig. Eine Seele wie die Eurer Majestät kann nicht umhin, mit allen zu sympathisieren, die gut und gefühlvoll sind. Kaum hatte Herr de Rohan von mir erfahren, daß Eure Majestät augenblicklich zu beengt sind, um dieses Halsband zu kaufen, als er ausrief: ›Wie, die Königin kann doch nicht der Gefahr ausgesetzt sein, Madame Necker eines Tages mit diesen Diamanten geschmückt zu sehen?!‹ Herr de Rohan wußte noch nicht, daß der portugiesische Gesandte wegen dieser Steine unterhandelte. Ich brachte es ihm zur Kenntnis, und sein Mißmut verdoppelte sich. ›Oh‹, rief er, ›jetzt handelt es sich hier nicht mehr darum, der Königin eine Freude zu bereiten, jetzt steht ihre Würde auf dem Spiel. Ich kenne den Geist dieser ausländischen Höfe, sie sind eitel und werden die Königin von Frankreich verlachen, die nicht Geld genug besitzt, um einen nur zu begreiflichen Wunsch zu befriedigen. Ich sollte dulden, daß man über die Königin von Frankreich spottet? Niemals!‹ Damit verließ er mich, und eine Stunde später erfuhr ich, daß er die Diamanten gekauft hatte.«

»Für eineinhalb Millionen?«

»Für eine Million sechshunderttausend Francs.«

»Und wozu kaufte er sie?«

»Damit sie, wenn Eure Majestät sie sich versagen müssen, auch keiner anderen Frau gehören.«

»So sind Sie sicher, daß Herr de Rohan das Halsband nicht gekauft hat, um es einer Geliebten zu schenken?«

»Ich weiß, daß er es eher vernichten, als an dem Hals einer andern Frau sehen wollen wird.«

Marie-Antoinette überlegte.

»Herr de Rohan hat edel gehandelt«, sagte sie; »ich gebe es zu, er hat eine zartsinnige Ergebenheit bewiesen. Sprechen Sie Herrn de Rohan meinen Dank aus.«

»Ach, gern, Madame.«

»Sagen Sie ihm auch, daß ich von der Freundschaft alles annehme, unter dem Vorbehalt der Vergeltung. Ich nehme also auch, ich will nicht sagen das Geschenk des Herrn de Rohan, nein, aber ich nehme diese Hilfeleistung an, wie einen Vorschuß, den er für mich ausgelegt hat. Er hat sein Geld oder seinen Kredit verwendet, um mir zu ermöglichen, dereinst meine Laune zu befriedigen. Ich werde ihn schadlos halten. Boehmer hat, wenn ich nicht irre, Barzahlung verlangt?«

»Allerdings, Madame.«

»Und wieviel?«

»Zweihundertfünfzigtausend Francs.«

»Das ist das Taschengeld, das der König mir für drei Monate gibt. Ich habe erst heute eine solche Summe erhalten.«

Die Königin schellte, Kammerfrauen eilten herbei und hüllten sie in feinen gewärmten Batist. Mit Jeanne allein geblieben, kehrte sie in ihr Zimmer zurück.

»Öffnen Sie doch bitte diese Lade dort«, sagte sie. »Sehen Sie ein Portefeuille?«

»Ja, hier ist es.«

»Es enthält zweihundertfünfzigtausend Francs. Zählen Sie nach.«

Jeanne gehorchte.

»Bringen Sie dem Kardinal das Geld. Danken Sie ihm und sagen Sie ihm, daß ich es so einrichten werde, daß er sein Geld erhält. Auch die Frage der Zinsen soll gelöst werden. Ich werde also das Halsband erhalten, und wenn es mir auch schwerfallen wird, es zu bezahlen, so soll doch der König nicht darunter leiden. Ich gewinne sogar dabei, denn ich habe erfahren, daß ich einen zartsinnigen Freund besitze, der mir dient ... und eine Freundin, die mich erraten hat.«

Damit reichte sie Jeanne die Hand. »Sagen Sie Herrn de Rohan auch, daß er in Versailles willkommen ist und daß ich ihm selbst Dank sagen werde.«

Berauscht von Freude und befriedigtem Stolz, eilte Jeanne fort. Sie preßte die Kassenscheine an sich wie ein Geier seinen Raub.

Zweiundvierzigstes Kapitel
Das Portefeuille der Königin

Der Kardinal war noch nicht ausgefahren, als Madame de La Motte bei ihm vorfuhr. Sie ließ sich mit mehr Zeremoniell anmelden als bei der Königin.

»Sie kommen aus Versailles?« fragte Herr de Rohan.

»Ja, Monseigneur.«

Er sah sie aufmerksam an, aber sie war undurchdringlich. Wohl gewahrte sie seine Erregung, aber sie war erbarmungslos.

»Nun?« fragte er.

»Sie wollten doch, daß ich zur Königin ging? Nun, ich war bei ihr. Sie wollten doch, daß ich von Ihnen spreche, vor der Königin, die, als sie Ihren Namen hörte, mir sofort ihre Abneigung kundtat.«

»Sprechen Sie kein Wort weiter, Gräfin, ich sehe, wie peinlich es Ihrer Majestät war ...«

»Nicht allzusehr. Ich wagte von dem Halsband zu sprechen ...«

»Und etwa auch zu sagen, daß ich mir einfallen ließ ...«

»Es für sie zu kaufen, allerdings.«

»Sie sind unvergleichlich, Gräfin! Und die Königin hat Ihnen zugehört?«

»Doch.«

»Und Sie haben ihr gesagt, daß ich ihr die Diamanten anbiete.«

»Und sie hat abgelehnt.«

»Dann bin ich verloren.«

»Sie hat abgelehnt, die Steine als Geschenk anzunehmen, als Darlehen jedoch ...«

»Als Darlehen? Haben Sie mein Angebot so zartsinnig umgedeutet?«

»So zartsinnig, daß sie annahm.«

»Ich darf der Königin diesen Betrag leihen? Ist das möglich, Gräfin?«

»Das bedeutet mehr als ein Geschenk, nicht wahr?«

»Tausendmal mehr.«

Der Kardinal war aufgesprungen. Er trat zu Jeanne und ergriff ihre Hände.

»Täuschen Sie mich nicht«, rief er, »bedenken Sie, daß eines Ihrer Worte genügt, mich zum Unglücklichsten aller Menschen zu machen.«

»Mit Leidenschaften spielt man nicht, Monseigneur.«

»Sie haben also ...«

»Die strengste Wahrheit gesprochen.«

»Ich habe also mit der Königin ein Geheimnis?«

»Ja ..., und zwar ein lebensgefährliches.«

Wieder drückte der Kardinal Jeanne die Hand.

»Übertreiben Sie nicht, Monseigneur! Vergessen Sie nicht, daß Buckingham von Anna von Österreich mehr verlangt hat, nachdem er Perlen auf den Boden des königlichen Schlafgemaches gestreut hatte.«

»Was Buckingham erreicht hat, Gräfin, wage ich nicht einmal im Traum zu wünschen.«

»Sie mögen das der Königin selbst sagen, Monseigneur, denn sie hat mir befohlen, Ihnen zu sagen, daß Sie in Versailles willkommen sind.«

Sie hatte dieses Wort kaum gesprochen, als der Kardinal erblaßte wie ein Jüngling unter dem ersten Kuß. Taumelnd ließ er sich in einen Stuhl fallen.

Ach, dachte Jeanne, die Sache ist ernster, als ich glaubte! Ich hatte an einen Herzogstitel, eine Pairschaft und hunderttausend Francs Rente gedacht; ich werde meine Forderungen auf einen Fürstentitel und eine halbe Million erhöhen, denn Herr de Rohan handelt nicht aus Ehrgeiz, sondern aus Liebe!

Herr de Rohan erholte sich rasch.

»Liebe Freundin«, sagte er, »wie gedenkt die Königin es mit der Anleihe zu halten, die Sie ihr vorgeschlagen haben?«

»Sie fragen wohl, weil Sie wissen, daß die Königin geldknapp ist?«

»Ganz recht.«

»Nun, sie wünscht die Sache zu regeln, als ob sie selbst Boehmer bezahlte, nur mit dem Unterschied, daß Paris nichts davon erfahren soll, denn das wäre nach der berühmten Geschichte mit dem Schiff unmöglich; wenn der König den Mund verzieht, wird ganz Frankreich Grimassen schneiden. Die Königin will also die Diamanten einzelweise haben und einzeln bezahlen. Sie sind gewissermaßen ihr verschwiegener Kassenverwalter, ein sehr zahlungsfähiger Kassierer, für den Fall, daß die Königin die Termine nicht einhalten sollte. Sie ist glücklich und sie bezahlt. Verlangen Sie nicht mehr!«

»Sie zahlt? Wie das?«

»Die Königin ist eine Frau, die alles begleicht, und sie weiß, daß auch Sie Schulden haben. Auch ist sie stolz, denn sie ist keine gewöhnliche Freundin, die Geschenke annimmt. Als ich ihr sagte, daß Sie zweihundertfünfzigtausend Francs ausgelegt haben ...«

»Sie haben ihr das gesagt?«

»Warum nicht?«

»Das hieß die ganze Sache unmöglich machen.«

»Im Gegenteil, das hieß, ihr die Sache annehmbar machen. Der Wahlspruch der Königin ist: nichts für nichts.«

Jeanne zog das Portefeuille der Königin heraus.

»Was ist das?« fragte Herr de Rohan.

»Ein Portefeuille, das zweihundertfünfzigtausend Francs in Kassenscheinen enthält. Die Königin sendet es Ihnen und läßt Ihnen danken.«

»Gräfin«, rief der Kardinal, »Sie sind die kostbarste, geistvollste Freundin, Sie sind die …«

»Nein, ich habe nur ein einziges Verdienst: ich habe Ihre Angelegenheiten mit Glück und Eifer betrieben.«

»Nun, während Sie in Versailles waren, habe auch ich für Sie etwas getan, eine Kleinigkeit. Ein Mann, mein Bankier, war bei mir und schlug mir den Ankauf gewisser Aktien vor. Es handelt sich um ein Unternehmen, das irgendwelche Sümpfe trockenlegen und ausbauen will. Es ist eine sichere Sache, ich habe angenommen.«

»Das war klug von Ihnen.«

»Nun, mein Bankier hat mir zweihundert Aktien abgetreten, und ich nahm das letzte Viertel für Sie.«

»Monseigneur!«

»Hören Sie doch! Zwei Stunden später war er wieder bei mir. Die bloße Tatsache, daß alle diese Aktien an einem Tag plaziert werden konnten, hatte eine Hausse um hundert Prozent zur Folge. Ich habe hunderttausend Francs verdient.«

»Eine schöne Spekulation.«

»Und hier, liebe Gräfin, ist Ihr Anteil.« Er entnahm aus dem Portefeuille der Königin fünfundzwanzigtausend Francs und reichte ihr die Scheine.

»Gut, Monseigneur, wer gibt, mag empfangen. Am meisten freut es mich, daß Sie an mich gedacht haben.«

»Das wird immer so sein«, antwortete der Kardinal und küßte ihr die Hand.

Dreiundvierzigstes Kapitel

In welchem die Leser Doktor Louis wiederfinden

Vielleicht erinnern sich die Leser noch, in welch beklagenswerter Verfassung wir Herrn de Charny verließen, und wissen uns einigen Dank, wenn wir sie wieder nach Versailles zurückführen, in dieses kleine Gemach, in das sich der wackere Seemann, den weder Menschen noch Elemente eingeschüchtert hatten, vor drei Frauen flüchtete, vor der Königin, Andrée und Madame de La Motte.

Im Vorzimmer hatte Herr de Charny begriffen, daß seine Kräfte versagten. Taumelnd hatte er die Arme ausgestreckt, man war auf ihn aufmerksam geworden und war ihm zu Hilfe gekommen.

Einige Augenblicke später kam der junge Offizier wieder zu sich, ohne zu ahnen, daß die Königin ihn gesehen hatte, ja daß sie sogar herbeigeeilt wäre, wenn Andrée sie nicht – mehr aus Eifersucht als aus kalter Strenge – zurückgehalten hätte.

Übrigens hatte die Königin gutgetan, Andrées Rat zu folgen, welchem Gefühl er auch entspringen mochte, denn kaum hatte sie die Tür geschlossen, als ein Lakai den König meldete.

Es war in der Tat der König, der vor der Ratssitzung seine Jagdwagen, die seit einiger Zeit etwas vernachlässigt worden waren, inspizieren wollte. Er blieb stehen, als er einen Mann an das Fenster gelehnt sah, von Gardisten umstellt, die ihm zu Hilfe geeilt waren. Sofort erkannte der König, daß der Kranke von einem ernsten Übel befallen war, und beschleunigte seine Schritte.

»Er fällt in Ohnmacht«, sagte er.

Die Gardisten traten zur Seite und ließen Herrn de Charny los, der mit einem Seufzer zu Boden sank.

»Meine Herren«, rief der König, »was tun Sie denn?«

Sofort wurde Herr de Charny, der jetzt vollkommen das Bewußtsein verloren hatte, aufgehoben und auf einen Lehnstuhl gesetzt.

»Ach, es ist Herr de Charny«, rief der König.

Dieses Wort brachte eine zauberhafte Wirkung hervor. Im nächsten Augenblick war Charny mit Riechwässern übergossen. Ein Arzt wurde in aller Eile herbeigerufen und untersuchte den Kranken.

Der König wartete, um das Ergebnis der Untersuchung zu erfahren.

Die erste Sorge des Arztes war es, die Weste und das Hemd des jungen Mannes zurückzuschieben, damit die Luft seine Brust kühle; dabei fand er, was er nicht zu finden erwartet hatte.

»Eine Wunde«, sagte der König und trat näher.

Charny war wiedererwacht. »Ja«, stammelte er und blickte verschüchtert um sich, »eine alte Wunde, die sich wieder geöffnet hat. Nichts von Bedeutung.« Dabei drückte er unmerklich die Hand des Arztes.

Ein Arzt begreift alles, muß alles begreifen. Dieser aber war kein höfischer Arzt, sondern ein gewöhnlicher Wundarzt aus Versailles, und er wollte sich wichtig machen.

»Alt? Die Ränder sind noch ganz frisch, und das Blut ist rot. Diese Wunde ist keine vierundzwanzig Stunden alt.«

Dieser Widerspruch gab Charny neue Kräfte. Er stand sofort auf und sagte:

»Ich nehme an, daß Sie mich nicht lehren wollen, Herr, wann ich meine Wunden empfangen habe. Ich wiederhole, daß diese hier alt ist.«

In diesem Augenblick erkannte er den König. Sofort knöpfte er die Weste zu, als ob er sich schäme, den erhabenen Beobachter seine Schwäche sehen zu lassen.

»Ja, ich bin's, Herr de Charny«, sagte der König, »und ich bin froh, daß ich gerade vorbeigekommen bin und Ihnen Hilfe bringen konnte.«

»Es ist nur eine Schramme«, stammelte Charny, »nichts von Bedeutung. Eine alte Wunde.«

»Alt oder neu, ich habe Ihr Blut gesehen, das kostbare Blut eines tapferen Edelmannes.«

»Zwei Stunden im Bett werden mich wieder kräftigen«, sagte Charny, der indessen seine Kräfte überschätzt hatte. Er taumelte und sank in den Lehnstuhl zurück.

»Ach«, rief der König, »er ist sehr krank.«

»Allerdings«, bestätigte der Arzt, der schon ein Avancement witterte, »aber wohl zu retten.«

Der König hatte erraten, daß Charny etwas verbergen wollte.

»Ich will nicht«, sagte er, »daß Herr de Charny sich in Gefahr bringt, indem er nach Hause zurückkehrt. Man soll ihn hier in Versailles pflegen und rasch seinen Onkel, Herrn du Suffren, verständigen. Diesen Herrn da«, damit deutete der König auf den Wundarzt, »soll man entlohnen, und dann soll nach unserem Leibarzt, Doktor Louis, gesandt werden.«

Ein Offizier eilte weg, um die Befehle des Königs zu vollziehen. Zwei andere hoben Herrn de Charny auf und trugen ihn in das Zimmer des Offiziers der Garden.

Sofort wurde Herr du Suffren benachrichtigt und Doktor Louis gerufen.

Die Leser unserer Bücher kennen diesen klugen und bescheidenen Mann, seinen weniger glänzenden als nützlichen Verstand, seinen Eifer auf dem Gebiet der Wissenschaft.

Hinter dem Arzt, der sich bereits über seinen Patienten beugte, erschien in aller Eile der Gouverneur du Suffren. Der berühmte Seemann begriff nichts, und als er in Herrn de Charnys kluge Augen geblickt hatte, sagte er:

»Seltsam! Wissen Sie, Doktor, daß mein Neffe nie krank gewesen ist?«

»Das beweist nichts, Herr Gouverneur«, antwortete der Arzt.

»Die Versailler Luft ist dumpf. Ich habe Olivier zehn Jahre lang an Bord gehabt, und er war immer stark wie ein Mast.«

»Es handelt sich um eine Wunde«, bemerkte einer der Offiziere.

»Eine Wunde? Olivier ist niemals verwundet gewesen.«

»Verzeihen Sie«, sagte der Offizier und deutete auf den geröteten Batist. »Ich dachte ...«

Jetzt sah auch Herr du Suffren das Blut.

»Gut, gut«, unterbrach der Arzt mit barscher Vertraulichkeit diese Unterredung. »Wir wollen uns nicht über den Ursprung des Übels unterhalten. Begnügen wir uns mit der Krankheit und suchen wir sie zu heilen, wenn es möglich ist.«

Der Gouverneur hatte Sinn für Äußerungen, die jede Widerrede ausschließen. Seine Schiffsärzte waren auch nicht gewöhnt, ihre Worte in Watte zu hüllen.

»Ist es sehr gefährlich, Doktor?« fragte er.

»Nicht schlimmer als ein Schnitt mit dem Rasiermesser am Kinn.«

»Gut. Danken Sie dem König, meine Herren. Ich komme wieder, Olivier.«

Charny dankte mit einem Blick. Er war froh, endlich im Bett zu liegen und sich einem Mann anvertrauen zu können, der Verstand hatte; er tat, als ob er einschliefe.

Doktor Louis schickte die Zuschauer fort.

Das Fieber hatte sich des Patienten bemächtigt, der zu delirieren begann.

Drei Stunden später mußte der Arzt die Gardisten, die vor der Tür auf und ab gingen, wegschicken, denn der Patient sprach im Fieber laut. Doktor Louis verlangte nach Charnys Diener und befahl ihm, Olivier in die Arme zu nehmen. Schmerzlich stöhnte der Kranke.

»Wickle ihm die Decke um den Kopf!«

»Wie soll ich das machen? Er ist schwer und wehrt sich. Ich werde einen der Gardisten um Hilfe rufen.«

»Sie sind ein schäbiger Held, daß Sie sich vor einem Kranken fürchten, und Sie finden ihn nur zu schwer, weil Sie nicht so stark sind, wie ich dachte. Ich werde Sie in Ihre Auvergne zurückschicken lassen.«

Diese Drohung wirkte. Endlich wurde Charny, der ächzte und stöhnte, aufgehoben. Neugierige umdrängten Doktor Louis.

»Meine Herren«, schrie der Arzt, der Charny übertönen wollte, »Sie begreifen doch hoffentlich, daß ich nicht jede Stunde eine Meile weit herkommen kann, um den Kranken zu besuchen, den der König mir anvertraut hat. Ihre Galerie hier liegt am Ende der Welt.«

»Wohin bringen Sie ihn also, Doktor?«

»Zu mir nach Hause, denn ich bin ein Faulpelz.«

»Sie können versichert sein«, rief einer der Offiziere, »daß es dem Kranken hier gut gegangen wäre. Wir alle sind Herrn du Suffren sehr ergeben und ...«

»Ich kenne das. Der Verwundete hat Durst, also gibt man ihm zu trinken. Dann stirbt er. Hol der Teufel die Krankenpflege der Herren Gardisten. So hat man mir schon zehn Kranke umgebracht.«

Der Doktor sprach noch, als niemand Olivier mehr hören konnte.

»Jawohl«, fuhr der Arzt fort, »das ist alles nur zu vernünftig. Schade, daß der König den Kranken sehen will. Wenn er ihn sieht, wird er ihn auch hören. Verdammt, da ist nichts zu machen. Ich werde die Königin benachrichtigen, sie soll mir einen guten Rat geben.«

Der Arzt faßte diesen Entschluß mit der Raschheit eines Mannes, dem die Natur die Sekunden vorzuzählen pflegt. Er goß etwas frisches Wasser über das Gesicht des Verwundeten und ließ ihn vorläufig auf eine Pritsche legen, die so niedrig war, daß er ohne Gefahr auch hinausstürzen konnte. Dann zog er die Läden zu, sperrte das Zimmer ab, nachdem er den Auvergnaten bei dem Kranken zu wachen befohlen hatte, und sah sich plötzlich Madame de Miséry gegenüber, die von der Königin kam, um sich nach dem Befinden des Kranken zu erkundigen.

Sie wollte in das Krankenzimmer eintreten.

»Kommen Sie, Madame, ich muß schon gehen.«

»Aber die Königin wartet.«

»Ich gehe selbst zur Königin.«

»Die Königin wünscht ...«

»Die Königin wird alles erfahren, was sie zu wissen wünscht. Gehen wir!«

Vierundvierzigstes Kapitel
Aegri somnia

Die Königin wartete auf die Antwort Madame de Miserys, aber auf den Besuch des Doktors war sie nicht gefaßt.

Dieser trat in seiner gewohnten vertraulichen Weise ein.

»Madame«, sagte er laut, »dem Kranken, an dem der König und Eure Majestät Anteil nehmen, geht es so gut wie einem Menschen, der Fieber hat.«

Die Königin kannte den Doktor; sie wußte, wie er Leute verabscheute, die mit ganzer Stimme schrien, wenn sie halbe Schmerzen ausstanden.

Sie nahm also an, Herr de Charny habe aus seinem Übelbefinden mehr gemacht als daran war. Starke Frauen sind geneigt, starke Männer schwach zu finden.

»Der Verwundete ist also nicht ernstlich verletzt? Es ist eine lächerliche Sache?«

»Na, na«, meinte der Doktor.

»Eine belanglose Schramme ...«

»Nicht doch, Madame ... übrigens, ob Schramme oder Wunde, Tatsache ist, daß er Fieber hat.«

»Starkes Fieber?«

»Furchtbares.«

»Im Ernst? Ich dachte nicht, daß das ... so ohne weiteres ...«

Einen Augenblick beobachtete der Arzt die Königin.

»Es gibt Fieber und Fieber«, sagte er.

»Lieber Herr Louis, Sie erschrecken mich. Sonst wirken Sie

so beruhigend auf mich. Heute wenden Sie sich ab, sehen nach rechts und links, benehmen sich wie ein Mann, der ein großes Geheimnis auszuplaudern hat. Sagen Sie es doch! Sie wissen, daß ich neugierig bin. Ich warte, Doktor.«

»Nein, ich warte, daß Sie mich befragen, Madame. Ich bin kein Erzähler, aber wenn man mich fragt, antworte ich wie ein Buch.«

»Nun, ich habe Sie ja gefragt, wie es mit dem Fieber des Herrn de Charny steht.«

»Das heißt schlecht beginnen. Fragen Sie doch lieber, wieso es kommt, daß Herr de Charny im Krankenbett liegt, statt seinen Dienst als Offizier zu tun.«

»Gut, dann will ich Sie also darum befragen.«

»Nun, Madame, es steht so, daß Herr de Charny kein gewöhnlicher Fieberkranker ist. Er deliriert.«

»Ach!« rief die Königin und faltete die Hände.

»Ja, und wenn er deliriert, dann plaudert der arme Junge tausend Dinge aus, die so delikater Natur sind, daß weder die Gardisten des Königs noch sonst wer zuzuhören braucht.«

Die Königin nahm die Hand des Arztes.

»Ist der junge Mann etwa ein Atheist, der im Wahnwitz des Fiebers lästert?«

»Nein, im Gegenteil. Er hat eine tiefe Religion.«

»Herr de Charny«, sagte die Königin, »ist mir empfohlen worden. Er ist der Neffe unseres Herrn du Suffren, dieses Helden. Sagen Sie mir die volle Wahrheit, ich muß und will sie wissen.«

»Ich kann sie Ihnen nicht sagen, aber wenn Eure Majestät darauf besteht, sie zu erfahren, so gibt es nur ein Mittel: hören Sie selbst! Wenn der junge Mann etwas sagt, was ihm nicht ansteht, so möge die Königin weder dem Indiskreten zürnen, der sie in dieses Geheimnis eindringen ließ, noch dem Unvorsichtigen, der es gelüftet.«

»Ich weiß Ihre Freundschaft zu schätzen«, rief die Königin, »und wenn Herr de Charny in seinem Delirium seltsame Dinge spricht …«

»Dinge, die Eure Majestät selbst hören müssen, um sie richtig zu beurteilen.«

Mit diesen Worten nahm der Arzt die Hand der Königin. Zitternd vor Neugierde folgte sie ihm.

Der Arzt hielt sein Versprechen. Nie wurde ein König, der in den Kampf zog, nie eine Königin, die auf Abenteuer ausging, von einem Gardekapitän oder von einem Palastoffizier so geführt.

Der Doktor lauschte an der Tür.

»Hören Sie«, sagte er. Man vernahm in der Tat ein unartikuliertes, klagendes Murmeln.

»Er seufzt, Doktor. Er muß sehr leiden.«

»Er seufzt nicht, er spricht. Ich werde die Tür öffnen.«

»Aber ich will nicht eintreten«, rief die Königin und trat zurück.

»Ich mute es Ihnen auch nicht zu. Sie können hier in diesem Zimmer hören, was der Verwundete nebenan spricht, und brauchen nicht zu befürchten, gesehen zu werden oder selbst etwas zu sehen.«

»Welche Geheimnisse! Ihre Vorbereitungen setzen mich in Furcht.«

Der Arzt trat allein zu Charny. Mühsam suchte der Kranke den Kopf von seinem Kissen zu erheben. Schweiß perlte von seiner Stirn und ließ die aufgelösten Locken an seiner Schläfe kleben.

Charny war eben dabei gewesen, sich selbst die Begegnung mit der deutschen Dame in Paris zu erzählen.

»Eine Deutsche«, wiederholte er immer wieder.

»Ja, eine Deutsche, das wissen wir jetzt«, sagte der Arzt.

»Die Königin von Frankreich!« rief der Kranke. »Ach, es ist schrecklich; einen Engel lieben, wie wahnsinnig lieben, sein Leben geben wollen für eine Frau, und wenn man ihr gegenübertritt, nur eine Königin vor sich haben in Samt und Seide, Gold und Brokat, aber kein Herz.«

Der Doktor lachte gezwungen. Charny achtete dieser Unterbrechung nicht.

»Ich würde eine verheiratete Frau lieben«, sagte er, »so heiß lieben, daß ich darüber alles andere vergessen könnte. Ich würde dieser Frau sagen: uns bleiben auf dieser Erde nur einige schöne Tage; aber sie sind wohl ebensoviel wert wie jene anderen, die unserer harren! Komm, Geliebte, solange du mich liebst und ich dich liebe, und das soll das Leben der Auserwählten sein. Dann kommt der Tod oder eigentlich dieses Leben, das wir jetzt gerade führen. Genießen wir die Gnade der Liebe.«

»Für einen Fieberkranken kein schlechtes Räsonnement«, meinte der Arzt, »obwohl die Moral nicht ganz überzeugend ist.«

»Aber ihre Kinder«, schrie Charny wütend, »zwei Kinder wird sie nicht verlassen wollen.«

»Das ist das Hindernis, *hic nodus*«, warf Louis ein, indem er in einer seltsamen Mischung von Spott und Güte die schweißüberströmte Stirn Charnys kühlte.

»Ach«, meinte der junge Mann, »die Kinder könnte man in den Ärmeln des Reisemantels verstecken.«

»Hör mal, Charny, da du die Mutter wegträgst, als ob sie leichter wäre als die Feder einer Grasmücke, können die Kinder Maries dich auch nicht belasten, scheint mir.«

»Die Kinder des Königs, das ist schwer; man würde den leeren Raum in der halben Welt spüren.«

Doktor Louis verließ seinen Kranken und trat wieder zur Königin.

Kalt und zitternd stand sie vor ihm. Er ergriff ihre Hand.

»Sie haben recht«, sagte sie, »das ist mehr als Delirium. Der junge Mann läuft große Gefahr, wenn man ihn hört.«

»Hören Sie doch, hören Sie!«

»Nein, kein Wort mehr.«

»Er ist jetzt sanfter. Er betet.«

In der Tat hatte Charny sich aufgesetzt und die Hände gefaltet.

»Marie«, sagte er mit zitternder und sanfter Stimme, »Marie, ich habe wohl gefühlt, daß Sie mich liebten. Ich werde nichts mehr sagen, nein. Als Ihr Fuß in der Droschke den meinen berührte, Marie, war mir, als ob ich sterben müßte. Ihre Hand hat auf der meinen geruht ... Still, ich spreche nicht weiter, es ist das Geheimnis meines Lebens. Mag das Blut aus meiner Wunde fließen, Marie, ich kann es nicht aufhalten, aber das Geheimnis werde ich behalten. Mein Feind hat seinen Degen in mein Blut getaucht, er weiß ein wenig von meinem Geheimnis, aber nichts von dem Ihren. Fürchten Sie nichts, Marie, sagen Sie mir nicht, daß Sie mich lieben; es ist unnötig.«

»Nun«, bemerkte der Doktor, »das ist doch nicht nur Fieber. Sie sehen, wie ruhig er ist. Das ist ... das ist Ekstase, Madame. Erinnerung, es ist die Wirkung der Erinnerungen auf eine Seele, die im Himmel gewesen ist.«

»Ich habe schon genug gehört«, murmelte die Königin verwirrt.

Fast heftig hielt sie der Arzt zurück.

»Und wenn der König seinen Schützling sehen will?«

»Ach, es wäre ein großes Unglück.«

»Was soll ich sagen?«

»Ich habe keine Idee, Doktor, nicht einmal ein Wort; dieser furchtbare Anblick hat mich ganz niedergeschmettert.«

»Und doch haben Sie diesem Ekstatiker das Fieber genommen. Er hat höchstens noch hundert Pulsschläge.«

Die Königin antwortete nicht, löste ihre Hand aus der Hand des Arztes und verschwand.

Fünfundvierzigstes Kapitel

Worin nachgewiesen wird, daß die Autopsie der Seele schwieriger ist als die des Körpers

Nachdenklich blickte der Arzt der Königin nach. Dann murmelte er kopfschüttelnd:

»Es gibt in diesem Schloß Geheimnisse, die nicht in mein Fach schlagen. Gegen manche bewaffne ich mich mit der Lanzette und durchsteche die Adern, um zu heilen; gegen andere bewaffne ich mich mit Vorwürfen und durchsteche ein Herz. Werde ich diese auch heilen?«

Als der Anfall vorüber war, drückte er Charny die Augen zu, kühlte die Schläfen des Patienten mit Essigwasser und traf alle Vorbereitungen, um die Gluthitze, in der der Kranke schmachtete, in ein Paradies der Wonne zu verwandeln.

Als die Züge Oliviers sich beruhigt hatten und sein Schluchzen abgeklungen war, sagte der Arzt: »Ja, das war nicht nur Sympathie, das war unmittelbarer Einfluß. Dieses Delirium kam zurecht, um den Besuch zu erzwingen; die Atome des menschlichen Körpers wirken wie im Pflanzenreich befruchtender Staub. Der Geist hat seine unsichtbaren Verbindungsmöglichkeiten, die Herzen stehen in geheimnisvollem Zusammenhang.«

Plötzlich fuhr er zusammen und wandte sich um. »Wer ist denn das wieder?« murmelte er. In der Tat hatte er etwas wie das Rauschen eines Seidenkleides gehört ...

Die Königin kann es nicht sein.

Sanft öffnete er die Tür, die auf den Korridor führte, streckte lautlos den Kopf hinaus und sah, etwa zehn Schritte entfernt vor sich, eine Frau in langen Gewändern, die einer Statue der Verzweiflung glich.

Es war Nacht, und die schwache Laterne, die auf dem Gang stand, konnte ihn nicht beleuchten, indessen fiel durch das Fenster ein Strahl des Mondes, der die seltsame Erscheinung sichtbar machte, bis eine Wolke sich vor den Mond schob.

Vorsichtig kehrte der Arzt in das Zimmer zurück, durchschritt es geräuschlos und öffnete die andere Tür, an der jene Frau stand. Sie stieß einen Schrei aus, hob die Hände und berührte die des Arztes.

»Wer ist das?« fragte Doktor Louis mit einer Stimme, die eher erbarmungsvoll als drohend klang. Denn er hatte an der Regungslosigkeit des Schattens erkannt, daß diese Frau mehr mit dem Herzen als mit dem Ohr lauschte.

»Ich bin es, Doktor«, sagte eine sanfte, traurige Stimme, die dem Arzt nicht unbekannt war, in ihm aber nur eine unbestimmte, ferne Erinnerung wachrief.

»Ich, Andrée de Taverney.«

»Mein Gott, was gibt es denn? Geht es ihr schlecht?«

»Ihr? Ihr? Wer ihr?«

Der Doktor begriff, daß er unvorsichtig gewesen war.

»Verzeihen Sie«, sagte er, »ich sah eben eine Frau sich von hier entfernen. Waren Sie das?«

»Ach, es war eine Frau vor mir hier, nicht wahr?«

Der Ton, in dem Andrée sprach, ließ eine so brennende Neugierde verraten, daß der Arzt über den Ursprung dieser Empfindung sofort im klaren war.

»Liebes Kind«, sagte er, »mir scheint, daß wir aneinander vorbeireden. Von wem sprechen Sie? Was wollen Sie von mir?«

»Doktor«, sagte Andrée unendlich traurig, »versuchen Sie nicht mich zu täuschen; Sie haben sich daran gewöhnt, mir die Wahrheit zu sagen. Geben Sie nur zu, daß eben eine Frau hier war, denn ich habe sie selbst gesehen.«

»Gewiß, eine Frau, wofern Sie nicht zu den Anhängern der These gehören, daß eine Frau nur bis zum vierzigsten Lebensjahr eine Frau ist.«

»So war diese Frau älter als vierzig Jahre?« fragte Andrée aufatmend.

»Wenn ich sage vierzig, so schenke ich ihr noch fünf oder sechs gute Jährchen; man soll indessen zu seinen Freundinnen galant sein und Madame de Miséry zählt zu meinen Freundinnen.«

»So ist Madame de Miséry hiergewesen?«

»Warum, zum Teufel, sollte ich es denn behaupten, wenn es eine andere war? Wahrhaftig, die Frauen bleiben doch immer dieselben. Immer sind sie unbegreiflich! Und ich glaubte Sie doch zu verstehen, Sie besonders. Es ist zum Verrücktwerden.«

»Lieber Doktor!«

»Genug, zur Sache!«

Unruhig sah ihn Andrée an.

»Geht es ihr schlechter?« fragte er.

»Wem denn?«

»Der Königin natürlich! Madame de Miséry war doch eben hier, um mich zu holen. Die Königin leidet an Herzbeklemmung. Das ist eine traurige Krankheit, liebe Demoiselle, denn sie ist unheilbar. Sagen Sie mir doch, wie es der Königin geht, wenn Sie von ihr kommen, und dann wollen wir zu ihr zurückkehren.«

Sanft hielt ihn Andrée zurück.

»Nein, lieber Doktor, ich komme gar nicht von der Königin. Ich wußte nicht einmal, daß sie leidet, die Arme! Verzeihen Sie mir, Doktor, ich weiß kaum, was ich rede.«

»Das kann ich wohl sehen. Sie befinden sich schlecht.«

Wirklich war Andrée leichenblaß. Der Arzt sprach ihr Mut zu. Das Mädchen suchte sich zu beherrschen, diese kräftige Seele, die sich weder von physischen noch von seelischen Schmerzen beugen ließ, war wie von Stahl.

»Doktor, ich verlange nur zehn Minuten von Ihnen.«

»Gut, bewilligt. Aber wir wollen nicht stehenbleiben; meine Beine erlauben mir nicht, das Gespräch fortzusetzen. Wir wollen uns dort auf diese Bank setzen, wenn es Ihnen recht ist.«

»Und Sie glauben, daß niemand uns hören wird?« fragte Andrée ängstlich.

»Niemand.«

»Auch der Verwundete da drin nicht?«

»Auch er nicht, er am allerwenigsten.«

Andrée faltete die Hände.

»Mein Gott, es geht ihm also sehr schlecht?«

»Wenigstens nicht gut. Aber sprechen wir lieber davon, was Sie hierherführt; schnell, mein Kind, Sie wissen, daß die Königin mich erwartet.«

»Ach, Herr Doktor«, sagte Andrée seufzend, »wir sprechen schon davon.«

»Ach, Sie nehmen Anteil an Herrn de Charny?«

»Ich wollte mich nach seinem Befinden erkundigen.«

Das Schweigen, mit dem der Doktor diese Frage beantwortete, war eisig. In der Tat verglich der Arzt Andrées Schritt mit dem der Königin, er sah diese beiden Frauen von einem gleichen Gefühl beherrscht und glaubte an den Symptomen zu erkennen, daß dieses Gefühl leidenschaftliche Liebe war.

Andrée, die von dem Besuch der Königin nichts wußte und den Arzt nicht durchschaute, hielt das Schweigen Louis' für einen vielleicht etwas zu harten Tadel und richtete sich auf.

»Sie sollten diesen Schritt entschuldigen«, sagte sie, »denn Herr de Charny hat diese Wunde in einem Duell von meinem Bruder empfangen.«

»Herr Philippe de Taverney hat Herrn de Charny verwundet? Ach, das wußte ich nicht.«

»Und jetzt werden Sie wohl begreifen, daß ich mich um das Befinden des Kranken kümmere.«

»Doch, mein Kind«, sagte der Arzt, entzückt, eine Gelegenheit zur Nachsicht zu finden. »Ich konnte diesen Zusammenhang ja nicht ahnen.«

»Sagen Sie mir doch alles, Doktor!«

»Ich habe nichts verheimlicht. Warum hätte ich es auch tun sollen?«

»Ein Duell zwischen Edelleuten ist etwas Alltägliches.«

»Dieses Duell gewinnt eine gewisse Bedeutung, wenn man bedenkt, daß die beiden jungen Leute sich wegen einer Frau geschlagen haben können.«

»Wegen einer Frau?«

»Ja. Nehmen wir an, Ihrethalben zum Beispiel.«

Andrée stieß einen tiefen Seufzer aus.

»Nein, Doktor«, sagte sie, »meinetwegen hat Herr de Charny sich nicht geschlagen.«

Der Arzt schien sich mit dieser Antwort zu begnügen, doch wollte er die Ursache des Seufzers erfahren.

»Demnach hat Ihr Bruder Sie also geschickt, um sich nach dem Befinden des Kranken zu erkundigen?«

»Ja, mein Bruder!« rief Andrée.

Der Arzt sah ihr ins Gesicht.

»Nun, ich will Ihnen die Wahrheit sagen. Sie mögen sie Ihrem Bruder mitteilen, und er soll sich daran halten. Sie verstehen doch?«

»Nein, Doktor, ich weiß nicht, was Sie damit meinen.«

»Nun, ein Duell wie dieses kann dem König nicht angenehm sein. Ludwig XVI. achtet nicht streng auf die Edikte, das ist wahr, aber wenn ein Duell Ärgernis erregt, so straft Seine Majestät mit Verbannung oder Gefängnis. Nimmt es aber gar einen tödlichen Ausgang, dann ist der König unbarmherzig. Nun, empfehlen Sie Ihrem Bruder, für einige Zeit zu verschwinden.«

»Doktor, also steht es sehr schlimm um Herrn de Charny?«

»Hören Sie, liebe Demoiselle, ich habe Ihnen die Wahrheit versprochen. Wenn dieser arme Bursche, der da nebenan schläft oder eigentlich röchelt, bis morgen um diese Zeit nicht gerettet ist, wenn dieses Fieber, das ihn verzehrt, nicht nachläßt, dann ist Herr de Charny morgen um diese Stunde verloren.«

Andrée fühlte, daß sie aufschreien wollte; sie drückte die Nägel in das Fleisch, um ihre Verzweiflung in körperlichem Schmerz zu ersticken. Sie beherrschte sich wie eine Spartanerin.

»Mein Bruder wird nicht fliehen«, sagte sie, »er hat als Mann von Herz mit Herrn de Charny gekämpft, und wenn er das Unglück hatte, ihn zu treffen, so geschah es in der Verteidigung. Nur Gott soll ihn richten.«

Sie ist doch nicht in eigener Sache hier, dachte der Arzt. Sollte Ihre Majestät den Leichtsinn so weit treiben?

»Wie hat die Königin das Duell aufgenommen?« fragte er.

»Die Königin? Ich weiß es nicht. Was kann der Königin daran liegen?«

»Herr de Taverney stand bei ihr in Gunst, glaube ich.«

»Nun, Herr de Taverney ist ja nicht verwundet. Hoffen wir, daß Ihre Majestät ihn selbst verteidigen wird, wenn er angeklagt werden sollte.«

Auf allen Seiten geschlagen, gab Doktor Louis seine Partie auf.

»Ich bin kein Psychologe«, murmelte er, »ich bin nur Arzt. Warum, zum Teufel, soll ich, weil ich das Spiel der Muskeln und der Nerven kenne, mich um die Launen und Leidenschaften der Weiber kümmern. Mademoiselle«, fuhr er laut fort, »Sie wissen jetzt, was Sie zu wissen wünschten. Empfehlen Sie Herrn de Taverney, zu fliehen oder zu bleiben, das ist Ihre Sache. Meine Pflicht ist es nur, mich um den Verwundeten zu kümmern. Adieu!«

Sacht, aber entschieden schloß er die Tür.

SECHSUNDVIERZIGSTES KAPITEL
Delirium

Herr de Charny unterlag dem Fieberanfall nicht.

Als Andrée am nächsten Morgen Nachrichten einholte, erfuhr sie, daß die Entzündung zurückgegangen war. Die Heilung des Patienten begann.

Jetzt beschäftigte sich Doktor Louis wenig mit ihm; der Kranke hatte aufgehört, interessant zu sein. Für den Arzt ist ein Gesunder gleichgültig und ein Genesender fast schon uninteressant.

Nach acht Tagen indessen hielt er es, da er die Geheimnisse des Kranken auf seinem Herzen lasten fühlte, für angemessen, Charny fortbringen zu lassen.

Olivier setzte sich sofort zur Wehr. Er richtete wütende Blicke auf den Arzt und sagte ihm, er sei der Gast des Königs und niemand dürfe einen Menschen fortjagen, dem Ihre Majestät Asyl gewährt hat.

Doktor Louis war gegen Genesende, die sich widerspenstig zeigten, ungeduldig; er ließ also vier Diener holen und befahl ihnen, den Verwundeten fortzutragen. Charny aber klammerte sich an das Bett, schlug um sich und bedrohte die Lakaien wie Karl XII. die seinen in Bendery.

Doktor Louis wollte ihm zureden, und Charny zeigte sich zunächst wieder vernünftig. Aber als die Diener einen neuerlichen Versuch unternahmen, ihn aufzuheben, wehrte er sich so heftig, daß die Wunde aufriß und ein neuer Anfall von Delirium folgte, heftiger als der erste.

Jetzt begann er zu schreien, man wolle ihn fortschaffen, um ihn seiner Visionen zu berauben, aber das sei vergeblich, sie würden ihm doch rettend erscheinen, denn er werde geliebt und trotz des Doktors werde er besucht werden. Jene, die ihn liebe, sei von so hohem Rang, daß er keinen Menschen zu fürchten brauche.

Hastig sandte der Arzt die Diener fort, legte dem Patienten einen neuen Verband an, unternahm aber nichts gegen das Fieber, da er befürchtete, daß der Kranke in Irrsinn verfallen könnte. Binnen kurzer Frist verschlimmerte sich die Lage des Patienten so sehr, daß Doktor Louis an die äußersten Mittel denken mußte. Wenn das so weiterging, mußte der Kranke nicht nur sich, sondern die Königin ins Verderben stürzen; und das schlimmste an der Sache war, daß Charny in seinen lichten Augenblicken toller war als in seiner Narrheit.

Aufs peinlichste verlegen, beschloß Louis, der sich nicht auf die Autorität des Königs berufen konnte, da der Kranke sie für sich in Anspruch nahm, sich an die Königin zu wenden, und er benutzte zu diesem Schritt einen Augenblick, in dem Charny erschöpft eingeschlafen war.

Er fand Marie-Antoinette nachdenklich und strahlend zugleich, denn sie erwartete wohl, der Doktor werde ihr günstigen Bericht über den Kranken bringen.

Sie war nicht wenig überrascht, als Doktor Louis ihr auf ihre erste Frage erklärte, der Kranke sei sehr krank.

»Wie, und gestern ging es ihm doch gut?«

»Der Bericht, den ich Madame de Miséry gab, war falsch. Ich täuschte mich und wollte Sie täuschen.«

»Was soll das?« fragte die Königin, blaß geworden. »Wenn es schlecht geht, warum verbirgt man es mir? Was habe ich denn zu befürchten, als ein leider nur zu gewöhnliches Unglück?«

»Madame ...«

»Wenn es aber gut geht, warum halten Sie mich in Unruhe? Ist diese Unruhe nicht nur zu natürlich, da es sich doch um einen treuen Diener des Königs handelt? Sprechen Sie offen, wie steht es mit dem Kranken? Schwebt er in Gefahr?«

»Er und auch andere, Madame.«

»Rätsel, wieder Rätsel!« rief die Königin ungeduldig. »Erklären Sie sich.«

»Das ist nicht so leicht, Madame. Es mag Ihnen genügen, zu wissen, daß die Leiden des Grafen de Charny seelischer Art sind, die Wunde ist gewissermaßen nur ein Vorwand für sein Delirium. Erlassen Sie es mir, mehr zu sagen.«

»Wollen Sie etwa behaupten, daß der Graf ...«

»Ich will sagen, daß der Graf verliebt ist. Natürlich will ich das sagen. Eure Majestät verlangen es, ich gehorche. Und Sie glauben, daß man davon gesundet wie von einer Wunde? Nein, Herr de Charny wird nach vorübergehendem Delirium in tödliche Monomanie verfallen. Dann ...«

»Was dann?«

»Dann werden Sie diesen jungen Mann ins Verderben gestürzt haben, Madame.«

»Wahrhaftig, Doktor, Ihr Betragen setzt mich in Erstaunen. Bin ich etwa schuld, wenn er verliebt ist?«

»Gewiß!«

»Sie empören mich, Doktor!«

»Wenn Sie nicht jetzt an seinem Untergang schuld sind«, fuhr der Doktor unerbittlich fort, »so werden Sie es später sein.«

»Dann geben Sie mir einen Rat, da das doch Ihr Beruf ist«, meinte die Königin sanfter.

»Nun, dieser junge Mann kann nur mit Balsam oder Eisen geheilt werden. Die Frau, deren Namen er jeden Augenblick anruft, mag ihn töten oder gesunden lassen.«

»Das sind wieder Ihre Extreme! Töten … heilen … was für große Worte! Tötet man einen Mann mit einer Härte? Heilt man einen Tollkopf mit einem Lächeln?«

»Ach, da Sie ungläubig sind, kann ich Ihnen nur meinen Respekt bekunden und mich von Eurer Majestät verabschieden.«

»Es handelt sich also um mich?«

»Ich weiß nichts und will nichts wissen. Ich wiederhole Ihnen nur, daß Herr de Charny ein vernünftiger Irrer ist, daß die Vernunft uns zuweilen verrückt macht und sogar tötet, während die Narrheit uns wieder vernünftig macht und heilt. Wenn Sie also dieses Schloß von Schreien, wilden Träumen und Ärgernis befreien wollen, dann müssen Sie einen Entschluß fassen.«

»Welchen?«

»Ich kann nur verordnen, nicht raten. Kann ich sicher sein, daß ich richtig gehört und richtig gesehen habe?«

»Nehmen Sie an, daß ich verstehe. Was weiter?«

»Es gibt zwei glückliche Lösungen: die eine, für Sie und alle andern die beste, besteht darin, daß der Kranke, von jenem unfehlbaren Stilett ins Herz getroffen, das man Vernunft nennt, seinen Todeskampf endigen sieht. Die andere … entschuldigen Sie, Madame, ich hatte vielleicht unrecht, zwei Ausgänge aus diesem Labyrinth zu sehen. Für die Königin von Frankreich gibt es nur einen.«

»Nun, ich verstehe Sie, und Sie haben offen gesprochen. Die Frau, um die Herr de Charny die Vernunft verloren hat, soll sie ihm wiedergeben, sanft oder mit Gewalt. Sie soll den Mut aufbringen, ihn aus seinen Träumen aufzuscheuchen.«

»Ja, Majestät.«

»Dann lassen Sie jemand rufen, Mademoiselle de Taverney zum Beispiel.«

»Mademoiselle de Taverney?«

»Und bereiten Sie alles so vor, daß der Kranke uns anständig empfängt.«

»Das ist schon geschehen, Madame.«

»Ach«, murmelte die Königin, »es ist trauriger, als Sie glauben, so über das Leben und den Tod eines Menschen zu entscheiden.«

»Ich tue das alle Tage, wenn ich einer unbekannten Krankheit gegenüberstehe. Nie weiß ich, ob ich sie durch das Mittel, das ich anwende, heile oder den Kranken verderbe.«

»Diesmal aber sind Sie sicher, den Kranken zu töten, nicht wahr?« fragte die Königin schaudernd.

»Ach, wenn auch ein Mann für die Ehre seiner Königin stürbe, was läge daran? Wie viele sterben täglich für die Laune eines Königs. Gehen wir, Madame.«

Seufzend folgte die Königin dem alten Doktor, bevor man Andrée verständigen konnte.

Es war elf Uhr morgens, und Charny schlief nach den Aufregungen einer schrecklichen Nacht in einem Lehnstuhl. Die Fensterläden, sorgfältig verschlossen, ließen nur einen schwachen Schimmer des Tageslichtes ein. Alles war darauf berechnet, die nervöse Empfindlichkeit des Kranken, diese Urquelle aller Leiden, einzudämmen.

Kein Geräusch, keine Berührung mit der Außenwelt.

So sorgfältig Doktor Louis auch jeden Anlaß zu einer Erregung von dem Kranken fernhielt, war er doch entschlossen, eine Entscheidung herbeizuführen, und schreckte auch nicht davor zurück, die Krise zu erzwingen, die den Kranken töten oder auch retten konnte.

Die Königin trug ihr Morgenkleid und war mit leicht nachlässiger Eleganz frisiert; sie trat fast ungestüm in den Gang, der zu Charnys Zimmer führte. Der Arzt hatte ihr empfohlen, nicht zu zögern, sondern entschlossen aufzutreten, um die volle Wirkung ihres Erscheinens zu erzielen. So rasch führte sie ihre Hand an die ziselierte Klinke der Tür, daß eine Person, die hinter dieser Tür stand, eine in eine Mantille gehüllte Frau, kaum Zeit hatte, sich aufzurichten und eine gewisse Fassung zu gewinnen; ihre zitternden Hände und ihr verstörtes Gesicht straften diese Ruhe Lügen.

»Andrée!« rief die Königin überrascht. »Sie hier?«

»Ja, Majestät«, antwortete Andrée blaß und verwirrt. »Aber auch Eure Majestät ist hier.«

»Eine Komplikation«, murmelte der Arzt.

»Ich ließ Sie überall suchen«, sagte die Königin, »wo waren Sie nur?«

Die Worte der Königin hatten nicht den gewohnten Klang der Güte, sie schienen eher ein Verhör einzuleiten und ließen etwas wie Verdacht ahnen. Andrée fürchtete, ihr unüberlegter Schritt könne den Schlüssel zu diesen Gefühlen, die ihr selbst schrecklich waren, geben. So stolz sie auch war, beschloß sie doch, ein zweites Mal zu lügen.

»Man hat mir gesagt, daß Eure Majestät mich suchen lassen, so bin ich gekommen.«

Die Königin war noch immer mißtrauisch.

»Wie konnten Sie erraten, daß ich hierher kam?«

»Das war leicht, Madame; Doktor Louis war bei Ihnen, und man hat Sie durch die kleinen Gemächer gehen sehen. Sie konnten kein anderes Ziel haben als diesen Pavillon.«

»Gut geraten«, meinte die Königin, immer noch unentschieden, aber nicht mehr so hart.

Andrée nahm einen letzten Anlauf.

»Madame«, sagte sie lächelnd, »wenn Sie Ihren Schritt geheimhalten wollten, so hätten Sie nicht durch die Galerien hierherkommen sollen. Wenn die Königin über die Terrasse geht, so sieht Mademoiselle de Taverney sie von ihrem Zimmer aus, und dann ist es nicht schwer, ihr zu folgen, oder sogar vorauszueilen.«

»Sie hat recht«, sagte die Königin. »Ich habe den Fehler, selber nie etwas zu erraten; ich denke nicht darüber nach, was die andern tun, und darum kann ich die Gedanken anderer auch nicht berechnen.«

Die Königin fühlte wohl, daß sie nachsichtig sein mußte, da sie ihrer Vertrauten bedurfte. Auch war sie nicht, wie sonst wohl Frauen, in ihren Regungen nur von Koketterie und Mißtrauen bestimmt; sie glaubte an Freundschaft, da sie selbst Freundschaft zu empfinden vermochte. Das große Unglück koketter Weiber ist, daß sie nie wirklich glauben können, von ihren Liebhabern geliebt zu werden.

Marie-Antoinette vergaß rasch den Eindruck, den Mademoiselle de Taverneys Erscheinen an der Tür de Charnys auf sie gemacht hatte. Sie nahm Andrées Hand, drückte sie und trat dann rasch in das Zimmer des Kranken. Der Arzt blieb mit Andrée an der Tür.

Kaum hatte das Mädchen die Königin eintreten sehen, als sie einen Blick voll Zorn und Schmerz zum Himmel erhob. Der Doktor nahm ihren Arm, zog sie in den Gang und sagte:

»Glauben Sie, daß es ihr gelingen wird?«

»Gelingen? Was denn?«

»Diesen armen Narren, der hier bald seinem Fieber erliegen wird, dazu zu veranlassen, daß er sich fortschaffen läßt.«

»Und anderswo würde er genesen?«

Der Arzt blickte erstaunt auf.

»Ich glaube, ja.«

»Oh, dann möge es ihr gelingen!«

Siebenundvierzigstes Kapitel
Genesung

Die Königin war inzwischen an den Lehnstuhl des Kranken getreten. Olivier hatte den Kopf gehoben.

»Die Königin«, murmelte er und versuchte aufzustehen.

»Ja, mein Herr, die Königin«, sagte Marie-Antoinette, »die Königin, die weiß, wie Sie selbst bestrebt sind, Verstand und Leben zu verlieren, die Königin, die Sie in Ihren Träumen und im Wachen beleidigen, die Königin, die um ihre eigene Ehre und um Ihre Sicherheit besorgt ist. Darum kommt sie zu Ihnen, mein Herr, und Sie sollten sie nicht so empfangen.«

Charny war zitternd aufgestanden, bei den letzten Worten aber auf die Knie gesunken und schien so erschöpft, so gebeugt, daß er sich weder erheben konnte noch wollte.

»Ist es denn möglich«, fuhr die Königin, gerührt von diesem Schweigen, fort, »daß ein Edelmann, den man einst zu den ergebensten zählte, wie ein Feind den Ruf einer Frau belastet? Beachten Sie wohl, Herr de Charny, daß es schon bei unserer ersten Begegnung nicht die Königin war, die Sie gesehen haben und die sich Ihnen gezeigt hat, sondern eine Frau; Sie hätten das nicht vergessen dürfen.«

Charny wollte etwas zu seiner Verteidigung sagen, aber Marie-Antoinette ließ ihn nicht zu Wort kommen.

»Was sollen meine Feinde tun«, fragte sie, »wenn Sie selbst das Beispiel des Verrates geben?«

»Des Verrates?« stammelte Charny.

»Wollen Sie wählen, mein Herr? Entweder sind Sie ein Wahnsinniger, dann müssen wir Sie hindern, Schlimmes anzurichten, oder Sie sind ein Verräter; dann werden wir Sie strafen.«

»Madame, sagen Sie nicht, daß ich ein Verräter bin. Aus dem Mund einer Majestät geht diese Anklage dem Todesurteil voraus. Aus dem Mund einer Frau entehrt sie uns. Töten Sie mich als Königin, aber schonen Sie mich als Frau.«

»Sind Sie denn bei gesundem Verstand, Herr de Charny?« fragte die Königin mit bewegter Stimme.

»Ja, Madame.«

»Sind Sie sich denn des Unrechtes, das Sie gegen mich, des Verbrechens, das Sie gegen den König begehen, bewußt?«

»Mein Gott!« murmelte der Unglückliche.

»Ihr vergeßt es allzu leicht, Ihr Herren Edelleute, daß der König der Gatte dieser Frau ist, die Ihr beleidigt, indem Ihr Eure Augen zu ihr erhebt; der König ist der Vater Eures künftigen Herrn, des Dauphin. Der König ist größer und besser als Ihr, er ist ein Mann, den ich verehre und liebe.«

Charny seufzte; um nicht zu Boden zu sinken, mußte er sich stützen. Sein Ächzen zerschnitt das Herz der Königin. Sie begriff, daß sie ihn tödlich getroffen hatte, wenn sie nicht den Pfeil rasch aus der Wunde zog. Einen Augenblick fühlte sie sich versucht, um Hilfe zu rufen. Aber sie bedachte, daß der Arzt und Andrée die Ohnmacht mißdeuten müßten. Sie reichte ihm ihre Hand, richtete ihn auf und sagte:

»Wir wollen sprechen, ich als Königin, Sie als Mann. Doktor Louis hat versucht, Sie zu heilen, aber die Wunde, die kaum etwas bedeutet, ist gefährlich, weil Ihr Geist ausschweifend ist. Wann wird diese Wunde geheilt werden? Wann werden Sie aufhören, dem Doktor das peinliche Schauspiel einer Narrheit zu geben, die ihn beunruhigt? Wann werden Sie das Schloß verlassen?«

»Madame«, stammelte Charny, »Sie jagen mich fort. Gut, ich gehe.«

Er machte eine so hastige Bewegung, daß er das Gleichgewicht verlor; die Königin stützte den Taumelnden und trat ihm in den Weg. Kaum hatte er die Berührung dieses Busens, an dem er lehnte, und den unwillkürlichen Druck ihres Armes, der ihn stützte, gefühlt, als seine Vernunft ihn verließ und sein Mund sich zu einem verzehrenden Seufzer öffnete, der kein Wort mehr und noch kein Kuß war.

Die Königin hatte nicht die Zeit, diesen leblosen Körper zurückzustoßen. Sie wollte entfliehen, aber schon war Charnys Kopf zurückgesunken. Er schlug gegen die Lehne des Stuhles, und ein lauer, rosenroter Tropfen fiel von seiner Stirn auf die Hand Marie-Antoinettes.

»Ach«, seufzte er, »so ist es gut, ich sterbe von Ihrer Hand.«

Jetzt vergaß die Königin alles; sie nahm Charny in ihre Arme, preßte seinen Kopf an ihren Busen und legte ihre kalte Hand auf das Herz des jungen Mannes.

Die Liebe bewirkte Wunder. Charny erwachte wieder und schlug die Augen auf.

Marie-Antoinette erschrak, als sie sich bewußt wurde, daß sie eine Erinnerung zurückgelassen hatte, wo sie nur ein letztes Lebewohl zu geben wünschte.

So hastig näherte sie sich der Tür, daß Charny kaum Zeit hatte, zu rufen:

»Madame, im Namen meiner Ehrfurcht vor Gott, die nicht so groß ist wie die vor Ihnen ...«

»Adieu!« sagte die Königin, »adieu!«

»Ein letzter Blick aus Ihren Augen, Madame ...«

»Herr de Charny«, sagte die Königin zitternd vor Erregung und zornig, »wenn Sie nicht der schlechteste aller Menschen sind, werden Sie heute abend oder spätestens morgen tot sein oder dieses Schloß verlassen haben.«

Wenn eine Königin mit solchen Worten befiehlt, bittet sie. Charny faltete die Hände und schleppte sich auf den Knien zu den Füßen Marie-Antoinettes.

Die Königin hatte die Tür bereits geöffnet.

Andrée sah den jungen Mann auf den Knien, die Königin aber wankend.

Sie sah Oliviers Augen vor Hoffnung und Stolz glänzen, den Blick der Königin erloschen auf den Boden geheftet. Tief ins Herz getroffen, von Haß und Verachtung geschüttelt, beugte sie den Kopf nicht. Ihr war, als ob Gott dieser Frau, der er den Thron und die Schönheit gewährt hatte, zuviel gebe, wenn er auch noch diese halbe Stunde mit Herrn de Charny gewähre.

Unter der Wucht der mannigfachen Eindrücke, die auf Doktor Louis einströmten, vermochte er nur zu fragen: »Nun, Madame? Was wird er tun?«

»Er wird das Schloß verlassen«, murmelte die Königin.

Und ohne auf Andrée, die die Stirn runzelte, und auf Doktor Louis zu achten, durchschritt sie den Gang, nahm mit einer mechanischen Bewegung ihren Mantel um und kehrte in ihr Gemach zurück.

Andrée drückte dem Arzt die Hand. Dann entfernte sie sich langsam und feierlich wie ein Schatten. Sie hatte nicht daran gedacht, Befehle der Königin einzuholen. Für Andrée war die Königin nichts, die Rivalin alles.

Wieder der Fürsorge Doktor Louis' überlassen, schien Charny nicht mehr derselbe Mensch wie am Tag vorher. Stark und kühn bis zur Prahlerei, richtete er so dringende Fragen an den Arzt über seine bevorstehende Genesung, über die Diät, die er einzuhalten hatte, und über die Möglichkeit der Übersiedlung, daß der Arzt fast an einen gefährlichen Rückfall glaubte.

Aber bald berichtigte Charny diesen Irrtum. Er glich dem im Feuer geröteten Eisen, dessen Färbung im selben Ausmaß erblaßt, in dem die Hitze abnimmt. Es ist schon wieder schwarz, es scheint nicht mehr zu glühen und ist doch noch heiß genug, um alles zu verzehren. Jetzt sah Doktor Louis den jungen Mann seine Ruhe und Logik wiedergewinnen. Olivier war bei so klarem Verstand, daß er dem Arzt sogar eine Erklärung für die jähe Veränderung seines Entschlusses geben zu müssen glaubte.

»Die Königin hat mich, indem sie mich beschämte, besser geheilt als Ihre Wissenschaft, lieber Doktor; wer an meine Eigenliebe appelliert, bändigt mich, wie man ein Pferd mit dem Gebiß zähmt.«

»Nun, um so besser«, murmelte der Arzt. »Erlauben Sie mir, Sie zu beglückwünschen. Sie wollen also das Schloß verlassen?«

»Wann Sie wollen. Sofort, wenn es sein muß.«

»Warten wir bis heute abend. Mäßigen wir uns. Wenn wir gleich wieder in Extreme verfallen, setzen wir alles aufs Spiel.«

»Gut, warten wir bis zum Abend.«

»Wollen Sie weit fahren?«

»Ans Ende der Welt, wenn es sein muß.«

»Für einen ersten Ausflug wäre das zu weit«, meinte der Doktor mit gewohntem Phlegma. »Begnügen wir uns zunächst mit Versailles.«

In der Tat wurde der Patient am selben Abend nach Versailles gebracht. Einige Tage später konnte er aufstehen und im Garten spazierengehen. Nach Ablauf einer Woche war er so weit wiederhergestellt, daß er ein frommes Pferd besteigen konnte. Er erhielt die Erlaubnis Doktor Louis', sich auf seine Landgüter an der Grenze der Picardie zu begeben, und reiste nach Villers-Cotterêts, von wo er sein Schloß Bourgonnes erreichte.

ACHTUNDVIERZIGSTES KAPITEL
Ein Finanzminister

Am nächsten Morgen betrat Mademoiselle de Taverney gewohnheitsmäßig zur Stunde der Morgentoilette, kurz vor der Messe, das Gemach der Königin.

Marie-Antoinette hatte noch keinen Besuch empfangen. Sie hatte nur ein Billett der Madame de La Motte gelesen und war heiter gestimmt.

Andrée war noch blasser als am Vortag und verriet in ihrer ganzen Erscheinung jenen Ernst und jene kalte Zurückhaltung, die Aufmerksamkeit erzwingt und selbst die Größten nötigt, sich mit den Niedrigsten zu beschäftigen. In ihrer einfachen, fast strengen Kleidung glich sie einer Botin des Unglücks.

Die Königin war an diesem Tag, wie so oft, sehr zerstreut; sie bemerkte die ruhige, ernste Haltung Andrées, ihre geröteten Augen, ihre blassen Schläfen und Hände nicht. Kaum wandte sie sich zu ihr um, als sie ihr freundschaftlich guten Morgen wünschte.

Andrée wartete, daß die Königin ihr eine Gelegenheit gebe, zu sprechen. Sie war überzeugt, daß ihr Schweigen schließlich die Aufmerksamkeit Marie-Antoinettes erregen müsse.

In der Tat wandte sich die Königin um.

»Mein Gott!« rief sie, »was gibt's denn, Andrée? Ist Ihnen etwas zugestoßen?«

»Ja, Madame«, antwortete das junge Mädchen, »ein großes Unglück. Ich muß Eure Majestät verlassen.«

»Du gehst?«

»Ja, Madame.«

»Aber wohin denn nur? Und warum dieser überstürzte Entschluß?«

»Madame, ich bin nicht glücklich in meinen Neigungen ...«

Die Königin blickte auf.

»In meinen Familienneigungen«, fuhr Andrée errötend fort.

Jetzt errötete auch die Königin, und die Blicke der beiden Frauen kreuzten einander wie Schwerter.

»Ich verstehe Sie nicht«, sagte die Königin. »Gestern noch waren Sie glücklich, scheint mir.«

»Nein, Madame«, antwortete Andrée fest, »gestern war einer der unglücklichsten Tage meines Lebens.«

»Ach!« Die Königin versank in Träumerei. »Erklären Sie sich doch«, sagte sie endlich.

»Ich müßte Eure Majestät mit Einzelheiten ermüden, die unter Ihrer Würde sind. Das Leben in meiner Familie gewährt mir keine Befriedigung. Ich habe auf Erden nichts mehr zu erwarten und bitte Eure Majestät um meinen Abschied, um mich von nun an ganz mit meinem Seelenheil zu beschäftigen.«

Die Königin stand auf und ergriff, so schwer es ihrem Stolz auch fiel, die Hand des Mädchens.

»Was bedeutet dieser störrische Entschluß? Hatten Sie nicht gestern einen Vater und einen Bruder genauso gut wie heute? Oder waren sie Ihnen gestern weniger beschwerlich als heute? Glauben Sie mich fähig, Sie in Ihrem Unglück allein zu lassen?«

Andrée zitterte wie eine Schuldige. Sie verneigte sich vor der Königin und sagte:

»Madame, ich bin durchdrungen von Ihrer Güte, aber ich beharre auf meinem Entschluß, den Hof zu verlassen. Ich fühle das Bedürfnis nach Einsamkeit. Setzen Sie mich nicht der Gefahr aus, meine Pflicht zu vernachlässigen und den Beruf zu verfehlen, den ich in mir fühle.«

»Und alles das seit gestern?«

»Majestät mögen mir nicht befehlen, über diesen Gegenstand zu sprechen.«

»Sie sind frei«, sagte die Königin bitter, »ich habe Ihnen Vertrauen genug entgegengebracht, um auch das Ihre zu verdienen. Wer einen Menschen zum Sprechen bringen will, der nicht zu sprechen wünscht, ist verrückt. Hüten Sie Ihr Geheimnis, Mademoiselle, bewahren Sie es, und seien Sie glücklicher in der Ferne, als Sie es hier waren. Erinnern Sie sich nur, daß meine Zuneigung auch nicht aufhört, wenn jene, denen sie gehört, ihren Launen folgen; Sie werden mir immer eine Freundin sein. Gehen Sie, Andrée, Sie sind frei.«

Andrée verneigte sich tief und ging. Sie war schon an der Tür, als die Königin sie zurückrief.

»Wohin gehen Sie, Andrée?«

»In die Abtei Saint-Denis, Madame.«

»Ins Kloster! Ach, es ist gut, Mademoiselle, vielleicht brauchen Sie sich nichts vorzuwerfen, oder nur Ihre Undankbarkeit und Vergeßlichkeit gegen mich. Gehen Sie, Mademoiselle de Taverney!«

Das Billett Madame de La Mottes, das die Königin vor Andrées Eintritt gelesen hatte, lautete folgendermaßen:

»Eure Majestät mögen versichert sein, daß der Kredit besorgt ist und die Ware vertraulich geliefert wird.«

Die Königin hatte gelächelt und das Schreiben verbrannt.

Sie war noch von ihrer Unterredung mit Mademoiselle de Taverney verdüstert, als Madame de Miséry eintrat und meldete, Herr de Calonne sei hier und warte auf die Ehre, empfangen zu werden.

Es ist unerläßlich, daß wir dem Leser diese neue Person unseres Romans vorstellen. Die Geschichte hat sich mit Herrn de Calonne genug beschäftigt, aber der Roman, der nicht die großen Perspektiven einhält, muß vielleicht einige Details hinzufügen, um der Phantasie des Lesers Nahrung zu geben.

Herr de Calonne war ein Mann von Witz, von außerordentlich viel Witz sogar; aus jener zweiten Hälfte des achtzehnten Jahrhunderts hervorgegangen, die nicht zur Sentimentalität neigte und eher die Vernunft kultivierte, hatte er das Unglück, das bereits über Frankreich schwebte, klar begriffen und sein Interesse mit dem öffentlichen verbunden; gleich Ludwig XVI., der da sagte: »Nach uns die Sintflut«, suchte er überall Blumen, um seine letzten Tage zu schmücken.

Er war ein Mann der Finanzen und doch zugleich ein Höfling. Er hatte alle Frauen, die sich durch Geist, Reichtum oder Schönheit auszeichneten, mit seinen Huldigungen beehrt, wie eine Biene von jeder Blume die Süßigkeiten ihres Duftes kostet.

Er besaß alle Bildung, die aus dem beständigen Umgang mit sieben oder acht hervorragenden Männern und zehn oder zwölf ebensolchen Frauen notwendigerweise entspringt. Herr de Calonne hatte von d'Alembert rechnen, von Diderot logische Schlüsse ziehen, von Voltaire spotten und von Rousseau träumen gelernt. Zu guter Letzt war er stark genug gewesen, dem volkstümlichen Necker ins Gesicht zu lachen.

Diesen Necker, diesen weisen und tiefen Menschen, dessen Rechenschaftsberichte ganz Frankreich aufgeklärt hatten, wußte Calonne in den Augen jener lächerlich zu machen, die ihn eben noch am meisten gefürchtet hatten; der König und die Königin, die eben noch vor Neckers Namen gezittert hatten, gewöhnten sich nur mühsam daran, ihn von einem eleganten, witzigen Politiker verspottet zu sehen, der alle Ziffern und Berechnungen summarisch mit dem Witzwort erledigte: Wozu soll man sich bemühen zu beweisen, daß man nichts beweisen kann?

In der Tat hatte Necker zuletzt nur mehr bewiesen, daß er außerstande war, die Finanzen zu sanieren. Herr de Calonne übernahm diese Pflicht, als ob sie für seine Schultern zu leicht wäre.

Was hatte Necker gewollt? Reformen. Sein Reformismus hatte die Geister erschreckt, denn nur wenige Leute gewannen dabei, und selbst diese nur wenig; viele aber verloren dafür um so mehr. Wenn Necker eine gerechtere Aufstellung der Steuern anstrebte, wenn er die Ländereien des Adels und die Einkünfte des Klerus mit Abgaben zu belasten suchte, so unternahm er es nur, eine Revolution durchzuführen, die damals unmöglich war. Er spaltete und schwächte die Nation, ohne sie zur Sammlung jener Kräfte konzentrieren zu können, die vielleicht eine innere Erneuerung herbeigeführt hätte.

Dieses Ziel, das Necker aufzeigte, war ihm doch unerreichbar, gerade weil er es öffentlich bekanntgegeben hatte. Mißbräuche abzustellen, indem man mit jenen verhandelt, die an den Mißbräuchen interessiert sind, muß den Widerstand der Interessenten wachrufen.

Kann man denn den Feind in Kenntnis setzen von der Stunde, zu welcher man seine Festung stürmen will?

Calonne, der das begriffen hatte, war in diesem Sinn wirklich mehr ein Freund der Nation als der Genfer Necker, denn statt einem unvermeidlichen Zusammenbruch entgegenzuarbeiten, beschleunigte er ihn. Sein Plan war kühn, gigantisch und sicher. Es handelte sich darum, König und Adel binnen zwei Jahren in einen Bankrott hineinzutreiben, den man immerhin noch zehn Jahre hinausschieben konnte; dann aber, nach zwei Jahren, zu sagen: Jetzt, ihr Reichen, zahlt, denn die Armen hungern und werden euch auffressen, wenn ihr sie nicht nährt.

Wie war es möglich, daß der König nicht von Anfang an diesen Plan und seine Folgen durchschaute? Er, der einst bei den Rechenschaftsberichten vor Wut gezittert hatte, ahnte jetzt nicht schaudernd, wohin sein Minister ihn führte? Er vermochte nicht zwischen den beiden Systemen zu wählen, zog es nicht vor, sich dem Schicksal zu überantworten? Gewiß ist dies die einzige Rechnung, die Ludwig XVI. als Politiker mit der Nachwelt zu begleichen hat. Er erlag der furchtbaren Neigung, die jeden fortreißt, der nicht stark genug ist, das Übel mit der Wurzel auszureißen.

Um aber zu erklären, warum der König sich selbst eine Binde um die Augen legte, warum die Königin gegen diesen Minister vollkommen blind war, müssen wir einige notwendige Einzelheiten mitteilen.

Herr de Calonne trat also bei der Königin ein.

Er war schön, hochgewachsen und von vornehmer Haltung: ein Mann, der Königinnen lachen und Geliebte weinen macht. Obwohl er nur zu gut wußte, daß Marie-Antoinette nur der Not gehorchend nach ihm verlangt hatte, kam er mit einem Lächeln auf den Lippen. Jeder andere hätte wohl eine mürrische Miene aufgesetzt, um das Verdienst der Einwilligung zu verdoppeln. Die Königin war sehr gnädig, sie hieß den Minister Platz nehmen und knüpfte ein Gespräch an, das tausend Gleichgültigkeiten berührte.

»Nun, haben wir Geld, lieber Herr de Calonne?« fragte sie endlich.

»Geld? Aber gewiß doch, Madame, wir haben immer Geld.«

»Nun, das ist ja großartig! Ich habe nie einen Menschen gesehen, der in Finanzfragen so einsichtig wäre wie Sie. Wirklich, Sie sind unvergleichlich.«

»Welche Summe benötigen Eure Majestät?«

»Erklären Sie mir doch zuerst, bitte, wie Sie Geld aufgetrieben haben, da Herr Necker es doch immer für unmöglich hielt, welches flüssigzumachen.«

»Herr Necker hatte recht, es war kein Geld mehr in den Kassen. An dem Tag, an welchem ich das Ministerium übernahm, am 5. November 1783 – derlei vergißt man nicht, Madame –, prüfte ich den Staatsschatz und fand nur eintausendzweihundert Francs, keinen Sou mehr.«

Die Königin lachte.

»Nun ja, Madame, wenn Herr Necker, statt kurzerhand zu sagen, es sei kein Handgeld vorhanden, Anleihen aufgenommen hätte, wie ich es tat, hundert Millionen im ersten Jahr, hundertfünfundzwanzig im zweiten – im dritten gar noch einmal achtzig –, dann wäre er ein Finanzmann gewesen. Jeder Kanzleischreiber kann sagen: es ist kein Geld in der Kasse. Die wahre Kunst ist es zu sagen: doch, wir haben Geld.«

»Ich sagte es schon, ich beglückwünsche Sie, mein Herr. Aber wie wird man diese Schulden bezahlen? Das ist die Schwierigkeit.«

»Madame«, antwortete Calonne mit einem Lächeln, dessen furchtbare Bedeutung kein Mensch ermessen konnte, »man wird sie bezahlen, dafür bürge ich Ihnen.«

»Ich verlasse mich auf Sie«, sagte die Königin, »aber wir wollen doch ein wenig darüber plaudern. Spricht man mit Ihnen, so ist die Wissenschaft nicht, wie bei den anderen, ein dürrer Strauch, sondern ein Baum, der üppige Früchte trägt.«

Calonne verneigte sich.

»Haben Sie irgendwelche neuen Ideen?«

»Ich habe eine, die zwanzig Millionen in die Taschen der Nation und sieben bis acht Millionen in die Ihre bringen wird; Verzeihung, ich meine, in die Kasse Eurer Majestät.«

»Diese Millionen werden dort und auch hier willkommen sein. Woher sollen sie uns zufließen?«

»Eure Majestät weiß gewiß, daß die Goldmünze nicht in allen Staaten Europas den gleichen Wert hat.«

»Allerdings, in Spanien ist Gold teurer als in Frankreich.«

»Es ist ein Vergnügen, mit Eurer Majestät über Finanzprobleme zu plaudern. In Spanien gilt das Gold seit fünf oder sechs Jahren achtzehn Unzen mehr als in Frankreich. Wer Gold aus Frankreich nach Spanien exportiert, verdient ungefähr vierzehn Unzen Silber an jeder Mark.«

»Das ist beträchtlich!«

»Wenn alle Geldleute wüßten«, fuhr der Minister fort, »was ich weiß, würde es binnen Jahresfrist in Frankreich keinen Louisdor mehr geben.«

»Wie wollen Sie das verhindern?«

»Sehr einfach, ich erhöhe den Wert des Goldes auf vierzehn Mark vier Unzen, also um fünfzehn Prozent. Eure Majestät begreifen, daß niemand einen Louisdor in den Truhen behalten wird, wenn er erst erfährt, daß das Geld Prozente abwirft. Dann lassen wir die Währung umprägen, und die Mark Gold, die heute dreißig Louis wert ist, wird auf zweiunddreißig umnominiert.«

»Nutzen im Moment und Nutzen auch später!« rief die Königin. »Eine herrliche Idee, die Furore machen wird.«

»Ich glaube wohl, Madame, und ich bin glücklich, daß sie Ihren Beifall findet.«

»Sie sollen immer solche Ideen haben, dann werden wir gewiß alle unsere Schulden bezahlen.«

»Dann gestatten Sie mir, Madame«, sagte der Minister, »auf unser ursprüngliches Thema zurückzukommen. Wieviel brauchen Sie?«

»Ach, es ist vielleicht zu viel ...«

Calonne lächelte ermutigend.

»Fünfhunderttausend Francs«, sagte sie endlich.

»Ach«, rief Calonne, »und da haben Sie mir so angst gemacht! Ich dachte, es handle sich um eine beträchtliche Summe.«

»Sie können also?«

»Gewiß doch.«

»Ohne daß der König ...«

»Madame, das ist allerdings unmöglich. Meine Abrechnungen werden monatlich dem König vorgelegt. Allerdings gibt es noch kein Beispiel, daß er sie gelesen hätte, und ich rechne mir diese Tatsache zur Ehre an.«

»Wann kann ich das Geld haben?«

»Wann brauchen Eure Majestät es?«

»Am Fünften nächsten Monats.«

»Ich werde das Geld für den Zweiten bereitstellen. Eure Majestät könnten es am Dritten abheben.«

»Danke, Herr de Calonne.«

»Es ist mein größtes Glück, Eurer Majestät zu gefallen. Ich bitte Sie, sich in Geldsachen keinen Zwang aufzuerlegen. Sie werden der Eigenliebe des Generalkontrolleurs der Finanzen schmeicheln.« Er war aufgestanden und verneigte sich anmutig. Die Königin reichte ihm die Hand zum Kuß.

»Ein Wort noch«, sagte sie.

»Ich höre, Madame.«

»Dieses Geld kostet mich Gewissensbisse. Ich brauche es, um eine Laune zu befriedigen.«

»Um so besser! Dann wird die Summe wenigstens zum Teil unserer Industrie und unserem Handel zugute kommen.«

»In der Tat«, murmelte die Königin, »Sie haben eine entzückende Art, mich zu trösten.«

»Gott sei gelobt, Madame; wenn wir keine anderen Gewissensbisse haben als die Eurer Majestät, dann gehen wir geradewegs ins Paradies.«

»Ach, Herr Calonne, der Gedanke wäre mir schmerzlich, daß das arme Volk meine Launen bezahlt.«

»Seien Sie unbesorgt, Madame, es wird nicht das arme Volk sein. Denn es besitzt längst nichts mehr, um Ihre Launen zu bezahlen, und wo nichts ist, verlieren selbst die Könige ihr Recht.«

Damit verneigte er sich und ging.

Neunundvierzigstes Kapitel
Wiedergefundene Illusionen und ein verlorenes Geheimnis

Kaum hatte Herr de Calonne die Galerie durchschritten, um nach Hause zurückzukehren, als an die Tür des Boudoirs der Königin geklopft wurde.

Jeanne erschien.

»Madame«, sagte sie, »er ist da.«

»Der Kardinal?« fragte die Königin, etwas verwundert über das Wort *er*, das, von einer Frau gesprochen, so viel bedeutet.

Schon hatte Jeanne Herrn de Rohan eingeführt, ihm verstohlen die Hand gedrückt und sich zurückgezogen.

Der Prinz sah sich unvermittelt drei Schritte vor der Königin stehen, vor der er sich ehrerbietig verneigte.

Die Königin war gerührt, als sie diese taktvolle Zurückhaltung gewahrte, und reichte dem Kardinal, der noch nicht aufgeblickt hatte, die Hand.

»Mein Herr!« sagte sie. »Man hat mir von Ihrer Handlungsweise, die viel früheres Unrecht tilgt, berichtet.«

»Erlauben Sie mir zu versichern, Madame«, sagte der Prinz, vor ungeheuchelter Erregung zitternd, »daß dieses Unrecht weniger schlimm wäre, wenn Eure Majestät mir ein Wort der Erklärung erlaubt hätten.«

»Ich verbiete Ihnen nicht, sich zu rechtfertigen«, sagte die Königin, »aber was Sie mir sagen wollen, müßte einen Schatten werfen auf die Liebe, die ich meinem Volk und meiner Familie entgegenbringe. Sie können sich nur entlasten, indem Sie mich verletzen, Herr Kardinal. Indessen wollen wir dieses kaum gelöschte Feuer nicht von neuem nähren, wir könnten uns sonst die Finger daran verbrennen, Sie in neuem Licht zu sehen als ehrerbietigen und ergebenen Freund ...«

»Bis zum Tode ergeben.«

»Gut. Aber augenblicklich handelt es sich eher um den Ruin als um den Tod. Ergeben auch bis zum Ruin, Herr Kardinal? Das wäre mehr! Glücklicherweise sind wir dabei, alles in Ordnung zu bringen. Sie werden leben und nicht ruiniert sein, sofern Sie sich nicht, wie manche Leute behaupten, selbst zugrunde richten.«

»Madame ...«

»Das ist Ihre Angelegenheit. Aber da wir nun Freunde sind, will ich Ihnen als Freundin einen Rat geben. Seien Sie sparsam, das ist eine Tugend, die einem Hirten zukommt; der König wird den Sparer in Ihnen mehr schätzen als den Verschwender.«

»Ich werde geizig werden, um Eurer Majestät zu gefallen.«

»Nun, der König liebt auch die Geizigen nicht«, antwortete die Königin mit einer zarten Nuance.

»Ich werde sein, was Eure Majestät verlangt«, rief der Kardinal mit kaum verhohlener Leidenschaft.

»Ich sagte also«, schnitt die Königin kurz ab, »daß Sie nicht durch mich ruiniert werden sollen. Sie haben für mich gebürgt, ich danke Ihnen dafür, aber ich kann die Wechsel honorieren; machen Sie sich also keine Sorgen, denn vom ersten Termin ab ist alles meine Sache.«

»So hätte ich Eurer Majestät nur noch das Halsband darzubieten«, sagte der Kardinal mit einer Verneigung und zog das Etui aus der Tasche.

Die Königin warf keinen Blick darauf, sondern legte es nur, zitternd vor Freude, auf eine Kommode.

Jetzt wagte der Kardinal einige höfliche Worte, die gut aufgenommen wurden, und kam wieder auf die Versöhnung zu sprechen. Die Königin war fest entschlossen, die Diamanten nicht in seiner Gegenwart zu betrachten, und da sie vor Begierde brannte, sie zu sehen, hörte sie ihm nur zerstreut zu. Ihre Gedanken waren so weit fort, daß sie ihm sogar ihre Hand überließ, die er entzückt küßte. Dann verabschiedete er sich. Er glaubte die Königin zu stören, und das erfüllte ihn mit Freude. Ein Freund stört nicht und ein gleichgültiger Mensch noch weniger.

So verlief diese Zusammenkunft, die im Herzen des Kardinals alle Wunden schloß. Begeistert und hoffnungstrunken verließ er die Königin, entschlossen, Madame de La Motte seine grenzenlose Dankbarkeit zu beweisen. Jeanne erwartete ihn hundert Schritte von der Barriere in ihrem Wagen. Sie empfing die Versicherung seiner glühendsten Freundschaft.

»Nun«, fragte sie, »werden Sie Richelieu oder Mazarin sein? Hat die Österreicherin Ihren Ehrgeiz und Ihre Zärtlichkeit ermutigt? Hat man Sie auf das Feld der Politik oder auf das der Intrige verwiesen?«

»Lachen Sie nicht, liebe Gräfin, ich bin toll vor Glück.«

»Schon?«

»Helfen Sie mir, und ich bin in drei Wochen Minister.«

»Verdammt, in drei Wochen? Das ist eine lange Zeit. Die ersten Wechsel sind in vierzehn Tagen fällig.«

»Und alles Glück kommt auf einmal! Die Königin hat Geld, sie wird zahlen. Mir bleibt also eigentlich nur das Verdienst der Erfindung. Das ist wenig, Gräfin! Gott ist mein Zeuge, daß ich gerne fünfhunderttausend Francs für diese Versöhnung gegeben hätte.«

»Seien Sie ruhig«, unterbrach die Gräfin lächelnd, »Sie werden noch andere Verdienste erwerben. Liegt Ihnen viel daran?«

»Sehr viel; jetzt, da die Königin meine Schuldnerin ist ...«

»Monseigneur, etwas sagt mir, daß Sie volle Genugtuung haben werden. Sind Sie darauf vorbereitet?«

»Ich habe meine letzten Güter verkauft und für das nächste Jahr alle meine Einkünfte und Pfründen verpfändet.«

»Die fünfhunderttausend Francs sind also flüssig?«

»Ja. Allerdings weiß ich nach der Zahlung nicht, wie ich weiterkomme.«

»Diese Zahlung verbürgt uns eine Ruhe von drei Monaten. Was kann in drei Monaten alles passieren?!«

»Das ist wahr, aber der König läßt mir sagen, ich möge nicht mehr Schulden machen.«

»Zwei Monate auf dem Ministerstuhl, und alles ist geregelt.«

»Gräfin!«

»Regen Sie sich nicht auf! Wenn Sie es nicht täten, würden es andere machen.«

»Sie haben immer recht. Wohin fahren Sie?«

»Ich kehre zur Königin zurück, denn ich will wissen, welchen Eindruck Sie gemacht haben.«

»Ausgezeichnet. Ich kehre nach Paris zurück.«

»Warum? Sie werden heute abend beim Spiel willkommen sein. Das ist gute Taktik: räumen Sie das Schlachtfeld nicht zu rasch.«

»Ich kann leider ein Rendezvous nicht versäumen, das man mir heute früh gegeben hat.«

»Ein Rendezvous?«

»Und ein recht ernstes, nach dem Inhalt dieses Briefes zu schließen, den man mir geschrieben hat! Sehen Sie selbst!«

»Eine Männerhandschrift«, murmelte die Gräfin. Sie las:

»Monseigneur, jemand wünscht mit Ihnen über die Deckung einer nicht unbedeutenden Summe zu sprechen. Die besagte Person wird sich heute abend bei Ihnen einfinden und um eine Audienz bitten.«

»Anonym«, sagte sie, »ein Bettler.«

»Nein, Gräfin. Man setzt sich nicht der Gefahr aus, von meinen Leuten verprügelt zu werden, indem man mit mir sein Spiel treibt. Ich weiß nicht warum, aber mir scheint, daß ich diese Schrift kenne.«

»Halten Sie das Rendezvous doch ein, Monseigneur; übrigens riskiert man nicht viel mit Leuten, die Geld versprechen. Schlimm wird es erst, wenn sie nicht zahlen. Adieu, Monseigneur!«

»Auf Wiedersehen, Gräfin!«

»Übrigens noch zwei Worte! Wenn Ihnen wirklich unerwartet eine größere Summe zufließen sollte ...«

»Nun, Gräfin?«

»Etwas Verlorenes, ein gefundener Schatz ...«

»Ich verstehe Sie, Schlaukopf! Halbpart, nicht wahr?«

»Meiner Treu, Monseigneur ...«

»Sie bringen mir Glück, Gräfin! Warum sollte ich Sie nicht daran beteiligen? Was war das andere?«

»Hüten Sie sich, die fünfhunderttausend Francs anzutasten!«

Sie trennten sich. Entzückt kehrte der Kardinal nach Paris zurück.

In der Tat hatte sein Leben in den letzten zwei Stunden ein neues Gesicht angenommen. Die Königin hatte ihm mehr gegeben, als er hoffen durfte; er war ehrgeizig, aber sie hatte seine höchsten Ansprüche wachgerufen.

Geschickt von seiner Frau geleitet, war der König jetzt nur mehr das Werkzeug eines Glückes, das keine Hindernisse mehr kannte.

Prinz Louis fühlte sich voll von Ideen. Er besaß mehr politische Begabung als seine Rivalen, verstand sich auf die Fragen der besseren Nutzung der Finanzen, er vermochte den Ausgleich des Klerus mit dem Volk zu bewerkstelligen und somit eine jener soliden Majoritäten auf die Beine zu bringen, die mit Recht und Gewalt lange im Sattel bleiben.

Die Königin an die Spitze dieser Politik zu stellen, ihre wachsende Unpopularität in eine unvergleichliche Beliebtheit zu verwandeln, das war der Traum dieses Prälaten, und ein einziges Wort Marie-Antoinettes genügte, diesen Traum zur Wirklichkeit werden zu lassen.

Als er nach Paris zurückkehrte, glaubte er sich schon mitten in seinem neuen Wirkungsbereich, verbrannte eine Truhe voll alter Liebesbriefe, rief seinen Haushofmeister, um sein Budget zu regeln, befahl seinem Sekretär, Federn zu schneiden, und machte sich daran, Denkwürdigkeiten der englischen Politik zu Papier zu bringen, über die er große Kenntnisse besaß. Schon war er eine gute Stunde an der Arbeit, als der Ton einer Glocke ihm einen wichtigen Besuch ankündigte.

Ein Lakai trat ein.

»Wer ist da?« fragte der Prälat.

»Die Person, die heute morgen geschrieben hat.«

»Fragen Sie nach dem Namen.«

Einen Augenblick später kehrte der Lakai zurück.

»Der Herr Graf de Cagliostro.«

Der Prinz zitterte.

»Er mag eintreten.«

Bald schlossen sich die Türen hinter ihm.

»Großer Gott!« rief der Kardinal, »wen sehe ich?«

»Nicht wahr, Monseigneur«, meinte Cagliostro lächelnd, »ich bin gar nicht verändert.«

»Ist's möglich?« murmelte Herr de Rohan. »Joseph Balsamo lebendig! Er, von dem man doch sagte, daß er bei jenem Brand ums Leben gekommen sei.«

»Graf Phönix, ja, Monseigneur, lebendiger als je.«

»Aber unter welchem Namen lassen Sie sich einführen, Graf? Warum haben Sie nicht den alten behalten?«

»Weil er alt ist, Monseigneur. Und weil er nicht nur bei mir, sondern auch bei den anderen allzu viele traurige und peinliche Erinnerungen wachrufen müßte! Ich spreche nicht von Ihnen, Monseigneur, aber auch Sie hätten Joseph Balsamo abgewiesen, nicht wahr?«

»Aber nein, gewiß nicht!«

Der Kardinal, noch immer erstaunt, bat Cagliostro Platz zu nehmen.

»Nun«, sagte der Graf, »dann besitzen Eure Eminenz mehr Erinnerungsvermögen und Ehrlichkeit als alle Menschen zusammengenommen.«

»Mein Herr, Sie haben mir damals einen so großen Dienst geleistet ...«

»Nicht wahr, Monseigneur«, unterbrach ihn Balsamo, »ich bin nicht gealtert. Ein schöner Beweis für die Brauchbarkeit meines Elixiers ...«

»Zugegeben, mein Herr, aber Sie stehen auch über allen Menschen, denn Sie verteilen großzügig Gold und Gesundheit an alle.«

»Gesundheit, mag sein, Monseigneur, aber Gold? Nein, das nicht.«

»Machen Sie nicht mehr Gold?«

»Nein, Monseigneur.«

»Und warum nicht?«

»Ich habe einen Bestandteil, eine unentbehrliche Ingredienz, verloren, die mir mein Lehrer, der weise Althotas, gegeben hat, als er Ägypten verließ. Es war das einzige Rezept, das ich nicht selbst besaß.«

»Und er hat es behalten?«

»Behalten oder eigentlich ins Grab mitgenommen.«

»Warum haben Sie nicht das Leben dieses Menschen verlängert? Dieses Bewahrers eines so notwendigen Rezeptes, da Sie selbst sich doch Hunderte von Jahren lang gesund gehalten haben?«

»Weil ich alles vermag gegen die Krankheit, auch gegen die

Wunde, aber nichts gegen tödliche Unfälle, die unerwartet kommen.«

»Also ist Althotas einem solchen Unfall erlegen?«

»Sie müssen davon gehört haben, da Sie von meinem Tod wußten.«

»Sie sprechen von dem Brand in der Rue Saint-Claude, bei dem Sie verschwanden?«

»Dieser Brand hat nur Althotas getötet, oder, genau gesprochen, der Weise war lebensmüde und wollte sterben.«

»Wie seltsam!«

»Nein, das ist nur zu natürlich. Auch ich habe hundertmal daran gedacht, meinem Leben ein Ende zu machen.«

»Ja, aber Sie haben dieser Neigung widerstanden.«

»Nur, weil ich mich in einer Jugend erhalten habe, in der Gesundheit, Leidenschaft und Wollust mir einige Zerstreuung verschaffen. Althotas hatte freiwillig das Greisenalter gewählt.«

»Er hätte tun sollen wie Sie.«

»Nein, er war ein tiefer und überlegener Geist, er liebte von allen Dingen dieser Welt nur die Wissenschaft. Die Jugend, mit ihren herrischen Regungen des Blutes, mit ihren Leidenschaften und ihrer Vergnügungssucht, hätte ihn aus seiner Kontemplation aufgescheucht. Es ist wertvoll, Monseigneur, daß man fieberfrei ist, man muß die Lust zu schlafen überwinden können, wenn man denken will. Der Greis denkt klarer als der junge Mensch, aber wenn ihn die Traurigkeit erfaßt, so gibt es kein Gegenmittel mehr. Althotas ist das Opfer seiner Leidenschaft für die Studien geworden. Ich lebe als Weltmann, vergeude meine Zeit und tue nichts. Ich bin nur eine Pflanze, ich lebe nicht, ich atme nur.«

»Ach«, murmelte der Kardinal, »Sie sind wiedererstanden, und schon beginne ich von neuem zu staunen. Sie geben mir jene Zeit wieder, in der die Magie Ihrer Worte, die Zauberkraft Ihrer Handlungen meine Fähigkeiten verdoppelte. Sie erinnern mich an die beiden Träume meiner Jugend. Das ist zehn Jahre her, erinnern Sie sich?«

»Ich weiß es, und wir beide sind seither tief gesunken. Monseigneur, ich bin kein Weiser mehr, ich bin nur mehr ein Gelehrter. Sie sind nicht mehr ein schöner, junger Mann, Sie sind ein schöner Prinz. Erinnern Sie sich, Monseigneur, jenes Tages, an dem ich Ihnen die Liebe einer Frau versprach, deren blondes Haar meine Seherin geahnt hat?«

Der Kardinal erbleichte, dann errötete er. Schrecken und Freude hatten den Schlag seines Herzens unterbrochen.

»Ich erinnere mich«, sagte er, »aber undeutlich.«

»Wir wollen sehen«, meinte Cagliostro lächelnd, »ob ich noch für einen Zauberer gelten kann.« Er überlegte. »Diese blonde Frau Ihrer Träume, wo ist sie? Ach, ich sehe sie! ja ... Sie selbst haben sie heute gesehen. Oh, Sie kommen von ihr ...«

Der Kardinal drückte seine eisige Hand auf sein pochendes Herz.

»Mein Herr«, flüsterte er, »ich flehe Sie an ...«

»Sollen wir von etwas anderem sprechen?« fragte der Zauberer höflich. »Oh, ich stehe ganz zu Befehl, Monseigneur. Verfügen Sie über mich.«

Und er streckte sich auf dem Sofa aus, ohne die Einladung abzuwarten, die der Kardinal zu Beginn dieses interessanten Gesprächs versäumt hatte.

Fünfzigstes Kapitel

Der Gläubiger und der Schuldner

Fast verdutzt sah der Kardinal seinen Gast an.

»Nun«, begann dieser, »da wir unsere Bekanntschaft erneuert haben, Monseigneur, wollen wir plaudern, wenn es Ihnen recht ist.«

»Ja«, sagte der Prälat, der sich wieder gefaßt hatte, »sprechen wir von der Deckung, von der ...«

»Von der in meinem Brief die Rede ist, nicht wahr? Eure Eminenz wünscht möglichst bald zu wissen ...«

»Oh, es war wohl nur ein Vorwand, nicht wahr?«

»Durchaus nicht, Monseigneur, es war Wirklichkeit, strengste Wirklichkeit! Diese Deckung lohnt der Mühe, bewerkstelligt zu werden, denn es handelt sich um fünfhunderttausend Francs, und das ist wohl eine beträchtliche Summe.«

»Genau die Summe, die Sie mir liebenswürdigerweise geliehen haben«, sagte der Kardinal und erblaßte leicht.

»Ja, Monseigneur, die Summe, die ich Ihnen geliehen habe«, bestätigte Balsamo; »ich sehe mit Vergnügen, daß ein Prinz wie Sie sich eines guten Gedächtnisses erfreut.«

Der Hieb saß. Der Kardinal fühlte, wie kalter Schweiß auf seine Stirn trat.

»Ich glaubte einen Augenblick«, sagte er lächelnd, »daß Joseph Balsamo, dieser übernatürliche Mensch, seine Forderungen ins Grab mitgenommen hat, so wie er einst meine Quittung ins Feuer warf.«

»Monseigneur«, antwortete der Graf ernst, »das Leben Joseph Balsamos ist so unzerstörbar wie dieses Blatt Papier, das Sie vernichtet glaubten. Der Tod vermag nichts gegen mein Elixier, das Feuer nichts gegen Asbest.«

»Ich verstehe nicht«, sagte der Kardinal, der wie betäubt war. Der Graf reichte dem Prinzen ein zusammengefaltetes Papier.

»Meine Quittung!«

»Ja, Ihre Quittung«, antwortete Cagliostro mit einem leichten Lächeln, das durch eine kalte Verneigung gemildert war.

»Und ich habe doch selbst gesehen«, mein Herr, »daß Sie sie damals verbrannten.«

»Ich habe sie in der Tat ins Feuer geworfen, aber der Zufall wollte es, Monseigneur, daß sie auf einem Stück Asbest geschrieben war, statt auf gewöhnlichem Papier; so habe ich Ihre Quittung unversehrt in der Asche wiedergefunden.«

»Mein Herr«, sagte der Kardinal mit einem gewissen Hochmut, denn er glaubte in der Vorweisung der Quittung etwas wie

Mißtrauen zu erkennen, »Sie mögen überzeugt sein, daß ich diese Schuld auch nicht geleugnet hätte ohne dieses Papier; Sie hatten also unrecht, mich zu täuschen.«

»Sie zu täuschen? Das war, ich beschwöre es Ihnen, nicht einen Augenblick meine Absicht.«

Der Kardinal schüttelte den Kopf.

»Doch, Sie wollten mich glauben machen, daß der Schein vernichtet sei.«

»Um Ihnen den ruhigen Nutzgenuß aus diesen fünfhunderttausend Francs zu überlassen«, erwiderte Balsamo achselzuckend.

»Aber wie konnten Sie zehn Jahre lang eine solche Summe ausstehen lassen?«

»Nun, ich wußte ja, bei wem ich sie angelegt hatte. Zwischenfälle, Diebstähle, das Spiel zuletzt – alles das hat mich meiner Güter beraubt. Ich wußte diesen Betrag bei Ihnen in Sicherheit, darum habe ich bis zum äußersten Moment gewartet ...«

»Und dieser äußerste Moment ist eingetreten?«

»Leider ja!«

»Und somit können Sie sich nicht mehr gedulden, nicht länger warten?«

»Es ist mir in der Tat unmöglich.«

Verzweifelt schwieg der Kardinal. Endlich sagte er mit entstellter Stimme:

»Herr Graf, die unglücklichen Fürsten dieser Erde improvisieren nicht so rasch, wie Ihr Zauberer über die Geister der Finsternis und des Lichtes gebietet.«

»Seien Sie überzeugt, Monseigneur, daß ich das Geld nicht verlangt hätte, wenn ich nicht gewußt hätte, daß Sie augenblicklich über den Betrag verfügen.«

»Ich verfüge über fünfhunderttausend Francs?!«

»Sie haben dreißigtausend Livres in Gold, zehntausend in Silber und den Rest in Kassenscheinen in diesem Schrank, der ein Meisterwerk Boules ist.«

»Ach, Sie wissen das?«

»Ja, und ich weiß auch, welche Opfer Sie bringen mußten, um sich diese Summe zu verschaffen. Man hat mir gesagt, daß Sie dieses Geld zu seinem doppelten Wert aufgenommen haben.«

»Ach, das ist wohl wahr.«

»Ich aber, Monseigneur«, fuhr Cagliostro fort, »bin in den letzten zehn Jahren wohl zwanzigmal fast Hungers gestorben und in größter Verlegenheit gewesen, und doch habe ich, um Sie nicht zu stören, gewartet. Ich glaube, daß wir ungefähr quitt sind.«

»Quitt? Das nicht, denn Sie haben immer noch den Vorteil, mir großzügig eine so beträchtliche Summe geliehen zu haben. Ich bleibe ewig in Ihrer Schuld. Ich frage Sie nur, Herr Graf, warum Sie, da Sie doch zehn Jahre lang im Besitz dieser Forderung waren, immer schwiegen? Im Lauf dieser zehn Jahre wäre es mir wohl zwanzigmal leicht gewesen, diesen Betrag aufzubringen.«

»Heute indessen ...«

»Ich verhehle Ihnen nicht, daß mir die Einlösung heute außerordentlich peinlich ist.«

Cagliostro zuckte leicht die Achsel.

»Sie«, fuhr der Prinz fort, »der Sie doch alles erraten und in den Herzen lesen, Sie, der Sie sogar die Geheimnisse der Geldschränke kennen, was zuweilen schlimmer ist, Sie wissen doch wohl auch, wozu ich dieses Geld brauchte, welchem geheimnisvollen und zugleich heiligen Zweck ich es bestimmt habe?«

»Sie irren, Monseigneur«, sagte Cagliostro kalt, »ich habe keine Ahnung, und die Geheimnisse, die ich weiß, haben mir Kummer, Enttäuschung und Elend genug gebracht, um mich zu lehren, daß ich nicht in Geheimnisse anderer eindringen soll, die mich nichts angehen. Mich interessiert es zu wissen, ob Sie Geld haben oder nicht, da ich eine Forderung an Sie besitze. Dies zu wissen, genügt mir, aber der Zweck, dem Sie es zuführen wollen, geht mich nichts an. Wenn ich erst wüßte, welche Umstände Ihre augenblickliche Verlegenheit bestimmen, dann liefe ich Gefahr, den Ernst Ihrer Lage zu erfassen und aus

Schwäche noch länger zu warten, was ich augenblicklich ohne großen Nachteil nicht kann. Darum ziehe ich es vor, diese Umstände nicht zu kennen.«

»Mein Herr!« rief der Kardinal, der sich in seinem Stolz und seiner Empfindlichkeit verletzt sah, »glauben Sie nicht, daß ich Sie in meine Schwierigkeiten einweihen wollte, um Ihr Mitleid zu erregen. Sie besitzen Ansprüche, die in diesem Schein verbürgt sind, Sie sollen Ihre fünfhunderttausend Francs haben.«

Cagliostro verneigte sich.

»Allerdings«, fuhr der Kardinal verzweifelt fort, »weiß ich auch, daß dieses Schriftstück nur die Anerkennung einer Schuld enthält, nicht den Termin ihrer Bezahlung.«

»Eure Eminenz mögen entschuldigen, aber ich berufe mich auf den Wortlaut der Quittung. Sie lautet:

Ich bestätige, von Herrn Joseph Balsamo die Summe von fünfhunderttausend Livres erhalten zu haben, die ich auf erste Einforderung zurückerstatten werde.

Louis de Rohan«

Der Kardinal zitterte an allen Gliedern. Er hatte nicht nur diese Schuld, sondern auch den Wortlaut der Quittung vergessen.

»Sie sehen, Monseigneur«, bemerkte Balsamo, »daß ich nichts Unmögliches verlange. Sie können nicht bezahlen. Ich bedaure, das sagen zu müssen, aber Eure Eminenz scheint zu vergessen, daß der Betrag von Joseph Balsamo in einem entscheidenden Augenblick und spontan gegeben wurde; und zwar Herrn de Rohan, den Joseph Balsamo nicht kannte! Das war ein edelmännisches Verfahren, das Herr de Rohan, der doch in jeder Beziehung ein vornehmer Herr ist, bei der Wiedererstattung nachahmen sollte. Da Sie indessen anderer Ansicht sind, wollen wir nicht mehr davon sprechen. Ich nehme meinen Schein also zurück. Adieu, Monseigneur!«

Kaltblütig faltete Cagliostro das Papier zusammen und wollte es in die Tasche stecken. Der Kardinal hielt ihn zurück.

»Herr Graf«, sagte er, »ein Rohan duldet nicht, daß irgend jemand auf der Welt ihn belehrt über Großmut und – darauf läuft es ja hier hinaus – über Anständigkeit. Geben Sie mir bitte den Schein, ich werde bezahlen.«

Jetzt schien Cagliostro zu zögern. Das blasse Gesicht und die zitternde Hand des Kardinals schienen ihn zu rühren. Der Prinz fühlte diese Regung und hoffte, sie würde ein Ergebnis zeitigen, aber plötzlich wurde der Blick des Grafen hart, seine Stirn legte sich in Falten, und er reichte dem Kardinal die Quittung.

Herr de Rohan verlor keinen Augenblick. Er trat zu dem Schrank und zog ein Bündel Kassenscheine heraus, dann deutete er auf einige Säcke mit Silbermünzen und zog eine Lade voll Gold auf.

»Herr Graf«, sagte er, »hier sind die fünfhunderttausend Francs; ich schulde Ihnen allerdings noch zweihundertfünfzigtausend, denn ich nehme an, daß Sie Zinsen und Zinseszinsen in Anrechnung bringen. Ich werde die Rechnung durch meinen Haushofmeister aufstellen lassen und Ihnen Sicherheiten für die Bezahlung geben; allerdings bitte ich Sie, mir für die Begleichung einige Zeit zu bewilligen.«

»Monseigneur«, antwortete Cagliostro, »ich habe diese fünfhunderttausend Livres Herrn de Rohan geliehen, also schuldet mir Herr de Rohan nur diesen Betrag. Wenn ich Interessen gewünscht hätte, so hätte ich sie in dem Vertrag bezeichnet. Als Beauftragter oder Erbe Joseph Balsamos, der ja tot ist, kann ich nur die in der Quittung bezeichnete Summe annehmen. Sie bezahlen, ich empfange und danke. Da ich unverzüglich die ganze Summe benötige, werde ich untertags hierherschicken und auch das Gold und das Silber abholen lassen, das Sie bitte für meine Boten bereithalten wollen.«

Damit schob Cagliostro das Bündel der Kassenscheine in seine Tasche, verneigte sich vor dem Prinzen und ging.

Einundfünfzigstes Kapitel
Abrechnungen

Es war zwei Tage vor der ersten von der Königin bestimmten Zahlung. Herr de Calonne hatte sein Versprechen noch nicht gehalten, seine Abrechnungen waren vom König noch nicht unterzeichnet worden.

Der Minister hatte viel zu tun gehabt und darüber die Königin ein wenig vergessen. Sie ihrerseits hielt es unter ihrer Würde, das Gedächtnis des Generalkontrolleurs der Finanzen aufzufrischen. Man hatte ihr Geld versprochen, also wartete sie.

Jetzt begann sie allerdings unruhig zu werden und sann auf Mittel, Herrn de Calonne zu befragen, ohne sich zu kompromittieren, als ihr ein Brief des Ministers überbracht wurde.

»Heute abend wird die Sache, mit deren Erledigung Ihre Majestät mich zu betrauen geruhten, im Rat unterzeichnet werden, und der Betrag wird morgen in den Händen der Königin sein.«

Sofort heiterte sich Marie-Antoinette auf. Sie dachte an nichts mehr, auch nicht an dieses so schwere »morgen«.

Sie erging sich mit Madame de Lamballe und dem Grafen d'Artois in den einsamsten Alleen des Parkes von Versailles, während der König sich nach dem Diner in den Großen Rat begab.

Ludwig XVI. war übelgelaunt. Die Nachrichten aus Rußland waren schlimm, und im Golf de Lion war ein Schiff verlorengegangen. Einige Provinzen verweigerten die Steuern. Eine schöne Weltkarte, die der König selbst poliert und gefirnißt hatte, war infolge der Hitze gesprungen, und Europa war in der Schneidung des dreißigsten Breitengrades mit dem fünfundzwanzigsten Längengrad zerrissen. Seine Majestät war verärgert – sogar gegen Herrn de Calonne.

Vergeblich bot ihm der Minister lächelnd seine parfümierte

Mappe. Schweigsam und verstimmt begann der König Schraffierungen auf das weiße Papier zu zeichnen, was bei ihm Sturm bedeutete; war er gut gelaunt, so liebte er es, Männchen und Pferdchen an den Rand zu zeichnen.

Es war die Manie des Königs, während der Beratungen zu zeichnen. Ludwig XVI. sah den Leuten nicht gern ins Gesicht, denn er war schüchtern. Wenn er eine Feder in der Hand hielt, fühlte er sich sicherer. Der Redner konnte inzwischen seine Argumente vorbringen, und der König blickte nur selten auf, als ob er sich erinnern wollte, wen er vor sich habe.

Dieser Gewohnheit gemäß hatte der König sofort nach seiner Feder gegriffen, und die Minister begannen ihre Entwürfe und Noten vorzutragen. Wortlos hörte der König die auswärtige Korrespondenz an, als ob sie ihn nichts anginge. Als aber die Abrechnung für den Monat an die Reihe kam, blickte er auf. Herr de Calonne las ein Memorandum über die für das nächste Jahr geplanten Anleihen vor. Sofort begann der König wütend zu schraffieren.

»Immer diese Anleihen!« murrte er, »und kein Mensch weiß, womit wir sie bezahlen werden. Das ist ein fatales Problem, Herr de Calonne.«

»Sire, eine Anleihe aufnehmen, heißt aus einer Quelle schöpfen; hier geht das Wasser aus, dort fließt es über. Mehr noch, es verdoppelt sich, empfängt aus unterirdischen Strömen neue Zuflüsse. Man sollte nicht fragen: wie werden wir bezahlen? Das Problem ist: worauf bekommen wir Kredite? Eure Majestät sprachen von einem Problem. Das wahre Problem ist nicht die Rückerstattung, sondern die Auffindung von Gläubigern.«

Der König schraffierte jetzt so dicht, daß das Papier nahezu schwarz wurde, aber er sagte kein Wort.

Nachdem Herr de Calonne seinen Plan dargelegt und sich die Zustimmung seiner Amtskollegen verschafft hatte, ergriff der König das Papier und unterzeichnete seufzend.

»Und jetzt«, fuhr Herr de Calonne lächelnd fort, »da wir Geld haben, wollen wir daran gehen, es auszugeben.«

Der König schnitt eine Grimasse.

Herr de Calonne legte ihm ein Budget vor, das Pensionen, Gratifikationen, Schenkungen und Solde enthielt. Der König blätterte darin und kam rasch zur Gesamtsumme.

»Eine Million einhunderttausend Francs für solche Kleinigkeiten? Wie ist das möglich?«

»Lesen Sie, Sire, und beachten Sie, daß ein einziger Artikel fünfhunderttausend Francs ausmacht.«

»Welcher Artikel, Herr Generalkontrolleur?«

»Vorschußzahlung an Ihre Majestät, die Königin, Sire.«

»Fünfhunderttausend Francs an die Königin? Das ist unmöglich!«

»Verzeihung, Sire, aber die Summe stimmt.«

»Fünfhunderttausend Francs! Das muß ein Irrtum sein! Vor vierzehn Tagen habe ich Ihrer Majestät das Taschengeld für drei Monate vorauszahlen lassen.«

»Sire, wenn die Königin Geld braucht – alle Welt weiß, welchen Gebrauch sie davon macht –, so ist das nichts Verwunderliches.«

»Nein«, rief der König, der seine Sparsamkeit ins rechte Licht setzen wollte, »die Königin will dieses Geld gar nicht. Sie hat mir selbst gesagt, daß ihr ein Kriegsschiff lieber ist als Juwelen. Sie ist der Ansicht, daß wir Frankreich Geld zur Verfügung stellen müssen, um seine Armen zu ernähren. Wenn die Königin diesen Betrag benötigt, so wird sie das um so größere Verdienst in Anspruch nehmen zu warten. Ich bürge Ihnen dafür, daß sie warten wird.«

Die Minister spendeten dieser patriotischen Regung des Königs Beifall, aber Herr de Calonne, der die Verlegenheit der Königin kannte, bestand auf der Annahme seines Budgets.

»Wahrhaftig«, sagte der König, »Sie interessieren sich mehr für uns als wir selbst. Beruhigen Sie sich doch, Herr de Calonne.«

»Sire, die Königin wird mich beschuldigen, ich habe es in ihrem Dienst an Eifer fehlen lassen.«

»Ich werde für Sie sprechen.«

»Sire, die Königin verlangt nie Geld, wenn sie es nicht dringend braucht.«

Der König griff nach der Feder.

»Sie wollen diesen Kredit streichen?« fragte Herr de Calonne bestürzt.

»Ich streiche ihn«, antwortete Ludwig XVI. majestätisch, »und ich höre die Königin mir danken, daß ich sie so gut verstanden habe.«

Herr de Calonne biß sich auf die Lippen.

Ludwig war mit diesem persönlichen Opfer zufrieden und unterzeichnete alle weiteren Schriftstücke in blindem Vertrauen. Während die Abrechnungen verlesen wurden, zeichnete er ein schönes Zebra in einem Kranz von Nullen.

»Ich habe an diesem Tag fünfhunderttausend Francs gewonnen, Herr de Calonne«, sagte er. »Überbringen Sie selbst der Königin diese frohe Kunde.«

»Großer Gott, ich wäre in Verzweiflung, wenn ich Ihnen die Freude dieser Mitteilung rauben sollte. Jedem nach seinem Verdienst!«

»Es sei! Heben wir die Sitzung auf. Übrigens, da kommt die Königin! Wollen wir ihr entgegengehen, Calonne?«

»Sire, ich bitte um Verzeihung, aber ich muß in mein Büro zurück, einige Unterschriften zu geben.«

Damit machte sich der Minister so rasch wie möglich davon.

Tapfer und vergnügt eilte der König Marie-Antoinette entgegen. »Madame«, sagte er, »hatten Sie einen angenehmen Spaziergang?«

»Es war sehr hübsch, Sire. Und ist Ihnen die Arbeit gut bekommen?«

»Vortrefflich. Ich habe für Sie fünfhunderttausend Francs gewonnen.«

Calonne hat Wort gehalten, dachte die Königin.

»Stellen Sie sich nur vor«, fuhr Ludwig XVI. fort, »Calonne nahm für Sie einen Kredit von einer halben Million in Anspruch.«

Marie-Antoinette lächelte.

»Ich habe ihn natürlich gestrichen. Das heißt fünfhunderttausend Francs mit einem Federstrich sparen!«

»Gestrichen?« murmelte die Königin erblassend.

»Kurzerhand. Das wird Ihre Popularität verdoppeln. Guten Abend, Madame!«

»Sire! Sire!«

»Ich habe jetzt furchtbaren Hunger. Habe ich nicht mein Souper verdient?«

»Hören Sie doch, Sire!«

Entzückt lief Ludwig XVI. davon, um sich den Danksagungen der Königin zu entziehen. Sie blieb sprachlos und bestürzt zurück.

»Schwager«, wandte sie sich an den Grafen d'Artois, »lassen Sie Herrn de Calonne holen. Das ist ein schlimmer Streich.«

In demselben Augenblick wurde ihr ein Billett des Ministers überbracht.

»Eure Majestät wird bereits wissen, daß der König den Kredit gestrichen hat. Es ist unbegreiflich, Madame, und ich habe den Rat verzweifelt und krank verlassen.«

»Lesen Sie«, sagte die Königin und reichte das Blatt dem Grafen d'Artois.

»Und es gibt noch Leute, die sagen, daß wir Geld ausgeben!« rief Charles. »Das ist das Benehmen eines ...«

»Eines Ehemannes«, murmelte die Königin. »Adieu, Schwager!«

»Empfangen Sie mein herzlichstes Beileid, Schwägerin. Ich bin wenigstens gewarnt, ich wollte morgen Geld verlangen.«

»Man hole rasch Madame de La Motte!« befahl die Königin Madame Miséry. »Sofort!«

Zweiundfünfzigstes Kapitel

Marie-Antoinette und Madame de La Motte

Eine Stunde später war die Gräfin in Versailles. Sie wurde erwartet und unverzüglich zu Marie-Antoinette geführt.

Die Königin hatte sich in ihr Zimmer zurückgezogen, nachdem sie alle Hofdamen, mit Ausnahme der Madame de Miséry, die in dem kleinen Boudoir las, entlassen hatte. Marie-Antoinette war mit ihrer Stickerei beschäftigt oder schien sich wenigstens mit ihr zu beschäftigen, während sie unruhig lauschte.

»Ach«, rief sie, als Jeanne eintrat, »da sind Sie! Gut! Es gibt Neuigkeiten, Gräfin.«

»Gute, Madame?«

»Urteilen Sie selbst. Der König hat die fünfhunderttausend Francs verweigert.«

»Herrn de Calonne?«

»Aller Welt. Der König will mir kein Geld mehr geben. So etwas kann nur mir passieren.«

»Mein Gott«, murmelte die Gräfin.

»Es ist nicht zu glauben, nicht wahr? Eine bereits ausgefertigte Anweisung wird einfach gestrichen. Aber sprechen wir nicht mehr davon, alles ist verloren und vertan. Fahren Sie rasch nach Paris zurück, gehen Sie zu dem Kardinal und sagen Sie ihm, daß ich die fünfhunderttausend Francs bis zum nächsten Monatstermin von ihm annehme. Das ist egoistisch von mir, Gräfin, aber ich kann nicht anders.«

»Ach, Madame«, murmelte Jeanne, »wir sind verloren. Der Herr Kardinal hat kein Geld mehr.«

Die Königin sprang auf, als ob sie beschimpft worden wäre.

»Kein Geld mehr?« stammelte sie.

»Madame, eine fast vergessene Schuldforderung ist präsentiert worden. Es war eine Ehrenschuld, Herr de Rohan mußte zahlen.«

»Fünfhunderttausend Francs?«

»Ja, Madame, sein letztes Geld.« Die Königin war wie betäubt.

»Woher wissen Sie das, Gräfin?« fragte sie.

»Vor eineinhalb Stunden hat er mir davon erzählt. Der Schlag hat ihn um so härter getroffen, als die fünfhunderttausend Francs gewissermaßen der Boden der Schublade waren, wie man sagt.«

Die Königin stützte ihre Stirn auf ihre Hände.

»Man muß einen Entschluß fassen«, sagte sie.

Was wird die Königin tun? dachte Jeanne.

»Das ist eine furchtbare Lektion«, fuhr die Königin fort, »ich werde bestraft, weil ich Geheimnisse vor dem König hatte und einen mittelmäßigen Ehrgeiz, einer kleinlichen Koketterie gefolgt bin. Ich brauchte doch dieses Halsband gar nicht, nicht wahr?«

»Wohl wahr, Madame, aber wenn eine Königin nur ihre Bedürfnisse und nicht ihre Neigungen befriedigen kann ...«

»Ich mußte zunächst um meine Ruhe und um das Glück meines Hauses besorgt sein. Diese erste Niederlage soll mich lehren, welch schrecklichen Peinlichkeiten ich mich nur zu leicht hätte aussetzen können. Seien wir offen und gehen wir einfach zu Werk.«

»Madame!«

»Um zu beginnen, wollen wir unsere Eitelkeit auf dem Altar der Pflicht opfern, wie Herr Dorat sagen würde. Ach, dieses Halsband war außerordentlich schön ...«

»Es ist noch schön, Madame, und vor allem, es ist sein Geld wert, es ist, möchte ich sagen, eine Kapitalsanlage.«

»Von nun an ist es für mich nur mehr ein Haufen Steine, und mit Steinen tut man, wenn man mit ihnen gespielt hat, was die kleinen Kinder machen, man wirft sie weg oder vergißt sie.«

»Was wollen Majestät damit sagen?«

»Daß Sie, liebe Gräfin, das Etui, das mir Herr de Rohan überbracht hat, den Juwelieren Boehmer & Bossange zurückbringen sollen.«

»Madame«, rief die Gräfin, »sie werden eine Viertelmillion verlieren! Es ist möglich, daß die Juweliere über das Geld verfügt haben und sich weigern, es zurückzuerstatten.«

»Ich rechne damit und überlasse ihnen das Angeld, wenn sie von dem Vertrag zurücktreten. Wahrhaftig, Gräfin, ich fühle mich besser, seit ich dieses Ziel klar vor mir sehe. Seit dieses Halsband hier ist, sind Sorge, Verdruß, Angst und Argwohn bei mir eingezogen. Tragen Sie das Etui sofort weg, die Juweliere machen ein gutes Geschäft dabei. Zweihundertfünfzigtausend Francs Reugeld sind ein guter Gewinn. Mehr hätten sie an dem Halsband auch nicht verdient, das sie jetzt in ihrem Besitz behalten. Sie werden sich gewiß nicht beklagen, und niemand soll davon erfahren. Der Kardinal hat mir ein Vergnügen bereiten wollen, sagen Sie ihm, daß ich jetzt froh bin, dieses Halsband nicht mehr zu besitzen; er ist ein Mann von Verstand und wird mich begreifen. Er ist ein Priester und wird mein Opfer billigen.«

Mit diesen Worten schob die Königin Jeanne das Etui hin. Die Gräfin schob es sanft zurück.

»Madame«, sagte sie, »warum wollen Sie nicht versuchen, einen Zahlungsaufschub zu erlangen?«

»Verlangen? Nein!«

»Ich habe gesagt: erlangen, Madame.«

»Verlangen heißt, sich demütigen, Gräfin; erlangen heißt, gedemütigt werden. Ich würde begreifen, daß man sich für einen geliebten Menschen demütigt oder um ein lebendes Wesen, und wäre es auch nur ein Hund, zu retten; aber sich demütigen, um diese Steine zu behalten – Gräfin, das ist ein Rat, den ich nie annehmen werde. Nehmen Sie das Etui, meine Liebe, tragen Sie es fort!«

»Bedenken Sie doch, Madame, daß die Juweliere aus vermeintlicher Höflichkeit von der Sache sprechen werden. Ihre Ablehnung wird bekannt werden und wird Sie ebenso sehr kompromittieren wie der Kauf. Alle Welt wird wissen, daß Sie die Diamanten doch angenommen hatten.«

»Niemand wird das wissen. Ich schulde den Juwelieren nichts mehr, ich werde sie auch nicht mehr empfangen. Ich verlange doch nicht zuviel, wenn ich wünsche, daß sie für zweihundertfünfzigtausend Francs Reugeld schweigen. Und meine Feinde werden nicht sagen können, daß ich eineinhalb Millionen für Diamanten ausgebe, sondern höchstens, daß ich Geld in den Handel gesteckt habe. Das ist weniger peinlich. Tragen Sie es fort, Gräfin, und danken Sie Herrn de Rohan für seinen guten Willen.«

Mit einer herrischen Geste reichte sie Jeanne das Etui.

»Sie haben keine Zeit zu verlieren«, fuhr die Königin fort. »Je weniger die Juweliere in Unruhe kommen, desto sicherer können wir uns auf ihr Schweigen verlassen. Fahren Sie rasch nach Paris, und achten Sie darauf, daß niemand das Etui sieht. Fahren Sie zunächst nach Hause, denn ein Besuch bei Boehmer um diese Zeit müßte den Argwohn der Polizei erregen, die sich ja immer um alles kümmert, was bei mir vorgeht. Wenn Sie zu Hause vorfahren, werden Sie die Spitzel von Ihrer Fährte ablenken. Gehen Sie dann zu den Juwelieren und bringen Sie mir eine Empfangsbestätigung.«

»Ja, Madame, alles soll geschehen, wie Sie es wünschen.«

Jeanne verbarg das Etui in ihrer Mantille und kehrte mit dem Eifer, den ihre Auftraggeberin gefordert hatte, nach Paris zurück.

Sie fuhr zunächst nach Hause und entließ den Wagen des Herrn de Rohan, damit der Kutscher nicht ihre Geheimnisse erfahre. Dann ließ sie sich umkleiden und wählte eine minder elegante, für einen nächtlichen Ausflug geeignete Robe. Ihre Kammerzofe beobachtete, daß Jeanne während des Kostümwechsels, der doch sonst die ganze Aufmerksamkeit einer Hofdame in Anspruch nimmt, zerstreut und nachdenklich war.

In der Tat kümmerte sich Jeanne nicht um ihre Toilette, sondern hing ihren Gedanken, die ihr der Zufall eingeflößt hatte, nach. Sie überlegte, ob der Kardinal nicht einen großen Fehler begehe, wenn er zulasse, daß die Königin diesen Schmuck zurückgebe. Mußte dieser Fehler nicht die Aussichten auf das Glück, von dem Herr de Rohan träumte, verringern; war, das kleine Geheimnis der Königin zu teilen, für den Kardinal nicht schmeichelhaft?

Hieß Marie-Antoinettes Befehl vollstrecken, ohne vorher Herrn de Rohan zu befragen, nicht den Bündnisvertrag verletzen? Würde der Kardinal, mochte er auch am Ende seiner Mittel sein, nicht lieber sich selbst verkaufen, als zusehen, wie die Königin sich des Gegenstandes ihrer lebhaftesten Begierde beraubte?

Ich kann es nicht anders machen, dachte Jeanne, ich muß den Kardinal um Rat fragen. Aber eine Million vierhunderttausend Francs! Diesen Betrag wird er nie aufbringen. Ein Vermögen! Alles Glück und alle Genüsse, die diese Unsumme zu verschaffen vermag, ist also verschlossen in dieser kleinen Kette von Edelsteinen, die in dem Etui da funkeln.

Sie öffnete das Etui und versengte ihre Augen an den Lichtfluten, die ihr entgegenströmten.

Sie nahm das Halsband aus dem Seidenkissen, rollte es um ihre Finger und murmelte: »Eine Million vierhunderttausend Francs haben in meinen kleinen Händen Platz! Welch seltsames Geschick, das der kleinen Jeanne de Valois, dieser unbekannten Bettlerin, erlaubt, die Hand einer Königin zu berühren und, wenn auch nur für eine Stunde, eine Million vierhunderttausend Francs zu besitzen, eine Summe, die sonst auf dieser Welt niemals allein bleibt, sondern immer von bewaffneten Wächtern begleitet wird. Das alles in meinen zehn Fingern – so leicht und doch so schwer! Um den Gegenwert in Gold fortzuschleppen, brauchte ich zwei Pferde; in Kassenbilletts allerdings ... Ach, Kassenbilletts werden doch immer bezahlt?! Man braucht, wenn man sie am Schalter einer Bank präsentiert, nicht einmal eine Unterschrift zu leisten! Und solch ein Billett ist nur ein Stück Papier – Feuer, Luft und Wasser zerstören es. Auch hat es nicht in allen Ländern seinen Kurs, es verrät seine Herkunft, ja sogar den Namen seines Inhabers. Früher oder später wird es wertlos. Diamanten aber sind harter Stoff, sie widerstehen jeglichem Zugriff, und alle Welt kennt und schätzt sie. Man bewundert und kauft sie in London und Berlin, in Madrid und sogar in Brasilien. Alle Welt begreift den Wert eines Diamanten von so edlem Schnitt und so prächtigem Feuer wie diese hier! Aber was denke ich da? Wir müssen einen Entschluß fassen, müssen zum Kardinal gehen oder das Halsband Boehmer aushändigen, wie die Königin befohlen hat.

Ach, diese Steine werden wieder in die Hände kalter Juweliere zurückkehren, die sie prüfend abwägen und mit der Bürste säubern werden. Boehmer wird zuerst zu schreien beginnen, dann aber wird er sich beruhigen bei dem Gedanken, daß er eine Viertelmillion verdient hat und die Ware behält. Ach, ich darf es nicht vergessen: wie muß die Quittung lauten? Ein solches Papier aufzusetzen, erfordert viel Diplomatie. Der Text darf weder Boehmer, noch der Königin, dem Kardinal oder mir Verpflichtungen auflasten. Ich könnte ein solches Dokument allein gar nicht aufsetzen. Ich muß mich beraten lassen. Der Kardinal ... Ach nein! Wenn der Kardinal mich mehr liebte oder reicher wäre und mir diese Diamanten schenkte?«

Plötzlich wurde ihr Blick ruhiger und fester. Sichtlich nahm alles in ihr eine unerschütterliche Sicherheit an. Eine Stunde verging in tiefer, stummer Überlegung. Dann stand Jeanne auf und schellte.

Es war zwei Uhr morgens.

»Besorgen Sie mir eine Droschke!« befahl sie.

Die Zofe fand in der alten Rue du Temple einen Fiaker, der auf seinem Bock schlief. Madame de La Motte stieg allein ein und schickte das Mädchen zurück. Zehn Minuten später hielt der Wagen an der Tür des Zeitungsschreibers Reteau de la Villette.

Dreiundfünfzigstes Kapitel

Boehmers Empfangsbestätigung und die Schuldverschreibung der Königin

Das Ergebnis dieses nächtlichen Besuches trat am nächsten Morgen in folgender Weise in Erscheinung. Um sieben Uhr ließ Madame de La Motte der Königin ein Schreiben zugehen, das den Empfangsschein der Juweliere enthielt. Dieses wichtige Dokument lautete:

»Die Unterzeichneten bestätigen, das Diamantenhalsband, das Ihrer Majestät der Königin zum Preis von einer Million sechshunderttausend Livres verkauft worden war, zurückgenommen zu haben, da die Edelsteine Ihrer Majestät nicht mehr gefielen. Sie verzichtet als Entschädigung und Reugeld auf die geleistete Anzahlung von zweihunderttausend Francs.«

Die Königin war beruhigt, schloß die Quittung in eine Schublade ein und dachte nicht weiter daran.

In seltenem Widerspruch zu diesem Dokument stand die Tatsache, daß die Juweliere Boehmer & Bossange zwei Tage später den Besuch des Herrn Kardinals de Rohan empfingen, der über die pünktliche Zahlung der zwischen der Königin und den Juwelieren verabredeten ersten Rate in Unruhe war.

Herr de Rohan fand Boehmer in dem Haus am Quai de l'Ecole. Seit dem Morgen der Verfallszeit dieser ersten Rate mußte im Haus der Juweliere Unruhe herrschen, wenn das Geld nicht eingegangen oder gar die Zahlung verweigert worden war.

Noch atmete das Haus Boehmers vollendete Ruhe, und Herr de Rohan war sehr glücklich, als er nur freudige Mienen, runde Rücken und wedelnde Hunde sah. Boehmer empfing seinen vornehmen Kunden mit größter Befriedigung.

»Nun«, fragte der Kardinal, »heute war Zahlungstermin. Ist das Geld eingegangen?«

»Nein, Monseigneur, Ihre Majestät konnte das Geld nicht aufbringen. Sie wissen, daß der König das Budget des Herrn de Calonne nicht angenommen hat. Alle Welt spricht davon.«

»Allerdings, Herr Boehmer. Und gerade deswegen komme ich hierher.«

»Nun«, fuhr der Juwelier fort, »Ihre Majestät zeigt den besten Willen. Sie hat zwar nicht zahlen können, aber sie hat ihre Schuld garantiert, und mehr verlangen wir nicht.«

»Um so besser! Welche Garantien hat Ihre Majestät gegeben?«

»Sie hat die Sache aufs taktvollste und einfachste von der Welt geregelt, wahrhaft königlich.«

»Wohl durch Vermittlung dieser geistvollen Gräfin?«

»Nein, Monseigneur, Madame de La Motte ist nicht einmal hier erschienen, und das hat uns, Herrn Bossange und mir, überaus geschmeichelt.«

»Sie ist nicht erschienen? Die Gräfin ist nicht erschienen? Glauben Sie mir, Herr Boehmer, sie hat aber doch damit zu tun. Jeder gute Einfall in dieser Sache kommt von der Gräfin.«

»Monseigneur mögen selbst beurteilen, wie gütig Ihre Majestät gewesen ist. Gerüchtweise verlautete, daß der König den Betrag von fünfhunderttausend Francs aus dem Budget gestrichen hat. Wir schrieben daher an Madame de La Motte.«

»Und welche Antwort erhielten Sie?«

»Eure Eminenz wissen nichts davon?« fragte Boehmer mit einer unmerklichen Nuance ehrerbietiger Vertraulichkeit.

»Nein, ich habe seit drei Tagen nicht die Ehre gehabt, die Frau Gräfin zu sehen.«

»Nun, Monseigneur, Madame de La Motte hat uns nur gesagt: Warten Sie. Wir hatten sie nämlich gebeten, Sie um eine Audienz zu bitten und die Königin auf das Herannahen des Zahlungstermins aufmerksam zu machen. Wir warteten also, Monseigneur, und gestern abend erhielten wir von der Königin durch einen Geheimkurier ein Schreiben.«

»Ein Schreiben? An Sie, Herr Boehmer?«

»Ja, oder eigentlich eine formelle Schuldverschreibung.«

»Lassen Sie sehen!«

»Ach, ich würde sie Ihnen zeigen, wenn wir nicht geschworen hätten, sie niemand sehen zu lassen. Ihre Majestät selbst hat uns Stillschweigen auferlegt.«

»Ach, das ist natürlich etwas anderes. Für Sie, meine Herren Juweliere, ist es ein großes Glück, ein Handschreiben der Königin zu besitzen.«

»Für eine Million dreihundertfünfzigtausend Francs, Monseigneur«, bemerkte der Juwelier selbstbewußt, »kann man ...«

»Zehn Millionen und hundert Millionen sind nicht so viel wert wie gewisse Schriftstücke. Sie besitzen also formelle Garantien?«

»Die besten von der Welt, Monseigneur.«

»Und die Königin hat sich verpflichtet ...«

»In drei Monaten fünfhunderttausend Francs zu bezahlen, den Rest aber in einem halben Jahr.«

»Und die Zinsen?«

»Ach, Monseigneur, ein Wort Ihrer Majestät genügt, ›Erledigen wir diese Sache unter uns‹, hat Ihre Majestät geschrieben! Belieben Exzellenz, Ihr Augenmerk auf den Ausdruck *unter uns* zu lenken! Wieviel Güte! ›Sie werden es nicht zu bereuen haben‹, schreibt die Königin. Der Brief ist unterzeichnet. Von nun an ist die Sache für uns, für meinen Kompagnon und mich, eine Ehrenangelegenheit.«

»Gut, dann bin ich ja quitt mit Ihnen, Herr Boehmer«, meinte der Kardinal vergnügt. »Hoffentlich haben wir bald wieder etwas zu tun.«

»Sobald Eure Exzellenz uns mit Ihrem Vertrauen beehrt ...«

Von den Ehrfurchtsbezeigungen des ganzen Hauses begleitet, kehrte der Kardinal zu seinem Wagen zurück.

Wir aber wollen jetzt die Masken lüften, denn was Jeanne de La Motte gegen ihre Wohltäterin getan hatte, haben unsere Leser wohl bereits begriffen, als wir ihnen meldeten, daß die Gräfin die Feder des Pamphletisten Reteau de la Villette in Anspruch nahm. Die Juweliere waren beruhigt, die Königin außer Sorge, der Kardinal zweifelte nicht mehr. Die Gräfin hatte drei Monate Frist erhalten, um ihren Diebstahl zu bewerkstelligen. Diese drei Monate mußten genügen, um die Frucht reifen zu lassen, die eine verbrecherische Hand dann pflücken würde.

Jeanne kehrte zu Herrn de Rohan zurück, der sie fragte, wie die Königin es angestellt habe, dem Drängen der Juweliere zu begegnen. Sie antwortete, Marie-Antoinette habe die Juweliere ins Vertrauen gezogen, die Königin habe tiefstes Stillschweigen über die Angelegenheit befohlen, denn selbst zahlende Majestäten haben es oft nötig, sich zu verbergen, Königinnen aber, die Kredite aufnehmen, bedürfen höchster Verschwiegenheit.

Der Kardinal gab zu, daß man richtig gehandelt habe, und erkundigte sich, ob man sich noch seiner guten Absichten erinnere. Jeanne entwarf ihm ein so verlockendes Bild von der Dankbarkeit der Königin, daß Herr de Rohan, bereits mehr Liebhaber als Untertan, eher in seinem Stolz als in seiner Ergebenheit befriedigt wurde.

Jeanne hatte beschlossen, sich mit einem Edelsteinhändler in Verbindung zu setzen, Diamanten im Wert von hunderttausend Talern zu verkaufen und damit nach England oder Rußland zu fliehen, freien Ländern, in denen man mit einem solchen Vermögen fünf oder sechs Jahre aufs beste leben konnte. Nach Ablauf dieser Frist konnte man in aller Ruhe darangehen, die übrigen Steine einzeln vorteilhaft zu veräußern.

Indessen ging nicht alles nach ihren Wünschen. Schon die ersten Fachleute, denen sie einzelne Steine zeigte, gaben Zeichen von solcher Verwunderung, daß die Gräfin besorgt wurde. Ein Juwelier bot eine erbärmliche Summe, während der andere über die Steine außer sich war und erklärte, er habe ihresgleichen nur in Boehmers Halsband gesehen.

Jeanne begriff, daß sie nur einen Schritt weiterzugehen brauchte, um alles zu verderben. Es drohte der Pranger und lebenslängliches Gefängnis. Sie verschloß daher die Diamanten sorgfältig in einem Versteck und beschloß, sich auf einen bitteren Kampf gefaßt zu machen.

Es war eine schwere Aufgabe, zwischen dem nimmermüden Verlangen des Kardinals, der stets Neues zu erfahren wünschte, und der Geschwätzigkeit der Königin, die sich ihres Opfers rühmen mochte, zu lavieren. Die Königin brauchte mit dem Kardinal nur ein Wort zu wechseln, und alles war verloren. Jeanne fand ihren einzigen Trost in der Erwägung, daß der Kardinal blind sei wie alle Verliebten, und demnach in jede Falle gehen mußte, in die man ihn mit dem Phantom der Liebe lockte.

Man mußte diese Falle so stellen, daß beide Interessierten gefangen wurden. Wenn die Königin den Diebstahl entdeckte, durfte sie nicht wagen, sich zu beklagen, und der Kardinal mußte begreifen, daß er verloren war. Gewiß bedurfte es eines Meisterstreiches, wenn man zwei Gegner mit einem Schlag treffen wollte, die im voraus die Öffentlichkeit für sich hatten.

Jeanne schreckte nicht zurück. Sie gehörte zu jenen unerschrockenen Menschen, die das Böse zum Heldentum, das Gute zum Bösen steigern. Ein einziger Gedanke beschäftigte sie in diesem Augenblick: wie sollte sie eine Begegnung zwischen dem Kardinal und der Königin verhindern? Solange sie selbst, Jeanne, zwischen ihnen stand, mochte alles gut gehen.

Sie dürfen einander nie mehr begegnen, entschied sie.

Aber der Kardinal wird die Königin sehen wollen, er wird darauf bestehen.

Warten wir nicht, bis er darauf besteht, entschied die schlaue Frau. Bringen wir ihn selbst auf den Gedanken. Möge er danach verlangen! Möge er sich kompromittieren, indem er danach verlangt.

Ja, aber wenn er allein kompromittiert ist? Dann bleibt der Königin eine Zuflucht, und sie weiß laut zu sprechen, diese Königin. Sie ist fähig, dem Betrüger die Maske vom Gesicht zu reißen.

Was tun? Damit die Königin niemand beschuldigen kann, muß sie gezwungen werden zu schweigen.

Man wagt nicht, seinen Diener des Diebstahls zu bezichtigen, wenn dieser Diener uns eines ebenso schändlichen Verbrechens überführen kann. Herr de Rohan kann nur durch seine Beziehung zur Königin kompromittiert werden, die Königin nur durch ihre Beziehung zu Herrn de Rohan.

Jeanne schreckte zurück vor der drohenden Gefahr. Sollte sie fliehen? Flucht war leicht. Binnen zehn Stunden konnte man sich einen geeigneten Wagen verschaffen.

Schon sah Jeanne das endlose Band der Landstraße vor sich. In zehn Stunden konnte sie frei und gerettet sein.

Aber welcher Skandal! Welche Schande! Sie sollte verschwinden, obwohl sie jetzt frei war, sollte in Sicherheit sein, aber geächtet! Nein, Jeanne würde nicht mehr eine Frau von hohem Rang sein, sondern eine gemeine Diebin, eine *in contumaciam* Verurteilte, die der Justiz entwichen war, wenn auch nicht vom Eisen des Henkers gebrandmarkt, so doch von der öffentlichen Meinung vernichtet!

Nein, sie würde nicht fliehen. Der Gipfel der Kühnheit und der der Geschicklichkeit sind zwei Spitzen des Atlas', die den Zwillingen gleichen. Wer den einen erstiegen hat, kann den anderen nicht mehr verfehlen. Jeanne entschloß sich, die Tollkühnheit auf ihr Panier zu schreiben und in Paris zu bleiben.

Sie hatte sich gefragt, wieviel ihr in zwei Jahren die Gunst der Königin und die Liebe des Kardinals einbringen würde. Sie hatte sich gesagt, daß diese doppelte Gunst mit fünfhundert- bis sechshunderttausend Livres zu veranschlagen sei. Dann mußte, das war der Lauf der Dinge, die Ungnade folgen; denn die Gunst der Großen ist ein flüchtiger Besitz.

Ich gewinne bei diesem Plan siebenhundert- oder achthunderttausend Francs, sagte sich die Gräfin. Ich muß in Paris bleiben, das Spiel der beiden Akteure lenken, ihnen die Rollen zuweisen, die sie in meinem Interesse zu spielen haben. Dann muß ich einen für meine Flucht günstigen Augenblick wählen.

Zunächst aber gilt es, den Kardinal zu hindern, sich mit Marie-Antoinette auszusprechen. Das ist eine große Schwierigkeit, denn Herr de Rohan ist verliebt, er ist ein Prinz und hat demzufolge das Recht, mehrmals im Lauf eines Jahres bei der Königin vorzusprechen; die kokette Königin sieht es gern, wenn man ihr huldigt, und überdies ist sie dem Kardinal dankbar; sie wird ihm eine Begegnung nicht verweigern, wenn er sie erstrebt.

Also muß der Zufall das Mittel liefern, diese beiden Personen zu trennen. Man wird immer auf dem laufenden bleiben und den Ereignissen nachhelfen, wenn die Konstellation günstig ist.

Nichts ist wirksamer, als die Königin in ihrem Stolz, der ihre Keuschheit krönt, zu bestärken. Kein Zweifel, jedes Drängen des Kardinals, der ja ziemlich lebhaft ist, muß diese zarte und empfindliche Frau verletzen. Naturen wie die der Königin sind für Huldigungen empfänglich, fürchten aber jeden Angriff.

Ja, dieses Mittel ist unfehlbar. Wenn man Herrn de Rohan veranlaßt, sich der Königin frei zu erklären, wird man in Marie-Antoinette eine Regung des Abscheus, einen Widerwillen wachrufen, der ihn für immer von ihr trennt. So wird man Waffen gegen den Kardinal in die Hand bekommen, dem man am Tag der Entscheidung nicht ungewappnet begegnen darf.

Gut, aber wenn man den Kardinal bei der Königin unmöglich macht, so wirkt man immerhin nur auf ihn. Man läßt die Tugend der Königin strahlen, man befreit die Fürstin, man gibt ihr jene Freiheit der Sprache wieder, die es ihr erleichtert, Anklagen zu äußern und Ansehen zu gewinnen. Ich brauche Beweise, Beweise! Beweise gegen Herrn de Rohan und gegen die Königin! Ich brauche ein zweischneidiges Schwert, das nach links und rechts verwundet, eine Anklage, vor der die Königin erbleicht und der Kardinal errötet, zugleich aber die Vertraute beider, Jeanne, rein wäscht. Ich brauche eine Kombination, hinter der ich mich im geeigneten Augenblick verbergen und sagen kann: Klagt nicht an, wenn ihr nicht wollt, daß ich anklage. Richtet mich nicht zugrunde, wenn ihr nicht wollt, daß ich euch zugrunde richte. Laßt mir meinen Schatz, so lasse ich euch die Ehre.

VIERUNDFÜNFZIGSTES KAPITEL
Die Gefangene

Herr de Cagliostro hatte, wie der Leser sich wohl erinnert, die von der Polizei des Herrn Crosne verfolgte Oliva in dem alten Haus Balsamos untergebracht.

Oliva, die diese Gelegenheit, zugleich der Polizei und Beausire zu entgehen, mit Freuden ergriff, hatte Cagliostros Vorschlag bereitwillig angenommen. Sie lebte also zurückgezogen und verborgen in dem geheimnisvollen Haus, das viel furchtbarere Dramen als das tragikomische Abenteuer der Nicole Legay mit angesehen hatte.

Cagliostro hatte sie mit Sorgfalt und Zuvorkommenheit bedient. Es schien dieser jungen Frau köstlich, sich von einem vornehmen Herrn beschützt zu wissen, der nichts verlangte und doch etwas zu erhoffen schien.

Allerdings, welcher Art waren seine Hoffnungen? Vergeblich sann die Einsame darüber nach. Ihr war Cagliostro, dieser Mann, der Beausire gezähmt und die Polizeiagenten überwunden hatte, ein rettender Gott. Und überdies war er offenbar ein recht vernarrter Liebhaber, da er sie noch immer respektierte. Die Eigenliebe erlaubte es Oliva nicht, zu glauben, daß Cagliostro ein anderes Ziel habe als dies, eines Tages doch noch ihr Geliebter zu werden.

Für Frauen, die keine Tugend mehr haben, ist es immerhin eine, zu glauben, man könne sie schüchtern lieben. Ein Herz, das nicht mehr mit der Liebe und mit der Achtung rechnet, ist welk, dürr und tot.

In diesem Haus in der Rue Saint-Claude baute Oliva Luftschlösser, in denen, wir müssen es offen gestehen, Beausire nur selten ein bescheidenes Gemach zugewiesen erhielt.

Wenn sie am Morgen, geschmückt mit den schönsten Kleidern, die Cagliostro in ihre Garderobe hatte bringen lassen, die große Dame spielte und alle Nuancen der Rolle Celimenes durchging, so lebte sie doch nur für jene Stunde des Tages, die Cagliostro zweimal wöchentlich bei ihr verbrachte, um sich bei ihr nach ihrem Befinden zu erkundigen.

Sie gestand sich dann wohl in ihrem kleinen Salon, inmitten dieses höchst greifbaren Aufwandes von Reichtum, daß alles in ihrem früheren Leben nur Irrtum und Narrheit gewesen sei. Wir setzen uns zu den Versicherungen der Moralisten, daß die Tugend zum Glück führt, in Widerspruch, indem wir von Oliva berichten, daß bei ihr das Glück die Tugend hervorbrachte. Leider fehlte es, um dieses Glück vollständig zu machen, an einem für die Dauer unentbehrlichen Element. Oliva war glücklich, aber sie langweilte sich. Bücher, Gemälde und Musikinstrumente konnten ihr keine genügende Zerstreuung bedeuten. Die wenigen Bücher, die frei genug geschrieben waren, um ihr zu gefallen, hatte sie bald gelesen. Die Gemälde zeigen uns immer wieder dasselbe, wenn man sie erst einmal gesehen hat (wofern wir uns auf Olivas Urteil verlassen wollen), und die Musikinstrumente haben für die Hand, die mit ihnen nicht umzugehen weiß, nur einen einzigen, einmaligen Klang.

Wir müssen es offen sagen, Oliva langweilte sich bald schrecklich in ihrem Glück, und oft sehnte sie sich unter Tränen nach einem hübschen, frohen Morgen am Fenster der Rue Dauphine.

Und welch liebenswürdige Spaziergänge hatte sie im Quartier Saint-Germain gemacht! War nicht jeder Schritt ein Triumph gewesen, der den Bewunderern Aufschreie der Angst, sie könnte ausgleiten, oder des Verlangens, sie möge das Bein zeigen, entriß? Das waren so die Gedanken der eingeschlossenen Nicole. Gewiß, die Agenten des Herrn Polizeipräfekten waren furchtbare Menschen, und das Weibergefängnis war noch viel schlimmer als dieser glanzvolle Kerker in der Rue Saint-Claude. Wozu aber ist man Weib und hat das Recht auf freie Laune, wenn man sich nicht zuweilen gegen sein eigenes Glück wehren darf, und wäre es auch nur im Traum?

Für den, der sich langweilt, wird bald alles grau. Nachdem Nicole ihre Freiheit vermißt hatte, begann sie auch Beausire zu vermissen.

Jetzt sind wir an einem Tag der Trauer und der Verstimmung angelangt, an dem Oliva, seit zwei Wochen bereits jeglicher Gesellschaft beraubt, der Krisis der Langeweile unterlag.

Sie hatte den Appetit verloren, aber nicht die Phantasie, die sich im Gegenteil nur im Ausmaß verdoppelte, in dem er abnahm.

In dieser Verfassung empfing sie den unerwarteten Besuch des Herrn de Cagliostro. Er trat, wie es seine Gewohnheit war, durch die Hintertür des Hauses ein, durchschritt die neu angelegten Gärten und klopfte an die Läden von Olivas Wohnung. Vier gleichmäßige Schläge waren das verabredete Zeichen, daß die junge Frau unbesorgt die Riegel des Haustores zurückziehen konnte. Oliva allerdings war der Ansicht, daß solche Vorsichtsmaßregeln unnötig seien, um eine Tugend zu schützen, die ihr unter gewissen Umständen nur lästig war.

Auf Cagliostros Klopfen schob sie die Riegel mit einer Geschwindigkeit zurück, die ihr Bedürfnis nach einer Unterredung deutlich genug bezeigte. Lebhaft wie eine Pariser Grisette eilte sie ihrem edlen Kerkermeister entgegen und rief mit einer heiseren und rauhen Stimme: »Mein Herr, ich langweile mich, Sie sollen es gleich wissen.«

Cagliostro schüttelte leicht den Kopf und sah sie fest an.

»Sie langweilen sich«, sagte er und schloß die Tür. »Ach, liebes Kind, das ist ein schlimmes Übel.«

»Ich halte es hier nicht aus, ich sterbe. Ich komme noch auf schlechte Gedanken.«

»Holla!« meinte der Graf, »wenn es Ihnen bei mir nicht gut geht, so dürfen Sie mir nicht allzusehr grollen. Richten Sie Ihren Zorn gegen den Herrn Polizeipräfekten – er ist Ihr wahrer Feind.«

»Sie bringen mich zur Verzweiflung mit Ihrer Kaltblütigkeit! Richtiger Zorn ist mir lieber als solche Gelassenheit. Sie finden immer neue Mittel, mich zu beruhigen, und das macht mich schließlich noch toll vor Wut.«

»Gestehen Sie nur, Mademoiselle, daß Sie ungerecht sind«, antwortete Cagliostro und setzte sich mit betontem Respekt oder betonter Gleichgültigkeit weit von ihr entfernt auf einen Stuhl.

»Sie sagen, was Ihnen gerade recht ist. Sie gehen, Sie kommen, Ihr Leben besteht aus Vergnügungen, die Sie frei wählen. Ich vegetiere hier in diesem Raum, den Sie mir eng begrenzt haben. Ihr Beistand, mein Herr, hilft mir nicht, wenn er mich nicht vor dem Tod bewahrt.«

»Vor dem Tod? Nicht doch!«

»Ich sage ihnen, daß Sie schlecht mit mir verfahren. Sie vergessen wohl, daß es jemand gibt, den ich tief und leidenschaftlich liebe.«

»Herrn Beausire?«

»Allerdings, Beausire. Ich liebe ihn, Sie mögen es wissen. Ich habe es Ihnen auch nie verheimlicht. Haben Sie etwa geglaubt, ich hätte meinen lieben Beausire vergessen?«

»Ich habe das so wenig angenommen, Mademoiselle, daß ich alles Erdenkliche getan habe, um Nachrichten von ihm zu erhalten. Ich bringe sie Ihnen.«

»Ach?!«

»Dieser Herr Beausire ist wirklich ein entzückender Junge. Jung und hübsch.«

»Nicht wahr?«

»Und voll Phantasie.«

»Auch voll Feuer. Manchmal ist er ein wenig brutal, aber wer liebt, züchtigt, wie es heißt.«

»Goldene Worte! Sie haben ebensoviel Herz wie Geist und sind ebenso geistvoll wie schön. Ich, der ich das weiß und der ich immer für wahre Liebe etwas übrig habe, habe daran gedacht, Sie Herrn Beausire näherzubringen.«

»Damals, vor einem Monat, entsprach das wohl nicht Ihren Plänen?« bemerkte Oliva mit gezwungenem Lächeln.

»Begreifen Sie doch, mein liebes Kind, jeder Mann, der eine hübsche Frau sieht, sucht ihr zu gefallen, wenn er frei ist wie ich. Sie müssen indessen zugeben, daß es, wenn ich Ihnen anfangs ein wenig den Hof gemacht habe, nicht allzulange gedauert hat.«

»Wahrhaftig, höchstens eine Viertelstunde.«

»Ich mußte doch von meinen Plänen abkommen, als ich sah, wie tief Ihre Liebe zu Herrn Beausire ist.«

»Spotten Sie nicht!«

»Nein, bei meiner Ehre! Sie haben mir so energisch widerstanden ...«

»Nicht wahr«, rief Oliva entzückt, bei dem Verbrechen des Widerstandes in flagranti ertappt worden zu sein, »nicht wahr, ich habe Ihnen widerstanden?«

»Das war die logische Folge Ihrer Liebe«, bestätigte Cagliostro phlegmatisch.

»Ihre Bemühungen waren ja auch nicht sonderlich zäh ...«

»Ich bin weder alt noch häßlich, noch dumm, noch arm genug, um Ablehnungen zu riskieren, Mademoiselle. Stets hatten Sie mir Herrn Beausire vorgezogen. Das habe ich gefühlt, und darum war mein Entschluß gefaßt.«

»Kommen wir auf Beausire zurück!« sagte Oliva, verärgert über die Unbeweglichkeit des Grafen. »Was tut er, wo ist er, der Gute? Warum haben Sie ihn nicht mitgebracht? Es wäre nett gewesen. Er ist frei ...«

»Weil Herr Beausire, der gleich Ihnen zuviel Geist besitzt, sich in einen kleinen Handel mit der Polizei eingelassen hat.«

»Mit der Polizei?« rief Oliva und erblaßte, denn diesmal fühlte sie, daß Cagliostro nicht scherzte. »Aber was hat er denn getan?«

»Ein reizendes Stückchen! Ein wirklich netter Einfall! Aber diese verdrießlichen Leute, Herr de Crosne zum Beispiel – Sie wissen ja, wie langweilig Herr de Crosne ist –, nennen das Diebstahl. Herr Beausire hat offenbar eine große Neigung zu allem Schönen.«

»Ach, ist er verhaftet?«

»Nein, aber ein Haftbefehl gegen ihn ist erlassen.«

»Schwören Sie mir, daß er nicht verhaftet ist und keine Gefahr läuft.«

»Daß er noch nicht verhaftet ist, kann ich beschwören. Aber in dem zweiten Punkt muß ich Ihnen mein Wort verweigern. Sie begreifen doch, mein liebes Kind, daß man, wenn erst ein Haftbefehl erlassen ist, auch verfolgt und gesucht wird. Wenn man ein so auffälliges Gesicht und so hervorragende Qualitäten besitzt wie Herr de Beausire, wird man leicht überall von den Spürhunden aufgescheucht. Bedenken Sie doch, wen Herr de Crosne, gelänge es ihm, zum Ziel zu kommen, in seinem Netz fangen würde. Er würde Sie durch Herrn de Beausire, Herrn de Beausire durch Sie fangen.«

»Ja, er muß sich verbergen! Der arme Junge! Auch ich will meinen Aufenthalt geheimhalten. Lassen Sie mich doch aus Frankreich fliehen, mein Herr, denn hier werde ich dem Verlangen nicht widerstehen können, eines Tages eine Unvorsichtigkeit zu begehen.«

»Übertreiben Sie doch nicht, meine liebe Freundin. Sie sind schon ganz blaß. Sie werden Ihre schöne Gesundheit aufs Spiel setzen. Herr de Beausire würde Sie gar nicht mehr lieben. Nein, schöpfen Sie Luft, machen Sie sich das Vergnügen, die Leute vom Fenster aus zu beobachten.«

»Ach«, rief Oliva, »jetzt sind Sie böse auf mich und wollen mich im Stich lassen! Ich falle Ihnen wohl zur Last?«

»Mir? Sind Sie verrückt? Warum sollen Sie mir zur Last fallen?« fragte der Graf mit eisigem Ernst.

»Weil ... weil ein Mann, der an einer Frau Geschmack gefunden hat, ein so bedeutender und schöner Mann wie Sie, berechtigt ist, sich zu ärgern, wenn eine Närrin wie ich ihn abweist. Ach, verlassen Sie mich nicht, beginnen Sie mich nicht auch noch zu hassen, mein Herr!« Erschrocken und kokett zugleich schlang sie ihren Arm um Cagliostros Hals.

»Arme Kleine«, sagte er und drückte einen Kuß auf ihre Stirn.

»Wie sie sich fürchtet! Haben Sie keine so schlechte Meinung von mir, Kind. Sie waren in Gefahr, ich habe Ihnen einen Dienst geleistet. Ich hatte Absichten auf Sie, aber ich bin davon abgekommen. Das ist alles. Ich kann Sie ebensowenig hassen, wie Sie mir zu danken brauchen. Ich habe für mich gehandelt wie Sie für sich – wir sind quitt.«

»Ach, mein Herr, wie gütig, wie edel Sie sind!«

Und sie schlang auch ihren zweiten Arm um Cagliostros Hals.

»Sie sehen, Oliva«, sagte er, »wenn Sie mir jetzt Ihre Liebe antrügen, würde ich ...«

»Nun«, fragte sie errötend.

»Wenn Sie sich mir antrügen, würde ich doch ablehnen, so sehr liebe ich es, wahre, reine und von allen Interessen freie Gefühle einzuflößen. Sie haben mich interessiert geglaubt, Sie waren abhängig von mir. Ich aber hielt Sie eher für dankbar als für gefühlvoll, eher für erschrocken als für verliebt. Bleiben wir so! Ich erfülle, das weiß ich gewiß, Ihren geheimsten Wunsch. Ich komme Ihrer zarten Regung zuvor.«

Oliva zog sich beschämt und gedemütigt zurück, von dieser Großmut, die sie nicht für möglich gehalten hatte, betroffen.

»Es ist also abgemacht, liebe Oliva«, fuhr der Graf fort, »daß Sie mich als Freund behalten und mir volles Vertrauen schenken. Sie werden sich meines Hauses, meiner Börse, meines Kredits bedienen und ...«

»Und ich werde sagen, daß es Menschen auf dieser Welt gibt, die weit besser sind als jene, die ich bisher gekannt habe.«

Sie sagte das mit einem Zauber, mit einem Charme und einer Würde, die auf den Grafen Eindruck machten.

Jede Frau ist gut, dachte er, wenn man die Seite berührt, die mit ihrem Herzen korrespondiert. »Von heute abend an«, fuhr er fort, »sollen Sie im Oberstock des Hauses wohnen. Es gibt dort drei Räume, die als Observatorium eingerichtet sind. Man sieht von den Fenstern Ménilmontant und Belleville. Man könnte Sie an den Fenstern sehen, aber diese Leute sind friedliche Nachbarn hier ringsum, Sie brauchen nichts zu befürchten.

Diese Leute haben keine Beziehungen und sind nicht argwöhnisch. Lassen Sie sich ruhig sehen, und meiden Sie nur die Vorübergehenden, denn die Rue Saint-Claude wird zuweilen von den Agenten des Herrn de Crosne durchforscht. An jenen Fenstern werden Sie auch Sonne haben.«

Oliva klatschte freudig in die Hände.

»Soll ich Sie selbst hinaufführen?« fragte Cagliostro.

»Heute abend?«

»Gern. Oder ist es Ihnen lästig?«

Oliva sah Cagliostro tief an, eine vage Hoffnung kehrte in ihr Herz zurück.

»Gehen wir«, sagte sie.

Der Graf nahm im Vorzimmer eine Laterne, öffnete mehrere Türen, stieg die Treppe hinauf und gelangte, von Oliva gefolgt, in die dritte Etage.

Sie fand ihr Quartier vollständig möbliert und recht wohnlich.

»Man möchte meinen«, rief sie, »ich sei hier erwartet worden.«

»Nicht Sie«, sagte der Graf, »sondern ich, denn ich liebe die Aussicht von hier und schlafe oft in diesen Räumen.«

Der Blick Olivas färbte sich in jene falben, leuchtenden Tinten, die oft in den Augen der Katzen irisieren. Ein Wort drängte sich auf ihre Lippen; aber Cagliostro hielt sie zurück.

»Nichts wird Ihnen hier fehlen«, sagte er. »Ihre Kammerjungfer wird in einer Viertelstunde hiersein. Guten Abend, Mademoiselle.«

Mit einer tiefen, durch ein anmutiges Lächeln gemilderten Verneigung verabschiedete er sich.

Fünfundfünfzigstes Kapitel
Das Observatorium

Nachdem die Zofe, die Cagliostro gesandt hatte, sich vorgestellt hatte, begab sich Oliva zu Bett.

Sie schlief wenig, Gedanken, die aus ihrer Unterredung mit dem Grafen entstanden waren, beängstigten ihre Träume. Man ist nicht lange glücklich, wenn man plötzlich reich und zu ruhig ist, nachdem man allzu arm und allzu bewegt gelebt hat.

Oliva beklagte Beausire, staunte über den Grafen, den sie nicht begriff, und kam zu dem Schluß, daß er, wenn nicht unempfindlich, doch sehr schüchtern sei. Auch fürchtete sie in ihrem Schlaf von irgendeinem Sylphen belästigt zu werden, und die geringsten Geräusche setzten sie in Erregung.

Mit Tagesanbruch wichen diese Besorgnisse, die doch nicht ohne Charme gewesen waren. Wir brauchen nicht zu fürchten, Herrn Beausires Argwohn zu erregen, und darum können wir ruhig behaupten, daß Nicole die Stunde voller Beruhigung nicht ohne einen Rest koketten Ärgers herankommen sah.

Jetzt, da es heller Tag war, wagte sie ein wenig zu schlafen, genoß dann die Wollust, das Licht der aufgehenden Sonne in sich einzusaugen, den Vögeln auf der kleinen Terrasse zuzusehen, die mit ihren Flügeln die Blätter der Rosenstöcke und die Blüten des spanischen Jasmins streiften.

Sie stand spät auf.

Jetzt durchsuchte sie alle Winkel ihrer neuen Wohnung, besichtigte die Reichtümer der Einrichtung, die ursprünglich für einen Mann bestimmt gewesen sein mochte. Sie fand alles, was uns das Leben erfreulich machen kann, vor allem aber helles Licht und frische Luft, die selbst einen Kerker in einen Garten zu verwandeln vermögen.

Liegend zuerst, um nicht von außen gesehen zu werden, betrachtete sie durch das Gitter des Balkons die Baumwipfel der

Boulevards, die Häuser des Quartiers Popincourt und die Kamine, einen wogenden Ozean von Rauch, der sich über die Stadt legte.

Zum Frühstück nahm sie Schokolade, die ihr die Zofe brachte, und las eine Zeitung. Dann erst verfiel sie darauf, in die Straße hinabzuschauen.

Das war ein gefährliches Vergnügen. Jetzt konnten die Spürhunde des Herrn de Crosne sie bemerken. Welch schreckliches Erwachen konnte einem so süßen Schlaf folgen!

Endlich aber verlor Nicole die Geduld, in dieser horizontalen Lage zu verbleiben. Sie stützte sich auf einen Ellenbogen. Jetzt sah sie die Nußbäume von Ménilmontant, die hohen Bäume des Friedhofes, die tausend bunten Häuser, die an den Abhängen des Charonnehügels stehen. Dort und da, auf schmalen Wegen, sah sie kleine Lebewesen, Bauern, die ihre Esel vor sich hertrieben, Kinder, die jätend in Feldern arbeiteten, Winzerinnen, die sich an den Weinstöcken zu schaffen machten. Dieses ländliche Idyll entzückte Nicole, die immer nach den schönen Landgütern von Taverney Sehnsucht empfunden hatte, seit sie sie verlassen hatte, um in dieses so ersehnte Paris zu flüchten.

Endlich hatte sie auch die liebliche Landschaft satt bekommen, und da sie ja schauen durfte, ohne befürchten zu müssen, daß sie gesehen wurde, wandte sich ihre Aufmerksamkeit den Häusern der Umgebung zu.

Sie sah zunächst nur geschlossene und wenig reizende Fenster. Hier waren drei Etagen von alten Rentnern bewohnt, die Vogelkäfige an die Fenster gehängt hatten oder in ihren Stuben Katzen fütterten, dort wieder war in vier Etagen nur ein Auvergnat, der die oberste bewohnte, zu sehen, die übrigen Mieter schienen fortgezogen oder aufs Land gereist zu sein. Im dritten Haus zur Linken endlich sah sie Vorhänge von gelber Seide, Blumen und, gleichsam als Symbol des Wohllebens, einen weichen Lehnstuhl, der am Fenster stand und einen Träumer oder eine Träumerin zu erwarten schien.

Oliva glaubte in dem Zimmer regelmäßige Bewegungen eines

Schattens erkennen zu können. Sie beschränkte ihre ganze Ungeduld auf diesen Raum, verbarg sich noch besser als bisher und rief ihre Zofe; um die Genüsse der Einsamkeit gegen die des Umganges mit einem denkenden Wesen zu vertauschen, zog sie das Mädchen ins Gespräch, fand es aber gegen alle Überlieferungen zurückhaltend und schweigsam. Die Nachbarn kannte es ebensowenig wie seine Herrin.

Da Oliva sich nicht das Vergnügen verschaffen konnte, ihre Nachbarin im voraus kennenzulernen, mußte sie sich darauf beschränken, selbst ihre Bekanntschaft zu machen. Sie schickte also die verschwiegene Zofe fort, um unbeobachtet ihre Nachforschungen fortsetzen zu können.

Die Gelegenheit ließ nicht auf sich warten. Bald begannen die Nachbarn ihre Türen zu öffnen, ihre Siesta nach dem Mahl zu halten und sich zu einem Spaziergang auf der Place Royale anzukleiden.

Oliva zählte sie. Es waren ihrer sechs, jeder gehörig von dem anderen verschieden, wie es sich für Leute geziemt, die die Rue Saint-Claude zu ihrem Aufenthalt gewählt haben.

Einen Teil des Tages verbrachte Oliva damit, ihre Gebärden zu studieren und sich in ihre Gewohnheiten einzuleben. Alle diese Leute passierten Revue, mit Ausnahme jenes Schattens, der sich, ohne sein Gesicht zeigen zu wollen, in dem Lehnstuhl am Fenster vergraben hatte und in tiefe Träumerei versunken schien.

Es war eine Frau. Sie hatte ihren Kopf der Haarkünstlerin überlassen, die eineinhalb Stunden benötigte, um auf ihrem Schädel eines jener babylonischen Gebäude aufzurichten, in dem es nicht einmal an Mineralien und Vegetabilien fehlte und die sogar von Tieren bewohnt gewesen wären, wenn eine Frau jener Zeit darein gewilligt hätte, aus ihrem Kopf eine fertige Arche Noahs machen zu lassen.

Als die Frau frisiert, gepudert, mit Spitzen und Putz geschmückt war, hatte sie sich wieder in ihren Lehnstuhl zurückgelegt, nachdem der Kopf durch harte Kissen gestützt worden war, die das Gleichgewicht des ungeheuerlichen Aufbaues zu halten vermochten.

Jetzt glich diese regungslose Frau jenen indischen hockenden Götzen, die in ihrer Regungslosigkeit nur die Augen in ihren Höhlen zu bewegen vermögen. Oliva bemerkte, wie hübsch diese Dame war, sie sah den zarten Fuß, der, auf das Fensterbord gestellt, in einem kleinen rosa Seidenpantoffel steckte, den gerundeten Arm und den Busen, der das Korsett und das Peignoir wölbte.

Was ihr aber besonders auffiel, war die Tiefe dieses beständig und herrisch auf einen einzigen Gedanken gerichteten Blickes. Diese Frau, die unsere Leser bereits erkannt haben, ahnte nicht, daß man sie beobachtete. Nie waren die Fenster des Hauses Cagliostro geöffnet worden. Ungestört konnte sie sich in ihren Gedanken vergraben; Oliva bildete sich ein, daß diese schöne, träumerische Person über ihre unglücklichen Liebschaften nachsinne.

Sympathie, der Schönheit, der Einsamkeit, dem Alter und der mitempfundenen Langeweile entgegengebracht, waren Bänder genug, um diese beiden Seelen aneinanderzuknüpfen. Schon konnte Oliva ihre Augen nicht mehr von ihrem Gegenüber lösen.

Sie glaubte, in der schönen Einsamen eine Schwester ihrer Seele erkannt zu haben. Rasch baute sie sich einen Roman, der dem ihren glich, auf, und das naive Mädchen bildete sich ein, man könne nicht hübsch und vornehm sein und in der Rue Saint-Claude wohnen, ohne einen tiefen Kummer auf dem Grunde seines Herzens zu haben.

Nachdem sie diese romantische Fabel ausgedacht hatte, bemühte sich Oliva, den Raum, der sie von ihrer Gefährtin trennte, auf den Feenflügeln der Phantasie zu durchmessen und ihr, ungeduldig, eine Freundin zu finden, entgegenzueilen. Doch die Dame mit dem Haargebäude rührte sich nicht, sie schien in ihrem Lehnstuhl zu schlafen. Zwei Stunden vergingen, ohne daß sie auch nur um einen Grad aus der ursprünglichen Linie wich.

Oliva war verzweifelt. Adonis oder Beausire wäre sie wohl nicht halb so weit entgegengekommen wie dieser Unbekannten.

Jetzt wurde sie der Sache müde, und ihre Zärtlichkeit verkehrte sich in Haß. Zehnmal öffnete sie das Fenster und schlug es wieder zu, zehnmal scheuchte sie die Vögel aus dem Laub auf und wagte höchst gefährliche Gebärden, die Herrn de Crosnes Spitzel, wenn sie zufällig durch die Rue Saint-Claude gekommen wären, gewiß bemerkt hätten. Endlich kam sie zur Überzeugung, die Dame mit der Prachtfrisur habe alle ihre Signale wohl gesehen und verstanden, aber sie sei hochmütig. Ach, wie eitel, wie blöde war diese Frau! Aber konnte eine Frau mit so klugen Augen, mit so nervösen Händen einfältig sein? Eitel, das war möglich; hochmütig, wie damals eine Angehörige des hohen Adels gegen eine Bürgerliche sein mußte.

Oliva hatte in den Zügen dieser jungen Frau alle Merkmale des Adels erkannt, und sie schloß daraus, daß ihre Nachbarin stolz und unzugänglich sein würde.

Endlich gab sie ihre Bemühungen auf.

Schmollend wandte sie ihr den Rücken zu, beobachtete die untergehende Sonne und kehrte dann zu ihren Blumen zurück, liebenswürdigeren Gespielinnen, die, wenn auch edel, schön und gepudert, doch nicht so hochmütig waren wie jene stolzen Damen. Nicole bedachte nicht und konnte nicht ahnen, daß diese vermeintliche Stolze niemand anders war als Jeanne de Valois, die seit gestern abend eine Idee suchte; daß sie eine Methode ausfindig machen mußte, Marie-Antoinette und den Kardinal für immer zu trennen; daß aber zugleich der Kardinal, ohne die Königin jemals zu sehen zu bekommen, fest überzeugt werden mußte, daß er sie täglich sehe.

Gewiß sind das ernste Gedanken und triftige Entschuldigungen für eine junge Frau, die zwei Stunden lang nicht den Kopf bewegt.

Wenn Nicole etwas von diesen Überlegungen geahnt hätte, wäre sie nicht zornig zu ihren Blumen geflohen. Sie hätte auch nicht unvorsichtigerweise einen Balsaminentopf vom Balkon gestoßen, der mit furchtbarem Getöse in die öde Straße hinabfiel. Erschrocken beugte sich Oliva hinaus. Gleichzeitig schien aber auch die in Gedanken versunkene Dame zu erwachen. Sie sah den Topf auf dem Pflaster, dann schweifte ihr Blick zur Ursache dieses Sturzes hinauf, zur Gartenterrasse des Hauses Cagliostros. Sie sah Oliva und stieß im selben Augenblick einen kurzen, heftigen Schrei aus. Die Augen der beiden Nachbarinnen begegneten einander fragend und durchdringend.

Es ist die Königin, dachte Jeanne. Ach, ich suche ein Mittel, und hier habe ich es!

In diesem Augenblick hörte Oliva Schritte hinter sich und wandte sich lebhaft um. Es war der Graf.

»Sie haben einander gesehen«, murmelte er.

Hastig verließ Oliva den Balkon.

Sechsundfünfzigstes Kapitel
Die beiden Nachbarinnen

Schon war Oliva von der Anmut ihrer Nachbarin bezaubert; vorsichtig war sie in ihren Blumengarten zurückgekehrt und beantwortete das Lächeln, das an sie gerichtet wurde, mit freundlicher Miene.

Cagliostro hatte nicht versäumt, ihr Vorsicht ans Herz zu legen.

»Knüpfen Sie keine Beziehungen zu Ihren Nachbarn an«, hatte er ihr gesagt.

Dieses Wort hatte Oliva schwer getroffen. Keine Beziehungen zur Nachbarschaft anknüpfen, das hieß, dieser reizenden Frau den Rücken kehren, deren Augen so sanft und deren Bewegungen so verführerisch waren; das hieß, mit einer Freundin brechen. Olivas Phantasie arbeitete so rasch, daß ihr Jeanne bereits teuer geworden war.

Sie antwortete ihrem Beschützer, sie werde sich wohl hüten, ihm ungehorsam zu sein, und gewiß nichts unternehmen, um mit den Nachbarn in Verbindung zu treten. Doch kaum war er fortgegangen, als sie sich schon auf dem Balkon so einrichtete, daß sie die ganze Aufmerksamkeit Jeannes in Anspruch nahm.

Der Leser wird es uns gerne glauben, daß Jeanne nichts anderes wünschte; bald antwortete sie mit freundlichen Blicken und Kußhänden.

Oliva tat alles, um dieses Entgegenkommen zu belohnen. Sie bemerkte, daß die Unbekannte das Fenster nicht mehr verließ und alle ihre Aufmerksamkeit auf den Balkon gerichtet hatte.

Dieser Zustand mußte bald zu einem Annäherungsversuch führen. Und folgendes geschah:

Als Cagliostro zwei Tage später bei Oliva vorsprach, beklagte er sich über einen Besuch, den eine unbekannte Person ihm gemacht hatte.

»Es war eine sehr hübsche, elegante junge Dame«, sagte er, »die meinen Kammerdiener ins Gespräch zog, nachdem sie ihn durch beharrliches Läuten an die Tür gelockt hatte. Sie erkundigte sich, wer die schöne, junge Person sei, die hier, in dieser Ihrer Wohnung haust. Sie gab eine genaue Beschreibung von Ihnen. Offenbar kennt diese Dame Sie und will etwas von Ihnen. Sie sind also entdeckt! Hüten Sie sich, die Polizei hat auch weibliche Spione, und ich muß Ihnen im voraus sagen, daß ich mich nicht wehren kann, wenn Herr de Crosne Sie von mir verlangt.«

»Niemand hat mich gesehen«, sagte Nicole.

»Dann waren also nicht Sie es, die man suchte?«

»Ich glaube kaum.«

»Und doch ist es schwer zu erraten, wer Sie hier in diesem Pavillon … hüten Sie sich!«

»Ach, Herr Graf, warum soll ich mich fürchten? Wenn man mich gesehen hat, was ich nicht glaube, so soll man mich nicht wiedersehen. Und selbst wenn man mich wiedersähe, so geschähe es nur aus der Ferne, denn das Haus ist undurchsichtig.«

»Undurchsichtig, allerdings, wenn man nicht die Mauer erklettern will, was nicht besonders bequem wäre, oder die Hinterpforte mit einem Schlüssel wie dem meinen öffnen, was gleichfalls schwerfallen wird, wofern ich den meinen nicht herausgebe. Da ich Sie aber nicht ins Verderben stürzen will, werde ich den Schlüssel niemand leihen. Sie Ihrerseits werden keinem Menschen gestatten, die Mauern zu erklettern, denn Sie können es ja nicht darauf abgesehen haben, Herrn de Crosne in die Hände zu fallen. Sie sind gewarnt, liebes Kind, richten Sie sich danach.«

Oliva erschöpfte sich in Beteuerungen, beeilte sich aber, den Grafen bald wieder loszuwerden, der seinerseits nicht darauf bestand, länger zu bleiben.

Am nächsten Morgen erschien sie schon um sechs Uhr auf dem Balkon. Sie genoß die reine Luft, die von den benachbarten Wiesen herüberströmte, und ließ die Fenster ihrer liebenswürdigen Freundin, die noch verschlossen waren, nicht aus den Augen.

Obwohl Jeanne erst gegen elf aufzustehen pflegte, zeigte sie sich diesmal bald. Es war, als ob sie nur hinter den Vorhängen auf eine Gelegenheit gewartet habe, sich sehen zu lassen.

Die beiden Frauen begrüßten einander, und Jeanne beugte sich aus dem Fenster und durchmaß die Straße mit einem prüfenden Blick. Nun legte sie ihre Hände wie ein Sprachrohr an ihren Mund und sagte mit wohlklingender Stimme:

»Ich wollte Sie besuchen, Madame.«

»Still!« rief Oliva und legte die Finger auf die Lippen.

Sofort zog sich Jeanne hinter die Vorhänge zurück, denn sie glaubte wohl, irgendein Neugieriger sei zugegen. Durch ein Lächeln Nicoles beruhigt, erschien sie aber bald wieder.

»Man kann Sie also nicht besuchen?«

Oliva schüttelte traurig den Kopf.

»Und auch Briefe kann man nicht an Sie richten?«

»Ach nein«, rief Oliva erschrocken.

Jeanne dachte einen Augenblick nach. Oliva sandte ihr, um für diese zarte Teilnahme zu danken, einen reizenden Kuß, den Jeanne doppelt zurückgab. Dann schloß sie das Fenster und ging fort.

Oliva begriff, daß ihre Freundin einen neuen Ausweg gefunden hatte. In der Tat kehrte Jeanne nach zwei Stunden zurück. Die Sonne brannte jetzt mit ungehemmter Kraft auf die Erde herab, und das Pflaster der Straße glühte wie der Sand Spaniens während des Fuego.

Oliva sah ihre Nachbarin mit einer Armbrust am Fenster erscheinen. Lachend bedeutete ihr Jeanne, sie möge zur Seite treten. Dann zielte die Gräfin sorgfältig und schoß eine kleine Bleikugel ab, die allerdings, statt über den Balkon zu fliegen, an einer Gitterstange abprallte und auf die Straße fiel.

Mißmutig schrie Oliva auf. Jeanne ihrerseits zuckte die Achseln, blickte auf die Straße hinab und verschwand dann.

Wieder auf dem Balkon, spähte nun auch Oliva auf die Straße hinab. Jemand, wohl ein Lumpensammler, kam vorüber und blickte um sich. Würde er die Kugel im Rinnstein entdecken?

Jeannes zweiter Versuch war glücklicher. Ihre Armbrust schleuderte eine Kugel in Nicoles Zimmer, um die folgendes Billett geschlungen war:

»Ich nehme Anteil an Ihnen, schöne Dame. Ich finde Sie bezaubernd und liebe Sie schon auf den ersten Blick. Sind Sie denn eine Gefangene? Wissen Sie auch, daß ich einen Versuch gemacht habe, Sie zu besuchen? Wird der Zauberer, der Sie bewacht, mich jemals zu Ihnen lassen, damit ich Ihnen sagen kann, wieviel Sympathie ich einem armen Opfer der Männertyrannei entgegenbringe?

Auch ich besitze wie Sie Phantasie, um mit allen Mitteln durchzusetzen, was meine Freundschaft mir aufgibt. Wollen Sie meine Freundin sein? Sie können wohl nicht ausgehen, aber gewiß können Sie schreiben, und da ich ausgehen kann, wann ich will, brauchen Sie nur zu warten, bis ich unter Ihrem Balkon vorbeikomme, und mir Ihre Antwort zuzuwerfen.

Wenn das Spiel mit der Armbrust gefährlich werden sollte, können wir ein anderes, bequemeres ausfindig machen. Lassen Sie am Abend von Ihrem Balkon einen Faden herabbaumeln. Ich werde meinen Brief daran binden, und Sie können ihn unter dem Schutz der Dunkelheit hinaufziehen, ohne bemerkt zu werden.

Bedenken Sie, daß wir beide zusammen das Weltall besiegen können.

Ihre Freundin

PS. Haben Sie jemand meinen ersten Brief auflesen sehen?«

Jeanne hatte nicht unterzeichnet, ihre Handschrift war verstellt.

Oliva zitterte vor Freude, als sie diesen Brief erhielt. Sie antwortete folgendermaßen:

»Ich liebe Sie, wie Sie mich lieben. Ich bin wirklich ein Opfer der Bosheit der Männer. Der aber, der mich hier zurückhält, ist mein Beschützer und kein Tyrann. Er kommt heimlich jeden Tag hierher. Ich werde Ihnen das später erklären. Auch mir ist das Billett am Ende eines Fadens lieber als die Kugel der Armbrust.

Ausgehen kann ich leider nicht. Ich bin hier eingesperrt, aber zu meinem eigenen Besten. Ach, was hätte ich Ihnen alles zu erzählen, wenn ich das Glück hätte, mit Ihnen sprechen zu können. Es gibt so viele Dinge, die man nicht zu Papier bringen kann!

Ihr erstes Billett ist höchstens von einem schmutzigen Lumpensammler aufgelesen worden, der zufällig gerade vorbeikam. Aber solche Leute können nicht lesen, und für sie ist Blei eben Blei.

Ihre Freundin Oliva Legay«

Oliva hatte unbedenklich unterzeichnet. Der Brief wurde an dem Faden befestigt, von dem ihn Jeanne noch am selben Abend abnahm. Eine halbe Stunde später empfing Oliva durch denselben Faden folgenden Brief:

»Meine Liebe, man tut, was man will. Sie sind nicht so gefangen, daß man Sie nicht aus den Augen läßt, und ich sehe Sie oft allein. Demnach müssen Sie Freiheit genug besitzen, um Leute zu empfangen oder selbst auszugehen. Beschreiben Sie mir Ihren Hausschlüssel! Wer verwahrt ihn? Doch wohl der Mann, der Sie zuweilen besucht? Bewacht er ihn so scharf, daß Sie ihn nicht stehlen oder einen Abdruck davon nehmen können? Sie sollen nichts Böses tun, sollen sich nur einige freie Stunden, angenehme Spaziergänge am Arm einer Freundin verschaffen, die Sie trösten und alles wiedergeben wird, was Sie verloren haben. Vielleicht handelt es sich sogar, wenn Sie Wert darauf legen, um die vollkommene Freiheit. Wir wollen darüber, sobald wir erst zusammenkommen können, ausführlich sprechen.«

Gierig las Oliva dieses Schreiben. Schon fühlte sie alle Fieber der Unabhängigkeit in ihren Wangen, und die Wollust des Verbotenen machte sie zittern.

Sie hatte wohl bemerkt, daß der Graf, sooft er zu ihr kam, seine kleine Blendlaterne auf die Kommode stellte und den Schlüssel darauf legte. Sie hielt also etwas geknetetes Wachs bereit, um bei nächster Gelegenheit einen Abdruck von jenem Schlüssel zu nehmen.

Cagliostro störte sie dabei nicht; während sie am Werk war, betrachtete er aufmerksam am Balkon die Blumen.

Sobald er gegangen war, tat Oliva den Abdruck in eine Schachtel, die an dem Faden hinabgelassen und von Jeanne übernommen wurde.

Schon am nächsten Mittag schleuderte die Armbrust, die dem herabgelassenen Faden ebenso an Geschwindigkeit ihres Wirkens überlegen war wie der Telegraf einem berittenen Boten, folgenden Brief auf Olivas Balkon:

»Teuerste, heute abend um elf, wenn Ihr Eifersüchtiger fort ist, kommen Sie zur Hintertür, und ziehen Sie die Riegel zurück. Ihre zärtliche Freundin wird Sie mit offenen Armen empfangen.«

Oliva bebte vor Freude. Um elf Uhr abends tat sie, wie ihr empfohlen worden war; sie hatte nicht den geringsten Argwohn des Grafen bemerken können. Jeanne umarmte sie und ließ sie in einen Wagen einsteigen, der am Boulevard wartete. Berauscht vor Freude, genoß Oliva eine Ausfahrt, die zwei Stunden dauerte, und tauschte inzwischen Geheimnisse, Küsse und Pläne mit ihrer neuen Freundin aus.

Jeanne empfahl Oliva, nach Hause zurückzukehren, um nicht den Argwohn ihres Beschützers zu erregen. Es war der Gräfin gelungen, herauszubekommen, wer dieser Beschützer war. Sie scheute den Scharfsinn Cagliostros und glaubte, daß nur tiefste Geheimhaltung das Gelingen aller Pläne sichern könne.

Oliva offenbarte ihr ohne Vorbehalt alle ihre Geheimnisse. Beausire, die Polizei – alles gestand sie.

Jeanne ihrerseits gab sich für ein Mädchen von Familie aus, das einen Geliebten habe und sich vor seinen Verwandten verborgen halte.

So kam es, daß die eine alles, die andere gar nichts wußte: das war die Freundschaft, die zwischen diesen beiden Frauen beschworen wurde.

Und von diesem Tag an bedurfte man weder der Armbrust noch des Fadens, denn Jeanne hatte ja ihren Schlüssel. Sie konnte Oliva erreichen, wann sie wollte.

Ein köstliches Souper, eine geheime Ausfahrt, das waren die Köder, mit denen Oliva sich jederzeit fangen ließ. »Merkt Herr de Cagliostro nichts?« fragte Jeanne manchmal beunruhigt.

»Weiß Gott, wenn ich es ihm sagen würde, glaubte er es nicht«, antwortete Oliva.

Nach acht Tagen waren diese nächtlichen Ausfahrten für das junge Mädchen eine Gewohnheit, ein Bedürfnis und ein Vergnügen.

Siebenundfünfzigstes Kapitel

Das Stelldichein

Kaum war Herr de Charny auf seinen Gütern eingetroffen, als ihm der Arzt verordnete, er müsse sich von aller Welt abschließen und das Zimmer hüten; dieser Befehl wurde so streng durchgeführt, daß in der Tat keiner der Umwohner den jungen Seehelden zu Gesicht bekam, dessen Ruhm bereits ganz Frankreich durchlaufen hatte und den alle jungen Mädchen anbeteten.

Indessen war Charny nicht so krank, wie man glauben mochte. Er hatte nur im Herzen zu leiden, aber der Schmerz, den er erduldete, war unablässig und unbarmherzig, ein Schmerz der Erinnerung und der Sehnsucht.

Drei Tage ertrug Herr de Charny diesen Zustand. Dann übertrug Olivier die Bewachung seiner Tür einem verläßlichen Diener und unternahm wenigstens zur Nachtzeit auf einem sanften Pferd Ausflüge. Er brauchte nur acht Stunden, um nach Versailles zu kommen, wo er durch Vermittlung seines Kammerdieners ein kleines Haus hinter dem Park gemietet hatte. Dieses Haus, das leer stand, seit sein Besitzer, ein Edelmann, sich die Kehle durchgeschnitten hatte, gefiel Charny über alle Maßen. Es war anständig möbliert und hatte zwei Eingänge, von denen einer auf die stets verödete Straße, der andere auf eine Allee des Parkes hinausführte. Von den Fenstern der Südfront aus konnte er in die Alleen des Parkes hinausschauen, und sie waren, von wildem Wein und Efeu umrankt, für einen, der in den königlichen Park eindringen wollte, nur Türen, denn das Erdgeschoß war niedrig angelegt.

Diese etwas seltsame Nachbarschaft war auf ein Privileg zurückzuführen, das man dem königlichen Oberstjägermeister bewilligt hatte, damit er das Damwild und die Fasanen des königlichen Parkes bequem überwachen könne.

Diese Einsamkeit war es, die Charny besonders angezogen hatte. Sobald er sich einigermaßen eingerichtet hatte, begann er ein Leben zu führen, von dem sich ein Mensch, der jemals geliebt oder nur von Liebe sprechen gehört hat, nur mit Schaudern eine Vorstellung machen kann.

Binnen vierzehn Tagen kannte er alle Gewohnheiten der Schloßbewohner und der Wachen, wußte die Stunde, zu der die Vögel an den Teich kamen, um zu trinken, und zu der die Damhirsche schüchtern zur Quelle eilten. Er wußte, wann die Königin mit ihren Damen spazierenging, und kannte den Stundenplan der Runden. Mit einem Wort, er lebte, ohne selbst dazu zu gehören, mit den Einwohnern dieses Trianon, dieses Tempels seiner aberwitzigen Verehrung.

Da die Jahreszeit schön war, brachte er stets einen Teil des Tages unter dem Jasmin seines Fensters zu, lauschte den fernen Geräuschen, die aus dem Palais herüberkamen, und beobachtete durch das Laub der Bäume die Lichter, bis sie erloschen.

Bald genügte ihm das Fenster nicht mehr. Er wollte diesen Geräuschen und Lichtern näher kommen. Da er gewiß war, zu dieser Stunde niemand zu begegnen, weder Hunden noch Wächtern, sprang er aus dem Fenster auf den Rasen hinab, suchte ein Abenteuer köstlichster und gefährlichster Wollust, drang bis an den Saum des Haines vor, um die Silhouetten zu beobachten, die, dunkel und bleich, hinter den weißen Vorhängen an den Fenstern der königlichen Gemächer auftauchten. Auf diese Weise sah er die Königin täglich, ohne daß sie es wußte. Er erkannte sie auf eine Viertelmeile, wenn sie mit ihren Damen oder einem Edelmann durch die Alleen schritt, mit ihrem chinesischen Sonnenschirm spielend, und von einem breiten, blumengeschmückten Hut beschattet. Kein Gang, keine Haltung konnte ihn täuschen. Er kannte alle Kleider der Königin.

War die Erscheinung aber verschwunden, vertrieb der Abend die Spaziergänger aus dem Park, dann beobachtete Charny die glänzenden Lichter in den Fenstern der Königin, zehrte von seinen Erinnerungen und Hoffnungen, wie nur ein Wächter und Verehrer es kann.

Eines Abends, als er nach Hause zurückgekehrt war, hörte er das Geräusch eines Schlüssels, der sich kreischend in einem Schloß bewegte, eilte an seinen Beobachtungsposten und lauschte.

Die Stunde war vorgerückt, es schlug von den Kirchtürmen von Versailles zwölf Uhr herüber. Charny wunderte sich, ein Geräusch zu hören, an das er nicht gewöhnt war.

Jenes widerspenstige Schloß gehörte einem kleinen Pförtchen des Parkes, das etwa fünfundzwanzig Schritte von Oliviers Haus entfernt war und nur an großen Jagdtagen geöffnet wurde, um Körbe mit dem erlegten Wildbret hinauszuschaffen.

Charny bemerkte, daß die Leute, die diese Pforte öffneten, nicht sprachen. Lautlos schlossen sie hinter sich wieder ab und traten in die Allee, die unter den Fenstern seines Hauses vorbeilief. Immerhin war das Laub der Bäume und das Gerank der Weinreben dicht genug, um ihm den freien Ausblick zu versperren.

Überdies gingen die Unbekannten gebückt und rasch. Nur undeutlich konnte Charny ihre Schatten unterscheiden. Am Rauschen der Seidenröcke erkannte er, daß es zwei Frauen waren.

Jetzt bogen sie in die große Allee ein, die dem Fenster Charnys genau gegenüberlag, und das helle Mondlicht fiel grell auf sie. Olivier hätte beinahe aufgeschrien, als er Haltung und Tracht Marie-Antoinettes erkannte. Sie hielt eine Rose in der Hand.

Mit bebendem Herzen ließ Charny sich vom Fenster in den Park hinabgleiten. Um jedes Geräusch zu vermeiden, lief er auf dem Rasen und verbarg sich hinter den dicksten Baumstämmen; so blieb er für die beiden Frauen unsichtbar.

Was sollte er tun? Die Königin hatte eine Begleiterin, sie lief also keinerlei Gefahr. Ach, warum war sie nicht allein? Er hätte der Folter getrotzt, sich ihr genähert und auf den Knien geschworen: ich liebe Sie! Ach, warum drohte ihr nicht eine furchtbare Gefahr? Er hätte sein Leben fortgeworfen, um dieses kostbare Leben zu retten! Jetzt standen die beiden Spaziergängerinnen still. Die eine, die kleinere, murmelte ihrer Begleiterin einige Wort zu und entfernte sich.

Die Königin blieb allein. Die andere Frau näherte sich offenbar einem Ziel, das Charny noch nicht zu erraten vermochte. Die Königin, die nervös mit dem Fuß aufstampfte, hatte sich an einen Baum gelehnt und hüllte sich dicht in ihren Mantel.

Schon wollte Charny auf sie zueilen; aber er überlegte, daß ihn immerhin noch dreißig Schritte von ihr trennten. Sie würde ihn aus der Ferne sehen, aber nicht erkennen und Angst bekommen. Gewiß würde sie um Hilfe rufen und fliehen. Ihre Schreie würden zunächst ihre Begleiterin, dann aber Gardisten herbeirufen, man würde den Park durchsuchen, würde den Eindringling und vielleicht sogar seinen Zufluchtsort aufspüren.

Er bezähmte sich also, und das war gut; denn gleich darauf kehrte die Gefährtin der Königin zurück, und zwar nicht allein. Ein Mann von edler Haltung, der sich unter einem breiten Hut verbarg und in einen weiten Mantel gehüllt hatte, folgte ihr in einem Abstand von zwei Schritten. Dieser Mann, dessen bloßer Anblick den eifersüchtigen Charny vor Haß und Erbitterung zittern machte, hatte indessen nicht den Schritt eines Triumphators. Er schien zu taumeln und näherte sich nur zögernd der Königin. Als er Marie-Antoinette erkannte, schien er noch unsicherer zu werden. Der Unbekannte nahm seinen Hut ab und verbeugte sich tief.

Jetzt hatte sich Charnys Verwunderung in tiefste Verblüffung verwandelt. Was tat die Königin zu so später Stunde im Park? Was wollte dieser Mensch, warum hatte er verborgen gewartet? Warum hatte die Königin ihn durch ihre Gefährtin herbeiholen lassen, statt selbst zu ihm zu gehen?

Charny war nahe daran, den Kopf zu verlieren. Er erinnerte sich, gehört zu haben, daß die Königin Geheimpolitik trieb und daß sie durch Intrigen mit deutschen Höfen verbunden war, welche dem König sehr mißfielen.

Vielleicht war dieser geheimnisvolle Kavalier ein Kurier aus Schönbrunn oder Potsdam, ein Edelmann, der eine Geheimbotschaft überbrachte, einer jener Deutschen, die Ludwig XVI. nicht mehr in Versailles sehen wollte, seit Josef II. sich erlaubt hatte, seinem Schwager, dem Allerchristlichsten König, philosophische Ratschläge zu erteilen.

Dieser Gedanke wirkte auf den armen Olivier wie ein in Eiswasser getauchtes Tuch auf die Stirn eines Fiebernden. Übrigens bemerkte er auch, daß die Königin eine überaus würdige Haltung bewahrte.

Charny hatte nicht Zeit, zu überlegen. Bald unterbrach die Begleiterin das Gespräch, der Kavalier verneigte sich tief und wurde verabschiedet.

Charny trat rasch hinter einen dicken Baumstamm, denn er konnte nicht bezweifeln, daß bei dieser Trennung eine von den beiden Parteien an ihm vorüberkommen mußte.

In diesem Augenblick glaubte er zu bemerken, daß irgend etwas Weißes aus der Hand der Königin glitt; der Edelmann bückte sich rasch, hob den Gegenstand auf und floh; anders konnte man seine Art, sich zu entfernen, nicht bezeichnen. Doch wurde er in seinem Lauf von der Begleiterin der Königin aufgehalten, die ihn zurückrief und halblaut sagte:

»Warten Sie!«

Der Unbekannte war ein sehr gefügiger Kavalier, denn er blieb sofort stehen und wartete.

Jetzt sah Charny die beiden Frauen Arm in Arm vorbeikommen. Er atmete den Duft des Parfüms der Königin, das er nur zu gut kannte, und seine Sinne waren berauscht. Im nächsten Augenblick waren die beiden Frauen verschwunden.

Es dauerte einige Minuten, bis Charny sich des Unbekannten erinnerte, den er inzwischen fast vergessen hatte. Der Kavalier küßte mit fast wahnsinniger Leidenschaft eine frische, duftende Rose, offenbar jenen weißen Gegenstand, den die Königin verloren hatte.

Ein Kuß? Das war also die Diplomatie, das waren die Staatsgeheimnisse? Charny war nahe daran, sich auf den Mann zu stürzen und ihm die Rose zu entreißen, als die Begleiterin der Königin zurückkam und rief:

»Kommen Sie, Monseigneur!«

Einen Augenblick später verschwand der Unbekannte mit jener Dame.

Achtundfünfzigstes Kapitel
Die Hand der Königin

Als Charny in sein Haus zurückgekehrt war, fand er kaum die Kraft, das neue Unglück zu ertragen, das ihn betroffen hatte. Die Vorsehung hatte ihn also nur nach Versailles geführt, ihm dieses kostbare Versteck nur zugeschanzt, um seine Eifersucht zu nähren und ihn zum Mitwisser eines Verbrechens zu machen, das die Königin in Mißachtung aller ehelichen Treue, aller königlichen Würde beging. Kein Zweifel, dieser Mann, den die Königin im Park empfangen hatte, war ein neuer Liebhaber. Vergeblich suchte Charny sich im Fieber seiner Nacht, im Delirium seiner Verzweiflung einzureden, dieser Mann, dem sie eine Rose geschenkt hatte, sei ein Gesandter und die Rose sei nur das Unterpfand einer geheimen Unterredung.

Nichts konnte seinen Verdacht entkräften. So blieb dem armen Olivier nichts übrig, als seine eigene Haltung zu prüfen und sich zu fragen, warum er angesichts eines solchen Unglücks passiv geblieben war.

Und doch bedurfte es nur einer kurzen Überlegung, um zu begreifen, welcher Instinkt ihn geleitet hatte.

Gerade in den schlimmsten Krisen menschlichen Lebens folgen die Handlungen spontan aus dem Impuls. Hatte Charny nicht gehandelt, so war das gewiß geschehen, weil er kein Recht hatte, sich in die Entschlüsse der Königin einzudrängen, weil er seine Neugierde, seine Liebe verraten, die Königin kompromittiert, sich selbst aber ausgeliefert hätte.

Schließlich war das Wort Monseigneur, das die Begleiterin gegen Ende der Unterredung geäußert hatte, eine heilsame Warnung gewesen, die Charny im entscheidendsten Augenblick gerettet hatte. Was wäre aus ihm geworden, wenn er, den Degen in der Hand, diesem Mann gegenübergestanden hätte, der Monseigneur angesprochen wurde?

Als es am nächsten Tag Mittag schlug, schien es Charny, als wäre das Vergangene in ein Nichts zerronnen. Er konnte nur noch fieberhaft die kommende Nacht erwarten, die ihm vielleicht neue Offenbarungen bringen würde.

Der qualvoll ersehnte Abend kam heran. Diesmal schienen Charny die Geräusche, die er vom Schloß herüber hörte, besonders bedeutungsvoll. Aus der Ferne sah er die Königin, die über die Freitreppe ging, von Fackelträgern begleitet. Ihm schien, daß die Königin sehr nachdenklich und unruhig war.

Allmählich erloschen im Schloß die Lichter. Bald tauchte der stille Park in Schweigen und nächtlicher Kühle unter.

Charny hatte die Stunde des Stelldicheins wohl behalten. Es schlug Mitternacht. Bald, sagte er sich, wird sich die Tür öffnen und die Riegel werden kreischend zurückgezogen werden.

Aber nichts störte den Frieden des Abends.

Er war verwundert, als ihm einfiel, daß niemals gleiche Ereignisse aufeinanderfolgen, daß in der Liebe nichts verbindlich sei als eben nur die Liebe und daß es höchst unvorsichtig wäre, wenn Liebende sich daran gewöhnen wollten, einander täglich zu sehen.

Gewiß, das war klar, die Königin würde heute nicht die Unvorsichtigkeit von gestern wiederholen.

Plötzlich kreischten die Riegel, und die kleine Tür ging auf. Olivier wurde totenblaß, als er zwei Frauen sah, die ebenso gekleidet waren wie gestern.

Sie muß liebestoll sein, dachte er.

Die beiden Frauen gingen, wie gestern, rasch unter Charnys

Fenstern vorbei. Dann sprang er auf den Rasen hinab und folgte ihnen in einigem Abstand. Er schwor sich, vorsichtig, stark und unempfindlich zu sein, nicht zu vergessen, daß er der Untertan, sie die Königin war. Da er sich auf seinen wilden, ungestümen Charakter nicht verlassen wollte, warf er seinen Degen hinter einen Malvenbusch.

Inzwischen hatten die beiden Damen jenen Platz erreicht, auf dem sie gestern stehengeblieben waren. Wieder machte sich die Begleiterin auf, um den Unbekannten, der Monseigneur angesprochen wurde, aus seinem Versteck herbeizuholen.

Wo war dieses Versteck? Charny wußte, daß in jener Richtung, in die sich die Begleiterin entfernte, die Apollobäder lagen, aber wie konnte ein Fremder sich hier verbergen? Wie gelangte er in den Park?

Charny erinnerte sich, daß es auch in jener Gegend des Parkes eine kleine Pforte wie jene gab, welche die beiden Damen benutzten, um zu dem Ort des Stelldicheins zu gelangen. Offenbar besaß der Unbekannte einen Schlüssel zu dieser Pforte und hielt sich in den Apollobädern verborgen, bis er geholt wurde.

Einige Minuten später erkannte Charny den Mantel und Hut, den er gestern abend gesehen hatte. Diesmal näherte sich der Unbekannte nicht mehr mit derselben respektvollen Zurückhaltung, sondern ging rasch. Die Königin, die sich an einen hohen Baum gelehnt hatte, nahm auf einem Mantel Platz, den dieser neue Raleigh für sie auf dem Rasen ausbreitete, und während die wachsame Freundin umherspähte, kniete der Verliebte auf dem Moos nieder und begann leidenschaftlich auf Marie-Antoinette einzureden. Die Königin neigte den Kopf und schien einer verliebten Melancholie zu verfallen. Charny hörte die Worte des Kavaliers nicht, aber der Tonfall war der glühender Beteuerungen.

Die Königin antwortete nicht. Der Unbekannte verdoppelte sein Drängen, und bald schien es dem unseligen Charny, er solle nun endlich das Wort klar und deutlich vernehmen, bei dessen

Klang er vor Wut und Eifersucht sterben mußte. Jetzt zwang ein Wink der Späherin den Redner, leiser zu sprechen.

Immer noch bewahrte die Königin hartnäckiges Schweigen. Offensichtlich erhielt der Verliebte nur die süße Einwilligung des Schweigens, für glühende Lippen, die Liebe zu trinken begehren, eine nur ungenügende Gunst.

Plötzlich schienen der Königin einige Worte entschlüpft zu sein. Sie hatte offenbar sehr leise gesprochen, und nur der Unbekannte hatte sie verstehen können. In seinem Entzücken rief er so laut, daß auch Charny es hören konnte:

»Dank, tausend Dank, süße Majestät! Morgen also!«

Sofort verbarg die Königin ihr Gesicht schamhaft in der Kapuze.

Charny fühlte, wie der eisige Schweiß in schweren Tropfen von seinen Schläfen niederrann. Der Unbekannte sah jetzt, daß die Königin ihm ihre Hände hinhielt. Er nahm sie in die seinen und drückte einen langen, zärtlichen Kuß darauf, während Charny alle Qualen der Folterkammer durchlitt.

Jetzt erhob sich die Königin lebhaft und nahm den Arm ihrer Begleiterin.

Wie am Vorabend eilten die beiden an Charny vorüber. Auch der Unbekannte zog sich zurück; Charny, der den Platz nicht verlassen konnte, an den eine schmerzliche Lähmung ihn fesselte, hörte nur aus der Ferne das Geräusch zweier Türen, die ins Schloß fielen.

Wir wollen nicht versuchen, den Seelenzustand zu schildern, in den Charny durch die gräßliche Entdeckung geriet. Er verbrachte die Nacht damit, wie rasend durch den Park und die Alleen zu eilen, denen er in seiner Verzweiflung sträfliche Mitschuld vorwarf. Erst nach einigen Stunden kam er einigermaßen zur Besinnung, als er in seinem blinden Lauf auf den Degen stieß, den er weggeworfen hatte, um nicht in Versuchung zu geraten, sich seiner zu bedienen.

Die Klinge kam ihm zwischen die Beine und brachte ihn zu Fall; seltsam, gerade dieser Sturz ließ das Bewußtsein seiner Kraft und

Würde in ihm erwachen. Ein Mann, der einen Degen in seiner Hand fühlt, hat kein Recht mehr, schwach oder furchtsam zu sein.

Plötzlich war er, was er immer gewesen, ein starker Körper, ein aktiver Geist. Geradewegs und schweigend begab er sich an den Platz, auf dem die Königin gesessen hatte, das niedergedrückte Moos ließ ihn noch einmal sein ganzes Unglück und das Glück des anderen überschauen. Jetzt aber begann er, statt zu seufzen und sich ohnmächtigem Zorn zu überlassen, über diese geheime Liebe und über den Mann, der sie der Königin einzuflößen vermochte, nachzusinnen.

Er untersuchte die Fußspuren jenes Edelmannes mit derselben kühlen Aufmerksamkeit, mit der er die Fährte eines wilden Tieres geprüft hätte. Dann besichtigte er die Pforte hinter den Apollobädern, erkletterte die Mauer und bemerkte Spuren von Pferdehufen.

Er kommt nicht aus Versailles, sondern aus Paris, konstatierte Olivier. Er kommt allein, und er wird auch morgen wiederkommen, denn man hat ihm gesagt: morgen. Bis morgen werde ich also schweigen, und morgen wird der letzte Tag meines Lebens sein, wenn ich nicht ein Feigling bin oder niemals geliebt habe.

Dann blickte er noch einmal um sich, hütete sich aber, zum Platz hinüberzusehen, denn er wollte das Fenster der treulosen Königin nicht beleuchtet finden; dieses Licht wäre eine neue Lüge, ein Schandfleck mehr gewesen.

Neunundfünfzigstes Kapitel
Frau und Königin

Der nächste Tag brachte dieselben Leiden mit sich. Mit dem letzten Schlag der zwölften Stunde wurde die Pforte geöffnet, und die beiden Frauen erschienen.

Charny hatte seinen Entschluß gefaßt. Er mußte an diesem

Abend herausbringen, wer jener Glückliche war, den die Königin ihm vorzog. Wieder folgte er den beiden Frauen, sich hinter Bäumen und Büschen verbergend. Als er indessen die Stelle erreichte, an der in den letzten Tagen die Verliebten einander begegnet waren, fand er niemand.

Diesmal führte die Begleiterin Ihre Majestät in die Apollobäder. Eine furchtbare Angst bemächtigte sich Charnys. In seiner unschuldigen Ehrlichkeit hatte er nicht geahnt, daß das Verbrechen so weit gehen könnte.

Lächelnd und flüsternd folgte die Königin ihrer Begleiterin in das dunkle Asyl, an dessen Schwelle der unbekannte Edelmann sie mit ausgebreiteten Armen erwartete. Sie trat ein. Das Gitter schloß sich hinter ihr. Die Begleiterin blieb draußen und lehnte sich an eine laubumrankte, moosbewachsene Säule.

Charny hatte seine Kräfte überschätzt. Einem solchen Schlag vermochten sie nicht zu widerstehen. In dem Augenblick, in dem er sich in seiner Raserei auf die Begleiterin der Königin stürzen wollte, um sie zu entlarven, zu erkennen, zu beschimpfen und vielleicht zu erwürgen, drängte all sein Blut sich in die Schläfen und drohte ihn zu ersticken. Röchelnd sank er auf das Moos nieder.

Eine Blutung, die seine kaum geheilte Wunde wieder gesprengt hatte, erstickte ihn. Nur durch die Kälte des Taues und die Feuchtigkeit der Erde wurde er zu neuem Schmerz erweckt. Taumelnd erhob er sich, blickte um sich, begriff, was vorging, und begann zu suchen.

Die Schildwache war verschwunden, nichts zu hören. Von Versailles herüber schlug es zwei Uhr, und er begriff, daß seine Ohnmacht lange gedauert hatte.

Die gräßliche Vision war verschwunden. Die Königin und ihr Liebhaber hatten Zeit gehabt, sich davonzumachen. Charny konnte sich davon überzeugen, als er über die Mauer blickte und frische Hufspuren erkannte. Sie waren das einzige Beweismittel, das dem armen Charny übrigblieb.

Diese Nacht war ein langes Delirium. Am Morgen hatte er

sich noch nicht beruhigt. Totenblaß und um zehn Jahre gealtert, rief Charny seinen Kammerdiener, ließ sich ein schwarzes Samtgewand reichen und kleidete sich wie ein reicher Bürger an. Stumm und düster ging er zum Schloß von Trianon, das er gegen zehn Uhr in dem Augenblick, in dem die Wachen abgelöst wurden, erreichte.

Die Königin kam gerade aus der Kapelle, in der sie die Messe gehört hatte. Überall, wo sie vorbeikam, neigten sich ehrfurchtsvoll Köpfe und Degen. Charny gewahrte die Zornröte einiger Frauen, die mißmutig waren, die Königin so schön zu sehen. Und in der Tat, sie war schön mit ihren zarten, feinen Zügen, ihrem lächelnden Mund, ihren müden, aber doch von sanfter Klarheit strahlenden Augen.

Plötzlich bemerkte sie Charny. Sie errötete und stieß einen Ausruf der Überraschung aus.

Charny hatte den Kopf nicht geneigt. Starr blickte er die Königin an, die in seinen Augen neues Unglück las. Sie trat zu ihm.

»Ich glaubte Sie auf Ihren Landgütern, Herr de Charny?« fragte sie streng.

»Ich bin wieder zurück, Madame«, sagte er kurz und fast unhöflich.

Erstaunt blieb sie stehen. Die Nuance war ihr nicht entgangen. Sie wandte sich ab.

»Guten Morgen, Gräfin«, begrüßte sie freundschaftlich Madame de La Motte und blinzelte ihr vertraulich zu. Charny zitterte. Aufmerksam betrachtete er diese Frau.

Jeanne war unruhig geworden und wandte sich ab. Wie ein Irrsinniger folgte ihr Charny, um ihr noch einmal ins Gesicht zu blicken.

Die Königin fuhr fort, nach links und rechts zu grüßen, ließ die beiden aber nicht aus den Augen.

»Sollte er den Verstand verloren haben«, überlegte sie. »Armer Junge!«

Sie trat wieder zu ihm.

»Wie geht es Ihnen, Herr de Charny«, fragte sie sanft.

»Sehr gut, Madame, aber, Gott sei Dank, doch nicht so gut wie Eurer Majestät.«

Dabei verneigte er sich auf eine Art, die Marie-Antoinette eher erschreckte als in Staunen setzte.

Es steckt etwas dahinter, dachte Jeanne.

»Wo wohnen Sie jetzt?« fragte die Königin.

»In Versailles, Madame.«

»Seit wann?«

»Seit drei Nächten«, antwortete der junge Mann betont. Die Königin zeigte keinerlei Bewegung; Jeanne zitterte.

»Haben Sie mir etwas zu sagen?« fragte die Königin sanft.

»Ach, Madame, ich hätte Eurer Majestät nur zu viel zu sagen!«

»Dann kommen Sie!«

Die Königin kehrte in ihre Gemächer zurück.

Madame de La Motte empfand es als glückliche Fügung, daß Marie-Antoinette, die offenbar den Anschein eines Gesprächs unter vier Augen vermeiden wollte, mehrere Personen einlud, ihr zu folgen. Auch Jeanne schloß sich der Gruppe an.

In ihrem Zimmer angelangt, entließ die Königin Madame de Miséry und die Hofdamen. Das Wetter war mild und verschleiert; die Sonne durchdrang die Wolken nicht, ließ aber ihr Licht und ihre Wärme, durch die weißen Wolken gefiltert, herabströmen.

Marie-Antoinette öffnete ein Fenster, das auf die kleine Terrasse hinausging. Dann setzte sie sich an ein Tischchen, das mit Briefen bedeckt war, und wartete.

Bald begriffen die Höflinge, die ihr gefolgt waren, daß sie allein zu sein wünschte, und zogen sich zurück. Charny hatte inzwischen in seiner Ungeduld seinen Hut mit nervösen Fingern zerknittert.

»Sprechen Sie«, sagte die Königin, »Sie scheinen mir sehr verwirrt, mein Herr.«

»Wie soll ich anfangen«, fragte Charny sich laut. »Wie kann ich es wagen, die Ehre, die Treue, die Majestät anzuklagen?«

»Wie beliebt?« fragte Marie-Antoinette und wandte sich lebhaft um.

»Nun, ich werde nur sagen, was ich gesehen habe.«

Die Königin war aufgestanden.

»Mein Herr«, sagte sie kalt, »es ist früh am Morgen, ich kann nicht annehmen, daß Sie bereits betrunken sind. Und doch steht Ihr Benehmen einem nüchternen Edelmann nicht an.«

Sie erwartete wohl, Charny beschämt zu sehen, aber er fuhr unbeweglich fort:

»Alles in allem, was ist eine Königin? Eine Frau. Und was bin ich? Ein Mann, nicht nur ein Untertan.«

»Mein Herr!«

»Madame, wir wollen das nicht durcheinanderbringen. Ich spreche in einem Zorn, der leicht in Raserei ausarten könnte. Ich glaube, Ihnen bewiesen zu haben, daß ich vor der königlichen Majestät Respekt habe. Ich fürchte, Ihnen auch bewiesen zu haben, daß ich der Königin in wahnsinniger Liebe ergeben war. Wählen Sie! Soll ich der Königin oder der Frau vorwerfen, daß sie sich der Schande oder der Würdelosigkeit überantwortet hat?«

»Herr de Charny«, rief die Königin erblassend, »wenn Sie nicht sofort gehen, lasse ich Sie durch Gardisten fortjagen.«

»Dann will ich Ihnen, bevor ich fortgejagt werde, sagen, warum Sie eine würdelose Königin und eine ehrlose Frau sind!« schrie Charny wütend. »Seit drei Nächten habe ich Sie im Park beobachtet.«

Statt aufzuspringen, trat die Königin ruhig näher und nahm seine Hand.

»Herr de Charny«, sagte sie, »Ihr Zustand ist beklagenswert. Nehmen Sie sich in acht, Ihre Augen funkeln, Ihre Hand zittert, Ihre Wangen erblassen, das Blut strömt zum Herzen zusammen. Gewiß leiden Sie sehr! Soll ich um Hilfe rufen?«

»Ich habe Sie gesehen mit dem Mann, dem Sie die Rose gaben, mit dem Mann, der Ihnen die Hände küßte und mit dem Sie in den Apollobädern waren.«

Die Königin strich mit der Hand über ihre Stirn, als ob sie sich überzeugen wollte, daß sie wach war.

»Setzen Sie sich doch, denn Sie werden zusammenstürzen, wenn ich Sie nicht stütze. Setzen Sie sich doch!«

Charny ließ sich in der Tat in einen Lehnstuhl fallen, die Königin nahm vor ihm auf einem Schemel Platz, ergriff seine beiden Hände und blickte ihm tief in die Augen.

»Seien Sie ruhig«, sagte sie, »und wiederholen Sie, was Sie mir sagen wollten.«

»Sie wollen mich töten«, murmelte der Unglückliche.

»Ich werde fragen. Seit wann sind Sie von Ihren Landgütern zurück?«

»Seit vierzehn Tagen.«

»Und wo wohnen Sie?«

»Im Haus des Oberstjägermeisters, das ich in aller Eile gemietet hatte.«

»Oh, in dem Haus des Selbstmörders am Park?«

Charny nickte.

»Und Sie sprachen von einer Person, die Sie mit mir gesehen haben?«

»Ich spreche zunächst von Ihnen, Sie habe ich gesehen.«

»Und wo?«

»Im Park.«

»Wann? An welchem Tag? Zu welcher Stunde?«

»Dienstag um Mitternacht zum erstenmal.«

»Sie haben mich gesehen!!!«

»So wie ich Sie jetzt sehe, und so wie ich die Frau gesehen habe, die Sie begleitete.«

»Ich wurde begleitet? Würden Sie meine Begleiterin erkennen?«

»Ich glaubte sie eben zu sehen, aber ich will es nicht bestimmt behaupten. Die Haltung war ähnlich, aber das Gesicht konnte ich im Park nicht erkennen. Man verbirgt das Gesicht, wenn man solche Ungeheuerlichkeiten begeht.«

»Gut«, sagte die Königin ruhig. »Sie haben meine Begleiterin nicht erkannt, aber mich ...«

»Oh, Sie habe ich erkannt! Sehe ich Sie denn nicht auch jetzt?«

Ärgerlich stampfte die Königin auf.

»Und dieser Mann, dem ich eine Rose gegeben habe ... Sie haben doch gesehen, daß ich ihm eine Rose gab?«

»Ja, aber ich konnte diesen Kavalier nie erreichen.«

»Sie kennen ihn aber doch?«

»Man nennt ihn Monseigneur. Mehr weiß ich nicht.«

Die Königin schlug sich zornig vor die Stirn.

»Sprechen Sie weiter. Dienstag habe ich ihm die Rose gegeben. Und Mittwoch?«

»Mittwoch ließen Sie ihn Ihre Hände küssen!«

»Ach! Und Donnerstag?«

»Gestern waren Sie eineinhalb Stunden mit diesem Mann in den Apollobädern, in der Grotte, und Ihre Begleiterin wartete draußen.«

Jetzt war die Königin aufgesprungen.

»Und Sie haben mich gesehen?« fragte sie, jede Silbe betonend.

Charny hob die Hand, um zu schwören.

»Oh, er schwört!« rief die Königin. »Mich haben Sie also gesehen? Mich?«

»Ja, am Dienstag trugen Sie Ihr grünes Kleid mit den goldenen Moiréstreifen, am Mittwoch Ihr Kleid mit blauen und rostfarbenen Girlanden. Gestern hatten Sie Ihr herbstfarbenes Seidenkleid an, das Sie trugen, als ich zum erstenmal Ihre Hand küssen durfte. Sie waren es! Ich sterbe vor Schmerz und Scham, aber ich muß es Ihnen sagen: bei meiner Ehre, bei Gott, Madame, Sie waren es!«

Mit großen Schritten ging die Königin auf der Terrasse auf und ab, ohne der Neugierigen zu achten, die vom Hof aus ihre Bewegungen bemerken mußten.

»Wenn ich schwören würde, bei meinem Sohn, bei meinem Gott ... man würde mir doch nicht glauben!«

Charny senkte den Kopf.

»Wahnsinniger«, rief die Königin, »so ist es also eine so köstliche Lust, eine unschuldige, untadelige Frau zu beschuldigen? Es ist also ein so herrliches Glück, eine Königin zu entehren? Wirst du mir denn glauben, daß nicht ich es war, die du gesehen hast? Wirst du mir glauben, wenn ich bei Christus schwöre, daß ich seit drei Tagen nicht nach vier Uhr ausgegangen bin? Soll ich dir durch meine Frauen, durch den König selbst beweisen, der mich hier gesehen hat, daß ich nicht anderswo sein konnte? Nein ... er glaubt mir nicht! Er glaubt mir nicht!«

»Ich habe gesehen«, sagte Charny kalt.

»Oh, ich weiß, ich weiß«, rief die Königin, »ist mir diese schändliche Schmähung nicht schon oft ins Gesicht geschleudert worden? Hat man mich denn nicht auf dem Opernball gesehen, allen Höflingen zum Schrecken? War ich denn nicht bei Mesmer in Ekstase, den Neugierigen und den Freudenmädchen zum Ärgernis? Sie wissen es wohl, denn Sie haben sich doch selbst für mich geschlagen?«

»Madame, ich habe mich damals dafür geschlagen, weil ich glaubte, und ich würde mich heute wieder schlagen, weil ich glaube.«

Tränen der Verzweiflung waren der Königin in die Augen getreten. Auch Charny hatte den Kopf in beiden Händen verborgen.

Endlich sagte die Königin: »Mein Herr, Sie sind mir Genugtuung schuldig. Hören Sie, was ich von Ihnen verlange. Drei Nächte lang haben Sie mich im Park beobachtet, in Gesellschaft eines Mannes. Und doch wußten Sie, daß irgend jemand mit meiner Ähnlichkeit Mißbrauch treibt, daß irgendeine Frau mir in Gesicht und Gangart gleicht. Da Sie es aber lieber glauben, ich sei es, die zur Nachtzeit herumläuft, so mögen Sie zur selben Stunde wieder in den Park kommen. Wenn ich es bin, die Sie gestern gesehen haben, werden Sie mich wohl auch heute sehen, denn ich werde bei Ihnen sein. Ist es aber eine andere, warum sollen wir sie nicht beide erkennen? Und wenn wir sie sehen ... werden Sie dann alle Leiden bereuen, die Sie mir zugefügt haben?«

Charny legte die Hände auf sein Herz.

»Heute abend also, um zehn«, sagte die Königin. »Erwarten Sie mich am Tor des Jägermeisterhauses, denn ich bin entschlossen, Sie zu überzeugen. Gehen Sie jetzt und lassen Sie niemand etwas merken.«

Wortlos kniete Charny nieder, dann ging er.

Im zweiten Salon begegnete er Jeanne, die ihn mit gierigen Blicken verschlang und sich bereit hielt, auf den ersten Ruf der Königin bei ihr einzutreten.

Sechzigstes Kapitel
Weib und Dämon

In das Zimmer der Königin eingelassen, begann Jeanne ihre Beobachtungen anzustellen. Sie wollte aus Marie-Antoinettes Zügen den Beweis ablesen, daß ihr Argwohn berechtigt war.

Indessen hatte die Königin sich bereits seit einiger Zeit daran gewöhnt, aller Welt zu mißtrauen. Sie ließ sich nicht durchschauen, und Jeanne war auf Mutmaßungen beschränkt.

»Ich fühle mich recht schwach, liebe Miséry«, sagte die Königin zu ihrer Hofdame, »und werde heute abend schon um acht zu Bett gehen. Sagen Sie alle Empfänge ab.«

Das ist klar genug, dachte Jeanne, nur eine Verrückte könnte das nicht verstehen.

Bald entließ die Königin ihr Gefolge. Seit langem zum erstenmal fühlte sich Jeanne beglückt, Versailles verlassen zu können.

Auf nach Paris, dachte sie, es ist höchste Zeit, Ordnung in diese Dinge zu bringen.

In der Rue Saint-Claude fand sie eine herrliche Silberschmiedearbeit vor, die der Kardinal ihr am selben Morgen geschickt hatte. Sie warf dem Geschenk, so wertvoll es auch war, nur einen gleichgültigen Blick zu, trat ans Fenster und spähte nach Oliva aus. Die Fenster waren noch geschlossen, das Mädchen schlief, offenbar ermüdet. Es war sehr warm an diesem Tag.

Jeanne fuhr zu dem Kardinal, den sie strahlend vor Glück und Stolz fand. Er saß an seinem Schreibtisch, einem Meisterwerk Boules, und arbeitete an einem Brief, den er immer wieder, halb fertig, zerriß und von neuem begann.

Als ihm die Gräfin gemeldet wurde, eilte er ihr erfreut entgegen. Gelassen empfing Jeanne die Küsse, mit denen der Prälat ihre Hände bedeckte. Dann nahm sie in einem bequemen Lehnstuhl Platz, um für das Gespräch gerüstet zu sein.

Der Kardinal erschöpfte sich in Beteuerungen seiner Dankbarkeit.

»Sie sind ein glücklicher Mann, und heute sind Sie fast ein triumphierender Gott«, sagte sie.

»Ich gestehe es, und mein Glück erschreckt mich. Der Anblick anderer Menschen ist mir fast unerträglich. Ich erinnere mich der heidnischen Fabel von Jupiter, der müde wurde, seine Strahlen auszusenden.«

Jeanne lächelte.

»Sie kommen aus Versailles?« fragte er.

»Ja. Von ihr.«

»Und sie ... hat nichts gesagt?«

»Ach, was sollte sie sagen?«

»Wie Sie das aussprechen! Man sollte meinen, Sie bringen mir eine schlechte Nachricht.«

»Monseigneur, zwingen Sie mich nicht zu sprechen.«

Der Kardinal erblaßte.

»Was ist denn, ein allzu großes Glück gleicht immer dem Kulminationspunkt eines Glücksrades; dann geht es wieder bergab. Schonen Sie mich nicht, wenn Unglück droht!«

»Ich möchte lieber von einem großen Glück sprechen, Monseigneur.«

»Was nennen Sie ein großes Glück?«

»Daß Sie nicht entdeckt wurden«, sagte Jeanne kurz.

»Ach«, rief er lächelnd, »bei all den Vorsichtsmaßregeln, die wir getroffen haben, bei all dem Verstand zweier Herzen und eines Geistes?«

»Ein Geist und zwei Herzen, Monseigneur, können niemand hindern, durch das Laubwerk zu blicken.«

»Wir sind gesehen worden?«

»Ich habe Grund, es zu glauben.«

»Man hat uns erkannt?«

»Das brauchen Sie noch nicht zu befürchten, Monseigneur; wenn man uns erkannt hätte, wenn dieses Geheimnis im Besitz eines Menschen wäre, dann müßte Jeanne de Valois schon lange fort und dann müßten Sie tot sein.«

»Ach, Gräfin, Sie rösten mich über kleinem Feuer. Gut, man hat uns gesehen. Man hat Leute im Park spazierengehen sehen. Durften sie das nicht?«

»Fragen Sie den König!«

»Der König weiß davon?«

»Ich muß Ihnen noch einmal sagen, Monseigneur, daß Sie längst in der Bastille wären, wenn der König davon wüßte. Ein Unglück, dem wir entronnen sind, ist doppelt soviel wert wie ein verheißenes Glück. Ich will Sie warnen, Gott noch einmal zu versuchen.«

»Was soll das?«

»Sie sollen nicht mehr nach Versailles kommen.«

Der Kardinal sprang auf.

»Bei Tag?« fragte er lächelnd.

»Weder bei Tag noch bei Nacht.«

Herr de Rohan gab die Hand der Gräfin frei.

»Unmöglich!«

»Ich glaube, Sie haben gesagt: unmöglich?«

»Unmöglich, denn ich trage eine Liebe im Herzen, die nur mit meinem Leben enden kann.«

»Das sehe ich wohl«, bemerkte die Gräfin ironisch, »und darum wollen Sie in den Park zurückkehren! Nun, da Ihre Liebe nur mit dem Leben endet, werden beide zugleich erlöschen.«

»Gräfin, Sie waren gestern so tapfer!«

»Ich bin tapfer wie ein Tier. Ich fürchte nichts, solange ich nicht Gefahr wittere.«

»Und ich habe den Mut meiner Rasse, ich bin nur glücklich, wenn Gefahr droht. Der Würfel ist gefallen. Ich kehre nach Versailles zurück.«

»Allein?«

»Sie wollen mich verlassen?« fragte Herr de Rohan vorwurfsvoll.

»Zunächst ich.«

»Sie wird kommen.«

»Sie irren, sie wird nicht kommen.«

»Haben Sie mir das von ihr zu melden?« fragte zitternd der Kardinal.

»Das ist es, was ich Ihnen seit einer halben Stunde mitzuteilen suche. Ich wollte der traurigen Botschaft ihre Härte nehmen.«

»Sie will mich nicht mehr sehen?«

»Ich habe es ihr selbst empfohlen.«

»Madame, es ist nicht edel von Ihnen, das Messer in ein Herz zu bohren, dessen zärtliche Glut Sie kennen.«

»Schlimmer wäre es allerdings noch, Monseigneur, wenn ich zwei tolle Geschöpfe ins Verderben geraten ließe. Ich warne – mag gewarnt sein, wer da will.«

Der Kardinal hatte die Hand der Gräfin wieder ergriffen und stammelte:

»Gestehen Sie, daß sie das nicht gesagt hat. Sie wird mich nicht verleugnen.«

»Ich spreche in ihrem Namen.«

»Sie verlangt doch nur Aufschub?«

»Nehmen Sie es, wie Sie wollen, befolgen Sie aber den Befehl.«

»Auch ist der Park nicht der einzige Ort, den man wählen kann. Es gibt sicherere. Die Königin ist ja auch bei Ihnen gewesen.«

»Kein Wort mehr, Monseigneur. Ich trage ein furchtbares Gewicht, das Ihres Geheimnisses, auf meinen Schultern. Ich fühle mich zu schwach, es lange zu tragen. Ich weiß, daß die Königin fähig ist, in einem Augenblick der Verzweiflung dem König alles zu sagen.«

Der Kardinal war aufgesprungen.

»Was muß ich tun?«

»Sie durch Stillschweigen trösten.«

»Ich halte diese Frau für groß und stark. Ich liebe sie wegen ihres Mutes und ihres edlen Herzens. Sie mag auf mich zählen, wie ich auf sie zähle. Ein letztes Mal will ich sie sehen, sie möge meine Gedanken kennenlernen und dann selbst entscheiden. Ich werde ihre Befehle befolgen.«

Jeanne stand auf.

»Wie Sie wollen. Nur werden Sie diesmal allein gehen. Übrigens habe ich den Schlüssel in die Seine geworfen, als ich heute zurückfuhr. Gehen Sie nach Versailles, ich fahre in die Schweiz oder nach Holland. Ich will weit entfernt sein, wenn diese Bombe platzt.«

»Erbarmen Sie sich, Gräfin«, stöhnte der Prälat.

»Gut«, entschied Jeanne mit der Energie eines Chirurgen, der sich zu einer Amputation entschließt. »Sie sind verzweifelt, Herr de Rohan, lassen Sie sich nicht zu gefährlichen Kindereien verleiten! Wenn Ihnen so viel an dieser Frau liegt, so tun Sie besser, sie sich zu erhalten, und wenn Sie nicht ohne Herz und Gedächtnis sind, dann ziehen Sie nicht jene in Ihren Ruin hinein, die Ihnen aus Freundschaft gedient haben. Ich spiele nicht mit dem Feuer. Wollen Sie mir schwören, daß Sie nichts unternehmen werden, um die Königin zu sehen – sie auch nur zu sehen, nicht etwa zu sprechen –, vierzehn Tage lang? Wenn Sie das beschwören, bleibe ich und will Ihnen weiter dienen. Wollen Sie aber das Verbot der Königin brechen und meines zugleich – dann werde ich es rechtzeitig wissen, und zehn Minuten später reise ich ab. Dann können Sie sich aus der Affäre ziehen, wie Sie wollen.«

»Es ist furchtbar«, murmelte der Kardinal, »dieser Sturz zerschmettert mich.«

»Sie lieben also nur aus Eitelkeit?«

»Heute liebe ich mit wahrer Liebe!«

»Dann leiden Sie heute, denn das ist die vornehmste Aufgabe Ihres Standes. Entscheiden Sie sich, Monseigneur: bleibe ich? Reise ich nach Lausanne?«

»Bleiben Sie, Gräfin, aber suchen Sie meinen Schmerz zu lindern.«

»Schwören Sie, mir zu gehorchen?«

»So wahr ich Rohan heiße.«

»Gut, dann ist das schmerzlindernde Mittel bereits gefunden. Sie dürfen die Königin jetzt nicht sehen, aber Briefe können Sie empfangen und an sie richten.«

»Wahrhaftig«, rief der Wahnsinnige, von neuer Hoffnung belebt, »ich darf schreiben? Wird sie mir antworten?«

»Ich will versuchen, es zu erreichen.«

Einundsechzigstes Kapitel
Das Glück des Nächsten

Am selben Tag, gegen vier Uhr nachmittags, hielt ein Berittener am Parkrand hinter den Apollobädern. Nachdenklich ließ er seine Hand den Hals seines Pferdes entlanggleiten.

Es war an der Stelle, an der Herr de Rohan seit drei Tagen sein Pferd halten ließ. Der Boden war zerstampft und das Gras rings um die Eiche, an deren Stamm das Tier des Kardinals gebunden gewesen war, abgeweidet.

Der Reiter stieg ab.

»Der Rasen ist ganz zerstampft«, murmelte er. Dann näherte er sich der Mauer.

»Hier ist jemand über die Mauer gestiegen. Die Tür war unlängst geöffnet. Dachte ich mir's doch. Man hat nicht umsonst mit den Indianern der Savannen gekämpft, man weiß die Spuren von Tier und Menschen zu deuten. Seit vierzehn Tagen ist Charny zurück, und seit vierzehn Tagen zeigt er sich nicht. Dies also ist die Tür, die er benutzt, um in den Park von Versailles einzudringen.«

Der Kavalier seufzte.

»Lassen wir unserem Nächsten sein Glück«, murmelte er. »Was Gott dem einen gibt, verweigert er dem anderen. Nicht umsonst hat er uns in Glückliche und Unglückliche unterschieden. Sein Wille sei gepriesen.

Und doch müßte man Beweise haben. Wo soll man sie hernehmen? Ach, nichts einfacher als das. Im Gesträuch könnte ein Mann hier bei Nacht gewiß nicht entdeckt werden, und doch könnte er aus seinem Versteck alles sehen.«

Der Kavalier nahm die Zügel seines Pferdes, stieg langsam auf und verschwand, ohne den Gang seines Rosses zu beschleunigen, um die Ecke der Mauer.

Inzwischen wartete Charny, dem Befehl der Königin gemäß, in seinem Hause auf Nachricht. Es wurde Nacht, und nichts rührte sich. Statt am Fenster des Pavillons, der auf den Park hinausführt, zu lauern, wartete Charny an der Straßenfront. Die Königin hatte gesagt: Am Tor des Jägermeisterhauses.

Von Minute zu Minute hoffte er, den Trab eines Pferdes oder den hastigen Schritt eines Kuriers zu vernehmen.

Es schlug halb elf.

Nichts.

Die Königin hatte mit Charny gespielt. Sie hatte in einer ersten Regung des Schreckens Zugeständnisse gemacht, war beschämt gewesen und hatte versprochen, was sie nicht halten konnte. Schrecklich zu denken, sie hatte versprochen, obwohl sie wußte, daß sie ihr Wort nicht halten würde.

Mit dem eilfertigen Mißtrauen, das leidenschaftlich verliebte Menschen auszeichnet, tadelte sich Charny sofort, so leichtgläubig gewesen zu sein.

»Wie konnte ich ihren Lügen glauben«, fragte er sich, »und meine Sicherheit und meine Überzeugung einer blöden Hoffnung opfern?«

Wütend verbohrte er sich in diesen düsteren Gedanken, als das Geräusch von Sand, der gegen sein Fenster geworfen wurde, seine Aufmerksamkeit erregte. Hastig eilte er an die Parkfront.

Jetzt sah er in einem weiten schwarzen Mantel eine Frauengestalt, ein bleiches und ängstliches Gesicht. Er konnte einen Aufschrei der Freude nicht unterdrücken. Diese Frau, die ihn rief, war die Königin. Mit einem Sprung war er im Park und kniete vor der Königin nieder.

»Sie, Madame, ist es möglich!«

»Also so haben Sie auf mich gewartet?«

»Ich wartete auf der Straßenseite, Madame.«

»Wie sollte ich denn von der Straße kommen? War der Weg durch den Park nicht leichter?«

»Ich habe nicht gewagt zu hoffen, Sie selbst zu sehen.«

»Doch wir wollen nicht hier bleiben. Es ist zu hell hier. Haben Sie Ihren Degen?«

»Ja.«

»Gut. Wo haben Sie die Leute hereinkommen sehen?«

»Durch diese Pforte.«

»Und wann?«

»Pünktlich um Mitternacht.«

»Wir haben keinen Grund anzunehmen, daß sie heute nacht nicht kommen. Sie haben niemand ein Wort gesagt?«

»Niemand.«

»Dann treten wir in den Hain, und warten wir.«

Rasch ging die Königin voraus.

»Sie begreifen wohl«, sagte sie plötzlich, als ob sie einem Gedanken Charnys zuvorkommen wollte, »daß ich mir nicht ein Vergnügen daraus gemacht habe, dem Polizeipräfekten davon zu erzählen. Seit ich mich beklagt habe, hätte Herr de Crosne mir mein Recht verschaffen müssen. Wenn die Kreatur, die meinen Namen usurpiert hat, nachdem sie sich diese Ähnlichkeit anmaßt, noch nicht verhaftet ist, wenn dieses ganze Geheimnis noch nicht aufgeklärt ist, dann können nur zwei Gründe bestehen: Herrn de Crosnes Unfähigkeit – an die ich nicht glaube – oder sein Einverständnis mit meinen Feinden. Ich kann mir nicht denken, daß jemand den Mut aufbringt, hier, in diesem Park, bei mir, diese schändliche Komödie aufzuführen, von der Sie mir gesprochen haben, wenn er nicht einen unmittelbaren Helfer oder wenigstens einen stillschweigenden Komplizen hat. Darum scheinen mir jene, die sich dieses sträflichen Spieles schuldig gemacht haben, gefährlich genug, um bei meinen Bemühungen, sie zu entlarven, keinerlei Helfer zu beanspruchen. Was halten Sie davon?«

»Ich bitte Eure Majestät um die Erlaubnis, nicht mehr sprechen zu müssen. Ich bin verzweifelt, mein Verdacht ist widerlegt.«

»Sie sind wenigstens ein anständiger Mensch«, rief die Königin lebhaft, »Sie wissen die Dinge beim Namen zu nennen. Damit kann man die Unschuldigen, wenn man sich täuscht, zuweilen verletzen, aber diese Wunden pflegen zu heilen.«

»Madame, es schlägt elf Uhr.«

»Überzeugen Sie sich, daß niemand in der Nähe ist«, sagte die Königin, um ihren Gefährten zu entfernen.

Charny gehorchte. Er durchspähte das Gebüsch und lief bis zur Mauer.

»Niemand«, sagte er, als er zurückkam.

»Und wo ist diese Szene, von der Sie mir erzählten, vor sich gegangen?«

»Madame, in dem Augenblick, in dem ich eben zurückkam, empfing ich einen furchtbaren Stich ins Herz. Sie standen genau an derselben Stelle, an der ich in den letzten Nächten die … die falsche Königin sah.«

»Hier?« rief die Königin und trat angeekelt beiseite.

»Ja, unter dem Kastanienbaum, Madame.«

»Dann wollen wir nicht hier bleiben, denn wenn sie hier gewesen sind, werden sie auch wieder hierherkommen.«

Charny folgte der Königin in eine andere Allee. Sein Herz

schlug so stark, daß er fürchtete, das Geräusch der Tür nicht zu hören.

Es schlug Mitternacht.

Die Tür wurde nicht geöffnet.

Wieder verging eine halbe Stunde. Wohl zehnmal fragte Marie-Antoinette Charny, ob die Betrüger stets pünktlich gewesen seien. Ungeduldig stampfte sie mit dem Fuß auf, als es drei Viertel eins schlug.

»Sie werden sehen, daß sie heute nicht kommen; das kann nur mir passieren.«

Dabei sah sie Charny an, als ob sie Streit suchen wollte, wenn seine Augen auch nur eine Spur von Triumph oder Ironie erkennen ließen. Doch Olivier war in dem Ausmaß, in dem sein Argwohn neu erwachte, nur erblaßt und in schwere Melancholie versunken. Die Königin nahm seinen Arm und zog ihn unter den Kastanienbaum.

»Hier, sagen Sie, war es?«

»Hier, Madame.«

Die Königin war so schwach und müde, daß sie sich an den Baumstamm lehnte und den Kopf auf die Brust herabsinken ließ. Ihre Beine versagten den Dienst. Charny reichte ihr nicht den Arm. Erschöpft sank sie in das Moos.

Regungslos und düster blieb er stehen.

Sie stützte ihr Gesicht in beide Hände, aber Charny konnte die Tränen nicht sehen, die zwischen ihren feinen weißen Fingern herabfielen. Plötzlich hob sie den Kopf und sagte:

»Sie haben recht, mein Herr, ich bin verurteilt. Ich wollte Ihnen beweisen, daß Sie mich verleumdet haben, aber Gott will es nicht. Ich füge mich.«

»Madame«, murmelte Charny.

»Ich habe getan«, fuhr sie fort, »was keine andere Frau an meiner Stelle getan hätte, aber was ist eine Königin, die nicht einmal über ihr Herz gebieten darf? Helfen Sie mir auf, mein Herr, ich will gehen. Verachten Sie mich nicht so sehr, daß Sie mir Ihre Hand verweigern.«

Charny warf sich vor ihr auf die Knie.

»Madame«, rief er, »wenn ich nicht ein Unseliger wäre, der Sie liebte, würden Sie mir verzeihen?«

»Sie lieben mich«, sagte die Königin mit einem bitteren Lächeln, »und doch halten Sie mich für treulos? Sie, der Sie sich doch erinnern müssen, Sie beschuldigen mich, einem Mann eine Blume geschenkt, ihn geküßt, ihm meine ganze Liebe gegeben zu haben? Lügen Sie nicht, mein Herr, Sie lieben mich nicht!«

»Madame, hier sah ich das Phantom einer verliebten Königin, und hier das ihres Liebhabers. Reißen Sie mir das Herz aus, denn diese höllischen Visionen leben in meinem Herzen und verzehren es.«

Sie nahm seine Hand und zog sie an sich.

»Sie haben mich gesehen! Ich war es doch, nicht wahr?« sagte sie mit erstickter Stimme. »Oh, ich war es, suchen Sie keine andere Erklärung. Nun, wenn ich auf diesem Platz, hier unter diesem Kastanienbaum, so wie sie saß, sitze und Sie sind zu meinen Füßen jener andere, wenn ich Ihnen die Hand drücke, Sie an meine Brust ziehe, Sie in meine Arme schließe und zu Ihnen sage: Ich, die ich dies alles getan habe, nicht wahr, die ich dasselbe dem anderen gesagt habe, ich sage Ihnen jetzt: Herr de Charny, ich habe nie jemand anders geliebt und werde nie jemand anders lieben als Sie – mein Gott, wird das genügen, Sie zu überzeugen, daß ich keine ehrlose Frau bin, da ich doch das göttliche Feuer der Liebe in meinem Blut habe?«

Charny stieß einen Seufzer aus wie ein Sterbender. Die Königin hatte ihn mit ihrem Atem berauscht, ihre Hand brannte auf seiner Schulter, ihr Busen versengte seine Brust, ihr Atem verzehrte seine Lippen.

»Lassen Sie mich Gott danken«, murmelte er, »wenn ich nicht an ihn dächte, müßte ich zu viel an Sie denken.«

Langsam stand sie auf. Sie heftete ihre Augen, deren Feuer in Tränen erlosch, auf ihn.

»Wollen Sie mein Leben?« fragte er.

Sie schwieg einen Augenblick, ohne ihren Blick von ihm abzuwenden.

»Reichen Sie mir Ihren Arm«, sagte sie endlich, »und führen Sie mich denselben Weg, den die anderen gegangen sind. Führen Sie mich zunächst dahin, wo jene Frau ihrem Geliebten eine Rose gab …«

Sie zog eine Rose aus dem Busen. »Nehmen Sie«, sagte sie.

Er atmete den balsamischen Duft der Blume ein und drückte sie an sein Herz.

»Und hier«, fuhr sie fort, »hat die andere jenem Mann ihre Hand zum Kuß überlassen?«

»Ihre beiden Hände«, rief Charny freudetrunken.

»Nun, dann mag dieser Ort jetzt gereinigt sein«, fuhr die Königin lächelnd fort, »und von hier sind sie in die Apollobäder gegangen?«

Wie betäubt blieb Charny stehen.

»Nun«, fuhr die Königin heiter fort, »diese Grotte betrete ich nur bei Tag. Wir wollen aber die Pforte betrachten, durch die jener Liebhaber der Königin entflohen ist.«

Fast fröhlich folgte sie dem jungen Mann über den Rasen zu der Mauer. Sie erreichten die Pforte und sahen durch das Gitter die Spuren von Hufen.

»Hier ist es«, sagte Charny.

»Ich habe alle Schlüssel«, sagte die Königin. »Öffnen Sie, Herr de Charny, wir wollen nachsehen.«

Sie traten auf die Straße hinaus und bückten sich, um die Spuren zu prüfen. Jetzt trat der Mond aus einer Wolke hervor, als ob er sie bei ihren Forschungen unterstützen wollte. Dann zog sie Olivier sanft in den Park zurück. Die Tür fiel hinter ihnen ins Schloß. Es schlug zwei Uhr.

»Adieu!« sagte sie. »Gehen Sie nach Hause. Auf morgen!«

Rasch entfernte sie sich in Richtung Schloß.

In demselben Augenblick glitt der Schatten eines Mannes aus dem Gesträuch hervor und verschwand unter den Bäumen der Straße. Dieser Mann trug das Geheimnis der Königin mit sich fort.

Zweiundsechzigstes Kapitel
Der Abschied

Die Königin stand am nächsten Morgen lächelnd und froh auf, um zur Messe zu gehen. Die Gardisten hatten Befehl, alle Welt vorzulassen. Es war Sonntag, und Ihre Majestät hatte beim Erwachen gesagt:

»Welch schöner Tag! Heute ist es eine wahre Freude zu leben.«

Sie schien mit mehr Vergnügen den Duft ihrer Lieblingsblumen einzuatmen; an diesem Morgen war sie freigebiger als je, mehr als je bereit, ihre Seele Gott nahezubringen. Aufmerksam hörte sie die Messe an. Noch nie hatte sie im Gebet ihr majestätisches Haupt so tief geneigt.

Während des Gottesdienstes sammelte sich die Menge in den Gängen zwischen der Kapelle und den Gemächern der Königin, und selbst die Treppen waren mit Damen und Kavalieren besetzt. Auch Madame de La Motte war erschienen.

Unter den Edelleuten sah man auch Herrn de Charny, der von vielen seiner Freunde zu seiner Genesung und Rückkehr beglückwünscht wurde.

Die höfische Gunst ist ein zarter Duft, der sich indessen leicht verbreitet und von Kennern selbst aus der Ferne gefühlt wird. Olivier war erst seit sechs Stunden der Günstling der Königin, aber schon wollte alle Welt sein Freund sein.

Während Herr de Charny diese Glückwünsche mit der freundlichen Miene eines wahrhaft glücklichen Menschen hinnahm, bemerkte er ein düsteres Gesicht, dessen Blässe und Regungslosigkeit ihn staunen machte. Er erkannte Philippe de Taverney.

Seit dem Höflichkeitsbesuch, den der letztere nach dem Duell seinem Gegner gemacht hatte, und seit Charnys Landaufenthalt hatte er seinen Nebenbuhler nicht mehr gesehen. Jetzt verneigte er sich vor Philippe, der indessen nur leicht dankte.

Charny löste sich von der Gruppe, die ihn umringte, und trat zu Herrn de Taverney.

»Herr de Taverney«, sagte er und grüßte ein zweites Mal, »ich muß Ihnen noch für die Teilnahme danken, die Sie an meinem Ergehen nahmen. Ich bin erst gestern hier eingetroffen.«

Philippe errötete und blickte zu Boden.

»Ich werde mir die Ehre nehmen«, fuhr Charny fort, »Ihren Besuch morgen zu erwidern, und ich hoffe, daß kein Groll mehr zwischen uns ist.«

»Durchaus nicht, mein Herr«, antwortete Philippe.

Eben wollte Charny seine Hand ausstrecken, um die Philippes zu drücken, als Trommelschläge die Ankunft der Königin verkündeten.

»Die Königin kommt, mein Herr«, sagte Philippe langsam, ohne die freundschaftliche Geste Charnys zu beantworten. Er unterstrich die Bedeutung seiner Worte durch eine mehr resignierte als kalte Verneigung. Charny war ein wenig erstaunt und beeilte sich, zu seinen Freunden zurückzukehren.

Die Königin kam näher, lächelte mehreren Höflingen zu, nahm Bittschriften entgegen und rief, als sie Charny gewahrte, mit einer Herzlichkeit, die ihre Feinde Schamlosigkeit nannten:

»Tragen Sie mir Ihre Bitten vor, meine Herren, ich vermag heute nichts abzuschlagen.«

Charny war von der Tiefe und dem Sinn dieser Worte bezaubert. Er zitterte.

Plötzlich wurde er aus seiner sanften Entzückung durch das Geräusch eines Schrittes und durch den Ton einer fremden Stimme gerissen. Die Königin hatte sich umgewandt und Philippe erkannt. Sie konnte eine Regung des Staunens nicht unterdrücken, als sie sich zwischen diese beiden Männer gestellt sah, von denen sie einen vielleicht zu sehr, den anderen zu wenig liebte.

»Ach, Sie sind es, Herr de Taverney«, rief sie, »haben auch Sie eine Bitte vorzubringen? Sprechen Sie!«

»Zehn Minuten Audienz, wann es Eurer Majestät beliebt«,

sagte Philippe mit einer Verneigung, ohne daß seine blasse Stirn sich gefärbt hätte.

»Sofort, mein Herr«, antwortete die Königin mit einem verstohlenen Seitenblick auf Charny, den sie nicht ohne unwillkürliches Zittern in der Nähe seines ehemaligen Gegners sah. »Folgen Sie mir!«

Sie ging rascher, als sie Philippes Schritt hinter sich vernahm, und sah, daß Charny an seinem Platz geblieben war. Doch nahm sie noch Briefe und Bittschriften entgegen und erteilte noch einige Befehle, bevor sie in ihr Zimmer eintrat. Erst nach einer Viertelstunde wurde Philippe in die Bibliothek geführt, in der die Königin sonntags zu empfangen pflegte.

»Ach, Herr de Taverney, treten Sie doch ein!« rief sie freundlich, »und hellen Sie, bitte, Ihre Miene auf. Ich muß Ihnen gestehen, daß ich stets ein wenig unruhig bin, wenn ein Taverney mit mir zu sprechen wünscht. Beruhigen Sie mich rasch, Herr de Taverney, und sagen Sie mir, daß Sie nicht mit einer Unglücksbotschaft kommen!«

Philippe war noch blasser geworden, als er sah, wie wenig Zuneigung die Königin in ihren Worten zu erkennen gab.

»Ich habe die Ehre, Eurer Majestät zu versichern, daß ich nur gute Nachrichten bringe.«

»Also Nachrichten?«

»Ach, allerdings, Majestät.«

»Mein Gott!« antwortete die Königin mit jener heiteren Stimme, die Philippe so unglücklich machte. »Sie haben gesagt ›ach!‹, Herr de Taverney hat ›ach!‹ gesagt.«

»Madame«, sagte Philippe ernst, »zwei Worte werden genügen, Eure Majestät vollständig zu beruhigen, Ihre edle Stirn wird sich von heute an nicht mehr verdüstern, wenn ein Taverney eintritt. Noch an diesem Tag, Madame, wird der letzte dieser unglücklichen Familie, dem Majestät einige Gunst zu bezeigen geruhte, den Hof von Frankreich für immer verlassen.«

»Sie wollen also gehen?«

»Ja, Majestät.«

»Auch Sie!«

Philippe verneigte sich.

»Meine Schwester, Madame, hat schon das Unglück gehabt, Eure Majestät verlassen zu müssen; auch ich konnte der Königin nicht von Nutzen sein, darum gehe auch ich.«

Die Königin war beunruhigt durch den Gedanken, daß Andrée sich am Tag nach jener Begegnung in Doktor Louis' Zimmer verabschiedet hatte, an dem Charny das erstemal Zeichen seines Gefühls gegeben hatte.

»Seltsam«, murmelte sie nachdenklich.

Philippe blieb aufrecht wie eine Marmorstatue und erwartete eine Gebärde, die ihm seine Entlassung bestätigte.

»Und wohin gehen Sie?«

»Ich will mich zu Herrn de Lapeyrouse begeben.«

»Herr de Lapeyrouse befindet sich augenblicklich in Neufundland.«

»Ich habe bereits meine Vorkehrungen getroffen, um ihm dahin zu folgen.«

»Wissen Sie auch, daß man ihm einen schrecklichen Tod prophezeit hat?«

»Ich weiß nur, daß ihm ein rascher Tod geweissagt worden ist.«

»Und Sie reisen?«

Er lächelte.

»Gerade darum möchte ich Herrn de Lapeyrouse folgen.«

Wieder versank die Königin in unruhiges Schweigen. Noch immer wartete Philippe respektvoll.

Jetzt erwachte Marie-Antoinettes edle, mutige Natur kühner als je. Sie stand auf, trat dem jungen Mann gegenüber und kreuzte ihre weißen Arme auf ihrer Brust.

»Warum reisen Sie?«

»Weil ich abenteuerlustig bin«, antwortete Taverney.

»Aber Sie haben schon einmal die Welt umsegelt?«

»Nur die Neue, nicht die Alte und die Neue.«

Die Königin antwortete mit einer ärgerlichen Geste.

»Eine Rasse aus Eisen, Herzen von Stahl, diese Taverneys. Ihre Schwester und Sie, Sie sind furchtbare Menschen, Freunde, die man zuletzt hassen lernt. Sie reisen nicht aus Abenteuerlust, längst sind Sie der Abenteuer müde, Sie gehen nur, weil Sie mich verlassen wollen. Ihre Schwester behauptete, den Beruf zur Nonne in sich zu fühlen, aber sie verbirgt ihr feuriges Herz nur unter dieser Asche. Sie wollte gehen, und sie ist gegangen. Möge Gott sie glücklich machen! Und Sie, der Sie glücklich sein könnten, auch Sie wollen gehen. Habe ich Ihnen nicht eben erst gesagt, daß die Taverneys uns Unglück bringen?«

»Schonen Sie uns, Madame. Wenn Eure Majestät geruhen wollte, besser in unseren Herzen zu lesen, würde sie darin nur grenzenlose Ergebenheit finden.«

»Hören Sie«, rief die Königin zornig, »Sie sind ein Quäker, und Ihre Schwester ist eine Philosophin. Ihr seid unmögliche Leute! Ihre Schwester stellt sich die Welt als ein Paradies vor, in dem man nur als Heilige leben kann. Sie halten die Welt für eine Hölle, in der sich nur Teufel wohl fühlen können. Das Ende ist dasselbe – Sie beide fliehen die Welt, die eine, weil sie nicht finden konnte, was sie suchte, der andere, weil er darin findet, was er nicht sucht. Habe ich recht? Mein lieber Herr de Taverney, lassen Sie uns Menschen doch unvollkommen sein! Verlangen Sie auch von den königlichen Familien nicht mehr, als daß sie die unvollkommensten der Menschen sind. Seien Sie duldsam, denn Ihre Intoleranz ist egoistisch!«

Sie hatte sehr leidenschaftlich gesprochen.

»Madame«, antwortete Philippe, »der Egoismus ist eine Tugend, wenn man sich seiner bedient, um den Gegenstand seiner Anbetung zu erhöhen.«

Die Königin errötete.

»Ich weiß nur«, sagte sie, »daß ich Andrée liebte und daß sie mich verlassen hat; daß ich von Ihnen gut dachte und daß Sie mich jetzt verlassen. Es ist demütigend für mich, zwei so vollkommene Menschen – nein, ich scherze nicht – mein Haus verlassen zu sehen.«

»Nichts kann eine so erlauchte Person wie Sie, Madame, demütigen«, sagte Taverney kalt. »Die Beschämung erreicht eine so erhabene Stirn wie die Ihre nicht.«

»Ich denke ernstlich nach«, fuhr die Königin fort, »was Sie verletzen konnte.«

»Nichts hat mich verletzt, Madame«, antwortete Philippe lebhaft.

»Ihre Ernennung ist bestätigt worden, Ihre Karriere ist gesichert. Ich selbst habe Sie ausgezeichnet ...«

»Ich wiederhole Eurer Majestät, daß nichts mir bei Hof mißfällt.«

»Und wenn ich Ihnen sagen würde, daß Sie bleiben sollen ... wenn ich es Ihnen befehlen würde?«

»Es wäre mir sehr schmerzlich, Ihnen mit einer Weigerung zu antworten.«

Zum drittenmal versank die Königin in tiefes Schweigen.

»Vielleicht ist es eine bestimmte Person«, fragte sie endlich, »die Ihr Mißfallen erregt hat? Ich glaubte, Sie stünden mit einem Edelmann ... mit Herrn de Charny schlecht, den Sie im Duell verwundet haben. Das ist ganz klar, man flieht den Anblick der Leute, die man nicht liebt, und da Herr de Charny zurückgekehrt ist, wollen Sie den Hof verlassen.«

Philippe antwortete nicht. Die Königin verkannte diesen edlen und treuen Mann, den sie für einen gewöhnlichen Eifersüchtigen hielt. Darum behandelte sie ihn schonungslos.

»Sie wissen aber doch erst seit heute«, fuhr sie fort, »daß Herr de Charny zurück ist, und heute schon verlangen Sie Ihren Abschied?«

Philippe war totenblaß geworden. Er fühlte sich mit Füßen getreten und fuhr auf.

»Madame«, sagte er, »ich weiß in der Tat erst seit heute, daß Herr de Charny zurück ist; und doch ist es länger, als Eure Majestät annimmt, daß ich Herrn de Charny gegen zwei Uhr morgens an einem Parktor getroffen habe, das zu den Apollobädern führt.«

Die Königin erblaßte; nachdem sie erschrocken und doch nicht ohne Bewunderung die vollendete Höflichkeit bemerkt hatte, in die der Edelmann seinen Zorn hüllte, sagte sie mit erloschener Stimme: »Gut, gehen Sie, ich halte Sie nicht mehr zurück!«

Philippe verneigte sich ein letztes Mal und ging langsam hinaus.

Die Königin war in ihren Lehnstuhl gesunken.

Dreiundsechzigstes Kapitel
Die Eifersucht des Kardinals

Indessen hatte der Kardinal drei Nächte ganz anders verbracht, als seine Phantasie sie ihm versprochen hatte.

Keine Nachricht, keine Hoffnung auf einen neuen Besuch! Dieses tödliche Stillschweigen nach einem Aufwallen der Leidenschaft glich der Dunkelheit eines Kellers nach dem grellen Licht des Tages.

Der Kardinal hatte sich zuerst in der Hoffnung gewiegt, seine Geliebte, die doch mehr Frau als Königin war, wolle nur die Tiefe seiner Liebe prüfen. Diese männliche Regung wurde in seinen Händen zu einem zweischneidigen Schwert, das ihn bald schmerzlich verwundete.

Als er keine Nachricht erhielt und, wie es Herr Delille nennt, nur das Schweigen hörte, fürchtete er, die Prüfung sei zu seinen Ungunsten ausgefallen. Jetzt verfiel er einer Angst, einem Grauen, einer Unruhe, von der man sich kaum eine Vorstellung machen kann. Bald wurde dieser Zustand für den Kardinal unerträglich. Wohl zehnmal am Tag sandte er zu Madame de La Motte nach Versailles.

Der zehnte Kurier brachte ihm endlich Jeanne, die Charny

und die Königin bewachte und sich innerlich zu der Ungeduld des Kardinals, der sie bald einen günstigen Erfolg ihres Unternehmens zu danken hoffte, beglückwünschte.

Als der Kardinal sie vor sich sah, brach er los.

»Wie?« rief er, »Sie leben ruhig, obwohl Sie wissen, daß ich Folterqualen erdulde, und Sie, die Sie sich meine Freundin nennen, lassen mich tödlichen Kummer erleiden.«

»Ach, Monseigneur, gedulden Sie sich doch! Was ich für Sie tue, ist nützlicher als alles, was Sie hier tun, indem Sie sich in Sehnsucht verzehren.«

»Man kann nicht so grausam sein«, rief der Kardinal, den die neuerwachte Hoffnung auf Nachrichten besänftigte. »Lassen Sie hören, was spricht man dort?«

»Man empfindet die Trennung schmerzlich, in Versailles wie in – Paris.«

»Oh, ich danke Ihnen, aber ...«

»Aber?«

»Ich will Beweise.«

»Mein Gott, was reden Sie da, Monseigneur. Beweise? Sind Sie bei Trost, Monseigneur, daß Sie von einer Frau ein Unterpfand eines Fehltrittes verlangen?«

»Ich verlange kein Aktenstück, Gräfin, nur ein Unterpfand der Liebe.«

»Mir scheint«, sagte die Gräfin, »daß Sie sehr anspruchsvoll, wenn nicht vergeßlich sind.«

»Suchen Sie einen rettenden Gedanken, statt mir Vorwürfe zu machen. Helfen Sie mir, statt mich zu quälen.«

»Ich kann Ihnen nicht helfen, da ich nicht begreife, was ich tun soll.«

»Sie begreifen nicht, was Sie tun sollen?« fragte der Kardinal und betonte jedes einzelne Wort.

»Nein.«

»Nein? Wenn Sie mir nicht mehr dienen wollen, so geschieht das nur, weil Sie es nicht können. Das sehe ich wohl.«

»Sie beurteilen mich richtig. Warum also Vorwürfe?«

»Weil Sie mir die volle Wahrheit sagen sollten, Madame.«

»Ich habe gesagt, was ich weiß.«

»Aber Sie sagen nicht, daß die Königin treulos ist, eine kokette Frau, die Männer liebestrunken macht und dann der Verzweiflung ausliefert.«

Jeanne blickte erstaunt auf.

»Erklären Sie sich«, sagte sie, vor Freude zitternd.

In der Tat erkannte sie in der Eifersucht des Kardinals eine Chance, sich aus der Affäre zu ziehen, wie sie sich sie besser nicht wünschen konnte.

»Sagen Sie es doch offen«, rief der Kardinal, der nur mehr seine eigene Leidenschaft verstand, »daß die Königin mich nicht mehr sehen will.«

»Nein, das sage ich nicht.«

»Gestehen Sie es nur, daß sie mich, wenn sie mich auch nicht vollkommen zurückstößt, doch immerhin fernhalten will, um nicht einen anderen Liebhaber zu beunruhigen, den meine Huldigungen beunruhigt haben.«

»Ach, Monseigneur!« rief Jeanne in einem honigsüßen Ton, der mehr ahnen ließ, als er verhehlte.

»Hören Sie«, fuhr Herr de Rohan fort, »als ich Ihre Majestät das letztemal sah, glaubte ich im Gebüsch Schritte zu hören.«

»Sie sind wahnsinnig!«

»Ich sage nur, was ich vermute.«

»Kein Wort mehr, Monseigneur, denn Sie beleidigen die Königin. Übrigens, wenn es wahr wäre, daß die Königin so unglücklich ist, die Überwachung eines Liebhabers ertragen zu müssen, was ich nicht glaube, wäre es nicht ungerecht genug, ihr wegen einer Vergangenheit Vorwürfe zu machen, die sie Ihnen zum Opfer gebracht hat?«

»Vergangenheit! Vergangenheit! Ein großes Wort, Gräfin, das seinen Sinn verliert, wenn es sich auf die Gegenwart und vielleicht sogar auf die Zukunft ausdehnt.«

»Pfui, Monseigneur, Sie sprechen mit mir wie mit einem Makler, dem man vorwirft, er habe uns ein schlechtes Geschäft aufgeschwatzt. Ihr Argwohn, Monseigneur, ist so beleidigend für die Königin, daß auch ich mich betroffen fühlen muß.«

»Nun, liebt sie mich denn noch ein wenig?«

»Es gibt eine sehr einfache Lösung, Monseigneur. Setzen Sie sich an Ihren Schreibtisch, und fragen Sie sie doch selbst.«

Bewegt ergriff der Kardinal ihre Hand.

»Sie werden ihr das Billett zustellen?«

»Wer anders könnte es?«

»Und Sie versprechen mir eine Antwort?«

»Wenn Sie keine erhielten, wie würden Sie erfahren, woran Sie sich zu halten haben?«

»Ach, Gräfin, wahrhaftig, Sie sind liebenswert.«

Er setzte sich an seinen Schreibtisch und begann einen Brief. Herr de Rohan war beredt und schrieb einen gewandten Stil, aber er zerriß zehn Blätter, bevor er zu einer Formulierung gelangte, die ihm gefiel.

Sein Brief war so glühend, so toll gehalten, so überreich an verliebten Vorwürfen und gefährlichen Beteuerungen, daß Jeanne, als sie ihn gelesen hatte, dachte: Nie hätte ich gewagt, ihm so etwas zu diktieren.

»Ist das gut?« fragte der Kardinal.

»Wenn die Königin Sie liebt«, sagte die Verräterin, »dann werden Sie sie morgen sehen. Einstweilen verhalten Sie sich ruhig.«

»Bis morgen, gut.«

»Ich verlange nicht mehr, Monseigneur.«

Die Gräfin nahm das versiegelte Billett, ließ sich von dem Kardinal auf die Augenlider küssen und kehrte nach Hause zurück. Nachdem sie sich entkleidet hatte, begann sie nachzudenken.

Die Lage war derartig, wie sie sie sich erwünscht hatte. Noch zwei Schritte, und sie war am Ziel. Wen sollte sie als Schild wählen? Die Königin oder den Kardinal?

Dieser Brief des Kardinals setzte ihn außerstande, jemals gegen Madame de La Motte Klage zu erheben, wenn sie ihn zwingen würde, den Preis des Halsbandes zu bezahlen.

Wenn wirklich der Kardinal die Königin sah und sich mit ihr verständigte, wie sollte er es wagen, Madame de La Motte, die ein so peinliches Geheimnis besaß, bloßzustellen?

Die Königin würde keinen Lärm schlagen und gewiß an den Haß des Kardinals glauben; dagegen würde der Kardinal die Koketterie der Königin für bare Münze nehmen. Entstand eine Debatte, so würde sie hinter verschlossenen Türen stattfinden, und beim ersten Argwohn, der sich fühlbar machte, konnte Madame de La Motte sich aus dem Staub machen und irgendwo ihre eineinhalb Millionen umsetzen.

Wohl würde der Kardinal wissen, daß Jeanne die Diamanten an sich genommen hatte, und die Königin würde es erraten; aber was sollte es ihnen nützen, eine Sache vor die Leute zu bringen, die so peinlich mit jener Angelegenheit des Parkes und des Apollobades verbunden war?

Nun, ein einziger Brief genügte nicht, um dieses Verteidigungssystem zu sichern. Der Kardinal aber war schreiblustig, er würde gewiß noch sieben- oder achtmal schreiben. Und was die Königin betrifft, wer wußte, ob sie nicht in diesem Augenblick mit Herrn de Charny Waffen gegen Jeanne schmiedete?

Aus diesem Labyrinth der Intrigen führte im schlimmsten Fall jene Flucht, auf die Jeanne bereits gefaßt war.

So war die Reihenfolge: nach dem nächsten fälligen Termin würden die Juweliere sich melden. Gewiß würde die Königin sich an Herrn de Rohan wenden.

Aber wie?

Durch Jeannes Vermittlung. Jeanne würde den Kardinal benachrichtigen und auffordern zu zahlen. Lehnte er ab: Drohung, die Briefe zu veröffentlichen. Dann würde er zahlen.

Nach geleisteter Zahlung bestand keine Gefahr mehr. Die Ehre einer Königin und eines Kirchenfürsten war mit eineinhalb Millionen nicht zu teuer erkauft. Eher zu billig, Jeanne war überzeugt, daß sie drei Millionen herausschinden würde, wenn es darauf ankäme.

Warum aber war Jeanne in dieser Intrige gerade so sicher?

Weil der Kardinal in der Überzeugung lebte, er habe drei Nächte lang die Königin im Park von Versailles gesehen – und keine Macht der Welt würde ihn überzeugen, daß er sich getäuscht habe. Es gab einen einzigen, greifbaren, lebendigen Beweis – und den wollte Jeanne beizeiten entfernen.

An diesem Punkt angelangt, trat Jeanne ans Fenster und sah Oliva, die neugierig auf ihrem Balkon stand.

Jetzt wollen wir unsere Sache in Ordnung bringen, dachte Jeanne und grüßte ihre Mitschuldige zärtlich. Dann gab sie ihr durch einen Wink zu verstehen, sie möge am Abend zum Tor kommen.

Froh über diese willkommene Nachricht, zog sich Oliva in ihr Zimmer zurück. Jeanne versank wieder in Gedanken.

Ein Werkzeug fortwerfen, ja sogar zerbrechen, dessen man sich nicht mehr bedienen kann, das ist Intrigantenart. Die meisten allerdings scheitern daran, daß das Werkzeug, indem es zerbricht, durch sein Ächzen Aufmerksamkeit erregt und das Geheimnis verrät.

Gewiß würde auch die kleine Oliva sich nicht zerbrechen lassen, ohne zu klagen.

Man mußte also eine Fabel ausdenken, die sie zur Flucht bestimmte, und eine andere, die ihr die Flucht sogar erstrebenswert machte.

Auf jedem Schritt begegnete man Schwierigkeiten.

So entzückt auch Oliva über die Gesellschaft ihrer neuen Freundin war, war sie doch in ihren Gefühlen nur halb gebunden, sie schätzte ein Bündnis aus der Perspektive ihres Gefängnisses höher als aus der der Freiheit. Doch verbarg die aufrichtige Nicole nicht, daß ihr Spaziergänge im hellen Tageslicht und Wirklichkeiten des Lebens lieber wären als nächtliche Ausfahrten und ein erdichtetes Königtum.

Jeanne, die alles gründlich überlegt hatte, beschloß, bei erster Gelegenheit diesen Wunsch zu bedienen. Das Thema ihrer Unterredung mit Nicole mußte also die Notwendigkeit sein, selbst die Spuren des im Park von Versailles begangenen Verbrechens zu verwischen.

Es wurde Nacht, und Oliva kam. Jeanne erwartete sie am Tor. Die beiden gingen die Rue Saint-Claude bis zu dem menschenleeren Boulevard hinauf; dort erreichten sie ihren Wagen, den Jeanne, um besser plaudern zu können, im Schritt fahren ließ. Er schlug die Straße ein, die ringförmig Vincennes umkreist.

Nicole hatte, um unkenntlich zu bleiben, ein einfaches Kleid mit weiter Kapuze angezogen; Jeanne trug Grisettenkleider.

Überdies zeigte der Wagen an den Schlägen das Wappen der Valois, das wohl geeignet war, Neugierige und sogar Polizeiagenten einzuschüchtern.

Zunächst überhäufte Oliva Jeanne mit Küssen, die ihr mit Wucherzinsen zurückerstattet wurden.

»Ach, wie habe ich mich gelangweilt!« rief Oliva. »Ich habe Sie gesucht und nach Ihnen gerufen.«

»Es war mir unmöglich, liebe Freundin, Sie zu besuchen; wir wären allzu großer Gefahr ausgesetzt gewesen.«

»Ach, erzählen Sie mir das rasch.«

»Sie wissen wohl, daß Sie mit Schwierigkeiten zu kämpfen haben.«

»Ja, leider!«

»Und daß Sie, um sich zu zerstreuen, ein wenig aus Ihrem Gefängnis heraus wollten.«

»Und Sie haben mir freundschaftlich dabei geholfen.«

»Ich habe Ihnen also von jenem Offizier im Hofdienst gesprochen, der, zwar ein wenig verrückt, aber im übrigen ein liebenswürdiger Mensch und wie wahnsinnig in die Königin verliebt ist, der Sie ein wenig ähnlich sind.«

»Ja, ich weiß.«

»Ich war so schwach, Ihnen einen unschuldigen Scherz vorzuschlagen, der darin bestand, daß wir den armen Jungen glauben machten, die Königin empfände etwas für ihn. An die beiden Ausflüge in den Park von Versailles brauche ich Sie wohl nicht zu erinnern.«

Oliva seufzte.

»Nun, Sie haben Ihre Rolle so gut gespielt, daß unser Verliebter die Sache allzu ernst nahm.«

»Das war vielleicht schlimm«, meinte Oliva, »denn wir haben ihn getäuscht, und das verdient er nicht. Er ist ein entzückender Kavalier.«

»Hören Sie, das ist noch nicht das Schlimmste! Daß Sie ihm eine Rose gaben, sich Majestät ansprechen ließen und ihm Ihre Hände zum Kuß überließen, das sind harmlose Scherze. Meine kleine Oliva, es scheint, daß es nicht dabei geblieben ist.«

Oliva errötete tief, aber Jeanne, als verständige Frau, hatte ihre Aufmerksamkeit der Straße zugewendet.

»Wie?« stammelte Nicole, »wieso nicht dabei geblieben?«

»Es kam, wie Sie wissen, auch zu einer dritten Zusammenkunft«, sagte Jeanne. »Verzeihung, liebe Freundin, ich stand abseits und hielt Wache oder tat wenigstens so, um Ihrer Rolle einigen Anschein der Wahrheit zu geben. Was in jener Grotte geschehen ist, weiß ich nicht. Sie erzählten mir, Sie hätten geplaudert und das Spiel mit Händen und Rosen sei fortgesetzt worden. Ich, liebe Kleine, glaube alles, was man mir sagt.«

»Allerdings, aber …«

»Nun, mein Kind, es scheint, daß unser Verrückter mehr behauptet, als die vorgebliche Königin ihm bewilligt hat. In seinem Rausch rühmt er sich, von der Königin Beweise höchster Liebe erhalten zu haben. Gewiß ist dieser arme Teufel von Sinnen.«

»Mein Gott! Mein Gott!«

»Er ist ein Narr, wie man schon daraus ersieht, daß er lügt. Nicht wahr?« Oliva zitterte. »Sie hätten sich einer solchen Gefahr nicht aussetzen sollen, mein Kind, ohne mir etwas davon zu sagen. Welche Wahrscheinlichkeit spricht denn dafür, daß Sie, die Sie Herrn Beausire lieben und die Huldigungen des Herrn de Cagliostro zurückweisen, in einer Laune diesem Narren das Recht gegeben hätten, zu sagen …? Nein, er hat gewiß den Verstand verloren, davon bin ich überzeugt.«

»Aber worin besteht die Gefahr?«

»Wir haben es eben mit einem Narren zu tun, mit einem Menschen, der sich vor nichts fürchtet und keine Scheu kennt. Solange es sich um eine Rose und um einen Handkuß handelte, war nichts einzuwenden. Eine Königin hat in ihrem Park Rosen und reicht ihre Hände allen ihren Untertanen zum Kuß; wenn aber wirklich bei dieser dritten Begegnung ... Ach, liebes Kind, jetzt ist die Sache ernst geworden.«

Oliva begann mit den Zähnen zu klappern. »Aber was soll nun werden, liebe Freundin?«

»Es wird zunächst herauskommen, daß Sie nicht die Königin sind.«

»Nein, wahrhaftig.«

»Und daß Sie sich als Majestät ausgegeben haben, um eine Leichtfertigkeit ...«

»Nun?«

»Kurz: Majestätsbeleidigung. Das ist ein Wort, das sich auf viele Dinge anwenden läßt, und ein Vergehen, das arg bestraft wird.«

Oliva barg das Gesicht in ihren Händen.

»Da Sie nun nicht getan haben, was jener Mann in seiner Eitelkeit behauptet«, fuhr Jeanne fort, »werden Sie es auch behaupten müssen. Die beiden leichteren Verfehlungen von den Vortagen werden gewiß nur mit zwei bis vier Jahren Gefängnis und Verbannung bestraft.«

»Gefängnis! Verbannung!«

»Nun, das läßt sich überwinden; immerhin muß ich meine Vorsichtsmaßregeln treffen und mich aus der Affäre ziehen.«

»So bedroht man auch Sie?«

»Wird er denn nicht auch mich bloßstellen, dieser Tollkopf? Ach, arme Oliva, unser Scherz kommt uns teuer zu stehen!«

Oliva brach in Tränen aus.

»Oh«, stammelte sie, »ich werde mich in dem Haus meines Beschützers verbergen. Soll ich ihm alles gestehen?«

»Das wäre ein netter Gedanke! Alles sagen einem Mann, der Ihnen nur seine Liebe verheimlicht und auf den Augenblick wartet, um sie anzubeten?! Dem wollen Sie sagen, daß Sie sich mit einem anderen eingelassen haben? Ich sage ›eingelassen‹, ohne zu beurteilen, wie weit es gekommen ist.«

»Mein Gott, Sie haben recht!«

»Überdies wird das Gerücht von dieser Sache sich verbreiten, die Polizei wird Sie zu suchen beginnen, und Ihr Beschützer wird bedenklich werden. Wer weiß, ob er Sie nicht, um sich bei Hof beliebt zu machen, ausliefert? Wenn wir aber annehmen, daß er Sie bloß fortjagt, was soll dann aus Ihnen werden?«

»Ich weiß, ich bin verloren.«

»Und wenn gar erst Herr de Beausire davon erfährt«, sagte Jeanne langsam, die Wirkung dieses letzten Streiches auskostend.

Oliva fuhr auf. Mit einem Ruck war das ganze Prunkgebäude ihrer Frisur zerstört.

»Er wird mich umbringen! Nein, dann töte ich mich lieber selbst. Ach«, wandte sie sich an Jeanne, »Sie können mich nicht retten, denn Sie sind selbst verloren.«

»Ich besitze tief in der Picardie ein kleines Landgut. Wenn man sich dort verkriechen könnte, wäre vielleicht alles in Ordnung.«

»Aber dieser Tollkopf kennt Sie, er wird Sie immer wieder finden.«

»Wenn Sie erst weg sind und unauffindbar, dann fürchte ich ihn nicht mehr. Dann sage ich ihm laut ins Gesicht: Sie sind ein Wahnsinniger! Beweisen Sie, was Sie da behaupten. Das wird er nicht können.«

»Ich werde reisen, sobald Sie es wünschen«, erklärte Oliva.

»Ich glaube, das ist sehr vernünftig von Ihnen.«

»Soll ich gleich aufbrechen?«

»Nein, warten Sie, bis ich alle Vorbereitungen getroffen habe und einen sicheren Erfolg erhoffen kann. Bis dahin zeigen Sie sich niemand, nicht einmal mir, und verkleiden Sie sich sogar, wenn Sie in den Spiegel schauen.«

»Ja, ich werde es tun. Verlassen Sie sich darauf, liebe Freundin.«

»Und jetzt wollen wir nach Hause fahren.«

»Gut. Wie lange brauchen Sie für die Vorbereitungen?«

»Das weiß ich nicht. Achten Sie aber auf eines: ich werde mich nicht mehr am Fenster zeigen. Wenn Sie mich aber am Fenster sehen, so wird das bedeuten, daß Sie an diesem Tag fliehen müssen; dann halten Sie sich bereit.«

Vierundsechzigstes Kapitel
Die Flucht

Oliva tat, was sie versprochen hatte.

Und auch Jeanne hielt Wort.

Schon am nächsten Tag war Nicole vollständig unsichtbar geworden, und niemand konnte auch nur ahnen, daß das Haus in der Rue Saint-Claude bewohnt war.

Sie hielt sich unter Vorhängen und Wandschirmen versteckt, und alle Fenster waren, der lockenden Sonne zum Trotz, verhängt.

Jeanne ihrerseits, die wußte, daß morgen die erste Rate von fünfhunderttausend Francs fällig war, richtete es so ein, daß sie im Augenblick, in dem die Bombe platzen mußte, unangreifbar war.

Der furchtbare Augenblick nahm ihre ganze Aufmerksamkeit in Anspruch. Sie hatte die Möglichkeiten der Flucht klar bedacht, wollte zu diesem Mittel aber erst im äußersten Notfall greifen, denn die Flucht bedeutete das Geständnis. Lieber wollte sie bleiben, wie ein Duellant dem Gegner gegenüberstehen, der schlimmsten Möglichkeit ins Auge blicken und es darauf ankommen lassen, ihren Gegner zu töten.

Darum zeigte sie sich schon am Tag nach jener Unterhaltung im Wagen gegen zwei Uhr nachmittags am Fenster, um Oliva zu bedeuten, daß sie heute abend fluchtbereit sein möge.

Es wäre unmöglich, die Freude und das Entsetzen Olivas zu

beschreiben; diese Notwendigkeit zu fliehen, bedeutete höchste Gefahr, die Möglichkeit der Flucht aber doch wieder das Heil.

Sie warf Jeanne einen beredten Kuß zu, dann traf sie ihre Vorbereitungen und sammelte alles, was sie benötigte, in einem kleinen Koffer, vergaß auch einige Wertsachen ihres Beschützers nicht.

Jeanne hatte sich wieder zurückgezogen, um einen Wagen aufzutreiben, dem man das kostbare Leben Nicoles anvertrauen konnte.

Es schlug von Saint-Paul elf Uhr, und der Uferwind trug die abgemessenen Schläge bis zur Rue Saint-Claude herüber, als Jeanne mit einer Postkutsche, die mit vier kräftigen Pferden bespannt war, in der Rue Saint-Louis einfuhr. Ein Mann, der auf dem Bock saß und in einen Mantel gehüllt war, bezeichnete dem Postillion das Haus, vor dem er warten sollte. Es lag an der Ecke der Rue du Roi-Doré.

Dann wandte sich der Mann zu seiner Herrin um.

»Mag der Wagen hier warten, lieber Herr Reteau«, sagte Jeanne, »eine halbe Stunde wird genügen. Ich hole jemand, den Sie für doppeltes Trinkgeld zu meinem Haus in Amiens bringen.«

»Gut, Frau Gräfin.«

»Übergeben Sie jene Person meinem Pächter Fontaine, der weiß, was er zu tun hat. Ich vergaß ... Sie sind bewaffnet?«

»Ja, Madame.«

»Diese Dame ist von einem Narren bedroht, vielleicht wird man den Wagen unterwegs aufhalten wollen ...«

»Was soll ich also tun?«

»Sie schießen auf jedermann, der sich Ihnen in den Weg stellt. Sie haben zwanzig Louis Entschädigung verlangt, ich gebe hundert und bezahle überdies die Reise nach London. Sie können mich dort erwarten, ich werde in drei Monaten eintreffen. Hier ist das Geld. Gewiß sehe ich Sie nicht mehr, denn Sie werden gut tun, gleich nach Saint-Valéry weiterzureisen und nach England zu fahren. Ich sage das nur in Ihrem Interesse.«

Reteau küßte der Gräfin die Hand. Dann stieg er in den Wagen, während Jeanne leichtfüßig in die Rue Saint-Claude zurückkehrte und bis zu ihrer Wohnung hinaufstieg.

In dieser harmlosen Stadtgegend schlief bereits alles tief. Jeanne selbst zündete die Kerze an, die – über dem Balkon gehalten – Oliva das Zeichen geben sollte, das Haus zu verlassen.

»Das Mädchen ist vorsichtig«, murmelte die Gräfin, als sie alle Fenster verhängt sah.

Damit kehrte sie auf die Straße zurück.

»Sie kommt sogar herunter, ohne Licht anzumachen. Das ist vorsichtig.«

Aber niemand kam an das Tor. Offenbar hatte Oliva sich mit lästigem Gepäck beladen.

»Wie dumm von ihr. Wir verlieren Zeit, weil sie sich nicht von ihren Lumpen trennen kann.«

Niemand kam.

Jeanne lauschte. Eine Viertelstunde verging, und es schlug halb zwölf.

Jeanne ging bis zum Boulevard, um zu sehen, ob die Fenster jetzt erleuchtet wären. Ihr schien, daß sie hinter den Vorhängen einen Lichtschein ausnehme.

»Was tut sie nur? Die kleine Gans, hat sie mein Signal nicht gesehen? Mut! Wir müssen wieder hinauf.«

Sie kehrte wieder in ihre Wohnung zurück und erneuerte das Zeichen mit der Kerze.

Kein Zeichen antwortete.

»Diese dumme Person ist krank und kann sich nicht rühren! Immerhin, sie muß heute abend fort, lebendig oder tot.«

Wie eine verfolgte Löwin stürzte Jeanne die Treppe hinunter. Sie hielt den Schlüssel bereit. Als sie ihn in das Schloß stecken wollte, zögerte sie.

»Wenn jemand bei ihr wäre!« murmelte sie. »Nun, ich werde die Stimmen hören, und mir bleibt Zeit, umzukehren. Wenn ich aber jemand auf der Treppe begegne?«

Dieser Gedanke brachte sie beinahe dazu umzukehren. Als

sie aber die Pferde an der Ecke der Rue du Roi-Doré stampfen hörte, raffte sie sich auf.

»Der Kühne kennt keine Gefahr«, sagte sie sich.

Sie schloß auf und betrat das Haus. Die Lage der Räumlichkeiten war ihr bekannt, denn sie hatte sich von Oliva eine ausführliche Beschreibung geben lassen. Sofort fand sie die Treppe und eilte hinauf.

Kein Geräusch, kein Licht. Nichts.

Jeanne erreichte den Treppenabsatz vor Nicoles Wohnung.

In einer Spalte unter der Tür sah sie einen Streifen Licht. Das Geräusch eines hastigen Schrittes war zu vernehmen. Jeanne meisterte ihren Atem und lauschte.

Niemand sprach. Oliva war also allein. Sie ging auf und ab. Sie war nicht krank, sie hatte sich nur verzögert.

Jeanne klopfte an die Tür.

Schritte näherten sich, von dem Teppich gedämpft.

»Öffnen Sie!« rief Jeanne.

Die Tür ging auf, grelles Licht fiel auf Jeanne, die einem Mann, der einen dreiarmigen Leuchter hielt, gegenüberstand. Sie stieß einen Schrei aus und verbarg ihr Gesicht.

»Sind Sie es, Oliva?« fragte der Mann. »Ach, die Frau Gräfin de La Motte!«

»Herr de Cagliostro!« stammelte Jeanne, die in Ohnmacht zu fallen drohte.

Unter allen Gefahren, mit denen Jeanne gerechnet hatte, war diese vergessen geblieben. Auf den ersten Blick schien sie nicht so schlimm, aber wenn man erst ein wenig überlegte und die düstere Miene dieses seltsamen Menschen betrachtete, schien sie um so gräßlicher.

Jeanne war nahe daran, den Kopf zu verlieren. Sie taumelte zurück und fühlte sich versucht, die Treppe hinabzueilen. Cagliostro aber bot ihr freundlich die Hand und lud sie ein, Platz zu nehmen.

»Welchem Umstand verdanke ich die Ehre Ihres Besuches, Madame?« fragte er ruhig.

»Mein Herr«, stammelte Jeanne, die den Blick des Grafen nicht ertrug. »Ich kam … ich suchte …«

»Gestatten Sie, Madame, daß ich schelle und den meiner Bedienten bestrafe, der so ungezogen war, eine Dame von Ihrem Rang allein eintreten zu lassen.«

Zitternd fiel Jeanne ihm in den Arm.

»Offenbar«, fuhr Cagliostro gelassen fort, »sind Sie an diesen deutschen Schlingel geraten, der mein Pförtner ist. Er neigt zum Trunk. Gewiß hat er Sie nicht erkannt, hat wortlos geöffnet und ist sofort wieder eingeschlafen.«

»Schelten Sie ihn nicht, mein Herr«, sagte Jeanne, die aufatmete, denn sie ahnte die Falle nicht.

»Aber er war es doch, der Ihnen geöffnet hat, nicht wahr, Madame?«

»Ich denke wohl; aber Sie haben mir versprochen, ihn nicht auszuschelten.«

»Gut, ich will mein Wort halten«, antwortete der Graf lächelnd. »Jetzt sind Sie so gütig, mir zu sagen, welchem Umstand ich die Ehre Ihres Besuches verdanke.«

Jetzt, da Cagliostro offenbar nicht annahm, die Gräfin sei selbst in das Haus eingedrungen, konnte sie frei lügen. Sie tat es denn auch. »Ich kam«, sagte sie rasch, »um über gewisse Gerüchte, die im Umlauf sind, Ihre Meinung zu hören, Herr Graf.«

»Was sind das für Gerüchte, Madame?«

»Ach, drängen Sie mich nicht! Mein Schritt ist delikater Natur … Sie sind doch ein Freund Seiner Eminenz des Herrn Kardinals de Rohan?«

Nicht übel, dachte Cagliostro, ich lasse dich bis ans Ende des Fadens, den ich in der Hand halte, zappeln. Weiter allerdings nicht.

»Ich stehe in der Tat recht gut mit Seiner Eminenz, Madame.«

»Ich kam, um mich bei Ihnen, Herr Graf, über … Ich sagte Ihnen schon, ich befinde mich in einer etwas delikaten Lage. Mißbrauchen Sie sie nicht. Sie müssen wissen, daß Herr de Rohan mir eine gewisse Zuneigung bezeugt hat, und ich wollte mich erkundigen, bis zu welchem Punkt ich darauf zählen darf, daß … Ach, mein Herr, Sie lesen ja, wie man sagt, in der tiefsten Finsternis der Geister und der Herzen.«

»Geben Sie mir noch ein wenig Licht, Madame, damit ich auch in der Finsternis Ihres Herzens und Ihres Geistes lesen kann.«

»Ach, mein Herr, man sagt wohl, daß Seine Eminenz liebt … daß sie ihre Gefühle einer sehr hohen Frau … man sagt sogar …«

Cagliostros Blick war starr auf Jeanne gerichtet.

»Madame«, sagte er, »ich lese in der Tat in der Finsternis der Herzen, aber ich bedarf doch Ihrer Unterstützung. Antworten Sie mir auf einige Fragen. Warum haben Sie mich hier aufgesucht?«

Jeanne zitterte.

»Und wie sind Sie hier hereingekommen?« fuhr der Graf fort. »Es gibt in diesem Haus weder einen Pförtner noch Diener. Und wenn Sie mich nicht suchten, wen haben Sie dann gesucht? Sie antworten nicht? Nun, ich will Ihnen helfen, Ihr Gedächtnis aufzufrischen. Sie sind mit dem Schlüssel eingedrungen, den ich hier in Ihrer Tasche ahne; da ist er. Und Sie wollten eine junge Frau suchen, die ich aus Güte bei mir verbarg.«

Jeanne wankte wie ein entwurzelter Baum.

»Und wenn dem so wäre?« fragte sie leise. »Wäre das ein Verbrechen? Ist es einer Frau nicht erlaubt, eine andere zu besuchen? Rufen Sie sie doch, damit sie Ihnen bestätigen kann, daß unsere Freundschaft das Licht nicht zu scheuen braucht.«

»Madame«, unterbrach Cagliostro sie, »Sie sagen das, weil Sie ganz gut wissen, daß sie nicht mehr hier ist.«

»Wie? Sie ist nicht mehr hier?«

»Sie wissen also nicht, daß sie fort ist? Sie, die Sie doch an der Entführung mitgewirkt haben?«

»Ich? An der Entführung? Sie werfen mir vor, daß man sie entführt hat?«

»Mehr noch, ich beweise es.«

Cagliostro nahm ein Blatt von einem Tisch und zeigte es der Gräfin.

»Mein Herr, edler Beschützer, verzeihen Sie mir, daß ich Sie verlasse; ich liebe Herrn Beausire mehr als alle anderen Menschen. Er holt mich ab, und ich folge ihm. Leben Sie wohl und empfangen Sie den Ausdruck meiner Dankbarkeit.«

»Beausire!« rief Jeanne, zu Stein erstarrt. »Beausire! Er kannte doch Olivas Adresse nicht!«

»Doch, Madame«, sagte Cagliostro und zog ein anderes Blatt aus der Tasche. »Dieses Papier fand ich auf der Treppe. Es wird Herrn Beausire wohl aus der Tasche gefallen sein.«

»Herr de Beausire wird Mademoiselle Oliva in der Rue Saint-Claude an der Ecke des Boulevards finden; er möge sie sofort mitnehmen. Eine aufrichtige Freundin erteilt ihm diesen Rat. Es eilt!«

»Ach!«

»Nun, er hat sie mitgenommen«, sagte Cagliostro ruhig.

»Und wer hat dieses Billett geschrieben?«

»Sie doch offenbar. Sie, die aufrichtige Freundin Olivas.«

»Wie konnte er nur hier herein?« schrie Jeanne und maß den Grafen mit einem wütenden Blick.

»Kann man nicht mit Ihrem Schlüssel eintreten?«

»Wenn ich ihn hatte, konnte doch Herr de Beausire ihn nicht haben.«

»Wenn man einen Schlüssel hat, so hat man deren auch zwei«, erwiderte Cagliostro und blickte ihr ins Gesicht.

»Sie haben Beweisstücke in Händen«, meinte die Gräfin langsam, »während ich mich nur auf Vermutungen stützen kann.«

»Oh, auch ich habe meine Vermutungen, und sie sind so viel wert wie die Ihren, Madame.«

Er entließ die Gräfin mit einer Gebärde.

Sie wandte sich zur Treppe. Zu ihrem Erstaunen fand sie sie von zwanzig Lakaien besetzt, die Kerzen hielten und vor denen Cagliostro sie mit lauter Stimme »Frau Gräfin de La Motte« nannte.

Außer sich vor Wut und Rachsucht verließ sie das Haus.

Fünfundsechzigstes Kapitel
Der Brief und die Quittung

Am nächsten Tag war die Zahlung, die die Königin den Juwelieren Boehmer & Bossange versprochen hatte, fällig. Da das handschriftliche Schreiben Ihrer Majestät Vorsicht ausbedungen hatte, warteten die Juweliere, daß man ihnen das Geld ins Haus brächte. Und da bei allen Kaufleuten, mögen sie noch so reich sein, fünfhunderttausend Francs ein beträchtlicher Eingang sind, hielten die beiden Kompagnons eine sorgfältig ausgeschriebene Quittung bereit.

Aber diese Quittung blieb unbenutzt. Niemand kam, um sie gegen fünfhunderttausend Francs einzutauschen.

Die Nacht war für die Juweliere qualvoll, die noch immer den bereits unwahrscheinlich gewordenen Boten erwarteten. Immerhin liebte die Königin Extravaganzen und wollte die Sache geheimhalten; ihr Kurier konnte um Mitternacht eintreffen.

Erst die Morgenröte befreite Boehmer & Bossange von ihren schimärischen Hoffnungen. Boehmer raffte sich auf und fuhr nach Versailles; Bossange sollte ihn im Wagen erwarten.

Er verlangte, der Königin gemeldet zu werden. Man gab ihm Bescheid, daß er in Ermangelung eines Audienzbriefes auch nicht vorgelassen werden könne.

Erstaunt und zutiefst beunruhigt, beharrte er auf seinem Verlangen; und da er seine Leute kannte und sich darauf verstand, in Vorzimmern kleine Steinchen zu verteilen, erlaubte man ihm zu warten, bis die Königin von Trianon zurückkäme.

Noch ganz von ihrer Zusammenkunft mit Charny erregt, dem sie ihre Liebe erklärt hatte, ohne seine Geliebte zu werden, kehrte Marie-Antoinette strahlend und glücklich in das Schloß zurück und gewahrte alsbald den etwas verstörten, aber immer noch ehrfurchtsvollen Boehmer. Sie gewährte ihm ein Lächeln, dem er glückhafte Bedeutung beimaß; jetzt wagte er sogar, um eine Audienz zu bitten. Die Königin bestellte ihn für zwei Uhr, und er konnte diese Freudenbotschaft Bossange überbringen. Der unglückliche Kompagnon, der an Blutstauungen litt, hatte die Königin sein verzerrtes Gesicht nicht sehen lassen wollen.

»Kein Zweifel«, sagten sich die Juweliere, »Ihre Majestät hat die Summe in ihrer Schublade bereit, und sie hat uns für zwei Uhr bestellt, weil sie dann allein sein wird.«

Und sie stellten Erwägungen an, wie sie diesen ungeheuerlichen Betrag, sei es nun in Kassenscheinen, Gold oder Silber, fortschaffen sollten.

Bald schlug es zwei Uhr, und der Juwelier erschien. Man führte ihn in das Boudoir Ihrer Majestät.

»Was gibt's denn schon wieder, Boehmer«, sagte die Königin, »wollen Sie mir erneut Juwelen anbieten? Sie haben kein Glück, das wissen Sie doch!«

Boehmer glaubte, es sei jemand hinter den Vorhängen verborgen, und die Königin befürchte, gehört zu werden. Er nickte ihr also zu, um ihr zu beweisen, daß er sie verstanden habe, und sagte, um sich blickend:

»Ja, Madame.«

»Was suchen Sie denn nur?« fragte die Königin verwundert, »gibt es schon wieder Geheimnisse?«

Boehmer antwortete nicht, denn er fühlte sich auf dem glatten Parkett der höfischen Intrigen unsicher.

»Schon wieder Geheimnisse?« fragte die Königin. »Schon wieder irgendein unvergleichliches Stück? Fürchten Sie sich doch nicht, niemand kann uns hören.«

»Dann kann ich Eurer Majestät also sagen ...«, murmelte Boehmer.

»Sagen Sie geschwind, was Sie wollen, mein lieber Boehmer.«

Mit einem anmutigen Lächeln trat der Juwelier näher.

»Dann möchte ich Eurer Majestät bemerken, daß die Königin uns gestern vergessen hat«, sagte er und zeigte seine gelben Zähne.

»Vergessen? Wieso denn?«

»Insofern, als gestern … Termin …«

»Was für ein Termin denn?«

»Ich bitte Eure Majestät vielmals um Verzeihung, daß ich mir erlaube … Ich weiß wohl, daß es eine Unbescheidenheit ist, und vielleicht ist die Königin nicht vorbereitet. Das wäre ein großes Unglück, aber schließlich …«

»Boehmer, ich begreife kein Wort von allem, was Sie da sagen. Erklären Sie sich doch näher, mein Lieber.«

»Nun, Eure Majestät hat vergessen. Das ist bei all Ihren Beschäftigungen nur zu begreiflich.«

»Was habe ich denn vergessen? Weiter!«

»Daß gestern die erste Rate für das Halsband fällig war«, sagte Boehmer schüchtern.

»Ach, Sie haben es also verkauft? Und die Leute, die es gekauft haben, zahlen nicht? Das ist schlimm. Hätten Sie doch getan, wie ich getan habe. Wenn man nicht kaufen kann, gibt man eben die Ware zurück und verzichtet auf die Anzahlung.«

»Wie beliebt?« fragte der Juwelier, der das Gefühl hatte, vom Sonnenstich betroffen zu sein. »Was wollen Eure Majestät damit sagen?«

»Nun, mein armer Boehmer, wenn zehn Käufer Ihnen das Halsband zurückgeben wie ich und jeder zweihundertfünfzigtausend Francs Reugeld opfert, dann haben Sie zweieinhalb Millionen und Ihr Halsband.«

Dem Juwelier brach der Schweiß aus.

»Eure Majestät sagt, daß Sie das Halsband zurückgegeben hat?«

»Aber gewiß doch! Was haben Sie nur?«

»Eure Majestät leugnet, das Halsband gekauft zu haben?«

»Welche Komödie spielen wir hier?« fragte die Königin streng. »Hat denn schon wieder über dem verdammten Halsband jemand den Kopf verloren?«

Die Glieder des Juweliers schlotterten.

»Mir war, als ob ich Eure Majestät hätte sagen hören, Sie hätte das Halsband zurückgegeben?!«

Die Königin kreuzte die Arme.

»Glücklicherweise bin ich im Besitz eines Schriftstückes, mit dessen Hilfe ich Ihr Gedächtnis auffrischen werde, denn Sie sind ein sehr vergeßlicher Mann, Herr Boehmer – wenn ich nicht noch mehr sagen soll.«

Sie trat an ihren Arbeitstisch, zog ein Blatt Papier heraus und reichte es dem unseligen Boehmer.

»Der Text ist ziemlich klar«, sagte sie und setzte sich, um den Juwelier, während er las, zu beobachten. Die Miene Boehmers verriet zuerst Unglauben, dann stufenweise sich bis zum Entsetzen steigernden Schrecken.

»Nun«, sagte die Königin, »Sie erkennen doch diese Quittung an, die in aller Form bestätigt, daß Sie das Halsband zurückerhalten haben; und wenn Sie nicht gerade vergessen haben, daß Sie Boehmer heißen ...«

»Madame«, schrie Boehmer außer sich, »ich habe dieses Schriftstück nicht unterzeichnet.«

Die Königin trat zurück, ihre Augen flammten.

»Sie leugnen?«

»Gewiß! Und wenn ich mit meinem Leben dafür büßen sollte, daß ich so frei spreche, kann ich doch nur sagen, daß ich das Halsband nicht zurückerhalten und diese Quittung nie unterzeichnet habe. Zwischen Block und Henker würde ich es wiederholen, nein, Majestät, diese Quittung ist nicht von meiner Hand!«

»Demnach habe ich sie also gestohlen«, sagte die Königin leicht erblassend, »ich besitze Ihr Halsband also noch?«

Boehmer zog aus seinem Portefeuille ein Blatt und reichte es der Königin.

»Ich glaube nicht, Madame«, sagte er ehrfurchtsvoll, aber mit erregter Stimme, »daß Eure Majestät mir diesen Brief geschrieben hätten, wenn Sie das Halsband zurückgeben wollten.«

»Was ist das nur«, rief die Königin, »das ist doch gar nicht meine Schrift!«

»Es ist doch unterzeichnet«, stöhnte Boehmer.

»Marie-Antoinette de France ... Sie sind wohl verrückt? Darf ich de France unterzeichnen, ich? Bin ich nicht Erzherzogin von Österreich? Ist es nicht absurd anzunehmen, ich hätte so etwas geschrieben? Die Falle ist zu plump, Herr Boehmer, sagen Sie das Ihren Fälschern.«

»Meinen Fälschern?« stammelte der Juwelier, der in Ohnmacht zu fallen drohte. »Eure Majestät verdächtigt also mich, Boehmer?«

»Und Sie verdächtigen mich, Marie-Antoinette?«

Boehmer mußte sich auf einen Lehnstuhl setzen. Der Boden schwankte unter ihm. Er keuchte und war totenblaß geworden.

»Geben Sie mir die Quittung wieder«, sagte die Königin, »und nehmen Sie Ihren Brief mit der Unterschrift Marie-Antoinette de France. Der Staatsanwalt wird Ihnen sagen, was er wert ist.«

Sie warf ihm das Blatt hin, riß ihm die Quittung aus der Hand und ging in das Nebenzimmer; den Unglücklichen, der sich gegen alle Etikette in einen Lehnstuhl fallen ließ, überantwortete sie der Verzweiflung.

Einige Minuten später taumelte er betäubt aus dem Gemach, eilte zu Bossange und erzählte ihm von dem Abenteuer. Sogar sein Kompagnon wurde irr und lenkte einen Augenblick seinen Verdacht gegen Boehmer. Schließlich begriff er, begann die Haare seiner Perücke auszureißen, während Boehmer sich mehr an seine eigenen hielt, und erregte die Neugier aller Leute, die vorüberkamen.

Man kann schließlich nicht einen ganzen Tag in einer Equipage sitzen, und wenn man sich die Haare seiner Perücke und dann seine eigenen ausgerissen hat, kommt man auf seinen blanken Schädel, unter dem bekanntlich die Gedanken wohnen. So kamen schließlich die beiden Juweliere überein, ihre Kräfte zu sammeln, noch einmal bei der Königin einzudringen und eine Erklärung zu erzwingen.

In einem mitleiderregenden Zustand schwankten sie dem Schloß zu, in dem sie einem der Offiziere der Königin begegneten. Sie wurden gemeldet und unverzüglich vorgelassen.

Sechsundsechzigstes Kapitel

König kann, Prinz will ich nicht sein: ich bin ein Rohan

Die Königin schien ungeduldig zu warten. Als sie der beiden Juweliere ansichtig wurde, rief sie lebhaft: »Ach, da ist ja auch Herr Bossange. Sie haben Verstärkung geholt, Boehmer!«

Darauf hatte er nichts zu sagen; dafür dachte er um so mehr. In solchen Lagen ist es am besten, man behilft sich mit Gebärden. Boehmer warf sich Marie-Antoinette zu Füßen.

Bossange, als getreuer Kompagnon, folgte ihm nach.

»Meine Herren«, sagte die Königin, »ich bin jetzt ruhig und werde mich nicht mehr ärgern. Übrigens bin ich von meiner ursprünglichen Ansicht abgekommen. Kein Zweifel, wir sind beide hintergangen worden, und das Geheimnis, das hier obwaltet, ist für mich keines mehr.«

»Ach, Madame«, rief Boehmer entzückt, »Sie verdächtigen mich also nicht mehr, Ihnen ... Ach, es ist schrecklich ... das Wort Fälscher ...«

»Dieses Wort ist für mich ebenso schmerzlich zu hören wie für Sie. Aber ich habe Sie nicht mehr im Verdacht. Antworten Sie auf meine Fragen. Sie haben also diese Diamanten nicht mehr?«

»Nein, wir haben sie nicht mehr«, riefen die beiden Juweliere im Chor.

»Es wird Ihnen wenig daran liegen, zu erfahren, wem ich die Juwelen ausgehändigt habe, denn das ist meine Sache. Haben Sie nicht die Frau Gräfin de La Motte gesehen?«

»Verzeihung, Madame, ja, wir haben sie gesehen.«

»Und hat sie Ihnen nichts von mir überbracht?«

»Nein, Madame, die Frau Gräfin hat uns nur gesagt: warten Sie.«

»Und wer hat Ihnen diesen Brief von mir überbracht?«

»Ein Bote, den wir nicht kannten.«

Die Königin schellte.

»Man rufe die Frau Gräfin de La Motte«, sagte die Königin zu dem Kammerdiener, der eintrat. »Sonst haben Sie niemand gesehen, meine Herren, auch nicht Herrn de Rohan?«

»Doch, Herrn de Rohan haben wir gesehen. Er ist bei uns erschienen und hat sich informiert ...«

»Ausgezeichnet! Wir brauchen nicht weiterzusprechen. Wenn Herr de Rohan in diese Angelegenheit verwickelt war, konnten Sie nicht zweifeln. Ich ahne alles. Als Madame de La Motte Ihnen sagte, Sie sollten warten, wollte sie ... nein, ich errate nichts, ich will nichts erraten! Begeben Sie sich sofort zu dem Kardinal, und sagen Sie ihm alles, was Sie mir gesagt haben. Sie können auch erwähnen, daß ich alles weiß.«

Neu belebt durch diese Hoffnung, wechselten die Juweliere einen Blick. Nur Bossange nahm sich heraus zu bemerken:

»Eure Majestät haben eine falsche Quittung in den Händen. Diese Fälschung ist ein Verbrechen.«

Marie-Antoinette runzelte die Stirn.

»Das ist wahr«, sagte sie. »Wenn Sie Ihr Halsband nicht zurückerhalten haben, dann ist diese Quittung eine Fälschung. Um diese Fälschung zu beweisen, muß ich Sie mit der Person konfrontieren, die ich beauftragt habe, Ihnen die Diamanten zurückzubringen.«

»Wann Eure Majestät wollen«, rief Bossange. »Wir scheuen das Licht nicht, wir sind ehrliche Kaufleute.«

»Dann suchen Sie das Licht bei dem Herrn Kardinal. Er allein kann volle Klarheit schaffen.«

»Und Eure Majestät erlaubt uns, Ihnen Bericht zu erstatten?«

»Ich werde vor Ihnen unterrichtet sein. Ich werde Sie aus der Verlegenheit ziehen. Gehen Sie jetzt.«

Sie verabschiedete die Juweliere und überließ sich ganz ihrer Unruhe; Bote auf Bote wurde zu Madame de La Motte geschickt. Wir wollen der Königin nicht in ihren Überlegungen folgen, sondern schließen uns den Juwelieren an.

Der Kardinal war zu Hause und las mit unbeschreiblicher Wut ein Briefchen, das ihm Frau de La Motte, wie sie behauptete, aus Versailles gesandt hatte. Dieses Schreiben war hart und raubte dem Kardinal jede Hoffnung. Es empfahl ihm, sich keine Gedanken mehr zu machen, und verbot ihm, jemals wieder vertraulich in Versailles zu erscheinen; als anständiger Mensch möge er keinen Versuch machen, *unmöglich gewordene* Beziehungen neu anzuknüpfen.

Der Prinz war außer sich; einzeln prüfte er die Buchstaben und schien das Papier zur Rechenschaft zu ziehen, wie es hatte wagen können, ihm solch grausame Botschaft zu überbringen.

»Kokettes, launisches, treuloses Weib«, schrie er in seiner Verzweiflung, »ich werde mich rächen!«

Und er suchte in seinem Gedächtnis alle jene Armseligkeiten zusammen, die schwachen Naturen ihren Kummer erleichtern, ohne die Liebe zu heilen.

»Hier«, schrie er, »hier sind die vier Briefe, die sie mir geschrieben hat, einer ungerechter und tyrannischer als der andere. Sie hat gespielt mit mir, aus Laune hat sie mich genommen – das ist eine Demütigung, die ich ihr verzeihen könnte, wenn sie mich jetzt nicht einer neuen Laune opferte.«

Und der Unglückliche, der sich mißbraucht fühlte, las noch einmal hoffnungsgierig alle die Briefe, die von Mal zu Mal strenger geworden waren. Der letzte war ein Meisterwerk der Grausamkeit und hatte das Herz des armen Kardinals zerrissen, und doch war er so liebestoll, daß er immer wieder diese harten, grausamen Zeilen lesen mußte, die ihm Madame de La Motte aus Versailles überbracht hatte.

In diesem Augenblick ließen sich die Juweliere melden.

Der Kardinal war überrascht, daß die beiden Kaufleute so hartnäckig darauf bestanden, empfangen zu werden. Dreimal hatte er ihnen durch den Kammerdiener bestellen lassen, daß er nicht empfange, und jetzt ließen sie ihm bestellen, sie würden erst gehen, wenn sie mit Gewalt hinausgedrängt würden.

»Was soll das?« fragte der Kardinal. »Sie mögen eintreten.«

Die verstörten Mienen der beiden Juweliere bezeugten zur Genüge den harten Kampf, den sie körperlich und geistig bestanden hatten. Waren die Unglücklichen auch einmal Sieger geblieben, so hatten sie doch das andere Mal eine empfindliche Niederlage erlitten. Noch nie sind Menschen in einer solchen Geistesverfassung im Empfangssaal eines Kirchenfürsten erschienen.

»Zunächst«, fragte der Kardinal, »was soll diese Aufdringlichkeit? Bin ich etwa einer Ihrer Schuldner?«

Dieser Anfang ließ die beiden Kompagnons zu Eis erstarren.

»Also die reinste Wiederholung der Szene von Versailles«, sagte Boehmer zu Bossange.

»Nein«, rief dieser und schob mit energischer Miene seine Perücke zurecht. »Diesmal bin ich auf alles gefaßt.«

Fast drohend trat er vor, während sich der vorsichtige Boehmer zurückhielt.

Der Kardinal glaubte, die beiden wären verrückt geworden, und sagte es ihnen unumwunden.

»Monseigneur«, rief der verzweifelte Boehmer, »Gerechtigkeit! Erbarmen! Verschonen Sie uns mit Ihrem Zorn, und zwingen Sie uns nicht, es an Ehrfurcht für einen erhabenen und erlauchten Prinzen fehlen zu lassen!«

»Meine Herren, entweder sind Sie nicht verrückt, dann werde ich Sie aus dem Fenster werfen lassen, oder Sie sind verrückt, dann wird man sich begnügen, Sie zur Tür hinauswerfen zu lassen. Wählen Sie!«

»Monseigneur, wir sind nicht verrückt, wir sind nur bestohlen!«

»Was geht das mich an«, rief Herr de Rohan, »ich bin doch nicht der Polizeipräfekt!«

»Aber Sie hatten doch das Halsband in Händen. Monseigneur, Sie werden als Zeuge auftreten müssen, Sie ...«

»Das Halsband? So ist also das Halsband gestohlen worden?«

»Ja, Monseigneur.«

»Und was sagt die Königin dazu?« fragte der Kardinal, lebhaft interessiert.

»Sie hat uns an Sie verwiesen, Monseigneur.«

»Das ist sehr gütig von Ihrer Majestät, aber was kann ich für Sie tun?«

»Alles, Monseigneur. Sie können sagen, was geschehen ist.«

»Mein lieber Herr Boehmer, so könnten Sie sprechen, wenn ich der Führer einer Räuberbande wäre, die der Königin das Halsband gestohlen hat.«

»Aber das Halsband ist gar nicht der Königin gestohlen worden.«

»Aber wem denn, um Himmels willen?«

»Die Königin leugnet, es jemals besessen zu haben.«

»Sie leugnet? Sie müssen doch eine Quittung von ihr besitzen?«

»Die Königin sagt, daß die Quittung falsch ist.«

»Nicht doch, meine Herren, Sie sind wirklich nicht bei Trost. Wenn die Königin geleugnet hat, dann ist nur eine Erklärung möglich: es war ein Zeuge zugegen, der das Gespräch belauschte.«

»Niemand, Monseigneur, und das ist noch gar nicht alles! Die Königin behauptet nicht nur, daß die Empfangsbestätigung falsch ist, sie hat uns auch eine Quittung vorgelegt, aus der hervorgeht, daß wir das Halsband zurückerhalten haben.«

»Und diese Quittung?«

»Ist falsch, Herr Kardinal! Sie wissen das wohl!«

»Wie soll ich das wissen?«

»Sie waren doch selbst bei uns und haben bestätigt, was Madame de La Motte gesagt hat. Und Sie wußten auch, daß wir das Halsband verkauft hatten und daß es in den Händen der Königin war.«

»Wahrhaftig«, meinte der Kardinal und strich mit der Hand über seine Stirn, »das sind ernste Dinge. Überlegen wir einmal. Erinnern wir uns, was ich getan habe. Zunächst kaufte ich das Halsband auf Rechnung der Königin und leistete eine Anzahlung von zweihundertfünfzigtausend Francs. Dann folgte der Kauf durch Ihre Majestät direkt, und Sie verabredeten, wie Sie mir sagten, feste Zahlungstermine. Die Königin hatte sie unterschrieben. Zeigen Sie mir diese Unterschrift!«

Die Juweliere zogen das Blatt aus dem Portefeuille.

»Ach«, rief er, »wie kindisch Sie doch sind! Marie-Antoinette de France! Ist denn die Königin nicht eine Tochter des Hauses Österreich? Diese Unterschrift ist falsch!«

»Dann muß Frau de La Motte den Fälscher und den Dieb kennen.«

Diese These leuchtete dem Kardinal ein.

»Dann wollen wir Madame de La Motte zu uns bitten«, sagte er und schellte.

Inzwischen klammerten sich die Juweliere mit ihren Gedanken an die Versprechungen der Königin.

»Wo ist das Halsband, wo ist das Halsband?« jammerten sie.

»Sie werden mich noch taub machen mit Ihrem Geschrei«, rief der Kardinal ärgerlich. »Weiß ich denn, wo das Halsband ist? Ich habe es persönlich der Königin übergeben, mehr kann ich nicht sagen.«

»Es ist Madame de La Motte«, rief Boehmer. »Sie hat uns zugrunde gerichtet.«

»Ich erlaube Ihnen nicht, Madame de La Motte zu verdächtigen, wenn Sie nicht Gefahr laufen wollen, in meinem Haus Prügel zu beziehen.«

»Einer muß doch schuldig sein«, jammerte Boehmer, »irgendwer muß die Fälschungen doch hergestellt haben!«

»Etwa ich?«

»Es liegt uns ganz fern, so etwas zu sagen, Monseigneur, aber um Gottes willen, klären Sie den Sachverhalt auf.«

»Warten Sie, bis ich selbst volle Klarheit habe.«

»Aber was sollen wir der Königin antworten? Auch Ihre Majestät ist außer sich. Sie sagt, daß Sie oder Madame de La Motte das Halsband haben.«

»Nun, dann sagen Sie der Königin«, rief der Kardinal, blaß vor Scham und Zorn, »...aber nein, sagen Sie ihr nichts, wir haben uns genug geärgert. Ich halte morgen das Hochamt in der

Kapelle von Versailles. Kommen Sie hin. Ich werde mich der Königin nähern und sie fragen, ob sie das Halsband besitzt. Sie werden ja sehen, was sie antwortet. Wenn sie vor mir leugnet ... Nun denn, meine Herren, ich bin ein Rohan, dann bezahle ich.«

Er hatte mit einer Würde gesprochen, die sich in einfacher Prosa gar nicht wiedergeben läßt, und entließ die beiden Kaufleute, die sich rücklings entfernten.

»Morgen also«, stammelte Boehmer im Hinausgehen, »nicht wahr, Monseigneur?«

»Morgen um elf Uhr vormittags in der Kapelle von Versailles.«

Siebenundsechzigstes Kapitel
Fechtkunst und Diplomatie

Am nächsten Tag, gegen zehn Uhr morgens, fuhr in Versailles eine Equipage vor, die das Wappen des Herrn de Breteuil führte.

Die Leser unseres Romanes »Balsamo« werden nicht vergessen haben, daß Herr de Breteuil, Rohans Nebenbuhler und persönlicher Feind, seit langem auf eine Gelegenheit wartete, seinem Gegner einen tödlichen Schlag zu versetzen.

Die Diplomatie ist der Fechtkunst insofern überlegen, als sie, um einen guten Coup zu plazieren, nur über einige Sekunden verfügt, während der Diplomat fünfzehn Jahre und nötigenfalls mehr zur Verfügung hat, um seinen tödlichen Streich zu kombinieren und vorzubereiten.

Herr de Breteuil hatte den König vor einer Stunde um eine Audienz bitten lassen, und er fand Seine Majestät dabei, sich ankleiden zu lassen, um zur Messe zu gehen.

»Herrliches Wetter heute!« rief Ludwig XVI. vergnügt, als er den Diplomaten eintreten sah, »so recht für Mariä Himmelfahrt. Kein Wölkchen am Himmel. Sehen Sie nur!«

»Ich bin verzweifelt, Sire«, antwortete der Minister, »daß ich eine Wolke über Ihren klaren Himmel bringen muß.«

»Ach«, rief der König ärgerlich, »der Tag fängt ja schlecht an. Was gibt's denn?«

»Ich bin etwas in Verlegenheit, Sire, wie ich Ihnen das sagen soll, um so mehr, als diese Angelegenheit nicht in die Kompetenz meines Ministeriums fällt. Es handelt sich um einen Diebstahl, der eigentlich den Herrn Polizeipräfekten angeht.«

»Ein Diebstahl? Nun, Sie sind Siegelbewahrer, und die Diebe verfallen zuletzt immer der Justiz. Die geht auch den Herrn Siegelbewahrer an. Sprechen Sie also!«

»Nun, Majestät, Sie wissen jetzt, worum es sich handelt. Gewiß haben Sie von einem Diamantenhalsband sprechen hören ...«

»Meinen Sie das des Herrn Boehmer?«

»Ja, Sire.«

»Also ist es dasselbe, das die Königin abgelehnt hat?«

»Genau dasselbe.«

»Diese Ablehnung hat mir ein schönes Schiff eingebracht, die ›Suffren‹«, sagte der König und rieb sich vergnügt die Hände.

»Sire, dieses Halsband ist gestohlen worden.«

»Sehr schlimm, sehr schlimm! Es war teuer. Man wird die Diamanten aber erkennen. Verkauft man sie einzeln, so verliert man den Nutzen des Diebstahls. Also wird der Dieb sie beisammen lassen, und dann wird die Polizei ihn bald haben.«

»Sire«, unterbrach ihn Baron de Breteuil, »es handelt sich nicht um einen gewöhnlichen Diebstahl. Gewisse Gerüchte sind im Umlauf ...«

»Gerüchte?«

»Sire, man will wissen, die Königin habe das Halsband behalten.«

»Wie ist das möglich? Sie hat es in meiner Gegenwart abgelehnt, nicht einmal ansehen wollte sie es. Diese Gerüchte sind närrisch, absurd! Die Königin hat das Halsband nicht behalten.«

»Ach, Sire, ich habe nicht den richtigen Ausdruck gebraucht. Verleumdungen sind so blind, daß sie oft Worte gebrauchen, die sich nicht für die Ohren der Majestät eignen. Das Wort ›behalten‹ …«

»Aber Herr de Breteuil«, rief der König lächelnd, »ich nahm doch nicht an, daß man behauptet, die Königin hätte das Halsband gestohlen.«

»Nein, man sagt nur, sie habe die bereits abgebrochenen Unterhandlungen wiederaufgenommen. Es wird behauptet – und ich brauche Eurer Majestät wohl nicht zu wiederholen, wie sehr ich in meiner Ehrfurcht und in meiner Ergebenheit vor Eurer Majestät diese schändlichen Gerüchte verabscheue –, daß die Juweliere von Ihrer Majestät eine Bescheinigung besitzen, daß Sie das Halsband behalten wolle.«

Der König erblaßte.

»Mein Gott, was sagt man nicht alles!« rief er. »Diese Geschichte allerdings setzt mich in Erstaunen. Wenn die Königin das Halsband unter der Hand gekauft hätte, würde ich sie darum nicht tadeln. Die Königin ist eine Frau, und das Halsband war ein seltenes, wunderbares Stück. Gott sei gelobt, die Königin darf eineinhalb Millionen für ihre Toilette ausgeben, wenn sie will. Ich würde diesen Wunsch nur billigen, und ihr einziges Unrecht bestünde darin, daß sie ihn mir verschwiegen hat. Immerhin ist das nicht Sache des Königs, sondern des Gatten. Mag er seiner Frau grollen, wenn er will oder kann. Niemand hat das Recht, sich einzumischen, auch die schlechte Nachrede nicht.«

Der Baron verneigte sich.

Die Festigkeit, mit der Ludwig XVI. gesprochen hatte, hielt allerdings nicht stand. Sofort wurde er wieder unruhig.

»Sie haben aber doch von Diebstahl gesprochen, wenn ich nicht irre. Ist dieses Halsband gestohlen worden, so kann es nicht in den Händen der Königin sein. Halten wir uns streng an die Logik.«

»Eure Majestät hat mich durch Ihren Zorn so erschreckt«, sagte der Baron, »daß ich nicht aussprechen konnte.«

»Durch meinen Zorn? Baron …«

Und der König begann schallend zu lachen.

»Fahren Sie doch fort«, sagte er, »erzählen Sie mir, daß die Königin das Halsband den Juden verkauft hat. Die arme Frau braucht oft Geld, und ich gebe ihr nicht immer welches.«

»Das ist es eben, was ich Eurer Majestät sagen wollte. Die Königin hat vor zwei Monaten durch Herrn de Calonne fünfhunderttausend Francs anfordern lassen, die Eure Majestät ihr verweigert haben. Man behauptet nun, daß diese Summe nötig gewesen wäre, die erste Rate für das Halsband zu begleichen. Die Königin hatte also kein Geld und mußte die Zahlungen einstellen.«

Nun war das Interesse des Königs erwacht.

»Ja, jetzt beginnt die Geschichte, Sire, die ich Eurer Majestät erzählen wollte.«

»Was, jetzt fängt die Geschichte erst an? Aber was gibt es denn nur?«

»Sire, es heißt, die Königin habe sich an jemand gewandt, um das Geld aufzutreiben.«

»An einen Juden, nicht wahr?«

»Nein, Sire, nicht an einen Juden.«

»Sie sagen das so merkwürdig, Breteuil. Aber ich errate bereits alles. Intrigen mit dem Ausland! Die Königin hat von Ihrem Bruder Geld verlangt. Österreich steckt dahinter!«

Man weiß, daß der König gegen die Machenschaften des österreichischen Hofes sehr empfindlich war.

»Gott wollte, es wäre so!« sagte Herr de Breteuil.

»Gott wollte? An wen hat sie sich dann um das Geld gewandt?«

»An Herrn de Rohan, Sire.«

»Wie, Sie nennen mir ohne Erröten Herrn de Rohan? Den Mann, der im ganzen Königreich die zerrüttetsten Finanzen hat?«

»Sire ...« Breteuil blickte zu Boden.

»Diese Miene gefällt mir nicht«, sagte der König, »und Sie sollen sich sofort äußern, Herr Siegelbewahrer.«

»Nein, Sire, um nichts in der Welt werde ich ein Wort aussprechen, das die Ehre meines Königs und meiner Königin antastet.«

Der König runzelte die Stirn.

»Das ist eine niedrige Sache, Herr de Breteuil. Dieser Polizeibericht ist geschwängert von dem Gestank der Gosse, aus dem er herrührt.«

»Jede Verleumdung atmet tödliche Miasmen aus, Sire, und darum müssen die Könige die Luft reinigen, wenn ihre Ehre nicht vergiftet werden soll.«

»Herr de Rohan ...«, murmelte der König. »Ist das wahrscheinlich? Der Kardinal läßt also zu, daß ...«

»Eure Majestät kann sich selbst überzeugen, daß Herr de Rohan mit den Juwelieren Boehmer & Bossange Unterredungen gehabt hat. Durch seine Vermittlung ist der Kauf zustande gekommen, er hat die Zahlungsbedingungen festgesetzt.«

»In der Tat!« rief der König, dessen Eifersucht erwacht war.

»Diese Tatsache läßt sich gewiß durch eine einfache Befragung feststellen. Ich mache mich anheischig, das zu besorgen.«

Der König ging mit raschen Schritten auf und ab.

»Schreckliche Geschichten!« sagte er. »Ich sehe allerdings noch immer nicht, wo in dieser Geschichte der Diebstahl steckt.«

»Sire, die Juweliere haben einen von der Königin unterzeichneten Schein in Händen, also muß die Königin das Halsband besitzen.«

»Und die Königin leugnet?« rief der König, in dem eine neue Hoffnung erwachte. »Sie leugnet? Sehen Sie, Breteuil, sie leugnet.«

»Habe ich Eure Majestät etwa glauben lassen, daß ich an der Unschuld Ihrer Majestät zweifle?«

»Sie klagen also nur Herrn de Rohan an?«

»Sire, es empfiehlt sich, wie mir scheint ...«

»Das sind schwere Anschuldigungen, Baron.«

»Vielleicht wird eine Untersuchung sie entkräften, aber die

Untersuchung ist notwendig. Bedenken Sie doch, Sire, daß die Königin behauptet, das Halsband nicht in Händen zu haben, während die Juweliere versichern, es der Königin verkauft zu haben. Das Halsband ist verschwunden, und das Wort Diebstahl ist gefallen im Zusammenhang mit dem Namen des Herrn de Rohan und der Königin.«

»Sie haben recht«, rief der König außer sich, »diese Sache muß aufgeklärt werden. Aber wer geht da über die Galerie? Ist das nicht Herr de Rohan?«

»Noch nicht, Sire. Herr de Rohan kann sich noch nicht in die Kapelle begeben, denn es ist noch nicht elf Uhr. Auch würde er, da er heute doch das Hochamt zelebriert, Meßgewänder haben. Eure Majestät hat noch eine halbe Stunde Zeit ...«

»Aber was soll ich nur tun? Ihn selbst fragen? Ihn hierherkommen lassen?«

»Nein, Sire! Wenn ich Eurer Majestät einen Rat geben darf, so wäre es der, diese Sache nicht weitere Kreise ziehen zu lassen, bevor Sie darüber mit Ihrer Majestät gesprochen haben.«

»Ja«, sagte der König. »Sie haben recht. Die Königin wird mir die Wahrheit sagen. Lassen Sie mich aber auch alles wissen.«

»Ich habe alles hier in diesem Memorandum auseinandergesetzt.«

»Dann wollen wir uns an die Arbeit machen. Einen Augenblick, ich lasse nur die Tür schließen. Für heute sind zwei Audienzen angesagt, ich werde sie verschieben.«

Der König setzte sich, nachdem er einen letzten Blick aus dem Fenster geworfen hatte.

»Aber diesmal ist es doch der Kardinal. Sehen Sie selbst!« rief er.

Breteuil war aufgestanden und ans Fenster getreten. Auch er erkannte Herrn de Rohan, der sich in erzbischöflichem Ornat in das Zimmer begab, das für ihn bereitgehalten wurde, sooft er in Versailles das Hochamt zelebrierte.

»Um so besser«, sagte Herr de Breteuil, »wir werden also bald alles wissen.«

Und er begann dem König mit dem Eifer eines Mannes, der einen anderen ruinieren will, alle Einzelheiten vorzutragen. Mit diabolischer Kunst hatte er in seinem Memorandum alles zusammengestellt, was den Kardinal belasten konnte. Der betroffene König sah, wie die Schuldbeweise sich auf dem Haupt des Herrn de Rohan häuften, aber er vermißte Beweise für die Unschuld der Königin. Ungeduldig ertrug er eine Viertelstunde lang diese Marter. Jetzt wurde an die Tür geklopft.

»Was gibt's«, rief der König. Ein Offizier trat ein.

»Sire«, meldete er, »Ihre Majestät die Königin bittet Eure Majestät, sich zu ihr zu begeben.«

»Neuigkeiten!« sagte der König erblassend.

»Vielleicht«, meinte Breteuil.

»Gut, ich gehe zur Königin. Erwarten Sie mich hier, Herr de Breteuil.«

Achtundsechzigstes Kapitel
Edelmann, Kardinal und König

Während Herr de Breteuil beim König geweilt hatte, war Charny erschienen und hatte eine Audienz bei der Königin erbeten.

Marie-Antoinette, die eben ihre Toilette beendigt hatte, hatte ihn durch das Fenster der Terrasse kommen sehen und erteilte Befehl, ihn eintreten zu lassen, bevor er seinen Wunsch aussprechen konnte.

Zitternd nahm Charny die Hand der Königin und sagte mit erstickter Stimme:

»Welch ein Unglück, Madame!«

»Was haben Sie denn?« rief die Königin und erbleichte.

»Wissen Sie, Madame, was ich eben höre. Der König weiß schon, oder er wird morgen erfahren ...«

Marie-Antoinette schauderte bei dem Gedanken, daß ein eifersüchtiges oder feindliches Auge die keuschen Freuden jener Nacht belauscht hatte.

»Sagen Sie alles, ich bin stark«, sagte sie und preßte ihre Hand auf das Herz.

»Man sagt, Madame, daß Sie von Boehmer & Bossange ein Halsband gekauft haben.«

»Ja, und ich habe es zurückgegeben.«

»Hören Sie, man sagt, Sie hätten diese Rückgabe nur vorgetäuscht. Sie hätten in Wirklichkeit den Kauf aufrechterhalten, der König aber habe Herrn de Calonne eine Zahlung verweigert, die Sie zur Begleichung Ihrer Schuld benötigten. Dann, sagt man, hätten Sie sich, um Geld aufzutreiben, an eine Person gewandt, die ... Ihr Geliebter sei.«

»Und Sie lassen zu«, rief die Königin, »daß etwas Derartiges behauptet wird? Und von wem spricht man? Ich verstehe die Sprache der Verleumdung nicht. Haben Sie etwas davon begriffen?«

»Madame, ich bitte Sie, mir aufmerksam zuzuhören, denn die Lage ist ernst. Ich war gestern mit meinem Onkel, Herrn du Suffren, bei den Juwelieren Boehmer & Bossange. Mein Onkel hat einige Steine aus Indien mitgebracht und wollte sie schätzen lassen. Man kam auf allerlei zu sprechen, und schließlich erzählten die Juweliere dem Herrn Gouverneur eine Schauergeschichte mit den Kommentaren Ihrer Feinde. Ich bin verzweifelt, Madame! Wenn Sie dieses Halsband gekauft haben, so sagen Sie es mir, und wenn Sie es nicht bezahlt haben, so sagen Sie es auch. Aber lassen Sie mich nicht glauben, daß Herr de Rohan es für Sie bezahlt hat.«

»Herr de Rohan!«

»Ja, Herr de Rohan, den man für den Geliebten der Königin hält! Herr de Rohan, von dem man sagt, daß er der Königin Geld geliehen hat! Der Mann, den ein Unglücklicher, der Charny heißt, im Park von Versailles vor der Königin kniend und ihre Hände küssend sah. Der Mann ...«

»Mein Herr!« rief Marie-Antoinette. »Wenn Sie etwas Derartiges glauben, weil ich nicht neben Ihnen stand, so beweist das nur, daß Sie mich nicht lieben.«

»Ach«, sagte der junge Mann, »die Lage ist gefahrvoll. Ich verlange von Ihnen weder Offenherzigkeit noch Mut, ich will Sie nur um einen Dienst bitten.«

»Sagen Sie mir vor allem, wo die Gefahr liegt?«

»Nur ein Wahnsinniger kann sie nicht erraten. Wenn der Kardinal für die Königin bürgt und zahlt, dann ruiniert er sie. Ich spreche jetzt nicht von den Todesqualen, die ein solches Vertrauen, von der Königin Herrn de Rohan entgegengebracht, einem gewissen Charny bereiten muß. Nein, an solchen Qualen stirbt man, aber man spricht nicht davon.«

»Sie sind verrückt!« rief Marie-Antoinette zornig.

»Ich bin nicht verrückt, Madame, aber Sie, Unselige, sind verloren. Habe ich Sie nicht selbst im Park gesehen? Ich habe mich nicht getäuscht! Heute ist die furchtbare Wahrheit ans Tageslicht gekommen. Vielleicht rühmt sich Herr de Rohan ...«

Die Königin ergriff Charnys Arm.

»Wahnsinniger!« rief sie, »glauben Sie an den Schatten, an das Unmögliche, aber glauben Sie um Himmels willen nach allem, was ich Ihnen gesagt habe, nicht an meine Schuld. Dieses Wort Schuld ist mir ein Becken voll glühender Kohlen. Schuldig! Ich, die ich nie an Sie gedacht habe, ohne Gott um Verzeihung zu bitten für einen Gedanken, der mir verbrecherisch schien! Herr de Charny, wenn Sie nicht wollen, daß ich heute verloren und morgen tot bin, dann sagen Sie mir nie, daß Sie diesem Argwohn Gehör schenken, oder fliehen Sie weit fort, damit Sie nicht aufschrecken, wenn Sie das Geräusch meines tödlichen Sturzes hören.«

Olivier rang verzweifelt die Hände. »Wenn ich Ihnen wirklich einen Dienst leisten soll, dann hören Sie mich an.«

»Sie mir einen Dienst leisten? Sie, der Sie grausamer sind als meine Feinde ... Denn meine Feinde klagen mich nur an, Sie aber hegen Verdacht gegen mich! Einen Dienst soll ich annehmen von dem Mann, der mich verachtet? Niemals!«

Olivier trat näher und nahm die Hand der Königin in die seine.

»Sie sehen wohl«, sagte er, »daß ich nicht ein Mann bin, der seufzt und weint. Die Zeit ist kostbar. Heute abend ist es vielleicht schon zu spät, um das zu tun, was uns zu tun übrigbleibt. Wollen Sie mich aus der Verzweiflung reißen, die mich bereits umklammert, indem Sie selbst der Schande entgehen? Ach, im Angesicht des Todes vermag man seine Worte nicht zu wägen. Wenn Sie mich jetzt nicht anhören, dann sind wir heute abend beide tot, Sie ein Opfer der Schande, ich, weil ich Sie habe sterben sehen. Wir müssen auf den Feind losgehen, müssen der Gefahr begegnen. Gehen wir zusammen, ich als unbekannter, aber tapferer Soldat, Sie als mächtige Majestät. Wenn Sie unterliegen, werden Sie nicht allein sein. Halten Sie mich, Madame, für einen Bruder. Brauchen Sie Geld … um dieses Halsband zu bezahlen? Leugnen Sie nicht. Sagen Sie nicht, daß Sie es nicht haben. Schwören Sie nicht, wenn Sie wollen, daß ich Sie noch liebe.«

»Olivier!«

»Es bleibt Ihnen nur noch ein einziges Mittel, Ihre Ehre und meine Liebe zu retten. Dieses Halsband kostet eine Million sechshunderttausend Francs, zweihundertfünfzigtausend Francs haben Sie bezahlt. Hier sind eineinhalb Millionen. Nehmen Sie das Geld und bezahlen Sie.«

»Sie haben Ihre Güter verkauft, Olivier. Sie berauben sich, Sie sind gut und edel, und ich will mit einer solchen Liebe nicht um Geständnisse feilschen. Ich liebe Sie, Olivier!«

»Nehmen Sie das Geld!«

»Nein, aber ich liebe Sie!«

»Herr de Rohan soll also bezahlen? Bedenken Sie, Madame, daß das nicht Großmut ist, sondern Grausamkeit! Von dem Kardinal nehmen Sie das Geld?«

»Lassen Sie doch, Herr de Charny. Ich bin die Königin, ich kann Liebe und Reichtümer verschenken, aber nicht annehmen.«

»Was werden Sie also tun?«

»Sie selbst mögen es bestimmen. Was denkt Herr de Rohan davon?«

»Er denkt, daß Sie seine Geliebte sind.«

»Und was denken die Juweliere?«

»Daß Herr de Rohan, da die Königin nicht bezahlen kann, für sie bezahlen wird.«

»Und das Volk?«

»Das Volk glaubt, daß Sie das Halsband heimlich besitzen und sich erst dazu bekennen werden, wenn es bezahlt ist, sei es vom Kardinal aus Liebe zu Ihnen, sei es vom König aus Angst vor Skandal.«

»Und Sie, Charny, jetzt blicke ich Ihnen ins Gesicht: was denken Sie von den Szenen, die Sie im Park von Versailles gesehen haben?«

»Ich glaube, Madame, daß Sie mir Ihre Unschuld werden beweisen müssen.«

Die Königin trocknete den Schweiß von ihrer Stirn.

»Prinz Louis, Kardinal de Rohan, Großalmosenier von Frankreich«, meldete ein Diener.

»Sie werden nach Wunsch bedient«, sagte die Königin.

»Sie wollen ihn also empfangen?«

»Ich hätte ihn, wenn er sich nicht selbst präsentiert hätte, rufen lassen. Treten Sie in mein Boudoir, und lassen Sie die Tür angelehnt, um besser zu hören. Rasch, der Kardinal kommt!«

Sie drängte Charny in das Nebengemach, zog die Tür zu und ließ den Kardinal eintreten.

Jetzt erschien Herr de Rohan auf der Schwelle. Er trug seine prächtigen Priestergewänder. Durch die offene Tür sah man die wartende Menge und, in ihr verloren, die beiden Juweliere Boehmer & Bossange, die sich in ihren Feiertagskleidern recht unbequem fühlten.

Die Königin ging dem Kardinal entgegen und versuchte zu lächeln. Louis de Rohan war ernst, sogar traurig. Die Königin deutete auf einen Schemel, aber der Kardinal blieb stehen.

»Madame«, sagte er zitternd, »ich habe Eurer Majestät Wichtiges zu sagen, und Sie weichen mir aus.«

»Ich weiche Ihnen aus? So wenig, daß ich Sie eben rufen lassen wollte!«

Der Kardinal streifte die Tür des Boudoirs mit einem Seitenblick.

»Bin ich mit Eurer Majestät allein? Kann ich offen sprechen?«

»Scheuen Sie nichts, wir sind allein.«

Es war, als ob diese Worte dem Edelmann galten, der im Nebenzimmer verborgen war.

Jetzt faßte der Kardinal seinen Entschluß. Er rückte den Schemel in die Nähe des Lehnstuhls der Königin, möglichst weit ab von der Doppeltür.

»Mein Gott, was für Vorbereitungen!« sagte die Königin, die sich heiter stellte.

»Nur weil ... Der König wird nicht kommen?«

»Fürchten Sie sich weder vor dem König noch vor sonst jemand!« sagte Marie-Antoinette lebhaft.

»Ach, ich fürchte mich nur vor Ihnen«, gestand der Kardinal mit bewegter Stimme.

»Nun, ich bin nicht furchtbar. Sagen Sie alles, sagen Sie es laut und verständlich, denn ich liebe die Offenheit, und wenn Sie mich schonen, werde ich Sie nicht für einen Ehrenmann halten. Man hat mir gesagt, Sie hätten sich über mich zu beklagen. Sprechen Sie ruhig, ich liebe den Krieg, ich habe das Blut einer furchtlosen Rasse in den Adern. Sie auch, ich weiß es wohl. Was haben Sie mir vorzuwerfen?«

Neunundsechzigstes Kapitel
Erklärungen

»Madame«, sagte der Kardinal mit einer Verneigung, »wissen Sie, was aus dem Halsband geworden ist?«

»Nein, mein Herr, ich weiß es nicht, aber ich will es gern von Ihnen erfahren.«

»Warum zwingt mich Eure Majestät schon seit langem, nur durch eine Mittelsperson mit Ihr zu sprechen? Welchen Grund hat Sie, mich zu hassen, warum erklärt Sie sich nicht?«

»Ich weiß nicht, was Sie meinen, Herr Kardinal, denn ich habe keinen Grund, Sie zu hassen. Aber das war, glaube ich, nicht der Gegenstand unserer Unterhaltung. Sagen Sie mir also zunächst, was aus dem unseligen Halsband geworden ist, und vor allem – wo ist Madame de La Motte?«

»Ich wollte Eure Majestät danach fragen.«

»Verzeihung, aber wenn jemand wissen soll, wo Madame de La Motte ist, müßten doch Sie es sein.«

»Warum?«

»Ach, ich will keine Geständnisse hören, Herr Kardinal, aber ich habe mit Madame de La Motte zu sprechen. Ich habe wohl zehnmal nach ihr geschickt, aber keine Antwort erhalten. Dieses Verschwinden kommt überraschend, nicht wahr?«

»Auch für mich, Madame, denn auch ich habe Madame de La Motte gesucht. Indessen habe ich ebensowenig Antwort erhalten wie Eure Majestät.«

»Gut, dann wollen wir nicht weitet von der Gräfin sprechen und auf unsere Angelegenheit kommen.«

»Nicht doch, Madame, sprechen wir zuerst von ihr, denn Ihre Worte haben mich auf einen schmerzlichen Gedanken gebracht. Mir war, als ob Eure Majestät mir vorwürfen, ich hätte um die Gräfin geworben.«

»Ich habe Ihnen gar nichts vorgeworfen, mein Herr. Aber Geduld ...«

»Ach, Madame, dieser Verdacht erklärt mir alle Empfindlichkeiten Ihrer Seele, und jetzt kann ich, statt zu verzweifeln, die unfaßliche Strenge begreifen, mit der Sie mich behandelt haben.«

»Jetzt verstehen wir uns wirklich nicht mehr«, sagte die Königin, »Sie hüllen sich in undurchdringliches Dunkel. Zur Sache!«

»Madame«, rief der Kardinal und faltete die Hände, »erweisen

Sie mir die Gnade und wechseln Sie das Thema nicht. Zwei Worte mehr, und wir werden uns verständigt haben.«

»Wahrhaftig, ich verstehe Sie nicht mehr. Sagen Sie's doch rasch, wo ist das Halsband, das ich den Juwelieren zurückgeschickt habe.«

»Sie haben das Halsband zurückgegeben?«

»Ja, und was haben Sie damit gemacht?«

»Ich? Ich habe keine Ahnung, Madame …«

»Aber hören Sie, das ist doch ganz einfach. Madame de La Motte hat das Halsband genommen und in meinem Namen zurückgegeben. Die Juweliere behaupten, es nicht zurückerhalten zu haben. Ich halte eine Bestätigung der Juweliere in Händen, aber sie sagen, sie sei gefälscht. Madame de La Motte könnte alles mit einem Wort aufklären, aber sie ist nicht zu finden. Wir sind also auf Mutmaßungen angewiesen. Ich nehme an, daß Madame de La Motte das Halsband zurückgeben wollte. Sie hatten ja immer die fixe Idee – zweifellos aus gutem Willen, gewiß –, mich zum Kauf dieses Halsbandes zu veranlassen, Sie haben es mir hergebracht, Sie haben sich sogar anheischig gemacht, den Betrag für mich auszulegen, ein Anerbieten …«

»Das Majestät leider sehr energisch abgelehnt haben«, sagte der Kardinal seufzend.

»Gut! Sie wollten auf Ihrer fixen Idee verharren, daß ich im Besitz des Halsbandes blieb, und Sie haben es den Juwelieren nicht zurückgegeben, vielleicht in der Absicht, es mir bei irgendeiner Gelegenheit wieder anzubieten. Madame de La Motte war schwach, sie wußte, daß ich außerstande war, den Schmuck zu bezahlen, und daß ich mich unwiderruflich entschlossen hatte, das Halsband nicht zu erwerben. Madame de La Motte hat aus freundschaftlichem Eifer mit Ihnen konspiriert, heute aber fürchtet sie meinen Zorn und versteckt sich. Habe ich recht? Lassen Sie mich Ihnen Leichtsinn, ja sogar Ungehorsam vorwerfen – dann aber mag alles abgetan sein. Mehr noch, ich will Madame de La Motte verzeihen, sie möge sich nicht länger in ihrer Reue verstecken. Aber um Himmels willen, ich will Klarheit, mein Herr; verstehen Sie?«

Die Königin hatte so lebhaft gesprochen, daß der Kardinal sie nicht zu unterbrechen wagte.

»Madame«, sagte er jetzt, »ich will auf alle Ihre Mutmaßungen antworten. Ich beharrte nicht bei meinem Gedanken, Sie sollen dieses Halsband bekommen, denn ich war überzeugt, Sie hätten es. Darum konnte ich auch nicht mit Madame de La Motte konspirieren. Nein, ich habe das Halsband ebensowenig wie die Juweliere.«

»Unmöglich!« rief die Königin außer sich. »Sie haben das Halsband nicht?«

»Nein, Madame.«

»Und Sie haben Frau de La Motte nicht empfohlen, sich fernzuhalten? Sie wissen nicht, wo sie ist?«

»Nein, Madame.«

»Und welche Erklärung haben Sie für all diese Vorgänge?«

»Madame, ich muß offen gestehen, daß ich sie mir erklären kann. Übrigens ist das ja nicht das erstemal, daß ich mich beklagen muß, von der Königin mißverstanden zu werden.«

»Und wann war das? Ich erinnere mich nicht.«

»Madame, seien Sie gütig und lesen Sie in Gedanken noch einmal meine Briefe.«

»Ihre Briefe? Sie haben mir also geschrieben?«

»Zu selten, Madame, in Anbetracht alles dessen, was ich auf dem Herzen hatte.«

Die Königin stand auf.

»Ich glaube, wir sind in die Irre geraten. Beendigen wir diesen Scherz rasch. Was sind das für Briefe, und was haben Sie auf dem Herzen, was Sie mir sagen wollten?«

»Mein Gott, Madame, vielleicht habe ich zu laut das Geheimnis meiner Seele ausgesprochen.«

»Was ist das für ein Geheimnis? Sind Sie bei Trost, Herr Kardinal? Oh, keine Ausflüchte! Sie sprechen wie ein Mann, der mir eine Falle stellen oder mich in Verwirrung bringen will.«

»Aber ich schwöre Ihnen, Madame, daß ich nichts gesagt habe. Werden wir belauscht?« fragte er leise.

»Nein, mein Herr, tausendmal nein, niemand hört uns. Sagen Sie alles, und wenn Sie bei Verstand sind ...«

»Ach, Madame, warum ist Frau de La Motte nicht hier? Sie, unsere Freundin, würde mir helfen, wenn nicht Ihre Zuneigung, so doch Ihr Gedächtnis aufzufrischen.«

»Unsere Freundin? Meine Zuneigung? Mein Gedächtnis? Ich falle aus den Wolken!«

»Ich bitte Sie, Madame«, rief der Kardinal, den der scharfe Ton der Königin erbitterte, »schonen Sie mich. Es steht Ihnen frei, nicht mehr zu lieben, aber Sie dürfen mich nicht beleidigen.«

»Großer Gott!« rief die Königin, »was redet dieser Mann?«

»Sehr gut!« rief Herr de Rohan außer sich. »Ich glaubte diskret und zurückhaltend zu sein; aber ich hätte wissen sollen, daß eine Königin, wenn sie sagt: ich will nicht mehr, ebenso herrisch ist wie eine Frau, die sagt: ich will.«

Die Königin stieß einen wilden Schrei aus, dann ergriff sie den Spitzenärmel des Kardinals.

»Sagen Sie doch rasch«, rief sie, »zu wem habe ich gesagt: ›ich will‹, und zu wem habe ich gesagt: ›ich will nicht mehr.‹«

»Beides haben Sie zu mir gesagt. Vergessen Sie, daß Sie das eine gesagt haben, und ich werde nicht vergessen, daß Sie das andere gesagt haben.«

»Sie sind ein Elender, Herr de Rohan, Sie sind ein Lügner! Und Sie sind ein Feigling, ein Schuft, und Sie beleidigen eine Frau! Ein Verräter, denn Sie beschimpfen die Königin!«

»Und Sie sind eine herzlose Frau, eine treulose Königin.«

»Unseliger!«

»Sie haben mich dazu gebracht, Sie wie ein Wahnsinniger zu lieben, und dann haben Sie, um meine Hoffnungen zu nähren ...«

»Welche Hoffnungen? Mein Gott, ich bin wahnsinnig oder er ist ein Schuft!«

»Wie hätte ich es sonst wagen dürfen, Sie um die nächtlichen Begegnungen zu bitten, die Sie mir gewährt haben?«

Der Wutschrei der Königin übertönte ein Aufseufzen, das aus dem Boudoir herüberklang.

»Hätte ich gewagt«, fuhr Herr de Rohan fort, »allein in den Park von Versailles zu kommen, wenn Sie nicht Madame de La Motte zu mir geschickt hätten? Und wie hätte ich wagen sollen, den Schlüssel zu stehlen, der die Tür neben dem Jägermeisterhaus öffnet? Wie hätte ich wagen können, Sie zu bitten, Sie möchten mir eine Rose bringen, Sie möchten am nächsten Tag mir Ihre Hände überlassen, deren Duft mein Gehirn verzehrt und mich wahnsinnig macht?«

»Genug! Genug!«

»Wie hätte ich es in meinem vermessensten Stolz wagen dürfen, jene dritte Nacht süßesten Schweigens und treulosester Liebe zu erträumen?«

»Mein Herr, Sie lästern die göttliche Wahrheit!«

»Mein Gott, nur du weißt, daß ich, um diese treulose Frau zu gewinnen, alles, meine Freiheit und mein Leben, gegeben hätte.«

»Herr de Rohan, wenn Sie dies alles behalten wollen, dann sagen Sie offen, daß Sie mich nur vernichten wollen, daß Sie diese Abscheulichkeiten nur erfunden haben, daß Sie nicht nach Versailles gekommen sind ...«

»Ein Rohan lügt nicht.«

»Herr de Rohan, um Himmels willen, gestehen Sie, daß Sie mich nicht im Park gesehen haben.«

»Ich werde sterben, wenn es sein muß, aber ich habe Sie im Park von Versailles gesehen, in den mich Madame de La Motte geführt hat.«

Feierlich war die Königin aufgestanden.

»Sie haben die Gerechtigkeit Gottes zurückgewiesen, also sollen Sie die des Königs fühlen.«

Wortlos verneigte sich der Kardinal.

Die Königin schellte so laut, daß einige Hofdamen hereinstürzten.

»Man bestelle Seiner Majestät«, sagte sie, »daß ich sie bitte, zu mir zu kommen.«

Siebzigstes Kapitel

Die Verhaftung

Kaum war der König auf der Schwelle erschienen, als die Königin auf ihn zueilte.

»Sire«, sagte sie, »hier ist der Kardinal de Rohan, der unglaubliche Dinge spricht. Wollen Sie ihn bitten, er möge sie wiederholen.«

Der Kardinal erbleichte. Seine Lage war in der Tat so seltsam, daß er nicht mehr begriff. Sollte er, der angebliche Liebhaber, dem König, dem Gatten, sagen, daß er Rechte auf die Königin, seine Frau, geltend mache?

»Es handelt sich wohl um das berühmte Halsband«, sagte der König. »Sprechen Sie frei heraus.«

Herr de Rohan faßte einen raschen Entschluß. Er sah sich zwei Schwierigkeiten gegenüber und wählte jene, die dem König und der Königin minder bedrohlich war.

»Ja, es handelt sich um das Halsband.«

»Nun, mein Herr, Sie haben es also gekauft?«

»Sire ...«

»Ja oder nein?«

Der Kardinal streifte die Königin mit einem Blick und schwieg.

»Sagen Sie die Wahrheit«, rief die Königin, »man verlangt nichts anderes von Ihnen.«

Schweigend blickte Herr de Rohan zu Boden.

»Da Herr de Rohan nicht antworten will«, sagte der König, »antworten Sie, Madame. Sie müssen doch etwas von dieser Sache wissen. Haben Sie das Halsband gekauft?«

»Nein!« rief die Königin entschlossen.

Herr de Rohan zitterte.

»Das ist das Wort der Königin!« rief Ludwig. »Achten Sie wohl darauf, Herr Kardinal!«

Ein verächtliches Lächeln glitt über die Lippen des Herrn de Rohan.

»Wessen beschuldigt man mich?«

»Die Juweliere sagen, daß sie das Halsband verkauft haben, Ihnen oder der Königin. Sie legen eine Bescheinigung der Königin vor.«

»Sie ist falsch!« rief Marie-Antoinette.

»Die Juweliere sagen, daß sie, als die Königin nicht zahlte, durch Verbindlichkeiten entschädigt wurden, die Sie übernommen haben, Herr Kardinal.«

»Ich weigere mich nicht zu bezahlen«, sagte Herr de Rohan, »da die Königin so sagt, muß es wohl so sein.«

Wieder schloß sein Gedanke mit einem verächtlichen Blick, der die Königin zittern machte. Dieser Blick konnte nicht eine Beschimpfung sein, die sie nicht verdiente, das war die Rache eines ehrenhaften Mannes.

»Herr Kardinal«, fuhr der König fort, »in der Tat liegt eine Fälschung vor, man hat die Unterschrift der Königin von Frankreich kompromittiert.«

»Kann man eine solche Fälschung einem Edelmann zutrauen?« rief die Königin. »Dieser Schein hier bestätigt, daß die Juweliere das Halsband zurückerhalten haben.«

»Es steht der Königin frei«, sagte de Rohan verächtlich, »mir zwei Fälschungen zuzumuten. Ob ich eine oder zwei begangen habe, ist das nicht dasselbe?«

Der König hielt Marie-Antoinette durch eine Geste zurück.

»Hüten Sie sich«, sagte er, »ich habe Sie aufgefordert, sich zu rechtfertigen, aber Sie benehmen sich wie ein Ankläger.«

Der Kardinal überlegte einen Augenblick. Dann schien er unter dem Gewicht dieser geheimnisvollen Anschuldigung, die seine Ehre schändete, zusammenzubrechen.

»Ich soll mich rechtfertigen? Unmöglich.«

»Mein Herr, es sind Leute hier, die sagen, es sei Ihnen ein Halsband gestohlen worden. Sie selbst haben vorgeschlagen, die Schuld zu bezahlen, also bekennen Sie …«

»Wer wird das glauben?« fragte der Kardinal verächtlich.

»Wenn Sie nicht wollen, dann wird man also …«

Das sonst so ruhige und freundliche Gesicht des Königs war wutverzerrt.

»Sire, ich weiß nicht, was man sagt, ich kann nur bestätigen, daß ich das Halsband nicht habe. Ich weiß, daß die Diamanten im Besitz einer Person sind, die sich nicht nennen will und der ich nur das Wort der Heiligen Schrift zitieren kann: ›Das Böse fällt zurück auf das Haupt dessen, der es getan hat.‹«

Wieder wandte sich der König an Marie-Antoinette.

»Dies ist ein Streit zwischen Ihnen und dem Kardinal, Madame. Ich frage Sie zum letztenmal: Haben Sie das Halsband?«

»Nein, bei der Ehre meiner Mutter und dem Leben meines Sohnes!«

Erfreut wandte sich der König an den Kardinal. »Demnach ist das eine Angelegenheit zwischen der Justiz und Ihnen, mein Herr, wofern Sie sich nicht meiner Milde empfehlen wollen.«

»Die Milde der Könige ist gut für die Schuldigen, Sire; ich ziehe die Gerechtigkeit vor.«

»Sie haben also nichts zu gestehen?«

»Ich habe nichts zu sagen.«

»Mein Herr!« rief die Königin, »Ihr Schweigen setzt meine Ehre aufs Spiel!«

Der Kardinal blieb stumm.

»Gut«, fuhr die Königin fort, »ich werde nicht schweigen. Ihr Schweigen verletzt mich, es bezeugt eine Großmut, die ich nicht annehmen will. Sie mögen also wissen, Sire, daß das Verbrechen des Herrn Kardinals nicht in dem Diebstahl des Halsbandes besteht.«

Erbleichend blickte Herr de Rohan auf.

»Was soll das?« fragte der König beunruhigt.

»Keine Furcht und keine Schwäche soll meinen Mund schließen!« fuhr die Königin fort. »Denn ich weiß in meinem Herzen Gründe genug, die mich zwingen könnten, meine Unschuld auf allen Märkten und Plätzen in die Menge hinauszuschreien.«

»Ihre Unschuld? Wer wäre so vermessen und niedrig, Eurer Majestät eine solche Erklärung zuzumuten?«

»Madame, ich beschwöre Sie ...!« rief der Kardinal.

»Ach, Sie zittern schon? Hatte ich also recht? Ihr Komplott liebt die Dunkelheit? Nun, ich suche das Licht! Sire, fordern Sie den Herrn Kardinal auf, zu sagen, was er mir eben gesagt hat!«

»Hüten Sie sich, Madame«, rief Herr de Rohan, »Sie überschreiten die Grenzen!«

»Wie?« fragte der König hochmütig, »Sie wagen es, so mit der Königin zu sprechen?«

»Das ist es, Sire, der Herr Kardinal spricht so mit der Königin, weil er glaubt, ein Recht dazu zu haben.«

Der König war totenblaß geworden.

»Hat der Herr Kardinal Beweise?« fragte er und trat einen Schritt näher.

»Herr de Rohan hat Briefe, soviel er behauptet.«

»Lassen Sie sehen!«

Der Kardinal strich über seine eisige Stirn; er schien Gott zu fragen, wie ein menschliches Wesen so vermessen und verlogen sein könnte, aber er schwieg.

»Und das ist noch nicht alles«, fuhr die Königin fort, »der Herr Kardinal hat Zusammenkünfte bewilligt erhalten.«

»Um Gottes willen!«

»Wenn Sie nicht der elendeste aller Menschen sind«, fuhr die Königin fort, »wenn Ihnen etwas auf Erden heilig ist, dann zeigen Sie Ihre Beweise!«

Herr de Rohan hob langsam den Kopf und sagte: »Ich habe keine, Madame.«

»Fügen Sie nicht ein neues Verbrechen zu den alten«, rief die Königin, »Sie haben Helfer, Komplizen, Zeugen! Nennen Sie sie!«

»Wer sind diese Zeugen?« fragte der König.

»Madame de La Motte, Sire«, antwortete Marie-Antoinette.

»Ach!« rief der König, erfreut, daß seine vorgefaßte Abneigung gegen Jeanne berechtigt war, »man mag sie vorführen und befragen!«

»Sie ist verschwunden. Fragen Sie doch diesen Herrn, was er

mit ihr gemacht hat! Offenbar hat er ein großes Interesse daran, sie nicht in diese Angelegenheit verwickelt zu sehen!«

»Es waren wohl andere, die daran mehr interessiert sind als ich – jene haben sie verschwinden lassen«, erwiderte der Kardinal.

»Wenn Sie unschuldig sind, mein Herr, dann helfen Sie mir, die Schuldigen zu finden.«

Der Kardinal wandte der Königin den Rücken und kreuzte die Arme.

»Mein Herr«, sagte der beleidigte König, »begeben Sie sich in die Bastille.«

»In diesen priesterlichen Kleidern?« fragte der Kardinal. »Bedenken Sie, Sire, daß der Skandal unabsehbar ist. Die Folgen werden um so schwerer sein für den, auf dessen Haupt sie schließlich zurückfallen.«

»Ich will es so!«

»Es ist ungerecht, daß Sie einen Würdenträger der Kirche voreilig solcher Demütigung aussetzen, Sire! Die Tortur vor der Anklage ist nicht gesetzlich.«

»Ich will es so«, wiederholte der König und öffnete die Tür, um jemand zu suchen, dem er seinen Befehl erteilen könnte.

Herr de Breteuil wartete. Der König hatte ihm kaum seine Order zugeflüstert, als der Siegelbewahrer sich die Rechte eines Kapitäns der Garde anmaßte und mit laut schallender Stimme rief: »Man verhafte den Herrn Kardinal!«

Herr de Rohan fuhr zusammen. Stimmen und das Geräusch eiliger Schritte gaben dieser Szene düstere Vorbedeutung.

Der Kardinal ging grußlos an der Königin vorbei, verneigte sich vor dem König, und nahm, als er Breteuils ansichtig wurde, eine so verächtliche Miene an, daß der Baron seine Rache recht unvollständig fand.

Ein Leutnant der Garde näherte sich schüchtern dem Kardinal.

»Ja, mein Herr«, sagte Herr de Rohan, »ich bin verhaftet.«

»Führen Sie den Herrn in sein Zimmer, und erwarten Sie

meine Befehle; ich werde während der Messe meine Beschlüsse fassen«, sagte der König, während ringsum Totenstille herrschte.

Am Ende der Galerie begegnete Rohan Boehmer & Bossange, die halb ohnmächtig waren. Hinter ihnen bemerkte er seinen Diener, der tief erschrocken war und einen Blick seines Herrn aufzufangen suchte.

»Mein Herr«, sagte Rohan zu dem Offizier, der ihn geleitete, »alle Welt wird beunruhigt sein, wenn ich den ganzen Tag hier verbringe. Kann ich meinen Bediensteten mitteilen, daß ich verhaftet bin?«

»Gewiß, Monseigneur, wenn niemand es bemerkt.«

Der Kardinal nickte, wechselte mit seinem Diener einige Worte auf deutsch, riß ein Blatt aus seinem Meßbuch, schrieb einige Zeilen darauf und ließ es fallen.

»Ich folge Ihnen, mein Herr«, sagte er zu dem Offizier.

Der Diener stürzte sich auf das Blatt wie ein Geier auf seine Beute, eilte aus dem Schloß, schwang sich auf sein Pferd und eilte nach Paris.

Einundsiebzigstes Kapitel
Die Protokolle

Der König war kaum in sein Arbeitszimmer zurückgekehrt und hatte eben den Befehl unterzeichnet, Herrn de Rohan in die Bastille zu bringen, als der Graf de Provence eintrat; die Zeichen, die er Herrn de Breteuil gab, konnte dieser trotz seiner Ehrfurcht und seines guten Willens nicht begreifen. Sie waren allerdings nicht an den Siegelbewahrer gerichtet, sondern an den König, dessen Aufmerksamkeit der Graf auf sich ziehen wollte.

In der Tat blickte der König auf, verabschiedete Herrn de Breteuil und fragte: »Was bedeuten diese Zeichen, die Sie Herrn de Breteuil gegeben haben? Was hat diese geschäftige Miene zu sagen? Nun, wenn Sie nicht sprechen wollen ...«

»Sire, ich habe eben von der Verhaftung des Herrn de Rohan gehört.«

»Wie kann diese Nachricht Sie so aufregen, Bruder?« fragte der König. »Halten Sie Herrn de Rohan nicht für schuldig? Ist es etwa unrecht, auch die Mächtigen ihrer Strafe zuzuführen?«

»Unrecht? Das nicht. Ich wollte das nicht sagen.«

»Es sollte mich sehr wundern, Herr Graf de Provence, wenn Sie einen Mann, der die Königin zu entehren sucht, seinen Prozeß gegen Ihre Schwägerin gewinnen lassen wollten. Ich komme von der Königin, und ein Wort von ihr genügte ...«

»Sire, Gott sei davor, daß ich die Königin anklage! Ihre Majestät hat keinen ergebeneren Freund als mich. Wie oft habe ich sie nicht sogar gegen Sie verteidigt?«

»Wahrhaftig, ist sie denn so oft angeklagt worden?«

»Ach, ich habe Unglück mit Ihnen, Bruder! Sie klammern sich an jedes meiner Worte. Ich wollte nur sagen, daß die Königin selbst nicht glauben könnte, ich zweifelte an ihrer Unschuld.«

»Dann beglückwünschen Sie mich zu der Demütigung des Kardinals und zu dem Ärgernis, durch das ich allen weiteren Verleumdungen ein Ziel setzen werde.«

»Sire, ich billige Ihr Benehmen durchaus, und was das Halsband betrifft, wird alles in Ordnung kommen.«

»Weiß Gott, alles liegt klar auf der Hand. Sieht man denn nicht, daß Herr de Rohan sich seiner Vertraulichkeit mit der Königin rühmen, in ihrem Namen die Diamanten kaufen und dann sagen wollte, die Diamanten seien eben bei der Königin?«

»Sire!«

»Sie wissen auch, Bruder, daß die Verleumdung nie auf halbem Weg stehenbleibt. Die Leichtfertigkeit Herrn de Rohans kompromittiert die Königin.«

»Ja, Bruder, und ich wiederhole Ihnen, Sie haben recht in dieser Sache, soweit es sich um das Halsband handelt.«

»Handelt es sich denn noch um etwas anderes?«

»Sire, die Königin hätte Ihnen sagen sollen ... Ach, Sie wollen mich in Verlegenheit setzen. Es ist unmöglich, daß die Königin Ihnen nicht gesagt hat ...«

»Was denn?« – »Sire ...«

»Ach, etwa die Prahlereien des Herrn de Rohan? Sein vorgeblicher Briefwechsel mit der Königin?«

»Nein, Sire.«

»Also die Unterredungen, die die Königin dem Kardinal angeblich wegen dieser Halsbandaffäre bewilligt haben soll?«

»Nein, auch das nicht.«

»Ich weiß nur«, fuhr der König fort, »daß ich der Königin das absolute Vertrauen schenke, das sie durch den Adel ihres Charakters verdient. Die Königin selbst hat mir bewiesen, indem sie an mich appellierte, daß sie ihre Ehre zu rächen wünscht. Sie hat mich als Beichtvater und Richter gewählt, sie hat mir alles gesagt.«

Der Graf de Provence fühlte wohl, daß der König nicht so fest war, wie er sich stellte.

»Ach«, sagte er, »Sie verfehlen die Logik. Die Bekenntnisse der Königin haben Sie bereits so weit gebracht, eine Wahrheit anzuerkennen, die meine Schwägerin rechtfertigt. Warum wollen Sie nicht weitere Klarheit suchen, die vielleicht die Unschuld der Königin vollkommen erhellen wird?«

»Bruder«, sagte der König peinlich berührt, »ich verliere mich in Ihren Umschweifen und krummen Wegen.«

»Verzeihen Sie, Sire.«

»Vorwärts, zur Sache, wenn Sie mehr wissen, als die Königin mir gesagt hat, so verhehlen Sie es mir nicht!«

»Mein Gott, Sire, alles und nichts. Lassen Sie mich zunächst wissen, was die Königin Ihnen gesagt hat.«

»Daß sie das Halsband nicht besitzt.«

»Gut.«

»Und daß sie die Quittung nicht unterzeichnet hat, die die Juweliere vorweisen.«

»Gut.«

»Und daß alles, was über eine Verabredung mit Herrn de Rohan in Umlauf gesetzt wurde, niedrige Erfindung ihrer Feinde ist.«

»Sehr gut so.«

»Und schließlich hat sie mir gesagt, daß sie Herrn de Rohan nie das Recht gegeben hat, zu glauben, er sei ihr mehr als jeder andere Untertan, mehr als ein Unbekannter.«

»Ach, hat sie das gesagt?«

»Und zwar in einem Ton, der keine Widerrede zuließ. Auch der Kardinal hat geschwiegen.«

»Nun, Sire, wenn der Kardinal nicht geantwortet hat, dann gibt er zu, daß er ein Lügner ist. Gleichzeitig aber stärkt er dadurch gewisse Gerüchte über die Bevorzugung einiger Personen durch die Königin.«

»Was gibt's denn schon wieder?« fragte der König entmutigt.

»Nur Absurditäten, wie Sie gleich sehen sollen. Wenn erst bewiesen ist, daß der Kardinal nicht mit der Königin spazieren gegangen ist … das ist ja festgestellt, dann muß man noch prüfen, aus welchem Grund die Königin bei Nacht im Park von Versailles gewesen ist. Der böse Wille hat natürlich mit der Tatsache vorliebgenommen, ohne sich um die Argumente zu kümmern …«

»Bei Nacht? Die Königin?«

»Und der böse Wille hat auch nicht geprüft, mit wem sie spazierengegangen ist«, schloß der Graf kalt. »Sind denn nicht alle Augen auf die Königin gerichtet?«

»Hüten Sie sich, Bruder. Sie sagen da Schändlichkeiten.«

»Ja, Sire, und mit solcher Empörung, daß ich Eure Majestät drängen möchte, die Wahrheit aufzuklären.«

»Wie, man sagt, daß die Königin sich nachts im Park von Versailles gezeigt hat, in Begleitung …«

»In Begleitung nicht, Sire, im Tête-à-tête mit einer gewissen Person. Vier Zeugnisse sind zur Hand. Das erste ist das meines Jägermeisters, der die Königin zweimal gesehen hat, des Nachts, an der Pforte der Jägermeisterei. Hier ist das Schriftstück. Es ist von ihm unterzeichnet. Lesen Sie!«

Zitternd griff der König nach dem Papier, las es und reichte es dann seinem Bruder.

»Jetzt folgt etwas Seltsames. Der Nachtwächter von Trianon erklärt, daß die Nacht ruhig war, es sei zwar ein Schuß gefallen, im Hain von Sartory – offenbar rührte er von Wildschützen her. In den Parks sei alles ruhig gewesen, nur sei die Königin am Arm eines Edelmannes spazierengegangen. Das Protokoll ist sehr ausführlich.«

Nachdem der König es gelesen hatte, ließ er die Arme herabsinken.

»Der dritte Zeuge«, fuhr der Graf unerbittlich fort, »ist der Schweizer vom Osttor. Er hat die Königin erkannt, als sie aus der Pforte an der Jägermeisterei trat. Er beschreibt auch die Kleidung der Königin, wie Sie gleich sehen sollen, aber er konnte den Edelmann nicht erkennen, von dem Ihre Majestät sich gerade trennte. Dies ist der Wortlaut. Der Haltung nach scheint es ein Offizier gewesen zu sein. Auch ist diesem Protokoll, das gleichfalls die Unterschrift des Zeugen trägt, eine seltsame Bemerkung beigefügt. Das Erscheinen der Königin kann nicht in Zweifel gezogen werden, da die Freundin der Königin, Madame de La Motte, zugegen war.«

»Die Freundin der Königin«, schrie der König wütend, »steht das dort?«

»Zürnen Sie darum diesem braven Dienstmann nicht, Sire. Vielleicht war er übereifrig. Er sollte wachen – nun, er hat es getan. Der vierte Zeuge ist der klarste von allen. Es ist der Schlosser, der nach der Retraite die Schlösser zu prüfen hat. Dieser Mann, den Eure Majestät wohl kennen, versichert, er habe die Königin mit einem Kavalier die Apollobäder betreten sehen.«

Außer sich riß der König dem Grafen das Blatt aus den Händen.

»Es muß zugegeben werden«, fuhr der Graf fort, »daß Madame de La Motte kaum zwanzig Schritt entfernt wartete und daß die Königin nur eine halbe Stunde in den Bädern blieb.«

»Und wie heißt dieser Edelmann?« schrie der König.

»Sire, der Bericht nennt ihn nicht, und Eure Majestät muß sich, um darüber Aufklärung zu erhalten, die Mühe nehmen, dieses letzte Zertifikat zu lesen, das ich hier habe. Es stammt von einem Flurschützen, der an der Ringmauer nächst den Apollobädern auf Posten stand. Er hat die Königin aus dem Park treten und auf die Straße blicken sehen. Dieses Schriftstück ist vom nächsten Tag datiert. Ihre Majestät war am Arm des Herrn de Charny!«

»Charny!« schrie der König, halb wahnsinnig vor Zorn und Scham. »Gut! Warten Sie hier, Graf! Wir werden jetzt die volle Wahrheit erfahren.«

Damit stürzte der König aus seinem Arbeitszimmer.

Zweiundsiebzigstes Kapitel
Eine letzte Anklage

In dem Augenblick, da der König das Zimmer der Königin verlassen hatte, war Marie-Antoinette in das Boudoir geeilt, in dem Charny alles mit angehört hatte.

Sie öffnete die Tür, schloß sie selbst ab und ließ sich dann stillschweigend in einen Lehnstuhl fallen.

Lange wartete sie; der Graf war trauriger und blasser denn je.

»Nun?« fragte sie.

»Madame, Sie sehen wohl, daß alles gegen unsere Freundschaft ist. Wenn nicht meine Überzeugung Sie verletzt, so wird es in Zukunft die öffentliche Meinung sein. Nach diesem Skandal gibt es keine Ruhe mehr für mich, keinen Frieden mehr für Sie. Ihre Feinde, die Ihnen jetzt die erste Wunde beigebracht haben, werden sich auf Sie stürzen, um Ihr Blut zu trinken, wie Fliegen auf die verwundete Gazelle.«

»Was ich getan habe«, antwortete die Königin bewegt, »genügt

Ihnen also nicht. Ich habe das Vertrauen des Königs erschüttert, aber Sie kümmern sich nicht darum. Er ist ja nur … mein Gatte.«

Sie lächelte bitter.

»Oh«, rief Charny, »Sie sind die edelste, großherzigste aller Frauen. Wenn ich nicht sofort antwortete, so geschah es nur, weil ich Ihr edles Herz nicht entheiligen wollte, indem ich einen Platz darin in Anspruch nehme.«

»Sie halten mich also für schuldig? Sie haben dem Kardinal geglaubt? Sagen Sie doch, Herr de Charny, welchen Eindruck hat die Haltung des Herrn de Rohan auf Sie gemacht?«

»Weder die eines Wahnsinnigen, Madame, noch die eines schwachen Menschen. Dieser Mann ist überzeugt, er liebt Sie und ist das Opfer eines Irrtums, der ihn ruinieren, Sie aber der unvermeidlichen Schmach ausliefern wird.«

»Mein Gott!«

»Vor mir erhebt sich das drohende Gespenst jener verabscheuungswürdigen Frau, dieser Madame de La Motte, die verschwunden ist, als sie Ihnen durch ihr Zeugnis die Ruhe und die Ehre wiedergeben sollte. Diese Frau ist der böse Genius, der Sie verfolgt, die Geißel des Königreiches. Diese Frau, die Sie, Unvorsichtige, in Ihre intimsten Geheimnisse eingeweiht haben …«

»Meine intimsten Geheimnisse … mein Herr, ich beschwöre Sie …«

»Madame, der Kardinal hat klar und deutlich bewiesen, daß Sie wegen des Ankaufes des Halsbandes Verabredungen mit ihm hatten.«

»Hören Sie, mein Herr«, rief die Königin, wieder stolz geworden, »was der König glaubt, darf jedermann glauben. Ich kann gegen meine Freunde nicht offener sein als gegen meinen Gatten. Mir scheint, daß ein Mann eine Frau nicht gern sehen kann, wenn er diese Frau nicht achtet. Ich spreche da nicht von Ihnen, denn für Sie bin ich nicht ein Weib, sondern die Königin, so wie Sie für mich nicht ein Mann, sondern ein Richter sind.«

Charny verneigte sich so tief, daß die Königin sich mit dieser Demütigung ihres getreuen Dieners zufriedengeben konnte.

»Ich hatte Ihnen empfohlen«, fuhr sie fort, »auf Ihren Gütern zu verbleiben. Dieser Rat war gut. Fern von dem Hof, den zu begreifen Ihre Biederkeit und Unerfahrenheit außerstande ist, hätten Sie die Personen dieses Dramas besser verstanden. Man muß Illusionen wahren, Herr de Charny. Man muß für die Menge Schminke auflegen und hohe Absätze tragen. Ich bin eine Königin, die sich zu leicht herabläßt, darum habe ich es vernachlässigt, meine Würde gegen jene zu wahren, die mich liebten. Ach, Herr de Charny, die Aureole, welche die Krone um die Stirn einer Königin legt, überhebt sie der Keuschheit, der Sanftmut, aller Regungen des Herzens. Man ist Königin, mein Herr, und herrscht; warum soll man geliebt werden?«

»Ich kann Ihnen nicht sagen«, antwortete Charny gerührt, »wie Ihre Strenge mir weh tut. Ich konnte vergessen, daß Sie Königin sind, aber diese Gerechtigkeit müssen Sie mir widerfahren lassen: ich habe nie vergessen, daß Sie die erste Frau waren, die meiner Achtung und meiner ...«

»Sprechen Sie nicht weiter! Ja, ich habe es gesagt, Sie müssen fort. Irgend etwas läßt mich ahnen, daß auch Ihr Name genannt werden wird.«

»Unmöglich, Madame.«

»Sie sagen ›unmöglich‹, aber Sie denken nicht an die Macht jener, die seit sechs Monaten mit meiner Ehre und meinem Leben spielen. Sagten Sie denn nicht, der Kardinal sei überzeugt und handle infolge eines Irrtums? Jene, die solche Überzeugungen hervorbringen, Herr Graf, jene, die solche Irrtümer möglich machen, sind auch fähig zu beweisen, daß Sie ein unredlicher Untertan und für mich ein schmählicher Freund sind. Jene, die so erfolgreich Lügen kombiniert haben, werden auch die Wahrheit leicht entdecken. Verlieren Sie keine Zeit, denn die Gefahr ist ernst. Ihnen droht Ruin, Verleumdung und Kerker. Ziehen Sie sich auf Ihre Güter zurück, suchen Sie anderswo, was die Königin von Frankreich Ihnen nicht geben konnte: Hoffnung und Glück. Ihr Onkel hat in Cherbourg und Nantes zwei Schiffe bereit. Wählen Sie! Ich bringe meinen Freunden Unglück.«

Die Königin war aufgestanden und gab Charny ein Zeichen, daß er entlassen sei.

Ehrfurchtsvoll trat er näher.

»Eure Majestät bestimmen meine Pflicht. Aber mir droht Gefahr in Versailles, wo man Sie beargwöhnt, in Paris, wo man leichtfertig über Sie urteilt. Jeder Argwohn muß zerstreut werden, Madame, damit Ihre Rechtfertigung vollkommen sei, und da Sie keinen treueren Zeugen, keine verläßlichere Stütze besitzen als mich, will ich bleiben. Jene, die so viel wissen, mögen es sagen. Wir werden wenigstens unseren Feinden ins Angesicht schauen können. Mögen sie zittern vor der Majestät einer unschuldigen Königin und vor dem Mut eines Mannes, der besser ist als sie. Ich bleibe, Madame, und glauben Sie es mir wohl, Majestät dürfen mir nicht länger Ihre Gedanken verbergen. Nur um Ihretwillen wollen Sie, daß ich reise. Aber seien Sie unbesorgt, ich bleibe an Ihrer Seite, um Sie zu verteidigen, und ich werde außerstande sein, Sie zu kränken oder Ihnen zu schaden.«

Die Königin entfernte Charny durch eine Geste von sich und sagte:

»Wie Sie wollen, aber Sie sollen sich nicht in meinen Worten täuschen. Ich bin nicht kokett, Herr de Charny, und ich halte es für das wahre Vorrecht der Königin, zu sagen, was sie denkt, und zu denken, was sie sagt. So halte ich es. Eines Tages, mein Herr, habe ich Sie unter allen anderen erwählt, irgend etwas zog mich zu Ihnen hin. Ich dürstete nach einer starken, reinen Freundschaft und habe Sie das wissen lassen. Heute ist es nicht mehr so, ich denke nicht mehr wie damals. Ihre Seele ist nicht mehr der meinen verschwistert. Ich will offen mit Ihnen sprechen. Schonen wir einander!«

»Es ist gut, Madame, ich habe nie geglaubt, daß Sie mich erwählt hätten, und darum widerstrebe ich dem Gedanken nicht, Sie zu verlieren. Madame, ich bin trunken von Eifersucht und Gram, ich werde nicht ertragen, daß Sie mir Ihr Herz entreißen, Sie haben es mir gegeben, man kann es mir erst mit meinem Leben wieder nehmen. Erbarmen Sie sich, mißbrauchen Sie meine Schwäche nicht! Sie haben mir meine Zweifel vorgeworfen, und jetzt zerschmettern Sie mich mit dem Ihren.«

»Ach, Sie wollen, daß ich auf Sie zähle? Wir werden gute Verteidiger unserer Sache sein. Schwach, ja, das sind Sie, aber ach, ich bin nicht stärker als Sie.«

»Ich würde Sie nicht lieben«, murmelte er, »wären Sie anders, als Sie sind.«

»Wie«, rief sie lebhaft, »die verfluchte, verlorene Königin, diese Frau, über die man zu Gericht sitzen wird, die bereits von der öffentlichen Meinung verurteilt ist und wahrscheinlich von ihrem Gatten verjagt werden wird, diese Frau findet ein Herz, das sie liebt?«

»Einen Diener, der sie verehrte und alles Blut seines Herzens für die Träne tauschen möchte, die Sie eben vergossen haben.«

Charny fiel vor Marie-Antoinette und küßte die Füße der Königin.

In diesem Augenblick ging die Tür auf, und der König, wie vom Blitz getroffen, stand auf der Schwelle.

Dreiundsiebzigstes Kapitel
Brautwerbung

Die Königin und Charny wechselten einen Blick des Schrekkens, der wohl den grausamsten ihrer Feinde gerührt hätte.

Charny erhob sich langsam und verneigte sich ehrfurchtsvoll vor dem König.

»Herr de Charny«, sagte Ludwig XVI. mit unfaßbarer Selbstbeherrschung, »es ist für einen Edelmann wenig ehrenvoll, bei einem Diebstahl ertappt zu werden. Niederknien vor der Frau eines anderen, ist Diebstahl; ist diese Frau aber eine Königin, mein Herr, dann nennt man diesen Diebstahl ein Majestätsverbrechen. Ich werde Sie darüber von meinem Siegelbewahrer aufklären lassen.«

Der Graf wollte sprechen, aber die Königin kam ihm zuvor.

»Sire«, sagte sie lebhaft, »Sie sind, wie mir scheint, auf dem Weg schlimmen Argwohns und häßlicher Vermutungen. Sie irren, das muß ich Ihnen sagen. Ich sehe wohl, daß die Ehrfurcht die Zunge des Grafen lähmt, ich aber kenne sein Herz und werde nicht zulassen, daß man ihn anklagt, ohne daß ich ihn verteidigte.«

Jetzt zögerte sie, und dieses Zögern, das der stolzen Königin schmerzlich war, rettete die Frau. Oft genügt eine gewonnene Minute, um ein Leben zu retten, wie eine verlorene Sekunde ausreicht, es zu verderben.

»Wollen Sie mir sagen«, antwortete Ludwig XVI., jetzt nicht mehr König, sondern nur beleidigter Gatte, »daß Herr de Charny nicht vor Ihnen kniete? Um zu knien, ohne aufgehoben zu werden, muß man ...«

»Muß man ein Untertan sein, der eine Gnade zu erbitten hat, allerdings.«

»Eine Gnade zu erbitten?«

»Ja, und eine, die ich nicht bewilligen konnte, sonst wäre Herr de Charny nicht so hartnäckig gewesen, das schwöre ich Ihnen, und ich hätte ihn rasch und freudig aufgehoben.«

Der Blick des Königs war unsicher geworden.

Die Königin täuschte sich. Eine andere Frau hätte sich aus der Affäre gezogen, aber für Marie-Antoinette war es eine unsägliche Qual zu lügen. Sie zögerte noch immer.

»Sagen Sie mir doch, Madame«, sagte der König, »was das für eine Gnade ist, um die Herr de Charny Sie vergeblich gebeten hat. Vielleicht bin ich glücklicher als Sie, und Herr de Charny braucht nicht vor mir niederzuknien.«

»Sire, ich sagte Ihnen bereits, daß Herr de Charny etwas Unmögliches verlangte. Übrigens betraf seine Bitte ein Familiengeheimnis.«

»Für den König gibt es kein Familiengeheimnis. Er ist der Herr seines Reiches, der Vater seiner großen Familie; auch dann«, fuhr Ludwig XVI. mit furchtbarem Ernst fort, »wenn seine entarteten Kinder die Ehre ihres Vaters antasten.«

Die drohende Bedeutung dieser Worte ließ die Königin auffahren. »Herr de Charny bat mich um die Erlaubnis zu heiraten«, sagte sie.

»In der Tat? Nun, wieso ist das unmöglich? Ist er nicht von gutem Adel? Ist er nicht reich? Um ihm die Aufnahme in eine Familie zu verweigern, müßte er eine Dame von königlichem Geblüt oder eine, die bereits verheiratet ist, gewählt haben. Ein anderes Hindernis sehe ich nicht. Sagen Sie mir also den Namen der Dame, um die Herr de Charny sich bemüht, und ich bürge Ihnen dafür, daß alle Schwierigkeiten behoben werden ... Ihnen zu Gefallen.«

»Nein, mein Herr, nein!« rief die Königin. »Es gibt Schwierigkeiten, die auch Sie nicht überwinden können.«

»Es wird mich interessieren zu hören, was für einen König unmöglich ist!« rief Ludwig XVI. mit dumpfem Groll.

Die Königin schien zu taumeln. Plötzlich kam ihr ein Gedanke, sie blickte auf und sagte: »Mein Herr, die Frau, die Herr de Charny heiraten will, ist im Kloster.«

»Ach!« rief der König. »Das ist fürwahr ein Grund! Man kann Gott nicht nehmen, was ihm gehört, um es den Menschen zu geben. Mich wundert nur, daß Herr de Charny sich so rasch verliebt hat. Sagen Sie doch, Herr de Charny, wer ist diese Dame?«

Die Königin litt einen quälenden Schmerz. Jetzt sollte sie aus Oliviers Mund einen Namen hören, sollte die höchste Pein der Lüge erdulden.

»Sire«, sagte sie, »Sie selbst kennen die Frau, die Herr de Charny zu heiraten wünscht. Es ist Mademoiselle Andrée de Taverney.«

Charny seufzte tief auf.

»Mademoiselle de Taverney, die sich nach Saint-Denis zurückgezogen hat?«

»Ja, Sire.«

»Soviel ich weiß, hat sie aber noch nicht das Gelübde abgelegt.«

»Aber sie muß es tun.«

»Wir werden Bedingungen stellen«, sagte der König. »Warum soll sie auch schwören?« fragte er mißtrauisch.

»Sie ist arm, Sie haben nur ihren Vater bereichert«, sagte Marie-Antoinette hart.

»Das war ein Unrecht, das sich gutmachen läßt. Da Herr de Charny sie liebt ...«

Die Königin warf Olivier einen Blick zu, als ob sie ihn anflehen wollte zu leugnen. Charny blieb stumm.

»Gut«, sagte der König, der dieses Schweigen für Zustimmung hielt. »Ohne Zweifel liebt Fräulein de Taverney auch Herrn de Charny. Ich werde ihr eine Aussteuer geben, die fünfhunderttausend Francs, die ich Herrn de Calonne abschlagen mußte. Danken Sie der Königin, Herr de Charny, daß sie mir davon gesprochen und das Glück Ihres Lebens gesichert hat.«

Charny trat einen Schritt vor und verneigte sich; er war fahl wie eine Statue, der Gott für eine Sekunde Leben gegeben hat.

»Oh«, sagte der König, »es lohnt wohl, daß Sie noch einmal niederknien ...«

Die Königin reichte zitternd dem jungen Mann beide Hände. Er kniete vor ihr nieder und drückte auf ihre schönen, eisigen Hände einen Kuß, in dem er sein Leben zu verhauchen hoffte.

»So«, sagte der König, »und jetzt wollen wir Madame die Sorge für Ihre Angelegenheiten überlassen. Kommen Sie, Herr de Charny.«

Rasch ging er voran.

Vierundsechzigstes Kapitel

Saint-Denis

Die Königin blieb allein und in Verzweiflung zurück. So viele Schläge hatten sie getroffen, daß sie selbst nicht entscheiden konnte, welcher Schmerz sie am schlimmsten quälte.

Nachdem sie eine Stunde in diesem Zustand tiefster Niedergeschlagenheit verblieben war, sagte sie sich, jetzt sei es an der Zeit, einen Ausweg zu suchen. Die Gefahr stieg von Augenblick zu Augenblick. Gewiß würde der König, auf seinen scheinbaren Triumph stolz, bald etwas davon verlauten lassen. Vielleicht würden diese Gerüchte draußen so aufgenommen werden, daß der ganze Vorteil des Betruges, den die Königin begangen hatte, wieder verlorenging. Ach, wie sehr machte die Königin sich diesen Betrug zum Vorwurf! Wie gern hätte sie das Wort, das ihr entschlüpft war, zurückgenommen, wie gern hätte sie Andrée dieses chimärische Glück wieder entzogen, das die Nonne vielleicht sogar ausschlagen würde.

Dieser Gedanke eröffnete Aspekte auf neue Schwierigkeiten. Nur der Name Andrées hatte alles gerettet. Wer aber konnte sich auf dieses launische, unabhängige, eigenwillige Geschöpf verlassen, das den Namen Andrée de Taverney führte? Wer konnte darauf zählen, daß dieses stolze Mädchen sich seiner Freiheit und seiner Zukunft im Interesse der Königin, die sie einige Tage vorher als Feindin verlassen hatte, begeben würde?

Was würde dann geschehen? Wenn Andrée ablehnte, und das war wahrscheinlich genug, mußte das ganze Lügengebäude in sich zusammenstürzen. Dann war die Königin nur eine Intrigantin von mittelmäßiger Begabung, Charny nur ein flacher Cicisbeo, ein Lügner, und die Verleumdung erwuchs zur Anklage.

Marie-Antoinette mußte also zu Andrée gehen. Sie mußte ihr ihr Unglück vor Augen führen und sie um ein Opfer bitten.

Es wurde drei Uhr – die Stunde der zeremoniellen Empfänge

kam heran. Heiter und mit einer Liebenswürdigkeit, die ihrem bekannten Stolz keinen Abbruch tat, empfing die Königin ihre Gäste. Sie war bestrebt, jenen, die sie für ihre Feinde hielt, mit einer Festigkeit zu begegnen, die der Schuldige nicht aufzubringen pflegt.

Nie hatte man sich so zum Hof gedrängt, nie hatte die Neugierde so schamlos in den Zügen einer gefährdeten Königin gewühlt. Marie-Antoinette hielt allen Blicken stand, sie schmetterte ihre Feinde nieder und berauschte ihre Freunde; die Gleichgültigen wurden ihre Freunde, ihre Freunde Enthusiasten. So schön und erhaben erschien sie, daß der König sie vor aller Augen beglückwünschte.

Als die Empfänge vorüber waren, schwand das erzwungene Lächeln von ihren Lippen, und sie gab sich wieder einsam ihren schmerzlichen Erinnerungen hin; sie wechselte ihre Toilette, wählte einen grauen Hut mit blauen Bändern und Blumen, ein Kleid von mauergrauer Seide, und stieg in ihren Wagen; nur von einer Hofdame begleitet, ließ sie sich nach Saint-Denis führen.

Es war jene Stunde, da die Nonnen, in ihre Zellen zurückgekehrt, sich schweigend der Meditation hingeben, bevor zum Abendgebet geläutet wird.

Die Königin ließ Mademoiselle Andrée de Taverney ins Sprechzimmer rufen.

In ihr Peignoir aus weißer Wolle gehüllt, kniete Andrée am Fenster und betrachtete den Mond, der gerade über den hohen Linden aufstieg; in der Poesie der hereinbrechenden Nacht fand sie das Thema der glühenden und leidenschaftlichen Gebete, die sie zu Gott hinaufschickte, um ihre Seele zu trösten.

In tiefen Zügen genoß sie den unheilbaren Schmerz ihrer freiwilligen Verbannung. Diese Leiden sind nur starken Seelen bekannt, sie sind eine Folter und eine Wollust zugleich.

Man meldete Andrée, daß die Königin eingetroffen sei und daß das Kapitel sie im großen Sprechzimmer empfangen habe; Ihre Majestät habe nach den ersten Höflichkeitsphrasen Mademoiselle de Taverney verlangt.

»Rasch, beeilen Sie sich!« sagte die Nonne.

Andrée beeilte sich wirklich. Sie warf den langen Mantel der Nonnen um die Schultern, befestigte einen Wollgürtel um ihr weites Kleid und folgte, ohne einen Blick in ihren kleinen Spiegel zu werfen, der Pförtnerin.

Kaum hatte sie hundert Schritte zurückgelegt, als sie sich durch die Freude, die sie empfunden, gedemütigt fühlte.

Warum zittert mein Herz? fragte sie sich. Was kümmert es Andrée de Taverney, daß die Königin von Frankreich das Kloster von Saint-Denis besucht? Stolz? Die Königin ist nicht um meinetwillen hierhergekommen. Glück? Ich liebe die Königin nicht mehr.

Ruhig, schlechte Nonne, die du weder Gott noch der Welt gehörst, suche wenigstens dir selbst zu gehören.

So schalt sich Andrée, während sie die große Treppe hinabschritt, und sie tilgte die flüchtige Röte ihrer Hast von den Wangen, indem sie ihren Schritt bezähmte.

Als sie durch den Chor in das große Sprechzimmer trat, das im Glanz der Kronleuchter und Wachskerzen noch feierlicher und größer schien, war sie bereits wieder kalt und blaß.

Marie-Antoinette saß auf dem Stuhl der Äbtissin, von Nonnen umringt, die sich beeilten, bei jeder Gelegenheit ihre edlen Stirnen zu beugen; wieder fühlte Andrée ihr Herz klopfen und zögerte.

»Ach, kommen Sie doch, ich möchte mit Ihnen sprechen, Mademoiselle!« rief die Königin mit einem halben Lächeln.

Mit einer Verneigung trat Andrée näher.

»Sie erlauben, Madame«, wandte sich die Königin an die Oberin, die sofort, von ihren Nonnen gefolgt, das Sprechzimmer verließ.

Die Königin knüpfte das Gespräch an.

»Da sind Sie also, Mademoiselle!« sagte sie lächelnd. »Sie machen einen seltsamen Eindruck auf mich als Nonne, wissen Sie das?«

Andrée antwortete nicht.

»Eine alte Gefährtin so zu sehen«, fuhr die Königin fort, »schon der Welt verloren, in der wir noch leben, ist wie eine ernste Mahnung, die uns das Grab erteilt. Sind Sie nicht meiner Ansicht, Mademoiselle?«

»Madame«, antwortete Andrée, »wer sollte sich erlauben, Eurer Majestät Mahnungen zu erteilen. Auch der Tod warnt die Königin erst an dem Tag, an dem er seine Hand nach ihr ausstreckt.«

»Wie das?«

»Weil eine Königin dazu bestimmt ist, in dieser Welt nur das Unvermeidliche zu erdulden. Sie genießt alle Erleichterungen des Lebens, sie nimmt an sich, was den anderen helfen könnte, ihr Leben zu verbessern.«

Die Königin antwortete mit einer Gebärde des Staunens.

»Das ist nur ihr Recht«, beeilte sich Andrée fortzufahren, »die anderen – sie sind für die Königin ja nur Untertanen, deren Leben, Ehre und Glück ihr gehören. Leben, Ehre und Glück, alle moralischen und materiellen Güter sind das Eigentum der Königin.«

»Das sind Anschauungen, die mich in Erstaunen setzen!« meinte Marie-Antoinette langsam. »Sie machen ja aus der Königin dieses Landes ein Märchenungeheuer, das die Güter und das Glück ihrer Untertanen verschlingt. Bin ich denn eine solche Frau, Andrée? Haben Sie sich über mich zu beklagen gehabt, als Sie bei Hof waren?«

»Eure Majestät hatte die Güte, diese Frage bereits an mich zu richten, als ich den Hof verließ. Ich kann heute nur wie damals antworten: nein, Madame!«

»Oft verletzt uns eine Härte«, meinte die Königin, »die uns nicht persönlich zugedacht war. Habe ich etwa einen der Ihren gekränkt und dadurch die harten Worte verdient, die Sie mir da sagen? Andrée, die Zurückgezogenheit, zu der Sie sich entschlossen haben, ist ein Asyl gegen alle schlimmen Leidenschaften der Welt. Gott lehrt uns Güte, Mäßigung, Vergessen aller Beleidigungen. Muß ich, die ich als Freundin hierhergeeilt bin, eine strenge Stirn sehen, harte Worte hören und eine unversöhnliche Feindin finden?«

Andrée blickte zu Boden, über diese sanfte Milde verwundert, an die Marie-Antoinette ihre Diener nicht gewöhnt hatte.

»Eure Majestät weiß wohl«, sagte sie leise, »daß die Taverneys nicht Ihre Feinde sein können.«

»Oh, ich verstehe, Sie verzeihen mir nicht, daß ich kalt gegen Ihren Bruder war, und er selbst beschuldigt mich vielleicht eines oberflächlichen, launischen Charakters?«

»Mein Bruder ist ein zu ehrfürchtiger Untertan, um die Königin zu beschuldigen.«

Die Königin begriff, daß sie sich verdächtig machte, wenn sie allzu sanft sprach.

»Immerhin«, sagte sie, wieder hart geworden, »bin ich, als ich nach Saint-Denis kam, um mit der Äbtissin zu sprechen, auch zu Ihnen gekommen, um Ihnen die Versicherung zu geben, daß ich aus der Ferne wie einst Ihre Freundin bin.«

Andrée fühlte die Nuance; sie fürchtete, ihre schmerzliche Wunde vor dem klaren Blick einer Frau entblößt zu haben.

»Eure Majestät überhäuft mich mit Ehre und Freude«, sagte sie traurig.

»Sprechen Sie nicht so, Andrée! Sie zerreißen mir das Herz. Ach, so also sind wir Königinnen! Wir besitzen das Gold und das Blut unserer Völker, aber nie das Herz. Nie!«

»Ich versichere Ihnen, Madame«, sagte Andrée erschüttert, »daß ich Eure Majestät so geliebt habe, wie ich nie mehr lieben werde und nie jemand anders geliebt habe.«

Sie errötete und neigte den Kopf.

»Sie *haben* mich geliebt? Sie lieben mich also nicht mehr? Oh! Verflucht sei das Kloster, das so rasch die Erinnerung aus den Herzen tilgt!«

»Klagen Sie mein Herz nicht an«, sagte Andrée lebhaft, »es ist tot.«

»Andrée, Sie sind jung und schön, und Sie sagen, Ihr Herz sei tot? Ach, spielen Sie nicht mit unheilvollen Worten. Das Herz ist nicht tot, kann nicht tot sein, solange ein Mensch sein Lächeln und seine Schönheit bewahrt hat.«

»Ich wiederhole Ihnen, Madame, daß der Hof und die Welt mir nichts mehr bedeuten. Hier lebe ich wie das Kraut auf dem Feld, wie eine Pflanze, empfinde Freuden, die nur ich allein verstehe. Darum war ich, als ich Sie eben so strahlend und majestätisch vor mir sah, geblendet, ich, die schüchterne, weltverlorene Nonne. Verzeihen Sie mir, aber die Eitelkeiten der Welt zu vergessen, kann kein so schlimmes Verbrechen sein. Mein Beichtvater beglückwünscht mich täglich zu dieser Vergeßlichkeit; seien Sie, ich flehe Sie an, nicht strenger als er.«

»Wie, dieses Leben im Kloster gefällt Ihnen?«

»Ich empfinde die Einsamkeit als Glück.«

»Nichts zieht Sie zu den Freuden der Welt zurück?«

»Nichts.«

Die Königin schauderte. Wir wollen sie in Versuchung führen, dachte sie; scheitert dieses Unterfangen, dann sind die Bitten unsere Zuflucht. Ach, ich muß sie bitten, Herrn de Charny anzunehmen! Gütiger Himmel!

»Andrée«, sagte Marie-Antoinette, »Sie haben da Worte gesprochen, die mich einer Hoffnung berauben.«

»Welcher Hoffnung, Madame?«

»Sprechen wir nicht mehr davon, wenn sie wirklich so entschieden sind, wie es eben schien. Ach, der Schatten einer Freude ist von mir gewichen! Nein, denken wir nicht mehr daran.«

»Doch, Madame, wenn Sie daraus eine Befriedigung ziehen wollten, dann sprechen Sie.«

»Wozu? Sie haben sich bereitwillig von der Welt zurückgezogen, Sie beglückwünschen sich zu diesem Entschluß. Sie sehen also, daß es überflüssig wäre, davon zu sprechen. Gott ist mein Zeuge, daß ich geglaubt habe, Ihnen das Glück zu bringen.«

»Mir?«

»Ja, Ihnen, die Sie mich anklagen, Undankbare! Aber Sie kennen ja Ihre Neigungen und Ihren Beruf besser als ich. Ich verzichte.«

»Erweisen Sie mir doch die Ehre, sich zu erklären, Madame.«

»Nun, ganz einfach, ich wollte Sie wieder an den Hof bringen.«

»Oh!« rief Andrée mit einem bitteren Lächeln. »An den Hof? Nein, Madame, niemals!«

Die Königin zitterte. Ein unaussprechlicher Schmerz griff nach ihrem Herzen. Um ihre Angst zu verbergen, bedeckte sie das Gesicht mit ihren Händen.

Andrée glaubte, sie habe die Königin gekränkt, und kniete nieder.

»Ach«, rief sie, »was hätten Sie bei Hof aus mir gemacht, aus mir, einer traurigen, belanglosen, armen, ja verfluchten Person, aus mir, die alle Welt flieht, weil ich, elend, wie ich bin, den Frauen nicht einmal die gewöhnliche Abneigung der Rivalität, den Männern nicht einmal die gewöhnliche Sympathie einzuflößen vermag. Ach, Madame, lassen Sie mich Nonne sein, lassen Sie mich, diese Nonne, die auch Gott nicht annehmen will, weil er sie allzu mangelhaft findet, in meiner Einsamkeit.«

»Ach, der Stand, den ich Ihnen antragen wollte, hätte wohl all die Demütigungen, von denen Sie sprechen, entkräftet! Die Heirat, um die es sich handelte, hätte Sie zu einer der vornehmsten Damen von Frankreich gemacht.«

»Eine Heirat?« fragte Andrée verwundert.

»Und Sie schlagen sie aus«, sagte die Königin entmutigt.

»Ja, ich schlage sie aus.«

Jetzt bereitete sich Marie-Antoinette in ihrer Herzensangst darauf vor, zu Bitten überzugehen. Im letzten Augenblick durchkreuzte Andrée diese Absicht.

»Madame«, sagte sie, »haben Sie wenigstens die Gnade, mir den Namen des Mannes zu nennen, der mich als Gefährtin annehmen wollte. Ich habe in meinem Leben so schlimme Demütigungen erlitten, daß der Name dieses großmütigen Mannes«, sie lächelte ironisch, »ein Balsam sein wird, der die Wunden meines Stolzes heilen kann.«

Die Königin zögerte, aber sie mußte den bitteren Kelch bis zur Neige leeren.

»Es ist Herr de Charny«, sagte sie traurig.

»Herr de Charny?! Olivier de Charny?!!«

»Olivier, allerdings«, sagte die Königin verwundert.

»Mit Olivier wollten Sie mich verheiraten, Madame? Und er ... willigt ein?«

»Er bittet um Ihre Hand.«

»Oh, ich gebe sie ihm«, rief Andrée außer sich, »ich gebe sie ihm. Mich hat er also geliebt, die ich ihn liebte?«

Die Königin war totenblaß geworden. Sie drohte in Ohnmacht zu fallen, während Andrée fast wahnsinnig ihre Knie und ihr Kleid küßte und ihre Hände mit Tränen benetzte.

»Wann gehen wir?« fragte sie endlich.

»Kommen Sie!« murmelte die Königin.

Marie-Antoinette stand auf, stützte sich auf Andrée, deren glühende Lippen ihre eisigen Wangen suchten, und murmelte: »Mein Gott, mein Gott! Sind es genug der Leiden für ein einziges Herz?«

Fünfundsiebzigstes Kapitel
Vater und Braut

Während die Königin solchermaßen das Schicksal Andrées entschied, traf Philippe die Vorbereitungen zu seiner Abreise.

Ein Soldat, der gewöhnt ist, in der Welt herumzustreifen, hat bald gepackt und seinen Reisemantel umgenommen. Philippe aber hatte dringendere Gründe als sonst einer, Versailles rasch zu verlassen. Er wollte nicht der Zeuge der Entehrung Marie-Antoinettes werden.

Nachdem er seine Vorbereitungen getroffen hatte, ließ er seinem Vater melden, daß er mit ihm zu sprechen habe.

Der Baron kam eben aus dem Schloß zurück. Er schüttelte, so gut er konnte, seine dürren Beine, die müde geworden waren, einen rundlichen Bauch zu schleppen. Seit drei oder vier Monaten schon setzte der Baron Fett an, was nur zu verständlich ist, wenn man bedenken will, daß die Rundung des Leibes oft das Zeichen vollkommener Zufriedenheit ist.

Als er von seinem Bedienten hörte, daß sein Sohn mit ihm zu sprechen wünsche, eilte er, statt Philippes Besuch zu erwarten, in dessen Zimmer.

Ohne sich anmelden zu lassen, trat er in den Raum, der von den Vorbereitungen zur Reise Zeugnis ablegte.

Philippe erwartete keine Ausbrüche der Empfindsamkeit, aber auch nicht vollkommene Gleichgültigkeit. Seit Andrée das Vaterhaus verlassen hatte, gab es für den Baron einen Menschen weniger, den er quälen konnte. Der Alte mußte diese Leere fühlen, und wenn sie durch die Flucht dieses letzten Märtyrers vervollständigt wurde, mochte er wie ein Held, dem man einen Hund oder einen Vogel nimmt, jammern – aus reiner Ichsucht.

Aber Philippe war sehr erstaunt, als er den Baron in wildes Gelächter ausbrechen sah.

»Großer Gott!« rief der Alte. »Er reist, er reist!«

Verwundert maß Philippe seinen Vater.

»Ich habe es gewußt«, fuhr der Baron fort, »ich hätte wetten mögen! Gut gespielt! Gut gespielt, Philippe!«

Trällernd hüpfte der Alte von einem Bein auf das andere, wobei er seinen Bauch mit beiden Händen stützte. Gleichzeitig blinzelte er Philippe zu, damit dieser seinen Kammerdiener entlasse.

Der junge Mann begriff. Champagne wurde hinausgeschickt.

»Wunderbar«, rief der Alte von neuem, »ausgezeichnet!«

»Sie loben mich«, sagte Philippe kalt, »obwohl ich nicht weiß, wodurch ich mir Ihr Lob verdient habe.«

»Du bildest dir also ein, daß ich an deine Abreise glaube?«

»Sie glauben nicht daran?«

»Champagne ist nicht mehr im Zimmer, du brauchst dich nicht zurückzuhalten. Übrigens blieb dir ja keine andere Wahl. Gut, daß du dich entschlossen hast.«

»Vater, Sie setzen mich in Erstaunen ...«

»Das wundert dich, daß ich dich durchschaue? Was willst du, Philippe, es gibt keinen neugierigeren Menschen als mich, und wenn ich neugierig bin, dann suche ich. Kein Mensch ist ein glücklicherer Finder als ich, wenn ich suche! Ich habe also gefunden, daß du diese Abreise inszenieren willst, und ich beglückwünsche dich zu diesem Entschluß.«

»Inszenieren?«

Der Greis stieß den jungen Mann mit seinen dürren Fingern, die knochig waren wie die eines Gerippes, in die Seiten.

»Auf Ehre«, sagte er, »du wärst sicher erwischt worden. Es ist die höchste Zeit! Morgen wäre es schon zu spät gewesen. Mach nur rasch, mein Junge! Übrigens, wohin geht die vorgebliche Reise?«

»Nach Taverney-Maison-Rouge.«

»Gut, ausgezeichnet, Maison-Rouge! Niemand wird dahinterkommen! Sei vorsichtig! Immerhin ...gib mir deine Adresse, damit ich dir wenigstens schreiben kann, wenn etwas Dringendes dazwischenkommt.«

»Taverney«, sagte Philippe, der glaubte, der Alte sei endlich zur Vernunft gekommen.

»Ach, eine feine Adresse! Achtzig Meilen! Du bildest dir wohl ein, daß ich, wenn ich dir was Wichtiges zu sagen habe, meine Kuriere auf der Straße nach Taverney tothetze, um deine Intrigen zu maskieren? Nun, ich will ja nicht, daß du mir die Adresse deines Parkschlosses gibst, denn man könnte meinen Boten folgen oder meine Livree erkennen. Aber wähle doch eine Mittelsadresse irgendwo in der Nähe. Du hast doch Phantasie! Wenn man für seine Liebeleien so viel getan hat wie du, darf man sich nicht dumm stellen!«

»Ein Parkschloß? Liebeleien? Das sind Rätsel, aber ich bitte Sie, sie für sich zu behalten.«

»Ich kenne keinen diskreteren Menschen als dich!« rief der Vater verärgert. »Diese Zurückhaltung ist fast schon verletzend. Hast du etwa Angst, daß ich dich verrate? Nun, laß nur, behalte deine Geheimnisse für dich. Hüte das Geheimnis des

Jägermeisterhauses, das du gemietet hast. Hüte das Geheimnis deiner nächtlichen Promenaden in Gesellschaft zweier anbetungswürdiger Frauen. Hüte das Geheimnis deiner honigsüßen Küsse! Ich habe ja doch alles erfahren – dein Verhältnis mit der Königin, deine Ausflüge in die Apollobäder! Gut, du bringst uns allen neues Leben, neues Glück! Sei nicht ängstlich, Philippe, vertraue mir.«

»Vater, mir graut vor Ihnen!« rief Philippe und barg sein Gesicht in seinen Händen.

»Ja, ja, das war dein Meisterstück. Alle Welt hast du auf die falsche Fährte gebracht. Fünfzig Augen haben mir heute abend gesagt: es ist Rohan. Hundert: es ist Charny! Zweihundert: es ist Rohan und Charny. Kein einziger, verstehe mich wohl, hat gesagt: Taverney! Ja, ja, das war dein Meisterstück. Übrigens gereicht es auch ihr zur Ehre, ihr, weil sie dich genommen hat, dir, weil du sie festhältst.«

In dem Augenblick, in dem Philippe einen empörten Blick auf seinen Vater richtete, hörte man aus dem Hof das Geräusch eines Wagens und eiliger Schritte.

»Es ist Mademoiselle!« rief Champagne.

Taverney war ans Fenster geeilt.

»Meine Schwester!« murmelte Philippe.

Jetzt trat Champagne ein, um die Nachricht zu bestätigen.

»Mein Herr«, sagte er zu Philippe, »Ihr Fräulein Schwester ist im Boudoir neben dem großen Salon. Sie erwartet Sie.«

»Gut, gehen wir!« rief der Alte.

»Sie wünscht mit mir zu sprechen«, sagte Philippe mit einer Verneigung. »Wenn Sie gestatten, gehe ich voraus.«

Im selben Augenblick fuhr ein zweiter Wagen geräuschvoll in den Hof ein.

»Wer, zum Teufel, kommt denn da noch?« murmelte der Baron. »Das ist ja eine abenteuerliche Stunde.«

»Der Herr Graf de Charny«, meldete der Schweizer.

»Führen Sie den Herrn Grafen in den Salon«, befahl Philippe, »der Herr Baron wird ihn empfangen.«

Die beiden Männer stiegen langsam die Treppe hinab.

Eilig war Philippe in den Salon getreten.

»Gütiger Himmel!« rief er. »Was ist dir begegnet?«

»Etwas Glückliches! Oh, etwas sehr Glückliches! Ich kehre für immer zurück!« rief Andrée.

»Leise, Schwester, die Wände dieses Hauses sind nicht an die Freude gewöhnt, und im Salon nebenan sind Leute, die dich hören könnten.«

»Wer denn?«

»Höre selbst!«

Eben wurde im Nebenzimmer Herr de Charny gemeldet.

»Er ist es!« rief Andrée und umarmte ihren Bruder von neuem. »Oh, ich weiß, was er hier will.«

»Du weißt es?«

»Warte, ich sehe, daß meine Toilette in Unordnung geraten ist; man wird mich gleich in den Salon rufen, um selbst zu hören, was Herr de Charny spricht ...«

»Ist das dein Ernst, liebe Andrée?«

»Höre nur zu, Philippe, und laß mich einstweilen in mein Zimmer gehen. Die Königin hat mich so eilig hierhergebracht, ich will mein Klostergewand rasch gegen ... ein Brautkleid eintauschen.«

Leichtfüßig eilte Andrée aus dem Salon.

Philippe war an die Wand getreten und lauschte.

Charny ging langsam auf und ab und schien eher nachzudenken als zu warten. Jetzt betrat Herr de Taverney den Salon und begrüßte den Grafen mit gewählter, wenn auch gezwungener Höflichkeit.

»Welchem Umstand verdanke ich die Ehre dieses unvorhergesehenen Besuches, Herr Graf? Seien Sie jedenfalls überzeugt, daß er mich sehr freut.«

»Ich bin, mein Herr, wie Sie wohl sehen, formell erschienen, und ich bitte Sie zu entschuldigen, daß ich meinen Onkel, den Herrn Gouverneur du Suffren, nicht mitgebracht habe, wie ich wohl hätte tun sollen – in Anbetracht der Bitte, die ich an Sie richten will.«

»Eine Bitte?«

»Ich habe die Ehre«, fuhr de Charny mit beherrschter Stimme fort, »Sie um die Hand Ihrer Tochter, Mademoiselle Andrée de Taverney, zu bitten.«

Der Baron schnellte aus seinem Lehnstuhl empor.

»Meine Tochter? Sie verlangen Andrée zur Frau?«

»Ja, Herr Baron, wenn Mademoiselle de Taverney gegen diese Verbindung nichts einzuwenden hat.«

Ach, dachte der Alte, Philippe steht schon so hoch in Gunst, daß sein Rivale ihn sich verpflichten will, indem er seine Schwester nimmt. Nicht übel, Herr de Charny!

»Ihre Bitte«, sagte er lächelnd, »ist für mein Haus eine solche Ehre, Herr Graf, daß ich, soweit es mich angeht, mit Freuden einwillige; damit Sie aber gleich eine vollständige Zusage mitnehmen können, werde ich meine Tochter benachrichtigen lassen.«

»Sie bemühen sich unnötig«, unterbrach ihn der Graf kalt, »die Königin war so gütig, Mademoiselle de Taverney bereits zu befragen, und die Antwort Mademoiselles ist günstig gewesen.«

Ach, dachte der Alte, die Königin also ...? Er stand auf.

»Nun, dann hätte ich Sie nur noch über die materielle Lage von Mademoiselle de Taverney aufzuklären. Ich habe die Urkunden über das Vermögen ihrer Mutter oben in meinem Zimmer. Sie heiraten kein reiches Mädchen, Herr Graf, und bevor Sie sich schlüssig werden ...«

»Das ist unnötig, Herr Baron. Ich bin reich genug, und Mademoiselle de Taverney ist nicht eine Dame, um die man handelt. Infolgedessen möchte ich die Frage, die Sie von sich aus behandeln wollten, für mich beantworten.«

In diesem Augenblick ging die Tür auf, und Philippe erschien auf der Schwelle. Er war totenblaß und hatte seine Hand in der Tasche zur Faust geballt.

Charny verneigte sich zeremoniell und empfing einen gleichen Gegengruß.

»Mein Herr«, sagte Philippe, »mein Vater hatte recht, Ihnen

eine Aufklärung über unsere Familienverhältnisse anzubieten. Wir beide haben Ihnen Mitteilungen zu machen. Während der Herr Baron die Schriftstücke aus seinem Zimmer holt, werde ich mir die Ehre nehmen, mit Ihnen einige Einzelheiten zu behandeln.«

Mit einem herrischen Blick entließ Philippe den Baron, der nur widerwillig hinausging, denn er ahnte, daß Philippe seine Pläne durchkreuzen würde.

Philippe begleitete seinen Vater bis zur Tür des Nebenraumes, um sich zu überzeugen, daß er wirklich allein bleiben würde. Dann kehrte er zu dem Grafen zurück.

»Herr de Charny«, sagte er und kreuzte die Arme, »wie können Sie es wagen, meine Schwester zur Frau zu verlangen?«

Olivier errötete und wich zurück.

»Wollen Sie etwa«, fuhr Philippe fort, »Ihre Liebschaft mit jener Frau besser maskieren, die Ihre Liebe erwidert? Wollen Sie, daß man Sie verheiratet sieht und nicht sagen kann, Sie hätten eine Geliebte? Oder hoffen Sie, als Gatte einer Frau, die jederzeit bei Ihrer Geliebten eintreten kann, selbst dem Gegenstand Ihrer Verehrung näher zu kommen?«

»Mein Herr, Sie überschreiten die Grenzen!«

»Vielleicht tue ich es, um nicht als Ihr Schwager enthüllen zu müssen, was ich von Ihren früheren Liebschaften weiß.«

»Was wissen Sie?« rief Charny erschrocken.

»Ich kenne das Haus des Oberstjägermeisters, das Sie gemietet haben, ich weiß von Ihren geheimnisvollen Spaziergängen im Park von Versailles, von einem zärtlichen Händedruck am Parktor ...«

»Um Himmels willen, mein Herr, Sie wissen nichts! Geben Sie zu, daß Sie nichts wissen!«

»Wie soll ich nichts wissen«, rief Philippe höhnisch, »da ich doch selbst im Gesträuch verborgen war, als Sie am Arm der Königin aus den Apollobädern traten?«

Charny taumelte.

Plötzlich aber raffte er sich auf.

»Nun, mein Herr«, sagte er, »nach allem, was Sie mir da gesagt haben, bitte ich Sie, *Sie* um die Hand von Mademoiselle de Taverney. Wenn ich feige und berechnend wäre, wie Sie eben erst vermuteten, wäre ich doch nicht elender als einer, der vor dem Mann zurückschreckt, welcher das Geheimnis der Königin besitzt. Die Königin muß gerettet werden!«

»Wieso ist sie denn verloren? Weil Herr de Taverney sie am Arm des Herrn de Charny sah, darum ist sie verloren? Weil ich weiß, daß sie Sie liebt? Nein, mein Herr, das ist kein Grund, meine Schwester zu opfern, und ich werde dieses Opfer nicht billigen.«

»Mein Herr, wissen Sie, warum die Königin verloren ist, wenn diese Ehe nicht zustande kommt? Weil der König mich heute morgen, während Herr de Rohan verhaftet wurde, vor der Königin kniend überraschte. Vom eifersüchtigen König befragt, hat die Königin geantwortet, ich knie vor ihr, um die Hand Ihrer Schwester zu erbitten. Darum, mein Herr, ist, wenn ich Ihre Schwester nicht heirate, die Königin verloren. Begreifen Sie jetzt?«

Oliviers Rede wurde zweifach unterbrochen: durch einen Schrei und durch einen Seufzer. Der Schrei kam aus dem kleinen Salon, der Seufzer aus dem Boudoir.

Olivier eilte in das Boudoir. Andrée war, weiß als Braut gekleidet, in Ohnmacht gesunken.

Philippe fand in dem kleinen Salon den Baron, der unter dem Zusammenbruch all seiner Hoffnungen niedergesunken war. Vom Schlag getroffen, hatte der Baron seinen letzten Seufzer getan.

Philippe begriff alles, selbst die Schmach dieses Todes, und kehrte schweigend in den Salon zurück, in dem Charny zitternd das schöne, leblose Mädchen betrachtete, ohne zu wagen, es zu berühren.

Nur mit äußerster Kraft konnte Philippe sich an Herrn de Charny wenden und sagen: »Der Herr Baron de Taverney ist soeben gestorben. Ich bin somit das Oberhaupt der Familie. Wenn Mademoiselle de Taverney am Leben bleibt, werde ich sie Ihnen zur Frau geben.«

Sechsundsiebzigstes Kapitel

Nach dem Drachen die Viper

Wir aber müssen uns wieder jenen Personen unserer Geschichte zuwenden, die vom logischen Ablauf der Handlung und von der historischen Wahrheit einen Augenblick in den Hintergrund gedrängt wurden.

Oliva hatte die Flucht, die sie im Auftrag Jeannes antreten sollte, vorbereitet, als Beausire, der sich noch immer nach Nicole sehnte, durch ein anonymes Schreiben in die Arme seiner Geliebten zurückgeführt wurde; er entführte sie also aus dem Haus Cagliostros, während Herr Reteau de Villette vergeblich an der Ecke der Rue du Roi-Doré wartete.

Um dieses glückliche Paar, um dessen Auffindung Herr de Crosne so besorgt war, bemühte sich auch Madame de La Motte, die alle verläßlichen Diener auf die Suche nach ihnen ausschickte.

Man wird begreifen, daß sie ihr Geheimnis lieber selber wahren, als in fremde Hände legen wollte, und um die Gefahren zu bestehen, die jetzt drohten, bedurfte sie der Sicherheit, daß Nicole unauffindbar bliebe.

Sie geriet also in unbeschreibliche Angst, als ihr nur berichtet werden konnte, alle Nachforschungen seien vergeblich gewesen. Gleichzeitig wurde ihr Befehl auf Befehl überbracht, sie möge bei der Königin erscheinen.

Verschleiert und bei Nacht hatte Madame de La Motte sich nach Bar-sur-Aube begeben, wo sie ein Absteigequartier unterhielt, und jetzt nahm sie sich endlich Zeit, ihre Lage gründlich zu durchdenken. Sie gewann zwei Tage Zeit und mit dieser Frist die Kraft, das Gebäude ihrer Verleumdungen zu befestigen.

Der König und die Königin erfuhren von ihrem Aufenthalt in Bar-sur-Aube erst, als sie bereits zum Kampf gerüstet war. Jetzt erfuhr Jeanne auch von der Verhaftung des Kardinals.

Eine andere Frau wäre unter diesem Schlag vielleicht zusammengebrochen. Aber Jeanne begriff nur, daß sie jetzt niemand mehr zu schonen hatte. Was bedeutete die Freiheit, in eine Waagschale geworfen, auf der Leben und Tod gewogen wurden?

Die Königin hat ihre Schiffe verbrannt, dachte sie, aber sie kann ihre Vergangenheit nicht austilgen. Sie lehnt es ab, sich mit dem Kardinal zu vergleichen und die Juweliere zu bezahlen: das bedeutet, sie hat *contra* angesagt. Sie unterschätzte die Kräfte, die mir zu Gebote stehen.

So weit war Jeanne, als ein Bote bei ihr vorsprach und ihr mitteilte, er sei beauftragt, sie an den Hof zurückzugeleiten.

Man stelle sich den Hochmut, den Stolz und das Selbstbewußtsein der Königin vor, als sie diesem Dämon gegenüberstand, den sie noch immer nicht ganz kannte, dessen verhängnisvollen Einfluß sie aber bereits zu ahnen begann. Man stelle sich Marie-Antoinette vor, die eben eine Liebe verloren, dem Ärgernis geopfert hatte, Marie-Antoinette, niedergeschmettert durch die Schmach einer Anklage, die sie nicht widerlegen konnte, Marie-Antoinette, endlich dabei, den Fuß auf den Kopf der Schlange zu setzen, die sie gebissen hatte!

Die Königin eröffnete die Unterredung erst, nachdem sie zwei ihrer Hofdamen gebeten hatte einzutreten.

Gut, dachte Jeanne, das sind zwei Zeugen, die bald hinausgeschickt werden.

»Ach, da sind Sie ja, Madame«, rief die Königin, »hat man Sie endlich gefunden?!«

Jeanne verneigte sich.

»Sie sind also geflohen? Oder wie nennen Sie diese überstürzte Abreise?«

»Nun, ich habe Paris verlassen, es ist wahr, Madame.«

»Ohne meine Erlaubnis?«

»Ich befürchtete, Ihre Majestät werde mir den kleinen Urlaub nicht bewilligen, den ich benötigte, um gewisse Angelegenheiten in Bar-sur-Aube zu erledigen. Übrigens muß ich offen gestehen, daß ich mich nicht für so unentbehrlich hielt ... darum habe ich Eure Majestät nicht von meiner kurzen Abwesenheit in Kenntnis gesetzt.«

»Ach, Sie haben wohl recht, Madame. Aber warum sollten Sie befürchten, daß ich Ihren Urlaub nicht bewilligte? Nehmen Sie hier etwa eine Stelle ein?«

In diesen letzten Worten lag so viel Verachtung, daß Jeanne sich bezähmen mußte, bevor sie demütig antworten konnte:

»Madame, ich nehme hier keine Stelle ein, aber Eure Majestät hatten mich mit einem so kostbaren Vertrauen beehrt, daß ich mich durch meine Dankbarkeit mehr verpflichtet glaubte, als andere durch ihre Pflicht sein mögen.«

Jeanne hatte lange gesucht, bis sie das Wort »kostbares Vertrauen« gefunden hatte, und jetzt klammerte sie sich daran.

»Was dieses Vertrauen betrifft«, sagte die Königin verächtlich, »wollen wir die Rechnung gleich in Ordnung bringen. Haben Sie den König bereits gesehen?«

»Nein, Madame.«

»Sie werden ihn sehen.«

Jeanne verneigte sich.

Die Königin suchte sich zu beruhigen, um das Verhör geschickt einleiten zu können.

Jeanne benutzte diese Frist.

»Mein Gott«, rief sie, »wie streng ist Eure Majestät zu mir. Ich zittere ...«

»Sie sind noch nicht am Ende«, erwiderte die Königin schroff, »wissen Sie, daß Herr de Rohan in der Bastille ist?«

»Man hat es mir gesagt, Madame.«

»Und Sie erraten wohl auch, warum?«

Jeanne sah die Königin fest an, dann wandte sie sich nach den beiden Hofdamen um, als ob diese sie störten.

»Ich weiß es nicht, Madame.«

»Aber Sie wissen doch wenigstens, daß Sie mir von jenem Halsband gesprochen haben, nicht wahr?«

»Allerdings, Madame.«

»Habe ich das Arrangement, das Sie mir vorschlugen, abgelehnt oder angenommen?«

»Eure Majestät hat es abgelehnt.«

Die Königin war erstaunt und befriedigt zugleich.

»Eure Majestät hat mir eine Anzahlung von zweihundertfünfzigtausend Francs ausgehändigt«, fuhr Jeanne fort. »Dann hat Sie, da Herr de Calonne kein Geld flüssigmachen konnte, das Etui den Juwelieren Boehmer & Bossange zurückgesandt.«

»Durch wen?«

»Durch mich.«

»Und was haben Sie getan?«

Jeanne fühlte die Bedeutung der Worte, die sie jetzt äußern würde.

»Ich habe die Juwelen dem Herrn Kardinal gegeben«, sagte sie langsam.

»Dem Herrn Kardinal? Und warum nicht den Juwelieren?«

»Madame, weil Herr de Rohan an dieser Sache so sehr interessiert war, daß ich ihn zu verletzen fürchtete, wenn ich ihm nicht Gelegenheit bot, in der Angelegenheit selbst eine Entscheidung zu treffen.«

»Und wie kommt es, daß Sie von den Juwelieren eine Quittung erhalten haben?«

»Herr de Rohan hat mir diese Quittung ausgehändigt.«

»So ist es also immer wieder Herr de Rohan, der sich in meine Angelegenheiten mischt.«

»Ich weiß weder, was Eure Majestät damit sagen will, noch ob Herr de Rohan sich in Ihre Angelegenheiten gemischt hat.«

»Ich sage Ihnen, daß die Quittung der Juweliere falsch ist!«

»Falsch? Madame!«

»Auch die angebliche Schuldverschreibung von mir ist gefälscht!«

»Oh!«

»Und ich sage Ihnen schließlich, daß Sie mit Herrn de Rohan konfrontiert werden sollen, damit endlich Licht in diese Sache kommt!«

»Aber wer wünscht denn, daß ich mit dem Herrn Kardinal konfrontiert werde?«

»Er selbst, er läßt Sie überall suchen. Er will Ihnen, wie er sagt, beweisen, daß Sie ihn hintergangen haben.«

»Ach, wenn dem so ist, verlange *ich* die Konfrontation.«

»Sie wird stattfinden, das können Sie mir glauben. Sie leugnen also zu wissen, wo das Halsband ist?«

»Wie soll ich es wissen?«

»Sie leugnen auch, den Kardinal in gewissen Intrigen unterstützt zu haben?«

»Eure Majestät hat das Recht, mir Ihre Gnade zu entziehen. Aber nicht, mich zu beleidigen. Ich bin eine Valois.«

»Der Kardinal behauptet auch, mir geschrieben zu haben.«

Jeanne hielt den Blick der Königin ruhig aus, ohne zu antworten.

»Verstehen Sie mich?« fragte die Königin, »warum antworten Sie nicht?«

»Ich werde antworten, wenn man mich dem Herrn Kardinal gegenüberstellt.«

»Wenn Sie etwas wissen, dann helfen Sie uns, indem Sie es uns sagen.«

Wieder warf Jeanne den beiden Hofdamen einen Blick zu. Die Königin begriff, gab aber nicht nach. In den Andeutungen Jeannes, in ihrer Demut und Frechheit, die sich seltsam in ihrem Betragen mischten, war das Bewußtsein einer Sicherheit zu ahnen, die nur aus dem Besitz eines Geheimnisses entspringen kann. Dieses Geheimnis hätte die Königin vielleicht durch Milde erlangen können, aber sie wies dieses Mittel als ihrer unwürdig zurück.

»Herr de Rohan ist in die Bastille geschickt worden, weil er zu viel gesprochen hat. Hüten Sie sich, Madame, daß Ihnen nicht das gleiche widerfährt, weil Sie schweigen!«

Jeanne trieb sich die Nägel ins Fleisch, aber sie lächelte.

»Ein reines Gewissen scheut die Verfolgung nicht«, sagte sie. »Kann die Bastille mich eines Verbrechens überführen, das ich nicht begangen habe?«

»Sie wollen also sprechen?«

»Ich habe niemand etwas zu sagen, Madame, außer Ihnen allein!«

»Ach, wären wir so weit? Sie wollen geschlossene Türen? Sie scheuen den Skandal des Geständnisses, nachdem Sie mir den Skandal des öffentlichen Verdachtes auferlegt haben?«

Jeanne richtete sich auf.

»Sprechen wir nicht mehr davon«, sagte sie. »Was ich getan habe, habe ich für Sie getan!«

»Das ist unverschämt!«

»Ich ertrage ehrfürchtig diese Beleidigungen.«

»Sie werden heute nacht in der Bastille schlafen, Madame de La Motte.«

»Mag sein, Madame, aber bevor ich einschlafe, werde ich, wie immer, zu Gott beten, er möge die Ehre und das Glück Eurer Majestät bewahren.«

Wütend sprang die Königin auf, eilte in das Nebenzimmer und schlug die Tür heftig hinter sich zu.

Siebenundsechzigstes Kapitel

Herr de Crosne triumphiert

In der Tat wurde Madame de La Motte auf Befehl der Königin in die Bastille gebracht.

Der König, der diese Frau instinktiv haßte, erfuhr von ihrer Einsperrung mit großer Freude. Der Prozeß wurde mit allem Eifer vorbereitet, den ruinierte Kaufleute, die sich aus der Verlegenheit ziehen wollen, Angeklagte, die sich reinzuwaschen wünschen, und volkstümliche Richter aufwenden, wenn die Ehre und das Leben einer Königin in ihre Hände gegeben ist.

Ein Aufschrei ging durch ganz Frankreich.

Seit Herr de Rohan in der Bastille war, verlangte er Madame de La Motte gegenübergestellt zu werden. Jetzt konnte ihm diese Genugtuung gewährt werden. Übrigens lebte der Prinz in der Bastille wie ein vornehmer Herr in einem Mietshaus, und mit Ausnahme der Freiheit wurde ihm alles bewilligt, was er verlangte.

Auch ging dieser Prozeß, wenn man den Stand der in ihn verwickelten Personen in Betracht zog, um geringfügige Dinge. Man wunderte sich, einen Rohan des Diebstahls beschuldigt zu sehen. Der Gouverneur und die Offiziere der Bastille bezeigten dem Kardinal alle Ehrfurcht und Sympathie, die man dem Unglück schuldet. Ihnen galt er nicht als Angeklagter, sondern als Opfer höfischer Intrigen.

Bald verbreitete sich diese Ansicht auch in der Öffentlichkeit. Jetzt brachte man dem Prinzen nicht mehr nur Sympathien entgegen, man ergriff sogar begeistert seine Partei. Herr de Rohan, einer der Vornehmsten des Reiches, begriff nicht, daß die Liebe des Volkes sich ihm zuwandte, weil er von einer noch höheren Macht verfolgt wurde. Er, dieses letzte Opfer des Despotismus, war, ohne es zu ahnen, einer der ersten Revolutionäre von Frankreich.

Seine Unterredung mit Madame de La Motte förderte ein seltsames Ergebnis zutage. Die Gräfin verlangte, mit dem Kardinal allein zu sprechen. Man verweigerte es ihr, ließ aber zu, daß der Rechtsbeistand des Kardinals mit ihr eine Unterredung hatte. Sie sagte, sie wisse nicht, was aus dem Halsband geworden sei, doch habe man es ihr mit Fug und Recht schenken können. Als der Rechtsbeistand empört aufschrie, fragte sie ihn, ob der Dienst, den sie der Königin und dem Kardinal geleistet habe, nicht eine Million wert sei.

Der Anwalt hinterbrachte diese Worte dem Kardinal, der tödlich erblaßte und ahnte, daß er in die Schlinge gegangen war.

Einen Augenblick dachte er daran, sich nicht länger zu verteidigen, da er fürchten mußte, die Königin zu ruinieren, aber seine Freunde drängten ihn, den Kampf auszutragen. Sie gaben ihm zu bedenken, daß seine Ehre auf dem Spiel stand und daß seine Unschuld ohne einen formellen Freispruch nicht erwiesen werden konnte.

Sollte aber seine Unschuld zutage kommen, so mußten die Beziehungen des Kardinals zur Königin öffentlich erörtert werden.

Jeanne erklärte, daß sie niemals ein Wort gegen die Königin äußern werde; wenn man ihr aber die Verantwortung für das Halsband auflaste, würde sie beweisen, daß die Königin und der Kardinal interessiert seien, sie der Lüge zu beschuldigen.

Als man diese Äußerungen Herrn de Rohan überbrachte, erklärte der Prinz, er verstehe das Betragen Jeannes bis zu einem gewissen Punkt, das der Königin aber gar nicht. Diese Äußerung kam Marie-Antoinette zu Ohren und brachte sie außer Rand und Band. Sie verlangte, daß die Aufmerksamkeit der Untersuchungsrichter sich vornehmlich diesen geheimnisvollen Punkten zuwende. Jetzt wurden die nächtlichen Zusammenkünfte ans Tageslicht gezogen und der Neugier aller Verleumder und Sensationsjäger preisgegeben.

Sooft man Jeanne in Verlegenheit brachte, zog sie sich auf eine Erklärung zurück: »Man möge mich in Ruhe lassen, wenn man nicht will, daß ich zuviel sage!«

Diese Andeutungen verschafften ihr schließlich beinahe den Ruf einer Heldin und brachten die Fäden der Untersuchung in ein furchtbares Gewirr. Selbst die emsigsten Aktenschnüffler zitterten, und kein Untersuchungsrichter wollte in Zukunft mit der Gräfin zu tun haben.

Hatte der Kardinal in einer Anwandlung von Schwäche einem Vertrauten gestanden, was er das Geheimnis seiner Liebe nannte? Wir wissen es nicht und muten es diesem Mann, dessen Herz edel war, nicht zu. Tatsache aber ist, daß Gerüchte über seine Begegnungen mit der Königin umgingen. Alles, was der Graf de Provence gesagt, was Charny und Philippe gesehen hatten, wurde der Menge bekanntgegeben. Man wird erraten, daß die Königin keine Verteidiger fand. Jetzt war es nicht mehr die Frage, ob die Königin das Halsband gestohlen hatte, jetzt verlangte man zu wissen, ob sie es durch jemand hatte stehlen lassen, der die Geheimnisse ihres Ehebruches kannte.

So weit hatte Madame de La Motte es gebracht. Schon sah sich die Königin in die Enge getrieben und glaubte, keinen anderen Ausweg mehr offen zu sehen als die Schmach.

In diesem Stadium des Prozesses traf die Nachricht ein, daß Oliva in dem ländlichen Retiro, das Beausire gewählt hatte, entdeckt und verhaftet worden war. Beausire seinerseits war, vielleicht, weil die Agenten ihn für minder wichtig hielten, vielleicht, weil sie sich seinen Bestechungsversuchen zugänglich gezeigt hatten, entkommen.

Man errät, welche Wirkung diese Nachricht auf Herrn de Crosne ausübte.

Nachdem er sich vergnügt die Hände gerieben hatte, begab er sich in einem Wagen, dem ein zweiter, hermetisch verschlossener folgte, nach Versailles.

Er ließ die beiden in Trianon vorfahren und verlangte, der Königin gemeldet zu werden. Marie-Antoinette, die seit einem Monat der Polizei eine besondere Aufmerksamkeit schenkte, entsprach seiner Bitte sofort. Nur von einer Hofdame begleitet, erschien sie in ihrem Lieblingshaus.

Als Herr de Crosne bei ihr eingeführt wurde, erkannte sie an seiner strahlenden Miene sofort, daß er gute Nachricht brachte. Die arme Frau hatte seit geraumer Zeit nichts als düstere und zurückhaltende Mienen zu sehen bekommen.

Der Beamte küßte ihre Hand. »Madame«, sagte er, »verfügen Sie in Trianon über einen Raum, von dem aus Sie sehen können, ohne gesehen zu werden?«

»Doch, meine Bibliothek; ich habe Löcher in die Wandtäfelung bohren lassen, denn ich pflegte in dem Salon nebenan mit Madame de Lamballe und Mademoiselle de Taverney das Frühstück einzunehmen, und dann vergnügten wir uns damit, die wütenden Grimassen des Abbé Vermond zu beobachten, die er schnitt, sooft ihm ein Pamphlet in die Hände fiel, in dem von ihm die Rede war.«

»Das trifft sich gut, Madame. Ich habe im Hof einen Wagen, den ich ins Schloß hereinbringen möchte, ohne daß seine Insassen von jemand anders als Eurer Majestät bemerkt werden.«

»Nichts ist leichter als das. Wo ist der Wagen?«

»Im Vorhof, Madame.«

Die Königin schellte. Ein Diener trat ein.

»Lassen Sie den Wagen, den Herr de Crosne Ihnen bezeichnen wird, in das große Vestibül einfahren, und verschließen Sie das Haupttor, damit es dunkel wird. Niemand soll vor mir die seltsamen Personen sehen, die Herr de Crosne mir zuführt.«

Der Befehl wurde vollzogen. Man wußte die Launen der Königin mehr zu respektieren als ihre Befehle.

»Und nun, Madame«, sagte Herr de Crosne, »wollen Sie in Ihren Salon treten und Befehl erteilen, daß man meinen Beamten mit der Person, die er geleitet, in die Bibliothek führe.«

Einige Minuten später stand die Königin klopfenden Herzens an ihrem Beobachtungsposten. Sie sah eine verschleierte Gestalt die Bibliothek betreten; der Beamte Herrn de Crosnes nahm ihr den Schleier ab, und die Königin stieß einen Schrei des Schreckens aus. Sie sah Oliva, die eines der Lieblingskostüme Marie-Antoinettes trug. Es war ein grünes Kleid mit breiten schwarzen Moirébändern. Die Frisur, die Ringe und sogar die grünen Atlasschuhe mit den hohen Absätzen waren ganz nach dem Vorbild der Königin gewählt. Die Frau, die da vor ihr stand, war Marie-Antoinette selbst, allerdings ohne das Cäsarenblut, an dessen Stelle jener plebejische Saft getreten war, der die Wollüste eines Beausire zu erregen vermochte.

Die Königin glaubte sich in einem Spiegel zu sehen. Sie verschlang diese Erscheinung mit den Augen.

»Was sagt Majestät zu dieser Ähnlichkeit?« fragte Herr de Crosne hochbefriedigt.

»Ich sage ... Ach, Olivier, warum sind Sie nicht hier?«

»Wie beliebt?«

»Ich danke Ihnen, Herr de Crosne«, sagte sie schnell. »Aber was wird man mit dieser Frau tun?«

»Ihr schreibt man alles zu, was in dieser Sache verbrochen worden ist.«

»Und wie steht es mit Herrn de Rohan?«

»Herr de Rohan ist vollkommen ahnungslos.«

»Oh«, rief die Königin und verbarg ihr Gesicht in den Händen, »diese Frau ist der ganze Irrtum des Kardinals. Jetzt sehe ich es wohl.«

»Wenn sie der Irrtum des Kardinals ist, Madame, so ist sie doch auch das Verbrechen eines anderen.«

»Suchen Sie gut, mein Herr, Sie haben die Ehre der französischen Dynastie in Ihren Händen.«

»Eure Majestät mag überzeugt sein, daß Sie in meinen Händen gut aufgehoben ist.«

»Und wie steht der Prozeß?«

»Er ist im Gang. Alle leugnen, aber ich erwarte nur einen günstigen Augenblick, um dieses Argument, das wir in Ihrer Bibliothek verwahren, in die Diskussion zu werfen.«

»Und Madame de La Motte?«

»Sie weiß nicht, daß ich dieses Mädchen gefunden habe, und beschuldigt Herrn de Cagliostro, er habe dem Kardinal den Kopf verdreht.«

»Was hat Herr de Cagliostro damit zu tun?«

»Ich habe Herrn de Cagliostro zur Rede stellen lassen, und er hat mir versprochen, heute morgen bei mir zu erscheinen.«

»Sie glauben also, daß er uns wertvolle Aufschlüsse geben kann?«

»Ich bin davon überzeugt. Madame de La Motte wohnte in der Rue Saint-Claude, und Herr de Cagliostro ist der Besitzer des Nebenhauses.«

»Und daraus schließen Sie …?«

»Wenn es ein Geheimnis in einem dieser Häuser gegeben hat, dürfte dieses Geheimnis beiden gehören. Aber verzeihen Sie, Madame, die Stunde naht, zu der ich Herrn de Cagliostro in Paris erwarte, und ich möchte ihn um keinen Preis der Welt verpassen.«

»Dann gehen Sie, Herr de Crosne, und seien Sie versichert, daß ich Ihre Bemühungen zu danken weiß.«

Unverzüglich kehrte Herr de Crosne nach Paris zurück, wo Herr de Cagliostro ihn bereits erwartete.

Der Graf hatte inzwischen die Verbindung mit Beausire, der – wir sagten es schon – sich von den Agenten losgekauft hatte, wieder aufgenommen und sogar erreicht, daß der heißblütige Liebhaber durch Vermittlung seiner neuen Freunde, der Polizeispitzel, mit Oliva in Fühlung blieb.

Herr de Crosne seinerseits wußte von Cagliostro alles, was ein tüchtiger Polizeipräfekt von einem in Frankreich ansässigen Mann wissen kann, und das will nicht wenig besagen. Er kannte seine früheren Namen, wußte von seinem geheimnisvollen Wirken als Alchimist, Magnetiseur und Wahrsager, kannte auch seine Ansprüche auf ein schier märchenhaftes Alter und hielt ihn, alles in allem genommen, für einen vornehmen Scharlatan.

Herr de Crosne war nicht ein Mann, dem man, wie etwa Herrn de Rohan, Louisdors anbieten konnte, die man aus dem hermetischen Ofen zog.

Der Polizeipräfekt war sich dieses Vorteiles bewußt, und auch Cagliostro begriff die Peinlichkeit der Lage, aus der er sich befreien mußte. Er ahnte, daß sein Gegner in ihm nur den Scharlatan, nicht den Forscher begriff. An den Steinen, welche die Philosophie auf den Weg der Monarchie streute, nahmen so viele Leute nur Anstoß, weil sie wie Blinde über sie stolperten.

Herr de Crosne erwartete von Cagliostro Mitteilungen über das Halsband und über die Intrigen Jeannes. Dies war seine Schwäche. Doch hatte er das Recht zu fragen, ja sogar in Untersuchungshaft zu sperren, und das war sein Vorteil.

Er empfing den Grafen also wie ein Mann, der sich seiner Bedeutung bewußt ist, es aber nicht an Höflichkeit fehlen läßt, nicht einmal gegen ein Phänomen der okkultistischen Wissenschaften.

Cagliostro seinerseits war auf der Hut. Er wollte Edelmann bleiben, sich zu der einzigen Schwäche bekennen, die er nicht verhehlen zu müssen glaubte.

»Mein Herr«, redete der Polizeipräfekt ihn an, »Sie haben eine Unterredung mit mir verlangt. Ich komme eigens aus Versailles hierher, um sie Ihnen zu gewähren.«

»Nun, Herr Präfekt, ich dachte, Ihnen läge daran, mich zu befragen, und als ein Mann, der die ganze Wichtigkeit Ihres Amtes zu ermessen vermag, bin ich selbst hierhergeeilt.«

»Ich Sie befragen?« fragte der Beamte, der sich überrascht stellte. »Und worüber?«

»Mein Herr«, antwortete Cagliostro, »Sie beschäftigen sich gerade mit Madame de La Motte und dem Verschwinden jenes Halsbandes.«

»Sie haben es gefunden?« fragte Herr de Crosne fast spöttisch.

»Nein, aber ich weiß wenigstens, daß Madame de La Motte in der Rue Saint-Claude wohnte.«

»Ihnen gegenüber, das wußte ich auch.«

»Nun, dann wissen Sie auch, was Madame de La Motte getan hat. Sprechen wir also nicht weiter davon.«

»Doch, wir wollen davon sprechen.«

»Ach, alles das hatte ja nur Bedeutung, sobald es sich auf die kleine Oliva bezog; da Sie aber über Madame de La Motte so gut informiert sind, habe ich Ihnen wohl kaum mehr etwas mitzuteilen.«

Bei dem Namen Olivas war Herr de Crosne zusammengefahren.

»Von wem sprechen Sie da?« fragte er, »wer ist Oliva?«

»Sie kennen sie nicht? Das wundert mich allerdings zu hören. Nun, stellen Sie sich ein sehr hübsches, junges Mädchen vor … blaue Augen, ein feingeschnittenes Gesicht … eine Schönheit, die ein wenig an die Ihrer Majestät der Königin erinnert.«

»Ach! Und was weiter?«

»Diesem Mädchen ging es schlecht. Mir tat das leid. Sie hatte seinerzeit bei einem alten Freund von mir, bei Herrn de Taverney, gedient … bei dem Baron, der unlängst gestorben ist. Auch hatte sie im Dienst eines gelehrten Mannes gestanden, den Sie nicht kennen, Herr Polizeipräfekt, und der ... Aber, ich schweife vom Thema ab. Nun, dem Mädchen ging es schlecht, wie ich Ihnen bereits zu sagen die Ehre hatte. Sie litt beinahe Elend und lebte mit einem Kerl, einem Liebhaber, der sie bestahl und prügelte – so recht ein gewöhnlicher Gauner ... Sie müßten ihn eigentlich kennen ...«

»Sollten Sie einen gewissen Beausire meinen?« fragte der Beamte, sehr befriedigt, sich informiert zu erweisen.

»Ach, Sie kennen ihn, das ist ja erstaunlich. Nun, eines Tages, als dieser Beausire die Kleine schlimmer bestohlen und verprügelt hatte als je, da floh sie zu mir und stellte sich unter meinen Schutz. Ich bin gutmütig, ich stellte ihr einen Winkel in einem meiner Häuser zur Verfügung.«

»In einem Ihrer Häuser?!«

»Gewiß! Ich bin doch Junggeselle«, sagte Cagliostro und lachte treuherzig.

»Also bei Ihnen war das Mädchen! Darum haben meine Agenten sie vergeblich gesucht.«

»Gesucht? Man hat die Kleine gesucht? Hat sie denn etwas auf dem Gewissen?«

»Nein, mein Herr, aber fahren Sie fort, bitte.«

»Mein Gott, ich bin auch schon am Ende meiner Weisheit. Ich habe sie in einem meiner Häuser untergebracht, das ist alles.«

»Wie kann das alles sein? Sie selbst brachten den Namen dieser Oliva mit dem der Madame de La Motte in Verbindung.«

»Nun ja, sie waren Nachbarinnen.«

»Sie flößen mir mehr Interesse ein, Herr Graf, als Sie glauben; ich habe diese Oliva, von der Sie sagen, Sie hätten sie bei sich untergebracht, in der Provinz aufgestöbert.«

»Und gefunden?«

»Mit Herrn de Beausire ...«

»Ach, dachte ich mir's doch! Ausgezeichnet! Dann habe ich Madame de La Motte allerdings etwas abzubitten. Ich hatte sie nämlich schon im Verdacht ... Sehen Sie, in dem Augenblick, als ich gerade soweit war, diese Oliva einigermaßen gebessert zu glauben … ich wollte sie wieder der Arbeit und der Ehrbarkeit zuführen, denn ich bin ein Moralist, mein Herr … nun, in diesem Augenblick kam jemand und entführte sie mir.«

»Wie seltsam!«

»Finden Sie nicht auch? Und ich hätte Gift darauf genommen, daß es Madame de La Motte war! Wie voreilig man sich ein Urteil bildet, wie?«

Herr de Crosne näherte sich Cagliostro. »Seien Sie klarer, bitte.«

»Ach, mein Herr, jetzt, da Sie Oliva und Beausire gefunden haben, brauche ich nicht mehr an Madame de La Motte, an ihre Signale und Briefchen zu denken.«

»Ach, Madame de La Motte und Oliva hatten sich verständigt? Sie besuchten sich wohl gar?«

»Madame de La Motte hatte ein Mittel ausfindig gemacht, Oliva jede Nacht ausgehen zu lassen.«

»Das wissen Sie bestimmt?«

»So bestimmt, wie man etwas weiß, wovon man sprechen hörte.«

»Dann will ich mir nur noch die Ehre herausnehmen, Sie etwas zu fragen. Besitzen Sie Beweise dafür, daß Madame de La Motte mit Oliva korrespondierte?«

»Hundert! Ich besitze Briefchen, die Madame de La Motte mit Hilfe einer Armbrust auf den Balkon meines Hauses schleuderte. Einige dieser Briefe, die um Bleikugeln gewickelt waren, haben ihr Ziel verfehlt und fielen auf die Straße. Dort wurden sie von Leuten, die in meinem Dienst stehen, aufgelesen.«

»Und Beweise für die nächtlichen Verabredungen?«

»Tausend!«

»Einen einzigen, ich flehe Sie an!«

»Sie sollen einen guten haben. Madame de La Motte hatte sich Zutritt in mein Haus verschafft. Ich selbst habe sie an dem Tag, an dem die junge Frau verschwand, dort ertappt, und alle meine Bedienten haben sie gesehen.«

»Ach! Und was wollte sie da, nachdem Oliva verschwunden war?«

»Das habe ich sie auch gefragt, und sie konnte mir keine Erklärung geben. Sie war in einer Postchaise vorgefahren, die an der Ecke der Rue du Roi-Doré wartete. Meine Leute haben beobachtet, daß dieser Wagen dort lange stand, und so bin ich auf den Gedanken gekommen, daß Madame de La Motte ihrerseits Pläne mit Oliva hatte.«

»Und was sagte Madame de La Motte, als sie Oliva nicht mehr bei Ihnen fand?«

»Sie zeigte sich recht beunruhigt.«

»Und an welchem Tag wurde Oliva entführt?«

»Ach, darin kann ich mich nicht täuschen. Es war der Abend vor dem Sankt-Ludwigs-Tag.«

»So ist es! So ist es!« rief der Polizeipräfekt. »Mein Herr, Sie haben dem Staat einen großen Dienst geleistet, und wir werden Ihnen zu danken wissen. Dürfen wir darauf hoffen, daß Sie uns die Beweisstücke, die Sie erwähnten, übergeben werden?«

»Herr Präfekt, ich werde der Justiz in allem gehorchen.«

»Nun, dann nehme ich Sie beim Wort. Auf Wiedersehen!«

Achtundsiebzigstes Kapitel
Der Prozeß

Während Herr de Crosne mit Cagliostro sprach, erschien Herr de Breteuil auf Befehl des Königs in der Bastille, um Herrn de Rohan zu verhören.

Die Begegnung der beiden Feinde drohte stürmisch zu werden. Doch kannte Herr de Breteuil den Stolz des Kardinals und hatte seinen Rachedurst so weit gestillt, daß er einigermaßen höflich verfahren konnte. Herr de Rohan indessen weigerte sich zu antworten. Der Siegelbewahrer drang in ihn, aber der Kardinal erklärte, er wolle die Maßnahmen abwarten, die das Parlament und die Richter treffen würden.

So mußte Herr de Breteuil sich vor dem unerschütterlichen Willen des Angeklagten beugen. Er ließ Madame de La Motte zu sich rufen, die gerade mit der Abfassung ihrer Memoiren beschäftigt war. Sie gehorchte voll Freude.

Der Siegelbewahrer setzte ihr ihre Lage auseinander, und sie antwortete ihm, daß sie Beweise ihrer Unschuld in den Händen halte, die sie nötigenfalls liefern werde. Darauf erwiderte Herr de Breteuil, daß diese Notwendigkeit wohl bereits eingetreten sei.

Jetzt ließ Jeanne ihn die ganze Fabel hören, die sie ausgeheckt hatte. Sie erklärte, daß sie die volle Wahrheit allerdings erst ans Licht bringen könne, sobald sie dem Kardinal gegenüberstehe.

»Aber der Kardinal schiebt Ihnen die ganze Verantwortung zu«, versicherte Herr de Breteuil.

»Wollen Sie dem Herrn Kardinal erwidern«, sagte Jeanne kalt, »er möge sich – das empfehle ich ihm – nicht länger auf ein so übles Verteidigungssystem verlassen.«

Herr de Breteuil war von diesen Mitteilungen wenig befriedigt. Er wollte Einzelheiten. Um sein logisches Gebäude aufzubauen, wollte er die Ursachen kennenlernen, die den Kardinal zu so großer Verwegenheit gegen die Königin, die Königin zu so großem Zorn gegen den Kardinal gebracht hatten.

Vor allem wünschte er Erklärungen für die Vorfälle, die in den vom Grafen de Provence gesammelten Protokollen erwähnt wurden und bereits in die Öffentlichkeit gedrungen waren.

Der Siegelbewahrer war ein verständiger Mann, der mit dem Charakter einer Frau zu rechnen wußte. Er stellte Madame de La Motte alles in Aussicht, wenn sie Material gegen einen Hauptschuldigen liefere.

»Hüten Sie sich«, sagte er zu ihr, »Sie beschuldigen die Königin, wenn Sie schweigen. Dieses Verfahren wird Ihnen eine Verurteilung wegen Majestätsbeleidigung eintragen und als Strafe: die Schande, den elenden Tod.«

»Ich klage die Königin nicht an«, sagte Jeanne, »aber warum will man alle Schuld auf mich schieben?«

»Liefern Sie doch Material gegen eine bestimmte Person«, beharrte Breteuil, »das ist das beste Mittel, um sich aus der Affäre zu ziehen.«

Die Gräfin aber bewahrte ihr vorsichtiges Schweigen, und so blieb ihre Unterredung mit dem Siegelbewahrer ergebnislos.

Jetzt wurde bekannt, daß die Diamanten in England zum Verkauf standen, wo Reteau verhaftet wurde. Der erste Sturm, den Jeanne auszuhalten hatte, war furchtbar. Mit Reteau konfrontiert, hörte sie diesen Menschen demütig gestehen, er sei ein elender Fälscher, er selbst habe die Quittung über die Diamanten und einen Brief der Königin hergestellt, die Unterschriften der Juweliere und Ihrer Majestät gefälscht. Als man ihn fragte, was ihn zu diesem Verbrechen veranlaßt habe, gestand er, im Dienste von Madame de La Motte gehandelt zu haben.

Die Gräfin war außer sich. Sie verteidigte sich wie eine Löwin. Sie behauptete, Herrn Reteau de Villette nie gesehen zu haben. Aber schon trafen sie zwei neue Schläge. Neue Zeugen erhoben sich gegen sie.

Der eine war ein Droschkenkutscher, den Herr de Crosne aufgetrieben hatte. Er erklärte, er habe an dem von Reteau bezeichneten Tag eine Dame, die wie Madame de La Motte gekleidet war, zur Rue Montmartre gefahren.

Wer konnte an der Vertraulichkeit zwischen den beiden Komplizen länger zweifeln, als ein Biedermann erklärte, er habe am Abend vor dem Sankt-Ludwigs-Tag Herrn Reteau blaß und unruhig auf dem Kutschbock einer Droschke sitzen sehen, aus der eben Madame de La Motte ausgestiegen war.

Dieser Zeuge war übrigens ein Diener des Herrn de Cagliostro.

Als der Name Cagliostro fiel, sprang Jeanne auf und stieß einen Schrei aus. Sie tobte gegen Cagliostro, von dem sie behauptete, er habe durch seine schändlichen Zaubereien den Kardinal de Rohan verrückt gemacht und diesem die »sträflichen Gedanken gegen Ihre Königliche Majestät« eingegeben.

Herr de Rohan verteidigte sich, indem er auch Herrn de Cagliostro entlastete. Sobald von seiner Liebe zur Königin die Rede war, leugnete er hartnäckig.

Herr de Cagliostro seinerseits verlangte, in Haft genommen zu werden, um seine Unschuld dartun zu können, und sein Gesuch wurde bewilligt. Ankläger und Richter gerieten in Feuer, wie das zu geschehen pflegt, sooft die Sonne der Wahrheit aufgeht, und die öffentliche Meinung nahm sofort für den Kardinal und Cagliostro und gegen die Königin Partei.

Jetzt konnte die unglückliche Fürstin nur die Berichte, die man dem König über ihre nächtlichen Promenaden erstattet hatte, veröffentlichen und Herrn de Crosne formell auffordern, zu sagen, was er wußte.

Dieser Schlag, zur guten Stunde geführt, fiel schwer auf Jeanne und drohte sie zu vernichten.

Der Untersuchungsrichter forderte Herrn de Rohan auf, alles zu Protokoll zu geben, was er über diese Promenaden im Park zu Versailles wisse. Herr de Rohan erwiderte, er könne nicht lügen und müsse sich auf das Zeugnis der Madame de La Motte berufen. Jeanne aber erklärte, niemals hätten mit ihrem Wissen und Willen derartige Spaziergänge stattgefunden. Alle Berichte, die anderes besagten, seien elende und verlogene Machwerke.

Diese Erklärung hätte die Unschuld Marie-Antoinettes belegt, wenn irgend jemand bereit gewesen wäre, den Worten einer der Fälschung und des Diebstahls beinahe überführten Frau zu glauben. So aber, da die Rechtfertigung von dieser Seite kam, verlor sie ihre Wirkung.

Als Jeanne gerade am lautesten verkündete, sie sei nie zu nächtlicher Stunde in den Gärten von Versailles gewesen, wurde Oliva ins Treffen geführt, und dieses lebendige Zeugnis zerstörte sofort das ganze Lügengebäude der Gräfin.

Wie war es möglich, daß diese Frau nicht unter den Trümmern begraben wurde? Wie konnte sie sich, schrecklicher und böser als je, von diesem Sturz erheben? Wir können dieses Phänomen nur auf ihre erstaunliche Lebenskraft und auf die Voreingenommenheit zurückführen, mit der man allenthalben der Königin begegnete.

Oliva wurde mit dem Kardinal konfrontiert – welch furchtbarer Schlag! Jetzt erst begriff Herr de Rohan, wie schändlich man ihn betrogen hatte. Dieser zarte und edle Mensch mußte entdecken, daß eine Abenteuerin und eine elende Kokotte ihn dazu gebracht hatten, die Königin von Frankreich zu verachten, diese Frau, die er liebte und die vollkommen unschuldig war!

Als Herr de Rohan Oliva, diese Königin von der Straßenecke, sah und sich der Rose, des Händedrucks und der Apollobäder erinnerte, wurde er totenblaß und hätte gewiß bereitwillig sein Blut zu Füßen Marie-Antoinettes vergossen, wenn sie jetzt vor ihm gestanden hätte. Doch auch dieser Trost blieb ihm versagt. Er konnte selbst im Angesicht Olivas nur bekennen, daß seine Liebe der wahren Königin gegolten hatte, und selbst das Geständnis seines Irrtums nahm der Anklage, die gegen ihn erhoben worden war, nicht ihre Wucht. So ließ er Jeanne alles leugnen und schwieg.

»Das beste Mittel«, sagte sie, »um zu beweisen, daß die Königin nicht nachts im Park gewesen ist, bleibt doch dieses! Man zeigt eine Frau, die der Königin ähnlich ist, und behauptet, sie sei im Park gewesen! Bravo!«

Diese schändliche Unterstellung hatte Erfolg. Noch einmal gelang es der Gräfin, die Wahrheit zu entkräften. Als aber Oliva in ihrer naiven Angst alle Einzelheiten bekannte und selbst die nötigen Beweise lieferte, nahm Jeanne ihre Zuflucht zu einem verzweifelten Mittel: sie gestand.

Sie gestand, daß sie den Kardinal nach Versailles geführt habe. Seine Exzellenz sei nicht davon abzubringen gewesen, habe um jeden Preis der Königin die Versicherung seiner ehrfürchtigen Liebe geben wollen.

Jeanne gestand, denn sie wußte, daß sie eine ganze Partei hinter sich hatte, wenn sie endlich das Leugnen aufgab. Sie gestand, weil sie, indem sie die Königin belastete, alle Feinde der Königin zu ihren Verbündeten machte.

So wurden in diesem Prozeß wohl zum zehntenmal die Rollen gewechselt. Jetzt erschien der Kardinal als genasführter Schwächling, Oliva als Hure ohne Poesie und Witz, Jeanne als Intrigantin; eine bessere Rolle ließ sich nicht mehr finden.

Damit dieser gemeine Plan zur Durchführung käme, mußte auch der Königin eine Rolle zugewiesen werden. Man wies ihr die schändlichste, gemeinste zu, die in dieser Komödie unterzubringen war, die einer koketten Person, einer leichtfertigen Frau, die Mystifikationen liebt.

Jeanne erklärte, daß diese Promenaden mit Wissen Marie-Antoinettes stattgefunden hätten, die sich, hinter einem Strauch stehend, halbtot gelacht habe, als sie die verliebten Reden Herrn de Rohans angehört hätte.

Das war die letzte Schanze, hinter der sich die Diebin verbarg, der königliche Mantel, der aus der Ehre Maria Theresias und der Maria Leszczynska gewebt war.

Die Königin unterlag dieser letzten, schändlichsten Beschuldigung, denn sie konnte sie nicht widerlegen. Jeanne, zum Äußersten getrieben, erklärte, sie werde die Liebesbriefe des Kardinals an die Königin, die ja noch in ihrem Besitz waren, veröffentlichen.

Und Oliva, die von Jeanne in den Park geführt worden war, konnte schließlich nicht beweisen, ob jemand hinter einem Busch gelauscht habe oder nicht.

So nahm alles für die Königin einen schlechten Ausgang, weil zu viele Leute Interesse daran hatten, diesen schändlichen Lügen einige Glaubhaftigkeit zu lassen.

Jeanne war durch mindestens zwanzig glaubwürdige Zeugen des Diebstahls überführt, aber sie wollte ihre Schande durch die einer anderen, höheren Person decken. Sie war überzeugt, daß ihr Verbrechen in dem unerhörten Aufsehen, das die Verfehlungen der Königin machen würden, vergessen werden würde.

Diese Berechnung erwies sich als falsch. Aber seltsam, das

Publikum sollte Zeuge eines Prozesses werden, in dem überhaupt niemand unschuldig war, nicht einmal jene, die zu guter Letzt freigesprochen wurden.

Die Begeisterung des Volkes galt vor allem dem Kardinal. Die Männer bewunderten seine Geduld, die Frauen seine Verschwiegenheit. Die Männer mißbilligten es, daß man ihn hintergangen hatte, die Frauen wollten es nicht glauben. Obwohl Oliva leibhaftig vor dem Richterstuhl stand, waren viele Leute überzeugt, daß es sie eigentlich gar nicht gäbe oder daß sie von der Königin nur für diesen Zweck hervorgeholt worden war.

Jeanne kam endlich zu dem Entschluß, einen letzten Schlag zu versuchen und ihre Richter zu beunruhigen, die Anhänger des Kardinals einzuschüchtern und den Haß des Volkes gegen Marie-Antoinette noch mehr aufzustacheln.

Sie beschloß also durchblicken zu lassen, daß sie bis jetzt noch immer die Königin geschont habe, aber zuletzt doch alles enthüllen werde, wenn man sie zum Äußersten treibe. Gegen den Kardinal – so sollte es scheinen – bewahrte sie nur Stillschweigen, weil sie ihm an Zartsinn nicht nachstehen wollte. Im Augenblick aber, da er sprechen würde, sei auch sie ihrer guten Vorsätze entbunden und werde Dinge ans Licht bringen, die ihre vollständige Unschuld und die Wahrheit belegen würden.

Sie schrieb also der Königin einen Brief, der folgendermaßen lautete:

»*Madame!*

So grausam die Lage auch ist, in der ich mich befinde, habe ich mir doch keine einzige Klage entschlüpfen lassen. Alle Winkelzüge, die man versucht hat, um Geständnisse von mir zu erpressen, haben mich nur in meinem Entschluß bestärken können, meine gnädigste Königin niemals bloßzustellen.

Sosehr ich auch überzeugt bin, daß meine Beharrlichkeit und Verschwiegenheit mir zuletzt dazu verhelfen werden, mich aus dieser peinlichen Affäre zu ziehen, muß ich doch bekennen, daß die Bemühungen der Anhänger des Sklaven – so nannte die Königin wohl den Kardinal zur Zeit ihrer Versöhnung – mich zu den schlimmsten Befürchtungen berechtigen.

Eine lange Haft, endlose Konfrontationen, Schande und Verzweiflung, mich eines Verbrechens bezichtigt zu sehen, das ich nicht begangen habe – all das hat meinen Mut erschöpft, und ich muß befürchten, daß meine Standhaftigkeit unter der Wucht all dieser Schläge zusammenbricht.

Madame, könnte doch ein einziges Wort meinen Leiden ein Ziel setzen, und zwar durch Vermittlung des Herrn de Breteuil, der dem Prozeß eine günstige Wendung geben kann, ohne daß Madame auch nur im geringsten bloßgestellt werden. Nur die Furcht, ich könnte schließlich doch noch gezwungen werden, alles zu enthüllen, nötigt mich zu diesem Schritt, den ich heute in der Überzeugung tue, daß Madame meine Motive billigen werden. Ich bin in tiefster Ehrfurcht Eurer Majestät demütigste und gehorsamste Dienerin

Gräfin de Valois de La Motte«

Jeanne hatte, wie man sieht, alles berechnet.

Entweder würde dieser Brief zur Königin gelangen und Marie-Antoinette durch die Hartnäckigkeit, von der er Zeugnis ablegte, einschüchtern, oder, was noch wahrscheinlicher war, er würde sein Ziel verfehlen. Dann war seine Wirkung doppelt günstig.

Jeanne wußte, daß ihre Wächter dem Gouverneur der Bastille und somit Herrn de Breteuil ergeben waren. Sie wußte auch, daß das politische Spekulantentum Frankreichs sich bereits der Halsbandaffäre bemächtigt hatte. Kein Zweifel, der Bote, dem sie die Bestellung dieses Briefes anvertraut hatte, würde ihn, wenn er ihn nicht dem Gouverneur aushändigte, für seine Parteigänger benutzen. Darum hatte sie alles so eingerichtet, daß dieser Brief, in wessen Hände er auch immer geriet, eine Quelle des Hasses und der Respektlosigkeit gegen die Königin werden mußte.

Gleichzeitig richtete sie ein anderes Schreiben an den Kardinal.

»Ich kann nicht begreifen, Monseigneur, warum Sie so hartnäckig darauf bestehen, unklar zu sprechen. Sie täten wohl am besten daran, unseren Richtern vollkommen zu vertrauen. Gewiß würde unser Los sich glücklicher gestalten. Ich für meine Person bin fest entschlossen zu schweigen, wenn Sie mir nicht das Stichwort geben. Aber warum sprechen Sie nicht? Geben Sie doch alle Einzelheiten dieser mysteriösen Affäre kund, und ich schwöre Ihnen, daß ich Ihre Aussagen bestätigen werde. Bedenken Sie nur, Herr Kardinal, daß ich, wenn ich zuerst spreche und Sie mich im Stich lassen, vollends verloren bin und der Rache jener Frau verfalle, die uns zu opfern wünscht.

Von mir aber haben Sie nichts zu fürchten, denn Sie kennen meine Ergebenheit nur zu gut. Sollte indessen sie unversöhnlich sein, so würde Ihre Sache immer die meine sein. Ich wäre zu jedem Opfer bereit, um Sie ihrem Haß zu entziehen, oder die Ungnade, die uns getroffen hat, soll uns vereinen.

PS. Ich habe einen Brief an sie geschrieben, von dem ich hoffe, daß er sie veranlassen wird, wennschon nicht die Wahrheit zu sagen, so doch uns nicht mit ihrem Zeugnis zu erdrücken, da wir uns ja kein anderes Verbrechen vorzuwerfen haben, als unseren Irrtum und unser Schweigen.«

Dieses Meisterwerk übergab sie dem Kardinal anläßlich ihrer letzten Konfrontation mit Herrn de Rohan, und man sah den Kardinal zuerst erröten und dann erbleichen. Er stürzte aus dem Sprechzimmer, um Atem zu schöpfen.

Den Brief an die Königin übergab Jeanne gleichzeitig dem Abbé Lekel, dem Almosenier der Bastille, der zu den Anhängern Rohans zählte.

»Mein Herr«, sagte sie, »Sie können, indem Sie sich zum Überbringer dieser Botschaft machen, das Schicksal des Herrn de Rohan und auch das meine abwenden. Nehmen Sie Kenntnis vom Inhalt dieses Schreibens. Sie sind durch ihr Priesteramt zu Verschwiegenheit verpflichtet. Sie werden sehen, daß ich an die einzige Tür geklopft habe, an der wir, der Kardinal und ich, noch Hilfe fordern dürfen.«

Der Almosenier lehnte ab.

»Ich bin der einzige Priester, den Sie sehen«, sagte er, »und Ihre Majestät wird glauben, daß Sie mir alles gestanden haben und jetzt auf meinen Rat hin schreiben. Ich will mich nicht ins Verderben stürzen.«

»Nun gut«, rief Jeanne außer sich, »dann bestellen Sie Herrn de Rohan, daß mir nur mehr ein einziges Mittel bleibt, meine Unschuld zu beweisen, nämlich die Veröffentlichung der Briefe, die er an die Königin geschrieben hat. Ich selbst sträube mich, das zu tun, aber in unserem gemeinsamen Interesse werde ich mich doch noch dazu aufraffen.«

Als die Gräfin den Almosenier durch diese Drohung eingeschüchtert sah, unternahm sie einen letzten Versuch, ihm ihren Brief an die Königin aufzudrängen. Aber Lekel fühlte das Schreiben kaum in seinen Händen, als er es ihr auch schon zurückreichte, als ob er sich die Finger zu verbrennen fürchte.

»Sie weigern sich«, rief Jeanne wütend, »obwohl ich Ihnen erklärt habe, daß die Veröffentlichung der Briefe den Kardinal auf das Schafott bringt?«

In diesem Augenblick ging die Tür auf, und der Kardinal erschien auf der Schwelle.

»Lassen Sie das Haupt eines Rohan ruhig auf dem Schafott fallen, Madame, die Bastille wird ein solches Schauspiel nicht zum erstenmal sehen«, sagte er. »Doch will ich Ihnen sagen, daß ich dem Schafott keinen Vorwurf machen werde, wenn ich zuerst den Pranger sehen darf, auf dem man Sie als Diebin und Fälscherin brandmarken wird. Kommen Sie, Abbé!«

NEUNUNDSIEBZIGSTES KAPITEL

Das Schemelchen

Madame de La Motte hatte sich in ihren Berechnungen getäuscht. Cagliostro aber war unfehlbar gewesen.

Kaum war er in der Bastille eingesperrt, als er begriff, daß er jetzt den Vorwand erhalten hatte, auf den Untergang der Monarchie hinzuwirken, die er seit Jahren in geheimnisvoller Arbeit unterminiert hatte.

Sicher, keines Verbrechens überwiesen zu werden, klammerte er sich an das Versprechen, das er der Welt gegeben hatte.

Er bereitete das Material zu dem berüchtigten, aus London datierten Brief vor, der einen Monat später erscheinen sollte und in der Tat der erste Stoß des Sturmbockes war, der dereinst die alten Mauern der Bastille zerschmettern und die Revolution eröffnen sollte.

In diesem Brief, in dem Cagliostro den König, die Königin und den Kardinal moralisch erledigte und Herrn de Breteuil als die Personifikation der Beamtentyrannei bloßstellte, drückte er sich folgendermaßen aus:

»Ja, heute sage ich es in voller Freiheit, wie ich es einst schon als Gefangener gesagt habe, daß es kein Verbrechen geben kann, das man nicht durch sechsmonatigen Aufenthalt in der Bastille abbüßte. Fragt mich da jemand, ob ich jemals nach Frankreich zurückkehren werde, so sage ich ganz offen: gewiß, sobald die Bastille eine öffentliche Promenade ist. Gott gebe es! Habt ihr doch alles, Franzosen, um glücklich zu sein. Fruchtbaren Boden, ein mildes Klima, ein warmes Herz, eine bezaubernde Heiterkeit, Genie und Anmut; seid ihr doch unvergleichlich in der Kunst, jedermann zu gefallen, unerreicht in allen anderen Künsten, und fehlt euch doch nur, ihr Freunde, ein einziges, um vollends glücklich zu sein: die Sicherheit, eure Nacht im eigenen Bett zu verbringen, wenn ihr schuldlos seid.«

So kam denn nach langen Debatten endlich der Tag heran, an dem das Gericht seinen Spruch fällen sollte.

Die Angeklagten waren, mit Ausnahme des Herrn de Rohan, in die Conciergerie überführt worden, um dem Sitzungssaal, der bereits um sieben Uhr morgens geöffnet wurde, näher zu sein.

Die Angeklagten hatten gegenüber den Richtern, die unter dem Vorsitz des Ersten Präsidenten d'Aligre amtierten, ihre Taktik bewahrt. Oliva war immer noch naiv und schüchtern, Cagliostro ruhig und überlegen, Villette beschämt und zum Heulen geneigt. Jeanne hatte rasch die Verhältnisse in der Conciergerie studiert und durch den Honig ihrer schmeichlerischen Rede die Sympathie des Hauptschließers gewonnen. So hatte sie sich gewisse Erleichterungen verschaffen können und auch die Verbindung mit der Außenwelt wieder aufgenommen.

Die Plädoyers ergaben nichts wesentlich Neues. Die Diskussion drehte sich noch immer um dieses mit so erstaunlicher Frechheit gestohlene Halsband. Zu entscheiden, wer von den beiden Hauptbeschuldigten der Dieb sei, war die Hauptaufgabe des Prozesses.

Indessen hatte der rasche Geist der Franzosen, der stets und zumal in jenen Zeiten zu Extremen neigte, einen anderen, wichtigeren Prozeß zu führen begonnen, der sich nur hinter den Kulissen dieses ersteren verbarg. Es handelte sich darum, zu erfahren, ob die Königin den Kardinal mit Recht verhaftet und der Unverschämtheit bezichtigt hatte.

Für das politische Frankreich bedeutete dieser zweite Prozeß den wahren Streitfall. Hatte Herr de Rohan sich berechtigt glauben dürfen, der Königin zu sagen, was er ihr gesagt hatte? Hatte er wirklich in ihrem Namen gehandelt? War er der Geheimagent gewesen, den Marie-Antoinette preisgab, als ihre Machenschaften ans Tageslicht kamen?

Der Generalprokurator ergriff das Wort.

Er sprach als Wortführer des Hofes im Namen der mißdeuteten und beleidigten königlichen Würde und plädierte für die Unverletzlichkeit der Majestät. Er ging auch auf den wirklichen

Prozeß ein. Er wollte nicht zugeben, daß die Königin in dieser Halsbandaffäre auch nur einen einzigen Fehler begangen habe. Alle Schuld fiel auf das Haupt des Kardinals.

Er beantragte eine Verurteilung Villettes zu den Galeeren, eine Verurteilung Jeanne de La Mottes zur Brandmarkung, zur Auspeitschung und lebenslänglichem Kerker, die Freisprechung Cagliostros und eine Ortsverweisung Olivas. Dem Kardinal solle aufgegeben werden, seine beleidigende Vermessenheit gegen die Königliche Majestät einzubekennen, und dann solle er vom Hof verbannt und aller seiner Ämter und Würden verlustig erklärt werden.

Dieser Antrag ging so weit, daß der Gerichtshof unentschlossen wurde und die Angeklagten erschraken. Der Wille des Königs kam in ihm so mächtig zum Ausdruck, daß, hätte dieser Prozeß auch nur ein Vierteljahrhundert früher gespielt, die Richter ohne Zweifel über die Anträge des Generalprokurators hinausgegangen wären, um ihren Eifer und Respekt für das damals noch unantastbare Prinzip des Thrones zu bekunden.

Jetzt indessen machten sich nur vierzehn Räte die Anschauungen des Generalprokurators zu eigen, und der Gerichtshof war von diesem Augenblick an in zwei Parteien geteilt.

Man schritt zum letzten Verhör, einer fast zwecklosen Formalität, wenn man bedenken will, daß von diesen Angeklagten nach langem, erbittertem Kampf eine Änderung der Taktik im letzten Augenblick kaum zu erhoffen war. Die Personen, gegen die hier zu Gericht gesessen wurde, forderten weniger ihren eigenen Freispruch als die Verurteilung der Gegenpartei.

Wie üblich sollten die Angeklagten vor den Richtern auf jenem Holzschemel Platz nehmen, einem demütigenden, schmählichen, entehrenden Sitz, der durch die Berührung mit vielen Angeklagten, die von hier aus zum Schafott geschritten waren, geschändet schien.

Auf diesem Schemel nahm zunächst der Fälscher Reteau de Villette weinend und jammernd Platz. Er wiederholte seine Aussagen und bekannte sich der Fälschung und Teilnahme an den Intrigen Jeanne de La Mottes schuldig. Er erklärte, daß er bereue, und sagte, seine Gewissensbisse seien eine so bittere Strafe, daß die Richter sich mit ihr begnügen könnten.

Dieser Angeklagte interessierte niemand. Er wurde bald wieder entlassen und heulend und jammernd in seine Zelle in der Conciergerie zurückgeführt.

Jetzt erschien Madame de La Motte, von dem Gerichtsschreiber Frémyn begleitet. Sie trug eine kurze Mantille und darunter ein Kleid aus Linonbatist, dazu eine Haube aus Seidengaze ohne Bänder. Auch ihr Gesicht war durch einen weißen Schleier verhüllt. Ihre Haare waren ungepudert.

Sofort wandte sich die Aufmerksamkeit der Zuhörer ihr zu. Schon hatte sie die ersten Beleidigungen zu ertragen gehabt – man hatte sie über die kleine Treppe geführt wie einen gemeinen Verbrecher. Die Bewegung, die jetzt durch die Menge ging, beunruhigte sie. Der Gerichtsschreiber führte sie rasch zu dem kleinen Schemel, der dem Block auf einem Schafott nicht unähnlich war. Als diese Frau, die sich mit Stolz Valois nannte und das Schicksal einer Königin von Frankreich in ihren Händen gehalten hatte, diesen Schemel sah, erbleichte sie und blickte zornig um sich, als ob sie die Richter einschüchtern wollte, die wagten, ihr diese Beleidigung zuzufügen. Doch begegnete sie überall ringsum nur festem Willen und erbarmungsloser Neugierde. Sie drängte also ihre Empörung zurück und setzte sich.

Auch bei diesem Verhör verstand sie es, alle ihre Antworten so zu formulieren, daß die Feinde der Königin aus dem Wortlaut Nutzen ziehen konnten. Sie vermied präzise Angaben, soweit sie nicht ihre Unschuld beteuerte, und nötigte den Präsidenten schließlich, eine Frage über jene Briefe an sie zu richten, von denen sie behauptet hatte, daß sie zwischen dem Kardinal und der Königin gewechselt worden seien.

Die Antwort, die sie dieser Frage zudachte, sollte allen Giftes voll sein, das diese Schlange zu verspritzen hatte.

Jeanne beteuerte zunächst, daß sie die Königin nicht bloßzustellen wünsche, und erklärte dann, nur der Kardinal könne auf diese Frage eine vollgültige Antwort geben.

»Fordern Sie ihn doch auf«, sagte sie, »diese Briefe oder wenigstens Abschriften vorzulegen, dann wird Ihre Neugierde befriedigt werden. Ich für mein Teil will mich nicht darüber äußern, ob diese Briefe vom Kardinal der Königin oder von der Königin dem Kardinal geschrieben wurden. Ich finde die einen zu frei und zu vertraulich von einer Fürstin an einen Untertan, die anderen zu unehrerbietig von einem Untertan an seine Königin.«

Das eisige Schweigen, mit dem dieser letzte Angriff beantwortet wurde, mußte Jeanne beweisen, daß sie ihren Feinden nur Entsetzen, ihren Parteigängern Schrecken und den unparteilichen Richtern Mißtrauen eingeflößt hatte. Dennoch erhob sie sich von dem Schemel in der süßen Hoffnung, daß auch der Kardinal hier Platz nehmen werde wie sie. Diese Rache befriedigte sie. Was empfand sie aber, als sie sich umwandte, um ein letztes Mal diesen Stuhl der Schmach zu betrachten, auf dem ein Rohan Platz nehmen würde, und sehen mußte, daß der Schemel auf Befehl des Gerichtshofes durch einen Lehnstuhl ersetzt wurde.

Sie stöhnte laut auf und stürzte aus dem Saal.

Ihre Strafe hatte begonnen.

Langsam trat der Kardinal ein. Er war in seiner Equipage vorgefahren, und man hatte für ihn das Haupttor geöffnet. Zwei Gerichtsdiener und zwei Schreiber geleiteten ihn. Der Gouverneur der Bastille ging an seiner Seite.

Sein Erscheinen wurde mit einem beifälligen und achtungsvollen Gemurmel begrüßt.

Prinz Louis war blaß und sehr erregt. Er trug ein zeremonielles Kleid und zeigte jene Achtung und Ergebenheit, die jeder Angeklagte Richtern schuldet, welche er anerkannt, ja sogar angerufen hat.

Man bezeichnete dem Kardinal den Lehnstuhl, der für ihn bereitgestellt worden war, und der Präsident bat ihn nach einem ermutigenden Wort der Begrüßung, er möge Platz nehmen.

Als er das Wort ergriff, erregte seine vibrierende Stimme das tiefe Mitleid aller Anwesenden. Er sprach langsam, bekräftigte eher seine Empfindungen des Bedauerns, als daß er Beweise geltend machte, und als dieser beredte Mann schließlich in seiner Rede stockte, erzielte er damit eine größere Wirkung als mit allen Verteidigungsreden und bündigen Schlüssen.

Als dann Oliva erschien, war der Lehnstuhl wieder durch den Schemel ersetzt. Nicht wenige Zuschauer zitterten, als sie dieses Ebenbild der Königin auf dem beschämenden Platz niedersitzen sahen, den eben erst Jeanne de La Motte eingenommen hatte. Selbst die eifrigsten Gegner der Monarchie waren betroffen, als sie dieses Phantom Marie-Antoinettes auf dem Schemel der Diebinnen und Fälscherinnen Platz nehmen sahen.

Nach Oliva kam Cagliostro, den man für den Unschuldigsten von allen hielt. Er wurde überhaupt nicht aufgefordert, sich zu setzen, obwohl man Lehnstuhl und Schemel bereitgestellt hatte. Der Gerichtshof scheute offenbar Cagliostros Äußerungen. Ein kurzes Scheinverhör wurde nach den ersten Worten durch das »Es ist gut!« des Präsidenten d'Aligre abgeschnitten und genügte den formalen Ansprüchen der Prozeßordnung.

Dann erklärte der Gerichtshof, die Plädoyers und Verhöre seien abgeschlossen. Die Menge zerstreute sich in der Absicht, im Lauf der Nacht zurückzukehren und das Urteil anzuhören.

Achtzigstes Kapitel
Die Exekution

Jeanne hatte von dem Oberschließer der Conciergerie, dessen Teilnahme sie gewonnen hatte, wohl erfahren, daß der Kardinal und Cagliostro freigesprochen worden waren, Reteau de Villette auf die Galeeren geschickt werden sollte und Oliva mit einer Ortsverweisung davongekommen war.

Jetzt erwartete sie den Gerichtsschreiber, der ihr ihren Spruch vorlesen sollte. Sie hatte eine Nacht der Hoffnungen und doch wieder der Bangigkeit durchlebt und war schließlich in einen Zustand fast gleichgültiger Ruhe verfallen, als sie Schritte auf dem Gang hörte. Gleich darauf klirrte der Schlüsselbund des Oberschließers, und dieser trat ein.

»Madame möge mir folgen.«

»Wohin?«

»Hinunter, in die Kanzlei.«

»Und warum das, ich bitte?«

»Madame ...«

Jeanne trat auf den Mann zu, der noch immer zögerte, und sah durch die halbgeöffnete Tür acht Bogenschützen der Profosserie. »Was will man in der Kanzlei von mir?« fragte sie.

»Madame, Ihr Verteidiger, Herr Doillot, erwartet Sie.«

»Und warum kommt er nicht hierher? Hat man ihm nicht mehrmals die Erlaubnis erteilt, zu mir zu kommen?«

»Madame, Herr Doillot hat Briefe aus Versailles erhalten, von deren Inhalt er Sie in Kenntnis zu setzen wünscht.«

Die Unlogik dieser Antwort entging Jeanne. Das Wort »Briefe aus Versailles« genügte. Sollte die Königin im letzten Augenblick beim König interveniert haben? Doch wozu Vermutungen? Muß man sich den Kopf zerbrechen, wenn man die Lösung des Problems binnen zwei Minuten erfahren soll?

Überdies wurde der Schließer dringlich. Wie ein Mann, der sich mangels besserer Argumente auf den Befehl beruft, den er erhalten hat, rasselte er mit den Schlüsseln.

»Warten Sie einen Augenblick«, sagte Jeanne, »Sie sehen doch, daß ich noch nicht angekleidet bin. Die letzten Tage haben mich zu sehr angestrengt.«

Jeanne schloß die Tür, zog ein frisches Kleid an, nahm ihre Mantille um und ordnete rasch ihre Haare. Einige Minuten genügten für diese Vorbereitungen. Ihr Herz sagte ihr, daß Herr Doillot ihr wohl den Befehl überbringe, sich unverzüglich aus Frankreich zu entfernen, ja vielleicht sogar die Mittel, dies unauffällig und bequem zu tun. Hatte die Königin nicht alles Interesse daran, sich eine so gefährliche Feindin rasch vom Halse zu schaffen? Gewiß würde die Königin jetzt, nachdem der Spruch gefällt war, alles tun, um ihre Feindin nicht unnötig zu reizen, denn war schon ein Panther in Fesseln gefährlich, wie mußte man sich erst vor einem freien vorsehen?

Von diesen freudigen Gedanken eingewiegt, folgte Jeanne dem Schließer, der sie die kleine Treppe hinabgeleitete. Statt sich aber links zur Kanzlei zu wenden, wählte er rechts eine kleine Tür.

»Wohin führen Sie mich?« fragte Jeanne. »Die Kanzlei ist doch dort?«

»Kommen Sie nur, Madame«, sagte der Schließer sanft, »Herr Doillot erwartet Sie hier.«

Er ging voraus und ließ die Gefangene in einen dunklen Raum eintreten. Sie hörte, wie er geräuschvoll die massive Tür wieder abschloß.

Jeanne tat zwei oder drei Schritte, ein bläuliches Licht verlieh diesem Raum das Aussehen einer Gruft. Jetzt fühlte Jeanne die Kälte und Feuchtigkeit des Kerkers, und die Augen des Schließers, die plötzlich glühend geworden waren, ließen sie Schlimmes ahnen.

Doch sah sie immer noch nur diesen Mann. Er war mit ihr allein.

Es fiel ihr ein, daß sie in allerlei Romanen von Kerkermeistern gelesen hatte, die sich in ihre Gefangene verlieben und an dem Tag, an dem ihr Opfer ihnen entgehen soll, ihnen ihre Befreiung gegen Liebesdienste zum Tausch bieten.

Jeanne war stark und fürchtete keine Überraschungen.

Sie ging lächelnd auf den Schließer zu.

»Freund«, sagte sie, »wollen Sie etwas? Haben Sie mir etwas zu sagen? Die Zeit einer Gefangenen, die bereits die Befreiung ahnt, ist kostbar. Sie haben den Platz dieses Stelldicheins schlecht gewählt.«

Der Schließer antwortete nicht, weil er nicht begriff. Er hatte sich gesetzt und wartete.

»Sie werden zugeben«, fuhr Jeanne fort, »daß Herr Doillot, wenn er mir Briefe aus Versailles zu überbringen hat, ein seltsames Audienzzimmer gewählt hat. Er kann mich unmöglich hier warten lassen. Da steckt etwas dahinter.«

Sie hatte kaum ausgesprochen, als eine Tür, die sie bisher nicht bemerkt hatte, aufging.

Sie bemerkte hinter der Tür Stufen, die in einen schlecht beleuchteten Korridor führten. Blitzschnell hatte Jeanne sich aufgerichtet und sah am Ende dieses Korridors einen Platz, auf dem Leute warteten.

Zu seiten der Treppe gewahrte sie vier Bajonette und Kerzen, die diese seltsame Szene beleuchten sollten.

Nun traten drei Männer ein, hinter denen die Tür wieder ins Schloß fiel.

Das Erstaunen Jeannes verwandelte sich in Unruhe, die Unruhe in Grauen. Jetzt suchte sie bei dem Schließer, den sie eben erst gefürchtet hatte, Schutz gegen die Unbekannten.

Er hatte sich an die Wand des Kerkers gelehnt und gab durch eine Gebärde zu verstehen, daß er nur ein passiver Zuschauer dieser Szene bleiben wolle und müsse.

Bevor die Gräfin das Wort ergreifen konnte, wurde sie angesprochen. Einer der drei Männer – es war der jüngste – wandte sich an sie. Er hatte den Hut aufbehalten und drehte einige Schriftstücke nervös in seinen Händen. Die beiden anderen mieden den Blick Jeannes.

»Madame«, sagte der Unbekannte, »Sie sind Jeanne de Saint-Rèmy de Valois, Gattin des Grafen Marie Antoine Nicolaus de La Motte?«

»Ja, meine Herren!«

»Sie sind geboren am 22. Juli 1756 zu Fontette und wohnen in Paris, Rue Neuve Saint-Gilles?«

»Ja, mein Herr. Aber warum richten Sie diese Fragen an mich?«

»Ich bedaure, Madame, daß Sie mich nicht erkennen, aber ich bin der Gerichtsschreiber.«

»Doch, ich erkenne Sie.«

»Dann kann ich also, da Sie mich erkannt haben, meines Amtes walten?«

»Einen Augenblick, mein Herr! Welcher Art ist das Amt, dessen Sie walten wollen?«

»Ich habe Ihnen den Spruch vorzulesen, der in der Sitzung vom 31. Mai 1768 gegen Sie gefällt worden ist.«

Jeanne schauderte. Bang und mißtrauisch ließ sie ihren Blick umherschweifen.

»Gut«, sagte sie, »Sie sind der Gerichtsschreiber Breton. Aber wer sind diese beiden Herren?«

Der Schreiber wollte antworten, aber der Schließer kam ihm zuvor und flüsterte ihm etwas ins Ohr.

Jeanne begriff. Jetzt betrachtete sie diese beiden Männer aufmerksamer und gewahrte mit Erstaunen das eisengraue Gewand des einen und die Pelzmütze des anderen. Eine seltsame Schürze, die der letztere trug, erregte Jeannes Aufmerksamkeit. Sie schien auf einigen Stellen verbrannt, an anderen mit Blut und Öl befleckt.

Jeanne wich zurück.

Es war, als ob sie sich duckte, um zum Sprung anzusetzen.

»Knien Sie nieder, Madame«, sagte der Gerichtsschreiber.

»Ich soll niederknien? Ich, eine Valois?«

»Der Befehl will es«, antwortete der Schreiber mit einer Verneigung.

»Aber, mein Herr«, wandte Jeanne ein, »was fällt Ihnen ein? Soll ich Sie das Gesetz kennenlehren? Man kniet nur nieder, um öffentlich Abbitte zu tun. Dazu müßte ich zu einer entehrenden Strafe verurteilt sein.«

»Madame, Sie werden den Spruch erfahren, sobald Sie niedergekniet sind.«

»Niemals!«

»Madame, dies ist der erste Artikel meiner Instruktionen. Wenn die Verurteilte sich weigert, niederzuknien, muß Gewalt angewandt werden.«

»Gewalt gegen eine Frau?«

»Auch eine Frau darf es nicht an Respekt vor dem König und der Justiz mangeln lassen!«

»Und vor der Königin, nicht wahr?« schrie Jeanne wütend. »Oh, ich erkenne die Hand eines gehässigen Weibes!«

»Sie tun unrecht, die Königin anzuklagen, Madame, denn Ihre Majestät hat keinen Einfluß auf die Sprüche des Gerichts. Ersparen Sie uns die Notwendigkeit, Gewalt anzuwenden. Knien Sie nieder!«

»Niemals! Niemals!«

Jetzt verlas der Gerichtsschreiber den Befehl des Generalprokurators, die Widerspenstige zum Niederknien zu zwingen, damit »der Gerechtigkeit Genüge geschähe«.

Jeanne hatte sich in die Ecke zurückgezogen. Der Gerichtsschreiber ließ aber die Tür nicht öffnen, sondern begnügte sich damit, seinen beiden Begleitern einen Wink zu geben. Ruhig und schwerfällig wie Kriegsmaschinen näherten sich die beiden der Frau, der eine ergriff Jeanne und zog sie trotz ihres Gebrülles in die Mitte des Raumes.

Regungslos wartete der Schreiber.

Jeanne hatte nicht bemerkt, daß sie, um sich schleppen zu lassen, freiwillig in die Knie gegangen war. Erst ein Wort des Schreibers brachte es ihr zum Bewußtsein.

»Es genügt«, sagte er.

Wie eine Feder schnellte Jeanne hoch.

»Es ist unnütz, so zu schreien«, sagte der Schreiber, »denn man hört Sie draußen nicht, und Sie werden das Urteil nicht hören, das ich Ihnen jetzt vorlese.«

»Erlauben Sie doch, daß ich es stehend anhöre, und ich werde schweigend gehorchen«, sagte Jeanne keuchend.

»Wenn die Schuldige zur Auspeitschung verurteilt ist, muß sie bei Verlesung des Urteils niederknien.«

»Auspeitschung? Auspeitschung? Elender, was reden Sie da?«

Sie schrie so schrill, daß die beiden Gehilfen des Schreibers wie betäubt die grobe Materie mit gleicher Kraft zu zähmen beschlossen. Ihre Muskeln strafften sich wie stählerne Federn. Endlich hing sie an den Armen dieser beiden Männer, nach denen sie mit den Füßen stieß. Der eine der beiden nahm ihre Beine in seine Faust wie in einen Schraubstock, während der andere sie hochzog.

»Lesen Sie, Herr Schreiber«, sagten sie, »sonst kommen wir nie mit dieser Rasenden zu Ende.« Noch immer schrie Jeanne so laut, daß die Worte des Gerichtsschreibers unverstanden verhallten.

Nach beendigter Verlesung faltete er seine Papiere zusammen und steckte sie ein. Jetzt schwieg Jeanne.

»Der Spruch«, fuhr der Schreiber fort, »wird unverzüglich auf dem Exekutionsplatz des Justizpalastes vollzogen. Meister, ich überantworte Ihnen diese Frau.«

»Wer ist dieser Mann?« schrie Jeanne in einem Paroxismus des Schreckens und der Wut.

»Der Henker«, antwortete der Gerichtsschreiber und zog seine Manschetten zurecht.

Er hatte kaum gesprochen, als die beiden Gehilfen sich Jeannes bemächtigten und sie durch die Tür in den Gang hinausschleppten. Wir müssen darauf verzichten, die Verteidigung dieser Frau zu beschreiben. Wohl eine Stunde lang ertrug sie, die sonst beim Anblick einer Schramme in Ohnmacht gefallen wäre, die Püffe und Stöße der beiden Henker. Keinen Augenblick hatte sie aufgehört zu schreien.

Jetzt gelangte sie in den kleinen Hof, in dem Soldaten eine herbeigeströmte Menge zurückdrängten; etwa zwei- oder dreitausend Zuschauer waren erschienen.

Auf einer etwa acht Fuß hohen Estrade war ein schwarzes Gerüst aufgerichtet worden, das mit eisernen Ringen versehen war; an einem Pfahl hatte der Gerichtsschreiber ein Schriftstück – offenbar auf höheren Befehl – so hoch angebracht, daß es unlesbar blieb.

Als die Menge die Tür des Gerichtshauses sich öffnen sah, geriet sie in Bewegung. Von allen Seiten wurden Rufe laut, und man bedachte die Verurteilte mit wenig ehrenvollen Titeln.

Jeanne de La Motte war am Ende ihrer Kraft. Sie schrie jetzt nicht mehr, sondern richtete mit ihrer zitternden, metallischen Stimme einige Worte an die Menge, die plötzlich still geworden war.

»Wißt ihr, wer ich bin?« schrie sie. »Wißt ihr, daß ich vom Blut eurer Könige bin? Wißt ihr, daß man in mir nicht eine Schuldige, sondern eine Rivalin, nicht nur eine Rivalin, sondern eine Mitschuldige trifft?«

Herr de Crosne, der wohl wußte, daß die Feinde der Königin die Partei dieser Frau nehmen würden, hatte einige verläßliche Agenten in den ersten Reihen der Zuschauer plaziert. Deren Geschrei: »Nieder mit der La Motte!«, »Pfui über die Fälscherin!« übertönten ihre Rufe.

Jetzt wandte sich Jeanne um. Der Henker hatte die Peitsche in der Hand.

In diesem Augenblick vergaß die Gräfin de La Motte ihren Haß und ihre Gier. Sie begriff nur ihre Schmach, fürchtete nur den Schmerz.

»Gnade! Gnade!« schrie sie mit herzzerreißender Stimme.

Ein ungeheures Hohngebrüll übertönte ihr Flehen. Jeanne krümmte sich zusammen, umklammerte das Knie des Henkers und griff nach seiner Hand. Er hob langsam den Arm und ließ die Peitsche schwach auf die Schultern der Gräfin herabfallen.

Jetzt geschah etwas Unerhörtes. Als diese Frau, die der körperliche Schmerz vielleicht niedergeworfen hätte, sah, daß sie geschont werden sollte, stürzte sie sich auf den Gehilfen des Henkers. Plötzlich aber wich sie zurück. Dieser Mann hielt ein rotglühendes Eisen in der Hand, das er eben aus dem Kohlenbecken gezogen hatte. Die Hitze, die es ausströmte, ließ Jeanne zurückprallen.

»Gebrandmarkt!« schrie sie, »gebrandmarkt!«

»Ja! Gebrandmarkt!« antworteten dreitausend Stimmen.

»Zu Hilfe! Zu Hilfe!« schrie Jeanne außer sich und suchte ihre Hände, die man gebunden hatte, von dem Strick zu befreien. Im selben Augenblick aber hatte der Henker das Kleid, das er nicht öffnen konnte, aufgerissen, und während seine zitternde Hand den Stoff zur Seite schob, griff er nach dem Eisen, das sein Gehilfe ihm bot.

Jeanne stürzte sich auf diesen Mann, der zurückwich, da er sie nicht zu berühren wagte. Schon fürchtete der Henker, daß die Zuschauer ungeduldig würden, eine Art Berufseitelkeit erwachte in ihm. In der Tat begann die Menge die Widerstandskraft dieser Frau zu bestaunen und wurde unruhig.

»Macht ein Ende damit!« rief eine Stimme.

Der Henker erkannte sie offenbar, denn im nächsten Augenblick riß er Jeanne zurück, preßte sie zu Boden, griff nach dem glühenden Eisen.

»Ihr feigen Franzosen!« brüllte sie. »Ihr verteidigt mich nicht? Ihr laßt mich martern? Wenn ich alles gesagt hätte, was ich über die Königin weiß, wäre ich getötet, aber nicht entehrt worden.«

Sie konnte nicht weitersprechen. Ein Kommissar war auf das Schafott geeilt, Agenten knebelten die Elende und übergaben sie blutend und zitternd den Henkern, die sich noch einmal auf ihr Opfer warfen. Wie eine Natter entglitt Jeanne ein letztes Mal den Griffen ihrer Gegner und bot dem Henker, der bereits sein unseliges Eisen auf ihre Schulter herabsenkte, die rechte Brust dar. Das Eisen zog eine rauchende, schwelende Furche in das lebendige Fleisch, die dem Opfer trotz des Knebels einen schier übermenschlichen Aufschrei erzwang.

Jetzt brach Jeanne unter ihrer Schmach zusammen. Sie war besiegt. Ihre Lippen zitterten kaum mehr, sie war fast ohnmächtig.

Der Henker trug sie fort, stieg mit ihr die Leiter der Schmach hinunter.

Mochte das Volk diesen Strafvollzug billigen oder mißbilligen, es war jetzt verstummt und räumte fast hastig den Platz.

Einundachtzigstes Kapitel

Die Hochzeit

Am Tag dieser Exekution, gegen Mittag, verließ der König sein Arbeitszimmer und entließ den Grafen de Provence mit folgenden, brüsk gesprochenen Worten:

»Mein Herr, ich werde heute einer Hochzeitsmesse beiwohnen. Sprechen Sie mir nicht von Ehe oder schlechter Ehe, denn das wäre ein schlimmes Vorzeichen für die Neuvermählten, die ich liebe und zu beschützen gedenke.«

Der Graf zog lächelnd die Brauen hoch und verneigte sich tief vor seinem Bruder.

Der König schritt an den in der Galerie wartenden Höflingen vorüber, lächelte den einen zu und maß die anderen mit einem strengen Blick, je nach der Partei, die sie in dem eben abgeschlossenen Prozeß gewählt hatten. So gelangte er in den viereckigen Salon, in dem die Königin bereits geschmückt im Kreise ihrer Ehrendamen und Edelleute wartete.

Bleich unter der Schminke, die sie aufgelegt hatte, hörte Marie-Antoinette mit geheuchelter Aufmerksamkeit Madame de Lamballe und Herrn de Calonne zu. Bisweilen richtete sie verstohlen ihren Blick auf die Tür.

»Seine Majestät der König!« meldete ein Kammerdiener.

Marie-Antoinette stand auf und schritt dem König entgegen, der ihr galant die Hand küßte.

»Sie sind schön heute, Madame«, sagte er, »wunderschön!«

Sie lächelte traurig.

»Sind unsere Verlobten noch nicht da?« fragte der König. »Es ist schon Mittag, scheint mir.«

»Sire«, antwortete die Königin. »Herr de Charny ist allein eingetroffen und wartet in der Galerie, bis Eure Majestät ihm befiehlt einzutreten.«

»Mag er doch eintreten!«

Einige Edelleute eilten hinaus, um Charny zu holen. Die Königin wandte der Tür den Rücken und preßte ihre Hand nervös aufs Herz.

»Es ist wirklich bereits Mittag«, fuhr der König fort, »die Braut müßte schon dasein.«

Jetzt war Charny eingetreten.

»Eure Majestät möge die Verzögerung entschuldigen«, sagte er, »Mademoiselle de Taverney hat seit dem Tod ihres Vaters das Bett gehütet. Sie ist heute zum erstenmal aufgestanden und hätte den Befehlen des Königs gewiß entsprochen, wenn sie nicht von einer Ohnmacht befallen worden wäre.«

»Die gute Kleine liebte ihren Vater sehr«, sagte der König, »doch findet sie einen guten Gatten, und wir hoffen, daß sie sich trösten wird. Herr de Breteuil«, wandte er sich an den Siegelbewahrer, »haben Sie den Verbannungsbefehl gegen Cagliostro ausgefertigt?«

»Ja, Sire.«

Es war so still in dem Gemach, daß man den Atem eines Vogels gehört hätte.

»Und hat man diese La Motte, die sich Valois nennen läßt, gebrandmarkt?« fuhr der König fort.

»In diesem Augenblick ist der Befehl gewiß schon vollzogen.«

»Nun, es wird dem Herrn Kardinal nicht lieb sein, zu hören«, fuhr Ludwig XVI. mit einer Hartnäckigkeit fort, die man sonst nicht an ihm kannte, »daß seine Mitschuldige gebrandmarkt worden ist.«

Nachdem der König den Angeklagten, den das Gericht freigesprochen und den die Pariser auf den Schild erhoben hatten, solchermaßen geschmäht hatte, blickte er, als ob er Adel, Klerus und Parlament herausgefordert hätte, um sich. Kein Wort des Beifalls quittierte seine Rache.

Jetzt näherte er sich der Königin, die ihm mit einer Regung tiefer Dankbarkeit die Hand drückte.

Nun erschien am Ende der Galerie Mademoiselle de Taverney

an der Hand ihres Bruders. Sie war totenblaß. Die Menge lächelte. Die Hofdamen nahmen hinter der Königin, die Edelleute hinter dem König Aufstellung.

Der Gouverneur du Suffren, der Oliviers Hand genommen hatte, trat Andrée und ihrem Bruder entgegen und begrüßte sie mit einer Verneigung. Philippe ging weiter, ohne aufzublicken, und kein Druck seiner Hand ließ Andrée wissen, daß sie den Kopf zu heben habe. Erst jetzt, vor dem König angelangt, preßte er ihre Hand, und Andrée richtete ihre großen Augen auf Ludwig XVI., der ihr gütig zulächelte.

»Mademoiselle«, sagte der König und nahm ihre Hand, »Sie sollten den Ablauf der Trauerzeit abwarten, und wenn ich nicht für eine Beschleunigung Ihrer Heirat gestimmt hätte, wäre Ihr künftiger Gatte trotz seiner Ungeduld gezwungen gewesen, noch einen Monat zu warten. Indessen höre ich, daß Sie leidend sind, und das betrübt mich. Das Glück wackerer Edelleute, die mir dienen wie Herr de Charny, liegt mir stets am Herzen. Wenn Sie nicht heute geheiratet hätten, wäre ich der Feier ferngeblieben, denn morgen trete ich mit der Königin eine Reise durch das Land an. So aber kann ich mir das Vergnügen machen, Ihren Heiratsvertrag zu unterzeichnen und der Zeremonie in meiner Kapelle beizuwohnen. Begrüßen Sie die Königin, Mademoiselle, und danken Sie ihr, denn Ihre Majestät ist stets sehr gütig zu Ihnen gewesen.«

Er führte Andrée Marie-Antoinette zu. Die Königin war aufgestanden. Ihre Knie zitterten, und ihre Hände waren eisig. Sie wagte nicht aufzublicken und sah nur etwas Weißes, das sich näherte und vor Ihr verneigte. Es war Andrée im Hochzeitskleid.

»In die Kapelle, meine Herren!« rief der König.

Schweigend folgte die Eskorte den Majestäten. Die Messe begann. Über ihr Betpult gebeugt, den Kopf in die Hände gestützt, hörte die Königin sie an.

Herr de Charny war ruhig und ernst wie an Bord inmitten des Feuers britischer Geschütze.

Philippe ließ seine Schwester nicht aus den Augen, aber Andrée verleugnete sich nicht. Wohl roch sie einige Male an ihrem Fläschchen und schwankte wie ein flackerndes Licht, aber sie blieb aufrecht stehen. Sie betete nicht und suchte die Zukunft, von der sie nichts erhoffte, durch kein Gelübde zu binden; sie hatte den Menschen und Gott nichts mehr zu sagen.

Endlich richtete der Priester das Wort an das Brautpaar.

»Jacques Olivier de Charny, nehmen Sie Marie Andrée de Taverney zur Frau?«

»Ja«, antwortete Olivier mit fester Stimme.

»Marie Andrée de Taverney, nehmen Sie Jacques Olivier de Charny zum Gatten?«

»Ja«, rief Andrée mit einer fast wilden Betonung, die die Königin schaudern und wohl manche Frau in der Kapelle zittern machte.

Dann steckte Charny den goldenen Ring an den Finger seiner Frau, ohne daß Andrée seine Hand gefühlt hätte.

Der König stand auf, die Messe war zu Ende. In der Galerie begrüßten die Höflinge das Ehepaar.

Herr du Suffren nahm die Hand seiner Nichte und versprach ihr im Namen Oliviers alles erdenkliche Glück.

Andrée dankte dem Gouverneur, ohne ihre Stirn zu glätten, und bat ihn, sie rasch dem König zuzuführen, damit sie ihm danke, denn sie fühle sich schwach.

Ludwig XVI. küßte sie auf die Stirn und sagte:

»Frau Gräfin, gehen Sie zur Königin, Ihre Majestät wird Ihnen Ihr Hochzeitsgeschenk überreichen.«

Nach diesen Worten, die er für ungemein galant hielt, zog er sich zurück und ließ die Neuvermählte am Arm Philippes.

Langsam näherte sie sich der Königin. Als sie vorbeikam, trat Olivier zurück, um nicht ihr Kleid zu streifen. Dann trat er zu Philippe, verneigte sich vor seinem Schwager und erwartete an seiner Seite den Ausgang der Unterredung zwischen der Königin und Andrée.

Sie fand Marie-Antoinette in ihrem Zimmer. Obwohl es bereits Juni war, hatte die Königin den Kamin einheizen lassen. Sie saß in ihrem Lehnstuhl, hatte den Kopf zurückgeworfen und die Augen geschlossen. Ihre Hände waren gefaltet wie die einer Toten.

Madame de Miséry, die Andrée eingeführt hatte, zog sich zurück.

Zitternd vor Erregung und Schwäche stand Andrée, den Blick zu Boden gerichtet, vor der Königin. Marie-Antoinette ließ eine Minute verstreichen, ein Jahrhundert unerträglicher Leiden. Endlich stand sie auf, indem sie sich auf ihren Lehnstuhl stützte, und nahm ein Papier vom Tisch. Lautlos trat sie auf Andrée zu und reichte ihr das Schriftstück.

Zwischen diesen beiden Frauen war jedes Wort überflüssig. Die Königin bedurfte keines Wortes, um Andrées Verständnis zu erlangen, und Andrée konnte an der Seelengröße der Königin nicht zweifeln.

Regungslos nahm Andrée das Schreiben, Marie-Antoinettes Arm sank herab.

»Andrée, Sie haben mich gerettet, ich verdanke Ihnen meine Ehre und mein Leben. Im Namen dieser Ehre, die Sie so teuer erkauft haben, schwöre ich Ihnen, daß Sie mich in Zukunft Ihre Schwester nennen sollen. Versuchen Sie es, Sie werden mich nicht erröten sehen.

Ich lege diese Schrift in Ihre Hände als Unterpfand meiner Dankbarkeit und als die Mitgift, die ich Ihnen schenke. Ihr Herz ist das edelste, das ich kenne. Ich bin überzeugt, daß es mein Angebot zu würdigen weiß.

Marie-Antoinette von Lothringen-Österreich«

Andrée blickte die Königin an. Sie sah Tränen in den Augen Marie-Antoinettes und eine Frage.

Langsam trat sie an den Kamin, verbrannte das Billett an dem fast erloschenen Feuer und ging hinaus.

Marie-Antoinette tat einen Schritt, als ob sie sie aufhalten wollte, aber Andrée war bereits wieder zu ihrem Bruder getreten. Philippe rief Charny, nahm seine Hand und legte sie in die Andrées. Wie ein Bräutigam des Todes folgte der Graf seiner jungen Frau. Marie-Antoinette, die auf der Schwelle ihres Zimmers erschienen war, glaubte zu bemerken, daß er sich nach ihr flüchtig umwandte, bevor er für immer verschwand.

Am Tor des Schlosses warteten zwei Reisewagen. Andrée stieg in den ersten. Als Charny ihr zu folgen suchte, sagte sie:

»Mein Herr, Sie reisen, glaube ich, in die Picardie.«

»Ja, Madame.«

»Und ich suche das Dorf auf, in dem meine Mutter gestorben ist, Herr Graf. Adieu!«

Wortlos verneigte sich Charny.

Als der Wagen sich entfernt hatte, wandte er sich an Philippe.

»Sind Sie bei mir geblieben, um mir mitzuteilen, daß Sie von nun an mein Feind sind?«

»Herr Graf, Sie können nicht mein Feind sein, denn Sie sind mein Schwager.«

Olivier reichte ihm die Hand, stieg in den zweiten Wagen und fuhr ab.

Philippe blieb einen Augenblick allein.

Mein Gott, dachte er, bereitest du jenen, die auf Erden ihre Pflicht tun, die Freuden deines Himmels vor? Ach, ich spreche von Freude ... Sie also dürfen auf ein anderes Leben hoffen, die da droben ein liebendes Herz wiederfinden sollen. Mich, mich wird niemand dorthin erheben, ich darf nicht einmal die Wonnen der Todessehnsucht kosten.

Dann ging auch er.

Alexandre Dumas

Die Bartholomäusnacht

»La Reine Margot«

Roman

Aus dem Französischen
von Christine Hoeppener

721 Seiten
Band 1050
ISBN 3-7466-1050-8

Zu den Hochzeitsfeierlichkeiten ihres jungen Königs Henri de Navarre mit der 19jährigen Marguerite de Valois sind Protestanten aus ganz Frankreich nach Paris, in die Machtmetropole der Katholiken geströmt. Das Fest wird für sie zur Falle: in der Nacht zum 24. August 1572, der »Bartholomäusnacht«, werden in den düsteren Gängen des Louvre und in den Straßen der Stadt Tausende von ihnen niedergemetzelt. Die schöne, leichtlebige Marguerite, vom Volk Margot genannt, gerät in den Strudel dieser Auseinandersetzungen, in den Konflikt zwischen Macht und Liebe, mörderischer Staatsräson und tiefer Leidenschaft.

Alexandre Dumas
Reise durch Rußland

Aus dem Französischen
von Günther Steinig
Mit 16 zeitgenössischen
Illustrationen und einem
Frontispiz

486 Seiten
Band 6067
ISBN 3-7466-6067-X

»Von allen romantischen Reisenden ist Dumas derjenige, der in höchstem Maße das Gespür, das Talent, ja den Genius des Reisens besitzt. Wie kein anderer versteht er es, die Beschreibung der besuchten Sehenswürdigkeiten und durchquerten Landschaften mit der Darstellung historischer Persönlichkeiten und der Geschichte der bereisten Plätze zu verbinden. Vor allem aber hat er die seltene Gabe, uns an den Peripetien seiner Reise teilhaben zu lassen: Einkehr im Gasthof, Ärger mit dem Wirt, unverhoffte Begegnungen in der Postkutsche und all die anderen Vorfälle, die der Fahrt in ein fremdes Land den Geschmack und den Reiz des Abenteuers verleihen.«

Dominique Fernandez »Les douze muses d'Alexandre Dumas«

Stendhal
Über die Liebe

Aus dem Französischen
von Günther Steinig

414 Seiten
Band 6044
ISBN 3-7466-6044-0

»Man muß gestehen, es ist ein sehr origineller Einfall Monsieur Stendhals, die Liebe wie eine Krankheit zu behandeln und eine genaue Beschreibung all ihrer Phänomene zu geben. Die scheinbar gelassenste Philosophie, die gründlichste Dialektik wurden aufgeboten, die furchtbarste Leidenschaft des Menschenherzens zu beurteilen und zu untersuchen. ... Jeden Augenblick schließt man das Buch, um nachzudenken, und ich möchte den Frauen, für die der Autor augenscheinlich geschrieben hat, verraten, daß dieses Denken in nichts anderem besteht, als sich mit Entzücken jener zarten Regungen zu erinnern, die Unruhe in unser Leben gebracht haben. Und heißt das nicht dem Buch ›Über die Liebe‹ den ganzen Reiz des besten aller Romane zusprechen?«

Aus einer Rezension, die Stendhal selbst
in einer englischen Zeitschrift veröffentlichte

AtV
Aufbau Taschenbuch Verlag

Jules Verne
Reise um die Erde
in 80 Tagen
Roman

Aus dem Französischen
übersetzt
Mit einem Frontispiz

225 Seiten
Band 6065
ISBN 3-7466-6065-3

»In 80 Tagen?« Nein, völlig unmöglich, sagen die Herren vom Londoner Reformclub: Was, wenn schlechte Witterung, Schiffbrüche, Entgleisungen, Indianer, die die Wagen plündern und die Reisenden skalpieren, oder andere Unvorhersehbarkeiten die Fahrt behindern? »Unvorhersehbarkeiten gibt es nicht«, erwidert Herr Phileas Fogg ungerührt, wettet sein halbes Vermögen und macht sich noch am Abend desselben Tages, des 2. Oktober 1872, auf den Weg um die Erde.

»Jules Verne war für mich der französische Schriftsteller gewesen, der mir zusammen mit Arthur Rimbaud und Guillaume Apollinaire die tiefsten Genüsse bereitet hat.«

Giorgio de Chirico

AtV

Aufbau Taschenbuch Verlag

Giovanni Boccaccio
Das Dekameron

Aus dem Italienischen übersetzt

Mit Holzstichen von Werner Klemke
2 Bände in Kassette

1242 Seiten
Band 6069
ISBN 3-7466-6069-6 (I/II)

Der Florentiner Giovanni Boccaccio ist der Stammvater der europäischen Novelle. Sein vor Witz, Temperament und Fabulierlust überschäumendes »Dekameron« – in unserer Ausgabe mit 119 Holzstichen von Werner Klemke illustriert – ist noch nach über sechshundert Jahren ein Synonym für erotische Literatur.

»... jene Geschichten, die in der Form so fein und attisch sind und wie ein unvergängliches Gelächter aus den lebensvollen Tagen der Renaissance herüberklingen.«

Alfred Kerr, In der Villa des Dekameron
(Warum fließt der Rhein nicht durch Berlin)

AtV
Aufbau Taschenbuch Verlag

Alexandre Dumas
Memoiren eines Arztes
Vier Romane

Aus dem Französischen
von Christine Hoeppener
und Edmund Th. Kauer
4 Bände in Kassette

2103 Seiten
Band 1474
ISBN 3-7466-1474-0

»Immer geht es grellbunt und heftig zu, äußerlich kompliziert, innerlich kindlich und auch wohl kindisch; aber die Wildheit der Gefühle ... und die Rohheit der Geschehnisse haben etwas merkwürdig Echtes an sich.«

Victor Klemperer

Nach dem großen Erfolg seiner Musketier-Romane schrieb Dumas noch einmal einen vierbändigen Romanzyklus, in dessen Mittelpunkt die geheimnisvolle Figur des italienischen Abenteurers Giuseppe Balsamo alias Graf Cagliostro steht. Und wie immer spricht der Autor die große Historie im Prisma der Geschichte der kleinen Leute, die durch Zufall, Verwegenheit, Intrigen, finstere Kriminalfälle und natürlich die Liebe in den Vordergrund dramatischer geschichtlicher Abläufe gespielt werden.

AtV
Aufbau Taschenbuch Verlag